Hans + Lea Buser

B. J. Hoff

KONTINENT DER HOFFNUNG

B. J. Hoff

Kontinent der Hoffnung

francke

Über die Autorin:

B. J. Hoff hat irische Vorfahren, die vor dem Unabhängigkeitskrieg nach Amerika kamen. Neben exakter historischer Forschung prägt deshalb persönliches Engagement ihr Werk. Ihre Liebe zum irischen Volk und seinen Kämpfen, seiner Musik und seinem unbeugsamen Willen verleiht ihrem Werk die Leidenschaft ihres gälischen Erbes.

Bibliografische Information Der Deutschen Bibliothek
Die Deutsche Bibliothek verzeichnet diese Publikation in der Deutschen Nationalbibliografie; detaillierte bibliografische Daten sind im Internet über http://dnb.ddb.de abrufbar.

ISBN 978-3-86827-188-1

Originaltitel: Ashes and Lace

Published by Tyndale House Publishers, Wheaton, USA

Deutsch von Reimer Dietze
Umschlagbild: © istockphoto.com / phototropic
Umschlaggestaltung: Verlag der Francke-Buchhandlung / Christian Heinritz
Satz: Verlag der Francke-Buchhandlung GmbH
Druck und Bindung: CPI Moravia Books, Pohorelice

www.francke-buch.de

Inhaltsverzeichnis

Teil 3 – Auf einem Altar aus Asche

Teil 1

Wie Gold im Feuer

… ach! gehe ich nach Osten, so ist er nicht da, und gehe ich nach Westen, so gewahre ich ihn nicht; wirkt er im Norden, so erblicke ich ihn nicht, biegt er nach Süden ab, so sehe ich ihn nicht. Er kennt ja doch den von mir eingehaltenen Weg und prüft mich: – wie Gold aus der Schmelze würde ich hervorgehen!
Hiob 23,8-10 (nach Hermann Menge)

Prolog: Zwischen Bestimmung und Verzweiflung

Fahr hin, mein Lied, wie der reißende Strom,
der dem großen Meer entgegeneilt.
James Clarence Mangan

An Bord der Providence im Atlantik, gegen Ende September 1839

Die Koje knarrte, als Terese Sheridan sich umdrehte, um nach dem kleinen Mädchen zu sehen, das neben ihr lag. Obwohl es noch nicht dämmerte, war das Kind wach und starrte Terese mit jenen großen, ruhigen Augen an, hinter denen sich ein Ozean voller Sorgen zu verbergen schien. Zu ihrer beider Füßen schlief der kleine Bruder des Mädchens einen unruhigen Schlaf.

Die Kinder waren bereits von der Reise gezeichnet. Shona, das Mädchen, war beängstigend lethargisch geworden. Mit Ausnahme Tullys, ihres kleinen Bruders, schien sie überhaupt nichts mehr zu interessieren. Was den Jungen anbetraf, so litt er an Husten, der von Tag zu Tag schlimmer zu werden schien. Und so eingepfercht, wie sie waren, dicht an dicht umgeben von zahllosen Menschen mit allen Arten von fiebrigen Erkrankungen, mochte man gar nicht daran denken, was sie sich womöglich noch wegholen könnten.

Terese drehte sich erneut um – sie suchte nach einer Stellung, in der ihr der Rücken nicht so weh tat. Die Schlafpritschen waren nicht viel mehr als hölzerne Borde, die man an das Schott genagelt hatte, und es gab nichts, womit man Liegefläche oder Wand hätte polstern können, um nicht beim Rollen des Schiffes fortwährend gegen die hölzerne Verschalung geworfen zu werden. Niemand war darauf gekommen, dass man womöglich eigene Matratzen würde mitbringen müssen, und so hatten sie sich mit nichts als einem Minimum an Bettzeug eingeschifft, das ihnen die Gesellschaft der Waisenfreunde zur Verfügung gestellt hatte. Am ersten Tag an Bord hatte Terese versucht, die Kojen mit Decken auszupolstern, aber die Nächte waren viel zu kalt, um ohne Zudecke zu schlafen, und so drohten ihnen jetzt lange Wochen voller Torturen auf den nackten Holzbrettern.

Nach einer Woche auf See fingen einige der Zwischendeckspassagiere an, die *Providence* einen schwimmenden Sarg zu nennen. Eine sehr zutreffende Bezeichnung, dachte Terese, soweit sich das, was einem hier zugemutet wurde, überhaupt beschreiben ließ. Es glich einem Verlies, dieses stinkende Loch: Kalt und duster dünstete die verbrauchte Luft den Geruch feuchten Holzes aus. Unzählige Leiber waren auf engstem Raum zusammengepfercht, vegetierten im eigenen Schmutz. Im Zwielicht der unbelüfteten Zwischendecksquartiere mischten sich leises Schnarchen und schluchzende Frauenstimmen unter das Jammern derer, die auf ihren Pritschen zusammengekrümmt lagen und die Qualen der Seekrankheit erduldeten, sowie unter die Gebete derer, die noch stark genug waren, um ihre Erlösungssehnsucht dem Himmel entgegenzuschreien.

Und bei alledem das unerträgliche Schlingern und Rollen des Schiffes.

Was ihr Los um so bitterer machte, war die Tatsache, dass sie eigentlich nicht im Zwischendeck hatten reisen sollen. Wenigstens das hatte Brady ihnen ersparen wollen, indem er mit Hilfe der finanziellen Mittel des Zeitungsverlages seines Bruders für Terese und die Kinder anständige, saubere Kabinen in der zweiten Klasse buchte.

Am Ende ihres ersten Seetages jedoch waren sie von einem gemeinen Offizier, der sie als „dreckiges Bauernpack“ titulierte, gemeinsam mit einigen anderen, die sich gleich ihnen an Bord verlaufen hatten, wie Vieh ins Zwischendeck hinabgetrieben worden.

Terese hatte den Burschen angeschrien, ja sogar versucht, sich an ihm vorbeizudrängen, um einem anderen Offizier, der im Hintergrund zuschaute, ihre Lage vorzutragen, doch dem Rüpel machte es keinerlei Mühe, sie abzuschütteln und samt den Kindern gewaltsam unter Deck zu befördern, wo sie nun mit den anderen armen Seelen, die hier eingepfercht waren, buchstäblich gefangen lagen.

Die ganze Zeit über hatte Terese ihre Wut kaum zügeln können. Kein Tag verging ohne Hass auf Brady, der sie, nicht Manns genug, die Verantwortung für das Kind zu übernehmen, das sie unterm Herzen trug, von sich gestoßen und es dann noch nicht mal nötig gehabt hatte, sie an Bord zu begleiten, um ihre Unterkünfte in Augenschein zu nehmen – ja, es gab kein Übel auf der Welt, einschließlich des widerwärtigen Bordfraßes und des verdorbenen Trinkwassers, die sie nicht Brady angelastet hätte.

Unfähig, noch länger still zu liegen, stand sie auf, trat ein paar Schritte von ihren Kojen weg und blickte auf die Masse menschlicher Körper, die kreuz und quer durcheinander lagen. Ein nur allzu vertrautes Gefühl beschlich sie, drohte sie zu überwältigen: das Gefühl des Gefangenseins, wie wenn sie alleingelassen in der Falle säße, abgeschnitten von allem und jedem außer der düsteren Unterwelt dieses Kahns.

Immer wieder ging ihr durch den Kopf, es müsste

doch leichter sein, sich zum Oberdeck durchzukämpfen und in die See zu springen, als dieses verfluchte Elend auch nur einen Tag länger zu ertragen. So am Ende, so am Boden zerstört vor Enttäuschung und Verzweiflung war sie, dass sie womöglich genau das getan hätte, hätte es da nicht das Kind in ihrem Leib und die zwei jungen Waisen gegeben, deren Wohl und Wehe von ihr abhingen.

Also kämpfte sie die Versuchung nieder und zwang sich, all der Verwahrlosung, die sie umgab, den Rücken zu kehren. Sie kniff die Augen zu, schlang die Arme so fest um sich, dass sie vor Anstrengung zu zittern begann, und klammerte sich daran, dass sie sich mit jedem Tag, den sie in diesem Höllenloch hinter sich brachte, ein Stück weiter von der Misere entfernte, in der sie ihr bisheriges Leben in Irland gefristet hatte.

Plötzlich meinte Terese, gleich dem Wind, der in den Wanten der Takelage heulte, die Stimme Jane Connollys zu hören, jener armen, verkrüppelten Frau, hinter deren schroffer Fassade sich ein überraschend mitfühlendes Herz verbarg. Terese hob die Hand und betrachtete den goldenen Ring, den sie am Finger trug.

Am Vorabend von Tereses Abreise hatte Jane ihr nicht bloß einen vollen Wochenlohn extra ausgezahlt, sondern sie obendrein mit dem Geschenk eines massiven goldenen *Fede*-Rings überrascht, eines Treueringes, wie man ihn in Claddagh trug. Denselben Ring hatten einst Jane und nach ihr ihre Tochter getragen.

„Trag ihn an deiner Hand rüber nach Amerika!", hatte Jane gesagt, als sie ihr den Ring gegeben hatte. „Trag ihn – und denk an mich und an Claddagh … Denk an Irland! Denn Irland – das ist nicht bloß deine Herkunft, Terese Sheridan; Irland, das ist, was du *bist*."

Aber Jane hatte sich geirrt! Irland hatte nichts mit dem zu tun, was sie war. Irland war nichts weiter als ihre Vergangenheit, und zwar eine Vergangenheit von solcher Düsternis, Kälte und Bitterkeit wie die Innereien dieses verfluchten Kahns.

Immer noch mit dem Rücken zu der widerwärtigen Wirklichkeit des Zwischendecks stehend, erinnerte sie sich daran, dass Irland nun hinter ihr lag, während sie Amerika, ihre Zukunft, vor sich hatte. Sie musste nichts weiter tun, als dieses fahrende Höllenloch zu überleben, dann würde sie frei sein, ein neues Leben zu beginnen.

Und überleben, das würde sie. Um jeden Preis!

Falls Gott es geschehen ließ …

Eine innere Mahnung löschte ihre hitzige Entschlossenheit ab wie ein eisiger Wasserguss. Je weiter sie auf die hohe See hinausfuhren, um so schwerer fiel es ihr, an ihrem sowieso schon schwankenden Glauben festzuhalten. Sie konnte geradezu fühlen, wie er ihr entglitt, achteraus geriet gleich den Wellen im Kielwasser des Schiffes. Immer wieder, vor allem mitten in der Nacht, wenn das Knarren und Knirschen des alten Schiffsrumpfes die Geräusche menschlichen Leidens noch übertönte, die von allen Seiten an ihr Ohr drangen, kam es ihr vor, als hätte Gott sie ganz und gar verlassen.

Was wäre denn, wenn Gott ihr wegen der Sünde, die sie mit Brady begangen hatte, völlig zu Recht den Rücken kehrte? Was, wenn es für sie und ihr Kind gar keine Zukunft gäbe, sondern nur einen unspektakulären Tod in diesem elendigen Loch, lange bevor sie den Hafen New Yorks erreichte?

Dieser Gedanke ließ sie erschauern, und all ihrer Entschlossenheit, sich nicht unterkriegen zu lassen, zum Trotz verspürte sie mit einem Mal richtige Angst. Eiskalt lief es ihr den Rücken hinunter, und ein Zittern packte sie, das schier nicht aufhören wollte.

Ach Herr, bitte, ich bestreite ja gar nicht, dass ich deine Strafe verdient habe – aber mein Baby hat sich doch nichts zuschulden kommen lassen, oder?! Bitte, bitte – kannst du mir nicht wenigstens helfen, dass ich diesen Schrecken hier überlebe und meinem Kind ein besseres Leben bieten kann?

Ach lieber Heiland, bitte mach doch, dass am Ende dieses Alptraums ein neues Leben auf uns wartet, eine Zukunft für uns beide – in Amerika!

1. Ein überaus ehrbarer Mann

Das kostbarste Juwel ist das,
welches man niemals bekommen kann.
Irisches Sprichwort

New York, Anfang November

Jack Kane saß in seinem Büro beim *Vanguard* und grübelte darüber nach, – beileibe nicht zum erstenmal – wann es eigentlich gewesen war, dass die Faszination, die Samantha Harte in ihm auslöste, in Liebe umschlug, und was in aller Welt er mit dieser Liebe nun anfangen sollte.

Es war ein herbstlicher Montagmorgen wie aus dem Bilderbuch. Vergangene Woche hatten sie typisches New Yorker Herbstwetter gehabt, grau und feucht, aber heute würde es vielleicht doch noch, wenn auch verspätet, einen Tag vom Schlage „goldener Oktober" geben, so wie ihn die Dichter besangen: frisch, klar und sonnig.

Jacks Stimmung war beinahe heiter, so sehr, dass es ihm schwerfiel, sich zu konzentrieren. Dabei hatte er mehr als genug Arbeit, um für den Rest des Tages beschäftigt zu sein, aber er konnte an nichts anderes denken als an Samantha.

Wie war er nur in diesen Zustand geraten?

Schließlich hatte er die Frau, abgesehen von einem gelegentlichen Händedruck, gar nicht berührt. Die eine Gelegenheit, aus der man mit gutem Willen vielleicht etwas mehr ersehen konnte als eine belanglose freundliche Geste ihr gegenüber, ja bei der er sich um ein Haar hätte hinreißen lassen, ihr einen Kuss zu geben, lag Wochen zurück. Es war eine impulsive Bewegung gewesen, in der er abrupt innegehalten hatte, als Samantha buchstäblich von ihm zurückprallte. Seitdem hatte Jack jedes Mal, wenn sie zusammen waren, seine Gefühle mit geradezu religiöser Inbrunst im Zaum gehalten.

Mehr Selbstbeherrschung hätte auch ein Priester nicht aufbringen können.

Aber zum Donner, er war kein Priester, und so sehr er sich auch einredete, nichts mehr sein zu wollen als ihr Chef und väterlicher Freund, war er doch mehr denn je betört von der Frau!

Wenn es ihm gelungen war, seine selbstauferlegte Disziplin nicht zu brechen, so nicht nur, weil er alles daransetzte, ihr Vertrauen zu gewinnen – obschon es im Kern genau darum ging –, sondern wahrscheinlich auch aus Angst, sie sonst ein für allemal zu verlieren. Auch wenn Samantha ihm so gut wie nichts über ihre frühere Ehe erzählt hatte, so hatte sie doch zumindest seinen Verdacht bestätigt, dass sie von ihrem verstorbenen Mann misshandelt worden war. Wie sehr oder auf welche Weise, das freilich wusste er und würde es womöglich niemals zu wissen bekommen, war doch Samantha offenkundig entweder außerstande oder nicht willens, darüber zu sprechen. Ja, sie hatte angedeutet, dass nicht einmal ihre Eltern in diese Dinge eingeweiht waren.

Einerseits sehnte sich Jack nach ihrem Vertrauen, verzehrte sich gar danach, wenn er auch kaum Chancen zu haben schien, jemals ihre Zuneigung zu gewinnen. Und dann wieder gab es Momente, wo es ihn fast erleichterte, dass sie ihr Stillschweigen gewahrt hatte, war er sich doch nicht sicher, ob er die Wahrheit würde ertragen können.

Es machte ihn verrückt, sich vorzustellen, dass jemand Samantha weh getan hatte; allein der Gedanke daran ließ ihn sich krümmen wie im Schmerz. Es waren nur wenige Male gewesen, in denen er sich erlaubt hatte, näher darüber nachzusinnen, wie es in ihrer Ehe mit Bronson Harte wohl zugegangen sein mochte, und jedes Mal war eine gefährliche Wut in ihm hochgestiegen. Es war wohl besser, dass er die Details nicht kannte.

Andererseits kam er nicht umhin, sich zu fragen, ob das nicht bloß eine Art Feigheit war, aber diesen Gedanken schüttelte er ab, indem er sich fest vornahm, Samantha bereitwillig zuzuhören und sich für ihr Vertrauen dankbar zu erweisen, sollte sie sich je überwinden können, ihm ihr Herz auszuschütten.

Die Wahrheit war, dass er sich verzweifelt danach sehnte, Samanthas Vertrauen zu gewinnen, koste es, was es wolle.

Er wollte, dass sie ihm traute. Ihn brauchte.

Und er wollte, dass sie ihn heiratete.

Seufzend lehnte Jack sich in seinem Sessel zurück. Nein, es ging ihm nicht gut – keine Frage.

Er ertappte sich bei der Überlegung, ob sein vorbildliches Verhalten irgendwelche Auswirkungen auf Samantha hatte. Machte er sich bloß etwas vor, wenn er sich der Hoffnung hingab, seine Gentleman-Manieren trügen dazu bei, ihre Zuneigung zu gewinnen? Nach wie vor war er sich nicht sicher, woran er bei der Frau war.

Mehr als einmal hatte Jack der beunruhigende Verdacht beschlichen, dass sie ganz genau wusste, wie schwer es ihm fiel, immerzu den Gentleman zu spielen. Zwar mochte er nicht so weit gehen, sie fände seine Bemühungen bloß belustigend, aber gelegentlich sah sie ihn mit eigenartig hochgezogenen Brauen an, als rechnete sie jeden Moment damit, dass er die Zäune seiner neuerworbenen Wohlanständigkeit niederreißen würde.

Erneut seufzte er unzufrieden, konnte aber zugleich ein Lächeln nicht unterdrücken, als ihm einfiel, dass er Samantha ja heute sehen würde. Ja, wenn alles gutginge, dürfte er sich Hoffnungen machen, sie sogar zweimal zu treffen: noch heute morgen und dann wieder am Abend.

An diesem Punkt hellte sich seine Stimmung beträchtlich auf, und voller Erwartung stand er auf. Der heutige Tag konnte für sein Leben sehr wichtig werden, und er wollte nicht eine kostbare Minute mehr verschwenden, sondern die Dinge ohne Umschweife in die Wege leiten.

* * *

Samantha hatte erwartet, dass Tommy Ryder mit der Ausgabe vom Tage vorbeikommen würde, deshalb war sie nicht überrascht, als es kurz nach elf an ihrer Tür klopfte.

Tommy kam spät, also würde sie sich ranhalten müssen, um mit der Korrektur rechtzeitig fertig zu werden, bevor am Nachmittag ein weiterer Bote erscheinen würde, um die Druckfahnen wieder abzuholen. Dennoch war sie nicht wirklich ärgerlich, eher ein wenig erleichtert, dass der Junge nun endlich zur Stelle war.

Allerdings gefror ihr das Lächeln jäh auf den Lippen, als sie vor ihrer Wohnungstür nicht den jugendlichen Büroboten des *Vanguard* gewahrte, sondern den Eigentümer des Blattes höchstpersönlich.

„Jack!“

Groß und dunkel wie ein hochgewachsener Schwarzbär stand er in der Tür. Die heutige Zeitung unter den

Arm geklemmt, hielt er ihr mit der anderen Hand einen Strauß Herbstblumen hin.

Wortlos starrte Samantha ihn an, wobei ihre Blicke zwischen seinem leicht schiefen Lächeln und dem Blumenstrauß hin- und herwanderten. Sie war so verlegen, dass sie wirklich nichts sagen konnte.

Immer noch brachte sie Jacks Gegenwart – gelinde gesagt – aus der Ruhe, Monate nachdem sie in seine Dienste getreten war und trotz der sonderbaren und oft verwirrenden Freundschaft, die sich zwischen ihnen gebildet hatte.

Gerade so, als wäre ihm Samanthas Verlegenheit hochwillkommen, wurde sein Lächeln noch breiter. „Na, heute bin ich mal dein Botenjunge", sagte er forsch und streckte ihr das Bouquet entgegen. „Darf ich reinkommen, Samantha?"

Regungslos starrte Samantha die Blumen an. „Äh – ja, hm … Ich weiß nicht recht, ob das so 'ne gute Idee wäre."

Eigentlich hatte sie gedacht, dass die Zeit lange hinter ihr läge, in der Jack Kane – oder irgendein anderer Mann natürlich – sie zum Stottern bringen könnte wie ein dummes Schulmädchen. Doch so sehr sie sich auch anstrengte, die Fassung wiederzugewinnen, Samantha konnte nichts dagegen tun, dass ihr das Herz weich wurde.

Sie rief sich selbst zur Ordnung, indem sie sich klarmachte, dass sie alles andere war als ein Schulmädchen, schließlich ging sie auf die Dreißig zu. Nichts, so ging ihr durch den Sinn, stand einer reifenden Frau schlechter zu Gesicht, als wenn sie plötzlich anfing, sich wie ein kopfloser Backfisch aufzuführen.

Es wäre wohl in der Tat richtig, so ihr nächster Gedanke, ihn hereinzubitten – schließlich war er allen Problemen ihres Miteinanders zum Trotz ihr Arbeitgeber. Doch brauchten ihre Vermieterinnen eine Treppe tiefer, zwei alte Jungfern namens Washington, bloß Wind davon zu kriegen, dass sie einen Mann in ihrer Wohnung empfangen hatte, und ihr wäre ein Skandal sicher, der sich gewaschen hätte.

Plötzlich wurde sie gewahr, dass Jack sie mit einem belustigten Gesichtsausdruck musterte, als wüsste er haargenau, was sie dachte.

„Ich bin sicher, du hast Angst, deinen entzückenden Wirtinnen zu nahe zu treten", sagte er. „Doch sei unbesorgt. Ich bin sicher, die Teuren finden mich ziemlich charmant."

Wortlos starrte Samantha ihn an.

„Oh, ähm – ich bin Miss Rena und ihrer Schwester beim Reinkommen über den Weg gelaufen", fuhr er fort, als antwortete er auf eine unausgesprochene Frage ihrerseits. „Sie waren dabei, die Blumen aus der Veranda ins Haus zu holen – scheinen wohl der Meinung zu sein, wir würden heut Nacht Frost kriegen –, und ich bot ihnen meine Hilfe an. Ich hab' ihnen erklärt, mein Besuch sei ziemlich dringend und im übrigen rein geschäftlicher Natur, und sie waren sehr verständnisvoll. Und ausgesprochen hilfsbereit", fügte er hinzu, immer noch amüsiert vor sich hin lächelnd. „Du siehst also, Samantha, es geht völlig in Ordnung, wenn du mich reinbittest. Natürlich lassen wir die Tür offen, aber ich kann dir versichern, dass sowohl Miss Rena als auch Miss Lily mir vollkommenes Vertrauen entgegenbringen. Mir scheint, die beiden sehen in mir den Gentleman vom Scheitel bis zur Sohle."

Samantha konnte nicht umhin zu denken, dass er wie ein *Pirat* aussah. Freilich ein Pirat in einem perfekt geschnittenen Anzug – wie immer – samt Kavaliersstäußchen am Revers.

Aber trotzdem: ein Freibeuter.

Jack hielt ihr erneut das Bouquet hin, und diesmal riss Samantha es ihm buchstäblich aus der Hand. „Also schön, dann kannst du wohl ebenso gut reinkommen."

„Oh, vielen Dank, Samantha", sagte er mit einer raschen, knappen Verbeugung, bevor er an ihr vorbeieilte. „Ich hoffte, du würdest mich einladen."

2. Ein Anflug von Rebellion

Da wohnt etwas im rechtschaff'nen Herzen,
das aufbegehrt, wo Unrecht ist.
Anonym

Samantha stellte die Blumen ins Wasser, während sie sich den Kopf darüber zerbrach, was sie wohl sagen könnte, das nicht vollends belanglos klang. Jack war ihr in die Küche nachgegangen, hatte die Druckfahnen der Zeitung auf den Tisch gelegt und sah ihr nun, lässig am Ausguss lehnend, beim Arrangieren der Blumen zu.

Als er an ihr vorbei die Hand ausstreckte, um eine fahl aussehende Blüte zu ergreifen, die nicht recht zu den anderen passen wollte, kam Samantha in ihrer Hast, ihm auszuweichen, fast ins Stolpern. Er hob eine Braue, sagte aber nichts, sondern hantierte seelenruhig mit der schlaffen Blüte, indem er sorgfältig erst ein, zwei Blätter entfernte, bevor er die Blume zwischen zwei größeren, frischer aussehenden zurechtsteckte.

Lächelnd richtete er sich auf und wandte ihr erneut das Gesicht zu. Erst in diesem Moment gelang es Samantha, ihren Blick von seinen Händen abzuwenden.

„Heute kommt das Blatt aber spät“, sagte sie schroff, selbst erschrocken über den kratzbürstigen Ton ihrer Stimme. „Da muss ich mich total ranhalten, um bis zwei Uhr fertig zu sein.“

„Na ja, wenn das so ist, kann ich ja dableiben und dir helfen“, sagte er und schien Anstalten machen zu wollen, sich seines Mantels zu entledigen.

„Nein!“, blaffte Samantha in schärferem Tonfall, als sie es beabsichtigt hatte.

Da war sie wieder, die emporgewölbte dunkle Augenbraue. Zögernd stand er da, den Mantel halb ausgezogen.

„Ich meine, das tut nicht nötig." Die Wörter sprudelten übereilt aus ihr heraus, während sie sich alle Mühe gab, ihre Verlegenheit zu verbergen. „So spät ist es nun auch wieder nicht. Außerdem", fügte sie fahrig hinzu, „möchte ich auch nicht, dass du dir den Anzug mit Druckerschwärze besudelst."

Er musterte sie, und in seinen Augen glomm etwas, womit Samantha nichts anzufangen wusste. „Als ob mir 'n bisschen Druckerschwärze was ausmacht. Ich darf doch?" Ohne ihre Antwort abzuwarten, legte er den Mantel vollends ab und das Jackett gleich dazu. Entschlossen krempelte er sich die Hemdsärmel hoch. „Hör auf, dir das Leben schwerzumachen, Samantha. Ich geh' dir jetzt hierbei zur Hand und nehme die Fahnen dann mit zurück ins Büro."

Sprach's, rückte sich einen Stuhl am Küchentisch zurecht und fing an, die Titelseite durchzuarbeiten. „Im übrigen gibt's ein paar Dinge, die ich gern mit dir besprechen möchte. Deshalb bin ich eigentlich hier, um ehrlich zu sein."

Samantha war drauf und dran, erneut zu widersprechen, aber die Wörter blieben ihr im Halse stecken. Es kam ihr vor, als wäre ihre kleine, behagliche Küche plötzlich noch winziger geworden, um nicht zu sagen: beengt, geradezu erstickend. Das musste wohl an Jacks langen Beinen liegen, die sich unter ihren Tisch streckten, und an seinem dunklen Haupt, das sich über die Arbeit beugte.

Mehrere Minuten lang gingen sie stumm ihrer Arbeit nach, bis Samantha endlich das lastende Schweigen brach. „Ich hab' mich noch gar nicht für die Blumen bedankt. Sie sind sehr schön."

„Aber bitte sehr“, entgegnete er, ohne aufzusehen. Nach einer kurzen Pause fügte er hinzu: „Einer der Gründe, warum ich dich sehen wollte, war, dich um einen Gefallen zu bitten, falls du erlaubst.“

Samantha blickte von den Druckfahnen hoch.

„Ich mach’ mir sehr große Sorgen wegen Cavans Schwester und den beiden kleinen Maddens. Sie müssen jetzt jeden Tag eintreffen.“

Natürlich hatte Samantha daran gedacht. Es gehörte zu den diversen Verpflichtungen ihrer Stellung bei Jack Kane, dass sie bereits vor Wochen damit angefangen hatte, Vorkehrungen für die Ankunft Terese Sheridans und der beiden Waisenkinder in ihrer Begleitung zu treffen.

Jacks Zeitung, der *Vanguard*, hatte damit begonnen, eine Artikelserie über die irischen Einwanderer abzudrucken, die immer mehr in die Vereinigten Staaten strömten. In jedem seiner Aufsätze stellte der Verfasser, Cavan Sheridan, eine Einzelperson oder eine Familie vor und schilderte sowohl die Ursachen ihrer Auswanderung aus Irland wie auch die Schwierigkeiten, auf die sich die Immigranten bei ihrer Ankunft in Amerika gefasst machen mussten. Die Serie hatte überall in der Stadt, ja sogar im ganzen Staat bereits beträchtliche Aufmerksamkeit auf sich gezogen. Ihr war es zu verdanken, dass die Abonnentenzahlen des *Vanguard* im Steigen begriffen waren – und dass einem gewissen Cavan Sheridan seine erste Nebentätigkeit sicher war.

Samantha war froh, an diesem beispiellosen Projekt mitarbeiten zu können, einem Projekt, das an sich Cavan Sheridans ureigenste Idee gewesen war. Die Zeitung tat nämlich mehr, als nur die Geschichten zu recherchieren und zu veröffentlichen: Sie finanzierte auch die Schiffspassage der jeweiligen Einwanderer, unterstützte sie bei der Wohnungs- und Arbeitssuche und behielt ihr Leben während der Eingewöhnung in ihre neue Umgebung im Auge.

Der Umstand, dass eine der ersten, die in New York ankamen, ausgerechnet Cavans Schwester sein würde, die einzige Angehörige, die ihm verblieben war, machte das Projekt für Samantha noch wichtiger.

Cavan war ihr Meisterschüler aus der Zeit, in der sie in den Einwandererviertelnn Abendunterricht gegeben hatte. Von Anfang an war er ihr als außergewöhnlich begabter junger Mann aufgefallen. Er hatte einen hellwachen, flinken Verstand und besaß eine Fähigkeit, sich plastisch auszudrücken, wie sie selbst vielen erfahrenen Reportern der Stadt abging.

Außerdem war es jener junge irische Einwanderer gewesen, der dafür verantwortlich war, dass Samantha überhaupt beim *Vanguard* arbeitete. Cavan, der bei Jack Kane anfangs als Kutscher und Stallbursche angestellt gewesen war, hatte Samantha auf die freie Stelle einer Korrektorin hingewiesen und Jack Kane persönlich auf Samantha.

Zuerst hatte Samantha Jacks andauernden Versuchen, sie einzustellen, widerstanden, hauptsächlich dank Jacks schlechtem Ruf. Inzwischen sah sie die Stelle beim *Vanguard* längst als das beste, was ihr hatte passieren können. Das Korrekturlesen machte ihr Spaß, mehr aber noch die sonstigen Lektoratsaufgaben, die Jack ihr seit neuestem übertrug. Und die zusätzlichen Zuständigkeiten, die ihr demnächst mit der Ankunft der ersten vom *Vanguard* betreuten Einwanderer zufallen würden, machten den Job noch attraktiver. Der Job hatte für sie wirklich fast nur Vorzüge und kaum Nachteile.

Vielleicht mit Ausnahme des Mannes, der ihn ihr gegeben hatte.

Verstohlen sah sie zu Jack hinüber und bemerkte,

dass er sie anschaute und immer noch auf ihre Antwort wartete.

„Äh, was sagtest du gerade?"

„Ich fragte dich, ob es dir was ausmachen würde, den Hafen im Auge zu behalten, solange ich weg bin."

„Weg?"

Er sah sie an. „Ich fahre Mittwoch nach Philadelphia, weißt du es nicht mehr?"

Es gab keine Rechtfertigung für den jähen, aber unleugbaren Stich der Enttäuschung, der Samantha durchzuckte. Er würde nur ein paar Tage fort sein, mehr nicht, aber diese Aussicht vermittelte ihr aus irgendwelchen Gründen ein beinah schmerzhaftes Gefühl der Leere.

„Oh, das hatte ich vergessen. Du wolltest dich ja mit Mr Poe treffen."

Er nickte. „Ja, ich treffe ihn am Donnerstag und danach vielleicht noch ein-, zweimal mehr, bevor ich zurückkomme – je nachdem, wie die Dinge sich entwickeln." Er hielt inne und sah sie an. „Was meine Einladung betrifft, wirst du deine Meinung wohl kaum geändert haben?"

Samantha spürte, wie ihr die Hitze ins Gesicht schoss. „Du weißt doch ganz genau, dass ich dich unmöglich begleiten kann. Bitte fang nicht wieder davon an."

„Aber es wäre doch eine völlig saubere Sache", sagte er nachdrücklich. „Du würdest als meine Sekretärin reisen."

Samantha kam es vor, als legte er alles darauf an, sie zu ködern. Überrascht registrierte sie, dass sie sich sekundenlang bei dem *Wunsch* ertappt hatte, mit ihm reisen zu können.

„Ich kann mir kaum vorstellen, dass man das für sauber befinden würde", erwiderte sie und musste sich doch zwingen, nicht anzubeißen. „Außerdem bin ich nicht bereit, noch länger darüber zu reden. Und jetzt sollten wir zusehen, dass wir mit der Korrektur fertig werden, falls du die Zeitung heute noch rausbringen möchtest."

Er tat, als seufze er enttäuscht, bevor er den Blick wieder auf die Druckfahnen richtete. „Du machst dir viel zu viele Gedanken darüber, was die Leute denken könnten, Samantha."

Sie entgegnete nichts. Minuten verstrichen, bevor sie das Gespräch auf festeren Boden lenkte. „Versteh' ich das recht, dass du von dem Schiff immer noch keine Nachricht hast?"

Er schüttelte den Kopf. „Das Sheridan-Mädchen weiß, dass sie einen der Lohnboten vom Hafen raufschicken soll, sobald sie die Quarantäne hinter sich haben. Bis jetzt ist nichts gekommen. Ich nehme an, das Schiff ist noch gar nicht eingelaufen, aber ich wüsste es gern genauer. Du erinnerst dich: Brady schrieb, die beiden Kinder seien nicht in guter Verfassung."

Samantha nickte. Shona und Tully Madden waren zwei irische Waisenkinder, die Jacks Bruder für das *Vanguard*-Wohltätigkeitsprogramm vorgeschlagen hatte. Zugleich hatte er dafür Sorge getragen, dass Terese Sheridan sich während der Überfahrt um sie kümmerte. Offenkundig befanden sich beide Kinder in ziemlich erbärmlichem Gesundheitszustand, als Brady diese Vorkehrungen getroffen hatte.

„Es hätte doch in den Hafennachrichten stehen müssen, wenn das Schiff eingetroffen wäre?", fragte sie Jack.

Er winkte ab. „Darauf kannst du dich nicht verlassen. Denen geht mehr durch die Lappen, als sie mitbekommen. Ich vermute, dass sie womöglich in der Quarantäne festgehalten werden, sobald sie landen.

Wir müssen deshalb aufpassen, dass uns ihre Ankunft nicht entgeht."

Samantha sah ihn an. „O Jack, ich kann's nicht ertragen, mir vorzustellen, wie sie diese Kinder in Tompkinsville festhalten. Du glaubst nicht, was das für ein schrecklicher Ort ist."

„So ist es", sagte er säuerlich. „Aber wie auch immer, du wirst also Verbindung zum Hafen halten, während ich fort bin?"

„Natürlich. Doch wäre es nicht besser, du würdest das Cavan auftragen und nicht mir? Er jagt schon tagelang zu den Docks runter. Ich glaube, er kann's gar nicht mehr abwarten, endlich seine Schwester wiederzusehen nach all den Jahren."

„Kann er nicht", pflichtete Jack bei, „aber er kommt nicht vorm Wochenende aus Albany zurück, eher erst am Montag. Bill Worth liegt mit Grippe flach, also hab' ich Sheridan zum Sitz des Gouverneurs raufgeschickt, um zu recherchieren, welchen Unfug Weed diesen Monat wieder ausgeheckt hat."

Samantha beobachtete, wie sein Gesichtsausdruck düster wurde. Jack hatte noch nie einen Hehl aus seiner Abneigung gegen Thurlow Weed und seine *Whig*-Politik gemacht.

„Selbstverständlich wollte ich nicht sagen, dass du allein zum Hafen runtergehen sollst", fuhr er fort. „Bis Sheridan zurückkommt, wird einer der Jungs von der Zeitung dich kutschieren."

Dagegen hatte Samantha nichts einzuwenden. Ihr behagte nicht, auf eigene Faust im New Yorker Hafen herumzustiefeln.

Binnen weniger Minuten waren sie mit ihren Korrekturen fertig, und Jack lehnte sich auf seinem Stuhl zurück und reckte sich. „Na siehst du, pünktlich auf die Minute", bemerkte er, ohne Samantha aus den

Augen zu lassen. „Magst du heute Abend mit mir essen?“

Samantha wandte den Kopf ab. Sie wollte ihn nicht sehen lassen, wie gerne sie diese Einladung angenommen hätte.

„Bitte“, schob er rasch nach.

„Jack –“

„Ich hab’ das Mittagessen verpasst. Wir werden früh essen. Wenn du magst, gehen wir in den Club.“

Drei- oder viermal hatte Samantha im Laufe der vergangenen zwei Monate mit Jack zu Abend gegessen, und zwar stets im Portico-Club, einem unauffälligen, etwas abgelegenen Restaurant in der Innenstadt, wo man nicht damit rechnen musste, irgendeinem bekannten Gesicht zu begegnen.

Samantha wusste, dass Jack mit Blick auf ihren Ruf den Club vorzuschlagen pflegte, wann immer er sie zum Abendessen einlud. Einerseits berührte es sie tief, wie viel Rücksicht er auf sie nahm. Andererseits aber widerte es sie an, dass ihr Ruf irreparablen Schaden nehmen könnte, bloß weil sie mit einem Mann essen ging, der in der feinen Gesellschaft als *persona non grata* galt.

Bei Licht betrachtet war es Jack, der alles daransetzte, sie vor einem Skandal zu bewahren. Auf sich selbst gestellt hätte Samantha vermutlich die Klatschmäuler ignoriert und wäre hingegangen, wo immer sie wollte und mit wem auch immer es ihr gefiel. Er aber bestand darauf, dass sie um ihretwillen Diskretion wahrten, und sie wollte gern glauben, dass er mit dieser Vorsicht richtig lag. Wenigstens würde so ihre Mutter, der die gesellschaftliche Anerkennung ebensoviel bedeutete, wie Samantha sie verachtete, nicht mit der Nase auf den schlechten Leumund gestoßen werden, der wie eine düstere Wolke über Jack zu hängen schien.

Mittlerweile glaubte Samantha den Gerüchten längst nicht mehr, die an Jack zu kleben schienen. Sicher hatte er eine Vergangenheit, wie ihre Mutter nicht müde wurde zu wiederholen. Das ließ sich nicht leugnen, aber er machte auch keinerlei Anstalten, es vor Samantha zu verbergen. Ein-, zweimal hatte er sogar von seiner früheren Zocker-Existenz gesprochen und keinen Hehl daraus gemacht, dass er den Großteil des Geldes, mit dem er den *Vanguard* gekauft hatte, bei einem *Blackjack*-Marathon gewonnen hatte.

Doch Samantha glaubte ihm, wenn er sagte, er habe das Laster hinter sich gelassen. „Ich hab' gezockt, weil ich drauf aus war, so schnell wie möglich 'ne Menge Geld zu machen", hatte er ihr einmal offenherzig erzählt. „Als ich herausfand, dass ich eine Glückssträhne nach der anderen hatte, hab' ich immer höher gepokert. Doch sobald ich hatte, was ich wollte, hab' ich aufgehört. In Wirklichkeit hat es mir nie so richtig Spaß gemacht. Es war einfach nur", sagte er schulterzuckend, „ein Mittel zum Zweck."

Was die Gerüchte anbetraf, er sei ein notorischer Schürzenjäger, hatte Samantha keine Möglichkeit, ihnen auf den Grund zu gehen. Eines wusste sie genau: Es war völlig unmöglich, in seiner Gesellschaft einen Raum zu betreten, ohne zu bemerken, welche Wirkung er auf die anwesende Weiblichkeit ausübte. Selbst die hochgeachteten reiferen Damen der Gesellschaft konnten nicht anders, als ihm nachzuschauen. Jack war geradezu unverschämt attraktiv: enorm hochgewachsen und ganz außergewöhnlich gutaussehend, dazu von einem unübersehbaren Flair von Macht umgeben – um nicht zu sagen, von einer gewissen Skrupellosigkeit –, das so greifbar war, dass der ganze Raum vor Erregung zu flirren schien, sobald er eintrat.

Sein Verhalten Samantha gegenüber war tadellos.

Er setzte offenbar alles daran, ihr in äußerster Schicklichkeit zu begegnen, was ihm auch meistenteils recht ordentlich glückte – ja, sein Gebaren ihr gegenüber grenzte oft genug an eine ganz altmodische Ritterlichkeit. Gelegentlich ertappte Samantha sich dabei, wie sie ein Schmunzeln unterdrücken musste bei dem Gedanken, wie viel Anstrengung es ihn wohl kosten mochte, den Musterknaben zu spielen.

Zumeist jedoch berührten sie seine Versuche zutiefst, ihre Zuneigung zu gewinnen, auch wenn sie den Verdacht hegte, dass er, würde sie es denn darauf anlegen, unumwunden zugäbe, genau der Schurke zu sein, zu dem die Gerüchte ihn stempelten. Ja, er schien es mit einer unerklärlichen grimmigen Befriedigung zu genießen, nichts gegen seinen fragwürdigen Ruf zu unternehmen, und letzten Endes war es diese Tatsache, die Samantha daran hinderte, das Geschwätz über ihn in Bausch und Bogen von sich zu weisen. Ungeachtet der unleugbaren Anziehung, die er auf sie ausübte, musste sie zugeben, dass es sehr wohl möglich war, dass Jack haargenau der skrupellose, kaltblütige Atheist war, als den ihn die Klatschbasen hinstellten.

Ihre Mutter jedenfalls glaubte diesbezüglich die allerschlimmsten Geschichten und fand sogar Geschmack daran. Bei jeder Gelegenheit nervte sie Samantha mit Bemerkungen von der Art, „dieser widerliche Kerl, für den du da arbeitest", sei nichts weiter als ein irischer Gangster, dessen Erfolg auf unrechtem Grund gediehen und dessen Renommee unter aller Würde sei.

Und wenn ihre Mutter recht hatte?

Ja – was dann?

Doch wie dem auch sei: Mochte Jack früher so gewesen sein, ihr gegenüber hatte er sich niemals anders gezeigt denn als vollendeter Gentleman – freundlich und ritterlich, um nicht zu sagen ein wenig überbehütend. Auf den meisten anderen Gebieten ihres Lebens hatte Samantha sich längst von ihrer Neigung gelöst, ihr Verhalten an den auf bloßen Konventionen gründenden Erwartungen ihrer Mutter auszurichten. Wieso nicht diese harterkämpfte Unabhängigkeit auf ihr Verhältnis zu Jack ausdehnen?

Unvermittelt drehte sie sich zu ihm um und sagte, bevor sie es sich noch anders überlegen konnte: „Ja, ich würde heute Abend sehr gerne mit dir essen. Und warum sollten wir zur Abwechslung nicht mal ein anderes Lokal ausprobieren?"

Lange sah er sie unverwandt an. Dann lächelte er und fesselte sie mit dem Blick seiner dunklen Augen, während seine Antwort sie völlig überrumpelte.

„Was ich wirklich möchte, Samantha, ist, dich bei mir zu Hause zum Essen zu haben. Ich muss zugeben, dass ich schon lange damit geliebäugelt habe, dich an meine eigene Tafel zu laden. Aber das wirst du wohl gar nicht erst in Betracht ziehen mögen." Er hielt nur kurz inne, so dass sie nichts entgegnen konnte, und fuhr dann fort: „Es wäre eine durch und durch anständige Angelegenheit, das verspreche ich dir. Meine Haushälterin wäre zugegen, ebenso wie meine Köchin, Mrs Flynn. Wir wären nicht allein im Haus. Ganz und gar nicht."

Samantha musterte ihn. Fast tat ihr ihre Impulsivität schon wieder leid, doch zugleich hatte er sie in Versuchung gebracht, ganz gegen den unüberhörbaren Protest ihres gesunden Menschenverstands. Dieser Vorschlag war das letzte, womit sie gerechnet hätte. Doch er wirkte so eifrig, so hoffnungsvoll, dass es ihr gemein vorkam, ihm einen Korb zu geben.

„Ich – also, ich finde … ich meine, das ist nicht gerade die feine Art deiner Köchin gegenüber, so unverhofft einen Gast mitzubringen."

Jack winkte ab. „Mrs Flynn kann gar nicht anders, als für mindestens ein halbes Dutzend Leute zu kochen, sobald sie auch nur den Herd befeuert. Wirklich, so ist sie: je mehr, um so besser. Weißt du, ich tu mein Bestes, um ihre Großzügigkeit zu würdigen, aber selbst ein gieriger Ire ist früher oder später restlos voll."

Als Samantha zauderte, sah er sich in der Küche um und sagte: „Schau, jetzt hab' ich dein Zuhause kennengelernt. Um so mehr würde ich es schätzen, wenn du meinem einen Besuch abstatten würdest." Er beugte sich vor und langte über den Tisch, um sanft ihre Hand zu berühren. „Es wäre mir eine große Ehre, Samantha."

Da war er wieder, jener unerwartete, fast schon skurrile Zug von Bescheidenheit, der so gar nicht zu seinem sonstigen, durch und durch unerschütterlichen Selbstbewusstsein zu passen schien.

Heute war für sie offenbar ein Tag der Augenblicksentscheidungen.

„Ich ... also schön. Aber nur am frühen Abend, dass das klar ist!"

Der Glanz, der sich über seine Züge zu legen schien, machte ihn augenblicklich um Jahre jünger. Plötzlich war er heiterster Laune, freute sich beinah wie ein kleiner Junge, der soeben ein langerträumtes Geschenk bekommen hatte.

„Okay, ja ... großartig! Ich schick' dir Ransom gegen sieben her – was hältst du davon? Und er wird dich nach Hause fahren, wann immer du es wünschst; das versteht sich."

Seine Freude brachte Samantha zum Lächeln. Zugleich tat sie alles, um sich nicht einzugestehen, wie glücklich sie selbst in diesem Moment war.

3. Herzensschatten

Mit der Geliebten bracht' ich den Abend zu.
George Darley

Jacks Haus – sofern man einem solch weitläufigen, herrschaftlichen Anwesen mit der schlichten Vokabel *Haus* überhaupt gerecht werde – bot sowohl eine Überraschung als auch ein Muster an Gegensätzen.

Seit sie die Schwelle überschritten hatte, war Samantha gebannt und zugleich ein wenig verwirrt von dem überbordenden Prunk, von dem sie nicht angenommen hätte, dass er zu Jacks Charakter passte. Zudem war ihr erster Eindruck von dem Haus ein verstörend bedrückendes Gefühl von Düsternis. Das Mobiliar war zum größten Teil dunkel, schwer und reich verziert. Doch gab es auch verhaltene Eleganz: schlicht, aber klassisch und von auserlesenem Geschmack. Sie ertappte sich bei der Frage, welches der beiden Extreme Jacks Naturell wohl besser entsprach.

Die riesige Empfangshalle wirkte mit ihren Wandbehängen aus tiefrotem Damast und den vergoldeten Stuckornamenten geradezu protzig. Die massive Mahagonitreppe wiederum war äußerst solide und dabei meisterhaft gebaut. Sie schwang sich in formvollendeten Rundungen bis in den dritten Stock hinauf. Ihre bezwingende Stattlichkeit erinnerte Samantha irgendwie an Jack.

Das große Esszimmer wurde von einer Tafel beherrscht, die sich fast durch den ganzen Raum zog. Außerdem gab es hohe Stühle, eine lange Anrichte und ein Porzellankabinett, das man eher in einer mittelalterlichen Burg erwartet hätte als in einem Haus an der vierunddreißigsten Straße. Was den Raum gerade noch davor rettete, kitschig zu wirken, war die erlesene Sammlung herrlichen Silbers, feinsten Porzellans und edelsten Kristalls auf dem Tisch. Alle diese Gegenstände waren schlicht, aber ausgesprochen geschmackvoll gearbeitet.

In Jacks Haus zu weilen und an seinem Tisch zu essen, weckte Samanthas Neugier im Hinblick auf die verstorbene Martha Kane. Wie mochte sie gewesen sein, Jacks Frau, der – Amelia Carver zufolge – das tragische Schicksal bestimmt gewesen war, kinderlos zu sterben, noch ehe sie die Dreißig erreicht hatte, und die Jack in bitterster Verzweiflung zurückgelassen hatte? Ob sie wohl die geschmackvolleren Elemente zu diesem Raum beigesteuert hatte? War es Martha gewesen, die die geschwungenen *K's* auf die weißen Leinenservietten gestickt hatte?

Und vermisste Jack sie immer noch, trauerte er nach wie vor um sie?

Samantha unterdrückte die Fragen, indem sie sich einredete, dass die Antworten darauf sie nun wirklich nichts angingen. Und doch schaffte sie es nicht ganz, das Bild von Jack abzuschütteln, wie er dunkel, still und mutterseelenallein hier in diesem monströsen Saal mit der Akustik eines Kirchenschiffes saß – mit nichts als seinen Erinnerungen als Gefährten. Dieser Gedanke stach ihr mit so unerwarteter Gewalt durchs Herz, dass sie buchstäblich zusammenzuckte und ihre Gabel gegen den Teller klirrte.

Sie sah auf. Er beobachtete sie. „Hässlich, oder?", sagte er mit einer ausholenden Handbewegung.

Samantha errötete und schaute zur Seite. „Aber nein, nicht doch. Dein Haus ist sehr beeindruckend."

„Grotesk ist es", erwiderte er scheinbar gleichgültig,

während er von dem Käsesoufflé kostete. „Das meiste von dem Zeug war schon hier drin, als ich den Kasten kaufte. Von jeher hatte ich vor, manches zu verändern, aber irgendwie hab' ich nie die Zeit dazu gefunden. Ich denke oft darüber nach, das Ganze hier zu verkaufen und in etwas ... sagen wir weniger Mondänes umzuziehen." Er lächelte flüchtig. „Aber ich muss sagen, deine Gegenwart verleiht dem alten Gruselkabinett ganz ungewohnten Glanz."

Die Wärme seines Blicks brachte Samantha durcheinander, so dass sie erneut zur Seite blickte und so tat, als konzentrierte sie sich voll und ganz auf ihren Nachtisch. „Was Mrs Flynns Kochkünste anbetrifft, hast du wahrlich nicht übertrieben. Es war alles köstlich."

In Wahrheit hatte sie kaum wahrgenommen, was sie aß. Beim Schweinebraten und den Backäpfeln hatte sie so gut wie nichts geschmeckt.

„Ich werd' ihr sagen, dass du angetan warst", sagte Jack trocken, so als wüsste er genau, wie wenig Aufmerksamkeit sie tatsächlich an das Essen gewandt hatte.

Für einen Moment hing lastende Stille zwischen ihnen, so lange, bis die Haushälterin, Mrs O'Meara – Jack nannte sie Addy – erneut das Speisezimmer betrat wie bereits einige Male im Laufe des Abends.

„Sagte ich nicht, wir würden einen unbestechlichen Anstandswauwau haben?", tuschelte Jack.

Samantha musste lächeln. In der Tat waren die Absichten hinter dem beständigen Kommen und Gehen der Haushälterin – mit dem es keineswegs sein Bewenden hatte, nachdem der letzte Gang längst abgetragen war – geradezu belustigend offensichtlich gewesen.

„Ich habe den Eindruck, dass Mrs O'Meara dich aufs allerbeste versorgt", bemerkte Samantha, nachdem sich die Tür wieder hinter der Frau geschlossen hatte.

„Dass ich nicht lache! Du bist es, auf die dies impertinente Weib ein Auge hat, darauf kannst du wetten!"

Samantha musterte ihn von oben bis unten. „Du führst mich nicht hinters Licht, soviel steht fest! Ihr zwei stichelt euch gegenseitig, dass die Fetzen fliegen, aber ich glaube, du hast sie ganz schön gerne."

Er tat, als wollte er eine Grimasse des Abscheus schneiden, wobei sich seine dunklen Brauen zu einer durchgehenden Linie verbanden. „Davon lass unsere gute Mrs O'Meara bloß keinen Wind kriegen, sonst friste ich ab heute Abend meine Tage in heulendem Elend."

„Mir scheint, sie weiß ganz genau, dass nichts ihre Stellung hier ins Wanken bringen kann."

Er schüttelte den Kopf. „Ich wüsste nicht, was ich ohne sie täte. Wirklich, so ist es. Aber wenn ich sie nicht tagtäglich ein bisschen ärgern würde, wäre sie absolut unausstehlich."

Sein schiefes Grinsen brachte Samantha zum Lachen. „Wie lange ist sie schon hier?"

„Seit ewigen Zeiten", versetzte er. „Na ja, ich meine, schon sehr lange. Außer dass sie mein Leben unter der Fuchtel gehalten und mir den Haushalt geführt hat, hat sie auch Mutterstelle an meinem Bruder und meiner Schwester eingenommen."

Samantha fiel ein, dass Jacks Schwester Rose als Nonne in New Jersey lebte, während Brady, sein jüngerer Bruder, sich immer noch in Irland aufhielt, von wo er die Artikel für die Einwanderer-Serie lieferte.

„Wie lange will dein Bruder noch in Irland bleiben?", fragte sie.

Er schaute sauertöpfisch drein. „Allmählich kommt's mir so vor, als ob er sich für immer dort niederlassen wollte."

„Und das gefällt dir nicht?"

„Er ist zwar ’n Spitzbube, mit dem man nichts als Ärger hat, aber trotzdem vermisse ich ihn langsam. Genau wie Rose. Aber bei allen beiden war nichts zu machen, nachdem sie sich einmal in den Kopf gesetzt hatten, wie sie leben wollten.“

In dieser Sekunde erkannte Samantha etwas in seinen Augen – ein Aufblitzen von Bedauern oder sogar Traurigkeit –, das ihr Herz tief rührte. Nicht zum erstenmal stellte sich ihr die Frage, wie sehr sich Jack wohl tatsächlich des Reichtums erfreute, den er angehäuft hatte, und was ihm die Macht und der Einfluss, über die er verfügte, in Wahrheit bedeuteten.

Was hatte ihn bewogen, solche Höhen zu erklimmen? Sie wusste, dass er als Kind aus Irland ausgewandert war. Die Klatschweiber wussten zu erzählen, den Grund seines Verlagsimperiums habe er dadurch gelegt, dass er in einer kleinen Druckerei die Fußböden gewischt habe. Und jetzt gehörte ihm eine der einflussreichsten Zeitungen des ganzen Landes; außerdem gebot er über zwei große, renommierte Verlagshäuser. Dabei konnte er kaum weit über vierzig sein – wenn überhaupt. Also musste er seine erstaunliche Karriere in relativ kurzer Zeit gemacht haben. Entweder hatte er unglaubliches Glück gehabt oder einen immensen Ehrgeiz.

Sie überlegte, wie viel Anteil an diesem Ehrgeiz wohl die Motivation gehabt hatte, selbst nach oben zu kommen, und wie viel der Fürsorge für seine jüngeren Geschwister zuzuschreiben war, denen er ein besseres Leben hatte bieten wollen.

Selbst Jacks schärfste Kritiker konnten nicht umhin, ihm eine gewisse zähneknirschende Anerkennung zu erweisen. Schließlich hatte er mit nichts als seinen eigenen Fähigkeiten atemberaubende Erfolge erzielt: mit seiner Intelligenz, seinem unbekümmerten Mut, einer Menge harter Arbeit und, wie er selbst sagte, einer großen Portion Glück. Doch ungeachtet allen Wohlstands und aller Macht hatte Samantha bei ihm niemals auch nur die geringste Spur von Glück oder Zufriedenheit bemerkt. Im Gegenteil, allmählich begann sie zu glauben, dass ihm sein Erfolg wenig mehr eingebracht hatte als eine selbstauferlegte Einsamkeit und eine tiefsitzende, kaum verhüllte Wut.

Jenen stummen Zorn in ihm hatte sie fast von Anfang an gespürt: eine Düsternis, die stets und ständig dicht unter der Oberfläche seiner Gefühle lauerte, sich jederzeit, wie Samantha argwöhnte, explosionsartig verdichten konnte und ihr sogar ein wenig angst machte. Ja, sie konnte sich des Gefühls nicht erwehren, dass es eine Seite von Jacks Naturell gab, die sich rasch als hässlich herausstellen mochte, sobald er sich in diesem Bereich nicht mehr recht unter Kontrolle hätte. Zwar hatte sie einen solchen Kontrollverlust bei ihm noch nie miterlebt und war auch niemals zum Objekt eines seiner legendären Zornausbrüche oder seines schneidenden Sarkasmus geworden, gehört aber hatte sie mehr, als ihr lieb war, von seinen Ausfällen, die überaus gehässig, um nicht zu sagen regelrecht grausam ausfallen konnten.

Alles in allem aber fand sie es ausgesprochen schwierig, nein geradezu unmöglich, dergleichen Gerüchte mit dem Mann in Übereinstimmung zu bringen, der sich ihr gegenüber so überaus freundlich verhalten hatte. Der unleugbaren gegenseitigen Anziehung zwischen ihnen zum Trotz – und der Spannung, die daraus resultierte – hatten sie es geschafft, Freunde zu werden, und zwar gute Freunde. Diese Freundschaft war in einer Zeit entstanden, in der Samantha einen Freund bitter nötig gehabt hatte. Die Freundlichkeit, die Jack ihr erwies, sein Interesse und seine Ermutigung waren für ihr schwer verwundetes Inneres wie Balsam gewesen.

Vielleicht kam es daher, dass sie dazu neigte, die Gemeinheiten, die man sich von ihm erzählte, nur allzu gerne abzutun. Darüber hinaus aber war ihr seine Vergangenheit, war ihr das, was dieser Mann gewesen sein mochte, nicht so wichtig wie das, was er für *sie* war: Dieser Mann war ihr Freund geworden, ein Freund, der ohne weiteres bereit zu sein schien, auch das in ihrem Leben zu ertragen, was er niemals würde verstehen können.

Sollte sie ihm dann nicht dieselbe Bereitwilligkeit entgegenbringen?

Außerdem: Wer wüsste wohl besser als sie über die Abgründe der menschlichen Seele Bescheid, über die düsteren Schatten, die an verborgenen Orten lauerten, so tief, dass niemand sie jemals zu Gesicht bekommen würde? Und wer war sie, dass sie aufgrund von *Gerüchten* sich erdreisten sollte, ein Urteil über Jack zu fällen, wo sie doch aus erster Hand mitbekommen hatte, wie sehr man sich von äußerem Schein blenden lassen und wie leicht sich schwärzeste Finsternis hinter einer Maske der Güte und Helligkeit verbergen konnte?

* * *

Er konnte immer noch nicht wirklich glauben, dass sie hier war. Als er die Einladung aussprach, hatte er buchstäblich den Atem angehalten und fest damit gerechnet, dass sie ablehnen würde. Dann aber, als sie ihn mit ihrem Ja überraschte, hatte ihn eine Woge unbeschreiblichen Glücks überrollt.

Wie er sie jetzt beobachtete, war Jack völlig von den widerstreitenden Empfindungen beherrscht, die sie in ihm auslöste. Ihre schiere Gegenwart schien ihn aus einem zutiefst erschöpften Vierzigjährigen in einen linkischen, stammelnden Schuljungen zu verwandeln. Kein Zweifel: Das Vergnügen, das es ihm bereitete, einfach nur in ihrer Gesellschaft zu sein, grenzte an Albernheit, wenn nicht an Geistesgestörtheit. O Mann, jedes Mal wenn er mit der Frau zusammen war, musste er aufpassen, dass er nicht die ganze Zeit dämlich grinste wie irgendein zurückgebliebener Dorfgimpel!

Doch selbst in seinem angestrengten Bemühen, sich nicht von dieser jungenhaften Schwärmerei mitreißen zu lassen, erfasste ihn schmerzhaft jenes sonderbare, unerfreuliche Bewusstsein, allein durch zuviel Nähe könnte er sie irgendwie *besudeln*.

Sie hatte etwas Lichtes an sich, diese Samantha, ein sanftes Leuchten der Liebenswürdigkeit und Güte, das ihr selbst nicht im geringsten bewusst zu sein schien. Dieser Wesenszug machte sie für Jack genauso unwiderstehlich, wie er ihn davon abhielt, seinem wachsenden Verlangen nach ihr nachzugeben.

* * *

Kaffee und Tee nahmen sie im Arbeitszimmer, wo Samantha noch einen weiteren Kontrast in der Einrichtung entdeckte. In diesem Raum fühlte sie sich auf der Stelle wohler, denn hier strahlte unzweifelhaft alles Jacks eigene Persönlichkeit aus. Auch das Arbeitszimmer war geräumig, aber nicht so höhlenartig und bedrückend wie der Esssaal. Es hatte mehr den Charakter eines Refugiums. Sie kam zu dem Schluss, der Raum strahle etwas Friedliches aus: Mit seinen gründamastenen Wandverkleidungen, dem feinen, aber soliden Mobiliar in Rosenholz und Leder und den alten, goldbraunen Paneelen war er ein Ort zum Ausruhen mit einer Atmosphäre, die der einer Kapelle nicht unähnlich war.

An drei von vier Wänden standen Bücherborde, gedrängt voll mit anscheinend vielgelesenen Bänden. An der einzigen freien Wand hingen die verschiedensten Opern- und Theaterplakate, und Samantha entging nicht, dass etliche davon die Autogramme der namhaftesten Künstler trugen, die in den jeweiligen Stücken aufgetreten waren.

Sie saßen, jeder an einem Ende eines schon ziemlich abgenutzten Sofas, am Kamin, vor sich ein Cocktailtischchen. Während er seinen letzten Kaffee schlürfte, beobachtete Jack sie. „Du hast mir noch immer nicht gesagt, ob du mir nun raten würdest, Poe herauszubringen oder nicht", sagte er und stellte seine Tasse auf dem Tischchen ab.

Samantha sah ihn halb verwundert, halb spöttisch an. „Ich glaube kaum, dass ich kompetent bin, dir zu raten, wen du herausbringen solltest und wen nicht, Jack."

„Bei Licht betrachtet bist du da kompetenter als ich selbst, Samantha. Also bitte: Sag mir, was du denkst. Ich hab' gelernt, dass ich deinen Instinkten trauen kann."

Samantha nippte an ihrem Tee und versuchte, die Welle von Glücksgefühlen zu ignorieren, die seine Worte in ihr auslösten. „Ich dachte, du hättest dich schon entschieden, Mr Poes letztes Werk zu bringen."

Er zuckte die Schultern. „Klar, ich könnte schon mit ihm ins Geschäft kommen – sobald ich mir sicher wäre, ob ich das wirklich will oder nicht." Er fuhr sich mit dem Zeigefinger über den Schnäuzer. „Nicht dass ich Poes Genie in Frage stellen will. Aber mag er so genial sein, wie er will, ich finde sein Werk beinahe zu …" Er unterbrach sich, als sei ihm das passende Wort entschlüpft.

„… düster?“, half Samantha aus.

Er sah sie an und nickte bedächtig. „Genau, das ist es. Ich glaube, er ist ’n ziemlich finsterer, ja sogar deprimierter Zeitgenosse. Hast du ihn gelesen?“

Und ob sie das hatte, und obwohl sie Poes herausragende Kunst bewunderte, waren seine Werke für ihren Geschmack meist zu trübselig gewesen. „Ich habe das meiste von seiner Poesie gelesen. Und ein paar seiner kürzeren Erzählstücke.“

„Was ist mit der Novelle?“

Samantha stellte ihre Tasse ab und schüttelte den Kopf. „Ich glaube, damit hat sich selbst Mr Poe wirklich nicht die allergrößte Mühe gegeben. Offen gesagt, ich fand sie ein bisschen dümmlich.“

„Stimmt schon, zu seinen größten Würfen gehört sie nicht“, pflichtete Jack bei. „Er hat ’ne ziemlich bemerkenswerte Lebensgeschichte, nicht wahr? Für einen Schriftsteller, meine ich. Er war sogar ’ne Zeitlang in West Point, wusstest du das?“

„Er kam vors Kriegsgericht, während er auf der Akademie war“, bemerkte Samantha. „Und es wird erzählt, dass er die Anklage mutwillig auf sich zog, wahrscheinlich um seinem Patenonkel eins auszuwischen.“

Das schien Jack zu überraschen. „Woher um alles in der Welt weißt du so was?“

Sie zuckte die Schultern. „Nun ja, Mr Poes Leben ist nicht gerade ein Buch mit sieben Siegeln.“

Die spitze Bemerkung war ihr unbeabsichtigt herausgerutscht, dennoch verzog Jack das Gesicht, halb ungläubig, halb gekränkt. „Das war gemein, Samantha. Aber sag, was weißt du noch von ihm? Außer solchen Skandälchen, meine ich. Von dieser Heirat mit seiner dreizehnjährigen Kusine hab’ ich nämlich schon gehört.“

„Na ja, in Wirklichkeit war sie fast vierzehn, meine ich.“ Samantha zögerte, einerseits unwillig, das Geschwätz, das ihr zu Ohren gekommen war, weiterzutratschen, während sie auf der anderen Seite gut verstand, dass Jack über einen Autor, den unter Vertrag zu nehmen er erwog, soviel wie möglich wissen musste. „Man sagt, er trinkt. Säuft, besser gesagt, aber das dürfte ihn selbst wohl nicht sonderlich scheren. Wie auch immer, er ist schon eine heikle Persönlichkeit.“

Jack drehte sich mehr zu ihr, stützte sein Kreuz an der Armlehne des Sofas ab, während sie weitersprach.

„Nicht dass er ständig trinkt“, erläuterte sie. „Im Gegenteil, er scheint immer wieder lange Phasen der Nüchternheit zu haben.“

„Hoffen wir, dass er jetzt gerade eine davon zu fassen hat“, sagte Jack trocken und verschränkte die Arme vor der Brust.

Jacks eigene Vergangenheit ließ Samantha zaudern, weiterzusprechen. Sie wählte ihre Worte sorgfältig. „Ich habe auch gehört, dass er viel spielen soll. Aber entweder spielt er schlecht, oder er hat kein Glück.“ Sie hielt inne. „Jedenfalls erzählt man sich das.“

Jack machte es sich bequem, als finge er an, diese Konversation zu genießen. „Samantha, du überraschst mich immer wieder. Woher weißt du das alles, wenn ich fragen darf?“

„Von meiner Mutter“, sagte Samantha bestimmt. „Wenn es um Klatsch und Tratsch geht, ist sie ’ne richtige Schatztruhe.“

Jack grinste. „Vielleicht sollte ich *ihr* einen Job anbieten.“

Bei dem Gedanken konnte Samantha sich ein Schmunzeln nicht verkneifen, reichte doch allein die Erwähnung des Namens Jack Kane aus, um Angela Pilcher in ihrer Sittenstrenge zur Weißglut zu treiben.

In den Augen ihrer Mutter war Jack vom selben Schlag wie ausländische Seeleute und Opiumsüchtige.

Er goss sich aus der Kanne, die auf dem Tisch stand, eine weitere Tasse Kaffee ein. „Ach übrigens, die Verabredung mit deiner Mrs Shanahan und Avery Foxworth hab' ich nicht vergessen. Darum kümmern wir uns, nachdem ich zurück bin." Er machte eine Pause. „Ich nehme an, du willst immer noch dabeisein?"

Samantha nickte. „Ich denke, Maura fühlt sich wohler, wenn ich bei ihr bin."

„Und damit hast du wahrscheinlich recht. Aber warum du mich mit dabeihaben willst, begreife ich immer noch nicht so ganz."

Samantha zögerte und sagte dann vorsichtig: „Ich hoffe, du nimmst mir das nicht allzu übel. In diesem Falle, glaube ich, ist es so, dass es *mir* besserginge, wenn du dabei wärst. Schließlich kenne ich Mr Foxworth überhaupt nicht."

Jack zog eine Braue hoch. „Tatsächlich? Ich hatte den Eindruck, ihr beide wärt euch schon mal begegnet. Immerhin kennt er *dich*."

„Keine Ahnung, woher", sagte Samantha stirnrunzelnd.

Jack lächelte schmallippig. „Kann sein, dass du's vergessen hast, aber Foxworth weiß es noch. Wie dem auch sei, jedenfalls hält er dich für außergewöhnlich attraktiv. Dem habe ich selbstredend nicht widersprochen."

Errötend wandte Samantha den Blick von ihm ab und suchte nach einem Weg, wieder auf Maura Shanahan zurückzukommen. Diese Frau hatte vergangenen Sommer ihren Mann erschossen, der sie offenbar verprügelt und die Kinder bedroht hatte. Samantha hatte guten Grund zu der Annahme, dass Mrs Shanahan in Notwehr und aus Angst um ihre vier Kinder gehandelt hatte.

Eines dieser Kinder war ein kleiner Zeitungsjunge, den Jack ganz besonders ins Herz geschlossen zu haben schien. Zu Samanthas Überraschung hatte er sie in ihrem Engagement für die Familie nicht bloß unterstützt, sondern war soweit gegangen, seinen eigenen Anwalt mit der Verteidigung Mrs Shanahans zu beauftragen.

„Ich weiß", sagte sie, „dass es vermessen von mir ist, dich zu bitten, dir für eine solche Sache Zeit zu nehmen, schon gar bei der vielen Arbeit, die du hast. Schließlich ist Maura Shanahan nur irgendeine Einwanderin, die sich in Schwierigkeiten gebracht hat – wahrlich kein Einzelfall. Aber jetzt, wo der Prozess bevorsteht ..."

„Samantha ..." Jack beugte sich zu ihr hinüber, und in seinen Augen blitzte der Schalk. „Du brauchst dich nicht zu entschuldigen. Bitte mach dir keinerlei Gedanken. Anscheinend hast du vergessen, dass ich auch bloß 'n Einwanderer bin." Er rutschte noch ein wenig näher und ergriff ihre Hand. „Und außerdem, wenn es dir wichtig ist, ist es auch wichtig für mich."

Samantha fühlte, wie ihr die Hitze ins Gesicht stieg. „Ich will nicht, dass du das für *mich* tust, Jack!", blaffte sie, während die warme Kraft seiner Hand die ihre umschloss, derer sie sich sehr wohl bewusst war, und ihren Tonfall vielleicht noch ein Quäntchen schroffer geraten ließ.

Er rückte ein Stückchen von ihr ab, freilich ohne ihre Hand loszulassen. „Als ob ich das nicht allzu gut wüsste!", sagte er tief aufseufzend. „Es wäre ja auch ganz furchtbar, wenn du dich irgendwie in meiner Schuld fühlen müsstest."

„Das ist es nicht, ich –"

„Genau das ist es", sagte er bestimmt. „Und das wissen wir alle beide. Unsere ... ‚Freundschaft'" – bei dem sarkastischen Unterton, mit dem er das Wort aussprach, zuckte Samantha unwillkürlich zusammen – „würde es niemals überleben, wenn du dich mir irgendwie verpflichtet fühltest. Und ich für meinen Teil würde niemals wollen, dass du dich durch mich bedrängt fühlst. Aber, Mädchen, du machst es mir verdammt schwer, dir auch nur ein bisschen zu helfen."

„Das tut mir leid, Jack", sagte Samantha und meinte es so. „Wahrscheinlich war ich so sehr drauf aus, auf meinen eigenen Füßen zu stehen, dass ich nicht immer so dankbar bin, wie es sich gehört, wenn ein Freund mir einen Gefallen erweist."

Er musterte sie eingehend. Seine Miene zeigte einen Ausdruck, den sie nicht ganz zu deuten wusste, bei dem sie sich aber jedenfalls nicht recht wohl fühlte.

Nach wie vor ihre Hand fest umschließend, rückte er jetzt ganz an sie heran. „Die Sache ist die, Samantha", sagte er mit leiserer Stimme als zuvor, „ich will ja gar nicht dein Freund sein. Sondern dein Mann."

Samantha starrte ihn restlos geschockt an. Die Petroleumlampe flackerte, und in dem gesprenkelten Licht wirkten seine ausgeprägten Züge weicher als sonst. Er lächelte leicht, offensichtlich in vollem Bewusstsein, sie überrumpelt zu haben, aber dennoch eine Antwort erwartend.

Samantha zwang sich, seinem Blick standzuhalten. „Du machst natürlich Witze."

Er schüttelte leicht den Kopf und zog die Augenbrauen hoch. „Nein, Samantha, und das weißt du genau. So wie du auch weißt, dass ich dich liebe, und zwar schon seit geraumer Zeit."

Samantha wandte den Blick ab. „Dann gehe ich davon aus, dass du gerade versuchst, mich aus der Fassung zu bringen", sagte sie, bemüht, einen unbekümmerten Ton anzuschlagen. „Mir ist schon aufgefallen, dass dir das Spaß zu machen scheint."

„Sieh mich an, Samantha", sagte er und drückte ihre Hand noch fester.

Die leichte Heiserkeit in seiner Stimme entging ihr nicht. Irgendwie schaffte sie es, ihn wieder anzusehen, und sah, dass er tief ernst war. Das Herz pochte ihr gegen die Rippen, und sie konnte kaum atmen. „Jack, ich weiß nicht, was du von mir hören möchtest."

Ihr fiel selbst auf, dass sie soweit wie nur irgend möglich von ihm abgerückt war und sich mit aller Kraft gegen die seitliche Lehne des Sofas drückte.

„Ich glaube, das liegt doch auf der Hand. Ich möchte, dass du *ja* sagst." Der fragende Blick, mit dem er sie ansah, schien ihr direkt ins Herz zu dringen. „Samantha", sagte er leise, „bitte geh nicht schon wieder auf Abstand zu mir. Nicht dieses Mal."

Sein Griff um ihre Hand wurde noch einmal fester, und langsam und sanft zog er sie an sich, so nah, wie sie ihm noch nie gewesen war. Sie sah die ausgeprägte Linie seines Kinns, die Silberfäden in seinem schwarzen Haar und den Widerschein des Kaminfeuers in seinen dunklen Augen. Ja, sie konnte seinen Atem auf der Haut ihres Gesichts spüren und schmeckte das leichte Aroma von Gewürznelken, das ihr schon öfter an ihm aufgefallen war, wenn er nicht gerade eine seiner Zigarren schmauchte.

Sie rechnete damit, dass er sie küssen würde, aber außer dass er ihre Hand hielt, machte er keinerlei Anstalten, sie zu berühren, sondern saß nur da und ließ seine Augen über ihr Gesicht wandern, bevor er ihren Blick suchte und hielt. „Heirate mich, Samantha."

Eine Welle von Panik stieg in Samantha auf, aber der Anfall legte sich rasch wieder. Während sie ihn ansah, konnte sie in seinen Augen nichts entdecken, wovor sie sich hätte ängstigen müssen. Im Gegenteil, das einzige, was sie im Moment zu bedrohen schien, war ihr dahinschmelzendes Herz.

„Jack, bitte tu das nicht –“

„Sieh mich an und sag mir, dass du nichts für mich empfindest außer Freundschaft.“

Sie musste alle Kraft aufbringen, die sie besaß, um das Gesicht von ihm abzuwenden. Was ihr schließlich half, ihm zu widerstehen, war die Intensität seiner Augen, diese geradezu überwältigende Kraft seines Blicks – die fast mit Händen zu greifende *Stärke*, die von ihm ausging. Jack war ein Mann, der gewohnt war, alles zu kriegen, was er wollte – daran dachte sie, während sie ihre Hand aus seinem Griff löste. Es wäre nicht gut, ihn auch nur eine Minute lang in dem Glauben zu lassen, aus der Sache könne irgend etwas werden, nur weil *er* sie wollte.

„Jack – *bitte!*“

Die Überraschung, die ihm jetzt ins Gesicht geschrieben stand, machte ihr deutlich, dass er tatsächlich nicht erwartet hatte, dass sie ihm widerstehen würde.

Mit einer gewissen Ironie registrierte Samantha, dass es genau jene Züge an Jacks Persönlichkeit waren, die es ihm höchstwahrscheinlich ermöglichten zu erreichen, was immer er sich in den Kopf setzte, die dazu führten, dass sie sich von ihm abwandte. Vielleicht machten seine Stärke, seine Willenskraft und sein übermäßiges Selbstvertrauen, in dem er meinte, jede Situation – und womöglich jeden Menschen – zu seinen Gunsten beeinflussen zu können, ihr gar nicht mal angst, aber all das schüchterte sie so sehr ein, dass sie nicht anders konnte, als vor ihm zurückzuschrecken.

Sie raffte alle Selbstbeherrschung zusammen, derer sie noch fähig war, und stand auf. „Ich … ich sollte besser gehen. Es ist schon nach neun.“

Jack musterte sie eine kleine Ewigkeit lang, bevor er widerstrebend nickte, gerade so, als hätte er ihre Gedanken gelesen. „Wenn du musst“, sagte er und erhob sich zögernd. „Bitte, Samantha, nimm’s mir nicht übel. Schaffst du das? Es ist einfach so, dass ich dir nicht länger eine harmlose Freundschaft vorgaukeln kann.“

Samantha hielt ihren Blick mit Absicht abgewandt. „Versprich mir einfach, dass du das Thema nie wieder anschneidest. Jack, du bringst mich da in eine unmögliche Situation, wirklich.“

„Nichts“, sagte er, und seine Stimme nahm jenen dunkel grollenden Tonfall an, den sie immer dann an ihm bemerkte, wenn er einen festen Entschluss gefasst hatte, „nichts ist unmöglich, Samantha. Überhaupt nichts.“ Er hielt inne und hob mit einem Finger ihr Kinn an, so dass sie ihm in die Augen sehen musste. „Ich verspreche dir, dass ich fürs erste nicht wieder an das Thema rühren werde. Aber irgendwann ...“ Er zuckte die Schultern. Es war nicht nötig, dass er den Satz vollendete.

An der Haustür, während er ihr in den Mantel half, sagte er: „Hättest du etwas dagegen, dass ich mitfahre?“

„Ich – nein, ich glaube nicht“, erwiderte Samantha, während sie registrierte, dass seine Hände vielleicht einen Augenblick zu lange auf ihren Schultern verweilten. „Aber es ist nicht nötig.“

Er drückte ihre Schultern sanft, bevor er sich abwandte, um in seinen Straßenmantel zu schlüpfen. „Ich möchte es aber“, sagte er. Dann stand er eine Weile still und sah zu ihr herunter. Schließlich fuhr er fort: „Danke, Samantha.“

Samantha antwortete mit einem fragenden Blick.

„Dafür, dass du heute Abend gekommen bist“, erklärte er. „Das hat mir viel bedeutet, dass du mir soviel Vertrauen entgegenbringst, mich zu Hause aufzusuchen.“

In diesem Moment durchzuckte es Samantha: und ob sie Jack vertraute – all den Gründen zum Trotz, die wahrscheinlich gegen dieses Vertrauen sprachen. Selbst jetzt noch, nach dieser peinlichen Szene im Arbeitszimmer, war es ihr unmöglich, ihm nicht zu vertrauen. Zumindest an seiner ehrlichen Zuneigung zu ihr hegte sie keinerlei Zweifel.

Doch in diesem Augenblick stand er viel zu dicht vor ihr, und Mrs O'Meara schien verschwunden zu sein. Messerscharf war Samantha sich seiner dunklen Attraktivität und seiner fast schwarzen Augen, die ihr Gesicht durchforschten, bewusst. Ihr stockte der Atem, und unwillkürlich machte sie einen Schritt von ihm fort.

Nichts in seiner Miene verriet, dass er es bemerkt hatte – außer vielleicht, dass sein Kinn ein klein wenig straffer wurde, während er sich umwandte und die Tür öffnete. Vor dem Haus nahm er ihren Arm und führte sie zur Kutsche, doch es war nichts weiter als eine ritterliche Geste, unpersönlich, ja oberflächlich.

Samantha wusste, dass sie ihm weh getan hatte, und einen Augenblick lang war sie versucht, ihn zu berühren, ihn ihrerseits beim Arm zu nehmen und ihm zu sagen, dass sie das Ganze bedauerte: bedauerte, ihm nicht die Frau sein zu können, die er in ihr sehen wollte, ihm nicht geben konnte, was er von ihr zu wollen schien. Fast wünschte sie sich, ihm sagen zu können, dass er ihr sehr wohl etwas bedeutete, womöglich zuviel bedeutete – und dass sie ihm aus genau diesem Grund niemals mehr sein konnte als eine Freundin.

Statt dessen ließ sie sich von ihm zum Wagen führen. Fast den ganzen Heimweg über traute sich keiner von ihnen, die Unterhaltung auf etwas anderes zu lenken als belanglose *Plauderei*. Als er sie wohlbehalten vor ihrer Haustür abgesetzt hatte, entbot er ihr nicht mehr als jenen leicht gezierten angedeuteten Diener, der so typisch für ihn war. Voll schmerzlicher Enttäuschung blieb sie zurück – und mit einem Gefühl namenlosen Verlusts.

* * *

Jack hätte in Bausch und Bogen abgestritten, dass er schmollte. Die Wahrheit hingegen war, dass er auf dem ganzen Rückweg nach Hause dagegen ankämpfen musste, genau das zu tun. Er erkannte, dass seine düstere Stimmung zum Teil damit zusammenhing, dass er es schlicht nicht gewohnt war, zurückgewiesen zu werden. Viel vertrauter war ihm das Szenario, dass *er* jemandem einen Korb gab und nicht umgekehrt.

Doch es half nichts: Er war ohne Wenn und Aber abgelehnt worden, und zwar mit solcher Deutlichkeit, dass es seinen Stolz schwer getroffen hatte. Im selben Augenblick, in dem er ihre Augen kalt werden und jenen allzu vertrauten Ausdruck distanzierter Verschlossenheit annehmen sah, hatte er sich auch schon innerlich zurückgezogen. Druck auf sie auszuüben wäre ein kardinaler Fehler, das war ihm klar.

Was Samantha aber aller Wahrscheinlichkeit nach nicht wusste, war, dass er noch nie vor einer Herausforderung gekniffen hatte. Im Gegenteil: Ein bisschen Kampf machte eine Sache für ihn nur um so reizvoller.

Er dachte darüber nach, wie sein nächster Zug aussehen sollte, und diese Überlegung heiterte seine Stimmung ein wenig auf. Fürs erste musste er zurückstecken und analysieren, inwiefern er sich verschätzt hatte. Samantha war nicht der Typ Frau, der sich einfach beschwatzen ließ. Sagte sie nein, dann hieß das nein, klipp und klar. Doch zugleich konnte er sich kaum vorstellen, dass er ihre Signale die ganze

Zeit über missverstanden hatte. Sie fühlte sich zu ihm hingezogen, da gab es keinen Zweifel. Bis zu diesem Abend freilich hätte er behauptet, dass auch bei ihr mehr als nur Zuneigung im Spiel war.

Vielleicht hatte er vorschnell gehandelt, als er sie mit dem Vorschlag, ihn zu heiraten, ohne jede Vorwarnung überfiel, ohne ihr zunächst nach alter Väter Sitte den Hof gemacht zu haben. Aber zum Donnerwetter, genau das hatte er schließlich versucht, oder? O nein, Samantha machte es einem Mann nicht leicht. Die meiste Zeit versteckte sie sich hinter einer undurchdringlichen Mauer.

Also schön, was war mit dieser Mauer? Es musste eine Möglichkeit geben, sie niederzureißen, oder nicht? Und soweit ihm sein Gedächtnis keinen Streich spielte, hatte er in seinem Leben schließlich schon mehr als ein paar Mauern niedergelegt.

Sicher, er wusste mehr darüber, wie man geschäftliche Widersacher unschädlich macht, als über Strategien gegenüber widerborstigen Frauen, doch ein Stratege war er durchaus, und es war schließlich ein strategisches Problem, vor dem er stand. In punkto Strategien machte ihm so schnell niemand etwas vor.

Darauf war Verlass.

4. Angekommen – aber wie?

Wir hatten uns die Stadt erträumt,
doch der Hoffnung hohes Tor
blieb vor uns verschlossen.
Cavan Sheridan (aus *Notizen am Wegesrand*)

Staten Island, New York, im November

Ihre ersten zwei Wochen in den Vereinigten Staaten hatte Terese Sheridan in einem Quarantäne-Lazarett verbracht.

Das Lager hieß Tompkinsville und war auf einem Hügel am anderen Flussufer, der Stadt New York gegenüber, gelegen. Zusammen mit einer ganzen Schar anderer Passagiere der *Providence* war Terese in einem Ruderboot dorthin verfrachtet und wie ein Sack verdorbener Kartoffeln auf den Strand geworfen worden. Das Terrain war übersät von Einwanderern. Ganze Familien kauerten sich aneinander: Männer mit ausgemergelten, zornigen Gesichtern, Frauen mit angstvoll aufgerissenen Augen und unruhige, überreizte Kinder in abgerissenen Kleidern. Man hörte Sprachen aller Art, doch die Mehrzahl sprach irische Mundarten oder aber ein Englisch mit unüberhörbarem irischen Akzent. Einige waren dabei, sich regelrechte Notlager zu errichten, als wollten sie hier längere Zeit bleiben.

Ihre Ankunft in Amerika war von Anfang an ein einziger Alptraum gewesen. Während der letzten Woche auf See hatten sich sowohl Terese als auch beide Madden-Kinder, Shona und Tully, böse erkältet, und als sie im Hafen anlandeten, war ihr Husten so schlimm gewesen, dass die Beamten der Gesundheitsbehörde sie nach flüchtiger Untersuchung als „möglicherweise schwindsüchtig" eingestuft und ihre zeitlich unbegrenzte Verbringung in ein Quarantänelager angeordnet hatten.

Terese versuchte Protest zu erheben, aber die Beamten ignorierten ihre Forderungen und weigerten sich sogar, den Brief von Bradys Bruder zu lesen, in dem klar und deutlich geschrieben stand, dass sie selbst und die Madden-Kinder unter der Obhut der Kaneschen Zeitung, des *Vanguard*, standen.

Statt dessen wurden sie, Shona und Tully in die Reihe der Abzufertigenden zurückgedrängt. Während sie mit all den anderen vorwärtstrotteten, bekam Terese mit, wie einer der Männer hinter vorgehaltener Hand zu seinem Kollegen sagte: „Dieses verlauste irische Gesindel! Fluten hier mit all ihrem Dreck und ihren Seuchen rein wie ausgehungerte Ratten und erwarten, wie hohe Herrschaften behandelt zu werden! Hätt' ich was zu sagen, so würde ich dieses ganze Pack achtkantig auf seinen elenden Saustall von Insel zurückverfrachten!"

Um ein Haar wäre Terese dem Burschen zornentbrannt an die Gurgel gesprungen, doch sah sie eben noch rechtzeitig an sich selbst und dann an den Kindern hinunter, und der Anblick von deren schäbigen selbstgenähten Klamotten wie auch von ihrem eigenen fadenscheinigen Kleid und den abgetragenen Schuhen ließ sie stehen bleiben, wo sie gerade war. Selbst das feine smaragdgrüne Cape, das Brady ihr drüben in Irland gekauft hatte, war nach Wochen auf dem Schiff fleckig und verkrumpelt. Zwar hatte sie sich Mühe gegeben, die Kinder vor der Ankunft landfein zu machen, aber Tullys Nase lief in einem fort, und im Saum von Shonas Kleid klaffte ein Riss. Scham erfüllte sie, als sie gewahrte, dass sie kein bisschen besser aussahen als die übrigen Elendsgestalten, die mit ihnen gereist waren. Kein Wunder, dass die Amerikaner sie mit solcher Verachtung behandelten.

Jetzt, fast zwei Wochen später, lungerten sie immer noch in Tompkinsville herum, und allmählich beschlich sie eine Angst, die von Stunde zu Stunde schlimmer wurde. Kurz nach dem Morgengrauen kauerte sie auf der durchhängenden, zerlumpten Pritsche, die ihr als Bettstatt diente, dachte über ihre Lage nach und suchte nach einem Ausweg.

Selbst wenn sie krank gewesen wäre, hätte es ihr tiefste Demütigung bedeutet, an einen solch widerwärtigen Ort abgeschoben zu werden. Aber sie war überhaupt nicht krank, und je länger, desto mehr zehrten die Verbitterung und Frustration über ihre missliche Lage wie Säure an ihr.

Sie konnte sich nicht vorstellen, wie die *Vanguard*-Leute sie jemals finden sollten. Und eines war ja wohl klar: Ewig würden sie nicht suchen. Wie lange mochte es wohl dauern, sie als vermisst oder gar nicht erst von Irland aufgebrochen abzuschreiben?

Und was sollte sie dann tun? Wie in aller Welt sollte sie es schaffen, auf eigene Faust durchzukommen – mit zwei kränklichen Kindern und Bradys Kind, das sich von Tag zu Tag mehr in ihrem Bauch breit machte?

Nein, korrigierte sie sich selbst. Es war nicht Bradys Kind. Auf keinen Fall durfte sie die Geschichte vergessen, die Brady sich für sie ausgedacht hatte, jenes Märchen, das er auch seinem Bruder geschrieben hatte. Sie musste darauf achten, dass ihr Zustand, soweit er Jack Kane etwas anging, daraus resultierte, dass sie von einem Unbekannten angefallen und vergewaltigt worden war. Brady hatte darauf bestanden, dass das die einzige Chance war, würde doch sein Bruder, falls er die Wahrheit erführe, ihr jedwede Unterstützung strikt verweigern.

So war es gekommen, dass sie und die Madden-Kinder in ein großes Programm aufgenommen worden waren, das von der Kaneschen Zeitung ausging. Einige handverlesene Einzelpersonen und Familien sollten in einer Fortsetzungsserie vorgestellt werden, die die Zeitung abdruckte, und im Gegenzug würde diesen der Beginn eines neuen Lebens in Amerika finanziert.

Die Chance dieses neuen Lebens ersehnte Terese mehr als irgend etwas sonst unter dem Himmel. Deshalb würde sie die Abmachung mit Brady einhalten und sich durch nichts auf der Welt von ihrer Geschichte abbringen lassen.

Aber weshalb sich Gedanken über die Geschichte machen, wenn sowieso kein Mensch in Sicht war, der sie hören wollte!

Sie musste einen Weg von hier fort und zurück zum Hafen finden. Sie *musste!* Wenn es gar nicht anders ging, würde sie die Kinder sogar mit in die Stadt nehmen und auf eigene Faust nach Jack Kane und seiner Zeitung suchen. Hierzubleiben schien das Ende all ihrer Pläne zu bedeuten – wenn nicht sogar den sicheren Tod.

Sie blinzelte zu den Kleinen hinüber, die dösend auf der Nachbarpritsche lagen. Shona, das Mädchen, lag matt und regungslos da, so als würde sie von ihrer Umgebung nicht das geringste wahrnehmen. Doch es war der Knabe, der Terese noch mehr Sorge bereitete. Sein Fieber schien niemals zu sinken. Inzwischen wütete es so in seinem Körper, dass fast nichts mehr zu helfen schien, und sein Husten war so tiefsitzend und schlimm, dass es ihr fast körperlich weh tat, ihn krächzen zu hören.

Dieser Ort, dieses sogenannte Krankenhaus, war in

Wirklichkeit kaum besser als ein Gefängnis. Sie waren mit Hunderten anderer Einwanderer zusammengepfercht, von denen viele ernstlich krank waren. Terese war voller Angst, dass sie und die Kinder sich von den anderen Elendsgestalten irgendeine fürchterliche Krankheit holen könnten, bevor es ihnen gelang zu fliehen.

Gerade erst gestern hatte sie gehört, dass im Lager Typhus ausgebrochen sei. Zutiefst erschrocken hatte sie sich mit den Kindern in eine Ecke im hintersten Winkel des Krankensaals verkrochen, aber ihr war klar, dass es unter solch beengten Verhältnissen keinen wirklichen Schutz gab.

Am Anfang ihrer Reise hatte es ihr total widerstrebt, die Verantwortung für zwei Waisenkinder aufgehalst zu kriegen, die sie obendrein noch nicht einmal kannte. Doch irgendwann während der Überfahrt hatte sie begonnen, eine Art Zuneigung für ihre jungen Schutzbefohlenen zu empfinden. Das Mädchen, Shona, war ein trauriges kleines Ding, dessen Augen von unausgesprochenem Leid vorzeitig gealtert waren. Ihr Bruder Tully dagegen war anders. So zerbrechlich er auch war – überdies hatten schlimme Erfrierungen ihn zum Krüppel gemacht –, er war immer fröhlich und nutzte jede Gelegenheit, um seine Schwester auf andere Gedanken zu bringen.

Ihre wachsende Zuneigung zu den Kindern machte ihre gegenwärtigen Umstände um so auswegloser. Hätte sie es fertiggebracht, den Kleinen gegenüber gleichgültig zu bleiben, so wäre es ihr vielleicht geglückt, aus diesem verfluchten Geviert abzuhauen und sich mit eigener Kraft durchzuschlagen. Doch so, wie die Dinge lagen, fühlte sie sich in der Falle und fürchtete nicht nur um sich selbst, sondern genauso um die beiden Kleinen.

Manchmal gab sie sich der Hoffnung hin, dass inzwischen bestimmt jemand von der Zeitung nach ihnen suchte und irgendwann auftauchen würde, um sie hier rauszuholen. Diesem Gedanken folgte jedoch jedes Mal die ernüchternde Einsicht auf dem Fuße, dass ein so reicher und bedeutender Mann wie Jack Kane sich wohl kaum wegen eines Trios abgerissener Fremder viele Probleme aufhalsen würde.

Terese drehte sich zur Wand, weg von den Kindern, und grübelte weiter, um doch noch einen Ausweg aus ihrer misslichen Lage zu finden. Es war nicht länger möglich, ihren Zustand zu verheimlichen. Auch wenn sie sonst am ganzen Körper schlank war, verriet ihr vorgewölbter Bauch doch jedem, dass sie in anderen Umständen war. Sie fühlte sich schrecklich und ungemein verletzlich.

Und hässlich.

Frustriert fuhr sie sich mit der Hand durchs Haar – das heißt durch das, was davon übriggeblieben war. Bei ihrer Ankunft im Quarantänelager hatte man sie gezwungen, sich die Haare kurzscheren zu lassen. Der Läuse wegen, hatten die Bediensteten behauptet.

Terese hatte widersprochen, ja sogar versucht, sich loszureißen und davonzurennen, sobald sie begriffen hatte, was man ihr antun wollte. Voller Wut hatte sie geschrien, sie habe keine Läuse. Doch niemand hatte ihr Gezeter zur Kenntnis genommen. Man hatte sie auf den Stuhl geschubst und mit Gewalt der Haarschneide-Prozedur unterzogen.

„*Alle* Iren haben Läuse", hatte die fischäugige Wärterin geschnaubt und dermaßen an Tereses Haaren gerissen, dass diese vor Schmerz aufschrie. „In euerm Dreck brüten ja sogar die Wanzen. Und jetzt setz dich hin und halt dein unverschämtes Maul, sonst lass ich dich festbinden. Du bist jetzt in Amerika, und wenn du hier bleiben willst, musst du dich schon den Regeln unterwerfen. Sonst wirst du zurückgeschickt, dass das klar ist!"

Schließlich blieb Terese nichts anderes übrig, als dazusitzen und sich wie ein Schaf scheren zu lassen. Später an jenem Abend kamen ihr zum erstenmal, seitdem sie Irland hinter sich gelassen hatte, die Tränen. Nicht dass sie sich besonders viel auf ihr Haar einbildete, aber sie hatte es seit Jahren nicht geschnitten, und es war lang, kräftig und von Natur aus lockig gewesen.

Jetzt sagte sie sich, dass Haare schließlich nachwuchsen, und nahm die Hand vom Kopf. Nicht für immer würde sie aussehen wie ein schlecht gedecktes Schindeldach.

Was Terese hingegen nicht vergessen konnte, war das *Gefühl*, das sie empfunden hatte, als sie ihr die Haare abrupften und wie einen Haufen toter Blätter in eine Abfalltonne warfen. Es war nicht bloß ihr Haar gewesen, was sie an jenem Tag verloren hatte. Sie hatten ihr auch noch etwas anderes weggenommen, das viel tiefer zu ihr gehörte als das, was Brady oft ihre „schimmernde Herrlichkeit" genannt hatte.

Nun ja, ihre Haare würden irgendwann wieder gewachsen sein, aber in ihrem tiefsten Inneren quälte Terese die Frage, wie lange sie wohl brauchen würde, ihre Selbstachtung wiederzufinden.

5. Ein Treffen auf dem Marktplatz

Ein Geier hackt nach unserm Herzen –
Christus, erbarme dich!
Richard D'Alton Williams

Claddagh, Grafschaft Galway, Irland

Roweena hielt den Atem an, als sie Brady Kane am anderen Ende der Pier stehen sah. Irgend etwas an einem der anderen Stände, die Esswaren feilhielten, schien sein Interesse gefunden zu haben. Ihre erste Eingebung war, ihre Körbe zusammenzuraffen und vom Marktplatz zu fliehen, noch bevor er sie sah. Aber wenn sie ihr Versprechen halten wollte, nachher mit Evie auf die Versteigerung zu gehen, musste sie noch mehr Salzgebäck und Brot verkaufen. Also ging sie nicht, sondern drehte Brady einfach den Rücken zu und hoffte, er werde sie in der Menge nicht bemerken.

Für den November war es ein milder Morgen. Der Nebel wurde schon lichter, und es sah ganz danach aus, dass die Sonne bald durch die Wolken brechen würde. Bis zu diesem Moment war Roweena in Hochstimmung gewesen, doch beim Anblick Brady Kanes hatten sie Verwirrung und Zweifel befallen, verbunden mit einem nagenden Schuldgefühl, das ihr die Heiterkeit zu rauben drohte, mit der sie in diesen Tag gegangen war.

Nur allzuleicht konnte sie sich Gabriels Ungnade vorstellen, sollte er sie zufällig in Gesellschaft des

„nichtsnutzigen Yanks erwischen", wie er Brady zu titulieren beliebte. Zwar hatte er ihr und Evie nicht ausdrücklich verboten, sich mit dem Amerikaner abzugeben, es konnte indes kein Zweifel daran bestehen, dass er von ihnen erwartete, es nicht zu tun.

Nachdem Terese Sheridan aus Claddagh abgereist war, wo bis dahin nur wenige von ihrer Schande wussten, hatte Gabriel ihnen von ihrer Affäre mit Brady Kane berichtet, durch die sie schwanger geworden war. Auch wenn er mit einem geradezu maskenhaft unbewegten Gesichtsausdruck sprach, hatte er nicht verbergen können, dass ihm die Situation tiefen Kummer bereitete.

Manche waren der Meinung, Gabriel sei ein harter Mann; Roweena jedoch wusste es besser. Gewiss, er zeigte seine tiefsten Empfindungen nur selten, aber er war sehr wohl ein sensibler Mensch voller Mitleid für andere. Roweena spürte, dass er sowohl um Terese Sheridan als auch um den amerikanischen Künstler, denen beiden er sein Haus geöffnet hatte, eine schwere Bürde trug.

Auch ihr selbst war das Herz immer noch schwer, nicht bloß wegen des Mädchens von den Inseln – wie sehr musste sie Brady Kane geliebt haben, dass sie sich ihm in Sünden hingab –, sondern genauso gut Bradys wegen. Sie hatte Mühe, in dem Mann, der sich Terese Sheridan gegenüber so unehrenhaft benommen hatte, den lebhaften, geistreichen Künstler wiederzuerkennen, der mit ihr und der kleinen Evie stets nur freundlich und liebenswürdig umgegangen war.

Auch wenn Gabriel hinreichend klargemacht hatte, dass er dem Amerikaner nicht traute, hatte Roweena seinerzeit bloß gedacht, er stelle sich wieder mal über Gebühr an, um sie und Evie zu beschützen. Sie für ihren Teil konnte sich kaum vorstellen, dass Brady noch eine ganz andere Seite haben sollte als die des humorvollen, gutmütigen Kumpels, die sie kennengelernt hatte: Amerikaner durch und durch, hegte er doch eine tiefe und echte Zuneigung zu Irland – besonders zu Claddagh – und seinen Menschen.

Was freilich seine Zuneigung zu Terese Sheridan anbetraf, so war diese offenbar in etwas anderes umgeschlagen, etwas Unehrliches, Erniedrigendes.

Nach allem, was geschehen war, war sich Roweena ihrer eigenen Empfindungen für Brady nicht mehr recht sicher. Gabriels Gefühle – gut, die lagen auf der Hand. Selbst jetzt, wo die Misshelligkeiten Monate zurücklagen, ließ er sich in seiner Haltung nicht im Geringsten erweichen, so dass Roweena wusste, dass sie gegen seinen Willen handeln würde, selbst wenn sie nur mit Brady Kane spräche.

Diese Sturheit Gabriels machte sie nicht weniger traurig, obwohl sie Brady in den vergangenen Monaten höchstens zwei-, dreimal, und dann immer auf dem Markt unter vielen Menschen, begegnet war. Dennoch durchfluteten sie hinterher jedes Mal Schuldgefühle, wusste sie doch, dass Gabriel sehr enttäuscht und womöglich zornig reagieren würde, wenn er sie zusammen mit Brady anträfe.

Seit langem hatte sie gemerkt, dass Gabriel die Absichten missbilligte, die der Amerikaner ihr gegenüber hegte. Sie selbst jedoch vermochte sich nicht einzureden, dass Brady Kane ihr ernsthaft Unbill bereiten könnte. Wenn er sie ansah, lag etwas Freundliches, ja Rücksichtsvolles in seinem Blick, etwas, das auf eine Gefühlstiefe hindeutete, die weit über beiläufige Sympathie oder gar grobschlächtiges Begehren hinausging.

Freilich war ihr klar, dass es keinen Weg gab, Gabriel davon zu überzeugen, und sie brachte es nicht über sich, ihn aus freien Stücken zu verletzen. Wie also sollte sie es anstellen, Brady zu begegnen – was unausweichlich schien –, ohne sich Gabriels Missbilligung zuzuziehen oder auch Brady selbst noch mehr Ungemach zu bereiten?

Gabriels scharfe Abfuhr, verbunden mit der Anweisung, seinem Haus künftig fernzubleiben, schien Brady tief verletzt zu haben. Anscheinend war Gabriel gar so weit gegangen, dass er Brady nahegelegt hatte, gleich ganz aus Claddagh zu verschwinden.

Jedenfalls hatte der amerikanische Künstler vor zorniger Empörung geglüht, als es ihm gelungen war, Roweena lang genug festzuhalten, um ihr von Gabriels Urteilsspruch zu berichten. „Mann, schließlich ist er nicht dein *Vater!*“, schäumte er. „Wieso lässt du dich von ihm dermaßen unter der Knute halten?“

Es war ihr nicht gelungen, Brady klarzumachen, dass Gabriel ihr zwar in der Tat kein Vater war – ganz anders als der kleinen Evie: Für sie war er Vater durch und durch, der einzige Vater im übrigen, den das Kind jemals gehabt hatte: Er war auch ihr engster und liebster Freund. Es nützte nichts: Jeder Versuch, Gabriel in Schutz zu nehmen, schien Bradys Zorn noch anzufachen.

Sie holte tief Luft und machte eine leichte Drehung, um nachzusehen, wo er geblieben war. Im selben Augenblick erkannte sie, dass er sie gesehen hatte und schon dabei war, mit raschen Schritten auf sie zuzukommen. Rasch wandte sich Roweena wieder um und begann, ihre Siebensachen zusammenzuraffen, um ihm, wenn irgend möglich, doch noch zu entkommen.

Ein Gefühl wie Traurigkeit presste ihr das Herz zusammen, als sie daran dachte, dass mit Sicherheit eine Zeit kommen würde, in der sie sich keine Sorgen mehr machen müsste, Brady über den Weg zu laufen. Er hatte oft davon gesprochen, das ganze Land zu bereisen, um für seinen Auftraggeber drüben in Amerika Bilder zu malen. Ja, an sich hatte er niemals vorgehabt, überhaupt längere Zeit in Galway zu bleiben, vielmehr eingestanden, dass er hier schon mehr Zeit vertrödelt hatte als ursprünglich geplant.

Doch sie selbst würde noch hier sein, wenn Brady Kane längst über alle Berge war – sie und Evie und Gabriel.

Gabriel ... Wie oft hatte sie sich insgeheim danach gesehnt, *er* möge sie so ansehen, wie Brady es tat, irgendwie zärtlich und voll warmer Zuneigung! Doch es sollte nicht sein. Noch heute, nach all den Jahren, schien es, als würde sie für Gabriel immer ein Kind bleiben – ein mehr oder minder hilfloses Kind, das einen Beschützer brauchte.

Treu und gewissenhaft hatte er seit der Zeit, als sie tatsächlich ein Kind gewesen war, jene von ihm selbst gewählte Rolle als ihr Beschützer ausgefüllt, so dass es in seinen Augen das Allernatürlichste war, sie weiterhin und für alle Zeit als Kind zu betrachten. Allerdings war das nicht das, was sie von Gabriel wollte – wobei sie in Wahrheit gar nicht genau wusste, was sie von ihm wollte: vielleicht, dass er sie anschaute und so sah, wie sie wirklich war, nicht mehr als das verlorene, verschreckte kleine Mädchen, das er vor so langer Zeit unter seine Fittiche genommen hatte.

Eines aber wusste sie gewiss: Sie würde wirklich sehr viel darum geben, dass er jenes verschlossene Gehabe eiserner Selbstkontrolle aufgab, das er nämlich jedes Mal zeigte, wenn er mit ihr zusammen war.

Zuweilen beneidete Roweena Evie geradezu um ihre kindliche Unbekümmertheit. Mit Evie, so schien es, konnte Gabriel wenigstens heiter und unbeschwert, ja sogar spielerisch umgehen, während er bei ihr immer nur ernst war – freundlich und wohlgesinnt, das ja, niemals aber leichtherzig, wirklich offen oder gar Gefühle zeigend.

So was Dämliches! Wie durfte sie es wagen, auf mehr zu hoffen, als sie schon besaß? Hatte Gabriel ihr nicht ein gutes Zuhause, ein Obdach geboten und für sie gesorgt, als sie außerstande war, für sich selbst zu sorgen? Andere hatten sie für sonderbar und gar für verrückt gehalten, Gabriel aber achtete sie, ja, hatte sie vor'm sicheren Untergang bewahrt.

Er war ihr Bruder, Freund und auch Lehrer gewesen. Gabriel verdankte sie, dass sie lesen, sich in Gebärden ausdrücken und sogar sprechen konnte, obwohl sie nicht das Geringste hörte. Und immer war er darauf bedacht gewesen, ihr das Bewusstsein zu vermitteln, sie sei genauso viel wert wie die anderen.

Gabriel war ein guter, ein gottesfürchtiger Mann. Selbstverständlich würde er sich nicht verhalten wie andere Männer, weil er nämlich nicht so war wie die anderen. Er war … größer. Feiner. Und sie hatte kein Recht, nicht im mindesten, sich nach irgend etwas mehr zu sehnen als dem, was er ihr bereits gegeben hatte. Ganz gewiss stand es ihr nicht zu, ihm den Respekt zu versagen, der ihm gebührte. Wenn er es also vorzog, dass sie keinen Umgang mit Brady Kane pflegte, dann würde sie es auch nicht tun.

Heute aber gab es anscheinend kein Entrinnen vor dem Amerikaner. Als sie endlich ihre Körbe beisammen hatte und Anstalten machte zu gehen, hatte Brady sie schon fast erreicht, und seine dunklen Augen fixierten sie so, als erwarte er eine gebührende Begrüßung.

* * *

Bradys Herz schlug schneller, während er, entschlossen, Roweena zu erwischen, bevor sie vor ihm davonrennen konnte, seine Schritte beschleunigte. Der Ausdruck ihrer Augen, der kurze Moment der Verwirrung und Unentschlossenheit, als sie ihn sich nähern sah, war ihm nicht entgangen. Es hätte ihn keineswegs überrascht, wenn sie ihre Körbe im hohen Bogen weggeworfen und das Weite gesucht hätte.

O ja, Gabriel hatte sein Werk an ihr vollbracht. Seit Monaten ging es jetzt schon so, dass sie jedes Mal, wenn Brady ihr begegnete, geradezu verängstigt erschien, so als glaubte sie, er könnte sie anfallen wie ein Straßenköter.

Irgendwo im Hinterkopf hatte sich der Gedanke bei ihm festgesetzt, dass Roweenas Verhalten vielleicht gar nicht mal auf Gabriel zurückzuführen war. Womöglich war es die dumme Geschichte mit Terese gewesen, die ihr soviel Abscheu vor ihm eingeflößt hatte, dass sie einfach nichts mehr mit ihm zu tun haben wollte.

Roweena war, gelinde gesagt, schwer zu entschlüsseln. Schon bevor der ganze Ärger losging, hatte er nie so recht gewusst, woran er bei ihr war, hatten ihn ihre übermäßige Scheu, ihre verstohlenen Blicke und ihre unbeirrbare Unterwürfigkeit Gabriel gegenüber irritiert.

Aber wenn er ganz ehrlich sein sollte, wusste Brady noch nicht einmal, was er von seinem eigenen Verhalten denken sollte, wenn es um Roweena ging.

Niemals zuvor hatte er sich für eine Frau zum Narren gemacht. Das hatte er nie nötig gehabt. Die Frauen mochten ihn, und es war ihm nie schwergefallen, diejenigen anzuziehen, die sein Interesse geweckt hatten.

Auch Roweena war von ihm angezogen, dessen war er sich sicher. All ihrer Schüchternheit zum Trotz gab es da etwas in ihren riesengroßen grauen Augen, das mehr ausdrückte als Gleichgültigkeit.

Freilich war es eine ganz andere Angelegenheit, sie

dazu zu bringen, ihrem Verlangen nach ihm nachzugeben. Zwischen Gabriels autoritärer Einmischung und Roweenas eigener Reserviertheit sah er allmählich seine Felle davonschwimmen. Ob es wohl jemals zu mehr kommen würde als einem hastigen Wortwechsel inmitten einer Menschenmenge?

Zum allerersten Mal, solange er zurückdenken konnte, ertappte sich Brady dabei, dass er mehr wollte als ein beiläufiges Abenteuer, mehr als das flüchtige Hochgefühl einer kurzen Affäre. Dieses Mädchen wollte er wirklich kennenlernen, statt nur ein paar verstohlene Stunden der Lust mit ihr zu verbringen. Ohne selbst zu verstehen, warum, entdeckte er, dass er alles über sie wissen wollte: woher jener verängstigte Ausdruck kam, der ihr oft blitzschnell übers Gesicht huschte, was in ihrer stummen Welt vor sich ging, welche Träume sie hatte und was sie glücklich machte.

Sie rief in ihm etwas wach, an das kein anderes Mädchen auch nur gerührt hatte. Manchmal überwältigte ihn schier der Wunsch, jene zerbrechliche Gestalt in seine Arme zu ziehen, sie zu beschützen und für sie zu sorgen.

Dabei schoss ihm durch den Kopf, dass Roweena ihn als Beschützer kaum nötig hatte, nicht solange der mächtige Gabriel mit Feuer im Blick über sie wachte.

Aber jetzt war Gabriel nicht zugegen. Und selbst aus der Ferne konnte Brady sehen, dass Roweena ihn musterte, als wäre weit und breit keine andere Menschenseele. Eine atemlose Sekunde lang kam er sich vor, als ertränke er in jenen Augen, und verspürte das irrsinnige Verlangen, sie irgendwie einzufangen, damit sie ihm nie mehr davonlaufen konnte.

Er bahnte sich seinen Weg durch die Menge, ohne nach links oder rechts zu schauen, als er plötzlich eine alte Frau anrempelte, die gerade versuchte, sich einen Sack Kartoffeln auf die Schulter zu laden. Bradys Anprall war so heftig, dass die Kartoffeln in der Gegend herumflogen, über die Pflastersteine kollerten und schließlich weit verstreut liegen blieben.

Ungeduldig murmelte Brady eine Entschuldigung und schob sich gröber an der Frau vorbei, als er es bei anderer Gelegenheit wohl getan hätte.

Zu seiner Verblüffung verkrallte sich die alte Vettel in seinem Mantelsaum und hielt ihn fest. Sie war gut einen Kopf kleiner als Brady und wog sicher samt Kartoffeln keine neunzig Pfund, aber sie fiel ihn an wie eine Hyäne, beschimpfte ihn in irischer Mundart und fuchtelte dabei mit ihrem knorrigen Zeigefinger vor seiner Nase herum.

Schon glotzten die Leute, und Brady fühlte, wie ihm die Zornesglut ins Gesicht stieg. „Ich hab' doch gesagt, es tut mir leid!", schnarrte er, während er sich andeutungsweise bückte und so tat, als wollte er ein paar ihrer kostbaren Kartoffeln aufsammeln. Doch nach ein, zwei Sekunden überließ er den Rest der übellaunigen Alten und lief weiter, um Roweena bloß nicht davonkommen zu lassen.

* * *

Am Rand des Marktplatzes stehend, beobachtete Gabriel die ganze Szene. Er war im Begriff, zu Roweena hinüberzugehen, um ihr beim Heimtragen der Körbe zu helfen, als er Zeuge der hitzigen Auseinandersetzung zwischen Brady Kane und Maire Fahy wurde. Und er sah auch, dass der Amerikaner Roweena nacheilte und sie schließlich am Arm packte.

Gabriel stieg das Blut zu Kopf, und er machte schon einen Schritt auf die beiden jungen Leute zu, besann sich dann aber eines Besseren. Roweena würde es ihm nicht danken, wenn er für sie den Wachhund spielte.

Schließlich war er nicht auf den Markt gegangen, um ihr nachzuspionieren, sondern um etwas Stoff und Bindfaden sowohl für Roweena als auch für Eveleen zu erstehen, dass sie sich rechtzeitig zum Fest neue Kleider nähen konnten. Es war purer Zufall, dass er auf sie und den Amerikaner gestoßen war.

Er stand nahe genug, um mitzubekommen, wie sich Roweenas Gesichtsausdruck wandelte, während Kane auf sie einredete. Zuerst hatte sie unsicher gewirkt, so als wollte sie ihm jeden Moment davonrennen. Jetzt lächelte sie sogar ein wenig.

Ob das Zusammentreffen nun geplant gewesen war oder nicht, sie sah so aus, als freue sie sich, den aufdringlichen Amerikaner zu sehen, dachte Gabriel und versuchte die unangenehme Trockenheit in seiner Kehle zu ignorieren.

Na schön, Kane hatte also ihre Aufmerksamkeit gewonnen. Sie gab sich alle Mühe, von seinen Lippen abzulesen, was er sagte.

Die Versuchung dazwischenzugehen war fast übermächtig. Aber wozu sollte es gut sein? Was konnte er schon machen? Die beiden der Unehrlichkeit bezichtigen oder Roweena dafür schelten, dass sie seinen Wünschen nicht Folge leistete? Schließlich war sie jetzt siebenundzwanzig Jahre alt, eine erwachsene Frau. Weder war sie ein Schulmädchen, das er zurechtzuweisen hatte, noch Kane ein dummer Bengel, den er einschüchtern konnte. Es stand ihm nicht zu, den beiden Forderungen zu stellen, auch wenn er dem amerikanischen Nichtsnutz gegenüber zugegebenermaßen genau das bereits getan hatte.

Und was Roweena betraf, so hatte er ihr lediglich gesagt, was er wünschte, hatte an ihren freien Willen appelliert, sich ihm zu fügen. Er hatte aber nicht die geringste Lust, sie zu unterwerfen. Das würde sie nur verletzen. Verstehen könnte sie es nicht.

Er wusste ja nicht einmal mit Sicherheit, ob er selbst es verstand. Gewiss, Kanes mieses Betragen dem Sheridan-Mädchen gegenüber und sein Ausweichen vor der Verantwortung waren Grund genug, ihn in sicherer Entfernung von Roweena zu halten. Aber Gabriel wusste genau, dass hinter seiner Feindseligkeit mehr steckte als jene unselige Affäre.

Von Anfang an hatte der amerikanische Künstler irgend etwas an sich gehabt, das ihn aufregte. Nie hatte er dem jungen Spaßvogel wirklich trauen können. Es hatte nicht einmal daran gelegen, dass Kane ihm unsympathisch gewesen wäre – am Anfang zumindest war er das gar nicht mal. Irgendwie hatte Gabriel nur von jeher ein ungutes Gefühl, wenn es um Kane ging.

Und ebendieses Gefühl beschlich ihn auch jetzt wieder, als er den Amerikaner dort mit Roweena stehen sah. War es nur ein gesundes Maß an Argwohn, die Furcht, dass er Roweena in all ihrer Unschuld mit seinem Süßholzgeraspel und Balzgehabe umgarnen könnte? Schließlich war Kane jung und gutaussehend; er gehörte zu dem Schlag Mann, der nie Probleme hatte, bei den Frauen anzukommen. Und dann Roweena: unglaublich hübsch und absolut unschuldig, Güte durch und durch. Doch ach, so verletzlich und verführbar!

Noch eine weitere Möglichkeit setzte sich in Gabriels Kopf fest, ein widerwärtiger Gedanke, vor dem er bis dato stets zurückgeschreckt war: Inwieweit gingen sein Misstrauen und seine wachsende Abneigung gegen den Amerikaner wohl auf seine eigene, kaum im Zaum gehaltene Eifersucht zurück?

Eifersucht?

Eine hässliche Fratze, die ihn da anstarrte, aber er konnte es nicht leugnen. Seit jeher hatte er das Mädchen liebgehabt, war ihr, solange sie ein verängstigtes Kind unter seinen Fittichen und dann eine heranwachsende Jugendliche gewesen war, wie einer geliebten kleineren Schwester zugetan gewesen.

Doch irgendwann im Laufe jener Jahre hatte seine Liebe eine andere Färbung anzunehmen begonnen, einen neuen Charakter, eine Tiefe, von der er gespürt hatte, dass er sie verbergen musste, wenn er nicht riskieren wollte, sie von sich fortzutreiben.

Er machte sich keine Illusionen darüber, was er für sie war, wusste, dass Roweena ihn auf ihre ganz eigene Weise liebte, nämlich als Beschützer, vielleicht als eine Art großen Bruder, der aus dem hilflosen Bündel, das sie gewesen war, eine erwachsene Frau gemacht hatte. Ihre Gefühle für ihn waren wahrhaftig und stark: Gefühle des Vertrauens, der Hingabe und sicher auch der Zuneigung – allerdings kaum der Zuneigung einer Frau zu ihrem Geliebten.

Ohne Zweifel wäre es ihr überaus peinlich, sollte sie irgendwann erfahren, dass seine Treue zu ihr noch eine ganz andere Seite hatte als die der brüderlichen Sorge, die sie darin sah. In dem Falle würde sie sich womöglich gegen ihn wenden, ja ihn sogar verlassen.

Wie aber sollte sie dann, auf sich selbst gestellt, zurechtkommen? Wie überleben, mutterseelenallein in ihrer stummen Welt?

Tief seufzend sah Gabriel den beiden noch eine Weile länger zu. Das bittere Eingeständnis seiner Eifersucht war wie eine brennende, reißende Klinge, die durch all seine so fein zurechtgelegten Motive und ehrbaren Absichten hindurchschnitt. Vielleicht war es für ihn an der Zeit, der Wahrheit ins Gesicht zu sehen, anstatt wie die Katze um den heißen Brei zu schleichen, selbst wenn diese Wahrheit ihn vor Selbstverachtung fast krank machte.

Doch wie dem auch sei, er war sich nicht sicher, ob seine wachsende Abneigung gegen Kane allein jener Eifersucht zuzuschreiben war. Da war noch etwas, etwas zum Auswachsen Flüchtiges, kaum Greifbares, und er wusste mit Gewissheit, dass er keine Ruhe finden würde, solange er nicht herausfand, worum es sich dabei handelte.

Er entschloss sich, ohne weitere Verzögerung genau dieser Spur nachzugehen. Er wollte zweifelsfrei herausfinden, wer Brady Kane wirklich war und was er eigentlich hier in Galway suchte.

Einen Augenblick wartete er noch, warf dem Pärchen auf dem Markt einen letzten bösen Blick zu. Dann wandte er sich ab und ging davon.

6. Ruhelos belügt sich das Herz

Den Besten mangelt es an jeglicher Überzeugung,
die Schlechtesten hingegen sind voll
leidenschaftlicher Innigkeit.
W. B. Yeats

Von Roweenas Widerstand verstimmt, kehrte Brady ärgerlich dem Marktplatz den Rücken. Dass sie noch nicht einmal einen kleinen Spaziergang mit ihm machen wollte, strafte all seine Hoffnungen Lügen, ihre Bollwerke vielleicht doch noch schleifen zu können.

Gäbe sie ihm nur die kleinste Chance, so würde er sie herumkriegen und davon überzeugen, dass er nicht das Ungeheuer war, als das Gabriel ihn zweifellos hingestellt hatte. Dessen war er sich sicher. Zuerst aber musste er eine Möglichkeit finden, sie dem Adlerblick dieses Riesen von einem Fischer für mehr als nur ein paar Minuten zu entziehen.

Als er das Claddagh-Viertel hinter sich ließ und sich auf den Rückweg in die Stadt machte, war ihm die Laune vollkommen verdorben. Der Tag hatte all seinen Reiz verloren, und er verspürte nicht mehr das geringste Interesse, irgend etwas zu tun oder irgendwohin zu gehen.

Dass ihm ein taubes Mädchen und ein Griesgram von Fischer, der sich einbildete, eine Art fürstlicher Oberherr zu sein, eine Abfuhr erteilt hatten, verdross ihn mehr, als er sich eingestehen mochte. Eine Weile – aber nur kurz – dünkte ihn, die eleganteste Lösung wäre, die Sache einfach aufzustecken: Roweena zu vergessen, Galways Staub von den Füßen zu schütteln und sich in die Arbeit zu stürzen, die Jack von ihm erwartete.

Keine Frage: genau das *sollte* er tun, anstatt sich wie ein Schuljunge mit Liebeskummer in der Gegend herumzutreiben, und das alles wegen eines Mädchens, das er noch nicht einmal geküsst – schlimmer: mit dem er noch nicht mal Händchen gehalten hatte!

Nie zuvor war es ihm so ergangen.

Er versuchte sich einzureden, es sei nur die Erregung der Jagd; gar so ernst sei es ihm ja nun keineswegs mit ihr. Schließlich sei es doch schon immer so gewesen, dass ihn ein Mädchen um so mehr gereizt hatte, je heftiger es sich zierte.

Roweena allerdings zierte sich nicht, veranstaltete keine Spielchen mit ihm. Er bezweifelte sogar, dass sie überhaupt gewusst hätte, wie so etwas ging, und verabscheute bereits, dass er auch nur einen solchen Gedanken über sie in sich zuließ. In Wahrheit stand es so, dass sie ihm mittlerweile tatsächlich etwas bedeutete. Selbst nachdem er sie wochenlang kaum gesehen hatte, war jeder seiner Versuche, sie sich aus dem Kopf zu schlagen, unweigerlich zum Scheitern verurteilt. Er hegte Gefühle für sie, die er selbst nicht im geringsten begriff, Gefühle, die er beinah beängstigend fand. Doch es lag auf der Hand, dass sie absolut nichts mit ihm am Hut hatte – sei es nun aus eigener Entscheidung oder dank des giftsprühenden Gabriel.

Als er das Mietshaus erreichte, in dem er wohnte, schäumte er vor Wut: auf Gabriel wegen dessen unerträglicher Strenge, aber auch auf Roweena – schließlich war sie es, die Gabriel erlaubte, sich zum Diktator über ihr Leben aufzuschwingen. Mehr als alles andere aber war er zornig auf sich selbst, hatte er sich doch wegen Terese derart zum Affen gemacht, dass er sich womöglich jede Chance bei Roweena für alle Zeit verbaut hatte.

Er stapfte die Stiege hinauf. Der Gedanke an Terese fachte seinen Zorn nur um so mehr an. Natürlich war die Schuld an dem ganzen Theater ausschließlich an ihm hängengeblieben, und dabei war er ganz und gar nicht davon überzeugt, dass Terese ein reines Unschuldslamm war. Im Gegenteil, jetzt, wo genügend Zeit verstrichen war, um die Dinge aus sicherer Entfernung zu betrachten, fragte Brady sich, ob das Mädchen nicht alles fein säuberlich geplant hatte, um ihn mutwillig in die Falle zu locken.

Sie hatte keinerlei Hehl daraus gemacht, dass sie, nachdem sie erst einmal miteinander intim geworden waren, irgendeine Art von Treueversprechen von ihm erwartete. Genau das aber hatte er ihr nicht geben mögen. Nun ja, und als er klargestellt hatte, dass er keineswegs die Absicht hatte, sie auf seine Reisen mitzunehmen – ganz zu schweigen von seiner Heimkehr in die Staaten –, war sie womöglich auf den Trichter gekommen, ein Baby könnte ihn umstimmen.

Und so vermochte er sie nicht länger als unschuldiges junges Ding zu sehen, sondern kam mehr und mehr dahin zu glauben, dass sie in ihrem eigenen Interesse mutwillig alles darangesetzt hatte, ihn zu verführen. Und ein guter Teil von Tereses Interessen, das hatte er von Anfang an gewusst, war darauf gerichtet, nach Amerika zu gelangen.

Doch wie dem auch sei: nun war sie fort – sei's drum. Und es würde für sie beide keinerlei Probleme geben, solange sie nichts tat, was Jacks Argwohn wecken könnte. Brady hatte sich von ihr schwören lassen, den Mund zu halten, und er glaubte sich keine ernsthaften Sorgen machen zu müssen, dass ihr irgendwas entschlüpfen könnte. Terese war zu clever, um unvorsichtig zu sein. Dennoch wäre ihm wohler gewesen, wenn er mit Sicherheit gewusst hätte, dass Jack ihre Geschichte gefressen hatte.

Erst dann konnte er wieder völlig frei durchatmen.

Mit diesem Gedanken tat er Terese ein für allemal ab, schenkte sich einen Drink ein und wandte sich den Obliegenheiten zu, mit denen er *jetzt* zu tun hatte: Er musste zu einem eigenen Entschluss kommen, musste entscheiden, was zu tun war. Er wusste, dass er sich von Rechts wegen bald aus Galway davonmachen musste: Es wurde immer schwieriger, Jack gegenüber zu begründen, warum er seine Abreise fortwährend hinausschob. Doch wann immer er an Aufbruch dachte, stand ihm Roweena vor Augen, und er schob den Abschied erneut hinaus.

Doch er kam nicht umhin: In Kürze *musste* er aufbrechen. Jack würde nicht endlos für seinen Unterhalt aufkommen, ohne dass er für sein Geld eine Gegenleistung bekam. Schöpfte er erst mal Verdacht, dass Brady ihn anlog, so würde er ihn eiskalt auflaufen lassen, und zwar ohne Vorwarnung.

Einen Jack Kane führte nämlich niemand an der Nase herum, noch nicht einmal sein eigener Bruder. Ein paar Leute hatten es versucht – und einen ungemein hohen Preis dafür bezahlt.

Nein, er würde sich alsbald aus dem Staub machen müssen, und folglich galt es, einen Entschluss zu treffen, wohin er fahren sollte. Vielleicht rauf nach Westport und dann weiter nach Sligo? Doch statt seine Landkarten vorzunehmen und sich für eine Reiseroute zu entscheiden, ließ er sich mit seinem Drink in der Hand aufs Bett plumpsen und versank in jene dumpfe Trägheit, die ihm in jüngster Zeit immer vertrauter geworden war.

In den letzten Tagen ertappte er sich immer mehr bei

dem Gefühl, ein einsamer Seemann zu sein, gestrandet auf einer Insel, die von Tag zu Tag ein wenig mehr in der See versank. Er wusste, dass er zusehen musste, wie er von dem Eiland wegkam, wenn er nicht ertrinken wollte, da er aber nirgendwo etwas anderes erkennen konnte als Wasser, Wasser und noch mal Wasser, blieb er einfach, wo er war, und sah den immer näher kommenden Brandungswellen zu.

Dabei hatte Brady bis vor kurzem kaum Probleme damit gehabt, Entscheidungen zu treffen. Im Gegenteil: wie oft hatte Jack ihm vorgeworfen, sich viel zu leichtfertig, viel zu achtlos zu entscheiden, und es stimmte ja, dass er sich nicht unbedingt den Kopf darüber zu zermartern pflegte, welche Konsequenzen seine Entschlüsse mit sich bringen mochten. Sobald er sich für irgend etwas entschieden hatte, tat er es einfach und fertig.

Doch seit neuestem schien er sich an jeder Kleinigkeit festzubeißen. Dauernd änderte er seine Meinung. Etwas so Simples wie die Motivsuche für eine Skizze konnte ihn stundenlang außer Gefecht setzen, so lange, bis er dermaßen entnervt war, dass er überhaupt nicht mehr an die Arbeit ging.

Er wusste selbst nicht, was da eigentlich mit ihm vor sich ging; was er aber wusste, war, dass er, wollte er es sich nicht restlos mit Jack verderben, schleunigst etwas unternehmen musste, damit die Dinge anders wurden.

Also schön: Jetzt würde er erst mal ein kurzes Nickerchen machen und dann an die Arbeit gehen. Zuerst musste er überlegen, wo er als nächstes seine Zelte aufschlagen sollte, und dann einen Termin für die Abreise festlegen.

Bald, sagte er sich noch einmal. Er durfte sich wirklich keine Zeit mehr lassen.

Bradys letzter Gedanke, während er sein Whiskyglas

leerte und langsam in den Schlaf sank, war der an eine turmhohe, bedrohlich auf ihn zutosende Wasserwand, der er vergeblich zu entfliehen versuchte.

* * *

Gabriel wartete ab, bis der Tisch abgeräumt war und das Geschirr wieder im Schrank stand, bevor er Evie zum Spielen rausschickte und Roweena bedeutete, dass er mit ihr sprechen wolle.

Er bemerkte, dass sie den Blick abgewandt hielt, während sie an der anderen Seite des Tisches Platz nahm. Er berührte sie kurz an der Hand, um ihre Aufmerksamkeit zu gewinnen, und schließlich blickte sie auf und konzentrierte sich auf seine Lippen, während er zu sprechen begann.

„Ich hab' dich mit Brady Kane auf dem Markt gesehen."

Leichte Röte huschte über ihre Wangen, und sie sah kurz zur Seite, bevor sie ihm das Gesicht wieder zuwandte und nickte.

„Das ist keine gute Idee, Roweena. Der Junge bringt nichts als Ärger, verstehst du das denn nicht?"

Wie immer achtete sie so lange, wie er sprach, auf seine Lippen, bevor sie sich einen Augenblick Zeit nahm, um ihre Antwort zu formulieren.

„Er ist zu mir gekommen", erwiderte sie schließlich. Sie gestikulierte mit den Fingern, sprach die Wörter jedoch gleichzeitig aus. Gabriel hatte darauf bestanden, dass sie es so machte. Ihre Stimme war stockend, und die Wörter kamen langsam, aber dafür, dass sie vollkommen taub war, erstaunlich klar. „Was sollte ich denn machen?"

Für seine Ohren war ihre Stimme von jeher ein Wohlklang gewesen. Andere fanden sie zweifellos ein wenig sonderbar, sprach sie doch mit dem für Taube typischen Mangel an Betonung. Es lag wohl daran, dass er so lange und so hart mit ihr gearbeitet hatte, als er ihr das Sprechen beibrachte. Es war für sie beide ein mühseliger, allzu oft frustrierender Prozess gewesen, aber das Ergebnis hatte alle Mühe gelohnt. Als sie erst einmal Wörter formen konnte, schien sie bei weitem nicht mehr so ausgeschlossen von seiner Welt zu sein wie zuvor, und er kam sich bei dem Versuch, mit ihr zu kommunizieren, nicht mehr so hilflos vor.

Doch in diesem Augenblick machte ihm das, was er womöglich von ihr zu hören bekommen würde, regelrecht angst. Er bemerkte, dass sie ihn mit einem Ausdruck musterte, in dem Furcht zu lesen war, und mit einem Mal machte es ihn unruhig, dass sie so furchtbar ... geduldig mit ihm war.

„Ich bin wirklich nicht böse“, sagte er beschwichtigend. „Ich möchte bloß nicht, dass jemand dir weh tut, versteh doch! Ich traue diesem Brady Kane nicht, und du solltest es auch nicht tun.“

Überrascht registrierte er die Traurigkeit, die sich über ihr zartes Gesicht legte. Einen Augenblick dachte er, sie würde anfangen zu weinen.

Statt dessen nickte sie, als wollte sie ihm ihre Zustimmung signalisieren. Dann sah sie ihm in die Augen. „Bitte, Gabriel ...“, sagte sie, „bitte mach dir keine Sorgen. Vielleicht bin ich gar nicht so ... dumm, wie du denkst.“

Erschrocken wollte Gabriel ihre Hand nehmen, hielt aber in seiner Bewegung inne. Ihren Blick erwidernd, sagte er: „Ich hab' dich nie für dumm gehalten, Roweena. Alles, was ich will, ist, dich zu beschützen.“

Sie nickte wieder und senkte den Kopf.

„Roweena?“ Gabriel beugte sich über die Tischplatte und hob mit einem Finger ihr Kinn hoch, damit sie mitbekam, was er sagte. Sie sah auf, aber den Ausdruck in ihrem Gesicht vermochte er nicht zu deuten. „Liegt dir etwas an diesem Mann?"

Sie runzelte die Stirn, als verstände sie ihn nicht.

„Hast du irgendwelche … *Gefühle* für ihn?" Er hörte, wie belegt seine Stimme klang, und als sie absichtlich zur Seite schaute, ohne ihm auch nur mit einer Silbe zu antworten, keimten böse Vorahnungen in ihm auf wie ein bitterer Same.

Mit trockenem Mund streckte Gabriel erneut die Hand aus, um ihr Gesicht zu sich zu drehen. „Schau, er ist kein Mann, dem man vertrauen kann. Das musst du doch einsehen!"

Unter ihrem forschenden Blick schrumpfte er buchstäblich zusammen.

„Du sagst doch immer, wir sollen … andere nicht richten, wir sollen versuchen, sie … zu sehen, wie … der Heiland sie sieht: mit Duldsamkeit und … Vergebungsbereitschaft."

Ihre Worte waren wie Peitschenhiebe, und Gabriel sah seine Felle davonschwimmen. „So ist es", sagte er mürrisch, nach Worten ringend, um sich zu erklären. „Es wird aber immer solche geben, die andere bloß ausnutzen. Ich will ja gar nicht, dass du über Kane richtest, ich will bloß, dass du vorsichtig bist."

Ihre dunkelgrauen Augen hielten die seinen fest wie Schraubstöcke. „Aber … du richtest ihn, Gabriel. Oder etwa nicht?"

Ihm wurde noch unbehaglicher zumute. „Kane hat das Sheridan-Mädchen in tiefes Leid gestürzt mit seinem Mangel an Selbstbeherrschung. Und er hört nicht auf, sich hinter meinem Rücken an dich ranzuschleichen. Wenn das nicht reicht, um zu sagen, dem kann man nicht trauen! Also bitte ich dich noch mal, dich von ihm fernzuhalten – zu deinem eigenen Besten!"

Ihre Lippen wurden schmal, und einen Augenblick rechnete Gabriel damit, dass sie ihm erneut widersprechen würde. Doch dann wurden ihre Züge weicher, und ein kurzes Nicken deutete ihr Einverständnis an. „Ich will's … versuchen", sagte sie. „Aber was soll ich … machen, wenn er mir über den Weg läuft wie auf dem Markt? Würdest du denn wollen, dass ich … wegrenne wie ein blödes Gör?"

Jetzt war es Gabriel, der wortlos den Kopf abwandte, obwohl er im stillen zugab, dass das in der Tat genau das war, was er gern wollte – wenn es nur so einfach wäre.

7. Unter Freunden

So ist's ja besser zu zweien als allein.
Prediger 4,9

Noch am selben Abend machte Gabriel einen seiner seltenen Besuche in einer abseits gelegenen Taverne in Galway. Auch wenn es ihm nicht lag, solche Orte aufzusuchen – der Mann, den er treffen wollte, tat es nur um so lieber.

Er hatte keine Ahnung, ob Ulick überhaupt in der Gegend war, aber er konnte ja Phelim Lynch, dem Wirt, Bescheid geben, dass er nach ihm suchte. Doch kaum war er über die Schwelle getreten, als er auch schon die wilde Silbermähne und den struppigen Schnurrbart seines alten Freundes entdeckte.

Ulick saß zusammen mit zwei weiteren wettergegerbten Seebären vor einem kalten Kamin am anderen Ende der Schankstube. Der Raum war halbdunkel und fast leer. Es roch nach Feuchtigkeit, Bier und gekochtem Fisch. Nur ein paar Männer hockten über ihre Bierkrüge gebeugt an den Tischen. Ihre Gesichter waren ernst und verschlossen.

Ulick sah auf und verzog, als er Gabriel erblickte, den Mund zu einem schiefen Grinsen. Gleichzeitig machte er eine rasche seitliche Kopfbewegung, als wollte er seinen Gefährten bedeuten, sie sollten sich trollen. Als Gabriel an seinen Tisch trat, hatten die beiden anderen Männer bereits ihre Stühle nach hinten geschoben und waren mit einem knappen Nicken in seine Richtung zu einem Tisch nahe der Theke hinübergeschlendert.

Ulick wies auf einen der soeben verwaisten Stühle.

„Deine Visage kann ja frische Milch sauer machen, Gabriel Vaughan. Solltest dir von Lynch 'nen Krug bringen lassen, dann wird's dir leichter ums Herz."

„Das ist dein Gift, Ulick, nicht meines. Ich bin gekommen, um zu reden, nicht um zu trinken."

„Also hock dich hin, du Riesenross! Weißt ja, mir ist beides recht."

Sie benutzten die irische Mundart und sprachen in ruhigem, vertrautem Ton miteinander: Zwei Männer, die sich viel zu lange kannten, als dass sie einander erst einschätzen müssten, und deren Unterhaltung keinerlei Floskeln nötig hatte.

„Nun denn, Gabriel, was hast du auf dem Herzen? Scheint mir ja was Schwerwiegendes zu sein, worum es sich auch handeln mag."

Gabriel setzte sich ihm gegenüber, während Ulick dem sich nähernden Wirt ein Zeichen gab, wieder zu verschwinden.

„Du hast doch 'n bisschen Zeit für mich, Ulick?"

„Außer Zeit hab' ich nichts zu bieten", erwiderte der andere, während er Gabriel eingehend musterte. Im Gegensatz zu seinem braunen, wettergegerbten Gesicht waren seine Augen so hell, dass man meinen konnte, sie seien mit einer Schicht dünnen Reifs überzogen. „Ich nehme an, du hast einen Grund, um meine Zeit zu bitten."

Gabriel nickte und kam ohne Umschweife zur Sache. „Ich brauche einige Auskünfte über einen Mann. Er behauptet, hier in der Stadt geboren zu sein, und ich wüsste gern einiges über seine Leute: wer sie waren, ob er überhaupt die Wahrheit sagt und so. Dachte mir, wenn das einer weiß, dann du; und falls nicht, könntest du's rausfinden."

Ulick drehte sein Glas in der Hand. „Wer ist der Mann?"

„Brady Kane“, antwortete Gabriel.

Ulick zog seine dichten Brauen hoch. „Der Amerikaner, der immer am Zeichnen ist? Der ist hier geboren?“

„So sagt er zumindest.“ Gabriel hielt inne. „Ich würd' allerdings nicht unbedingt viel auf sein Wort geben.“

Ulick nickte. „Hab' schon gehört, dass er eines der Mädchen von den Inseln in Schwierigkeiten gebracht hat.“

„Und ob er das hat.“ Gabriels Lippen wurden schmal. „Und dann hat er sie nach Amerika rüberverfrachtet.“

„Das ist 'ne Geschichte für sich. Ich hab' nicht alles zu hören bekommen, aber was das Sheridan-Mädchen Jane Connolly erzählt hat, war, dass Kane in irgendeiner Verbindung zu 'ner großen Zeitung in New York stehen soll. Er behauptete, diese Zeitung zahle die Überfahrt für irgendwelche Waisenkinder und habe angeboten, auch für die Reisekosten des Mädchens aufzukommen, unter der Bedingung, dass es sich unterwegs um die Kinder kümmert. Das ist alles, was ich weiß, aber ich glaube, da steckt noch mehr dahinter.“

Ulick zog einen Mundwinkel hoch, so dass sich der dichte Schnurrbart hob. „Muss schon gute Beziehungen haben, der Yank. Oder glaubst du, die ganze Geschichte ist aus der Luft gegriffen?“

Gabriel zuckte die Schultern. „Keine Ahnung, aber das ist sowieso Schnee von gestern – wozu sich darüber noch Gedanken machen?“ Er unterbrach sich, als sei er sich nicht schlüssig, wie viel er seinem alten Freund anvertrauen sollte.

Ulick stellte sein Glas ab und wartete.

„Weißt du, mir geht's um Roweena“, gestand Gabriel schließlich ein. „Kane lässt sie nicht in Ruhe, obwohl ich außer Gewalt anzuwenden alles getan habe, um ihn abzuschrecken.“

„Dann ist er nicht bloß 'n Dummkopf, sondern auch 'n Hallodri." Ulick lachte auf. „Ich kenne nicht viele Männer, die sich mit dir anlegen würden, solange sie bei Verstand sind."

„Die Hitze meines Blutes hat sich ganz schön gelegt, Alter", sagte Gabriel barsch. „Auch ich war mal klein und dumm."

„Ja, genau wie wir alle, oder?"

„Na ja, was Kane angeht", fuhr Gabriel fort, „so ist es gar nicht einfach, den Jungen nicht zu mögen. Dennoch hab' ich ihm nie trauen können, erst recht jetzt nicht, nach der Geschichte mit der kleinen Sheridan. Ich will einfach nicht, dass er um Roweena rumschwänzelt."

Ulick schaute nachdenklich drein und nickte bedächtig. „Schön, Gabriel, aber was willst du von mir? Glaubst du, du könntest was in Erfahrung bringen, womit du ihn ein für allemal loswirst?"

In Wahrheit wusste Gabriel selbst nicht genau, was er sich eigentlich von Ulick versprach. „Kane verrät nichts über sich selbst. Ist 'n bisschen zu verschlossen für meinen Geschmack. Sagt nichts, außer dass er in New York lebt und einen älteren Bruder hat. Behauptet, dass er seine Brötchen damit verdient, für amerikanische Zeitungen zu zeichnen, und dass er mit irgendeinem ‚Spezialauftrag' in Irland ist. Ich gehe mal davon aus, dass er der kleinen Sheridan mehr erzählt hat, aber falls es so war, hat sie's für sich behalten." Gabriel beugte sich ein wenig nach vorne. „Ich weiß selbst nicht genau, wonach ich eigentlich suche, aber ich will ihn auf jeden Fall von Roweena fernhalten, koste es, was es wolle. Ich frag' mich halt, ob es nicht einen Grund dafür gibt, dass er so wenig von sich selbst preisgibt. Na ja, und du kennst die Stadt besser als jeder andere und kannst rascher was rausfinden, als ich es selber könnte. Hilfst du mir?"

Ulick fuhr sich mit einem Finger durch den dichten Schnauzer. Er schaute unentschlossen drein. „Ich glaub' fast, du würdest mehr erreichen, wenn du dem Bengel einfach mal 'ne anständige Tracht Prügel verabreichtest. Wenn das nicht nach deinem eigenen Geschmack ist, würd' ich schon 'n paar Jungs kennen, die das für dich erledigen. Ordentlich 'n Fell voll, das wird ihm schon klarmachen, wo der Hammer hängt, meinst du nicht? Vielleicht könntest du ihn auf die Art sogar davon überzeugen, dass er besser dran täte, sich aus Galway wegzuscheren."

Dieser Vorschlag drehte Gabriel den Magen um. Entschieden schüttelte er den Kopf. „Nee, nee, Ulick, das ist nicht mein Stil. Fürs erste will ich nichts anderes als Informationen."

Ulick zuckte mit den Schultern. „Wie du meinst. Also schön: Kane – hast du 'ne Ahnung, ob das wirklich sein richtiger Name ist?"

„Absolut nicht. Ich habe jedoch keinen Anlass, was anderes zu vermuten."

Ulicks knochige Gestalt rutschte ein wenig auf dem Stuhl hin und her. Er kratzte sich im Nacken. „In Ordnung. Fangen wir damit an. Kane ... – könnte mal MacCathain geheißen haben oder auch O'Cein ... doch, ja, das käme hin. Schauen wir mal..."

Ulick murmelte eine Weile vor sich hin und sah dann auf. „Hat er zufällig mal was durchblicken lassen, wann er rüber ist? Wie alt kann er gewesen sein, als er aus Galway weg ist?"

„Nein, ich hab' dir doch gesagt, er sagt so gut wie nichts über sich selbst."

Auf diese Art ging es einige Minuten lang weiter: Ulick ließ sich, mehr oder weniger laut denkend, in die Karten gucken, während Gabriel ihm keinerlei echte Hilfe bieten konnte.

Schließlich stand Gabriel auf. „Ich muss los. Besuch mich zu Hause oder schick mir ’ne Nachricht, wann immer du willst. Ich warte."

Ulick schien seinen Aufbruch kaum zu bemerken, so vertieft hatte er sich in das Rätsel, das Gabriel ihm aufgetischt hatte. „Ich fahr’ demnächst für ’n paar Tage rüber nach Dublin, den Jungen und seine Frau besuchen", sagte er nach einer kleinen Verzögerung. „Aber ich bleibe nicht lange. Du hörst von mir, früher oder später."

In der Hoffnung, es möge eher früher als später sein, drehte Gabriel sich um und verließ die Kneipe.

8. Begegnung mit der Finsternis

Wiss' das Geheimnis eines Geistes,
dess' wilden Stolz nun Scham macht stumm.
O sehnend Herz! Mich traf, du weißt es,
dein tödlich Erbteil mit dem Ruhm.
Edgar Allan Poe

Philadelphia

Jack gab sich keinerlei Mühe zu verbergen, dass er den Mann, der ihm am Tisch gegenübersaß, eingehend musterte. Allerdings war es ihm mit einiger Anstrengung gelungen, seine Ungeduld mit dem von sich eingenommenen Mr Poe zu verdecken und sich den Vorschlag zu verkneifen, der mürrische, gleichwohl geschätzte Schriftsteller solle endlich erwachsen werden und aufhören, sich ständig selbst zu bejammern.

Dies war erst sein zweites Zusammentreffen mit Edgar Poe; das erste hatte vor zwei Jahren stattgefunden, als Poe noch in New York lebte. Der Autor schien sich jedoch kaum verändert zu haben. Jack wusste, dass er nicht älter als dreißig war, obwohl der Mann einen verhärmten, unzufriedenen Ausdruck an sich hatte, der ihn weitaus älter wirken ließ. Poe war klein von Gestalt, ein düsterer, abweisender Typ mit ungewöhnlich massiger Stirn und außerordentlich sorgenvollen Augen. Jack ging durch den Kopf, dass er vom Scheitel bis zur Sohle haargenau den zerquälten Genius darstellte, der zu sein man ihm nachsagte.

Im übrigen sah der Mann ganz und gar nicht gesund aus. Seine Haut war von einer auffallenden Blässe, die um so mehr hervortrat, als Poe eine ausgeprägte Vorliebe für Schwarz zu hegen schien: schwarzer Gehrock, schwarze Krawatte, schwarze Handschuhe. Auch sein Haar war dunkel, und seine grauen Augen blickten eindringlich, so dass er alles in allem irgendwie gespenstisch wirkte.

Es war jetzt mehr als eine Stunde vergangen, dass sie sich in dem Austernrestaurant getroffen hatten, und während dieser ganzen Zeit hatte der Schriftsteller kaum mehr getan, als in seinem Essen herumzustochern, sich darüber zu ergehen, wie sehr er vom Glück verlassen sei, und mit spitzer Zunge einige seiner literarischen Kollegen zu zerpflücken, allen voran Washington Irving, den Jack dagegen außerordentlich schätzte.

„Überschätzt", räsonierte Poe gerade, seine ungünstige Meinung über Irving zusammenfassend. „Der Mann wird gnadenlos überschätzt."

Jack schwieg. Ihm war bereits durch den Kopf gegangen, dass Poes arrogante Kritik an seinesgleichen vielleicht aus Neid herrührte, um nicht zu sagen aus Wut. Denn seine eigenen Verkaufszahlen waren ganz und gar nicht beeindruckend; die ganze literarische Welt wusste, dass Poe ständig knapp bei Kasse war und mehr als einmal mit einem Fuß im Gefängnis gestanden hatte, weil er seine Schulden nicht mehr bezahlen konnte.

Jack dachte daran, dass er nicht bis nach Philadelphia gereist war, bloß um sich von einem verkrachten Schreiberling aus der Reserve locken zu lassen. Poe hatte in aller Deutlichkeit zum Ausdruck gebracht, dass er ernstlich daran interessiert sei, im *Vanguard* oder sonst wo in Jacks Imperium, etwa im Verlag Perriman & Ware, zu publizieren, und sein Werk genoss genug Ansehen, als dass es Jack lohnend erschien, zumindest die Möglichkeiten auszuloten.

Doch im bisherigen Verlauf dieses Abends hatte Poe herzlich wenig Interesse an einer geschäftlichen Verbindung mit irgendeinem der Kaneschen Verlagsunternehmen gezeigt. Vielmehr schien er darauf aus zu sein, sich als literarischer Platzhirsch aufzuführen, dem irgendein rotznäsiger Zeitungsbengel das Leben schwer machte.

Nun war Jack daran gewöhnt, dass ihn die Großen der Literaturszene von oben herab behandelten. Obschon er geübt darin war, seine wahren Gefühle zu verbergen, gab es eine Zeit, in der es einige der hochnäsigeren Herrschaften aus der Schriftsteller-Elite fertiggebracht hatten, dass er sich wie ein plumper irischer Bauer fühlte, den es aufs falsche Parkett verschlagen hatte.

Doch heutzutage brauchte es mehr als einen eingebildeten Bücherschreiber, um ihn in Verlegenheit zu bringen. Seine langjährige Erfahrung im Verlagsgeschäft hatte ihn gelehrt, dass einige der strahlendsten Sterne am Literatenhimmel, so prominent und hochwohlgeboren sie auch immer sein mochten, in Wahrheit in ständigen finanziellen Nöten steckten. Ja, ein paar, darunter der berühmte Edgar Allan Poe, schienen die meiste Zeit geradezu in Armut zu vegetieren. Mochten also die blaublütigen Herrschaften seiner irischen Kleine-Leute-Herkunft wegen die Stirn runzeln, so rümpften sie doch so gut wie nie die Nase, wenn ihnen der Geruch seines Geldes in dieselbe stieg. Er hätte darauf wetten können, dass Poe sich in diesem Belang nicht im mindesten von all den anderen unterschied.

Während das Dessert aufgetragen wurde, ging seine Geduld mit dem gespreizten Gehabe des anderen zur Neige, ja, er überlegte sogar, ob es sich überhaupt noch lohnte, seine Zeit mit ihm zu verschwenden.

Also kam er ohne weitere Umschweife zur Sache.

„Schön, Mr Poe, lassen Sie mich kurz erklären, was ich brauche, und dann können Sie klipp und klar sagen, ob Sie interessiert sind oder nicht."

Ohne sich um Poes eingeschnapptes Stirnrunzeln zu kümmern, löffelte Jack den letzten Rest seines Cremepuddings in sich hinein, bevor er fortfuhr. „Was ich will, ist ein Stoff, den ich in Fortsetzungen – sagen wir, über mehrere Wochen hinweg – im *Vanguard* bringen kann. Eine Abenteuergeschichte wäre mir recht, zum Beispiel eine Seefahrtserzählung mit Action und Spannung. Irgendwas, verstehen Sie, was die Leute bei der Stange hält, so dass sie Tag für Tag die Zeitung kaufen."

Poe sah Jack an, als wäre diesem plötzlich ein Horn aus der Stirn gewachsen. „Das meinen Sie doch selbstverständlich nicht ernst."

„Aber voll und ganz."

Poe hob eine bleiche Hand und fingerte damit an seiner Krawatte herum. „Ich schreibe keine … *Fortsetzungsromane*, Mr Kane. Ich ging davon aus, Sie seien mit meinem Werk vertraut."

„Oh, ich bin aufs beste mit Ihrem Werk vertraut, Edgar – Sie gestatten doch, dass ich Sie Edgar nenne? –, aber sagen Sie doch bitte, wie *verkaufen* sich denn Ihre Werke?"

„Wie bitte?" Poes Mundwinkel verzogen sich nach unten, als hätte er auf etwas Bitteres gebissen.

„Ihre Werke", wiederholte Jack. „Kommen Sie damit auf Ihre Kosten?"

Poe sah aus, als hätte man ihn in einen Schraubstock gespannt. Die Finger, die an der Krawatte nestelten, zitterten leicht. „Ich schreibe nicht aus schnödem Erwerbsinteresse, Mr Kane."

Jack sah, dass sein Gegenüber die bleiche Hand nicht ruhig halten konnte, sah die Unsicherheit in Poes melancholischen Augen. „Nun ja, Edgar, lassen wir das mal dahingestellt sein, ich jedenfalls publiziere aus Erwerbsinteresse. Und so frage ich mich, ob Sie sich nicht einmal an einem anderen Genre versuchen, vielleicht an einer großangelegten Abenteuergeschichte, wie schon gesagt. Irgendwas mit einem Helden in Gefahr, einer schutzbedürftigen Lady und einer Menge Spannung. Und natürlich", Jack betonte diese Wörter ganz besonders, „einem H*appy-End.* Mit anderen Worten, es geht um eine Geschichte, bei der die Leser es kaum abwarten können, endlich die nächste Ausgabe in der Hand zu halten. Wenn Sie mir eine solche Geschichte liefern können, bin ich bereit, Sie äußerst großzügig dafür zu entlohnen."

Poe musterte ihn immer noch mit etwas, das nicht fern von Abscheu zu sein schien, wiewohl es Jack vorkam, als habe er einen Schimmer von Interesse in seinem Blick aufblitzen sehen.

„Wie gesagt, für das, was ich mir vorstelle, zahle ich gut", legte er nach. „Nun denn, sind Sie interessiert?"

Es ließ sich nicht verhehlen, dass Poe ausgesprochen interessiert war, es aber nicht zugeben mochte. Jacks Ungeduld mit dem Mann wuchs.

Poe verschränkte die Arme und schlang sie um seinen Oberkörper, während er seinen Blick an irgend etwas heftete, das sich über Jacks Kopf zu befinden schien. Jack für seinen Teil nutzte die Gelegenheit, den Schriftsteller noch genauer in Augenschein zu nehmen, und zum erstenmal fiel ihm auf, dass Poe bei all seiner zur Schau getragenen grüblerisch-intellektuellen Blasiertheit eine gewisse undefinierbare Schäbigkeit an sich hatte, die sich überhaupt nicht mit dem Bild vertrug, das der Mann bei seinem Gegenüber offensichtlich zu erwecken versuchte. Poe strahlte eine sonderbare innere Fäulnis aus, die Jack, um es gelinde zu sagen, äußerst unangenehm fand.

„Ich muss mich fragen, Mr Kane, ob Ihr Angebot nicht eine Kränkung für mich bedeutet."

Jack zuckte die Schultern. „Es handelt sich ja noch gar nicht um ein Angebot, eher um eine erste Idee. Aber es würde mich schon interessieren, inwiefern Sie das kränken sollte. Wenn ich mich recht erinnere, waren Sie es, der mit mir in Verbindung trat. Ich suche nur nach einem Weg, der uns beiden Nutzen und Ihnen überdies noch ein wenig Geld einbringt."

In Poes Augen funkelte es. „Ich verkaufe mich nicht an den höchsten Bieter, mein Herr. Ich habe in der literarischen Welt einen gewissen Ruf zu verlieren, wie Ihnen nicht entgangen sein dürfte."

Jack legte seinen Löffel sorgfältig auf dem Dessertschälchen ab, lehnte sich in seinem Stuhl zurück und sah Poe direkt in die Augen. „Ich kann mir nicht vorstellen, dass Ihr Ruf Schaden nähme, wenn Ihr Werk einem breiteren Publikum zugänglich würde, Edgar. Und Ihrem Bankkonto würde es ganz bestimmt nicht weh tun."

„Ich muss schon sagen, Mr Kane –"

„Wieso sagen Sie nicht Jack zu mir, Edgar?"

„Ich pflege nicht über mein Bankkonto zu diskutieren, *Mr Kane*."

„Sorry, Edgar, ich wollte Ihnen nicht zu nahe treten." Es kostete Jack einige Mühe, seinen beiläufigen Tonfall beizubehalten. „Ich muss Ihnen bekennen, dass *ich* es nicht gewöhnt bin, mit Männern zu tun zu haben, die es kränkt, über Geld zu reden. Die meisten meiner Partner finden es ausgesprochen reizvoll, für ihre Mühe bezahlt zu werden. Ganz besonders solche", fügte er mit hörbar schärferem Unterton hinzu, „die eine Familie zu unterhalten haben."

Poe machte Anstalten, sich zu erheben. Jack sah ihm schweigend zu, inzwischen zum einen weitestgehend davon überzeugt, dass er hier nur seine Zeit vergeudete, zum anderen so gut wie entschlossen, mit diesem Mann nichts zu tun haben zu wollen. Poe schien außerstande zu sein, sich von seinem unerträglichen Stolz zu lösen, und Jack hatte weder die Geduld noch den Willen, ihn so zu umwerben, dass er sein Gesicht dabei verlor.

Außerdem, Genie oder nicht Genie, irgend etwas an dem Mann stieß ihn ab. Er hielt Poe für ein bisschen gestört, jedenfalls mehr, als dass man nur von Exzentrik hätte sprechen können.

Poe indessen hatte es sich offenkundig anders überlegt und wollte nun doch nicht gehen. Überall hinschauend außer auf Jack ließ er sich langsam wieder auf den Stuhl sinken und unterzog sein Dessertschälchen einer näheren Untersuchung.

Jack entschloss sich, einen – und nur noch einen – letzten Versuch zu unternehmen, hinter die arrogante Maske des Mannes zu sehen. „Auch wenn es Sie aus dem Munde eines Bauerntölpels, wie ich es bin, überraschen mag, Edgar, aber ich verstehe sehr gut, dass Sie bei Ihrer Arbeit auf Qualität Wert legen." Poe warf ihm einen skeptischen Blick zu, den Jack mit einem scheinbar verlegenen Lächeln quittierte. „Sicher, der *Vanguard* druckt auch seinen Teil an Sensationsmeldungen und all den üblichen Schund – wir müssen halt die Leute, die so was lesen wollen, zufrieden stellen, damit die Rechnung stimmt. Aber mir kommt es darauf an, auch noch Besseres zu drucken, und zwar nicht nur in der Zeitung, sondern auch durch meine Verlage. Und deshalb bin ich hier."

Er brach ab. Während er geredet hatte, war in den Augen des anderen erneut mehr als nur ein rasch verlöschendes Aufflackern von Interesse zu lesen gewesen. „Lassen Sie mich ganz offen reden, Edgar. Ich hab' Ihre

Sachen" – er sah, wie Poes Lippen schmal wurden, und verbesserte sich rasch –, „äh, Ihr Werk gelesen, und ich glaube, Sie sind ein Mann, der imstande ist, das zu schreiben, was ich gerne herausbringen möchte. Sie sind weitaus begabter als die allermeisten Autoren, mit denen ich zusammengearbeitet habe, und trotz Ihrer Angewohnheit, sich irgendwie schauderhafte Themen auszusuchen, darf man von Ihnen jedenfalls eine große Geschichte erwarten."

Jack machte erneut eine Pause und kümmerte sich nicht um die säuerliche Miene des anderen. „Sehen Sie, Edgar, ich glaube, Sie könnten ohne weiteres auch eine wunderbare Geschichte zu Papier bringen, wenn Sie auf den morbiden Tonfall verzichteten, der Ihr Markenzeichen ist. Was ich meine, ist – sagen wir, etwas Lichteres. Etwas, das mehr dem Geschmack der Leserschaft des *Vanguard* entspricht als das, was Sie üblicherweise schreiben. Nicht weniger ergreifend natürlich, aber vielleicht weniger … bedrückend. Alles in allem: bekömmlicher."

Poe schüttelte den Kopf. „In Anbetracht des Rufs, der Ihnen vorauseilt, Mr Kane, irritiert mich Ihr Wunsch. Sie scheinen mir kaum der Mann zu sein, der sich mit dem stinklangweiligen Geseire abgibt, auf das das fromme Volk so steht."

Jack kochte innerlich. Es konnte ihn ziemlich auf die Palme bringen, wenn ausgerechnet ein Mann wie Poe seinen Ruf in Zweifel zog. Doch er schaffte es, gleichgültig die Schultern zu zucken und seinen Mund zu halten.

„Mit der Art von gekünsteltem Geschreibsel, die Sie da verlangen, gebe ich mich nicht ab", fuhr Poe fort, freilich in weniger pedantischem, eher beinah gleichgültigem Ton. „Ich glaube nun mal nicht an H*appy-Ends*, Mr Kane, und deshalb schreibe ich sie auch nicht."

Jack stützte die Ellbogen auf die Tischplatte, spreizte die Finger und betrachtete Poe mit wachsendem Unmut. „Mir für meinen Teil sind auch noch nicht allzu viele H*appy-Ends* widerfahren, Edgar, aber das heißt doch nicht, dass es sie nicht gibt oder nicht zumindest geben *kann*, jedenfalls in einer Geschichte. Und ganz sicher möchte ich nicht, dass Sie für meine Leser wertloses Zeug schreiben. Ehrlich gesagt, dafür bringe ich meiner Leserschaft zuviel Respekt entgegen. Aber ich kann nicht erkennen, was an Geschichten gekünstelt sein soll, die wenigstens ein Hauch von Hoffnung durchweht, Hoffnung, die der Verzweiflung entgegenwirkt. Ein bisschen Licht, das die Dunkelheit aufhellt, wenn Sie so wollen."

Er schwieg und sah den trübseligen Poe einen Augenblick an. „Verzeihen Sie, wenn ich das sage, Edgar, aber meiner Meinung nach sind Sie ein bisschen zu jung, um eine solche Abscheu vor dem Leben zu haben."

„Was für eine Rolle spielt denn das Alter?", sagte Poe, wobei er müde die Hand hob.

„Vielleicht gar keine. Doch abgesehen von Ihrem Alter sind Sie ein kluger, begabter Kerl mit einer hübschen jungen Frau, einem Heim, guter Bildung – und allen Voraussetzungen, eine schöne Stange Geld mit etwas zu verdienen, was Ihnen offenkundig Spaß macht. Was mich betrifft, so gestehe ich ein, der übelste Zyniker zu sein, den man sich denken kann. Aber ich komme nicht umhin, mich zu fragen, woher Ihre Neigung zu derart schauerlichen, makabren Themen eigentlich rührt."

Poe sah ihn an, als überlegte er sich eine Antwort. Dann sprudelte er ohne Vorwarnung eine bittere Geschichte hervor, die Jack eigentlich hätte tief berühren müssen, was wohl auch der Fall gewesen wäre, wenn der Mann nicht dermaßen von Selbstmitleid getrieft hätte.

Dass Poe seine Eltern, ein Schauspielerpaar, „lange vor der Zeit“ verloren hatte, dass er mit seinem Stiefvater nicht hatte warm werden können, dass er ständige Gesundheitsprobleme hatte und ausweglos verschuldet war, das alles hatte Jack schon gewusst. Doch was seine anfällige körperliche Konstitution und seine finanziellen Verhältnisse anbetraf, so schien Poe einen guten Teil seiner Misshelligkeiten in beiden Bereichen seinem eigenen ausschweifenden Lebenswandel zuzuschreiben zu haben.

Als Poe endlich mit seiner Tirade endete, war Jacks Geduld erschöpft. Er konnte an nichts anderes mehr denken, als hier wegzukommen, spürte ein geradezu verzweifeltes Verlangen nach frischer Luft und Helligkeit. Zugleich aber fragte er sich, woher es kam, dass er den Mann, der ihm gegenübersaß, so unerträglich fand.

Es war im Laufe der Jahre immer wieder mal vorgekommen, dass er mit ausgesprochen miesen Charakteren zu tun gehabt hatte, von denen etliche Poe ohne weiteres das Wasser hatten reichen können, möglicherweise mit dem Unterschied, dass sie noch weniger Wert auf eine wohlanständige Fassade legten als dieser. Er hatte sich, um eine gute Geschichte zu recherchieren, mit den übelsten Schurken eingelassen, mit ausgemachten Dummköpfen in Verkehr gestanden, war Dieben ins Gehege gekommen und hatte seine Haut unzählige Male in den finstersten Slums New Yorks, darunter dem widerwärtigen Five-Points-Viertel, zu Markte getragen. Die schwärzesten Abgründe der Menschheit waren ihm nicht fremd, so dass er eigentlich gegen Verderbtheit jedweder Art hätte immun sein müssen.

Angesichts all dessen – und obendrein der Tatsache, dass sein eigenes Leben auch nicht gerade das eines Engels war – trieb ihn die Frage um, wieso ihn ausgerechnet die Dekadenz eines Edgar Poe so außerordentlich aufregte, und das, obwohl der Mann andererseits eine düstere Faszination auf ihn ausübte.

Eben als ihm das durch den Kopf ging, begegnete Jacks Blick demjenigen Poes, und was er sah, ging ihm durch und durch wie ein eiskalter winterlicher Windstoß. Es war, als läge in jenem dunklen, unheimlichen Blick etwas, das ihn wie einen Sog in sich hineinzureißen und in einem Vakuum gefangenzunehmen drohte, aus dem es kein Entrinnen mehr gab. Auf bizarre Art und Weise, die ihn erzittern ließ, sprang ihn da etwas an, was ihm nur allzu vertraut und zugleich erschreckend fremd war.

In diesem Augenblick ging ihm auf, dass die Dunkelheit, die er Poe abspürte, womöglich eine Widerspiegelung jener Finsternis war, die seinem eigenen Geist innewohnte.

Zutiefst entsetzt entschloss sich Jack, diesem Treffen ein Ende zu machen. Zugleich begrub er sein Interesse, etwas von diesem „gequälten Genie" herauszubringen.

Morgen würde er aus Philadelphia abreisen. Mit einem Mal verspürte er nicht nur das unwiderstehliche Bedürfnis, von Edgar Poe wegzukommen, sondern fühlte auch ein noch stärkeres Verlangen, Samantha wiederzusehen. Er sehnte sich nach ihrem lichten Wesen, ihrer wunderbaren … Güte. Vielleicht ließ sich irgendeine Möglichkeit finden, sie schon vor seinem Termin mit Foxworth nächste Woche zu treffen.

Er war unbedingt entschlossen, seinen Antrag an sie in nächster Zeit zu wiederholen – in allernächster Zeit, um genau zu sein. Und dieses Mal würde er überzeugender sein.

Und jedem Versuch ihrerseits, ihn abzuwimmeln, unbeugsamer widerstehen.

Nachdem die Dinge für ihn so lagen, beendete er die Unterredung so rasch wie möglich, ohne übermäßig unhöflich zu sein. Er war sich natürlich nicht ganz sicher, hatte aber das Empfinden, dass Poe genauso viel daran lag, seine Wege zu gehen, wie ihm selbst.

Es war, dachte er grimmig, als wären sich Gleich und Gleich begegnet und hätten die Ähnlichkeit, die zwischen ihnen bestand, nicht ertragen können.

9. Am Hafen

Novemberwind – der Einsamkeit Lied …
Anonymus

New York

Die Vorbehalte, die Cavan Sheridan hegte, Samantha an den Hafen zu kutschieren, hätten nicht deutlicher zutage liegen können. Noch jetzt, nachdem sie fast eine Stunde an den Piers zugebracht hatten, wäre es ihm offenbar weitaus lieber gewesen, allein hergekommen zu sein, verrieten seine angespannten Gesichtszüge nur allzu unmissverständlich, dass eine Dame seiner Meinung nach in dieser Umgebung nicht das geringste verloren hatte. Doch Samanthas neue Obliegenheiten verlangten nun einmal, dass sie zu allen Einwanderern Kontakt aufnahm, die im Rahmen des *Vanguard*-Förderungsprogramms einreisten, und sie hielt es für ganz besonders wichtig, zur Stelle zu sein, sobald die Neuankömmlinge erstmals amerikanischen Boden betraten, dies um so mehr, als sie unter den anlandenden Passagieren Cavans Schwester, Terese Sheridan, erwartete.

Cavan war Sonnabendvormittag und damit früher als erwartet von Albany zurückgekehrt, und noch am Nachmittag desselben Tages hatte er bei Samantha auf der Matte gestanden und mit sichtlichem Widerwillen erklärt, Mr Kane habe ihm die Anweisung hinterlassen, Samantha zum Hafen zu begleiten, wann immer sie dies wünsche.

Bislang hatte sich ihr Ausflug als vergeblich erwiesen.

Nachfragen bei Beschäftigten des Hafenamtes hatten lediglich die beunruhigende Neuigkeit hervorgebracht, die *Providence* sei bereits vor über zwei Wochen eingelaufen. Diese Nachricht hatte kein einziger von Jacks Gewährsleuten weitergegeben, geschweige denn, dass sie auch nur ein einziges Wort von Terese Sheridan und den Madden-Kindern gehört hätten. Folglich hatten sie keine Ahnung, was mit ihnen geschehen war.

Während sie am Kai standen, sich umschauten und darüber berieten, was sie nun unternehmen sollten, zog Samantha ihren dicken Wintermantel fester um sich. Hier am Hafen war es bitter kalt. Eisiger Sprühregen machte die Haut frösteln, und eine steife Brise peitschte das Wasser in den Hafenbecken auf. Doch ungeachtet des widrigen Wetters und ihres ausbleibenden Erfolgs war Samantha froh, dass sie Cavan nicht allein hatte herfahren lassen, konnte er doch seine Erschütterung und die Sorge um das Wohlergehen seiner Schwester nicht verbergen.

Instinktiv legte sie ihre Hand auf seinen Unterarm. „Versuch, dir keine Sorgen zu machen, Cavan. Wir werden sie finden. Wir hören nicht auf zu suchen, bis wir sie haben."

Er brachte nur ein ausgesprochen verzagtes Lächeln zustande. „Bloß dass wir keine Ahnung haben, wo wir überhaupt anfangen sollen."

„Du sagtest, Jack – ich meine, Mr Kane – habe jemanden hier im Hafen beauftragt, ihm eine Nachricht zu senden, sobald das Schiff in Sicht sein würde. Handelte es sich nicht um einen Mr Hoey?"

Der Lärm, der aus allen Richtungen auf sie zurollte, machte ihre Stimme fast unhörbar. Da war das Gebrüll der Seeleute, die sich beim Laden und Löschen in allen nur denkbaren Sprachen Kommandos und Hinweise zuriefen, das Jammern von Müttern und Kindern, die nicht wussten, wohin, das Scheppern von Metall auf Stahl, das Quietschen der Winschen und die Auspuffschläge dampfbetriebener Ladekräne – alles um sie herum war laut und heillos chaotisch.

Doch die wohlbekannte Stimme, die hinter ihnen erklang, hörten sie alle beide nur zu deutlich: „Du hättest wenigstens 'nen Regenschirm am Arm haben können, Sheridan."

Samantha und Cavan wirbelten gleichzeitig herum und erblickten Jack, der direkt hinter ihnen stand. Ein leichtes Schmunzeln strafte den ungehaltenen Unterton seiner Stimme Lügen.

„Jack!", platzte Samantha heraus und bereute im selben Augenblick, ihn beim Vornamen angesprochen zu haben, aber Cavan schien ihre Vertraulichkeit gar nicht aufgefallen zu sein. „Ich dachte, Sie kämen nicht vor Montag zurück." Diesmal klappte es besser mit der Anrede.

Es fiel ihr ungemein schwer, sich nicht anmerken zu lassen, wie entzückt sie war, ihn zu sehen. Er stand da und sah sie an, eine dunkle Braue hochgewölbt und auf den Lippen das vertraute schräge Grinsen, das verriet, wie sehr er ihre Überraschung genoss. Wie immer war er barhäuptig, ja hatte sich noch nicht einmal die Zeit genommen, den Regenschirm aufzuspannen, den er bei sich trug, so dass sein Haar und seine Schultern schon völlig durchnässt waren.

Doch jetzt öffnete er den Schirm mit einer schwungvollen Bewegung und hielt ihn über Samantha.

Als sie sah, wie er sie anschaute – so als hätte er sie monatelang nicht gesehen und sich mit allen Fasern nach ihrem Anblick verzehrt –, drehte sich ihr das Herz um.

„Was ist – wieso haben Sie Ihre Reise abgekürzt?", fragte sie, immer noch bemüht, die Fassung wiederzugewinnen, während sie zugleich versuchte, den Blick seiner schwarzen Augen zu ignorieren, die nicht von ihr lassen konnten.

„Ich konnte es nicht abwarten, wieder nach Hause zu kommen", erwiderte er ruhig. Immer noch dieser Blick.

Die Eindringlichkeit dieses Blicks und die Wärme seines Tonfalls entwaffneten Samantha, und die kühl-distanzierte Antwort, die sie geben wollte, blieb ihr im Halse stecken. Gleichzeitig kam ihr der Heiratsantrag wieder in den Sinn, den er ihr erst vor ein paar Abenden gemacht hatte, und diese Erinnerung drohte sie endgültig aus dem Gleichgewicht zu werfen. Um ein Haar hätte sie ihre ohnehin schon wacklige Selbstbeherrschung gänzlich verloren.

Glücklicherweise wandte Jack seine Aufmerksamkeit einen Augenblick lang Cavan Sheridan zu. „Ich hab' deinen Bericht aus Albany gesehen. Gute Arbeit."

Das Lob seines Chefs ließ Cavan sichtlich erröten. „Vielen Dank, Sir. Ich hoffe, es geht in Ordnung, dass ich eher zurückgekehrt bin als geplant? Es schien sich nichts Nennenswertes mehr abzuspielen, so dass es mir nicht lohnend vorkam, noch länger dort zu bleiben."

Jack winkte ab. „Das geht in Ordnung. Es kann bloß sein, dass ich dich demnächst wieder auf Reisen schicken muss."

Cavan runzelte die Stirn, und Samantha spürte, dass er so lange, wie seine Schwester noch nicht aufgetaucht war, nur äußerst widerwillig irgendwo anders hingehen würde. „Und wohin wäre das, Sir?"

„Nach Connecticut", antwortete Jack.

Ein paar Sekunden lang schien Cavan nicht zu begreifen. „Ich – äh, ich glaube … ich meine, ich bin mir nicht sicher, ob ich überhaupt weiß, wo das ist, Sir."

„Nun, das wirst du wohl bald genug herausfinden.

Auf einem spanischen Schiff ist es zu einer Art Sklavenaufstand gekommen, und aus irgendeinem Grund hat die Marine das Schiff aufgebracht und nach Connecticut eingeschleppt. Hört sich so an, als ob da 'ne größere Sache draus werden könnte. Irgendwie sind die Abolitionisten in die Geschichte verwickelt – also muss man damit rechnen, dass es 'nen ziemlichen Wirbel geben wird, oder? Bis jetzt habe ich keinerlei Einzelheiten in Erfahrung bringen können, es kann aber durchaus sein, dass wir in die Story groß einsteigen. Doch darüber reden wir später. Was ist jetzt mit deiner Schwester und den beiden Kleinen? Habt ihr überhaupt nichts rausgekriegt?"

„Anscheinend ist ihr Schiff schon vor zwei Wochen eingelaufen", antwortete Cavan.

„Vor zwei *Wochen*?" Jack warf Samantha einen Seitenblick zu.

Sie nickte. „In der Tat, wir haben nicht das geringste über Cavans Schwester oder die Madden-Kinder in Erfahrung bringen können. Keiner von den Hafenbeamten, mit denen wir gesprochen haben, konnte uns weiterhelfen. Wir wollten uns gerade nach dem Herrn umschauen, von dem Sie gesprochen haben, diesem Mr Hoey."

„Hoey ist kein Herr", versetzte Jack gedankenabwesend, während er sich umsah. „Er weiß jedoch normalerweise alles, was hier im Hafen vor sich geht, deshalb nutze ich ihn dann und wann als Quelle."

Ein paar Meter neben ihnen kauerte ein verdreckter Junge in der Hocke in einem Mantel, der ihm zwei Nummern zu groß war, und hielt eine Angelrute in das brackige Hafenwasser. Mit einem scharfen Pfiff zog Jack die Aufmerksamkeit des Jungen auf sich, und als dieser herübersah, hielt er eine Münze hoch. Dieser Anblick brachte den Bengel, der nicht mehr als acht oder neun Jahre alt zu sein schien, dazu, auf der Stelle die Angelrute fallen zu lassen und angerannt zu kommen.

„Kennst du Hoey, mein Junge?", fragte Jack ihn.

Der Junge nickte, die Münze in Jacks Hand nicht aus den Augen lassend.

„Also gut, schaff ihn mir her, und dies Geld gehört dir."

Das Kind streckte seine Hand nach dem Geldstück aus, aber Jack hob die Hand, so dass es nicht herankam. „O nein, erst holst du mir Hoey her. Und ein bisschen flott, ja? Wenn ich zu lange warten muss, kriegst du keinen Cent."

Der Junge nahm die Füße in die Hand. Die Schäfte seiner viel zu großen Stiefel klatschten gegen seine dünnen Beine. Jack wandte sich wieder Samantha und Cavan zu und sagte: „Hoey ist ein Schlepper, einer der Älteren aus den Halbstarkenbanden hier am Hafen. Und ein wahrer Meister seines Geschäfts, das kann ich euch sagen."

Jacks Blick drückte Abscheu aus und spiegelte damit Samanthas Empfindungen wider. Sie hatte von den Schlepperbanden gehört, die sich im Hafen tummelten, finsteren Burschen, die ihre Brötchen damit verdienten, dass sie arglose Einwanderer schon ausnahmen, ehe diese ihren Fuß an Land gesetzt hatten. Vielfach waren diese skrupellosen Spitzbuben Landsleute der Neuankömmlinge, die die Schiffe enterten, sobald sie am Kai fest waren, und die orientierungslosen Einwanderer regelrecht übertölpelten, indem sie ihnen ihre Dienste aufdrängten, sei es durch einschmeichelndes Geschwätz, sei es – was weitaus öfter vorkam – durch unverhohlene Einschüchterung.

Unter dem Vorwand, ihnen „angenehme Unterkunft zu wohlfeilem Mietzins" verschaffen zu können, rissen sich die Schlepper im Nu das Hab und Gut ganzer Familien unter den Nagel, bevor sie die Reisenden vom Schiff brachten und aus dem Hafengelände bugsierten.

Fast ausnahmslos arbeiteten die Schlepper für ruchlose Männer, denen einige der verrottetsten Mietskasernen und heruntergekommensten Wohnheime New Yorks gehörten. Sobald es einem Schlepper gelungen war, eine Schar Neuankömmlinge aus dem Hafengebiet herauszubringen, suchte er auf kürzestem Wege eine solche Unterkunft auf. Dort pferchte man so viele Einwanderer wie irgend möglich in düsteren, verdreckten Löchern zusammen und knöpfte ihnen Wuchermieten für Unterkünfte ab, die oft sogar für Viehzeug unzumutbar gewesen wären.

Jack forderte die anderen durch eine Handbewegung auf, mit ihm unter das Vordach einer Lagerhalle zu treten. „Es war keine gute Idee, ausgerechnet heute hierher zu fahren", sagte er an Samantha gewandt, während er sich mit einer Hand durch das feuchte Haar fuhr. „Ist ja ein scheußliches Wetter."

„So zerbrechlich bin ich nun auch wieder nicht", erwiderte sie. „Aber erzählen Sie uns doch bitte von Ihrem Besuch bei Mr Poe."

Sein Schulterzucken und der angeekelte Gesichtsausdruck verrieten genug. „Wie Sie sehen, verspürte ich keine Neigung, allzu viel Zeit mit dem Herrn zu verbringen."

„Was ist geschehen?"

Jack zuckte die Schultern. „Sagen wir mal, Mr Poe und ich scheinen erhebliche Meinungsunterschiede zu haben, was Schriftstellerei und Verlagswesen angeht."

„Verstehe", sagte Samantha nach kurzem Zögern.

Er lächelte gequält. „Sie möchten aber immer noch alles über ihn wissen?"

Und ob sie das wollte. Sie hatte gemerkt, dass Jack

eine zuweilen geradezu erschreckende Menschenkenntnis besaß, auch wenn er gelegentlich einen brutalen Zynismus an den Tag legte. Doch wie dem auch sei, sie gewöhnte sich mehr und mehr daran, seinen Urteilen zu trauen. Es half dennoch nichts: Obwohl sie einiges, was Poe geschrieben hatte, abstoßend fand und die Schauergeschichten, die man sich über den Mann erzählte, sie entsetzten, war ihre Neugier ungebrochen.

„Ich verspreche, Ihnen beim Abendessen ausführlichst Bericht zu erstatten", sagte Jack.

Samantha sah ihn an.

Immer noch schmunzelnd, wanderte sein Blick sogleich von ihr zu Cavan, womit er klarstellte, dass die Einladung auch diesen umfasste. Dann sprach er weiter: „Ich hatte den Gedanken, euch beide, so ihr denn Zeit habt, ins *Guiliardo's* einzuladen. Mir scheint, das Wetter ist hervorragend geeignet, mal ein bisschen schärfer zu speisen."

Samantha wusste, sie sollte nein sagen – in letzter Zeit war sie viel zuviel mit Jack zusammen gewesen. Aber ihr war nicht entgangen, wie sich Cavans Augen bei Jacks Vorschlag aufhellten, und es lag auf der Hand, dass ihm nach der Enttäuschung des heutigen Tages ein bisschen Aufheiterung gut tun könnte.

Und außerdem lagen die Dinge ja so, dass sie selbst nichts lieber wollte, als der Einladung Folge zu leisten. Es wäre eine Gelegenheit, von dem Treffen mit Edgar Allen Poe zu hören, ohne dass sie befürchten musste, dass Jack das unangenehme Thema Heirat erneut zur Sprache bringen würde. Cavans Anwesenheit würde eine nicht allzu persönliche Atmosphäre gewährleisten.

Cavan seinerseits zögerte nur einen kleinen Moment, so als wollte er prüfen, wie ernst es Jack mit seinem Vorschlag war. „Vielleicht wäre es besser, ich würde nach Hause -"

Mit einer Handbewegung unterbrach Jack den jungen Mann. „Unsinn. Mrs Harte möchte etwas von meinem Zusammentreffen mit Poe erfahren, und ich hätte gern einen Bericht über deine Reise nach Albany. Also wirst du mit uns essen." Er unterbrach sich, neigte den Kopf leicht zu Samantha hinunter und sagte: „Das heißt natürlich, soweit Sie frei wären."

Erneut flackerte der Kampf auf zwischen ihrer Vorsicht und dem unwiderstehlichen Verlangen, mit ihm zusammen zu sein, aber nur für einen kurzen Augenblick, dann musste sich die Vorsicht, wie es in letzter Zeit öfter vorkam, geschlagen geben.

„Aber ja doch, das wäre nett", hörte sie sich sagen. „Und du kommst natürlich auch, Cavan. Wir wissen doch alle, wie sehr du auf italienisches Essen stehst."

Cavan lächelte geschlagen, konnte aber nicht verbergen, dass ihn, so sehr ihm auch die Aussicht auf einen gemeinsamen Abend mit seinem Chef und Samantha Harte zusagte, nach wie vor die Sorge um seine Schwester ablenkte.

Samantha sah wieder Jack an. „Haben Sie sonst noch eine Idee, wo wir suchen sollten? Könnte man nicht –"

Das Erscheinen eines zerknautschten, verhutzelten Männleins ließ sie abbrechen. Der Zwerg, der zu ihnen herübergeschlurft kam, trug einen verknautschten Überzieher und eine Art Zylinder. An seiner Seite trottete der abgerissene kleine Junge, den Jack vor ein paar Minuten auf den Weg geschickt hatte.

Das musste denn wohl Hoey sein.

Das Männchen lüftete seinen Hut und verbeugte sich so tief, dass es beinah mit der Stirn das Pflaster berührte. „Zu Ihren Diensten, Mr Kane!"

Bevor er sich dem eigenartigen kleinen Mann zuwandte, warf Jack dem Botenjungen ein Geldstück zu.

„Ich meine mich zu erinnern, dass du mir Nachricht geben wolltest, sobald die *Providence* in Sicht kam!"

Das Männlein nickte eifrig.

„Aber das Schiff ist vor zwei Wochen eingelaufen, du Gartenzwerg! Wieso hab' ich nichts davon erfahren?"

Der Schlepper sperrte den Mund auf. „Vor zwei Wochen? Das hab' ich nicht gewusst, Sir!"

Jacks düsterer Blick durchbohrte ihn. Samantha fröstelte. „Du hattest aber Befehl, nach bestimmten Passagieren Ausschau zu halten, die ich dir genau beschrieben habe, oder etwa nicht?"

„O doch, Mr Kane! Aber wie es das Unglück wollte, war ich eine Zeitlang krank, verstehen Sie?"

Jack tat den Entschuldigungsversuch des Mannes mit einer Handbewegung ab. „Ha, ha! Krank, ja? Ich kenn' dich, Hoey. Jede Wette, dass du, seitdem ich dir das Geld gab, pausenlos stockbesoffen warst!"

Das peinliche Verhör schien den Schlepper ungemein nervös zu machen. Er versuchte es aber noch einmal mit seiner Ausrede. „Aber Mr Kane, Sir, ich bin kein Trinker, so wahr ich hier stehe! Das Schiff muss eingelaufen sein, während ich unpässlich war. Sie können doch einem Mann nicht vorwerfen, dass er's mal am Magen hat, oder wie?"

Zum erstenmal bot sich Samantha eine kleine Kostprobe von Jacks legendärem Zorn. Mit nur einer Hand packte er den streitlustigen Schlepper am Schlafittchen und hievte ihn ein Stück vom Boden empor. „Keine gute Idee, Hoey, mein Geld einzusacken und die Gegenleistung schuldig zu bleiben! Es kommt mir so vor, als ob wir uns schon öfters über dieses Thema unterhalten hätten!"

„Ich mach' mich sofort auf die Socken, ich schwör's, Mr Kane! Noch heute besorge ich Ihnen die Auskunft, die Sie haben wollen! Sie können sich drauf verlassen! Allerspätestens morgen …“

Jack dachte nicht daran, ihn vom Haken zu lassen, sondern ließ ihn zappeln, bis Hoeys Augen so weit aus den Höhlen traten, dass er Samantha fast leid tat. Schließlich war Jack doppelt so groß wie der kleine Schlepper. Und außerdem: Wieso hatte er den Mann vorab bezahlt, wenn er ihm doch nicht traute?

„Jack.“

Falls er sie gehört hatte, tat er so, als hätte er es nicht, aber schließlich ließ er von dem verängstigten Hoey ab. „Gleich morgen früh, bevor du noch irgendwas anderes tust, treffen wir uns beim *Vanguard*, dass das klar ist! Wenn ich dir ’nen guten Rat geben darf, dann sei schon vor mir da, und zwar mit der Auskunft, die ich will. Verstanden?“

Hoey nickte so eifrig, dass ihm beinah sein lachhafter Hut vom Kopf rutschte. „Ja, aber, Mr Kane – Sir?“

Jacks Augen wurden zu schmalen Schlitzen.

„Ich … ich denke, ähm, ich wollte sagen …“, stammelte der kleine Mann, „diese Passagiere, äh, die Sie erwarten – ich meine, wenn sie nicht aufgetaucht sind, als das Schiff eintraf und Sie nichts von Ihnen gehört haben, dann sind sie vielleicht nach Tompkinsville gekommen, Sie wissen schon, ins Quarantänelager.“

Jack schien über diesen Einwand nachzudenken und stimmte schließlich mit einem Nicken zu. „Das könnte sein.“ Sein Zeigefinger schoss auf den Schlepper zu. „Nimm die Füße in die Hand und sieh zu, dass du noch heute da rüberkommst, hörst du? Frag nach einem Mädchen namens Terese Sheridan. Ich hab’ dir schon gesagt, sie ist mit zwei Kindern unterwegs, die Madden heißen. Schau, was du rausbringen kannst.“

Hoey trat von einem Fuß auf den anderen; er schien es kaum abwarten zu können, endlich das Weite zu suchen. „Ich mach' mich sofort auf den Weg, Mr Kane! Auf der Stelle! Und ich bleib' an der Sache dran, bis ich sie gefunden hab'."

„Morgen früh als erstes, Hoey, dass du mir das ja nicht vergisst!"

„Morgen früh als erstes, alles klar, Mr Kane! Sie können sich auf mich verlassen, das wissen Sie doch!"

Jack bedachte ihn mit einem mörderischen Blick, während der Mann herumwirbelte und quer über die Pier davoneilte.

Samantha sah ihm nach und sagte dann zu Jack: „Wieso fahren wir nicht selbst nach Tompkinsville rüber?"

Die Stirn immer noch gerunzelt, drehte er sich zu ihr um. „Ich werde Sie nicht in diese elende Pesthöhle schleppen, Samantha. Und außerdem soll der kleine Schleimer sich sein Geld mal schön verdienen."

„Ich denke, ich war schon an übleren Orten als Tompkinsville", erwiderte sie milde.

„Aber nicht mit mir!", versetzte er in einem Tonfall und mit einem Blick, die in aller Deutlichkeit unterstrichen, dass das Thema damit für ihn erledigt war.

„Ist das 'n schlimmer Ort, dieses Tompkinsville?", fragte Cavan, der kein Wort mehr gesagt hatte, seit Hoey aufgetaucht war.

Jack tauschte einen Blick mit Samantha und sagte dann: „Es ist 'ne Art Krankenhaus. Sie nehmen dort Einwanderer in Obhut, die bei ihrer Ankunft krank sind. Na ja", fuhr er fort, um Cavan nicht noch mehr zu beunruhigen, „und Brady hat ja gesagt, dass die Madden-Kinder nicht allzu gut beieinander waren. Also könnte es gut sein, dass man sie für 'ne Zeit in Quarantäne genommen hat. Bloß so lange, bis sie wieder auf'm Damm sind."

„Bitte, Cavan, mach dir keine Sorgen", warf Samantha ein. „Wir finden sie." Doch noch während sie sprach, kamen ihr einige der Schauergeschichten in den Sinn, die sie zum Thema Quarantänelager gehört hatte. Mehrmals hatten Stadtpolitiker und besorgte Bürger Vorstöße mit dem Ziel unternommen, das ganze Tompkinsville-Anwesen dem Erdboden gleichzumachen. Die Begründung war stets dieselbe: Es stelle eine Gesundheitsgefährdung dar.

Zum größten Teil hielt Samantha die Besorgnisse hinsichtlich solcher Quarantänelager für berechtigt. Einiges, was man über derartige Einrichtungen hörte, war Stoff für wüste Alpträume. Im stillen hoffte sie, dass Cavans Schwester und die Kinder irgendwo eine menschenwürdige Unterkunft gefunden hatten und nicht in Tompkinsville festgehalten wurden.

Denn nach allem, was sie über Quarantäne-Hospitäler wusste, war Jacks Bezeichnung des Ortes als „Pesthöhle" womöglich maßlos untertrieben.

10. Bittere Hoffnung

Wer wagt und leidet, darf stets hoffen.
James Clarence Mangan

Terese stand oben auf dem Hügel hinter dem Quarantänelager, die Augen abgewandt von den Aufschüttungen, unter denen zahllose Tote begraben lagen, dabei als einer der letzten auch Tully Madden. Der Junge war vergangene Nacht seinem wochenlangen Fieber und einem Husten erlegen, der auch einen erwachsenen Mann bezwungen hätte.

Terese war dabeigewesen, als der kleine Kerl starb, und das tödliche Röcheln in seiner Kehle hatte ihr das Innerste umgedreht: ein fürchterliches Geräusch, an das sie sich vom Sterbelager ihrer Mutter und ihrer Schwestern nur allzu gut erinnern konnte. Sie schluckte bei dem verzweifelten Versuch, den bitteren Geschmack eines Grams loszuwerden, dem sie sich nicht ausliefern wollte, weil sie sich sagte, sie könne es sich nicht leisten, das bisschen seelische Kraft, das ihr noch geblieben war, wegen des Todes eines Kindes zu verausgaben, das sie kaum gekannt hatte. Doch sie konnte es nicht ändern: Sie musste um den kleinen Jungen mit dem immer fröhlichen Gesicht trauern, der wahrhaftig etwas Besseres verdient gehabt hätte, als unter Qualen an einem elenden, grausamen Ort zu verrecken, unter fremden Menschen, die noch nicht einmal wahrgenommen hatten, dass er überhaupt da war.

Sie blickte verstohlen zur Schwester des Jungen hinüber. Seitdem ihr Bruder tot war, hatte Shona kein einziges Wort gesagt. Selbst nachdem die Wärter den kleinen, so sinnlos dahingegangenen Körper zum Begräbnis abgeholt hatten, war das Mädchen stumm geblieben, hatte nur still um seinen Bruder geweint. Jetzt zeigte sich in ihren bleichen Gesichtszügen keinerlei Regung.

Terese hatte Angst um sie. Schon als sie auf die Reise gegangen waren, war das Mädchen zerbrechlich gewesen, und jetzt war Shona nur noch ein Schatten ihrer selbst. Doch was Terese am meisten Kummer bereitete, war ihre Seele. Während der Überfahrt hatte Shona Stunden um Stunden zugebracht, ohne ein Wort zu sagen, hatte nur mit leerem Blick vor sich hin gestarrt, als nähme sie überhaupt nicht wahr, wo sie sich befand.

Und seit sie in dem Quarantänelager waren, hatte sie sich immer tiefer in sich selbst zurückgezogen, so sehr, dass man manchmal das Gefühl hatte, sie atmete nicht einmal – so still und reglos war sie. Nur ihr kleiner Bruder hatte es fertiggebracht, sie ab und zu aus ihrer Abwesenheit zurückzuholen.

Jetzt aber, wo Tully nicht mehr da war, mochte Terese gar nicht daran denken, was aus dem Mädchen werden sollte. Soweit brauchte sie freilich gar nicht zu gehen, sah sie doch auch für sich selbst keinerlei Zukunft mehr, es sei denn, es gelänge ihr irgendwie, einen Ausweg aus dieser hoffnungslosen Todesfalle zu finden.

Doch womöglich kannte sie diesen Ausweg ja schon. Während sie vor dem Todesacker stand, hatte sich in ihr ein Plan zu bilden begonnen, ein Plan, mit dem es funktionieren könnte, von dieser Elendsinsel abzuhauen. Um es zu schaffen, würde sie stehlen müssen, wo sie sich doch geschworen hatte, das nie im Leben wieder zu tun, nachdem sie erst vor ein paar Monaten für den Diebstahl eines Korbes Brot um ein Haar im Kerker von Galway gelandet war.

Doch was war die größere Sünde, fragte sie sich: ein Blatt Papier stehlen oder eine Chance vergeben, das Leben eines Kindes zu retten und damit vielleicht auch ihr eigenes?

Sie legte ihr Bündel, den Beutel, in dem sie ihre wenigen Habseligkeiten mit sich herumtrug, von einer Schulter auf die andere und sah zu Shona hinunter. Das Mädchen presste sich sein eigenes kleines Säckchen fest gegen die Brust, in den Augen die gewohnte glasige Abwesenheit. Zwar sah es aus, als betrachte sie die Reihen frischer Gräber, die sich vor ihren Blicken hinzogen, aber Terese zweifelte daran, dass sie überhaupt irgend etwas wahrnahm.

Nach einer Weile wandte Terese den Blick von Shona ab und schaute zu einer Gruppe von Menschen hinüber, die sich hügelabwärts bewegte. Das waren Passagiere eines anderen Schiffes, genauer gesagt die Glücklichen unter ihnen, die nach einer abschließenden Untersuchung soeben die Fahrkarte in die Freiheit bekommen hatten. Eilenden Schrittes liefen sie vorbei, viele schwenkten freudestrahlend ihr kostbares Stück Papier in der Hand – das Dokument, das es ihnen ermöglichen würde, das Quarantänelager hinter sich zu lassen und in die Stadt zu fahren. Gleichzeitig jedoch stieg eine andere Gruppe, die weitaus mehr Köpfe zählte, den Hügel hinauf – Neuankömmlinge.

Tereses Gedanken überschlugen sich, und ihr Mund wurde trocken, als ihre Blicke sich an einer Frau in Begleitung eines jungen Mädchens mit rotblondem Haar festsaugten, die sich im Strom der hügelabwärts eilenden Menschen mühsam ihren Weg zu bahnen suchte. Mit einer Hand hielt die Frau das Mädchen am Arm gepackt, während sie in der anderen dieselben Entlassungspapiere hatte wie der größte Teil der übrigen auch.

Die beiden schienen es schwer zu haben, inmitten der Menschenmenge voranzukommen. Tereses Blick zog eine Linie zwischen den Papieren in der Hand der Frau und dem Lagerausgang Richtung Hafen. Sie zögerte nur ein paar Sekunden, bevor sie Shonas Hand packte und das Mädchen mit sich fortzog.

„Komm mit!", sagte sie mit leiser Stimme, während sie auf die Menschenmenge zuzugehen begann. „Schnell!"

Der Boden war von dem kalten Regen der vergangenen Nacht aufgeweicht, doch Terese rannte beinah über die Flanke des Hügels, mehr als einmal fast hinstürzend, während sie Shona mit ihren hölzernen Bewegungen mit sich zerrte.

Als sie die anderen erreicht hatten, drängelte Terese sich mit dem kleinen Mädchen ohne viel Mühe in die Mitte der Menge vor, bis sie unmittelbar hinter den beiden Personen war, die sie sich ausersehen hatte. Die Frau war bis auf die Knochen abgemagert und verwahrlost, ihre Kleider waren bloß noch Lumpen. Das Mädchen glich noch mehr als Shona einem wandelnden Gespenst. Das Herz klopfte Terese bis zum Hals, und sie schluckte trocken, als sie der Frau mit einer schwingenden, blitzartigen Bewegung in die Kniekehle trat, so dass diese das Gleichgewicht verlor.

Die Frau schrie auf, als ihre Füße den Halt verloren und die Entlassungspapiere in hohem Bogen davonflatterten. Die Menschen um sie herum bemerkten entweder nichts oder nahmen bewusst keine Notiz; jedenfalls gingen sie achtlos weiter, während Terese, Shonas Hand loslassend, stehenblieb und so tat, als wollte sie der Frau aufhelfen.

Inmitten der dichtgedrängten Menge verlor sie beinah selbst die Balance, aber irgendwie schaffte sie es, mit der einen Hand die Papiere an sich zu reißen, während sie mit der anderen die Frau hochzog. Dann griff sie sich Shona und drängte sich mit dem Mädchen nach vorn, bis sie unter den Vordersten der Menge waren und den Hafen schon in Sicht hatten.

Als sie weit hinter sich den langgezogenen Entsetzensschrei hörte, stiegen sie, die Durchlasspapiere in der Hand, gerade auf die Fähre nach Manhattan.

* * *

Während Shona stumm und zitternd an ihrem Rock hing, stand Terese nahe der South Street am Hafenrand und sah hinüber in das Gewimmel der Straßen New Yorks. Ihr Gesicht brannte, gepeitscht von beißendem Wind und bitterkaltem Regen. Allmählich fragte sie sich, ob ihr wohl jemals wieder warm werden würde.

Was sie vor Augen sah, genügte beinah, um kehrtzumachen und zurück in die Quarantänestation zu flüchten. Die Straßen waren schwarz von Menschen, die durch die Gegend hasteten und zu rufen und zu brüllen schienen, viele davon in Sprachen, die sie noch nie im Leben gehört hatte. Da gab es Hausierer, die Handkarren voller Lumpen vor sich herschoben. Andere dunkelhäutige Männer boten heiße Kastanien, Äpfel oder andere Delikatessen feil. Der Wind trieb den würzigen Essensgeruch vor sich her, so dass sich ihr der Magen in einem schmerzhaften Hungerkrampf zusammenzog.

Während sie dastand und schaute, mischten sich Neuankömmlinge von den Einwandererschiffen unter die Menschenmassen auf den Straßen: einige laut und freudig schwatzend, andere wortlos, die Schultern gegen die Kälte hochgezogen und genauso ängstlich dreinschauend, wie Terese sich fühlte. In ihrem Magen rumorte es. Sie hatte das Gefühl, ihr würde schlecht, und schluckte ein paar Mal kräftig, um den Brechreiz zu überwinden. Zudem drohte bei dem Gedanken an die Lage, in die sie sich selbst und das kleine Mädchen an ihrer Seite gebracht hatte, heillose Panik in ihr aufzusteigen.

Hier stand sie nun: inmitten einer unbekannten Stadt in einem fremden Land, ohne ein einziges bekanntes Gesicht oder auch nur einen Ort, der ihr vertraut gewesen wäre. Sie hatte keine Ahnung, was mit den Zeitungsleuten los war, die sie eigentlich hatte treffen sollen. Wo sollte sie nach ihnen suchen? Wohin sollte sie gehen – was tun?

In diesem Moment fiel ihr Blick auf zwei verdächtig ausschauende Gestalten, die auf sie zukamen. Brady hatte sie vor den Schleppern gewarnt, diesen skrupellosen Banditen, die ankommenden Schiffspassagieren auflauerten, um ihnen ihr Geld und sonstiges Hab' und Gut zu klauen. Instinktiv ahnte Terese, dass die beiden, die da auf sie zuschlenderten, vermutlich zu dieser üblen Brut gehörten.

Der eine schien noch ein Junge zu sein. Er hatte ein freches Grinsen aufgesetzt, trug einen zerschlissenen Mantel, stolzierte aber dennoch breitbeinig wie ein mächtiger Herr durch die Gegend. Der zweite war älter und sah aus, als hätte er dringendst eine Rasur und wohl auch eine Wäsche nötig. Beide beäugten Terese abschätzend, während sie herankamen. Der Ältere schien nicht sonderlich interessiert zu sein, wohl weil er weder gepflegtes Gepäck noch sonstige Zeichen der Wohlhabenheit sah. Der Jüngere jedoch musterte Terese fortwährend von oben bis unten mit Augen, die Terese an die eines toten Fisches erinnerten.

„Können wir Ihnen und dem kleinen Fräulein behilflich sein?" Es war der Jüngere, der als erster sprach.

Seine Stimme klang schmeichlerisch, während seine Augen immer noch an Tereses durch die Schwangerschaft etwas fülliger gewordenen Körperformen klebten. „Vielleicht brauchen Sie eine Wegbeschreibung oder auch ein paar nette Zimmer?"

Die beiden pflanzten sich so vor Terese auf, dass diese sich plötzlich wie in einer Falle fühlte.

„Nichts dergleichen", sagte sie, bemüht, ihre Stimme möglichst selbstbewusst klingen zu lassen. „Wir erwarten hier unsere Bekannten, Sie brauchen sich also keine Mühe zu geben."

Die beiden warfen sich einen Blick zu, und nun war es der Ältere, der antwortete. „Aha, Sie kommen also aus Irland?" Er setzte ein breites Grinsen auf, und Terese konnte den fauligen Atem, der aus der zahnlosen Höhlung seines Mundes flutete, förmlich schmecken. „Wir sind selbst Iren und haben es uns zur Aufgabe gemacht, unseren Landsleuten zu helfen. Also los, kommen Sie mit uns, und wir bringen Sie in eine sichere Unterkunft, wo Sie so lange bleiben können, bis Sie etwas Eigenes gefunden haben."

Terese registrierte, dass die beiden ihr noch näher auf die Pelle gerückt waren. Plötzlich überkam sie die Wut, und sie zeigte die Zähne und machte eine energische Handbewegung. „Sagte ich nicht, wir erwarteten unsere Bekannten? Also lassen Sie uns jetzt vorbei, wenn ich bitten dürfte!"

Der Jüngere schob sein Gesicht auf Zentimeter an ihres heran. „Schon gut, schon gut, uns brauchen Sie nichts vorzumachen. Wir wollen Ihnen und Ihrer kleinen Schwester doch nur helfen, sonst nichts! Wir geleiten Sie sicher in die Stadt und zu einer sauberen Unterkunft. Also los, geben Sie uns schon Ihr Gepäck", ließ er nicht locker und streckte die Hand nach Tereses Bündel aus.

„Sie bringen uns überhaupt nirgends hin!“, zischte sie ihn an und machte, Shona im Schlepptau, einen Schritt zur Seite.

Doch der jüngere der beiden Lumpen war auf der Hut und trat Terese in den Weg. Er hatte immer noch dieses nervtötende Grinsen in der Visage, auch wenn in seinem Blick nunmehr etwas unverkennbar Drohendes lag. „Eine ansehnliche junge Dame wie Sie allein in den Straßen der Stadt, das ist direkt 'ne Einladung an allerlei finsteres Gelichter! Also seien Sie 'n kluges Mädchen und kommen Sie mit uns. Wir kennen 'ne ordentliche Herberge, wo Sie und die Kleine hier für billiges Geld 'n anständiges Essen und 'n warmes Bett kriegen!“

„Sind Sie genauso taub wie hässlich?“, gab Terese zurück. „Wir werden erwartet, sagte ich! Wir brauchen Ihre *Hilfe* nicht!“

Sprach's und überrumpelte ihn, indem sie ihm mit aller Kraft auf den Fuß trat. Dann rannte sie, Shona hinter sich herzerrend, mit der Kraft der Verzweiflung davon.

Die Pflastersteine waren glitschig vom Regen, und Shona in ihrer Schwachheit stolperte und taumelte mehr, als dass sie lief. Doch Terese war wild entschlossen, so weit wie möglich von ihren Verfolgern wegzukommen. Sie lief immer weiter die Straße entlang, wobei ihr Herz vor Wut ebenso wie vor Erschöpfung pochte.

Sie hielt erst an, als sie an eine schmale Gasse gelangte. Terese sah sich um und erblickte zu ihrer Erleichterung keine Spur von den Schleppern. Anscheinend waren die zu dem Schluss gekommen, dass zwei arme, hungrig ausschauende Mädchen der Mühe nicht wert waren.

Mit dem Rücken zur Einmündung der Gasse standen sie da und beobachteten die Scharen von Fußgängern, die sich an ihnen vorbeischoben. Endlich – was sollte sie sonst tun? – nahm Terese Shona fest bei der Hand und ließ sich einfach von der Menge mitziehen.

Sie hatte keine Ahnung, wohin sie eigentlich ging und was sie als nächstes anfangen sollte. Alles, was sie wusste, war, dass sie aus der Hafengegend fort und in die lockende Stadt kommen musste.

Sie trotteten die Straße entlang, so dicht von vorbeihastenden Menschen umgeben, dass sie einen ganzen Schwung verschiedener Sprachen auf einmal hören konnten.

Doch trotz all der Fremden, die sie von allen Seiten umringten, und des Kindes, das sich an ihren Rockschoß klammerte, hatte Terese sich noch nie im Leben so einsam gefühlt.

11. Vergebliche Suche

In die Stadt brachten sie sie,
wo sie langsam verging.
Richard D'Alton Williams

New York

Es war Sonntagmorgen geworden, bevor Terese und Shona endlich das ehrfurchtgebietende Backsteingemäuer erreichten, in dem der *Vanguard* seinen Sitz hatte.

Die Nacht hatten sie zusammengekauert im Eingang eines verlassenen Lagerhauses verbracht. Einmal mehr war Terese mehr als dankbar für das smaragdgrüne Cape gewesen, das Brady ihr drüben in Irland geschenkt hatte, eignete es sich doch als einigermaßen warme Decke, groß genug, um die Kälte zumindest notdürftig von ihr selbst wie von dem Kind abzuhalten. Das Gebäude hatte ein Vordach, das ihnen ein wenig Schutz vor dem Regen bot, so dass sie es für ihre Verhältnisse schon fast heimelig hatten.

Dennoch war es eine lange, unangenehme Nacht gewesen. Die wenigen Leute, die vorbeikamen, achteten durchweg gar nicht auf die beiden verzweifelten Mädchen auf ihrem elenden Lager. Selbst in den finstersten Stunden der Nacht schien die Stadt erfüllt von sonderbaren Lauten und noch merkwürdigeren Bewohnern. Terese fühlte sich, als hätte sie überhaupt nicht geschlafen, obwohl sie es in Wirklichkeit geschafft hatte, hin und wieder ein bisschen einzudösen.

Aufgewacht war sie lange vor der Morgendämmerung mit einem wüsten Knurren im Magen und einem üblen Geschmack im Mund. Mittlerweile waren sie alle beide halb verhungert. Das letzte Essen hatten sie am Vortag noch im Quarantänelager zu sich genommen, ein Frühstück aus dünnem Haferschleim, das nicht einmal für ein kümmerliches Kind wie Shona ausgereicht hatte.

Vielleicht hätten sie das Zeitungsgebäude schon am Vortag gefunden, hätten sie sich nicht immer wieder verlaufen. Endlich, als die Dunkelheit hereinbrach und die Stadt in strömendem Regen ertrank, hatte Terese sich darangemacht, ein Obdach für die Nacht zu suchen.

Heute morgen hatten sie dann mit Hilfe der Beschreibung eines lustigen Karrenhausierers, der nur gebrochen, aber verständlich Englisch sprach, das *Vanguard*-Haus endlich gefunden.

Aber die Türen waren verschlossen, und es sah ganz danach aus, dass das Gebäude völlig leer war.

Terese wurde von einer Woge der Enttäuschung überflutet, als ihr einfiel, dass heute Sonntag war. Logisch, dass da selbst in einem so großen und bedeutenden Unternehmen wie dem *Vanguard* kein Mensch arbeitete.

Lange stand sie reglos da und starrte nur das Gebäude an. Zwischen den Pflastersteinen sammelte sich das Regenwasser, und ihre *Pampootas*, die selbstgemachten irischen Schuhe, waren so dünngelaufen, dass sie ebenso gut barfuß hätte gehen können. Doch an ihre nassen Füße verschwendete Terese kaum einen Gedanken. Das einzige, woran sie denken konnte, war die scheinbar aussichtslose Lage, in die sie sie beide durch ihren dämlichen Passdiebstahl und die Flucht aus dem Hospital in die Stadt manövriert hatte. Jetzt hatten sie überhaupt keinen Ort mehr, an den sie gehen konnten, keinerlei Obdach vor der bitteren Kälte und dem unaufhörlichen Regen.

Andererseits, dachte sie, hätten sie das Quarantänelager nicht verlassen, so hätten sie wahrscheinlich keine Woche mehr überlebt.

Schön, aber wenigstens hatten sie in Tompkinsville ein Dach über dem Kopf gehabt.

Immer noch in prasselndem Regen führte sie Shona um das Gebäude herum: Vielleicht gab es eine Hintertür, die unverschlossen war? Im Hof lagen ein paar vollgesogene Zeitungsseiten auf dem Boden; es sah so aus, als hätte der Wind sie von einem Lastkarren herübergeweht, der in der Nähe stand. Ein paar Meter weiter beugten sich zwei halbwüchsige Jungen über eine Tonne, in der sie, wie Terese an dem dünnen Rauchfähnchen erkannte, das vom Wind emporgewirbelt wurde, irgend etwas angezündet haben mussten.

Die beiden Jungen beäugten Terese und Shona argwöhnisch; sie mussten ja mittlerweile auch einen wahrhaft abschreckenden Anblick bieten. Sie waren natürlich verdreckt, und ihre Kleider waren von oben bis unten pitschnass. Doch als sie das abgerissene Äußere und die verhärmten Gesichter der Jungen sah, kam Terese zu dem Schluss, dass ihr eigener zerlumpter Aufzug diese kaum schrecken konnte.

Sie versuchte zu lächeln, aber es schien eher eine Grimasse daraus zu werden. „Ach bitte, dürften wir uns einen Augenblick mit an eurem Feuer wärmen?“, fragte sie, nicht zum erstenmal dankbar dafür, dass ihr Vater und Cavan sie angehalten hatten, Englisch zu lernen.

Keiner der Jungen sagte etwas, aber schließlich machte der ältere der beiden, den sie auf acht, höchstens neun Jahre schätzte, eine Kopfbewegung, die wohl Einverständnis signalisieren sollte. Er war ein stolz dreinschauender kleiner Kerl mit einer verwegen schiefsitzenden Kappe auf einem dichten Schopf roten Haares.

Shona im Schlepptau, machte Terese, dass sie so dicht wie möglich ans Feuer kam. Was immer es auch war, das sie verbrannten, es stank widerlich, aber Terese war viel zu dankbar für die Wärme, als dass sie der Gestank gestört hätte. Mit einem Nicken zum Zeitungsgebäude hin fragte sie: „Was meint ihr, ob da wohl heute morgen noch irgend jemand auftauchen wird?"

Der Junge mit der Kappe sah sie an, und Terese erschrak jählings darüber, dass in seinen Zügen überhaupt nichts Kindliches lag. Eher hätte man ihn für einen kleinwüchsigen Erwachsenen gehalten, so hart blickten seine Augen, und so schmallippig war sein Mund.

„Is' doch Sonntag", sagte er mit der Andeutung eines Schnaubens.

„So ist es wohl", gab Terese, irritiert von seinem überheblichen Ton, zurück. „Aber ihr beide seid ja trotzdem hier."

„Wir schlafen da drüben", sagte der Kleinere der beiden und zeigte zur anderen Straßenseite, wo sich ein weiteres Backsteingebäude erhob, an dessen Seitenwand sich eine Außenstiege hochzog. „Unter der Treppe."

„Im übrigen", warf der Ältere ein, „is' der Sonntag ausverkauft."

Terese sah ihn an. Sein irischer Akzent war nicht so stark wie der ihrige, aber doch unüberhörbar. „Der Sonntag?", fragte sie verständnislos.

„Die Sonntags*zeitung*", präzisierte der Junge, wobei er sie musterte, als wäre sie nicht ganz klar im Kopf.

„Ach, ihr arbeitet hier?", sagte sie. In ihr flammte ein klein wenig Hoffnung auf.

Wieder sah der Rotschopf sie an, als wäre sie nicht

ganz dicht. „Doch nicht *hier*! Wir sind Zeitungsjungen, falls dir das irgendwas sagt!"

„Zeitungsjungen?" Irgendwie kriegte Terese ihre Gedanken nicht richtig zusammen. Ihr tat der Kopf weh, und ihre Hände und Füße fühlten sich sonderbar taub an, so als gehörten sie gar nicht zu ihrem Körper. Ihre eigenen Worte klangen ihr verwaschen, nuschelig, und der rothaarige Bengel glotzte sie an, als hielte er sie für eine Erscheinung.

„Wir verkaufen Zeitungen", sagte er in herablassendem Tonfall, als versuchte er sich einem Wickelkind verständlich zu machen. „Wir arbeiten überwiegend für Black Jack höchstselbst."

„Black Jack?"

„Ja, wie jetzt, bist du gerade von Bord gesprungen, oder was?", herrschte der Junge sie an. „Black Jack Kane natürlich! Der Typ, dem der *Vanguard* gehört! Mr Kane gibt seine Zeitungen nich' einfach jedem dahergelaufenen Straßenbengel. Er nimmt's sehr genau und sucht sich bloß die raus, denen er trauen kann." Sein Kinn hob sich ein paar Zentimeter höher. „So wie mich und Whitey hier. Wir machen 'n besseren Deal als die meisten, klar? Meistens musst du nämlich erst mal für die Zeitungen bezahlen, ob du willst oder nich'. Hast du kein Geld, kriegst du keine Zeitungen. Nich' so bei Mr Kane, kapiert? Wenn der mitkriegt, dass er 'nem Jungen trauen kann, dann gibt er uns die Zeitungen sogar, wenn wir nix zum Bezahln haben, für 'n paar Tage umsonst."

Die Angeberei des Jungen registrierte Terese kaum. Was interessierten sie Zeitungen? Ihr ging es um nichts anderes, als Jack Kane zu finden.

„Dieser Mr Kane – du könntest uns also sagen, wo er wohnt?"

Die beiden Jungs gafften, als hätte sie nunmehr völlig den Verstand verloren. „Du musst wirklich nich' alle Tassen im Schrank haben, wenn du meinst, du könntest einfach so zu Jack Kanes Haus marschiern!"

„Und ob ich das kann – genau das werde ich nämlich tun!", rief Terese, der plötzlich der Geduldsfaden zu reißen begann. „Und deshalb sagt ihr mir jetzt, wie ich dahin komme!"

Die Jungen kicherten. Dann nahm wieder der Ältere das Wort. „Sogar wenn ich wüsst', wo er leben tut – weiß ich aber nich' –, und ich würd' dir sagen, wo das is', würdest du dir die Hacken ablatschen, bis du da wärst. Der alte Black Jack, sagen die Leute, hat 'ne feine große Villa irgendwo in 'ner besseren Gegend. Ich glaub' kaum, dass sie da oben ausgerechnet auf dich warten!"

Terese war so benommen vor Schwäche, dass ihr die Ohren gellten. „Mr Kane erwartet uns!", krächzte sie. „Und du red gefälligst anständig mit mir!"

Der Junge stupste sie zur Seite. „Und du kannst dir gefälligst dein eigenes Feuer suchen!"

In diesem Moment ging die Hintertür des Zeitungshauses auf, und ein großer, zornig dreinschauender, glatzköpfiger Mann erschien. Er steckte den Kopf heraus und schaute, bevor er ganz nach draußen kam. „Was habt ihr Jungs hier an 'nem Sonntagmorgen zu suchen? Könnt ihr nicht irgendwo anders rumhängen? Snipe, bist du das?"

„Ich und Whitey, jawohl, Mr Wall. Wir wollten weiter nix, bloß uns 'n bisschen aufwärmen, das is' alles."

„Als wenn ihr das nicht auch anderswo tun könntet! Ihr kennt die Regeln – hier wird nicht rumgegammelt, nachdem ihr eure Zeitungen losgeschlagen habt! Also, ihr zwei, seht zu, dass ihr Land gewinnt, aber dalli!"

Der ältere Junge bedachte Terese mit einem verschlagenen Blick. „Schön, aber wir wollten grad den beiden Mädchen hier helfen, Mr Wall. Sie ham nach Mr Kanes Adresse gefragt. Sagen, er *erwartet* sie, verstehn Sie?"

Der bullige Mann wandte sich Terese zu und musterte sie. Sie spürte, wie Shona sich hinter ihr versteckte und sich noch fester an ihren Rockschoß klammerte.

„Was soll das denn werden?", schnarrte er, während sein Blick mit unverhohlenem Ekel über Terese hinfuhr. „Was zum Teufel hast du nun wieder hier zu suchen, Mädchen?"

Übelkeit schnürte Terese die Kehle zu. Sie brachte es kaum fertig, eine Antwort zu geben. „Bitte, Sir", hauchte sie. „Ich muss Mr Kane finden, jetzt gleich!"

Der Mann sah sie mit einer Mischung aus Zorn und Argwohn an. „Und was sollte deinesgleichen bitte schön mit Mr Kane zu schaffen haben?"

Das Gebäude hinter dem Mann hatte zu schwanken angefangen, und Terese fühlte, wie der Boden unter ihren Füßen sich sonderbar wölbte. „Er erwartet uns, das ist die reine Wahrheit."

„Ach, er erwartet dich?" Der große Mann schnaubte und stemmte die Hände in die Hüften. „Er erwartet dich also, so, so. Sonderbar, sonderbar, wo er doch gerade erst aus'm Büro raus ist, findest du nicht? Komisch, dass er schon gegangen ist, sollte ich meinen, wenn er dich doch *erwartet*..."

Terese ruderte mit den Armen, um sich an irgend etwas festzuhalten, konnte aber nichts finden und taumelte auf den Mann zu. „Er war hier? Wir haben ihn verpasst?"

„Und ob er da war. Und hat kein' Ton über zwei abgerissene Straßengören verloren."

Terese versuchte ihre Lippen zu befeuchten, um die Worte herauszubringen. „Ja, aber wenn Sie mir doch sagen wollten, wo ich ihn finden kann –"

„Da kannst du lange warten, du dämliches Ding! Ich weiß nicht, was für 'n Spiel du spielst, aber am besten versuchst du's woanders! Meine Güte, ganz sicher lädt sich Black Jack Kane 'n paar vom Fleisch gefallene kleine Mädchen wie euch zum Abendessen ein!"

Er machte einen Schritt auf sie zu, und Terese stolperte rückwärts. Eine Sekunde lang schienen die harten Züge des Mannes zu verschwimmen. Dann begann er sich direkt vor ihr wie verrückt zu drehen, und sein Mund formte unverständliche Wörter, während ein dunkler Sturmwind auf ihn zutoste, ihn verschluckte und unsichtbar machte, bevor er auch Terese mit sich riss.

* * *

Madog Wall – von seinen Kumpels, wie zu erwarten, *Mad Dog* gerufen – hielt sich für einen harten Mann: einen Mann mit harter Faust, hartem Schädel und hartem Herzen.

Niemand war gut beraten, sich mit ihm anzulegen. Er hatte sich, bevor er bei Jack Kane anfing, als Mann für alle Fälle im Hafen den soliden Ruf eines hartgesottenen Schlägers erworben, und wo nötig, konnte er immer noch einen Mann, der zwanzig Lenze weniger zählte als er, ungespitzt in den Boden rammen. Seine Körperkräfte waren legendär. Kein Mann hatte ihn je überwältigt, aber es wagte sich ohnehin kaum jemand an ihn heran, wusste man doch, dass Madog Wall keiner Herausforderung aus dem Weg ging.

Weniger, das heißt genaugenommen gar nicht bekannt war, dass Madog trotz des Rufes, den er sich wohlweislich zugelegt hatte und nach Kräften aufrechterhielt, auch seine weichen Stellen hatte. So war er etwa Jack Kane geradezu blind ergeben, um nicht zu sagen, er war seinem Brötchengeber hörig. Und zu seinen verborgeneren Qualitäten gehörte eine nachgerade rührselige Schwäche für die Hilflosen, insbesondere für verletzte Tiere oder verwaiste Kinder.

Als er sah, wie sich die Augen des älteren Mädchens verdrehten, so dass das Weiße zutage trat, machte Madog einen Satz, um sie aufzufangen, bevor sie hinstürzte. Gleichzeitig erhaschte er einen Blick von der Kleinen an ihrer Seite, deren schmales Gesichtchen vor Verwirrung und Furcht ganz verzerrt war.

Als er die Ältere von den beiden in seinen Armen auffing, öffnete sich ihr teurer Mantel, und er sah, dass sie in anderen Umständen war. Ob sie auch die Mutter des kleineren Mädchens war? Wohl kaum, sie sah ja selbst kaum älter aus als ein Kind!

Das Mädchen lag ohnmächtig schlaff wie eine Strohpuppe in seinen Armen. Die Kleine hatte angefangen zu schluchzen – ein sonderbarer, dünner Ton, wie von einem Kätzchen, das Schmerzen litt – und klammerte sich an die Hand der Älteren, als fürchtete sie, diese wäre tot.

Für einen Augenblick ließ Madog sich erweichen. Es lag auf der Hand, dass die beiden Mädchen entweder krank waren oder hungerten – möglicherweise beides. Die Kleine war so mager, dass ihr Fleisch wie Papier wirkte, das jemand über ihre Knochen gespannt hatte. Und das bewusstlose Mädchen in seinen Armen konnte, obwohl es ihm nicht gar so zerbrechlich vorkam, durchaus schwer krank sein. Ihre Wangen waren flammend rot, und selbst durch ihren schweren Mantel hindurch spürte er die Hitze ihres Körpers. Und das in dem Zustand!

Ein Gedanke durchfuhr ihn, und er musterte das Mädchen noch genauer. Doch nein, das konnte doch wirklich nicht sein – es war bestimmt nicht Jack Kane, der an diesem Zustand schuld war.

Quatsch, ganz bestimmt nicht! Man konnte sich kaum vorstellen, dass der Boss sich mit einem Bauernmädchen einließ!

Also, was war das für ein Lügenmärchen, das sie ihm hier aufzutischen versuchte?

Ganz bestimmt würde er sie nicht in Mr Kanes Nähe lassen, soviel stand mal fest. Wenn es denn stimmen sollte, dass der Boss dank irgendeines unvorstellbaren Zufalls tatsächlich auf diese beiden gewartet hätte, dann wäre er sicher nicht abgehauen, ehe sie auftauchten, oder?

Was also sollte er mit ihnen tun? Eigentlich gingen sie ihn ja nun wirklich nichts an, diese beiden abgerissenen Fremden.

Er schaute das kleine Mädchen an und sah, dass es zitterte. War ihr dermaßen kalt, oder kam es von der Angst?

Sie sah ihn direkt an, ohne die Augen abzuwenden. Gegen seinen eigenen Willen wurde etwas in Madog weicher und weicher. Schließlich ging es nun wirklich nicht an, so ein armes kleines Ding grausam zu behandeln!

Ihm kam die Idee, dass er die zwei rüber in die Pearl-Street-Mission bringen könnte. Dieser Dr. Leslie, der sowohl das Frauenheim als auch die Notunterkunft für Männer ein paar Häuser weiter betrieb, sollte ein guter Mann sein. Man sagte ihm nach, dass er niemals eine bedürftige Seele abwies.

Madogs Blick blieb an einem der Zeitungskarren haften, die nahe am Haus abgestellt waren, suchte aber bald wieder die Augen des kleinen Mädchens, das ihn nach wie vor ansah, eine kleine Faust gegen den Mund gepresst.

Madog seufzte und wies mit einer Kopfbewegung auf den Wagen. „Na los, komm schon“, sagte er zu der

Kleinen, während er die Arme noch etwas fester um das andere Mädchen schlang. „Bringen wir euch beide in Sicherheit."

12. Gesichter in der Menge

Mancher Mann schneidet selbst die Rute,
mit der er sich schlägt.
Irisches Sprichwort

Der Chor hatte schon das Eingangslied angestimmt, als Samantha die Kapelle betrat. Zwar hatte sie ihren Mantel in der Garderobe bei der Tür zurückgelassen, aber ihre Schuhe waren tropfnass, Hände und Füße durchgefroren. Während sie sich neben Cavan Sheridan auf die Sitzbank schob, versuchte sie die Gedanken an eine saftige Erkältung zu verscheuchen, die sie womöglich an diesen Tag erinnern würde. Lächelnd bedeutete Cavan den beiden jüngsten Carver-Kindern, die neben ihm saßen, ein bisschen weiterzurutschen und für Samantha Platz zu machen.

Rufus' ältester Sohn, Gideon, hatte Samantha mit dem Fuhrwerk der Gemeinde aufgepickt, das bereits von Kindern überquoll, die er aus entlegeneren Stadtbezirken abgeholt hatte. Aber das Dach der Kutsche war fürchterlich undicht und bot den Insassen herzlich wenig Schutz, so dass Samantha nach der Fahrt beinahe genauso nass war, wie wenn sie den größten Teil des Weges zu Fuß gegangen wäre.

Während sie es sich auf der Bank leidlich bequem machte, nahm sich Samantha wieder einmal vor, von heute an noch mehr von ihrem Lohn auf die hohe Kante zu legen, bis sie sich endlich einen eigenen Buggy leisten konnte. Schließlich bezahlte Jack sie wahrlich nicht schlecht, so dass sie es eigentlich schaffen müsste, einen oder auch zwei Dollar die Woche zu sparen, ohne dass ihr das sonderliche Opfer abverlangen würde.

Verstohlen sah sie Cavan Sheridan an. Sein stets heiteres Gesicht verriet deutliche Zeichen der Anspannung. Dunkle Ringe unter seinen Augen zeigten, dass die Sorge um seine Schwester ihn wohl den größten Teil der Nacht nicht hatte zur Ruhe kommen lassen. Samantha wünschte, sie hätte ihm irgendwie Trost und Mut zusprechen können, aber was sollte sie schon sagen? Ihre einzige Hoffnung war, dass Jacks Laufbursche, dieser Hoey, ihnen bald eine Nachricht zukommen lassen würde.

Sie lächelte Rufus' und Amelias beiden Jüngsten zu, die rechts neben Cavan saßen. Der Größere der beiden, Ezra, tuschelte seinem Bruder Tommy irgendwas ins Ohr. Als Samanthas Blicke die ihren traf, hielten sie einen Augenblick inne und setzten alle beide ein schelmisches Grinsen auf.

Der Kirchensaal roch klamm und modrig; wie immer war es viel zu kalt, um Wohlbefinden aufkommen zu lassen. Die beiden kleinen Holzöfen vorne und hinten im Saal schafften es nie, die feuchte Kühle aus dem zugigen alten Bau zu vertreiben. Rufus scherzte manchmal, er sorge absichtlich dafür, dass es kalt bleibe, damit gewisse Leute nicht ständig während des Gottesdienstes eindösten.

Der Chor immerhin wärmte die Herzen mit seiner lebhaften Interpretation eines Spirituals. Köpfe bewegten sich im Takt, und Schultern schunkelten hin und her, während Rufus aufgeräumt in den Saal schaute und es offenbar kaum erwarten konnte, mit dem letzten Ton des Liedes hinter die Kanzel zu treten und zu seiner Herde zu sprechen.

Seit mehr als zwei Jahren fühlte Samantha sich jetzt in der Mercer-Street-Gemeinde heimisch. Damals hatte sie den Prediger, Rufus Carver, und seine Frau Amelia kennengelernt. Längst schon hielt sie es nicht mehr für notwendig, jedem zu erklären, warum sie sich ausgerechnet eine Kirchengemeinde ausgesucht hatte, deren Mitgliedschaft zum weit überwiegenden Teil aus Schwarzen bestand. Das ging nicht nur auf die Freundschaft zurück, die sich zwischen ihr und Amelia Carver im Zuge ihrer gemeinsamen Arbeit in den Slums entsponnen hatte, obwohl es anfangs wohl daran gelegen hatte, dass sie sich überhaupt für die Gemeinde interessierte. Viel mehr aber hatte den Ausschlag gegeben, dass Amelia hier Menschen gefunden hatte, die das Evangelium von Jesus Christus rundum glaubwürdig auslebten und auch sie selbst vorbehaltlos als die annahmen, die sie war. Beides hatte sie in dem alten Gemäuer ihrer früheren gutbürgerlichen Kirche nie erlebt.

Die kleine Barackenkirche an der Mercer Street war für die Menschen, die sich hier trafen, nicht bloß Obdach und Zuhause, sie war auch ein Ort, an dem man sich so wohl fühlte, dass es einen immer wieder dort hinzog.

Die Freundlichkeit und Gutwilligkeit der Gemeindemitglieder, die beseelte, begeisternde Musik und Rufus' lebendige biblische Verkündigung – das alles miteinander schuf eine Atmosphäre, die sowohl heiter als auch andächtig war. Samantha kam es so vor, als ob Gott in diesem Haus nie fern war; und zweifellos genoss er jeden Augenblick der Gemeinschaft mit diesen Menschen.

Nun waren keineswegs alle Mitglieder der Gemeinde Schwarze. Im Laufe der Jahre hatte die Mercer-Street-Gemeinde eine ganze Reihe solcher, die wie sie selbst in den Schwarzenghettos Unterricht gaben oder sonst wie arbeiteten, und auch Leute ohne solche Bindungen, unter ihnen Cavan Sheridan, in ihren Bann zu ziehen vermocht. Von Sonntag zu Sonntag entdeckte man in den Reihen der gerammelt vollen Kirche ein paar hellhäutige Gesichter mehr unter den regulären Gemeindegliedern.

Nur das eine Gesicht, das Samantha immer wieder herbeisehnte, tauchte nie in der Kirche auf, und wenn man die Dinge ehrlich betrachtete, stand auch nicht zu erwarten, dass sich das jemals ändern würde.

Aber hoffen, das konnte sie immer noch. Hoffen und beten – wenngleich sich ein ärgerlicher Gedanke in ihren Sinn schob: dass sie nämlich aller Wahrscheinlichkeit nach das Unmögliche herbeizubeten versuchte. Doch diese hässliche Einflüsterung vermochte die leisere, hellere Stimme in ihrem Inneren nicht völlig zu übertönen, jene Stimme, die sie daran erinnerte, dass der Gott, den sie liebte und dem sie vertraute, Herr aller Dinge war, und sei es der unmöglichsten.

Folglich hatte sie das Flehen ihres Herzens immer noch nicht aufgesteckt, hatte nie ganz davon abgelassen, dieses eine Gesicht in der Menge zu suchen: das Gesicht Jack Kanes.

* * *

Seit Jahren hatte Jack es sich zur Gewohnheit gemacht, innere Spannungen oder einen gelegentlichen Anflug schlechter Laune durch einen langen, strammen Spaziergang abzubauen. Ging es in ihm drunter und drüber, waren seine Gefühle auf Berg- und Talfahrt, dann machte er sich einfach auf die Socken und marschierte so lange, bis er zu einem Entschluss gekommen war oder die Lösung eines Problems vor Augen sah oder zumindest bis sich die Dinge in seinem Kopf ein wenig geklärt hatten und ihm leichter ums Herz wurde.

Das Wetter hatte ihn von dieser Gewohnheit noch nie abbringen können. Im Gegenteil, ein ausgedehnter Spaziergang in strömendem Regen oder einem winterlichen Schneesturm hatte für ihn sogar etwas Reinigendes, ja Belebendes an sich.

So ging es ihm auch an diesem Morgen. Unter einem geradezu verzweifelten Drang, dem Sturm seiner eigenen Gedanken zu entrinnen, war er aus dem Haus gelaufen. Addys spitze Bemerkungen über seine „heidnischen" Gewohnheiten – womit sie seine Vernachlässigung der sonntäglichen Messe meinte – hatten noch mehr Kohlen auf das Feuer seines Zorns geschaufelt.

Sicher, seine stets um ihn besorgte Haushälterin meinte es gut, und meistenteils duldete Jack ja auch ihre Aufdringlichkeit in Bereichen seines Lebens, in die sich einzumischen niemand anders je gewagt hätte. Heute morgen jedoch war die Frau wahrhaftig nicht mehr weit von seiner Geduldsgrenze entfernt.

Ach was, heute morgen schien er überhaupt keine Geduld zu haben!

Nach seinem Marsch hatte er den Buggy genommen und war bis zum Büro gefahren, wo er vergeblich auf das Auftauchen Hoeys mit einer Nachricht über das verschüttgegangene Sheridan-Mädchen und die zwei Waisen gewartet hatte. Nachdem der kleine Spitzbube sich nicht gezeigt hatte, hatte Jack schließlich türenknallend das *Vanguard*-Gebäude hinter sich gelassen.

Mochte er noch so sehr Addys Gemecker oder Hoeys Versagen für seine rabenschwarze Laune verantwortlich machen, er wusste genau, dass er sich damit bloß was vormachte. Schon als er vor Tau und Tag aufgestanden war, hatte er sich grantig und reizbar gefühlt, und je weiter der Tag voranschritt, um so finsterer wurde seine Stimmung.

Ganz sicher war es so, dass seine Übellaunigkeit viel

mehr mit den Ereignissen des gestrigen Tages zu tun hatte als mit den Mißhelligkeiten dieses Morgens. Voll Verlangen, Samantha zu sehen, war er nach New York heimgekehrt, hatte sich der Hoffnung hingegeben, vielleicht sogar den ganzen Abend mit ihr verbringen zu können. Nun gut, gesehen hatte er sie gleich nach seiner Ankunft, freilich nicht so, wie er es sich gewünscht hatte. Den größten Teil des Nachmittags hatten sie damit zugebracht, gemeinsam mit Cavan Sheridan auf der Suche nach Neuigkeiten über dessen Schwester bei strömendem Regen am Hafen herumzurennen, doch das Mädchen schien gleich nach dem Einlaufen seines Schiffes von der Bildfläche verschwunden zu sein.

Beim Abendessen waren sowohl Samantha als auch Sheridan zu abgelenkt gewesen, als dass sie mehr getan hätten, als in ihren Speisen herumzustochern. Statt mit ihm zu essen, hatten sie Jack mit Fragen nach dem möglichen Ergehen der vermissten Reisenden bombardiert. Und zu seiner größten Enttäuschung hatte er anschließend nicht eine einzige Minute allein mit Samantha herausschinden können. Die Krone aufgesetzt hatte dem Ganzen dann noch jener widerwärtige Brief, den er beim Nachhausekommen vorgefunden hatte.

Es war der erste Brief dieser Art seit vergangenem Sommer, jener Zeit, als Cavan Sheridan eine Kugel abbekommen hatte, die auf Jack gezielt gewesen war, nachdem der Junge sich vor seinen Herrn geworfen hatte, ihn mit seinem eigenen Körper vor dem hinterhältigen Schuss eines Heckenschützen bewahrend. Die Kugel hätte Cavan um ein Haar das Leben gekostet. Zuvor hatte es schon andere Drohungen gegeben, unvermittelt zumeist und offenbar ohne Zusammenhang miteinander. Jack hatte sie als bedeutungslose Auswürfe eines Irren oder irgendeines heißblütigen

Wirrkopfes abgetan. Noch heute war er nicht davon überzeugt, dass irgendeiner der früheren Drohbriefe tatsächlich mit dem auf ihn verübten Attentat in Verbindung stand.

Doch der jüngste Brief war anders. Abgefasst in einer Handschrift, die auf eine gewisse Bildung des Schreibers hindeutete, machte er den Eindruck, sorgfältig formuliert zu sein, und die Drohung, die er enthielt, wirkte durch das Fehlen jedweden aggressiven Beiwerks, wie es seine Vorgänger charakterisiert hatte, nur um so beängstigender. Das ganze Schreiben war von einer derart kalten Präzision und von solcher Gefühllosigkeit, dass es Jack überaus beunruhigte.

Vermutlich hatte sich der anonyme Briefschreiber an einer gerade im *Vanguard* erscheinenden Serie über Einwanderer geärgert, einer Serie, die unter Cavan Sheridans Namen lief und sich mit den persönlichen Geschichten der Neuankömmlinge befasste, deren Überfahrt und Ansiedlung in den Staaten die Zeitung sponserte. Der Schmähbrief konnte jedenfalls einen rassistischen Unterton nicht verhehlen, abgesehen davon, dass er bemüht war, sich entrüstet über Jacks Förderung der Einwanderung zu gebärden, „eine Abscheulichkeit, die nur dazu führen kann, dass die ganze Stadt, ja die Nation mit unerwünschten Elementen verseucht wird".

Doch jenseits allen Aufbegehrens, das den Brief durchzog, spürte Jack etwas anderes, das zwischen den Zeilen lauerte, etwas weit Persönlicheres. Noch verstörender indes war die Tatsache, dass die Schmähschrift sich nicht allein gegen Jack selbst richtete, sondern gegen die ganze Zeitung, einschließlich Cavan Sheridans und aller anderen, die irgendwie mit dem Einwanderungsprojekt zu tun hatten.

Nicht auszuschließen, dass diese Art der Missgunst

sich auch gegen Samantha wenden könnte. Schließlich arbeitete auch sie am Neuansiedlungsprogramm mit.

Der Gedanke, dass er womöglich Sheridan und Samantha, ohne es zu wollen, in Gefahr gebracht hatte, hatte Jack den größten Teil der Nacht wach gehalten. Zweifellos war auch die Angst, die ihm jetzt, mit glühender Wut vermischt, den Hals zuschnürte, während er erneut im Regen die Straßen der Stadt durchstreifte, diesem Gedanken zuzuschreiben.

Der kalte Regen machte ihn frösteln, und er zog den Kragen seines Straßenmantels ein wenig fester um sich, während er gleichzeitig innerlich vor Einsamkeit fror. Er begann noch ein wenig forscher auszuschreiten. Das Gefühl, von allen anderen menschlichen Wesen abgeschnitten zu sein, war ihm nicht neu. Nur allzu oft fühlte er sich wie ein Fremder inmitten einer Stadt von Fremden.

Ganze Siedlungen lagen Seite an Seite nebeneinander, so dicht, dass sich die Gerüche ihrer Garküchen und der Gestank ihrer Abfälle durchmischten, und doch kannten sich die Leute gegenseitig kaum. Jede Landsmannschaft lebte in ihren eigenen Grenzen und blieb unter sich. Sicher, Menschen kamen und gingen, und es gab auch Heiraten über die ethnischen Grenzen hinweg, aber sie blieben doch die Ausnahme: Die meisten Leute vermählten sich nur innerhalb ihrer eigenen Volksgruppe. Hier und da entstanden neue Viertel, während andere verfielen, aber selbst die Menschen, die woanders hinzogen, bauten doch nur wieder eine Gemeinschaft von lauter Gleichen auf, mit wieder denselben Gebräuchen und Traditionen und derselben Isolierung nach außen.

Und so ging es immer weiter, und kaum jemand kannte außerhalb des engen Horizonts seines eigenen Daseins irgendwelche Leute.

Jack empfand New York nicht so sehr als eine riesengroße, sprunghaft wachsende Stadt denn vielmehr als eine Ansammlung vieler kleiner, verborgener Städte, von denen ihm eine ganze Anzahl immer noch unbekannt war und vielleicht für alle Zeit bleiben würde. Auch wenn er als Zeitungsmacher nicht so orts- und milieugebunden war wie andere, empfand er es oft so, dass es weite Gebiete der Stadt gab, die ihm durch und durch fremd waren und über die er buchstäblich nichts wusste.

Ein Vierteljahrhundert lebte er in dieser Stadt, an der er mit einer sonderbar ungestümen Zuneigung hing, die er liebte um ihrer Schwächen wie um ihrer Stärken willen. New York war eine Stadt voller Kraft, aber mit wenig Geduld, eine Stadt von ungeheurer Pracht und rätselhafter Verkommenheit zugleich. Eine Metropole, die ebenso im Überfluss glitzerte, wie sie in Verdorbenheit vor sich hin stank, eine Stadt der Sünder und der Heiligen, der Bettler und Barone, der Mystiker und der Monster.

Und stets und ständig eine Stadt voller Geheimnisse.

In wenig mehr als zwei Jahrzehnten war es Jack gelungen, an diesem Ort seine eigene Monarchie zu gründen. Im Verlagswesen hatte er eine Vormachtstellung aufgebaut, die ihm niemand streitig machen konnte, was ihm selbst, wenn nicht den Respekt, so doch das Format – allerdings auch die Verrufenheit – eingebracht hatte, die mit einem solchen Erfolg einherzugehen pflegen. Er hatte Freunde, und er hatte Feinde; und er hielt sich etwas darauf zugute, die einen von den anderen unterscheiden zu können.

Konnte er das aber wirklich? Dessen war er sich gar nicht mehr allzu sicher. War es vorstellbar, dass irgendwo in diesen geheimnisvollen, gefährlichen Straßen ein Feind auf ihn lauerte, womöglich einer mit vertrautem

Gesicht, aber der Seele eines Fremden – ein Feind, der einen Hass von solcher Glut in sich barg, dass er es darauf anlegte, nicht nur ihn selbst, sondern auch alle und alles zu zerstören, was ihm lieb und teuer war?

So manchen Gegner hatte er im Laufe der Jahre bekämpft und zur Strecke gebracht. Doch es waren immer Rivalen gewesen, die er als solche hatte erkennen können, Widersacher, die sich gut genug einschätzen ließen, um sich gegen sie zur Wehr zu setzen. Jetzt lagen die Dinge anders. Ein Feind, der sein Gesicht nicht zeigte, würde weitaus schwerer zu erledigen sein.

Wenn dem so war, kam für ihn alles darauf an, das herauszubekommen.

Und gleichzeitig musste er Samantha und Cavan Sheridan warnen.

Plötzlich spürte er ein geradezu fieberhaftes Drängen, mit beiden Kontakt aufzunehmen. Sicher, er wusste, wo er sie finden konnte. An einem Sonntagmorgen um diese Zeit gab es nur einen einzigen Ort, an dem man beide suchen musste.

Sobald ihm aufging, in welche Richtung er unterwegs war, wurde Jack von zynischer Selbstironie ergriffen, waren doch weder Samantha noch Sheridan bei ihren Versuchen, ihn in die sonntäglichen Gottesdienste von Rufus' Gemeinde zu locken, unbedingt dezent zu Werke gegangen. Besonders Sheridan war in seinen Bemühungen, Jack zur „Errettung" zu führen, regelrecht plump. Samantha stellte es anders an: Sie ließ dann und wann wie beiläufig eine Einladung zur Kirche fallen.

Jacks nunmehr schon routinemäßige Reaktion auf ihr Drängen war eine flapsig hingeworfene Bemerkung von der Art, sie sollten sich in seinem Fall lieber – es sei denn, ein Akt der Vorsehung lasse es anders kommen – keinen allzu hochfliegenden Hoffnungen hingeben.

Als er sich nun, immer noch fieberhaft darauf bedacht, Samantha und Sheridan auf der Stelle zu sprechen, der Mercer-Street-Kapelle näherte, kam Jack nicht umhin, sich zu fragen, ob dies nicht genau jener „Akt der Vorsehung“ war, den er im Scherz so oft bemüht hatte.

Er überlegte, ob er nicht einfach draußen vor der Tür warten sollte, bis der Gottesdienst vorüber war, damit seine Freunde nicht auf verkehrte Gedanken kämen.

Doch kaum hatte er die Eingangstür zur Kapelle erreicht, als die Schleusen des Himmels aufgingen und der Regen wolkenbruchartig niederflutete. Stirnrunzelnd blieb Jack stehen und sah nach oben. Nach einem solchen Unwetter hatte es doch gar nicht ausgesehen!

Nach einem weiteren Augenblick des Zuwartens und ein wenig schulterzuckend-resigniertem Grummeln eilte er die Stufen hinauf und griff nach dem Türknauf.

13. Ein Obdach vor dem Sturm

Sag, Wanderer, wo brachst du auf?
So müde schaust du drein!
Vergrämt, gar bittern Angesichts –
so nahmst du deinen Lauf?
Es wankt dein Fuß, dein Auge bricht,
der Lebensmut dir sank:
Wo kommst du her, wo zieht's dich hin,
wo leucht' dir noch ein Licht?
Anonymus (aus: *A Lament from the Nation*)

Terese fühlte, wie sie durch dunkle Wasserfluten allmählich wieder an die Oberfläche kam. Ihr war kalt, so kalt, dass ihr ganzer Körper schlotterte. Trotz des Zitterns fühlten sich ihre Glieder bleiern und lahm an, und auf ihrem Brustkorb schien ein Zentnergewicht zu lasten, so dass sie nur mühsam und stoßweise atmen konnte.

Hatte es aufgehört zu regnen? Nein, sie war in einem Haus … einem Raum, den sie noch nie zuvor gesehen hatte … lag auf einer Pritsche, einem Bett … und sie war krank … alles tat ihr weh …

Sie drehte den Kopf, und allein diese Anstrengung genügte, um einen brennenden, unerträglichen Schmerz durch ihren Schädel schießen zu lassen. Sie blinzelte, versuchte irgend etwas zu erkennen – und sah direkt in ein schmales Gesicht, das einem Mann gehörte, der sich neben ihrem Bett auf ein Knie niedergelassen hatte und sie eingehend musterte.

Terese zuckte zurück.

„Nur keine Angst!", sagte der Mann ruhig. „Sie sind in Sicherheit. Hier wird Ihnen niemand etwas tun."

Er schob sich eine sandfarbene Haarsträhne aus den Augen und zog die Bettdecke um Tereses Schultern fester.

„Was …" Tereses Stimme klang in ihren eigenen Ohren wie erstickt, belegt und unnatürlich. Genauso, wie sich ihr Kopf anfühlte. Ihr fielen die Wörter nicht ein, die sie brauchte, um eine einfache Frage zu formulieren.

Der Fremde lächelte ihr zu und sagte mit derselben ruhigen Stimme: „Sie müssen wohl ohnmächtig geworden sein."

Ohnmächtig? War sie denn schon jemals ohnmächtig geworden?

Sie konnte sich nicht erinnern. Das einzige, was ihr einfiel, war ein Hüne von einem Mann mit mürrischer Stimme und einer glänzenden Kuppel als Kopf. Und dann der Regen – der kalte, endlose Regen…

„Sie waren 'ne ganze Weile bewusstlos", sagte der Mann mit dem hellen Haar. „Wie fühlen Sie sich?"

In Tereses Kopf ging es drunter und drüber. Sie schaffte es nicht zu denken. Sie versuchte den Schmerz in ihrem Kopf zu ignorieren und bewegte ihn, um etwas von ihrer Umgebung zu erkennen. Sie befand sich in einem großen Raum, der nach einer Art Versammlungssaal aussah. An Mobiliar gab es nur einzeln stehende Pritschen wie die ihre, vielleicht zwanzig an der Zahl, und ein paar kleine Tische. Die meisten Pritschen waren leer, aber hier und da lag eine Frau oder ein Kind, schlafend oder an die Decke starrend.

„Wo bin ich?"

„Sie sind im Haus der *Grace Mission*. Als Sie ohnmächtig geworden waren, hat Mr Wall Sie und das kleine Mädchen mit einem Wagen hergebracht. Ich heiße David Leslie. Ich bin Arzt."

Terese starrte ihn an.

Sie hatte noch nie einen Arzt gesehen. Sie musterte ihn und versuchte sich ein Bild von ihm zu machen. Er schien von freundlichem Wesen zu sein, hatte ein ausdrucksstarkes, offenes Gesicht, irgendwie vertrauenerweckend. Aber sie würde nie wieder einem Mann trauen, Arzt oder nicht.

Sie blinzelte zum Fußende der Pritsche und sah Shona dort stehen. Die Züge des Mädchens waren völlig erstarrt, und sie schaute drein, als stünde sie Todesängste aus.

„Shona …"

„Ah, so heißt sie also. Uns wollte sie's nicht sagen. Ist sie Ihre Schwester?"

Terese schüttelte den Kopf. „Ich … hab' nur auf sie aufgepasst, das ist alles."

Nach kurzem Zögern sprach der Doktor weiter. „Na schön, ich glaube, ihr geht's soweit gut. Sie hat 'ne Erkältung, aber nichts Ernstes. Jemand wird sich um sie kümmern, bis Sie wieder wohlauf sind."

Er sah noch ziemlich jung aus, fiel Terese auf, und seine dunklen blauen Augen schauten zwar eindringlich, aber nicht unfreundlich. Als er aber die Hand ausstreckte, um sie auf ihre Stirn zu legen, wandte sie rasch den Kopf ab.

Er machte eine besänftigende Handbewegung. „Keine Angst, ich tue Ihnen nicht weh. Bitte halten Sie einen Moment still, ja?"

Seine Hand über ihrer Schläfe fühlte sich warm an. Als er sie wegnahm, überlief sie ein Frösteln. Terese sah, wie er in eine kleine schwarze Tasche griff und eine Flasche zum Vorschein brachte, aus der er etwas auf einen Löffel goss.

„Bitte nehmen Sie das hier." Er führte den Löffel an ihre Lippen. „Ich fürchte, es wird nicht gerade gut schmecken, aber es wird Ihnen helfen."

Er legte eine Hand hinter Tereses Kopf und half ihr, sich aufzusetzen. Die Anstrengung löste eine Welle von Übelkeit aus, so dass sie es nur mit Mühe schaffte, die widerlich schmeckende Flüssigkeit herunterzuwürgen.

Rasch bettete der Doktor sie wieder in die Waagerechte.

Einen Augenblick lang schien der Boden unter ihr zu schwanken, und Terese dachte, sie verlöre gleich wieder das Bewusstsein. Doch indem sie fest die Hände ineinander verschränkte und ein- zweimal tief durchatmete, rang sie den Brechreiz nieder, der in ihrer Speiseröhre hochsteigen wollte.

Schließlich schaffte sie es, den Mann zu fragen: „Was ist das hier?"

Lächelnd machte er die schwarze Tasche wieder zu. „Stellen Sie sich's als Obdach vor dem Sturm vor. Es ist ein Ort, an dem Sie bleiben können, bis Sie irgendwo anders was gefunden haben. Sie werden sehen, es ist sauber und warm – na ja, so warm, wie es eben in so einem zugigen alten Schuppen sein kann."

Er hatte eine komische Art zu sprechen: zögernd, so als wäre er irgendwie seiner eigenen Worte unsicher. Andererseits sprach er die Wörter knapp und abgehackt, aber in leichtem Singsang, und bei jedem Satzende hob er die Stimme, so dass alles, was er sagte, wie eine Frage klang, auch wenn es gar keine war.

Er stand auf, und Terese sah, dass er ziemlich groß war, aber hager und mit tiefliegenden Augen. Er hielt sich leicht vornübergebeugt, so dass seine Schultern ein wenig hingen.

Ihr war so furchtbar kalt! Wenn es so weiterging, würde sie ganz bestimmt erfrieren. Und das Atmen tat so weh! Krächzend fragte sie: „Was … fehlt mir?"

Er sah zu ihr herunter. „Sie sind sehr krank. Ich fürchte, Sie haben eine Lungenentzündung."

Lungenentzündung? Lungenentzündung war eine tödliche Krankheit! Daran waren ihre Mutter und ihre Schwestern gestorben.

„Heißt das, ich werde sterben?", fragte sie angsterfüllt.

Er runzelte die Stirn. „Nicht, wenn ich was dagegen tun kann." Seine Stimme klang entschlossen. „Bitte sagen Sie mir, in der wievielten Woche ist Ihre Schwangerschaft?"

Terese fühlte, wie ihr bei der Unverblümtheit, mit der dieser fremde Mann sie auf ihren Zustand ansprach, die Röte ins Gesicht schoss. Als sie antwortete, brachte sie es nicht fertig, ihn anzuschauen. „Sechs Monate, vielleicht knapp sieben." Sie holte tief Atem. „Ist … wird das Baby auch krank sein?"

„Nicht unbedingt. Und ich würde Ihnen raten, sich darüber jetzt keine Gedanken zu machen. Konzentrieren wir uns darauf, Sie wieder hinzukriegen, dann werden Sie sich um Ihr Baby kümmern können." Er sah sie einen Augenblick an. „Sie kommen aus Irland, nicht?"

Terese nickte.

„Und gehe ich recht in der Annahme, dass Sie noch nicht sehr lange hier in New York sind?"

Wie lange war sie denn schon da? Eine Woche oder zwei? Einen Monat? Terese konnte sich nicht erinnern. Ihr Kopf fühlte sich schwer und irgendwie brüchig an, so wie ein gesprungenes Tongefäß, das jeden Augenblick in Scherben fallen musste. Und der Schmerz in ihrer Brust und der Brechreiz, der sie jetzt in Wellen überflutete, setzten ihr so zu, dass sie an nichts anderes mehr denken konnte als daran, wie elend sie sich fühlte.

Mit einem Mal wurde ihr heiß wie in einem Glutofen. Alles um sie herum begann sich zu drehen, und nur mit Mühe konnte sie den letzten Satz des Doktors verstehen. Er schien sich für seine Fragerei und dafür, dass er sie angestrengt hatte, zu entschuldigen. „Ich lasse Sie erst mal in Ruhe“, sagte er.

Irgendwas fügte er noch hinzu, aber diese Worte wurden in einen jähen, heißen und wütenden Wirbelsturm aus Schmerzen und Übelkeit hineingeschlungen, der wild über sie hereinbrach. Erst wurde seine Stimme, dann auch sein Gesicht aus ihrem Bewusstsein gewaschen, als Terese das gurgelnde schwarze Wasser erneut über sich zusammenschlagen fühlte.

* * *

Zu seinem Missfallen musste David Leslie mit ansehen, wie das Mädchen erneut in einen Strudel der Bewusstlosigkeit hineingesogen wurde. Zwar suchte er in seiner Tasche nach dem Riechsalz, aber ihm war bereits klar, dass das nur wenig ausrichten würde. Sie war gar zu sehr von den Füßen, zu fest in den Fängen eines alle Körperfunktionen lähmenden Fiebers.

Er machte sich keine Illusionen darüber, dass ihr Leben am seidenen Faden hing. Beide Lungenflügel waren entzündet. Ihre Körpertemperatur war bedrohlich hoch, und überdies war sie offensichtlich unterernährt. So wie sie und auch das kleine Mädchen aussahen, hatten sie alle beide mindestens seit Tagen nichts Anständiges mehr gegessen.

Dieser Zustand war ihm vertraut. Lungenentzündung war ein verbreiteter, wenngleich beileibe nicht der einzige häufig auftretende Befund unter den Hunderten von Einwanderern, die er während der vergangenen Monate sowohl im Männer- als auch im Frauenheim gesehen hatte. Bronchitis, Masern, Scharlach und der todbringende Typhus schienen diese ausländischen Zuwanderer und besonders die mittellosen Iren wie Blutegel zu befallen.

Eine Reihe derer, die er hatte behandeln können, hatte er gerettet – dank der Gnade Gottes und der Befähigung, die ihm sein Edinburgher Medizinstudium vermittelt hatte –, aber fast ebenso viele waren ihm unter den Händen weggestorben. Die Lungenentzündung war ganz besonders heimtückisch für die armen Reisenden, die auf den „schwimmenden Särgen" über den Ozean kamen. Nach wochenlanger Gefangenschaft in den feuchten, kalten Eingeweiden der Schiffe – auf dem Zwischendeck –, ohne jedwede Frischluftzufuhr, mangelernährt und häufig außerstande, sich trocken und warm zu halten, kamen mehr von ihnen böse erkrankt in Amerika an. Besonders die Iren schienen sich jene gewissenlosen Reeder zu Opfern auserkoren zu haben, die häufig drei- bis viermal mehr Menschen an Bord ihrer Seelenverkäufer zusammenpferchten, als der Messbrief erlaubte, dafür aber ihre „Passagiere" endlose Wochen lang mit nichts anderem als dünner Suppe und verdorbenem Wasser ernährten.

David zog sich einen Schemel an das Bett des Mädchens und nahm zum wiederholten Male ihren Puls, der entschieden zu schnell ging. Beim Abhören ihrer Brust klang ihm fast nichts gesund: Da war nichts anderes als das Pfeifen und jenes fürchterliche Rasseln, das anzeigte, dass die Lungenentzündung auf ihr finales, fast immer tödliches Stadium zusteuerte.

Einen Augenblick lang sah er das Mädchen an. Ihr Atem ging schnell und mühsam, ihre Haut war dunkelrot angelaufen.

„Wie heißt sie?", fragte er das kleine Mädchen am Fußende des Bettes.

Das Kind starrte ihn an. Seitdem die zwei in der Mission eingetroffen waren, hatte es nicht ein einziges

Wort gesagt. Schon begann David sich zu fragen, ob es überhaupt sprechen könne, als das Mädchen endlich ein einzelnes Wort murmelte.

„T'reese."

„Ah, du meinst wohl *Terese*?"

Das Mädchen nickte.

„Und ihr Familienname?"

Das Kind sah ihn an und schüttelte den Kopf.

Es lag auf der Hand, dass das arme kleine Ding vor Angst ganz von Sinnen war. Nicht auszudenken, was sie schon alles hatte durchmachen müssen. David lächelte sie an – vielleicht konnte das sie ein wenig auftauen. „Und du heißt Shona, stimmt's?"

Erneut sah sie ihn mit diesen tief in den Höhlen liegenden Augen an, die so schmerzerfüllt waren, dass es einem schier das Herz umdrehte, und nickte zögernd.

„Hm, Shona, deinen eigenen Familiennamen kannst du mir aber ganz bestimmt sagen, oder?", fragte David in möglichst lockerem Tonfall.

„Madden", kam es nach einer Weile leise zurück.

„Aha. Na fein, Shona Madden, weißt du, was ich jetzt machen werde? Ich gehe nach unten und hole mir eine von den Damen, damit sie mir hilft. Bist du so lieb und setzt dich so lange grad hier bei Terese ans Bett und passt auf sie auf?"

Er hätte darauf wetten können, dass das Kind gehorchte. Wie ein kleiner Wachsoldat kam sie um die Pritsche herummarschiert und setzte sich auf den Schemel, die Augen unverwandt auf das Mädchen namens Terese gerichtet.

Auch David warf wieder einen auf seine Patientin. Obwohl eine verheerende Krankheit sie in den Klauen hielt, Fieberkrämpfe sie schüttelten und Unterernährung sie ausgezehrt hatte – und obwohl sie durch die Schwangerschaft ein bisschen aus der Form geraten war –, fiel es schwer, sie nicht anzuschauen. Sogar in dem üblen Zustand, in dem sie sich befand – und viel schlimmer konnte es nach Davids Urteil nicht mehr kommen –, war sie eine auffallende Erscheinung; gesund und bei Kräften musste sie atemberaubend schön sein. Selbst zerrupft und verfilzt war ihr rostrotes Haar attraktiv. Und als sie zum erstenmal jene verschatteten, rauchblauen Augen aufgemacht hatte, hatte David schier der Atem gestockt. Gewiss, sie war viel zu mager, zerzaust und besorgniserregend krank. Doch irgendwie machte das alles ihre außergewöhnliche Schönheit nicht zunichte.

Auf dem Weg nach unten ging ihm erneut die Frage durch den Kopf, wieso sie ohne Mann war. Sie trug nämlich einen Ring, ein ungewöhnliches, in hochkarätigem Gold gearbeitetes Stück. Allerdings schien es sich dabei nicht um einen Trauring zu handeln. Ob ihr Mann während der Reise umgekommen war? Es kam ja immer wieder vor, dass die Strapazen einer Atlantik-Überquerung selbst die Stärksten dahinrafften.

Er hatte beim besten Willen keine Zeit gefunden, irgendwelche Nachforschungen über sie anzustellen. Und das Kind würde wohl kaum eine Hilfe sein, schien es doch nicht einmal den Familiennamen der Älteren zu kennen.

Immer wieder fragte er sich, welche Geschichten sie wohl haben mochten, diese Einwanderer, die so viel aufs Spiel setzten, nur um nach Amerika zu kommen. Manche von ihnen erzählten ihm, wie es gekommen war, dass sie sämtliche Brücken hinter sich abgebrochen hatten und nun ein neues Leben in einem wildfremden Land beginnen wollten.

Doch manche überlebten nicht lange genug, um ihm irgend etwas über sich mitzuteilen.

Auch seine eigenen Eltern hatten einst diese lebensverändernde Entscheidung getroffen; vielleicht lag es daran, dass ihn die Einwandererschicksale so brennend interessierten. Im Falle von Annie und Duncan Leslie war der ausschlaggebende Faktor ihr Glaube gewesen. Davids Vater hatte „einen klaren Ruf Gottes" vernommen, nach Amerika zu ziehen. Damals waren David und sein Bruder William noch Kinder gewesen. Die erste Gemeinde, der Duncan in Amerika als Prediger diente, war ein kleiner Kreis in Boston gewesen, der sich seit Jahren auf dem absteigenden Ast befunden hatte. Als Duncan Jahre nach seiner Ankunft einen „neuen Ruf" verspürte, hatte sich die Mitgliedschaft der Gemeinde glatt verdoppelt.

Mittlerweile lebten seine Eltern längst im Ruhestand und waren in ihre Heimat zurückgezogen. Dennoch hatte David nur zweimal Schottland besucht: zuerst, um in Edinburgh Medizin zu studieren, und später dann noch einmal, um seinen Eltern einen Besuch abzustatten. Davids Heimat war Amerika. Amerika liebte er: sein galoppierendes Wachstum, seine Energie, seine Begeisterung, seine Menschen. Die Menschen in ihrer faszinierenden, unerschöpflichen Vielfalt ganz besonders.

In seinem eigenen Leben war der „Ruf Gottes" nicht ganz so deutlich vernehmbar gewesen wie bei seinem Vater, jedenfalls am Anfang nicht. Alles, was ihn trieb, war seine Berufung zu irgendeiner Art von geistlichem Dienst. Eine ganze Weile hatte er angenommen, dass er irgendwann auch hinter einer Kanzel stehen würde. Erst als er aus Edinburgh heimkehrte und sich an der Arbeit einiger karitativer Einrichtungen in den Elendsvierteln der Stadt beteiligte, wurde ihm die Lebensaufgabe klar, die Gott für ihn hatte. Seither hatte er vier Missionshäuser aufgebaut, von denen er zwei nach wie vor selbst leitete, und zwei Mitarbeiter herangezogen, denen er die beiden anderen Häuser anvertraut hatte, eines davon in der Hafengegend, das andere in dem berüchtigten Slum Five Points.

In den Jahren, in denen er sowohl als Arzt wie auch als Pastor gearbeitet hatte, war ihm klargeworden, dass beide Dienstbereiche sein Leben zu gleichen Teilen ausfüllten. Seine Patienten waren ihm zur Gemeinde geworden – und auch zur Familie. Ein anderes Zuhause als seine Mission besaß er eigentlich nicht. Mal schlief er in diesem, mal in jenem Missionshaus, je nachdem, und das genügte ihm als Wohnung. Wozu sollte er größeren Aufwand treiben: Seine Eltern waren wieder drüben in Schottland, sein Bruder William lehrte als Professor an einem College in Neu-England, und für sich allein brauchte er nichts weiter.

Es hätte leicht geschehen können, dass sein Leben einsam und leer geworden wäre, hätte es da nicht die Patienten gegeben und die vielen Menschen, die in der Mission ein- und ausgingen. So lebte David ein Leben, von dem er sagen konnte, dass es ganz und gar nicht unausgefüllt war. Freilich geschah es auch nur selten, dass er über sich selbst nachdachte, und sobald die Einsamkeit doch in ihm hochkriechen wollte, pflegte er sie durch noch mehr Beschäftigung zu vertreiben.

Nein, was ihn betraf, so hatte Gott ihm ein erfülltes Leben geschenkt, gesegnet durch eine Arbeit, die er nur allzu gerne tat, und einen Glauben, der ihn bis heute durch jegliche Veränderungen und Herausforderungen hindurchgetragen hatte. Allerdings ging er mittlerweile auf Mitte Dreißig zu, und von Zeit zu Zeit drängte sich der Gedanke in sein Bewusstsein, dass es doch eigentlich ganz schön wäre, auch ein Zuhause und eine Familie zu haben. Hin und wieder widerfuhr ihm etwas – so wie jetzt der Anblick der hübschen, aber unglücklich werdenden jungen Mutter eine Etage höher –, das ein Sehnen nach mehr, als er hatte, in ihm erweckte.

Dann wieder schreckte ihn die Aussicht, sich am Abend in ein leeres Zimmer zurückzuziehen, in dem niemand auf ihn wartete, für den es einen Unterschied gemacht hätte, ob er kam oder nicht.

Er hoffte, dass ihn diese Sehnsüchte in den Augen des Herrn nicht als undankbar erscheinen ließen. Immer dann, wenn ihn ohne Vorwarnung Gefühle der Einsamkeit überschwemmen wollten, versuchte er sich klarzumachen, dass der Herr Jesus doch auch für sich allein gelebt hatte.

Aber konnte es nicht sein, dass sogar der Herr Jesus sich zeitweilig einsam gefühlt hatte?

Dieser Gedanke kam plötzlich, überraschte David, und er fragte sich, ob nicht der Herr vielmehr deshalb ähnliche Schmerzen der Einsamkeit und Enttäuschung litt, weil seine eigene Schöpfung, seine Kinder, die er über alles Begreifenkönnen hinaus liebte, sich durchs Leben treiben ließen, ohne mehr als nur halbherzig nach ihm zu fragen, seine Gegenwart und Gemeinschaft zu suchen – soweit davon überhaupt die Rede sein konnte.

Diese Überlegungen brachten David dazu, eine kleine Ruhepause einzulegen, um seinem Erlöser ein von Herzen kommendes Dankgebet zu sagen. Denn nichts war wichtiger, als mit dem einen Freund zu reden, der sehr wohl abends das leere Zimmer mit ihm teilte.

14. Die Mauern niederreißen

Nach Pharisäermund soll Friede sein;
Pharisäers Ohr hört nicht der Opfer Schrei'n.
John Boyle O'Reilly

So verblüfft war Samantha, als sie gewahr wurde, wie Jack – pitschnass, die Haare ein wenig zerzaust und die Laune offenbar nicht durch und durch sonnig – neben ihr in die Kirchenbank schlüpfte, dass sie nicht anders konnte, als ihn wortlos anzustarren. Jack erwiderte ihren Blick mit zusammengekniffenen Augen irgendwie herausfordernd, als wollte er sie warnen, sich ob seines Erscheinens ja nicht die geringste Genugtuung anmerken zu lassen.

„Jack! Was machst du … äh, was machen Sie denn –"

Ihr Flüstern war so vernehmlich geraten, dass die Leute um sie herum die Hälse reckten und Samantha über und über rot wurde.

„Du hast mich doch eingeladen, weißt du nicht mehr?" Auch er flüsterte ein bisschen zu laut. Die Leute guckten schon wieder, einschließlich Cavan Sheridan – der bei Jacks Anblick ein breites Grinsen aufsetzte –, sowie die Carver-Kinder und die verwitwete Sadie Brown am anderen Ende der Bank.

„Ähm, ja … Ich meine, ja, das habe ich wohl", brachte Samantha endlich heraus, als er es sich in der Enge der Bank neben ihr bequem machte. „Und ich freu' mich ja so, dass … dass Sie's geschafft haben."

Sie versuchte ein wenig weiterzurücken, damit er mehr Platz bekam, aber die Bank war gedrängt voll.

„Du bist ganz durchnässt", flüsterte sie.

Ein ganz klein wenig hob sich eine seiner dunklen Brauen. „Es regnet“, erwiderte er ebenso leise, das Gesicht nach vorn gerichtet. Dann streifte er sie doch mit seinem Blick und fügte hinzu: „Wie du ja vielleicht auch schon gemerkt hast.“

Samantha berührte mit einer Hand ihr immer noch feuchtes Haar. Seine Augen folgten ihrer Bewegung.

Er beugte sich noch ein wenig mehr zu ihr hinüber und wisperte: „Sofort nach dem Gottesdienst muss ich dich und Sheridan sprechen. Es ist wichtig.“

„Hat sich was getan? Hast du Cavans Schwester und die Kinder gefunden?“

Er schüttelte den Kopf. „Noch nicht. Doch es gibt was, was ihr wissen müsst. Ihr beide.“

An dieser Stelle wandte eine ältere schwarze Dame, die unmittelbar vor ihnen saß, den Kopf und runzelte die Stirn. Wieder schoss Samantha die Röte ins Gesicht, während Jack der Frau freundlich zulächelte und gleichzeitig Samantha leicht mit dem Ellbogen anstupste.

Soeben betrat Rufus die hölzerne Kanzel, die schon bessere Tage gesehen hatte. Kaum gewahrte er Jack, als sich sein Gesicht zu einem breiten, überaus erfreuten Grinsen verzog. Schon dachte Samantha, er würde mit der Predigt noch warten und erst quer durch die ganze Versammlung angeschossen kommen, um Jack zu begrüßen.

Doch weit gefehlt: Er zögerte nur ein, zwei Sekunden, bevor er die sonntägliche Kanzelrede eröffnete.

„Geschwister!“, donnerte er. Überall in der Versammlung fuhren die Köpfe hoch. Der von Jack machte keine Ausnahme. „Für diesen Morgen hat mir der Herr aufs Herz gelegt, darüber zu sprechen, wie wir die Wände dieser Kirche niederreißen können!“

Was Wunder, dass etliche Leute die Köpfe verdrehten, um die hölzernen Kapellenwände in Augenschein zu nehmen, bevor sie ihrem hochgewachsenen, wie immer jovialen Prediger fragende Blicke zuwarfen.

„Jawohl, ihr habt ganz recht gehört, Geschwister! Wir müssen diese Wände hier niederreißen." Rufus' Arm beschrieb eine weit ausholende Bewegung. „Nieder mit den Wänden und raus mit der Gemeinde aus dieser alten Hütte!"

Samantha brauchte nur ein paar Sekunden, um zu kapieren, worauf Rufus mit dieser sonderbaren Predigteröffnung hinauswollte. Befriedigt registrierte sie, dass Jack neben ihr ganz Ohr war.

Direkt wie eh und je, beugte Rufus sich über die Brüstung seiner Kanzel nach vorne und sah seinen Schäfchen einem nach dem anderen ins Angesicht, Auge in Auge.

„Der Herr hat mir klargemacht, dass wir lang genug hier unsere Kirchenbänke gewärmt haben. Es wird Zeit, dass wir aufhören, uns hinter diesen Wänden zu verstecken! Wir müssen da raus" – rechter Arm weit vorgereckt – „in die Welt, müssen sehen, was da eigentlich vor sich geht, während wir's uns hier in unserer warmen, bequemen Kapelle gemütlich gemacht haben!"

Samantha musste ein Schmunzeln unterdrücken. Dass Jack ganz leicht die Schultern hob, zeigte ihr, dass er – wie auch andere – dasselbe dachte wie sie: Die hölzernen Bänke in der Barackenkirche waren alles andere als bequem, und warm war das Gebäude auch dann nicht, wenn die beiden Kanonenöfchen, wie jetzt, heizten, was das Zeug hielt.

Rufus indes schien gar nicht mitzubekommen, dass er seine Gemeinde erheitert hatte. Er war ein Mann mit einer Mission, das merkte man wieder einmal überdeutlich. „Es ist mir ins Herz gedrungen, Geschwister, dass wir hier unser heimeliges Gemeindeleben genießen und überhaupt nicht mehr wissen, wie's da draußen im richtigen Leben zugeht. Deshalb sagt der Herr uns heute, dass es an der Zeit ist, loszugehen und es rauszufinden!"

* * *

Nicht dass Jack Rufus zuvor nie sprechen gehört hätte. Wenn auch nicht häufig, so hatte er doch Gelegenheit gehabt zu beobachten, wie sein Freund eine Zuhörerschaft in seinen Bann zu ziehen vermochte. Deshalb wäre es ihm nie in den Sinn gekommen, dass eine Predigt von Rufus Carver langweilig sein könnte.

Allerdings hatte er nicht damit gerechnet, dass die Predigt, die er an diesem Morgen zu Ohren bekam, ihn dermaßen vom Fleck weg mitriss. Zuerst hatte es ihn gefesselt, dass die Predigt offenbar auf etwas zielte, was mit seinen eigenen Verstimmungen gegenüber den etablierten Kirchen zu tun hatte, ob es nun die römisch-katholische Kirche seiner Kindheit war oder eine der gesellschaftlich angesagten in den besseren Vierteln der Stadt. Seit langem hatte Jack beobachtet, dass die allermeisten Kirchgänger – jedenfalls diejenigen, mit denen er im Laufe der Jahre in Kontakt gekommen war – so gut wie nichts von der Welt wussten, wie sie wirklich war, und sich noch weniger darum scherten.

Als ihm klarwurde, worauf Rufus hinauswollte, war es ihm nicht möglich, dem Mann unaufmerksam zuzuhören. Gewiss fühlte er sich inmitten all des frommen Volks immer noch wie das sprichwörtliche schwarze Schaf. Dennoch lehnte er sich zurück, so gut es ging, und verhehlte nicht im geringsten seine Neugier auf das, was Rufus zu sagen hatte.

Und es schien, dass das eine ganze Menge war.

„Ich möchte, dass ihr begreift, Geschwister: Ich predige nicht bloß euch, sondern auch mir selber. Wir alle nämlich, meine Wenigkeit eingeschlossen, haben uns in letzter Zeit so emsig in die *Gemeinde*arbeit reingehängt, dass ich fürchte, wir könnten das Werk des *Herrn* durchaus ein wenig aus den Augen verloren haben. All unsere Treffen – unsere Liebesmahle und Gemeinschaftsabende, unsere Gebetsstunden, Mitarbeiterbesprechungen und Sonntagnachmittags-Gemeinschaftszeiten – haben wir so genossen und uns soviel Mühe kosten lassen, dass wir keine Zeit mehr gefunden haben, die *Menschen* da draußen zu treffen, die Leute, die das brauchen, was ihr und ich schon haben: den Herrn! So viele Menschen: Menschen wie die Steuereintreiber und Lumpensammler, die Kneipenwirte und die Straßenkinder, so viele gottverlassene Seelen, die in den Straßen krepieren, bloß weil wir zu *beschäftigt* sind, um die Liebe Jesu zu ihnen rauszutragen!“

Jack starrte den massigen schwarzen Mann an, den er seit langem als seinen engsten Freund betrachtete, als hätte er ihn nie zuvor gesehen. Soeben hatte Rufus genau dasselbe Verdikt über die Leute, die sich Christen nannten, ausgesprochen, das Jack seit Jahren in seinem Herzen verbarg.

Denn mit wenigen Ausnahmen – zu denen er selbstverständlich Rufus selbst rechnete und ohne Frage auch Samantha – schien es ihm, dass die Kirchgänger, die sich als „Nachahmer Christi“ bekannten, das mit dem Nachahmen nur äußerst dürftig hinbekamen.

Nach dem wenigen, was er über ihn wusste – und dass sein Wissen hier recht beschränkt war, musste er eingestehen –, hatte der Mann namens Jesus nicht bloß rumgesessen, Lieder gesungen, fromm aus der Wäsche geschaut und ansonsten keinen Finger gerührt. Was er getan hatte, wusste Jack nicht so genau zu sagen, war doch sein Bildungsstand in geistlichen Dingen beklagenswert lückenhaft, um nicht zu sagen so gut wie inexistent. Denen zufolge jedoch, die etwas von ihm zu wissen behaupteten, war Jesus alles andere gewesen als jemand, der bloß Worte machte.

Rufus' Stimme ließ ihn jählings aus seiner Gedankenversunkenheit hochschrecken. Als sein Freund mit der Predigt fortfuhr, kam es Jack vor, als hätte er geradewegs in sein eigenes Hirn geschaut.

„Viel zu oft benehmen wir uns, als könnten wir uns irgendeine fürchterliche Krankheit holen, wenn wir uns unter die *Heiden* da draußen begeben. Doch soweit ich sehe, machte sich der Herr nicht die geringsten Gedanken über dergleichen. Er machte es sich zum Anliegen, Menschen aller Art kennenzulernen: ging in ihre Häuser. Setzte sich mit ihnen zu Tisch."

Jack dachte daran, wie sehr Rufus ein gutes Essen schätzte, und musste schmunzeln.

Rufus schien allmählich warm zu werden. „So war Jesus: Er wollte die Menschen kennen. Wollte wissen, wer sie waren, wo sie der Schuh drückte, was sie brauchten; und zumeist hängte er sich voll rein, ihnen zu helfen, noch ehe er ihnen predigte! Er hatte Durchblick genug, der Herr, um zu wissen, die Leute würden nicht sonderlich auf das hören, was er zu sagen hatte, solange sie hungrig oder krank oder am Boden zerstört waren. Er wusste: Es würde sie nicht weiter scheren, was einer zu sagen hatte, solange sie nicht merkten, dass *sie* ihm wichtig waren. Und noch was, Brüder und Schwestern: Ich weiß ja nicht, was in *euren* Bibeln so alles steht, in meiner jedenfalls steht nicht viel darüber, dass der Herr Menschen kritisierte, und noch viel weniger davon, dass er sie verdammte. Nein, Fakt ist, die Einzigen, die er je verdammte, waren, soweit ich mich erinnere, die Pharisäer." Rufus legte eine Pause ein, holte tief Luft und fügte dann übers ganze Gesicht grinsend hinzu: „Also die religiösen Leute. Solche, wie wir es sind. Nichts steht davon geschrieben, dass er Menschen links liegengelassen hätte. Nein, die Leute waren ihm wichtig. So war es bei unserem Herrn!"

Jack beobachtete seinen alten Freund. Oft hatte er Rufus im Spaß damit aufgezogen, er hätte ein reicher Mann werden können, hätte er sich statt der Kanzel für die Rednertribüne des Politikers entschieden. Und doch ging ihm erst heute auf, wie sehr dieser Spruch offenkundig zutraf.

Doch sosehr er es auch liebte, Rufus zu necken, sowenig bezweifelte er die Leidenschaft, die sein Freund im Herzen trug. Rufus war ganz genau der, als der er sich darstellte, und tat exakt das, wovon er sprach – nämlich das, was er tun wollte.

Tatsächlich gab es für Jack nicht den Schatten eines Zweifels, dass der massige, joviale Sohn eines Sklaven, der sich dort vorne auf seine Kanzel lehnte, mehr als alles andere ein wirklicher Mann Gottes war.

Jawohl, wenn Jack jemals einen solchen Mann, einen Mann Gottes, kennengelernt hatte, dann war dieser Mann Rufus Carver.

Er hatte nicht den Schimmer einer Ahnung, wie Rufus heute morgen auf seine Botschaft gekommen war. Es musste wohl so sein, dass er wie üblich „ein Wort vom Herrn" hatte und nicht anders konnte, als es weiterzusagen. Doch wie auch immer: Ihm selbst bereitete es eine gewisse Genugtuung, zu sehen, dass Rufus Religiosität nicht einfach mit Christlichkeit gleichsetzte.

Jack hätte nicht angestanden einzugestehen, dass seine eigene Verachtung für die süßholzraspelnden Heuchler, die die Bibel seitenweise zu zitieren wussten, aber nicht das geringste dabei fanden, Kinder ihren Eltern zu entreißen und auf Sklavenmärkten feilzuhalten, vielleicht sogar ein wenig übers Ziel hinausschoss – genau wie sein Ekel vor solchen, die es völlig in Ordnung fanden, Sonntag für Sonntag die Kirchenbänke zu wärmen und den Rest der Woche von verarmten Einwanderern Wuchermieten für Löcher zu fordern, in die man sonst nicht einmal Schweine gepfercht hätte.

Pharisäer hatte Rufus solche Zeitgenossen genannt.

Jacks Bezeichnung wäre ohne Zweifel erheblich weniger schmeichelhaft ausgefallen.

Doch es war noch nicht einmal seine Erkenntnis gewesen, dass Rufus und er in diesem Belang offenbar völlig gleich dachten, was ihn heute morgen so gefesselt hatte. Viel mehr faszinierte ihn Rufus' Bild eines Christen, der nicht auf Tuchfühlung mit den Ungläubigen seiner Zeit lebte.

Seine Reaktion auf diese Erleuchtung, so dachte Jack, hing vielleicht damit zusammen, dass er selbst ja ein Ungläubiger war. Jedenfalls war dies eine andere Sichtweise Jesu Christi, als er sie von seiner Mutter her und aus seiner eigenen Kindheitserfahrung mit der Kirche im Gedächtnis hatte. Jener Christus seiner Kindertage war ein leidender Erlöser gewesen, den sich seine kindliche Phantasie immer als irgendwie blass und verhärmt ausgemalt hatte, als gepeinigtes Opfer seiner Verfolger, das schließlich gnadenlos an einen Pfahl genagelt wurde und im Todeskampf gestorben war. Diesen Christus hatte er nie begreifen können.

Und noch eine weitere Sichtweise hatte sich in seine Erinnerung eingeprägt. Auch sie ging auf seine Kindheit und insbesondere auf den Unterricht einiger ausgesucht tyrannischer Nonnen zurück. Diese hatten ihm von Christus das Bild eines gestrengen Richters und göttlichen Zuchtmeisters vermittelt. Schon damals war Jack stur bis zur Halsstarrigkeit und unabhängig in seinem Denken gewesen, und folglich hatte er darauf so reagiert, wie er in aller Regel auf Autoritätsansprüche reagierte: mit tief wurzelnder Rebellion und einem unerträglichen Empfinden.

Vielleicht hätte Martha länger leben müssen, damit er *ihren* Christus besser hätte kennenlernen können. Ohne Zweifel war der Jesus, den Martha verehrte, ein nicht so unnahbarer Herr gewesen, ja sogar ein mitleidiger und geduldiger. Doch ihnen war allzu wenig Zeit geblieben, Martha und ihm, und außerdem hatte er damals – es war die Zeit der Gründung seines Blattes und der Entstehung seines Vermögens – ein rastloses Leben geführt. Die Arbeit war ihm zum Gott geworden. Nach Marthas Tod wurde dann die Arbeit sein Mittel zum Überleben.

Den Christus, von dem Rufus heute morgen geredet hatte, kannte Jack nicht, aber er hatte etwas Anziehendes. Dieser Jesus Christus kam ihm in gewisser Weise männlicher vor: Er war jemand, der sich nicht scheute, sich die Finger schmutzig zu machen, der den Mann auf der Straße nicht geringschätzte und es vielleicht sogar genoss, unter Menschen zu sein, die er immer mehr kennenlernte, während sie sich ein Bild von ihm machten.

Er dachte daran, wie häufig Rufus davon gesprochen hatte, Jesus sei darin groß gewesen, dass er sich mit den Geringsten der Geringen zu Tisch gesetzt habe. Und eines stand fest: Die meisten Christen, die Jack kannte, würden niemals ihren Ruf dadurch aufs Spiel setzen, dass sie mit Black Jack Kane zu Abend speisten. Jesus dagegen hatte sich, wenn man Rufus glaubt, mit einigen ausgesprochen zwielichtigen Gestalten an einen Tisch gesetzt. Anscheinend hatte es ihn nicht geschert, was andere Leute sagten.

Dann dachte er an Samantha: an den Abend, an dem sie ihm die Ehre erwiesen hatte, sich an seinen Tisch zu setzen, und daran, wie überrascht – und entzückt – er gewesen war, dass sie sich nicht um ihren guten Ruf fürchtete. Um seinetwillen.

Die Erinnerung daran ließ es ihm erneut warm ums Herz werden.

Und dann Rufus und Amelia – wie oft hatte er im Laufe der Jahre mit ihnen gegessen? Unzählige Male hatte er an ihrem Tisch gesessen und gespürt, dass es ihnen wirklich um ihn ging, dass sie es gut mit ihm meinten.

Jawohl, entschied Jack, an einen solchen Christus, wie Rufus ihn beschrieben hatte, könnte er womöglich glauben, ja ihn sogar bewundern.

Der Gedanke irritierte ihn, und fast erleichtert ließ er sich ein weiteres Mal von Rufus aus seinen Gedanken reißen, die so gar nicht seiner Natur zu entsprechen schienen. Diesmal geschah es durch eine donnernde Erklärung, die darauf angelegt zu sein schien, die ganze Versammlung aufzurütteln: „Jawohl, Geschwister, ihr seid gute Menschen, wahrhaft gute Menschen. Ich glaube jedoch, der Herr möchte uns heute sagen, wir laufen Gefahr, uns für *zu* gut zu halten, für zu heilig, um uns um das Gute auf Erden zu kümmern. Deshalb scheint mir, wir sollten die Ärmel aufkrempeln, wie es der Herr auch tat, und anfangen, die Wände unserer Kapelle niederzureißen. Wir müssen unsern Glauben rausbringen, dahin, wo er hingehört: in die Straßen der Stadt, zu den Menschen! Sagt ihr dazu Amen, Geschwister?"

Jack machte buchstäblich einen Satz, als die ganze Versammlung in ein laut hallendes *Amen!* ausbrach, und konstatierte um so verblüffter, dass er um ein Haar selbst mit eingefallen wäre.

* * *

Samantha war klar bewusst, dass es Rufus geglückt war, Jacks ungeteilte Aufmerksamkeit zu gewinnen. Beinahe hätte sie den exakten Moment angeben können, von dem an Jack sich mit derselben Intensität der Predigt widmete, die er allem entgegenzubringen schien, was sein Interesse fand. Man merkte es daran, wie er saß: reglos, abgesehen von einem gelegentlichen Lockern seiner Schultermuskulatur, die Arme vor der Brust verschränkt und den Blick in vollkommener Konzentration auf Rufus fixiert.

Sie gab sich alle Mühe, das Kribbeln der Erregung zu unterdrücken, das sie überlief. Ja nicht zuviel darauf geben! Schließlich hatte Jack ja bereits angedeutet, dass er nicht des Gottesdienstes wegen heute morgen hierhergekommen war.

Doch es half nichts: Sie konnte nicht anders, als sich durch seine unübersehbare Aufmerksamkeit für das, was Rufus sagte, ermutigt zu fühlen, wenigstens ein bisschen – genug, um für einen Augenblick die Augen zu schließen und ein stilles, aber um so innigeres Gebet für ihn zu sprechen. Schließlich wusste Gott ganz genau, was Jack bewogen hatte, in die Gemeinde zu kommen, und wenn es ihm gefiel, war es ein leichtes für ihn, die Gelegenheit zu nutzen, um Jack dahin zu führen, wo er ihn haben wollte.

Bitte, Herr…

15. Ein zerteiltes Herz

Der Sehnsucht folgt' der Schrecken,
zerrissen unsere Herzen …
W. B. Yeats

Galway, Irland

Draußen war es ein bitterkalter Abend, aber drinnen, in Brady Kanes Wohnräumen, flackerte soeben das Kaminfeuer auf.

Er konnte es nicht glauben, dass ihm etwas so Offensichtliches entgangen war. Wie konnte das angehen: er hatte es doch die ganze Zeit direkt vor der Nase gehabt! Jack der Große hätte ihm das Fell dafür über die Ohren gezogen, dass er die Lösung nicht schon längst erkannt hatte. Und hätte damit recht gehabt.

„Mit Honig fängt man Fliegen, Kleiner", hätte Jack gesagt.

Schnell goss er noch einen Schuss Whisky nach und begann zögernd zu lächeln, als er das in groben Zügen bereits erkennbare Porträt in Augenschein nahm, das vor ihm auf der Staffelei stand. O ja, die Sache war eigentlich ganz einfach. Wieso hatte er bloß so lange gebraucht, um darauf zu kommen?

Nachdem der einzige Weg zu Roweena über Gabriel zu führen schien, lag es doch auf der Hand, dass man den Hünen von einem Fischer dazu bringen musste, Tür zu spielen und nicht Mauer.

Mit einer Tatkraft, wie er sie seit Wochen nicht mehr verspürt hatte, begann er an der Skizze Roweenas zu arbeiten, mittlerweile zwar einer von vielen, aber doch einer besonderen Arbeit – soweit es ihm selbst zustand, das zu sagen –, vor allem in Anbetracht des Umstands, dass er aus dem Gedächtnis zeichnete und nicht anhand des lebenden Modells.

Doch fiel es ihm gar nicht schwer, so zu arbeiten, war ihm doch Roweenas Anblick so tief in den Sinn – ach was, ins Herz – eingebrannt, dass er ihr Bild immer in sich trug, wohin er auch ging. Es spukte in ihm herum, stand ihm vor Augen … Zuweilen schien er regelrecht besessen von diesem Bild. So quälend deutlich war seine Schau von ihr, dass er meinte, dieses einzigartige Gesicht mit verbundenen Augen auf die Leinwand bannen zu können.

Er hatte sie so hingeworfen, wie er sie zuletzt gesehen, auf dem Marktplatz stehend, während die morgendliche Brise ihr dunkles Haar aufwirbelte und ihren Rock um die bloßen Beine flattern ließ. Er streckte die Hand aus und strich mit einem Finger zärtlich über den Umriss ihres Gesichts, wobei er die Linie ihrer Lippen und ihres feinen Kinns ein wenig verwischte.

Er nahm noch einen Drink und sah dann einen Augenblick unsicher auf das Glas in seiner Hand. Trank er nicht in letzter Zeit ein bisschen viel? Er nahm sich vor, seinen Konsum ein wenig zu reduzieren.

Es war erst seit kurzem so, dass ihm harte Getränke besonders gut schmeckten, wenngleich er nie Jacks Ekel davor geteilt hatte. Er sah die Dinge so, dass das Zeug weder Gift noch Elixier war, sondern nichts weiter als ein Genussmittel, dessen man sich bedienen konnte oder auch nicht.

Jack hingegen nannte den Alkohol „das Gift unseres Volkes“ und wollte absolut nichts damit zu tun haben. Allerdings neigte Jack dazu, alles schlechtzumachen – wenn nicht zu verdammen –, was nicht mit seinen eigenen gestrengen Ansichten übereinstimmte.

Brady wusste genau, dass er sogar am meisten trank, wenn er ganz allein war, wie häufig in letzter Zeit. Manche behaupteten, dass gerade die einsamen Trinker die größten Probleme kriegten und irgendwann von der Flasche nicht mehr loskamen. Na gut, vielleicht sollte er wirklich ein bisschen vorsichtiger sein – nur für alle Fälle. Für jene nichtsnutzigen Schwächlinge, die ihre Selbstachtung in Whisky ertränkten, hatte er noch nie viel übrig gehabt, und einer von ihnen wollte er um keinen Preis werden.

Außerdem würde er bald seinen ganzen Verstand brauchen. Es galt, einen Plan zu entwerfen, und dafür würde er einen vollkommen klaren Kopf brauchen. Gabriel war ganz und gar kein Dummkopf, komme, was da wolle – es würde schon einige Gewitztheit erfordern, ihn auf seine, Bradys, Seite zu ziehen.

Ein letztes Mal betrachtete er widerstrebend das nunmehr geleerte Glas, bevor er es samt der ganz und gar nicht leeren Flasche entschlossen außer Reichweite schob.

* * *

Das Lachen des Kindes ließ Gabriel, den Anflug eines Lächelns im Gesicht, aufblicken. An der anderen Seite des Raumes war Roweena damit beschäftigt, Eveleen die Haare einzuseifen, während die Kleine ihr Grimassen schnitt.

Jetzt lachte auch Roweena und äffte ihren kleinen Schützling nach. Einmal beugte sie ihr dunkles Haupt zu dem Kind hinunter und nahm es in einer spontanen Geste der Zuneigung in die Arme. Ihre Umarmung wurde durch einen festen Klaps auf ihre Schulter erwidert, der sie und die Kleine über und über mit Seifenwasser benetzte.

In seinem Stuhl am Kamin sitzend, nahm Gabriel sich noch einen Augenblick, um die beiden zu beobachten. Sie waren wie von einem Fleisch und Blut, diese beiden; auch leibliche Schwestern hätten sich niemals näher stehen können. Roweena versorgte das Kind und behütete es wie eine Glucke, die nicht mit sich spaßen lässt. Und die Kleine genoss diese Zuwendung in vollen Zügen, legte aber auch eine für einen so jungen Menschen überaus erstaunliche Empfindsamkeit für Roweenas zartes Nervenkostüm an den Tag.

Die zwei betrachtend, sagte sich Gabriel, es wäre töricht, mehr vom Leben zu verlangen als das Glück solcher Augenblicke, wie dieser einer war: Die Nacht war still, ihre Kammer behaglich, und das Feuer brannte gut, während das verspielte Lachen des Mädchens ihm tiefe Genugtuung verschaffte. Ein friedvolles Heim war ihm kostbar; eitlen Luxus brauchte er nicht. Seit langem hatte er es sich, wie der Apostel Paulus, zur Angewohnheit gemacht, sich mit jedweden Umständen zufriedenzugeben.

Nach mehr zu verlangen, als man hatte, war eine trügerische Angelegenheit, das wusste er nur allzu gut. Doch in letzter Zeit ertappte er seine Gedanken zu seinem eigenen Missfallen immer wieder beim Wandern auf verbotenen Pfaden. Wie ein grüner Junge träumte er von Dingen, die niemals Wirklichkeit werden konnten, stellte sich – wenn auch nur einige wenige tagträumerische Augenblicke lang – vor, Roweena sei seine Frau und das Kind ihrer beider Tochter.

Auch jetzt wieder erwischte er seine Gedanken in genau diesen Gefilden, und es kostete ihn einen Akt willentlicher Selbstüberwindung, diesen Verrücktheiten zu entfliehen. Abrupt stand er auf, so abrupt, dass sein Stuhl laut knarzend über den Dielenboden schrapte –

ein Geräusch, das das kleine Mädchen mit weit aufgerissenen Augen herumfahren ließ.

Gabriel verspürte einen unvermittelten Stich von Ärger. Eine Hand hebend, ging er zur Tür und sagte mürrisch: „Anscheinend muss ein Mann, der mal seine Ruhe haben will, sie sich außerhalb seines Hauses suchen. Ich schnapp' ein bisschen frische Luft, bis ihr zwei eure Albernheiten satt habt."

Mit sich selbst im unreinen ob seiner Grobheit, schlug er die Tür härter als nötig zu. Im Freien peitschte ihm der kühle Nachtwind ins Gesicht. Mit dem Gefühl, ein erbärmlicher Trottel zu sein, schlurfte er den Pfad zur Straße hinunter. Schließlich richtete sich sein Verdruss doch in Wirklichkeit gegen sich selbst und nicht gegen die beiden Mädchen. Er konnte nur hoffen, dass Roweena sein seltsames Betragen auf nichts weiter als eine vorübergehende Magenverstimmung oder einen Anflug schlechter Laune schieben würde und nicht etwa auf die Gedanken käme, dahinter die mürrische Unausgeglichenheit eines Mannes in mittleren Jahren zu sehen, der sich in der Ausweglosigkeit einer heimlichen, unerwiderten Liebe verheddert hatte.

Dieser Gedanke machte seine miese Laune noch trübseliger. Wie ein angeschossener Bär trottete er die Straße hinab.

Zu dieser Nachtstunde lag das Claddagh-Viertel in tiefer Dunkelheit. Die meisten Bewohner hatten sich bereits am früheren Abend schlafen gelegt, so dass nur aus wenigen Hütten Lichtschein nach draußen drang. Doch Gabriel, von seinen durcheinanderwirbelnden Gedanken hellwach gehalten, bemerkte weder die Dunkelheit der Nacht noch die bittere Kälte, sondern ließ sich ziellos durch die holprigen Straßen treiben.

Von seinem eigenen Haus am östlichen Ende der

Siedlung war er in Richtung von deren Zentrum gegangen, wo sich eine Anzahl strohgedeckter Lehmhütten dicht aneinanderkauerte. Gabriel blieb stehen und ließ seinen Blick über die kleine, primitive Siedlung gleiten, die ihm seit mittlerweile fast zwei Jahrzehnten Heimat war. Doch es war so gut wie nichts zu erkennen. Hier und da wurde das Dunkel durch einen schwachen Lichtstrahl ein wenig aufgehellt, der jedoch gegen die schwarzen Schatten und die tiefe Stille kaum ins Gewicht fiel.

Zweifellos gab es einige, für die die Abgeschiedenheit und Einsamkeit von Claddagh schwer zu ertragen waren, besonders des Nachts. Gabriel ging es nicht so: Für ihn war das Viertel immer ein Ort des Friedens gewesen. Besonders für Roweena war Claddagh Zufluchtsort vor einer Welt geworden, die es ganz und gar nicht gut mit ihr meinte, einer Welt, wo Menschen, die von der Norm abwichen, oftmals mit Argwohn oder gar Abscheu angesehen wurden. Hier in Claddagh hingegen betrachteten die Leute ein taubes Mädchen nicht etwa als Wilde oder Irre – wenn nicht gar als verhext –, sondern einfach als anders. Die schlichten Menschen, die hier hausten, hatten sie angenommen und ihr ermöglicht, ganz normal unter allen anderen zu leben. Genau darauf war Gabriel aus gewesen, als er sie damals, ein völlig verängstigtes Kind, hierhergebracht hatte.

Auch Roweenas Mutter war fast noch ein Kind gewesen, als ein betrunkener Lüstling von einem britischen Soldaten ihr brutal die Unschuld geraubt hatte. Ein paar Jahre später wurde die kleine Roweena, ein betörend hübsches, aber tödlich einsames Kind, aus einem brennenden Kloster gerettet, in dem ihre Mutter jedoch umkam. Nach der Vergewaltigung hatte sie bei den Nonnen Unterschlupf gefunden. Das kleine

Waisenmädchen war seinerzeit von Gabriels tiefgläubigen, aber schon in reiferen Jahren stehenden Eltern ins Haus genommen worden. Nachdem diese im Abstand von nur wenigen Monaten beide verstorben waren, hatte Gabriel das kleine taube Mädchen in seine Obhut bekommen.

Nach Claddagh hatte er Roweena gebracht, um sie vor dem dummen, übelwollenden Aberglauben in Schutz zu nehmen, der sie anderswo möglicherweise zugrunde gerichtet hätte. Tatsächlich war ihnen hier ein friedvolles Leben beschieden worden – jedenfalls Roweena. Was Gabriel selbst betraf, so hatte er während der letzten Jahre immer schwerer seinen Frieden finden können. Sein unbeugsames Verantwortungsgefühl für Roweena, seine Entschlossenheit, das Bestmögliche für sie zu tun, war immer öfter mit seiner wachsenden Liebe zu ihr in Konflikt geraten, bis dahin, dass er sich in jüngster Zeit mitunter fühlte, als zerrisse es ihm schier das Herz.

Mehr als einmal hatte seine verzweifelte Liebe ihn um ein Haar dazu getrieben, sich Roweena zu offenbaren. Doch jedes Mal hatte er sich gezügelt, sei es aus Angst, ein solches Eingeständnis möchte sie dazu bringen, sich von ihm zu entfernen oder ihn sogar zu verlassen, sei es – was noch schlimmer wäre – aufgrund der Möglichkeit, dass sie ihm aus dem missverstandenen Gefühl heraus, ihm etwas schuldig zu sein, weibliche Zuneigung nur vorheucheln könnte. Beide Risiken machten ihn fast wahnsinnig. Mittlerweile hatte sich ein aufdringlicher Schrecken seiner bemächtigt, die beängstigende Gewissheit, dass es ihm nicht viel länger möglich sein würde, seine wahren Gefühle zu verbergen. Er saß in der Klemme wie ein Fuchs, der gefährlich nah an einen tiefen Abgrund geraten war: hinter sich eine Meute hechelnder Hunde und vor sich die Aussicht eines Absturzes ins Bodenlose, sobald er den Sprung wagte.

Was sollte er tun, falls Roweena merkte, wie es tatsächlich um ihn stand, und sich davon – was er mit an Sicherheit grenzender Wahrscheinlichkeit annahm – abgestoßen fühlen würde? Aus ihrem Leben weichen? Aber was sollte dann aus ihr werden? Wie würde sie in ihrer stummen, behüteten Welt zurechtkommen, so unerfahren und unkundig, wie sie in allem war, worauf es ankam, um das Leben aus eigener Kraft zu meistern – ganz zu schweigen von ihren manchmal irrationalen Ängsten, ihrer übermäßigen Scheu und ihrer Unwissenheit gegenüber der Rauheit der Welt?

Tat er hingegen nichts, sollte es ihm also irgendwie gelingen, sein Geheimnis zu wahren, so würde er daran zwar nicht sterben, aber mit Sicherheit würde ihn die ständige seelische Anstrengung immer ruheloser und streitsüchtiger machen.

Wie er es auch anstellte: so oder so würde sie im Laufe der Zeit eine Abneigung gegen ihn entwickeln, bis sie ihn irgendwann verabscheute.

Schwer seufzend blickte Gabriel auf. Der undurchdringliche, düstere Nachthimmel, an dem weder Mond noch Sterne zu sehen waren, kam ihm wie ein Spiegelbild seiner Seele vor. Er fuhr sich mit der Hand durchs Haar, bevor er sie schlaff sinken ließ.

„Was soll ich tun, o Herr? Was ist dein Wille in alledem? Ich kann in diesen Problemen deinen Weg nicht mehr erkennen."

Sein qualvolles, flüsterndes Flehen traf auf nichts als Schweigen, und er fragte sich, ob seine selbstmitleidigen Überlegungen seinen Gott vielleicht gekränkt hatten mochten. Oder wohnten seiner Liebe zu Roweena, seinem Verlangen nach ihr Züge einer unheiligen Fleischeslust inne, der sich Gott schlicht verweigerte?

„Herr, ich bin doch bloß ein Mann, kein Heiliger. Ich weiß genau, dass meine Gedanken und Bedürfnisse manchmal unrein sind. Aber ist denn meine Liebe zu ihr so was Schlechtes? Wie sollte das angehen, wo ich ihr doch so zärtlich zugetan bin und nichts als ihr Bestes will? Ich möchte das Richtige für Roweena tun, aber ich hab' Angst, überhaupt irgendwas zu unternehmen, um ja nicht das Falsche zu tun. Ein Leben ohne sie kann ich mir nicht vorstellen, und doch würde ich sie eher verlieren wollen, als ihr Schaden zuzufügen. Was soll ich tun, Herr? Was kann ich nur tun?"

Warten.

Zitternd atmete Gabriel aus. „Soll ich schweigend abwarten, Herr? Oder soll ich ihr mein Herz ausschütten und einfach sehen, was geschieht? Ach Herr, du weißt ja, in was für einem Zustand ich bin! Ich bin wie ein Blinder, der sich nicht traut, irgendeinen Weg einzuschlagen, keinen Schritt nach links und auch keinen nach rechts wagt, aus Angst, einen verhängnisvollen Sturz zu tun!"

Entmutigt presste Gabriel beide Hände an seine Schläfen. Ging es bloß um das hier – um sein schwaches, verlangendes Fleisch? Handelte es sich um nichts anderes als das blödsinnige Sehnen eines älteren Mannes nach einer jüngeren Frau? Hatte er sich all die Zeit etwas vorgemacht, indem er sich einredete, seine Liebe zu Roweena sei ganz rein und gehe weit über schnöde Lust oder das Verlangen seines Körpers nach Erfüllung hinaus?

War er denn wirklich ein solcher Heuchler?

Gabriel schlang die Arme um sich. Nur wenige Male hatte er sich in seinem bisherigen Leben so klein, schwach und gänzlich ungenügend gefühlt. Der schwarze Himmel schien auf ihn herabzusinken und ihn in eine erstickende, muffige Düsternis zu hüllen, der er zu entgehen versuchte, indem er fest die Augen zusammenkniff.

Dann begann es ihm langsam zu dämmern: Eine Wahrheit ging ihm auf, von der er eigentlich gemeint hatte, sie längst gelernt zu haben. Anscheinend hatte er vergessen, dass es in Hingabe und Unterordnung zu leben galt. Man musste loslassen. Alles: seine Träume, Bedürfnisse, Wünsche, seine kühnsten Hoffnungen – in seinen eigenen Händen waren sie nichts als armselige Anschläge des Fleisches, so leicht zu besudeln, zu missbrauchen. In Gottes Händen jedoch wurden sie geheiligt.

Er machte die Augen auf. Die Worte hallten in ihm wider wie ein Glockenspiel: *hingeben. Gib alles hin!*

Die Tränen stiegen ihm in die Augen. „Gut, Herr ... Das musste mir wohl erst wieder aufgehen, sogar jetzt noch. Jetzt bin ich vierzig Jahre alt, und immer noch vergesse ich solche wichtigen Dinge. Dein Wille soll geschehen, nicht der meine. Dein Wille, Herr – immer, koste es, was es wolle."

Er stand eine ganze Weile still, wo er gerade war. Die Dumpfheit ließ von seinem Geist ab, und die Nacht umschmeichelte ihn jetzt in ruhiger Klarheit. Keine Spur mehr von dem düsteren Schrecken, der ihn bedrängt hatte. Schließlich machte er kehrt und ging den Weg zurück, den er gekommen war. Zumindest für den Augenblick ließ er alle Gefühle der Einsamkeit und Verwirrtheit hinter sich zurück, mit denen er aus seinem Haus geflohen war.

16. Ein im Dunkeln geschmiedeter Plan

Was schlummert da in des Herzens Dunkel,
was ist's, das der Täuschung Worte haucht?
Anonymus

Pläne schmiedend hatte Brady die ganze Nacht wach gelegen. Selbst jetzt – es ging auf die Mittagsstunde zu – fühlte er sich noch nicht müde. Bis weit in den Vormittag hinein hatte er in seinem Wohnzimmer an dem kleinen Tisch gesessen, war nur von Zeit zu Zeit aufgestanden und vor erregter Erwartung beinah zitternd auf und ab marschiert.

Ja, es würde funktionieren, dessen war er sich sicher. Schließlich hatte er sich schon mal bei Gabriel lieb Kind gemacht, indem er Roweena und Evie zu Hilfe geeilt war. Sicher, damals hatte es sich um ein ganz und gar zufälliges Ereignis gehandelt: Seinerzeit bei dem verheerenden Wirbelsturm im Januar des Jahres war er den beiden Mädchen über den Weg gelaufen und hatte sie in Sicherheit gebracht. Auch wenn Gabriel ihm stets mit einem gewissen Unwillen begegnete, hatte er Brady doch seither meistenteils das Gefühl vermittelt, in seinem Hause willkommen zu sein.

Bis zu der blöden Sache mit Terese.

Doch jetzt witterte er eine Gelegenheit, sich Gabriel wieder gewogen zu machen. Er musste es nur richtig anzustellen, dann würde der riesige Fischer ihn nicht nur in Gnaden wieder aufnehmen wie vorher, sondern ihm vielleicht sogar seine Zuneigung schenken – und der Weg zu Roweena wäre wieder frei.

Die Nacht über hatte er sich zurechtgelegt, wie dieses Ziel zu erreichen war. Alles hatte er genau bedacht. Es durfte keine Unachtsamkeit, keinen ärgerlichen Fehler geben. Nichts durfte dem Zufall überlassen bleiben.

Was ihn vielleicht einige Mühe kosten mochte, war die Suche nach den richtigen Helfern. Zwei Mann würde er brauchen, nur zur Sicherheit. Nur kannte er nicht sehr viele Leute in der Gegend von Galway, schon gar nicht von dem Schlag, den er jetzt brauchte. Was er aber wusste, war, wo man nach solchen Männern zu suchen hatte, und genau dahin würde er gleich heute Abend gehen und sich umschauen.

Er trat ans Fenster und sah auf die Straße hinab, wo ein abgerissener Bettler im Schneidersitz hockte und zu einem Priester aufblickte, der stehengeblieben war, um ein paar Worte an ihn zu richten. Zwei Männer mit breiten Connemara-Hüten gingen vorüber, ohne den Priester oder den Bettler eines Blickes zu würdigen. Als nächstes kamen eiligen Schrittes ein paar Frauen in lebhafter Unterhaltung die Straße entlang, die auf dem Weg zum Markt zu sein schienen.

Für einen Augenblick nagte ein leises Gefühl des Unbehagens an Brady. Zugegebenermaßen war der Plan nicht ohne Risiko. Ging irgend etwas schief, so würde er in Teufels Küche kommen. Aber es würde nichts schief gehen! Er würde alles daransetzen, dass die Jungs, die er anheuerte, begriffen, dass sie die Sache haargenau so durchzuziehen hatten, wie er es ihnen sagte. Mann, das Ding war wirklich nicht schwierig! Die Jungs brauchten nichts anderes zu machen, als Gabriels Haus an einem Donnerstagabend, wenn die Mädchen allein waren, einen Besuch abzustatten. Donnerstags hatte Gabriel regelmäßig irgendeine Versammlung im Stadthaus. Keine Ahnung, was er dort zu schaffen hatte!

Er würde genug Zeit haben, wahrscheinlich mehr als genug. Beinah seit Monatsfrist hatte Brady das Haus jetzt im Auge behalten, immer in der – vergeblichen – Hoffnung auf eine Gelegenheit, mit Roweena allein zu sein. Jeden Donnerstag war Gabriel für eineinviertel Stunden aus dem Haus: selten länger, niemals kürzer.

An zwei aufeinanderfolgenden Donnerstagen war Brady an die Tür gegangen und hatte Roweena herauszulocken versucht, damit er mit ihr sprechen konnte. Beide Male hatte sie die Tür auch aufgemacht, war aber über und über rot geworden und hatte fast verängstigt gewirkt, so sehr, dass sie ihm buchstäblich die Tür vors Gesicht geknallt hatte.

Nicht einmal das hatte ihn von seinen Auskundschaftungen abbringen können. Er wusste, dass Evie ein paar Minuten vor sechs rauskommen würde, um die Spülschüssel auszuleeren. Dann würde sie einen Augenblick im Hof rumtrödeln, zu den Sternen hinaufstarren oder reglos dastehen, als wartete sie auf den Ruf eines nächtlichen Vogels.

In einem war Brady sich sicher: Gelänge es ihm, den ersten Teil seines Plans durchzuziehen, so würde der zweite reibungslos klappen. Allerdings musste er Gabriel mit allen Mitteln davon überzeugen, dass er sich wegen der Sache mit Terese ehrlich Vorwürfe machte, sein Handeln ihm zutiefst leid tat und er sich jede Mühe gab, sich zu bessern.

Keineswegs hatte er sich zu dem Glauben hinreißen lassen, es würde einfach werden. Doch wie dem auch sei: Er würde in Sack und Asche gehen, wenn es denn Not tat. Es machte keinen Sinn, den Rest des Plans ins Werk zu setzen, solange er Gabriel nicht gewonnen hatte. Er musste ihn erweichen, bevor er auch nur einen Schritt weiterging. Instinktiv wusste er, dass es ein schwerer Fehler wäre, nicht zuerst ein solides Fundament zu legen.

Damit war die Sache klar, und für den Augenblick blieb ihm nichts weiter zu tun, als sich in diebischer Vorfreude die Hände zu reiben, während er sich den ersten Schritt ausmalte, auf den alles ankam und den er gleich heute Nachmittag tun wollte.

* * *

Ohne Frage war er der letzte, den Gabriel vor seiner Tür zu finden erwartet hatte. Gleich beim ersten Anblick Bradys wurden die Augen des großen Fischers eiskalt. Ohne mit der Wimper zu zucken, schickte er sich an, die Tür wieder zu schließen.

Brady konnte nur einen flüchtigen Blick auf Roweena und Evie werfen, die beide hinten an der Herdstelle saßen und ihn mit weit aufgerissenen Augen anstarrten.

Er tat, als bemerkte er es nicht, und wandte seine volle Aufmerksamkeit Gabriel zu.

„Ah, Gabriel. Ich – ähm … würde es Ihnen was ausmachen, für einen Augenblick vor die Tür zu kommen? Es dauert nicht lange."

Gabriels wettergegerbte Züge blieben unbewegt. Er sagte kein Wort, aber sein starrer, durchdringender Blick genügte, um Brady kalte Schauer über den Rücken zu jagen.

„Bitte, Gabriel. Es ist wichtig."

Brady achtete sorgfältig darauf, dass seine Augen nicht etwa Roweena suchten. Seine Miene war ganz seriöser Ernst. Gabriel nahm sich noch einen langen Augenblick mehr Zeit, ihn aus schmalen Augen anzustarren, so als wollte er abwägen, wie ehrlich Bradys

Absichten waren. Endlich aber trat er, nicht ohne noch rasch einen Blick über die Schulter ins Innere des Hauses zu werfen, nach draußen und machte die Tür fest hinter sich zu.

Brady atmete auf. „Danke schön. Ich hatte sehr darauf gehofft, dass Sie mich nicht abweisen."

Schweigen.

Brady schaute seinerseits mit festem Blick in diese reglosen blauen Augen. Während er den riesigen, schwarzbärtigen Fischer musterte, kam es ihm nicht zum ersten Mal so vor, als gehörte Gabriel in eine ganz andere Zeit. Alles, was dem Hünen noch fehlte, waren ein Kilt und eine Pike – dann hätte alle Welt ihn für einen der ruhmreichen alten Stammesführer gehalten, von denen jedermann in Irland abzustammen behauptete.

Freilich wäre es seiner Sache nicht förderlich, wenn er sich von diesem Eispickelblick einschüchtern ließe oder auch nur das geringste Anzeichen von Widerborstigkeit verriete.

Brady bemühte sich, seiner Stimme den gebotenen Tonfall von Zerknirschung beizulegen, während er weitersprach. „Ich hab' was auf dem Herzen, das ich loswerden muss", begann er. „Ich weiß nicht recht, wie ich's sagen soll, aber es ist mir wichtig, dass Sie mich verstehen."

Gabriels Kinn hob sich ein paar Millimeterchen höher, der kalte Blick aber flackerte kein bisschen.

„Ich bin gekommen, um mich zu entschuldigen", sagte Brady leise und senkte den Blick. „Für alles."

Als nach wie vor keine Antwort kam, schaute er auf und sah, dass der große Fischer ihn immer noch mit der Miene eines Pokerspielers musterte.

„Mir ist schon klar, dass Sie keine großen Stücke auf mich halten", fuhr Brady fort, „und das wahrlich mit

Recht. Ich hab' mich – nun, äh … verächtlich verhalten. Aber ob Sie das nun glauben oder nicht, Gabriel, es ist mir wichtig, was Sie denken. Schließlich hab' ich ja eine Zeitlang sogar geglaubt, wir wären Freunde, und ich möchte gern – na ja, dass es zwischen uns wieder besser steht."

Obwohl der andere kein Anzeichen des Weichwerdens verriet, war Brady entschlossen, seinen Faden weiterzuspinnen. „Ich wollte bloß – ich wollte Ihnen sagen, dass es mir leid tut."

Gabriels Blick, immer noch bar jeder Emotion, schätzte ihn ab. „Bei mir brauchst du dich nicht zu entschuldigen. Mir hast du nichts angetan."

Die kühle Ungerührtheit des Mannes brachte Brady langsam doch auf die Palme, und er musste sich bezwingen, um nicht zumindest einen Anflug von Irritation zu zeigen. „Da haben Sie nur allzu recht. Aber wie dem auch sei: Ich habe Ihren Respekt verloren, und das tut mir bitterlich leid." Er legte eine Pause ein, bedacht darauf, hinreichend zermürbt auszuschauen. „Also, nun ja … mehr wollte ich nicht sagen. Es tut mir leid. Dann geh' ich mal wieder."

Und in der Tat: noch ehe Gabriel etwas erwidern konnte, wandte er sich zum Gehen.

„Was willst du wirklich von mir, Mann?"

Brady wandte sich zurück. Er begann Hoffnung zu schöpfen. „Ihre Vergebung, falls das möglich ist. Mehr nicht."

Gabriels unnachgiebiger Argwohn war, gelinde gesagt, störend. „Wie gesagt, mir hast du nichts zuleide getan."

Brady rang um die richtige Antwort. Er wusste genau, dass er alles verderben würde, wenn er überzog; schließlich war Gabriel kein Dummkopf. Andererseits, sagte er sich, hatte er jedenfalls die äußersten Bollwerke des Hünen schon mal geknackt, und es widerstrebte ihm, den errungenen Vorteil nicht auszunutzen.

„Nicht direkt vielleicht. Aber Fakt ist doch, dass Sie mir vertraut haben, und ich habe dieses Vertrauen missbraucht." Brady unterbrach sich wohlweislich und schaffte es sogar, seine Stimme ein wenig brüchig klingen zu lassen, als er fortfuhr. „Gabriel, wissen Sie ... wirklich, ich schäme mich für das, was mit Terese gelaufen ist. Ich seh' ja ein, dass Sie noch keinerlei Grund haben, mir das abzukaufen, aber Sie sollen wissen, dass ich mich verändert habe. Ich bin – irgendwie erwachsener geworden."

Er sah Gabriel direkt in die Augen, wobei er hoffte, sein Blick möge rückhaltlos offen und ohne Falsch sein.

Falls Bradys Ansprache den großen Fischer in irgendeiner Weise bewegt hatte, ließ er es nicht erkennen. Lange hing das Schweigen wie eine dicke Wolke zwischen ihnen, bis Gabriel endlich die Andeutung eines Nickens machte. „Du hast gesagt, was du sagen wolltest, und ich hab's gehört. Ich will glauben, dass du lauteren Herzens bist."

Es war nicht das, worauf Brady gehofft hatte, aber zunächst wollte er sich damit zufrieden geben. Immerhin, ein Anfang war gemacht. Er erwiderte das Nicken und streckte die Hand aus. „Ja, das wär' dann alles. Ich mach' mich wieder auf den Weg."

Gabriel zögerte lange genug, um Brady schwer in Verlegenheit zu bringen, bevor er den Handschlag akzeptierte. Brady zwang sich, schnurstracks seiner Wege zu gehen, wobei er den prüfenden Blick des Fischers fast körperlich im Nacken spürte, bis er hinter der nächsten Mauer verschwunden und auf dem Heimweg war.

* * *

Gabriel sah ihm nach, bis er außer Sicht war.

Kanes unerwarteter Auftritt verwirrte ihn und beunruhigte ihn zugleich ein wenig. Die Worte des jungen Amerikaners waren durchaus ehrenhaft gewesen, und er hatte seine Entschuldigung keineswegs mit viel Getue aufgedrängt. Durfte er aber seine Reue für echt halten? Und woher rührte diese plötzliche Anwandlung von Bußfertigkeit ausgerechnet ihm gegenüber? Was steckte dahinter?

Es stand ihm nicht zu, den Stab über Brady Kane zu brechen, mochte Roweena ihn auch beschuldigt haben, genau das zu tun. Seiner persönlichen Skepsis zum Trotz sprach nichts dagegen, mindestens zu hoffen, dass die Reumütigkeit des jungen Spitzbuben ehrlich war, dass er sein verabscheuungswürdiges Verhalten tatsächlich bedauerte und entschlossen war, sich zu ändern. Letzten Endes gab es keinen Grund, ihm *nicht* zu glauben, mochte einem das aufgrund seines früheren Verhaltens auch wesentlich näher liegen.

Ein Grundzug von Zynismus in ihm war es aber, der ihn Kanes Zerknirschung gegenüber argwöhnisch machte.

An der Selbstkritik des Amerikaners war nichts Konkretes oder Spezifisches gewesen, das Gabriels Zweifel gerechtfertigt hätte. Und doch glaubte er ihm nicht so recht. Jene dunklen, tiefen, schwer zu entschlüsselnden Augen waren ihm heute verschlossener vorgekommen als gewöhnlich. Sosehr er sich auch bemühte, Gabriel hatte sich außerstande gefunden, Kanes Worte für bare Münze zu nehmen, ebenso wenig wie er das Empfinden von Unbehagen abschütteln konnte, das ihm auch jetzt noch anhaftete, wo der Bursche längst außer Sichtweite war.

Er wusste, dass die Mädchen, sobald er wieder ins Haus trat, eine Erklärung von ihm fordern würden, was da zwischen ihm und Kane vorgegangen war, und er entschloss sich, diese vorerst oberflächlich ausfallen zu lassen. Solange er sich noch nicht davon überzeugt hatte, dass der Amerikaner wirklich ein anderer geworden war, würde er nichts sagen, was dazu ausschlagen möchte, ihm Roweena noch mehr gewogen zu machen. Warum auch immer: Es passte ihm überhaupt nicht, dass sie an eine irgendwie geartete Verwandlung Brady Kanes glaubte.

Er würde mit seiner Meinung hinterm Berg halten, bis diese überraschende – und für seinen Geschmack nach wie vor ziemlich fragwürdige – Wandlung sich erwiesen haben würde.

Falls denn jemals eine Wandlung eingetreten war.

17. Gaunertreffen

Ein Gauner erkennt den andern.
Irisches Sprichwort

Galway, Irland

Es war überraschend leicht für Brady, die Männer zu finden, auf die er aus war. Dabei war er äußerst diskret zu Werke gegangen; es war jedoch nichts weiter vonnöten gewesen als ein paar vorsichtige Fragen an einen der örtlichen Kneipenwirte und ein bisschen Rascheln mit einigen aus der Tasche lugenden Banknoten.

Schon Montag Abend fand er sich an einem Tisch des *Brown Sail* wieder, eines Pubs, den er selten besuchte, dessen fragwürdiger Ruf ihm aber wohlbekannt war. Ihm gegenüber saß ein Duo, das fraglos sein gerüttelt Maß zu diesem Ruf beigetragen hatte.

Einer der beiden, Biller mit Namen, war klein und spindeldürr, hatte eine Hakennase und schmale Augen von blasser Farbe, die Bradys Blicken beharrlich auswichen. Er schien ausgesprochen energiegeladen zu sein, verhielt sich aber offen feindselig.

Der andere Mann war auch nicht eben herzlich, jedoch nicht so mürrisch wie sein Kumpan. Sonderbar genug, dass Brady bei ihm unbehaglicher zumute war als bei dem anderen. Als seinen Namen gab er nichts anderes als Robuck an. Er hatte dichtes, üppiges rotes Haar, das offenkundig bereits seit Wochen mit keiner Barbierschere mehr in Berührung gekommen war. Sein breites, flaches Antlitz war beinah so rosig wie sein Schopf. Der Mann war kräftig und breit gebaut, ein stämmiger Typ. Auf den Straßen New Yorks hätte man in ihm auf den ersten Blick den Gangster erkannt.

Anders als sein Spießgesell hatte Robuck keine Schwierigkeiten damit, Brady direkt in die Augen zu schauen. Vielmehr war es dieser, der das freche, schelmische Glitzern unter den schweren Lidern des anderen kaum ertrug und immer wieder beiseite schaute.

Keinen der beiden hätte er sich als Kumpel ausgesucht, soviel war sicher. Aber für seine Zwecke waren sie gerade recht. Abgesehen davon würden seine Geschäftshändel mit den beiden Kerlen ja äußerst kurzlebig sein.

„Ihr könnt euch keine Fehler erlauben. Nicht dass ihr aus der Rolle fallt!" Brady sprach mit leiser Stimme, bemühte sich aber, sie fest klingen zu lassen.

„Das sagtest du schon", versetzte Robuck. „Wieso sollten wir denn aus der Rolle fallen, bitte schön? 'n kleines Mädchen, hast du doch gesagt?"

„Korrekt. Ich wollte nur sichergehen, dass ihr das verstanden habt. Vergreift ihr euch in irgendeiner Form an ihr, und ihr seht den Rest der Knete euer Lebtag nicht. Keinen Cent!"

Die Drohung ließ Biller noch einen Deut finsterer dreinschauen als bisher schon, während Robuck Brady lediglich einen amüsierten Blick zuwarf. „Halt an dich, Junge, kein Grund, aus der Haut zu fahren. Wir haben begriffen, was Sache ist, und wir werden's genauso machen, wie du's haben willst. Keine Fragerei. Und keine Spielchen. Mir scheint nur, wenn man da mit soviel Vorsicht rangehen muss und all das, dann müsstest du vielleicht 'n paar Scheinchen mehr rüberwachsen lassen, als dir so vorschwebt."

Brady brauste auf. „Mein Angebot ist gut, und das wisst ihr genau."

Robucks Stimme hat jetzt einen unangenehm

schnarrenden Beiklang. „Mag sein, mag sein, Mister. Aber mir scheint, du bist 'n ganz Ausgekochter. Alles muss nach deinem Kommando gehen. Und geräuschlos, versteht sich! Täusch' ich mich, oder ist dir das Ding, das wir da für dich deichseln sollen, tierisch wichtig? Falls ja, dann rück noch fünfzig rüber. Von deinen amerikanischen Scheinchen, mein' ich."

Brady kochte, aber sie hatten ihn in der Hand. Schließlich bezahlte er nicht für irgendein Bravourstückchen mit großem Trara, sondern für Umsicht und Verschwiegenheit.

„Also schön. Noch mal fünfzig. Aber erst, wenn ihr den Job erledigt habt und ich mit euch zufrieden bin. Entweder so oder gar nicht."

„Oh, klar ziehn wir die Sache durch", sagte Robuck wie leichthin. „Also, wann soll das Ding laufen?"

Brady stieß die Luft aus und brachte die Sache unter Dach und Fach.

* * *

Gabriel wusste, dass es noch zu früh war, mit einer Nachricht von Ulick zu rechnen, doch mit jedem Tag, der verging, wurde er ungeduldiger, endlich in Erfahrung zu bringen, ob sein alter Freund irgendwas über den Amerikaner rausgekriegt hatte. Kanes Betragen – die plötzliche Entschuldigung, seine ungewöhnliche Demütigung und sein so nachdrücklich betonter Wunsch, mit ihm, Gabriel, ins Reine zu kommen – beunruhigte ihn.

Irgendwas an dem Burschen ließ Gabriel beinahe wünschen, er hätte sich in ihm getäuscht und sähe sich in der Lage, ihm seine unerwartete Wandlung ruhigen Herzens abzunehmen. Doch er vertraute ihm eben *nicht*, hatte ihm in Wahrheit noch nie getraut und konnte es auch jetzt nicht. Trotz seines Argwohns – oder vielleicht gerade deswegen? – wuchs seine Neugier immer mehr: Er wollte so viel wie möglich über den Amerikaner wissen und hoffte jeden Tag darauf, etwas von Ulick zu hören.

Doch auch dieser Tag war schon so gut wie vorbei. Heute Abend würde nichts mehr kommen. Nachdem er einen Augenblick Roweenas und Evies Schlafgeräuschen hinter dem Vorhang gelauscht und, wie jeden Abend, ein stilles Gebet für die beiden nach oben gesandt hatte, legte er sich auch ins Bett.

Er schlief unruhig, wachte mehrmals jählings auf, als hätte ihn irgendein fremdartiges Geräusch oder ein beunruhigender Traum aus dem Schlummer gerissen. Einmal hörte er Roweena aufschreien, gefolgt von dem voraussehbaren schlaftrunkenen Murmeln Eveleens. Daran war nichts Ungewöhnliches, seit ihrer Kindheit hatte Roweena häufig im Schlaf aufgeschrien oder sogar geweint. Und immer wachte die Kleine gerade lang genug auf, um sie zu beruhigen, bevor sie alle beide wieder in tiefen Schlaf sanken.

Doch sooft Gabriel diese nächtlichen Schreie auch schon gehört haben mochte, sie durchbohrten ihm jedes Mal das Herz. Es schmerzte ihn, daran zu denken, dass Roweena etwas durchgemacht hatte, das ihr noch Jahre später die innere Ruhe raubte, sogar im Schlaf. Und jedes Mal, wenn es geschah, dachte er unweigerlich, wie schön es doch wäre, wenn er jetzt zu ihr gehen, sie in die Arme nehmen und trösten könnte, bis ihre verwunschenen Träume aufhörten.

Der Gedanke, dass sie womöglich für immer leiden musste, erfüllte ihn mit unendlicher Traurigkeit.

Und noch trauriger stimmte ihn die Möglichkeit, dass er ihr womöglich niemals nah genug sein würde, um ihr echten Trost zu spenden.

Teil 2

Zu nah an der Flamme

… und habt nichts gemein mit den Werken der Finsternis, die keine Frucht bringen …
Epheser 5,11

18. Ein Blick hinter den Vorhang

Pulsschlag meines Herzens –
welch Bitternis wohnt in dir?
Aus *Walshs Irischen Volksliedern*

New York

Am Dienstagnachmittag waren immer noch keine Nachrichten über Sheridans Schwester und die Kinder eingelaufen. Das erforderte, die Polizei einzuschalten.

Jack ließ Ed Boyle, Sergeant auf dem ersten Revier, eine Botschaft zukommen, in der er ihm alles mitteilte, was sich bei der Suche als hilfreich erweisen konnte. Jack wusste, dass es ohne weiteres Tage, wenn nicht länger dauern konnte, bis die Beamten irgend etwas zutage gefördert hätten. Würde die Stadt endlich ihre Unentschlossenheit aufgeben und eine Hafenpolizei ins Leben rufen, so entstünden Situationen wie diese vermutlich gar nicht erst. So wie die Dinge jetzt lagen, blieb ihm nur die Hoffnung, dass der chronisch überarbeitete Boyle und eine Handvoll seiner besten Männer willens wären, sich der Sache anzunehmen, um ihm einen persönlichen Gefallen zu tun. Es traf sich, dass Boyle ihm mehr als nur einen Gefallen schuldig war.

Einstweilen tat er sein Bestes, um Sheridan durch Arbeit abzulenken. Gleich nach dem Mittag hatte er den Jungen auf eine Geschichte angesetzt, einen Mordfall in einem der Kuriositätenkabinette in der Bowery. Nun war das in New York nicht unbedingt eine Schlagzeile wert, aber Sheridan hatte offensichtlich angebissen, denn er war noch nicht ins Büro zurückgekehrt.

Der Bursche war verständlicherweise niedergeschlagen. Was als glückliches Wiedersehen mit der Schwester gedacht war, die er jahrelang nicht gesehen hatte, hatte sich in einen Alptraum verwandelt.

Es war unmöglich, etwas über den Verbleib des Mädchens oder die Umstände ihres Verschwindens in Erfahrung zu bringen. Jack machte sich von Tag zu Tag mehr Sorgen um Terese Sheridan und die beiden Waisenkinder in ihrer Begleitung. Je mehr Zeit verging, ohne dass sie gefunden wurden, um so unwahrscheinlicher wurde es, dass man sie überhaupt noch fand.

Und dann war da noch der Gesichtspunkt, dass die junge Sheridan und die beiden Kinder die allerersten Einwanderer waren, die im Rahmen des *Vanguard*-Übersiedlerhilfsprogramms aus Irland herübergeholt worden waren, und dieses Projekt damit stand und fiel, dass ihre Ansiedlung reibungslos klappte. Denn wenn sich der erste Schritt wirklich als Fehlschlag entpuppte, konnte das das gesamte Unternehmen in ein fragwürdiges Licht rücken.

Er seufzte, schob seinen Schreibtischstuhl zurück und reckte sich. Ihm fiel nichts weiter ein, was er tun konnte, nachdem er Ed Boyle in aller Deutlichkeit eingeschärft hatte, wie wichtig es war, die verschollenen Einwanderer so rasch wie möglich zu finden. Nun war es Zeit, dem Büro den Rücken zu kehren und Samantha abzuholen. In einer Stunde sollten sie sich mit Avery Foxworth und Maura Shanahan im Gefängnis treffen.

Nachdem Sheridan dienstlich unterwegs war, entschloss sich Jack, nicht selbst zu kutschieren, sondern eine Droschke zu nehmen. Das Wetter war schon wieder miserabel – würde denn dieser elende Regen nie mehr aufhören? –, und er vermochte dem Gedanken daran, auf dem Kutschbock zu hocken, nicht viel abzugewinnen, wo er es doch auch warm und trocken haben konnte, und das noch mit Samantha an seiner Seite.

Er nahm sich Zeit, im Spiegel seines Garderobenschrankes sein Äußeres zu inspizieren, fuhr sich mit der Hand ordnend durchs Haar und runzelte die Stirn angesichts des dunklen Bartschattens, der sich ums Kinn herum schon wieder breit machte. Doch jetzt ließ sich daran nichts mehr ändern.

Er schlüpfte in seinen Regenmantel und machte sich energischen Schrittes, leise vor sich hin pfeifend, auf den Weg. Wie immer brachte ihn die Aussicht, Samantha zu treffen, gehörig durcheinander. Er konnte sich nicht daran erinnern, jemals gefühlsmäßig so zerrissen gewesen zu sein. Eben noch brummig wie ein Bär, war er jetzt albern wie ein Schulbengel, wobei er sich selbstverständlich der Hoffnung hingab, dass man ihm das nicht gar so sehr anmerkte. Er wusste nie so genau, was ihn als nächstes überkommen würde.

Selbst wenn die Liebe zu nichts anderem gut ist: auf jeden Fall verstrickte sie einen Mann in einen ganzen Haufen Widersprüche.

Vielleicht würde sie ja mit ihm zu Abend essen – vorausgesetzt, es wäre nicht einer der Tage, an dem sie ihre Komme-mir-keiner-zu-nahe-Launen hatte, wie er jene Zeiten nannte, in denen sie sich ohne erkennbaren Grund von ihm zurückzuziehen schien.

Aber man würde sehen – vielleicht gelänge es ihm ja, ihre Stimmung mit einem Gran irischen Charmes aufzuhellen.

Allerdings konnte er sich nicht daran erinnern, dass dieser spezielle Trick je bei ihr funktioniert hätte.

* * *

Das Treffen mit Avery Foxworth, Jacks Anwalt, und Maura Shanahan fand im „Besucherzimmer“ des Gefängnisses statt.

In Wirklichkeit war dieser Raum kaum mehr als eine Rumpelkammer und lausekalt dazu. Samantha saß neben Mrs Shanahan an einem Tisch, Jack und Avery Foxworth ihnen gegenüber.

Jack hatte Foxworth gebeten, sich Samantha zu Gefallen, die ein persönliches Interesse an der Frau hatte, des Shanahan-Falles anzunehmen, wohl wissend, dass Avery Samanthas Engagement ungeachtet ihrer Arbeit unter den Einwanderern absonderlich fand. Wahrhaftig würden nur wenige Frauen von Samanthas Stand sich in irgendeiner Weise mit einer unseligen irischen Immigrantin abgeben, die mit dem Gesetz in Konflikt geraten war.

Maura Shanahan hatte vor ein paar Monaten ihren Gemahl erschossen. Ihren Aussagen zufolge hatte der Mann sie jahrelang misshandelt. Am fraglichen Tag hatte er sie angeblich mit einem Gewehrkolben verprügelt und gedroht, sich auch an den Kindern zu vergehen. Nach Samanthas Überzeugung war Mrs Shanahan nach Jahren greulicher Misshandlungen schlichtweg ausgerastet und hatte im Affekt sich und ihre Kinder geschützt.

Jack neigte dazu, dem beizupflichten, weswegen er Avery Foxworth zum Verteidiger der Frau bestellt hatte. Avery hatte Jack gegenüber durchblicken lassen, er schätze die Sachlage so ein, dass man, die Stichhaltigkeit der Misshandlungsgeschichte vorausgesetzt, durchaus zu einem Handel mit dem Ankläger gelangen könnte. Indes hatte Jack es bislang vorgezogen, davon Samantha nichts zu sagen, um nicht vergebliche Hoffnungen bei ihr zu wecken.

Die neugierig-abschätzenden Blicke, mit denen sein Anwalt Samantha schon die ganze Zeit, die sie beisammen saßen, immer wieder bedachte, zeigten Jack überdeutlich, dass Avery nicht bloß beiläufig daran interessiert war, was Samantha mit den Misshelligkeiten der Shanahan zu tun haben mochte. Was ihn selbst anging, so meinte Jack zu wissen, woher Samanthas Entschlossenheit rührte, Maura Shanahan aus der Patsche zu helfen.

Nachdem er Samantha nunmehr einige Monate lang kennengelernt, sich mit ihr angefreundet und sich unsterblich in sie verliebt hatte, hegte er keinen Zweifel daran, dass es ihre eigene Geschichte war, in der ihr Beteiligtsein an diesem speziellen Fall wurzelte. Sie hatte selbst andeutungsweise zugegeben, dass ihr verstorbener Gatte, der hochgeachtete Geistliche Bronson Harte, *sie* geschlagen hatte.

Über ihren Mann sprach Samantha niemals. Indes war Jack überzeugt, dass niemand anders als Bronson Harte für den Schmerz verantwortlich war, der diese herrlichen Augen verschattete, und für die niemals gelockerte Beherrschtheit, die sie wie ein eisernes Korsett trug. Bei einer einzigen Gelegenheit hatte er sie auf ihre Ehe angesprochen, und damals hatte sie ihr Schweigen gerade soweit gebrochen, dass sich sein Verdacht bestätigte.

Mehr als einmal war Jack der verwerfliche Gedanke gekommen, dass Harte froh sein konnte, unter der Erde zu liegen. Andernfalls hätte er in Versuchung geraten können, seinem ohnehin schon ellenlangen Sündenregister noch einen Mord hinzuzufügen.

Als er sich zum erstenmal eingestand, dass er Samantha liebte, hatte ihn diese Wahrheit fürchterlich erschreckt. Abgesehen von seiner Mutter und seiner Schwester hatte er im Leben nur noch eine andere Frau geliebt: Martha, die ihm der Krebs nach nur wenigen Jahren geraubt hatte.

Danach hatte es eine ganze Reihe bedeutungsloser Flirts gegeben, die alle rasch vorüber und unbefriedigend waren. Nicht dass er niemals bereit gewesen wäre, eine tiefere Beziehung einzugehen, aber er hatte es stets so gut wie unmöglich gefunden, irgend jemandem außer sich selbst zu trauen. Allein der Gedanke daran, das Innerste seines Herzens einem anderen Menschen zu offenbaren, erweckte panikähnliche Gefühle in ihm. Selbst Martha hatte ihm vorgeworfen, verschlossen zu sein, sie und andere an gewisse Bereiche seiner Persönlichkeit nicht heranzulassen.

Nachdem Martha tot war, konnte er sich nicht mehr dazu aufraffen, sich für eine neue Beziehung zu interessieren oder den ersten Schritt dazu zu tun. Statt dessen ließ er nicht ab, sich immer mehr abzufordern, immer höher hinauszuwollen, so lange, bis er nicht mehr anders konnte. Seit Jahren hatte er sich derart mit Arbeit überhäuft, dass er kaum noch für irgend etwas anderes Zeit fand. Keinerlei Nähe, keine Vertrautheit, keine echte Freundschaft hatte er zugelassen – mit Ausnahme von Rufus.

Rufus sagte gerne, er habe Jacks gute Seiten einmal entdeckt und könne sie nicht wieder vergessen. Jack hingegen war der Meinung, Rufus habe das Ungeheuer in ihm gesehen und bringe es irgendwie fertig, das zu verdrängen.

Seine Freundschaft zu Rufus Carver war ihm mehr wert, als Worte auszudrücken vermögen, aber er kannte sonst niemanden, mit dem er so Persönliches und Kostbares hätte teilen wollen.

Bis Samantha auftauchte. Noch ehe er wusste, wie ihm geschah, hatte sie sein Leben mit ihrer stillen Anmut und ihren gequälten Blicken erfüllt, und seitdem war er ein anderer geworden.

Er war verrückt nach ihr. Er wollte für sie sorgen, sie beschützen, bei ihr sein, wollte alles, was er hatte, an sie verschwenden.

Er wollte sie heiraten.

Jack schreckte auf und wandte den Kopf wie ein Schuljunge, der sichergehen wollte, dass der Lehrer ihn nicht beim Träumen ertappt hatte.

Doch die anderen hatten gar keine Notiz von ihm genommen. Samanthas ganze Aufmerksamkeit gehörte Avery Foxworth, der dabei war, die juristischen Aspekte des Falles zu erläutern. Avery seinerseits schien seine Augen nicht von Samantha lösen zu können, selbst beim Reden nicht.

Blitzartig durchzuckte Jack ein urtümliches Gefühl. Durcheinandergewirbelt, brauchte er eine ganze Minute, um zu begreifen, was es war.

Eifersucht.

Diese Empfindung war Jack fremd, so fremd, dass er sich nicht entsinnen konnte, sie überhaupt schon jemals verspürt zu haben. Martha hatte ihm nie Anlass dazu gegeben. Ihre Verlobungszeit war kurz und unkompliziert gewesen – genau wie ihre Ehe. Und mochte ihm auch sein Ruf als Schürzenjäger immer noch anhängen – was dermaßen übertrieben war, dass es ihn schon wieder amüsierte –, so war es doch die nüchterne Wahrheit, dass ihn nach Martha keine Frau mehr so interessiert hatte, dass es sich gelohnt hätte, ihretwegen auf irgend jemanden eifersüchtig zu sein.

Bis zu dieser Minute.

Beunruhigt ließ er seine Blicke zwischen Avery und Samantha, die von jedem einzelnen Wort des Anwalts regelrecht entzückt zu sein schien, hin- und herschweifen. Gelegentlich wandte sie den Kopf, um Maura Shanahan aufmunternd zuzulächeln, doch zumeist nahm Foxworth sie voll und ganz in Beschlag.

In diesem Augenblick konnte Jack nicht umhin, sie so zu sehen, wie Avery Foxworth sie zweifellos sah. Samantha war eine atemberaubende Frau – selbst wenn sie ihr schimmerndes kastanienbraunes Haar wie jetzt zu diesem pedantischen kleinen Knoten zusammengebunden hatte und trotz ihres wie immer schlichten, wenngleich meisterhaft geschneiderten Kleides. Ihre Anwesenheit schien selbst dem schmuddeligen Besucherzimmer einen unaufdringlichen, weichen Glanz zu verleihen.

Kein Mann, der bei ihrem Anblick nicht hingerissen wäre. Wieso sollte Avery hier eine Ausnahme machen?

Zunehmend aufgebracht begann Jack eine Zigarre aus seiner Tasche zu fingern, hielt aber aus Rücksicht auf Samantha, die Zigarrenrauch zu verabscheuen schien, inne und wandte seine Aufmerksamkeit stattdessen wieder seinem Rechtsvertreter zu. Auch wenn er Avery Foxworth schon seit Jahren seine Rechtsgeschäfte überließ, wusste er an sich recht wenig über den Mann. Wie er selbst hielt Avery mit persönlichen Dingen hinter dem Berg und sprach selten über sich. In all den Jahren war ihre Beziehung streng geschäftlicher Natur gewesen, und das beruhte auf beiderseitigem Einvernehmen.

Der Mann war ein Muster an Gegensätzen und vollkommen anders als sein Kanzleipartner, Charlie McCann. Charlie war ein bunter Vogel, lustig und von einer vulgären Unverfrorenheit, Avery dagegen eine durch und durch grüblerische Brüternatur.

Avery war Brite, und mochte er auch sein Heimatland vor über zwanzig Jahren verlassen haben, so hatte er sich doch einen leichten Akzent bewahrt, von dem Jack zu glauben neigte, dass er einer willentlichen Geziertheit entsprang. War Charlie hochgewachsen und von ausladender Statur, so zierte Avery eine schlanke, feinknochige Gestalt. Niemals hatte Jack den Mann anders gesehen als makellos barbiert und ausstaffiert, Charlie McCann dagegen war der Alptraum jedes Schneiders.

Was die beiden Partner nach Jacks Überzeugung gemeinsam hatten, war ihre totale Korruptheit, eine Tatsache, aus der Charlie freilich nicht den geringsten Hehl machte, während Avery sorgfältig darauf achtete, die Maske des Gentleman zu wahren und den Anschein der Integrität nicht zu verlieren.

Beinah musste Jack grinsen: Avery Foxworth war wohl einer der gewieftesten und findigsten Männer, mit denen Jack in seiner Karriere zu tun gehabt hatte, und womöglich einer der ruchlosesten. Integrität? Jeder läufige Kater auf der Straße war integrer als er.

Doch im Augenblick interessierte es ihn mehr, was für einen Eindruck Avery wohl auf eine Frau machte.

Eine Frau wie Samantha, genauer gesagt.

Avery war nicht groß – Jack übertraf ihn um einige Zentimeter –, schaffte es aber irgendwie, groß zu wirken und jedenfalls eine Aura von Wichtigkeit und Macht um sich zu verbreiten, die nicht im mindesten einstudiert wirkte, wiewohl Jack argwöhnte, dass sie genau das war. Man mochte ihn auf Ende vierzig schätzen, also bloß ein paar Jährchen älter als Jack selbst. Falls seine Haare grau wurden – und das sollten sie ja wohl allmählich, dachte Jack griesgrämig –, fiel das dank seiner natürlichen Blondheit nicht auf. Sein Gesicht war länglich und schmal, die Augen von einer undefinierbaren, schieferartigen Grauschattierung und sein Blick so durchdringend, dass er einen damit schier aus der Ruhe bringen konnte.

Es ließ sich nicht leugnen, dass er „'nen stattlichen Kerl abgab“, wie man es in Irland ausdrücken würde. Auch wenn er nicht unbedingt ein Adonis war, musste Jack grummelnd eingestehen, dass er ohne Zweifel eine gewisse Wirkung auf Frauen ausübte.

Und überdies schien er auch noch frei zu sein. Irgendwo hatte er eine Tochter, aber soweit Jack sich erinnerte, hatte er nie etwas von Averys Frau gehört.

Er sah Samantha an, und der Gedanke durchzuckte ihn, dass sowohl sie als auch Avery Foxworth jenen feinen Touch auserlesener Herkunft und Erziehung an sich trugen, den jemand wie er sich niemals würde aneignen können, vermutlich weil man ihn in die Wiege gelegt bekommen musste. In der Tat schlug die beneidenswerte Eleganz seines Anwalts nur dazu aus, dass Jack sich seiner eigenen irgendwie unvorteilhaften Körpergröße sowie der Schwielen – und der Spuren von Druckerschwärze – an seinen Händen schmerzlich bewusst wurde. Er hatte die langen Arme eines Bauernjungen hinterm Pflug und die lederartige Haut eines Galwayer Seefahrers, und mochte sein Schneider auch der feinste von ganz Manhattan sein, so hatte Jack doch nie die fadenscheinigen Beinkleider und die abgetretenen Schuhe vergessen, die er einst getragen.

In der Tat: und wenn er hundertmal geradezu unanständig reich war, so kam er sich zuweilen immer noch erbärmlich arm vor.

Und wo er ging und stand, fühlte er sich durch und durch unerhört *irisch*.

Reizbarer denn je, erinnerte Jack sich, dass er heute hierhergekommen war, um Samantha einen Gefallen zu tun, ihr ein bisschen moralische Unterstützung zu gewähren, nicht um sich in seinem eigenen Zukurzgekommensein zu suhlen. Samantha schien der Meinung zu sein, seine Anwesenheit möchte Avery dazu bewegen, sich eifriger in die Verteidigung der Shanahan zu stürzen, und allein der Gedanke, dass Samantha Hilfe, welcher Art auch immer, von ihm erhoffte, genügte, um einen guten Teil seiner Selbstzweifel zu zerstreuen – jedenfalls für den Augenblick.

Natürlich kannte er Avery Foxworth viel zu gut, um sich der Illusion hinzugeben, er könne ihn in irgendeiner Weise beeinflussen, aber wenn Samantha seine Anwesenheit wünschte, erfüllte er ihr diesen Wunsch nur zu gerne.

So wie das Gespräch verlief, ging er davon aus, dass Samantha sich weiter keine Sorgen über Maura Shanahan machen musste. Es lag auf der Hand, dass Avery bereits einen Schlachtplan entworfen hatte.

„Ich habe Ihnen einigermaßen detailliert dargelegt, was geschehen könnte, Mrs Shanahan“, sagte Avery gerade, „wobei ich allerdings ganz und gar nicht der Auffassung bin, dass es so geschehen *wird*.“

Seine wohlmodulierte Stimme hatte einen ungewöhnlich warmen Beiklang, wie Jack vermerkte – Samanthas wegen?

„So wie ich es sehe“, sprach der Anwalt weiter, seine Worte an Maura Shanahan richtend, den Blick aber nicht von Samantha wendend, „wird es möglich sein, diese unerquickliche Angelegenheit rasch beizulegen. Wenn Sie mir nur diesen Schriftsatz hier unterzeichnen wollen, Mrs Shanahan, werde ich alles weitere in die Hand nehmen. Ich hab' mir schon einen Termin mit dem Ankläger geben lassen, ganz vertraulich natürlich, und ich bin weitgehend sicher, dass er den Prozess gar nicht erst anstrengen wird, sobald er Ihre Einlassung gelesen und meine Stellungnahme gehört hat.“

Ohne die Augen auch nur für eine Sekunde von Samantha zu wenden, schob er das Schriftstück Maura Shanahan zu.

Plötzlich verspürte Jack den dringenden Wunsch, ihm einen Kinnhaken zu verpassen.

Wieder einmal sagte er sich, dass Avery ganz bestimmt nicht der erste Mann war, den Samanthas Schönheit betörte.

O nein, ganz bestimmt nicht!

Fürs erste riss er seine Gedanken von Samantha los und wandte sich Maura Shanahan zu, die mit trostloser Miene dasaß und auf das Schriftstück in ihrer Hand starrte. Schließlich sah sie auf und stammelte: „Entschuldigung, Sir, aber … äh, ich bin … ich kann nicht –"

Offenkundig konnte sie nicht lesen. Samantha ergriff die Initiative, um der Frau weitere Peinlichkeiten zu ersparen, indem sie ihr freundlich das Stück Papier aus der Hand nahm und sagte: „Das Licht hier drin ist aber auch wirklich schlecht, Maura. Vielleicht würde es Mr Foxworth nichts ausmachen, uns vorzutragen, was hier drin steht."

Womit sie Avery ansah, dessen Lippen ein feines, wissendes Lächeln umspielte, während er eilfertig nickte. „Aber natürlich. Kurz gesagt, Mrs Shanahan, handelt es sich hier um einen Abriss der Umstände, die zu jener Schießerei geführt haben, wie auch der Ereignisse des Tattages selbst. Hier steht also drin, wie lange Sie unter den Misshandlungen Ihres Mannes zu leiden hatten, sowohl in physischer als auch in emotionaler Hinsicht. Detailliert werden seine Drohungen und Handlungen in den Stunden aufgeführt, bevor Sie ihn … nun ja, erschossen."

Er lehnte sich zurück, faltete die wohlmanikürten Hände über seiner edlen Weste und fuhr fort: „Fraglos wähnten Sie sich selbst und Ihre Kinder in der großen Gefahr physischer Schädigung. Er bedrohte Sie. Sie waren außer sich vor Furcht, und so sind Sie zur Tat geschritten. Es war Notwehr, schlicht und einfach Notwehr. Ich glaube fest, dass Sie null Komma nichts wieder nach Hause gehen können, ohne dass Sie erst die Verzögerung und die Beschwernisse, die ein Prozess mit sich bringt, auf sich nehmen müssen. Aber fürs Erste brauche ich jetzt mal Ihre Unterschrift."

Ohne ihn anzusehen, murmelte Maura Shanahan: „Ich kann nicht schreiben, Sir."

Jack sah das Mitleid in Samanthas Augen, als sie die Hand der anderen Frau nahm. „Das macht gar nichts, Maura. Alles, was Sie tun müssen, ist, ein Zeichen hinzusetzen. Warten Sie, ich helfe Ihnen."

Mit fragender Miene sah sie Avery an. „Selbstverständlich will ich Ihr Urteil nicht in Zweifel ziehen, Mr Foxworth, aber sind Sie wirklich sicher, dass es nicht zum Prozess kommen wird? Das kommt mir beinahe zu einfach vor."

Avery Foxworth beugte sich vor, faltete die Hände auf der Tischplatte und musterte Samantha mit unbewegtem, professionellem Ernst. „Glauben Sie mir, Mrs Harte, ich würde Ihnen doch niemals etwas sagen, wofür ich nicht gerade stehen kann. Ich bin mir so gut wie sicher, dass wir um einen Prozess herumkommen. Es besteht doch gar kein Zweifel daran, dass der Gatte von Mrs Shanahan rundherum ein mieses Subjekt war."

Bei diesen Worten schien Maura Shanahan zusammenzuzucken, aber Avery nahm keine Notiz von ihr.

„Wenn die Schießerei so ablief, wie sie es angibt", fuhr er fort, „bin ich zuversichtlich, dass der Staatsanwalt zu dem Schluss gelangen wird, dass der Mann nicht mehr bekommen hat, als er verdiente, und den Fall mit einem Federstrich zu den Akten legt."

Die Heftigkeit der Reaktion von Shanahan überraschte Jack. Das Gesicht rotfleckig vor Erregung, beugte sie sich vor und schrie Avery an: „Was fällt Ihnen ein, natürlich ist es so gewesen, wie ich gesagt hab'! Glauben Sie mir etwa nicht?"

Avery Foxworth hob kaum merklich die Augenbrauen. „Aber es kommt doch nicht im mindesten darauf an, ob ich Ihnen glaube oder nicht, Mrs Shanahan. Mein Job besteht darin, den Ankläger dazu zu bringen, dass *er* Ihnen glaubt! Und ich versichere Ihnen, das wird er."

„Aber wird er es auch ernst nehmen?"

Samanthas Stimme klang leise und ein wenig unsicher. Jack sah sie an. Ihre Lippen waren schmal, ihre Züge starr.

„Ich bin nicht sicher, ob ich Ihnen folgen kann, Mrs Harte." Avery Foxworths Stimme klang merklich wärmer, sobald er zu Samantha sprach.

„Sind Sie sicher, dass der Staatsanwalt anerkennen wird, dass Maura gar nichts anderes übrigblieb, als sich und ihre Kinder mit Gewalt zu verteidigen?"

Der Anwalt zeigte die Andeutung eines Lächelns. „Ich fürchte, für das humanitäre Mitempfinden des Herrn Staatsanwalts kann ich nicht garantieren, Mrs Harte, aber ich kann zusichern, dass Sie sich um den Ausgang dieser Geschichte keine Sorgen machen müssen. Das Ganze ist ein *Fait accompli*."

Jack beobachtete, wie Samantha Avery Foxworth abschätzend musterte. Er hätte nicht darauf wetten mögen, dass ihr gefiel, was sie sah.

„Maura *sagt* die Wahrheit, Mr Foxworth", sagte sie mit fester Stimme. „Ihr Mann hat sie jahrelang verprügelt. Und zwar mit roher Gewalt. An dem Tag, an dem sie ihn erschoss, hatte er damit gedroht, nicht bloß sie, sondern auch die Kinder zu töten."

„Aber ich stelle doch Mrs Shanahans Geschichte gar nicht in Frage." Avery schenkte ihr ein verstehendes Lächeln. „Es tut mir leid, sollte ich diesen Eindruck erweckt haben. Ich versuche Ihnen doch nur zu erklären, dass es auf lange Sicht nicht so sehr darauf ankommt, ob die Strafverfolgungsbehörde ihr glaubt oder der Staatsanwalt ihr gewogen ist, sondern darauf, dass denen klar ist, was für ein Gauner ihr Mann war. Offenkundig war der Kerl ein brutaler Schläger, wir reden hier also nicht von einem gar so furchtbaren Verlust. Und wenn der Ankläger das begriffen hat, wird er es kaum noch sinnvoll finden, den Aufwand auf sich zu nehmen, den ein Strafverfahren fordert, von den Kosten ganz zu schweigen."

Jack sah, wie sich das Gesicht der Shanahan aufs neue verdüsterte. Es schien ihr nicht zu passen, wie hier über ihren toten Gatten gesprochen wurde. Was ihn aber verblüffte, war Samanthas Antwort auf Averys Abtun der ganzen Angelegenheit.

Einen Augenblick lang dachte er, sie wolle sich von ihrem Stuhl erheben. Statt dessen verschränkte sie ihre Hände auf der Tischplatte so fest ineinander, dass die Fingerknöchel weiß hervortraten, während sie den Blick auf Avery Foxworth heftete. Ihr Gesicht war bleich, die Stimme merklich genervt. „Es hängt also vom Naturell ihres Mannes ab, ob man einer Frau glaubt oder sie rehabilitiert? Ist er ein trunksüchtiger Grobian, so stehen ihre Chancen vor Gericht besser; handelt es sich hingegen um einen Herrn von untadeligem Ruf, so muss sie damit rechnen, dass die Obrigkeit ihrer Anklage nicht ganz so viel Sympathie entgegenbringt, richtig? Selbst wenn er sich ebenso grauenvoll an ihr vergangen hat?"

Avery Foxworth konnte, als er antwortete, seine Neugier nicht verhehlen. „Vielleicht ist das etwas zu pauschal gesagt, aber ich stimme Ihnen zu, Sie haben da schon einigermaßen den Nagel auf den Kopf getroffen."

Jack sah, wie Samantha ein wenig mühsam Luft holte. Das leichte Zittern ihres Kinns und das plötzliche

Erröten ihres Gesichts entgingen ihm nicht und zeigten ihm, dass ihr wohl bewusst war, dass sie Gefahr lief, überzureagieren, und der Gefühlsausbruch ihr bereits leid tat.

Es drängte ihn, zu ihr zu gehen, aber das konnte er natürlich nicht. Ihm blieb nichts anderes übrig, als dazusitzen und still mit ihr zu leiden, den Schmerz der alten, nicht verheilten Wunde mitzuempfinden, die Avery Foxworths ziemlich kaltschnäuziges Plädoyer in ihr wieder aufgerissen hatte.

* * *

Samantha spürte, wie die Hitze der Verlegenheit ihr den Rücken hochstieg, und senkte rasch den Blick auf ihre Hände, die ineinander verknotet auf der Tischplatte ruhten.

Es dauerte nur ein, zwei Sekunden, bis Jack ihr beisprang. „Ich glaube, ich teile Mrs Hartes Bedenken in der Angelegenheit, Avery. Sind Sie wirklich sicher, dass es nicht zum Prozess kommen wird?"

Samantha hätte ihm die Hand dafür küssen können, wie behutsam er es fertigbrachte, Avery Foxworths Aufmerksamkeit von ihr wegzulenken.

Der Rechtsbeistand nickte, und Jack wandte sich mit einem schwachen Lächeln auf den Lippen an Samantha. „Ich glaube, Sie dürfen beruhigt sein, Mrs Harte", sagte er im Tonfall formeller Höflichkeit. „Wie ich Ihnen wohl schon sagte, hat Avery – Mr Foxworth – mich und den *Vanguard* bereits seit einigen Jahren vertreten, so dass ich Ihnen versichern kann, dass seine Rechnungen, wenn es um juristische Angelegenheiten geht, auf Heller und Pfennig aufzugehen pflegen. Nachdem ich gehört habe, was er heute Nachmittag zu sagen hatte, würde ich zuversichtlich davon ausgehen, dass es nicht zum Prozess kommen wird. Wenn also Sie, Mrs Shanahan, so freundlich sein möchten, Ihr Zeichen unter dieses Schriftstück zu setzen …"

Mit einem fast unmerklichen Kopfnicken bedeutete er Samantha, Maura zu helfen, und wandte sich dann weiter Avery Foxworth zu. „Mrs Harte und ich haben heute noch einen anderen Termin, deshalb müssen wir weiter. Sobald Sie definitiv klar sehen, hören wir von Ihnen?"

Samantha sah ihn überrascht an. Sie wusste nichts von irgendeinem weiteren Termin.

Während sie Maura zeigte, wo diese ihr Zeichen hinsetzen sollte, schüttelten sich die beiden Männer die Hände. Jack gab sich den Anschein, Avery Foxworths unverhohlenen Blicken in Samanthas Richtung gegenüber gleichgültig zu sein, aber sie war überzeugt, dass er sie sehr wohl registrierte. Sie für ihren Teil war sich zu ihrem Unbehagen während der gesamten Unterredung der musternden, wohlgefälligen Blicke des Anwalts bewusst gewesen, und ihr war auch nicht entgangen, dass sich dessen Ausdruck sofort wandelte, wenn er gelegentlich Jack ansah, wovon Jack seinerseits aber keinerlei Notiz zu nehmen schien. Sie war sich nicht ganz sicher, was in diesen Blicken des Anwalts zu lesen stand, neigte aber dazu, es für Abneigung zu halten. Einmal meinte sie sogar ein Aufglimmen offener Ablehnung wahrgenommen zu haben.

Doch der Fairness halber musste sie sich eingestehen, dass der Eindruck, den sie von Foxworth gewonnen hatte, wohl nicht zuletzt mit einigen seiner groben Bemerkungen zusammenhängen dürfte.

Wie auch immer, plötzlich fürchtete sie sich bei dem Gedanken, sich allein auf den Heimweg zu machen, und war um so dankbarer für den „anderen Termin", von dem Jack gesprochen hatte, was auch immer sich dahinter verbergen mochte.

19. Ein unverhoffter Vorschlag

Mir kam ein Gedanke für deine Ohren allein.
W. B. Yeats

Im Freien senkte sich die frühe Abenddämmerung über die Straßen. Bald würde es düster sein, und der eisige Wind samt dem Regen ließen eine bitterkalte Nacht erwarten. Wie eine feuchte Glocke hing der Salzgeruch der See, vermischt mit dem allgegenwärtigen Müllgestank, in den Straßenschluchten.

Jack hatte den Droschkenkutscher angewiesen, sie zwischen sechs und halb sieben wieder aufzupicken, doch der Wagen war noch nicht zu sehen. Selbst um diese Tageszeit wimmelte es auf dem Broadway noch von Menschen und Fahrzeugen. Vom nassen Pflaster erscholl Hufgetrappel, während man die Kutscher ungeduldig ihre Pferde anbrüllen und über den Verkehr schimpfen hörte. Zügel knallten, während sie an langsamen Fuhrwerken vorbeizuziehen oder Fußgängern auszuweichen suchten, die auf dem Fahrdamm besser voranzukommen meinten als auf den überfüllten Gehwegen.

Nachdem Avery Foxworth seine Kutsche bestiegen und verschwunden war, wandte Samantha sich an Jack. „Danke, dass du mir da drin aus der Verlegenheit geholfen hast. Ich weiß gar nicht, was da über mich gekommen ist."

Seine Sanftheit, das tiefe Verstehen in seinen Augen, als er zu ihr herabsah, versetzte Samantha einen Stich ins Herz. „Mach dir deshalb keine Vorwürfe", sagte er in gütigem Ton. „Ich glaub', außer mir hat das gar keiner gemerkt."

Da war sich Samantha nicht so sicher, aber ihr war der Zwischenfall immer noch peinlich, und sie hatte nicht vor, darauf lange herumzureiten. Also wechselte sie lieber das Thema. „Was sollte das mit dem anderen Termin?"

In diesem Moment fuhr die Droschke vor, und Jack nahm sie beim Arm, während sie auf das Fahrzeug zugingen. „Das war ein Trick, damit wir da rauskamen", sagte er und bedeutete dem Kutscher mit einer Handbewegung, dass er Samantha selbst beim Einsteigen helfen wollte. „Im übrigen hoffte ich, wir könnten noch was zusammen vorhaben. Nämlich zu Abend essen."

Samantha fing an, Ausflüchte zu machen – in letzter Zeit waren sie viel zuviel zusammen gewesen –, aber Jack tat so, als hörte er sie gar nicht. In der Kutsche überrumpelte er sie dadurch, dass er sich neben ihr auf die Sitzbank sinken ließ, statt wie üblich gegenüber Platz zu nehmen. Ihr Stirnrunzeln ignorierend, schlug er die Kutschdecke um sie, bevor er dem Fahrer ein Klopfzeichen gab und sich ihr wieder zuwandte.

Von seiner Nähe irritiert, rutschte Samantha so weit wie möglich Richtung Wagenschlag. Seinem Blick ausweichend, faltete sie die Hände im Schoß und starrte geradeaus. „Glaubst du wirklich, Mr Foxworth kann den Ankläger dazu bewegen, kein Verfahren einzuleiten?"

„Avery kann sehr überzeugend wirken", sagte Jack. „Ich glaube, man kann mit Sicherheit davon ausgehen, dass es nicht zum Prozess kommen wird."

„Hoffentlich hast du recht."

Aus dem Augenwinkel sah Samantha, dass er sie immer noch beobachtete. Sie musste etwas sagen, das

Gespräch im Fluss halten, um sich diesem durchdringenden dunklen Blick nicht allzu sehr ausgesetzt zu fühlen. „Hast du schon mit der Polizei über diesen anonymen Brief gesprochen?“

Seitdem Jack ihr von dem kürzlichen Drohbrief berichtet hatte, kam Samantha nicht umhin zu spekulieren, ob der Verfasser derselbe Irre war, der vor ein paar Monaten Cavan Sheridan niedergeschossen hatte, aber Jack treffen wollte. Immer noch ließ der Gedanke daran, wie knapp Cavan und Jack an jenem Abend einem Desaster entgangen waren, ihr das Blut in den Adern gefrieren. Alle beide hätten sie tot sein können. So wie die Ereignisse abgelaufen waren, hatte Cavan an Jacks Stelle die Kugel abbekommen, doch jetzt schien Jack schon wieder in Gefahr zu sein.

„Dafür war noch keine Zeit“, antwortete Jack auf ihre Frage nach der Polizei. „Außerdem“, fügte er schulterzuckend hinzu, „können die ja sowieso nichts machen.“

Samantha starrte ihn an. „Jack, du kannst es dir nicht leisten, das auf die leichte Schulter zu nehmen! Irgendwer trachtet dir nach dem Leben! Einmal hat er's schon versucht, und jetzt das. Du hast die Sache für wichtig genug gehalten, um Cavan und mich zu warnen. Also versprich mir bitte, dass auch du vorsichtig sein wirst.“

Er ließ die Schultern ein wenig sinken und strich sich mit der Hand über den Nacken. „Ich gebe ja schon acht, Samantha. Aber ich muss zugeben, dass ich nicht recht weiß, was ich machen soll. Abgesehen davon“, er wandte sich ihr erneut zu, „dass mir der Gedanke gekommen ist, ich sollte vielleicht eine Zeitlang Abstand von dir halten, um dich da nicht mit reinzuziehen.“

Samantha versuchte die Woge von Traurigkeit niederzukämpfen, die seine Worte in ihr auslösten. Es beunruhigte sie, wie sehr sie zu vermeiden wünschte, dass er Abstand von ihr hielt.

„Anscheinend gelingt mir das nicht so besonders", sagte er zerquält. „Du hast ja gemerkt, dass ich es nicht fertig bringe, dir aus dem Weg zu gehen."

Samantha schaffte es nicht, ihn anzusehen, sondern tat so, als striche sie ihren rechten Handschuh glatt. Er hatte ihre ganze Gefühlswelt hoffnungslos durcheinandergewirbelt. Sie kam mit seinem Verhalten nicht klar, noch weniger aber mit ihrer eigenen Reaktion darauf. Ihr war so, als hätte sie an diesem Abend einen Hauch von Veränderung an ihm bemerkt, jedenfalls im Hinblick darauf, wie er mit ihr umging. An diese plötzlichen Wandlungen seines Charakters war sie durchaus gewöhnt. Immer wieder geschah es, dass die Kavaliershaltung, die ihr gegenüber einzunehmen Jack sich gewöhnlich alle Mühe gab, einem heiteren, um nicht zu sagen jungenhaft beschwingten – und unverhohlenermaßen mit ihr flirtenden – Auftreten wich.

Auch wenn sie ihn dazu nach wie vor in keinster Weise ermutigte, war Samantha inzwischen an einen Punkt gelangt, wo es sie nicht mehr, wie anfangs, aufregte – respektive in Verlegenheit brachte. Das war einfach Jack ... wenn er er selbst war. Sie hatte den Verdacht geschöpft, dass die Rolle des Grobians, den er manchmal herauskehrte, nichts weiter war als eine Art Schutzmaske, dass er sich, während er den starken Mann markierte, tatsächlich innerlich einigelte, instinktiv sich gegen echte menschliche Nähe oder die Gefahr einer ernsthaften Beziehung wappnete.

Sie seufzte unhörbar. Jack hatte so viele widersprüchliche Seiten, dass sie nie so recht wusste, woran sie gerade mit ihm war. Er konnte spaßig und trübselig, achtlos oder teilnahmsvoll sein. Wie man hörte, konnte er ein ungeduldiger Zuchtmeister sein, herb und fordernd.

Wenn es hingegen nach Rufus und Amelia ging, war er der liebenswürdigste Freund, den man sich vorstellen konnte, ein Philanthrop reinsten Wassers. Er hatte einen echten, tiefen Sinn für Humor und schien doch häufig in den Fesseln düsterer Melancholie zu liegen. Er liebte Blumen und die Oper, und niemals hatte sie ihn anders als in einem tadellos geschnittenen Anzug gesehen. Und doch schien er gelegentlich überhaupt nicht zu merken, dass er nach Zigarrenqualm stank und seine Hemdbrust mit Druckerschwärze besudelt war.

Jacks Innerstes, das wusste sie, war eine eiserne Festung, undurchdringlich und abweisend wohl für jeden, der es wagte, ihm zu nahe zu kommen. Er war misstrauisch, arrogant gelegentlich – mindestens nach außen hin –, und machte keinen Hehl aus seiner Abscheu für die bessere Gesellschaft, insonderheit die oberen Zehntausend New Yorks.

Fast immer hatte er das letzte Wort, und allzu häufig war es ein schneidendes. Samantha argwöhnte, dass er allem und jedem eine Abwehr entgegenzusetzen hatte, und selbst nachdem sie monatelang für ihn gearbeitet und viel mehr Zeit mit ihm zugebracht hatte, als es den Geboten der Klugheit entsprach, war sie sich nie so richtig sicher, ob sie gerade den echten Jack vor sich hatte oder nicht.

Doch am meisten verwirrte er sie bei den seltenen Gelegenheiten, zu denen er, so wie jetzt, anscheinend alle Maskierungen fallen ließ. Dann kam er ihr beinah verletzlich vor, und diese Verletzlichkeit war es, die ihre Gefühlswelt nachhaltiger bedrohte als alles andere.

Wie auch immer, heute Abend war irgend etwas an ihm entschieden anders als sonst. Und was es auch sein mochte, es löste Warnsignale aus, die ihr regelrecht in den Ohren gellten.

„Samantha?" Er sprach leise, und als sie ihn ansah,

war da dieselbe weiche Zärtlichkeit, die sie schon früher in seinem Blick bemerkt hatte.

Es schnürte ihr die Kehle zu, aber sie schaffte es nicht, die Augen von ihm abzuwenden.

„Hast du's eilig mit dem Abendessen?"

„Jack, ich glaube wirklich nicht –"

„Ich dachte, wir fahren einfach 'n bisschen spazieren, bevor wir essen", unterbrach er.

Sie wusste, sie sollte nach Hause gehen. Es wartete Arbeit auf sie: Prüfungen, die sie bis zur nächsten Unterrichtsstunde zu korrigieren hatte, ein Artikel für die morgige Ausgabe, der noch Korrektur gelesen werden musste, und eine Reihe von anderen Dingen, die sie in letzter Zeit ein wenig schleifen ließ.

„Oh, das wäre nett, aber –"

„Gut", sagte er mit zufriedener Miene, die keinen Zweifel daran ließ, dass die Sache mithin beschlossen war.

Samantha wusste nicht, ob sie sich über ihn oder über sich selbst ärgern sollte.

Ein, zwei Sekunden später nahm er ihre Hand, die auf der Kutschdecke gelegen hatte. Verblüfft hätte sie sie ihm beinah entzogen, tat es aber nicht. Eine Weile fuhren sie schweigend. Samantha wunderte sich, dass sie sich nicht mehr bedroht fühlte, wie es einst gewesen war, wann immer Jack sie berührt hatte. Im Gegenteil, sie empfand seine Berührung als sonderbar wohltuend, tröstend. Der kräftige Griff seiner Hand schenkte ihr ein Stück Geborgenheit. Dabei hätte sie erwartet, dass ihr ein solch intimes Zusammensein mit ihm im Lichte seines jüngsten Antrages und ihrer Zurückweisung schlechthin unerträglich war.

Um sie herum wurde es jetzt vollends dunkel, und Samantha fühlte, wie in dem schattigen Inneren der Droschkenkutsche all die Anspannungen und Befürchtungen der vergangenen Stunden von ihr abzufallen begannen. Als Jack sie erneut ansah, diesmal mit fragender Miene, brachte sie es fertig, seinen Blick zu erwidern, ja ihn anzulächeln. „Was gibt's?"

„Ich hab' mich immer gewundert, wie gut du anscheinend mit Stille umgehen kannst", sagte er nachdenklich. „Weißt du, das ist etwas Ungewöhnliches. Die meisten Leute meinen, sie müssten unablässig vor sich hin plappern, so als müssten sie einem ständig amüsante Unterhaltung bieten."

„Ach, und ich amüsiere dich wohl nicht?", entgegnete Samantha verhalten lächelnd.

In seinen Augen funkelte etwas, aber nur, um gleich wieder zu verlöschen. „Ich würde das, was du mit mir machst, kaum amüsant nennen, Samantha."

Samantha wusste immer noch nichts Rechtes mit seinem seltsamen Betragen anzufangen. Sie runzelte die Stirn und betrachtete ihn ein wenig eingehender. „Was ist, Jack? Stimmt was nicht?"

Er ließ sich mit seiner Antwort einen Augenblick Zeit. Doch als er sprach, war Samantha vollkommen überrumpelt. „Samantha, was genau bedeute ich dir?"

Sie starrte ihn an. Plötzlich war ihr Mund trocken. „Ich – wie bitte?"

„Ich glaube, du weißt ganz gut, was ich meine." Sein Ausdruck verriet nichts. „Samantha, täusche ich mich, wenn ich sage, du empfindest was für mich? Dass ich dir wichtig bin?"

Samantha sah, dass es ihm todernst war. Das Herz pochte ihr gegen die Rippen, und sie hatte das Gefühl, ihr bliebe die Luft weg. „Ich … ich kann nicht –"

Sie brach ab und rückte instinktiv ein wenig weiter von ihm fort.

„Sag mir die Wahrheit, Samantha. Bedeute ich dir irgendwas?"

Samanthas Blick wanderte zu seiner Hand, die ihre umschloss. Selbst durch ihre Handschuhe hindurch spürte sie die Wärme seiner Berührung. „Natürlich tust du das. Du bist mir – ein wunderbarer Freund."

Sein Griff wurde fester, sein Tonfall unerwartet hart. „Bitte tu das nicht, Samantha. Mach mir nichts vor. Ich rede nicht von Freundschaft, und das wissen wir alle beide. Ich werd' nichts von dir verlangen oder erwarten, da gebe ich dir mein Wort drauf. Ich glaube jedoch, du empfindest mehr für mich als nur Freundschaft, und das möchte ich von dir hören."

Irgendwie hatte er jetzt sogar ihre beiden Hände in seinem Griff. Er saß da und sah sie an, seine dunkle, kräftige Gestalt ließ sie sich winzig vorkommen, und Samantha hatte das Gefühl, als pellten seine Blicke Schicht um Schicht von ihrer Seele ab.

Tief holte sie Luft. „Ich weiß selbst nicht genau … was ich fühle. Nicht wirklich."

„Darf ich dir dann sagen, was ich sagen muss", fragte er leise, „bevor es mir ein Loch ins Herz brennt?"

In Samanthas Kopf ertönte ein gellendes Nein, aber etwas in seinen Augen sagte ihr, dass er sowieso sprechen würde, ob sie nun zustimmte oder nicht.

Sie sah die Spannung aus seinen Schultern weichen, während sein Griff um ihre Hände nicht lockerer wurde. „Lass mich – lass mich einfach sagen, was in meinem Herzen ist, bevor du mir antwortest, ja?"

Seine Kiefermuskulatur straffte sich, und obwohl Samantha erneut den panikartigen Drang spürte, ihm Einhalt zu gebieten, zögerte sie einen Augenblick zu lange.

„Dass ich dich liebe, weißt du ja schon", begann er, ihrem Blick standhaltend. „Ich nehme an, dass du dich, falls du mich so siehst wie die Allgemeinheit, vielleicht fragst, ob ich überhaupt weiß, was Liebe ist. Ich weiß es, Samantha, sei gewiss."

Als er weitersprach, begann Samanthas Puls zu rasen.

„Ich würde sagen, ich hab' jedes mir bekannte Mittel angewandt, dich *nicht* zu lieben", sagte er mit selbstironischem Lächeln. „Es ist aber so, dass mein Zustand hoffnungslos ist."

„Jack, bitte –"

Kopfschüttelnd erstickte er ihren Einwand im Keim. „Bitte lass mich ausreden. Ich weiß, dass ich dir den letzten Nerv raube. Falls ich dich verletze, Samantha, tut's mir ehrlich leid. Aber jetzt kann ich nicht mehr aufhören. Es muss heraus. Samantha, ich hab' dich mal gebeten, meine Frau zu werden. Ich gebe zu, ich hatte mir Hoffnungen gemacht – unbegründeterweise, wie sich zeigte –, dass du ja sagst."

Er sprach jetzt schneller, so als fühlte er sich gedrängt, alles auf einmal zu sagen, ohne ihr Gelegenheit zu geben, ihn zu unterbrechen. „Nun ja, und jetzt frage ich dich noch mal, Samantha. Und diesmal sag' ich auch gleich noch das andere dazu, nämlich dass wir alle beide wissen, dass ich … nun ja, dass ich zugegebenermaßen kein Traummann bin. Im Gegenteil, du hättest Gründe genug, mir ins Gesicht zu lachen – oder mir eine reinzuhauen – allein dafür, dass ich es überhaupt wage zu denken, du könntest mich heiraten."

An dieser Stelle versuchte Samantha in der Tat, ihn zum Schweigen zu bringen, aber er schnitt ihr erneut das Wort ab. Seine Worte sprudelten jetzt hervor wie ein Wasserfall. In der dunklen Kutsche schwirrte Samantha der Kopf, in ihren Ohren rauschte es, und für eine Sekunde verspürte sie den unklugen Drang, den Schlag aufzureißen und auf die Straße zu springen. Das hier hatte sie nicht erwartet, jedenfalls nicht so bald. Vielmehr hatte sie geglaubt – so stolz, wie Jack nun einmal war –, dass er das Thema Heirat vielleicht nie wieder anschneiden würde.

Samantha fürchtete, ihr bliebe die Luft weg. Aufgewühlt bis ins Innerste, musste sie ihm Einhalt gebieten, bevor er noch weiter ging, aber sie hatte einen dicken Kloß im Hals, an dem sie kein Wort vorbeibekam. Ja, sie schien nichts anderes fertigzubringen, als dazusitzen und ihn anzustarren, als wäre sie mit einem Mal stumm wie ein Fisch.

* * *

Ein Schwall von Furcht überrollte Jack, als er erkannte, dass die Sache ganz und gar nicht so lief, wie er es sich gedacht hatte. Samantha starrte ihn auf eine Art und Weise an, die man entweder als schiere Fassungslosigkeit deuten konnte – oder als abgrundtiefen Schmerz.

Er hatte sich bewusst vorgenommen, sich verletzlich zu machen, weniger selbstbewusst und kontrolliert zu erscheinen. Er hatte sich schon entschlossen, sich, falls nötig, aufs Betteln zu verlegen, auch wenn er bei diesem Gedanken mit den Zähnen knirschen musste. Aber es sollte ihm recht sein, wenn es denn half, ihr Vertrauen zu gewinnen und ihr den Gedanken an eine Heirat schmackhafter zu machen – oder zumindest ein bisschen weniger abstoßend.

Offenbar hatte er sich getäuscht. Das einzige, was er fertiggebracht zu haben schien, war, sich als pathetische Figur aufzuplustern und eine ihr bereits unerträgliche Situation noch heikler zu machen.

Er schluckte seinen Missmut gegen sich selbst hinunter. Er musste nachdenken. Seine beiden Versuche, sie zu einer Heirat mit ihm zu bewegen, waren gedankenlos gewesen, das sah er jetzt ein. Kurz gesagt, hatte er zu viel vorausgesetzt. Wieso war er töricht genug gewesen zu glauben, dass eine Frau wie Samantha – wahrlich ein Inbegriff von Tugendhaftigkeit und Anstand – sich willig herbeilassen würde, einen Iren mittleren Alters mit mehr als fragwürdiger Vergangenheit zu heiraten?

Kein Wunder, dass sie aussah, als würde sie jeden Moment laut schreiend aus der Kutsche springen.

Er wusste, er hatte sich zum Narren gemacht, indem er seine Gefühle herausposaunte wie ein pubertierender Jüngling und sich verhielt wie ein aufdringlicher Stümper. Er starrte auf ihre ineinanderliegenden Hände und musste mit zunehmendem Ekel vor sich selbst zusehen, wie sie ihm die ihren langsam entzog. Alles in ihm schrie danach, was sich in den letzten paar Minuten zugetragen hatte, irgendwie wieder auslöschen zu können, doch was geschehen war, war geschehen.

So würde er wohl den Kurs schon wieder neu abzustecken haben. Und zwar flott.

Ohne sie anzusehen, lachte er trocken auf. „Na ja, vielleicht bewahrheitet sich ja das Sprichwort: Aller guten Dinge sind drei."

Überrascht spürte er eine sachte Berührung an seinem Ärmel. Blitzartig hob er den Kopf und sah, wie sie ihn mit diesen wunderbaren, leuchtend blauen Augen ansah, bei denen er jedes Mal unweigerlich schwach wurde.

„Jack, es tut mir leid."

Er hörte die Anstrengung in ihrer Stimme und hätte sich ohrfeigen können dafür, dass er sie in eine so unhaltbare Lage gebracht hatte. Doch zugleich keimte neue Hoffnung in ihm auf, als er sah, wie sie ihn anschaute.

„Ich muss mich entschuldigen, Samantha. Das letzte, was ich wollte, war, dich zu verletzen –"

„Verletzen?" Sie schien ehrlich verwirrt. „Aber nein, nein – du hast mich doch nicht verletzt, Jack!" Bebend lächelte sie ihn an, und er konnte fast körperlich spüren, wie schwer ihr schon das fiel. „Verblüfft vielleicht, aber doch nicht verletzt."

Jack musterte sie. „An meinen Gefühlen für dich kann ich nichts ändern, Samantha. Glaub mir, ich hab' niemals erwartet, dass es so kommt. Ich wollte nichts anderes sein als dein Freund."

Sie wandte den Blick ab und schüttelte den Kopf. „Auch ich hab' mir so was nicht vorstellen können. Vielleicht ... wenn ich es eher erkannt hätte –"

Sie ließ ihre Worte unvollendet verhallen.

Jack zog an seinen Fingern, dass die Knöchel knackten. Mit einem Mal kam er sich grob und gemein vor – ein Gefühl, von dem er geglaubt hatte, dass es weit hinter ihm liege, und das ihn doch von Zeit zu Zeit ausgerechnet dann befiel, wenn er am wenigsten damit rechnete, und jedes Mal eine Woge von Selbstverachtung mit sich brachte, unweigerlich.

„Also schön", brachte er mit dem kläglichen Versuch eines Lächelns heraus, „da können wir wohl jetzt nichts machen. Mir kommt's vor, als müsste die ganze Stadt mir ansehen, was ich fühle. Ich kann dich nicht ansehen, ohne zu glotzen wie ein Schulbengel mit Liebeskummer."

Sie drehte sich wieder zu ihm um, Bestürzung im Gesicht. „O Jack! Es tut mir ja so leid – aber ich dachte, du hättest verstanden."

Jack rang darum, seine Selbstbeherrschung zurückzugewinnen, die ihm rapide abhanden zu kommen schien. „Samantha, ich will rückhaltlos ehrlich mit dir sein. Ich mach' mir keine Illusionen über mich selbst. Ich hab' nie einen Hehl draus gemacht, wer ich bin, und ich hab' dich nie anlügen wollen. Mir ist nur zu bewusst, dass du dir unter allen respektablen Kerlen der Stadt einen aussuchen könntest – der *crème de la crème*, kein Zweifel –Leuten, die viel, viel besser zu deiner Herkunft und deinem Stand passen würden."

Er holte Luft und sprach schnell weiter. „Aber soviel mir auch in diesem Belang mangelt, so meine ich doch, das mehr als ausgleichen zu können – um es ganz offen zu sagen, Samantha: von mir kannst du alles haben, was du dir jemals wünschen magst! Und es wäre mir das größte Vergnügen, dir genau das zu geben. Bedeutet dir das denn überhaupt nichts?" Er unterbrach sich. „Lässt dich das völlig kalt?"

Zu seiner Bestürzung sah Jack sie zittern. „O Jack! Bitte versuch doch, mich zu verstehen! Es geht doch gar nicht um dich oder darum, was für ein Mann du bist – und ganz bestimmt nicht darum, was du mir bieten kannst oder nicht! Es geht allein um *mich!*"

Fassungslos starrte Jack sie an. Sie sah aus wie ein einziges Häuflein Elend, und zum erstenmal, seit er die Lawine des heutigen Abends losgetreten hatte, dämmerte ihm, dass er wohl etwas Furchtbares verbrochen hatte, sie in eine vollkommen haltlose Lage gebracht. Sie sah aus, als würden ihr gleich die Tränen kommen.

„Es war ein Fehler von mir, dir das anzutun", sagte er, ohne auf die Beklemmung zu achten, die ihm die Brust einschnürte. „Bloß dachte ich irgendwie –"

„Es ist mir unmöglich, dich zu heiraten, Jack", unterbrach sie, als hätte sie ihn gar nicht gehört. „Versteh das doch: Ich kann *niemanden* heiraten!" Sie hielt inne, und der Ausdruck schierer Verzweiflung, der sich in ihren Zügen breit machte, traf Jack wie ein Hammerschlag. „Das heißt nicht, dass ich dich nicht liebe."

Sie hielt inne, schlug sich die Hand vor den Mund und riss die Augen auf, als könnte sie ihre eigenen Worte nicht fassen.

Einen Augenblick lang fühlte Jack neue Hoffnung

in sich aufkeimen und streckte erneut die Hand nach ihr aus.

Aber sie entzog sich ihm und schüttelte den Kopf. „Ich darf mich nicht hinreißen lassen, dich zu ... lieben. Es geht nicht! Nicht nach – Bronson."

Endlich dämmerte Jack die Wahrheit, als er in ihren Augen sah, welcher Kampf sich in ihr abspielte. „Aber Samantha, nie, niemals würde ich dir weh tun! Was auch immer zwischen dir und Harte geschehen ist, du kannst doch nicht glauben, dass es mit mir genauso wäre! So gut musst du mich doch wohl inzwischen kennen!"

Die Bitterkeit ihrer Antwort traf Jack wie ein eiskalter Guss aus heiterem Himmel. „Auch Bronson Harte dachte ich zu kennen! Aber ich habe mich sehr schlimm geirrt."

Sie schleuderte ihm die Worte förmlich ins Gesicht. „Du hast ja keine Ahnung, was ich durchgemacht habe! Das kannst du dir nicht im entferntesten ausmalen! In der Tat, ich kann mir nicht vorstellen, dass du mir jemals weh tun würdest. Aber damals hätte ich mir auch nicht träumen lassen, dass Bronson es tun könnte!"

Sie machte eine Pause, und als sie weitersprach, brach ihre Stimme. „Doch wie sich herausstellte, hätte er mich beinah umgebracht – wenn er nicht zuerst sich selbst getötet hätte."

20. Samanthas Geheimnis

Ein zu langer Opfergang
macht ein Herz zu Stein.
W. B. Yeats

Das Erstaunen war auf beiden Seiten. Jack sah, dass ihr die ungewöhnliche Enthüllung ohne Absicht entschlüpft war, so dass sie nicht weniger verdattert war als er, der sie gehört hatte.

„Harte hat Selbstmord begangen?“, fragte er leise.

Samantha nickte. Er sah, wie sie sich, offenbar vor Anstrengung die Fassung zu bewahren, auf die Lippe biss.

„Das tut mir leid, Samantha. Ich wusste es nicht.“

Mit einem Mal stand ihr der Schmerz so scharfgezeichnet ins Gesicht geschrieben, dass sie um etliches älter wirkte. „Das wusste keiner“, sagte sie mit einer Stimme, die kaum mehr war als ein Flüstern, und wandte das Gesicht ab.

Sie hatte die Hände zu Fäusten geballt. Jack verlangte es danach, sie mit seinen eigenen zu bedecken, doch zögerte er, unsicher, ob ihr irgendein Versuch, sie zu trösten, recht wäre.

„Wie hat er's gemacht?“, fragte er schließlich.

„Bronson hatte seit Jahren mit dem Herzen zu tun.“ Ihre Stimme klang jetzt wie erstickt, und sie schlug beim Sprechen in sonderbarer Manier die Hände gegeneinander. „Er musste eine Menge Medizin nehmen. Auf dem Zettel, den er mir hinterließ, stand geschrieben, dass er mit Absicht eine kräftige Überdosis genommen habe, um seinem Leben ein Ende zu setzen.“

Sie sah ihn an. Ihre gequälte Miene zerriss Jack schier das Herz. Wie gerne hätte er sie in die Arme genommen und festgehalten! Wenn er doch nur ihren Schmerz heilen könnte!

Doch er saß nur reglos da und fühlte sich absolut elend und hilflos. „Du sagst, keiner hat davon gewusst. Was ist mit seinem Arzt?“

Sie schüttelte den Kopf. „Sein Arzt, Ethan Carter, war zugleich ein enger Freund. Falls er irgendeinen Verdacht hatte, hat er ihn für sich behalten. Er hat fortwährend versucht, Bronson zu einem ruhigeren, bodenständigeren Leben zu überreden, aber Bronson hat nicht auf ihn gehört.“ Sie sah auf ihren Schoß und hörte für einen Moment auf, die Hände zu ringen. „Im Gegenteil, während der letzten paar Monate seines Lebens kam es mir vor, als treibe er sich rastloser an denn je. Als er starb, wurde sein Tod damit erklärt, dass das Herz am Ende nicht mehr mitgemacht habe, wie es wahrscheinlich auch geschehen wäre, wenn er so weitergerackert hätte. Aber in Wirklichkeit ist er nicht an Überanstrengung gestorben.“

Sie holte tief und scharf Luft, so als hätte ihre Offenbarung ihr sämtliche Kraft geraubt.

Jack betrachtete sie und konnte spüren, wie sehr sie sich anstrengen musste, um nicht zusammenzubrechen. „Warum hast du's keinem erzählt, Samantha?“

Sie sah ihm in die Augen.

„Wieso soviel Diskretion?“, fragte er behutsam.

Ihr Blick flackerte, vielleicht weil die Erinnerungen einfach zu sehr weh taten. „Na ja, anfangs, glaube ich, ging es mir darum, seinen Ruf zu schützen, seinen … Namen. Sehr viele Leute hielten große Stücke auf Bronson. Und dann waren da seine Eltern, auf die es Rücksicht zu nehmen galt. Sie waren gute Menschen, nicht mehr die Jüngsten – inzwischen sind sie beide verstorben –, und Bronson war ihr einziger Sohn. Die Wahrheit hätte sie vernichtet. Ihn zu verlieren war schon ein fürchterlicher Schlag für sie, aber wenigstens konnten sie sich damit trösten, dass er … nun ja, mit seinem Leben, damit, dass er Gutes getan hatte."

In Jack begann es mächtig zu brodeln: Es machte ihn unwirsch, dass sie so viele Worte machte, um das Gedenken eines Mannes in Schutz zu nehmen, der ihr solche Pein zugefügt hatte. Scheinbar spürte sie seinen Unwillen, denn sie schüttelte leicht den Kopf, als wollte sie jeden Einwand seinerseits im Keim ersticken.

„Es stimmt, Jack: Bronson hat wirklich viel Gutes getan. Es gibt unzählige Menschen, die ohne seine Predigten und Schriften – und seine Aufmerksamkeit für ihre Nöte und Bedürfnisse – niemals zum Glauben gefunden hätten." Als sie weitersprach, bebte ihre Stimme. „Ich hab' nie verstehen können, wie er für viele solch ein Heiliger sein konnte und doch auf der anderen Seite so … wie er mit mir umging."

Sie wischte sich mit der Hand über die Augen und ließ sich in die Polster zurücksinken. Ihr gemarterter Blick erschütterte Jack, und er fragte sich, wie sie es bloß geschafft hatte, über etwas, das sie in dermaßen tiefe Verzweiflung gestürzt haben musste, so lange Stillschweigen zu bewahren.

„Nicht dass ich beschönigen oder rechtfertigen will, was er mir angetan hat", sagte sie, den Blick abwendend. „Es war ein Alptraum. Aber ich hab' schließlich einsehen müssen, dass Bronson in den letzten paar Jahren seines Lebens so gut wie sicher … verrückt war. Und ich wurde schlicht und einfach deshalb zum Opfer seines Irrsinns, nehme ich an, weil ich die Person war, die ihm am nächsten stand."

Sie sah jetzt totenbleich aus, und Jack lief es kalt über den Rücken, als er sich vorstellte, was sie von Hartes

Händen erduldet haben musste. Wieder war da das Verlangen, sie an sich zu ziehen, den Schmerz und die quälenden Erinnerungen zu zerstreuen. Sie jedoch schlang jetzt ihre Arme um sich, ihr Blick war wie benommen, und ihr ganzes Verhalten drückte eiserne Selbstkontrolle aus. Er fühlte, es wäre ein Riesenfehler, wenn er versuchte, ihr jetzt auf den Pelz zu rücken, und so zwang er sich dazu, nichts zu tun, außer zu warten und zuzuhören.

„Als ich ihn heiratete", fuhr sie schließlich mit matter Stimme fort, „war ich sehr jung. Zu jung zweifellos, und zu naiv, um die Warnsignale wahrzunehmen. Ich war so … überwältigt von Bronson, verehrte ihn dermaßen, dass ich für die düstere Seite seines Wesens vollkommen blind war. Lange schaffte er es, mich davon zu überzeugen, dass … der Fehler auf meiner Seite lag, dass ich es war, die ihn irgendwie dazu trieb, dass er –"

Sie konnte nicht mehr und brach ab.

Jack hielt es nun nicht mehr aus, sie nicht zu berühren. Seine Wut auf Bronson Harte mischte sich mit überbordender Sorge um Samantha. Zart legte er seine Hand auf die ihre und registrierte erleichtert, dass sie es geschehen ließ. Es dauerte ein paar Sekunden, bis sie sich aufrichtete und wenigstens ein Mindestmaß ihrer Selbstbeherrschung wiederzugewinnen schien.

Ihm kam der Gedanke, dass Samantha der wohl tapferste und jedenfalls der selbstloseste Mensch war, der ihm je begegnet war. Doch im Augenblick bedeutete ihm das nicht viel; die Qualen in ihrem Blick überlagerten alles andere.

„Deine Eltern – denen hast du's doch sicher erzählt?", fragte er. Seine Stimme war heiser vor Schmerz. „Deiner Mutter?"

Die Erwähnung ihrer eigenen Familie ließ sie sichtlich erzittern. Er fasste ihre Hand ein wenig fester.

„Niemals hätte ich meiner Mutter meine Heirat verständlich machen können! Glaub mir, das hätte alles nur noch schlimmer gemacht. Im übrigen ist mir heute klar, dass ich nicht bloß Bronsons guten Namen oder seine Familie in Schutz genommen habe. In Wahrheit habe ich auch mich selber geschützt."

Jack starrte sie ungläubig an.

„So ist es", beharrte sie. „Nachdem er gestorben war, war ich monatelang überzeugt, dass ich ihm irgendwie unrecht getan hatte. Ich wurde den Gedanken nicht los, dass es irgend etwas gegeben haben musste, was ich hätte tun können, irgendeinen Weg, auf dem ich die Selbstzerstörung meines eigenen Mannes hätte verhindern können. Ich gab mir selbst die Schuld und dachte, alle anderen würden das auch tun, falls sie hörten, dass Bronson Selbstmord begangen hatte."

Zweifelnd hob Jack eine Augenbraue, was sie eilig weitersprechen ließ, offenbar darauf bedacht, sich zu erklären. „Versteh bitte: Jeder, der Bronson kannte, hegte tiefe Bewunderung, um nicht zu sagen Ehrerbietung für ihn. Allein durch die Kraft seiner Persönlichkeit zog er Menschen an sich, gewann ihre Zuneigung und behielt sie auch. Ich kann auch nicht richtig erklären, was da in ihm war, aber er verfügte über einen Einfluss auf Menschen, der beinah ... erschreckend war. Ich schaffte es einfach nicht, mich der Enttäuschung oder Zurückweisung seiner Freunde und Anhänger auszusetzen. Und als ich schließlich einsah, dass ich in Wirklichkeit nichts hätte tun können und dass es vielleicht verkehrt gewesen war, seinen Selbstmord geheimzuhalten – tja, da war es schon zu spät. Ich hatte zu lange geschwiegen."

Sie unterbrach sich, und Jack sah, wie ihre Schultern leicht nach unten sackten, eine Geste, die mehr Niedergeschlagenheit als Erschöpfung ausdrückte. „Und außerdem“, fügte sie, jetzt wirklich flüsternd, hinzu, „bin ich mir ganz und gar nicht sicher, ob irgend jemand mir geglaubt hätte.“

Beim Gedanken daran, was es sie gekostet haben mochte, mit einem solch scheußlichen Geheimnis zu leben, wurde Jack ganz schlecht.

Leise sagte er: „Was für eine bemerkenswerte Frau du doch bist, Samantha.“

Sein Lob schien ihre Verlegenheit noch zu steigern. Kopfschüttelnd wandte sie sich ab. „Da war nichts Lobenswertes an dem, was ich tat, Jack. Ich hab' genauso mich selbst geschützt wie das Gedenken an Bronson.“

Jack erkannte, dass ihr der Mut und ihre angeborene Vornehmheit tatsächlich nicht bewusst waren. Und nicht nur das, er war sich nicht einmal sicher, ob sie sich nicht auch jetzt noch zumindest ein bisschen für das Vorwürfe machte, was doch allein Harte ihr angetan hatte. Womöglich gab sie sich auch an seinem Selbstmord immer noch die Schuld.

Noch unglaublicher war, was er mit Gewissheit wahrgenommen hatte: Der Verlust des Mannes, der sie doch aller Wahrscheinlichkeit nach während der ganzen Zeit ihrer Ehe brutal misshandelt hatte, bedrückte sie, und das immer noch! Er tat ihr leid, zumindest um der Tragödie willen, die er aus seinem Leben gemacht hatte!

Erschüttert fragte Jack sich, wie er je die Hoffnung haben konnte, eine solche Frau für sich zu gewinnen.

Als sie von der „düsteren Seite“ Bronson Hartes gesprochen hatte, hatte das – unangenehmerweise und nicht zum erstenmal – Erinnerungen in ihm wachgerüttelt, die ihn an seine eigene dunkle Seite gemahnten. In der Tat, niemals war er sich dieser dunklen Seite schärfer bewusst, als wenn er mit Samantha zusammen war. Eine kurze Stunde mit ihr genügte, um irgendwie die Achse seines Lebens zu verrücken, so dass er nicht umhin konnte, nach seiner Seele zu fragen, wenn auch unwillig.

Das sanfte, unbeschreibbare Licht, das er in ihrem Wesen zu sehen glaubte, ließ die Schatten seines eigenen Charakters um so unerträglicher wirken – eine Erfahrung, die so unangenehm und verwirrend war wie keine andere, ähnlich wie bei einem Nachttier, das aus den Tiefen einer dunklen Höhle hervorkriecht, um die Sonne zu sehen, nur um dann die Erfahrung einer so schmerzhaften Helligkeit zu machen, dass es vor dem Licht, das es doch suchte, die Augen zukneifen muss.

Und dennoch brauchte er sie, brauchte das in ihr, was ihm von etwas Besserem, etwas Feinerem kündete als alles, wozu er sich jemals aufzuschwingen hoffen mochte. Er brauchte ihre Güte, ihre Liebenswürdigkeit und Ehrlichkeit.

Womöglich brauchte er sie, dachte er, zum reinen Überleben.

Plötzlich bemerkte Jack, dass sie ihn beobachtete. Selbst im schwachen Licht der Laternen, die in der Droschke brannten, sah ihr Gesicht angespannt und müde aus. Er sah auf die ranke Hand, die in der seinen ruhte, und erwiderte dann ihren Blick. „Ich frag' mich, hm… Samantha, glaubst du, dass du mir jemals vertrauen könntest?"

Die Frage schien sie zu verwirren. Stirnrunzelnd zog sie die Brauen zusammen. „Was für eine Frage ist das denn?"

„Eine Frage, die zu einem weiteren Vorschlag führt", antwortete Jack.

„Jack, *bitte* –"

Er hob die Hand, um ihren Protest im Keim zu ersticken. „Warte. Lass mich ausreden. Ich glaube, dass du mich liebst, Samantha. Und wenn das stimmt, dann hab' ich vielleicht eine Chance, irgendwann dein Vertrauen zu gewinnen. Und wenn du mir erst mal vertrauen kannst – ja, dann ziehst du es vielleicht doch einmal in Betracht, mich zu heiraten."

„Hast du denn nichts von dem gehört, was ich sagte?", erwiderte sie. Ihre Stimme war ein paar Tonlagen höher als zuvor. „Ich sagte, das alles hat nichts mit dir –"

„Und ob es mit mir zu tun hat, Samantha", fiel Jack ihr ins Wort, ihre Hand fester umklammernd, da sie sie schon wieder wegziehen wollte. „Sicher habe ich gehört, was du sagtest. Jedes einzelne Wort war wie ein Messer, das in mein Herz stach. Ich wage mir kaum auszumalen, was es für dich bedeutet hat, durch solche Qualen zu gehen. Samantha – alles, was ich besitze, würde ich dafür geben, wenn ich bloß diese Tränen ganz aus deinem Gedächtnis wischen könnte, so als wäre all das nie geschehen."

Sie sah ihn mit einem Blick an, aus dem immer noch Verwirrung sprach, aber er spürte, dass ihre Hand in der seinen sich etwas entspannt hatte.

„Das ist natürlich ein schöner Traum, ich weiß. Nur ein Dummkopf würde denken, man könne die Vergangenheit einfach vergessen und weiterleben, als habe sie sich nie zugetragen. Die Dinge sind nun mal geschehen, und ich fürchte, du wirst die Narben noch sehr, sehr lange an dir tragen. Aber genau das ist der Punkt, Samantha, und lass mich dir das bitte so sagen: Wir haben alle beide eine Vergangenheit, die wir am liebsten vergessen würden. Du hast keine Schuld an dem, was in deinem Leben geschehen ist; ich hingegen habe mir das meiste, wie ich zu meiner Schande gestehen muss, selbst zuzuschreiben."

Während Jack weitersprach, wich ihr Blick nicht von seinem Gesicht. Er wählte seine Worte so bedacht, als sagte er in einem Prozess aus, in dem es für ihn um

Leben und Tod ging – was auf gewisse Weise vielleicht ja auch der Fall war. Fest stand, dass er noch nie zuvor so verzweifelt darum gerungen hatte, jemanden zu bekommen, wie in diesem Augenblick.

„Was ich zu sagen versuche, auch wenn ich's nicht so richtig auf die Reihe kriege, ist, dass wir uns vielleicht gegenseitig helfen könnten, Samantha, ja sogar einer den anderen heilen – mit der Zeit."

Er hatte das Gefühl, ihr Blick brenne ihm Löcher in die Haut. Einmal setzte sie zum Sprechen an, hielt aber ein, als hätte sie sich eines Besseren besonnen.

Jetzt ergriff Jack ihre beiden Hände, ebenso sehr, um selbst Halt zu finden, wie um zu verhindern, dass sie sich ihm wieder entzog.

„Samantha, ich will dir gestehen, dass es Zeiten in meiner Vergangenheit gab, in denen ich vielleicht alle jene Schandtaten begangen habe, von denen du im Zusammenhang mit mir gehört haben wirst. Eines jedoch kann ich dir fest versprechen: Ich werde dir nie, niemals weh tun. Niemals werde ich im Zorn Hand an dich legen. Ich werde dich niemals berühren, außer es geschieht in Liebe. Darauf hast du mein Wort, Samantha."

Er sah sie an, hoffte irgendein Anzeichen dafür zu entdecken, dass das Bollwerk ihres Widerstands zu bröckeln begann, und war dabei unsicher. „Lass mich versuchen, dir etwas zu erklären, *Macushla*", sagte er sanft.

Verblüfft registrierte sie das Kosewort, das ihm so leicht, offenbar ohne dass er sich etwas dabei dachte, über die Lippen kam. Doch sie machte keinen Versuch, sich von ihm loszumachen, und Jack sprach weiter. „Samantha, so schwer es dir auch fallen mag, meinem Wort zu vertrauen, eines schwöre ich dir: Wenn du mir die Chance dazu gibst, werde ich den Rest meines Lebens alles daransetzen, ein Mann zu sein, wie du ihn respektieren kannst. Dem du Vertrauen entgegenbringen kannst. Trotz all meiner Fehler, ich verspreche dir, dass ich dir ein guter Ehemann sein kann, nein, sein werde."

Jack sah, wie sich ihre Züge verspannten und sie den Kopf zu schütteln begann. Gleichzeitig aber spürte er, dass ihr Widerstand nicht mehr so unerbittlich war wie zuvor. Sie war weicher geworden, wenn auch vielleicht nur ein wenig. Jedenfalls ließ er in seinem Druck auf ihre Hände nicht nach. Er musste einfach zu ihr durchdringen. Er hatte jetzt alles versucht, dessen er mächtig war: hatte seinen Charme spielen lassen in der Hoffnung, dann würde sie ihn wollen, hatte sich in ihren Augen so verletzlich gemacht, dass ihr klar sein musste, dass von ihm keine Bedrohung für sie ausging, hatte sogar seinen Reichtum als Argument eingesetzt, sie zu gewinnen. Aber nichts und wieder nichts hatte zum Erfolg geführt.

Also versuchte er sie jetzt dazu zu bringen, dass sie ihm glaubte. Irgendwie musste er sie davon überzeugen, dass er vertrauenswürdig war.

„Samantha?", begann er leise von vorn.

Ihre Blicke durchdrangen jeden Verteidigungsriegel, den er je um sich gelegt hatte. Aufs neue begann Hoffnung in ihm aufzukeimen. Ohne sein Drängen, das innere Verlangen hinter seiner Bitte zu verhehlen, sagte er: „Samantha, heirate mich." Stolz spielte jetzt keine Rolle mehr für ihn, er erlegte sich keinerlei Zurückhaltung mehr auf. „Mir macht's auch nichts aus, wenn du mich nicht so liebst, wie ich dich liebe. Ich werd's lange aushalten mit der Hoffnung, dass deine Liebe zu mir wachsen wird. Wir können zusammen ein gutes Leben haben, Samantha. Ich werde dir das Haus bauen, von dem du träumst, du brauchst nicht in meinem schrecklichen alten Kasten zu wohnen. Wir schaffen uns ein Heim, gründen eine Familie –“

An dieser Stelle kam von ihr ein kehliges Geräusch, wie ein Aufstöhnen. Er brach mitten im Satz ab. Der schmerzverzerrte Blick, mit dem sie ihn ansah, traf Jack wie ein Stoß in die Magengrube.

„Ich kann keine Kinder bekommen“, sagte sie mit brechender Stimme.

Aus dem Konzept gebracht, starrte Jack sie an. Augenblicklich merkte er, wie sie sich ihm entzog, hörte förmlich, wie die Tür zu ihrem Herzen mit lautem Krachen zufiel.

Jack rang darum, seinen Schrecken, die Woge der Enttäuschung, die ihre bittere Feststellung in ihm ausgelöst hatte, zu verbergen. Er wusste, dass die Antwort, die er jetzt geben würde, ihn ohne weiteres jegliche weitere Hoffnung kosten konnte, sie jemals für sich zu gewinnen.

„Schon gut“, sagte er, wobei er es schaffte, seine Stimme stabil klingen zu lassen, während er ihr direkt in die Augen sah, „du kannst also keine Kinder bekommen. Das hab’ ich nicht gewusst, Samantha, aber es macht nicht unbedingt einen Unterschied. Nein, es macht keinen Unterschied. Nicht für mich.“

Es war, als hörte sie ihn nicht. „Zuletzt war ich von ihm schwanger“, sagte sie. Ihre Worte waren kaum mehr als ein gehauchtes Flüstern. „Nicht lange bevor er … sich umbrachte, hat er mich so übel zugerichtet, dass das Baby starb.“ Sie holte Luft, es war mehr ein Schluchzen. „Danach gab es … Ich kann keine Kinder mehr bekommen. Niemals.“

Jack wurde von einer Welle brodelnden, wüsten Hasses überschwemmt und musste mit allen Kräften an sich halten, um nicht aus Wut über das, was ihr angetan worden war, aus der Haut zu fahren. Es war eine unerträgliche Laune des Schicksals, dass ihm keine Möglichkeit blieb, Bronson Harte irgendwie für das Böse, mit dem er Samanthas Leben zerstört hatte, zur Kasse zu bitten.

Matt sagte er: „O Samantha, es tut mir ja so leid, so unendlich leid."

Sie sah ihn an. „Du siehst also, ich habe nichts, was ich dir geben könnte. Du sagst, es macht keinen Unterschied, aber irgendwann würde es das doch. Ein Mann wie du sollte Kinder haben. Du brauchst eine Frau, die dir mehr zu geben hat als ich. Du solltest einen Sohn haben, der deinen Namen weiterträgt und die Zeitung –"

Sie brach ab, das Gesicht in auswegloser Resignation erstarrt.

Seit Marthas Tod hatte Jack nicht mehr geweint, und selbst damals waren seine Tränen nur spärlich geflossen, so als müsse er sie sich abringen. Doch in diesem Augenblick musste er mit allen Mitteln an sich halten, um keinen Weinkrampf zu bekommen.

Doch er bezwang sich, ergriff sie an den Schultern und drehte sie zu sich, so dass sie seinem Blick standhalten musste. „Samantha, mehr könntest du gar nicht danebenliegen! Schön, es hätte mir gefallen, Kinder zu haben. Und zugegeben, Martha und ich waren enttäuscht, als wir keine bekamen. Aber dies ist die Wahrheit, Samantha, und du musst es mir glauben: Ich kann auch ohne Kinder leben. Bloß ohne dich leben, das kann ich von jetzt an keinesfalls mehr!"

Er zog sie näher an sich, und sie ließ es geschehen, aber er achtete darauf, nicht zu leidenschaftlich zu sein. „Nachdem ich dich getroffen habe, kann ich nicht mehr so weitermachen wie vorher. Dieses Leben gibt es für mich nicht mehr, Samantha. Bitte zwing mich nicht dahin zurück!"

Mit einem Mal weinte sie. Die Tränen rannen ihr langsam die Wangen herab. Diesen Anblick hielt Jack nicht aus, er musste sie einfach in die Arme nehmen. „Verzeih mir!“, sagte er und meinte, an seinen eigenen Worten ersticken zu müssen. Er presste seine Lippen auf ihre nasse Wange und schmeckte das Salz ihrer Tränen. „Es tut mir so furchtbar, furchtbar leid, was er dir angetan hat. Bitte, Samantha … *bitte* … gib mir eine Chance, dir durch meine Liebe zu helfen.“

Jack drückte sie an sich, während die Weinkrämpfe ihren schlanken Körper durchschüttelten. Er dachte, ihr Schmerz müsse ihn zerreißen. Es dauerte lange, bis sie ein letztes Mal erschauerte und dann in seinen Armen ruhig wurde.

„Du hast mir noch nicht geantwortet, Samantha“, flüsterte er.

Sie blickte auf. Ihre Augen waren immer noch tränenverhangen.

„Heiratest du mich?“

Mit geschlossenen Augen presste sie hervor: „Du verstehst mich nicht. Ich … ich habe Angst. Ich weiß nicht – ich glaub’ nicht … dass ich jemals wieder mit einem Mann zusammensein kann. Aber es ist nicht bloß das –“

„Was denn dann?“

„Jack, du sagst, wir können einander heilen. Aber das stimmt nicht. Nicht wirklich. Wie sehr wir es auch wollen, wir können’s nicht. Solche Heilung kann nur Gott allein bringen.“

Er musterte sie und fragte dann geradeheraus: „Und hat er sie dir denn gebracht?“

Sie schien sorgsam nach Worten zu suchen. „Nicht gänzlich. Aber zum Teil hat er es, ja. Er hat etwas für mich getan, das ich niemals selbst hätte tun können und das ich auch niemals für dich tun könnte.“ Sie hielt inne und fügte dann leise hinzu: „Aber er könnte es tun."

Jack war sich nicht sicher, welche Art Antwort sie jetzt von ihm erwartete. Das war ja immer ein Punkt gewesen, der zwischen ihnen stand, diese Sache mit ihrem Glauben und seinem Unvermögen, ihn zu teilen. Aber er würde sie nicht täuschen, ihr nichts vorflunkern. Er konnte nicht mehr tun, als zu versuchen, sie zu verstehen.

Also fragte er: „Was meinst du damit, Samantha? Was genau hat Gott für dich getan?"

Schließlich hatte er doch ihren Schmerz mit eigenen Augen gesehen, war Zeuge all der quälenden Erinnerungen geworden, die ihr immer noch zusetzten. Was sollte das wohl für eine Heilung sein?

Ruhig sagte sie: „Er hat mir Frieden gegeben."

Jack musterte sie von oben bis unten. „Ich seh' aber nicht immer Frieden, wenn ich dir in die Augen schaue, Samantha, ich seh' dich leiden."

Sie zuckte sichtlich zusammen. „Die Heilung von Gott kommt nicht immer augenblicklich, es geschieht nicht alles auf einmal. Aber sie kommt, Jack. Sobald du dein Herz für sie öffnest – für ihn –, kommt sie. Ich glaube, was du siehst, sind die Narben. Nicht die Wunden selbst, sondern die Narben, die sie in meiner Seele hinterlassen haben. Irgendwann –"

Sie schaute beiseite, und er sah, wie es in ihrer Kehle arbeitete. Sie schluckte hart und fuhr dann fort. „Irgendwann, das hoffe ich, werden auch die Narben verschwunden sein."

Aufs neue grübelte Jack darüber nach, wie er diese Schranke zwischen ihnen beiden überwinden könnte. Doch in diesem Bereich hatte er ihr überhaupt nichts zu geben. Wo er jemals auf göttliche Heilung oder wahren Frieden gehofft hatte, war diese Hoffnung vor langer Zeit zu Asche verbrannt – falls er denn überhaupt solche Hoffnung gekannt hatte. Andererseits ließ sich nicht leugnen, dass Samantha etwas an sich hatte – etwas, das sich nicht beschreiben ließ und doch das Zentrum von allem zu bilden schien, was sie ausmachte –, das in ihm eine Sehnsucht erweckte: die Sehnsucht nach *mehr*, irgend etwas mehr, von dem er instinktiv wusste, dass er es sich niemals mit eigenen Mitteln erkaufen oder verschaffen könnte.

„Ich gestehe, dass ich nicht weiß, wovon du sprichst", sagte er. „Ich glaube aber, ein Leben zusammen mit jemandem, den du liebst, ist unermesslich viel besser als ein Leben für dich allein. Ich liebe dich und möchte mit dir zusammensein." Er lockerte seine Umarmung, freilich nur ein bisschen. „Und ich will lernen, will versuchen zu lernen … der Mann zu sein, den du brauchst, damit das Wirklichkeit werden kann. Du sollst wissen, Samantha: ich werd' nicht aufgeben. Ich werd' dich immer wieder zu überzeugen versuchen, dass du mich heiraten solltest. Koste es, was es wolle, und wie lange es auch dauern mag."

Sie wollte Protest erheben, aber er ließ es nicht zu, indem er ihr seinen Finger auf die Lippen legte und den Kopf schüttelte. „Ich bitte dich um nicht mehr, als dass du über das nachdenkst, was ich heute Abend gesagt habe. Lass dir Zeit mit deiner Antwort – dieses eine Mal."

Sie sah ihn besorgt an, sagte aber nichts weiter. Jack beugte sich zu ihr, um ihren Blick zu suchen, und was er sah, gab ihm den Mut, ihr Gesicht in seine beiden Hände zu nehmen und sie zärtlich auf die Stirn zu küssen, hernach, zärtlicher noch, auf die Lippen. Ihre Augen waren geschlossen, ihr Mund so weich, dass sich sein Herz zusammenzog. Sacht berührte er ihre Wange. Da öffnete sie die Augen.

„Samantha“, sagte er, „wir kriegen das hin. Irgendwie. Wir schaffen das, ich versprech’ es dir.“

Den Rest des Weges fuhren sie schweigend; es war nichts weiter zu hören als das Trappeln der Pferdehufe auf dem nassen Pflaster und das stetige Trommeln des Regens auf dem Dach der Droschke. Jack gab sich damit zufrieden, einfach ihre Hand zu halten und den Duft ihrer Nähe zu genießen.

* * *

Es war Stunden nachdem Jack sich vor ihrer Wohnungstür von ihr verabschiedet hatte. Samantha saß auf ihrer Bettkante, starrte auf den Fußboden und rang die Hände in ihrem Schoß. Sie fühlte sich nicht wie eine Frau, die soeben von dem Mann, den sie liebte, einen Heiratsantrag bekommen hatte.

Dass sie Jack liebte, stellte sie nicht länger in Frage. Sie hatte es schon lange gewusst, wie sehr sie sich auch bemüht hatte, es vor sich selbst zu verleugnen.

Ebenso wenig konnte sie sich der Erkenntnis entziehen, dass auch Jack etwas für sie empfand, und zwar zutiefst. Bislang hatte sie das nur geahnt. Er hatte gesagt, dass er sie liebte, und nach diesem Abend wäre es ihr schwergefallen, seine Aufrichtigkeit zu bezweifeln. Jedes Mal, wenn er sie anschaute, war sie in seinen Augen zu lesen gewesen, obwohl ihm bewusst gewesen war, dass er mit ihr eine zerstörte, verletzte Frau bekommen würde. Und eine unfruchtbare obendrein.

Sollte sie da nicht in Hochstimmung sein, statt diese quälende Verzweiflung in der Seele zu hegen?

Sie hatte geweint, bis sie nicht mehr weinen konnte. Die Szene in der Droschke hatte wohl einen alten, aber nach wie vor existierenden Rückhalt von Schmerz freigelegt. Ein Damm war gebrochen, und das alte

Leid brandete mit voller Kraft gegen die so mühselig aufgerichteten Bollwerke ihres Selbstschutzes an. Zum erstenmal hatte sie heute Abend erkannt, wie hoffnungslos sie darauf angewiesen gewesen war, sich die Wahrheit über ihre Ehe und Bronsons Selbstmord von der Seele zu reden. Doch jetzt, nachdem sie das getan hatte, nagten Reue und Schuldgefühle an ihr wie gnadenlose Aasfresser.

Etwas Großes war heute Abend geschehen, so groß, dass sie immer noch bis auf den Grund ihres Wesens erschüttert war. Ein Liebeseingeständnis, ein Heiratsantrag und der Zusammenbruch jener Festung, in der sie ihre düstersten Geheimnisse verrammelt hatte – all das hatte ihre Gefühle in Aufruhr versetzt. Ihr dröhnte der Kopf, ebenso sehr vom Chaos ihrer Gefühle wie vor Erschöpfung. Sie wusste, dass sie nichts so sehr brauchte wie eine ausgedehnte Nachtruhe, und machte sich doch keine Illusionen darüber, dass sie in dieser Nacht den dazu nötigen Frieden nicht finden würde.

Irgendwie brachte sie die Willenskraft auf, vor ihrem Bett auf die Knie zu gehen und ein Gebet zu versuchen. Lange Zeit kamen ihr keine Worte, und sie brachte nichts anderes zuwege, als sich in der Gegenwart Gottes zu bergen, sich von seinem Frieden erfüllen und von seinem Trost beruhigen zu lassen.

Doch langsam, während sie den ersten Hauch von Erfrischung in ihrem Geist verspürte, schaffte sie es, zumindest einen tastenden Anfang zu finden, indem sie Gott um seine Führung bat. Als sie indes auf ihr Bitten nichts als Schweigen empfing, langte sie nach der Bibel auf ihrem Nachttischchen und fing an, einige der ihr kostbaren, vertrauten Verse zu beten, die sie während jener Jahre gestärkt und durchgetragen hatten, in denen ihre ganze Welt zusammenzustürzen schien.

Eines war Samantha klar: Selbst wenn sie irgendwann doch noch ihren Widerstand gegen eine neue Heirat – nein, ihre Furcht davor – überwinden sollte, konnte sie nicht leichten Herzens über die biblische Ermahnung hinweggehen, „nicht am fremden Joch mit den Ungläubigen“ zu ziehen. Hatte Jack nicht selbst zugegeben, sein Glaube sei äußerst beschränkt, und hatte er nicht die meiste Zeit seines Lebens als Ungläubiger zugebracht? Wie konnte sie da einen Antrag von ihm auch nur in Betracht ziehen?

Sicher, die Bibel sprach auch davon, dass ein ungläubiger Ehegatte durch den Glauben seiner Frau geheiligt werde; aber hier lagen die Dinge anders, denn schließlich würde sie als bereits Gläubige eine Bindung an einen Ungläubigen erst eingehen, und das, wo sie von allem Anfang wusste, dass Jack ihren Glauben nicht teilte. Welche Konsequenzen die Missachtung gerade dieses biblischen Ratschlages nach sich zog, hatte Samantha aus erster Hand miterlebt: Viel zu viele christliche Ehemänner oder -frauen kannte sie, deren geistliche Substanz durch das Zusammensein mit einem ungläubigen Partner entweder zutiefst erschüttert oder vollkommen ausradiert worden war – wenn nicht aufgrund des unmoralischen Lebenswandels des Gatten, dann durch den Mangel an Gemeinsamkeit in den Grundüberzeugungen und -werten. Wie konnte sie auch nur einen Gedanken daran verschwenden, ihr Leben mit jemandem zu teilen, der keinerlei Interesse an dem hatte, was ihr das Allerwichtigste war?

Aber sie *liebte* ihn! „O Herr, hilf mir doch, über meine Gefühle hinwegzukommen … Wie aber kann ich darüber hinwegsehen, dass ich ihn liebe … und er mich?“

Bete für ihn – und vertraue mir…

Aufgerüttelt von der Klarheit der Stimme, die in ihrem Geist mit ihr redete, hielt Samantha den Atem an, und ihr ging auf, dass sie nicht so genau wusste, wie sie nun für Jack beten sollte.

„Er kennt dich nicht, Herr, obwohl ich manchmal schon denke, dass er an dich glaubt. Doch er hat selbst zugegeben, ein Leben gelebt zu haben, das dir ein Greuel gewesen sein muss. Du kannst doch nicht wollen, dass ich einen Mann wie Jack liebe – und doch tue ich es! Hilf mir, lieber Herr – du weißt doch, dass ich ihn liebe …"

Und ich liebe ihn auch, mein Kind. Ich auch. Also hab' Vertrauen zu mir, was deinen Geliebten angeht. Bete für ihn und vertraue mir.

Bewegt presste Samantha ihre Lider zu, wie um ihre ganze Umgebung auszublenden und sich selbst zu zwingen, nichts zu sehen und zu kennen außer der Stille. Kaum atmend, darauf brennend, mehr zu bekommen, als Gott ihr schon gegeben hatte, harrte sie aus und klammerte sich an den einen, der sie noch nie enttäuscht hatte. Und endlich spürte sie, Zug um Zug, wie die Düsternis ihrer Seele dem Licht wich, wie aus den innersten Tiefen ihres Wesens eine alles umschließende Ruhe aufstieg, ein schwingender Friede, der sie durchströmte und erfüllte, bis sie nicht länger still sein konnte.

Und da endlich konnte sie beten. Lange betete sie, betete für den Mann, der sich selbst als ungläubig bezeichnete, den Mann, der ihr heute Abend seine Liebe und seinen Schutz zugeschworen hatte. Sie betete um die göttliche Vorsehung für Jacks Seele, darum, dass er die versöhnende Gnade erfuhr, die ein leidender Erlöser verbürgte. Sie betete um Errettung für den Mann, den sie liebte. Und sie betete um den Mut, ihn recht zu lieben und ihn dem Einzigen anzuvertrauen, der ihn heilen und vollkommen machen konnte.

* * *

Im Villenviertel der vierunddreißigsten Straße ging Jack Kane in seinem Schlafzimmer auf und ab. Der Raum war schummrig, seine einzigen Lichtquellen bildeten das allmählich verlöschende Kaminfeuer und eine kleine Petroleumlampe auf dem Nachttisch. Das Haus war still und kalt, die Straße davor leer und verlassen.

Früher am Abend hatte er seinen Hausrock übergezogen, hatte beim Feuer ein wenig entspannen, vielleicht etwas lesen wollen, bevor er zu Bett ging. Jetzt musste er sich säuerlich eingestehen, dass das ein naiver Optimismus gewesen war. Lange schon umkreisten ihn die Gedanken an Samantha wie ein Schwarm Bienen. Seit er nach Hause gekommen war, hatte er an nichts anderes gedacht, nichts anderes getan, als auf und ab zu wandern und nachzudenken – über Samantha.

Heute Abend hatte nicht mehr viel gefehlt, und sie hätte ihm eingestanden, dass sie ihn liebte. Jedes Mal, wenn er sich dieses Beinahe-Eingeständnis – so unbeabsichtigt es auch gewesen war – ins Gedächtnis rief, schlug ihm das Herz bis zum Hals.

Und geküsst hatte er sie, jawohl! Und obwohl sie seinen Kuss nicht unbedingt erwidert hatte, hatte sie ihn aber auch nicht abgewiesen.

Besser, darüber nicht nachzugrübeln, sagte er sich mit Entschlossenheit. Doch er kam nicht recht los von der Erinnerung an ihren Blick, nachdem er sich von ihr gelöst hatte. In diesem Blick hatte nicht jener Widerwille gelegen, den er halb befürchtet hatte, sondern die ganze Schönheit ihrer herrlichen Augen, die noch von den Tränen schimmerten, die sie zuvor geweint, und eine Weichheit, wie er sie noch nie zuvor in ihrem Blick gesehen hatte, jedenfalls nicht, wenn sie *ihn* anschaute.

Voll Ingrimm dachte er auch an die bodenlose Verzweiflung, die ihre Miene umwölkt hatte, als sie ihm von den Schlägen erzählte, die ihr ungeborenes Kind getötet hatten, an die unerträgliche Pein in ihrer Stimme, als sie ihm die bittere Wahrheit enthüllte, dass sie durch diese Misshandlung jetzt für alle Zeit unfruchtbar war.

Jack ballte die Hände zu Fäusten und trat ans Fenster. Es hatte aufgeklart, endlich war der Regen einer sternklaren Nacht gewichen, an deren Firmament der Halbmond leuchtete. Er stand und blickte hinaus, starrte in die Nacht und hatte doch nichts anderes vor Augen als Samanthas wundervolles und doch so zerquältes Gesicht. Er fand es unglaublich, dass er sich so unsterblich in sie verliebt hatte, obwohl sie ihrerseits alles getan hatte, ihm keine Hoffnungen zu machen. Selbst die herbe Einsicht, dass eine Ehe mit ihr ohne Kinder bleiben und sie vermutlich nie ganz von der Tragödie ihrer Vergangenheit loskommen würde, konnte sie ihm nicht abspenstig machen.

Ja, er konnte sich gar nichts vorstellen, das geeignet wäre, seine Liebe zu ihr zu untergraben – außer vielleicht Samantha selbst. Denn falls sie ihn schlicht und einfach nicht haben wollte und sich weigerte, ein gemeinsames Leben mit ihm auch nur in Betracht zu ziehen, was sollte er dann noch machen?

Es musste einen Weg geben. Irgendwie musste er es schaffen, sie zu gewinnen. Es *musste* möglich sein!

Er sah auf: Graue Wolkenfetzen schoben sich vor die Mondsichel. Einen langen Augenblick betrachtete er den Himmel. Dann drückte er sich die geballte Faust auf den Mund, presste sie so fest gegen seine Lippen, dass er Blut schmeckte. Schließlich war er soweit, dass er das erste Mal seit Jahren eine unbekannte Gottheit ansprach, von der er nicht einmal sicher war, dass er an sie glaubte – Samantha freilich besaß diesen Glauben unbedingt – , sprach diesen Gott an aus einer Verzweiflung heraus, die in den tiefsten Gründen seines Inneren wurzelte.

„Wenn du so real bist, wie sie es glaubt“, presste er krächzend hervor, „wenn's dich tatsächlich irgendwo da draußen gibt und du so allmächtig bist, wie sie es glaubt, dann zeig mir, wie ich ihr helfen kann. Sie heilen. Schenk es mir, dass ich ihr irgendwie all das erstatten kann, was sie in ihrem Leid verloren hat. Zeig mir, wie ich ein Mann werden kann, wie sie ihn verdient, ein Mann, den sie lieben kann. Nicht für mich, bitte – es geht mir um sie. Bitte, tu es für sie.“

Obwohl keine Menschenseele in Hörweite war, fühlte er sich plötzlich befangen, vergrub die Hände tief in den Rocktaschen und machte ein paar Schritte vom Fenster weg. Doch dann hielt er inne und ging wieder zurück, und erneut nach oben schauend, fügte er hinzu: „Weißt du, ich liebe sie, liebe sie mehr, als ich je geglaubt habe, irgend etwas oder irgend jemanden lieben zu können. Ich versprech' dir, ich werd' gut auf sie aufpassen, ihr wohl tun. Und ich werde ihr niemals weh tun oder zulassen, dass jemand anders ihr weh tut – niemals wieder. Da hast du mein Wort drauf.“

21. Davids Suche

Sie lag so still und blass,
die Tränen flossen mir,
mir, gewöhnt an des Todes Braß,
ward kein Trost vor ihr.
Richard D'Alton Williams

Noch nie hatte das Los eines Patienten David Leslie so mitgenommen, wie es jetzt bei der leidenden jungen Frau namens Terese der Fall war.

Mehr als einmal hatte er sie ums Haar verloren, doch jedes Mal hatte sie ihn überrascht, indem sie sich mit einer Hartnäckigkeit ans Leben klammerte, die er bei jemandem, der so geschwächt, so gefährlich krank war, niemals vermutete. Er konnte förmlich sehen, wie sie gegen das Gespenst des Todes ankämpfte, das bereits im Zimmer lauerte.

Ähnlichen Todeskämpfen hatte David auch an anderen Krankenbetten schon beigewohnt – eine Erfahrung, die ihn sich fragen ließ, ob es nur die stabilsten und tapfersten Seelen waren, die so zu kämpfen vermochten. So hart war die Zerreißprobe, die sich in diesem Zimmer abspielte, dass er sich inzwischen dabei ertappte, wie er gemeinsam mit seiner Patientin rang, so als könnten seine Anstrengungen die ihren lindern.

Es lag über eine Woche zurück, dass Madog Wall sie in die Mission gebracht hatte, und bis jetzt war keinerlei Besserung zu beobachten, eher war ihr Zustand schlechter geworden. Die meiste Zeit dämmerte sie zwischen Wachsein und Ohnmacht, wobei sie während der vergangenen drei Tage nie länger als für ein paar Minuten wach gewesen war. David wusste, dass sie es nicht mehr lange machen würde, falls sich ihr Befinden nicht bald besserte.

Er grübelte darüber, dass er von Rechts wegen irgend jemandem Bescheid geben musste, hatte aber keine Ahnung, wohin er sich wenden sollte. Aus dem kleinen Mädchen, Shona, war nichts herauszuholen, und was Terese selbst anbetraf, so hatte sie zwar in den Qualen ihres Deliriums ein-, zweimal dasselbe Wort vor sich hin gemurmelt, aber David hatte es nicht verstehen können. War es ein Name? Er wusste es nicht. Es klang wie „Gaven", aber als er Shona danach fragte, schüttelte die Kleine nur den Kopf, offenbar ebenso ahnungslos wie er selbst.

Ihm war klar, dass er sich emotional viel zu sehr auf diese Patientin eingelassen hatte. Im Gegensatz zu allem, was man ihm beigebracht hatte, und auch zu seinen eigenen Vermutungen hatte er es geschehen lassen, dass diese junge Frau eine persönliche Anziehung auf ihn ausübte. Das war professionell nicht korrekt und half ihm auch praktisch nicht weiter.

Nicht nur, dass er zuviel Zeit an ihrem Bett verbrachte. Auch opferte er die wenigen kostbaren Nachtstunden, in denen er selbst sich die Ruhe hätte gönnen sollen, die er bitter entbehrte, um sich in jedes medizinische Buch zu vergraben, das er auftreiben konnte, bloß weil er hoffte, irgend etwas darin zu finden, das er übersehen haben könnte. Gab es nicht vielleicht irgendeine neue Behandlungsmethode, die er noch nicht kannte?

In Wahrheit hatte er die Sache viel zu dicht an sich herankommen lassen, obwohl er es eigentlich besser wusste. Er machte sich keine Illusionen über die Gefahren, die es barg, sich emotional mit einer Patientin einzulassen. Er hatte Ärzte gekannt, die einen bitter hohen Preis dafür gezahlt hatten, dass sie diese Regel missachteten. Niemals hätte er gedacht, dass ihm so etwas passieren könnte, schon gar nicht mit einer wildfremden Frau, die ein Kind im Leib trug und mit der er kaum ein paar vernünftige Worte gewechselt hatte.

Doch es war geschehen, bevor er selbst es gemerkt hatte, und jetzt wusste er nicht so recht, wie er aus der Sache wieder rauskommen sollte. Wo war der Weg zurück, wie konnte er sich wenigstens wieder den Anschein emotionaler Distanz geben? Dass er es musste, war ihm klar.

Selbst wenn sie überlebte – und der Gedanke, dass sie es vielleicht nicht schaffen würde, drehte ihm das Herz um –, war es mehr als wahrscheinlich, dass irgendwo ein Ehemann auf sie wartete, der sich jetzt Sorgen machte, sich fragte, was ihr wohl zugestoßen sein mochte. David wusste, dass seine eigene Rolle in diesem Stück sich darauf beschränken musste, sie medizinisch zu behandeln und alles zu unternehmen, was in seiner Macht stand, um diesen Ehemann oder sonst jemanden aus ihrer Familie ausfindig zu machen.

Die Sache war nur, dass er nicht einmal wusste, wo er anfangen sollte. Er erwog, zu Madog Wall zu gehen und ihn zu fragen, ob er eine Idee hätte, die weiterführen konnte, war sich aber ziemlich sicher, dass dieser Weg Zeitverschwendung wäre. Wall behauptete, weder Terese noch Shona jemals gesehen zu haben, bevor er sie in die Mission brachte.

Ein leises Stöhnen seiner Patientin ließ David aufschrecken und holte ihn in die Gegenwart zurück. Er legte Terese die Hand auf die Stirn. Die Hitze versengte ihn beinah.

An der anderen Seite des Bettes saß eine stille, aber aufmerksame Shona und beobachtete David. Er zwang sich zu einem Lächeln, sah aber, dass er sie nicht hinters Licht führen konnte. Das Kind hatte etwas herzzerreißend Unkindliches an sich, das einen gelinde gesagt aus der Fassung bringen konnte.

Doch aus dem, was David an den irischen Einwanderern gesehen hatte, ließ sich schließen, dass die meisten von ihnen, groß und klein, Widrigkeiten und Tragödien durchgemacht hatten, die einen rasch altern ließen – so man sie denn überlebte. Wahrscheinlich hatte das kleine Mädchen auf der anderen Bettkante in ihren wenigen Lebensjahren mehr Elend ertragen müssen, als die meisten Erwachsenen sich vorstellen konnten. Nicht auszudenken, was sie – und Terese … – bis hierher hatten durchmachen müssen!

Und er, so traurig es auch war, schien außerstande, ihnen irgendwie zum Besseren zu verhelfen.

* * *

Als David endlich später am Tag Zeit fand, dem *Vanguard* einen Besuch abzustatten, fand er Madog Wall auf dem Rücken unter einem der Zeitungskarren liegend vor, an dem er irgendwas zu reparieren schien. Der große Mann hievte sich unter dem Gefährt hervor und wischte sich, während er eine Begrüßungsfloskel murmelte, die mit Wagenfett verschmierten Hände an der Hosennaht ab.

Es war nicht schwer, sich von dem hünenhaften, grobschlächtigen Iren mit dem verlebten Gesicht eingeschüchtert zu fühlen. Doch David hatte schon bei anderen Gelegenheiten mit Wall zu tun gehabt und wusste mittlerweile, dass er nicht der übelwollende Schurke war, für den man ihn auf den ersten Blick halten konnte. Vielmehr sah er in Madog Wall einen ziemlich schüchternen Riesen, der mit dem Kopf nicht der Schnellste war und stockend sprach, aber mit einiger Sicherheit weder gemein noch grausam war. Gewiss, man sagte Wall nach, dass er mit glühendem Eifer seinen Brötchengeber, den berüchtigten Black Jack Kane, in Schutz nehme, was aber nach Davids Meinung nicht unbedingt ein Charakterfehler sein musste.

Heute aber stellte er zu seiner Überraschung fest, dass der Mann auf seine Fragen nach Terese und Shona irgendwie ausweichend antwortete. Fast als müsse er sich verteidigen, wiederholte Madog ein ums andere Mal, er wisse nichts – „nix und noch mal nix“ – über die beiden Mädchen.

„Ich hab' Ihnen doch schon alles erzählt, was ich wusste, Doc“, sagte er, immer noch seine Bratpfannenhände an der Hosennaht scheuernd. „'s war 'n Sonntagmorgen, als sie hier aufkreuzten. Sahen halb verhungert und erbärmlich aus, und als die Ältere umkippte, hab' ich sie halt ins Missionshaus gebracht. Was sollte ich denn sonst machen?“

„Das war schon völlig richtig, Madog“, versicherte ihm David. „Ich versuch' ja bloß rauszufinden, ob sie nicht zufällig hier in der Stadt Verwandte oder Freunde haben. Terese, die Ältere der beiden, ist ernstlich krank, und ich hoffte – na ja, dass sie vielleicht irgendwas zu Ihnen gesagt hätte, was auch immer, was mir helfen könnte, einen Angehörigen ausfindig zu machen.“ Er hielt inne und sah Wall in die Augen. „Sind Sie ganz sicher, dass da nichts weiter war?“

Der andere zog die Stirn in Falten und wandte den Kopf zur Seite. „Nix weiter, Doc, wie gesagt, weiter weiß ich nix mehr. Kaum war'n die zwei hier aufgekreuzt, da kippte die Ältere doch auch schon weg.“

Nach wie vor konnte David das Empfinden nicht abschütteln, dass Wall ihm etwas verheimlichte. Vielleicht rührte das nur daher, dass er seine Hoffnungen zerrinnen sah. Schließlich hatte der Mann doch wohl keinen Grund, ihm etwas vorzumachen.

„Ja, gut, dann also – wenn Sie sich sicher sind …“ Er nickte und wandte sich zum Gehen.

„Doc?“

David drehte sich wieder um. Wall schien sich zu winden. Seine kleinen Augen musterten David, als versuchte er abzuschätzen, ob er es wagen könne, mehr zu sagen.

„Was ist los, Madog? Woran denken Sie?“

Der Riese vergrub die Hände in den Taschen, presste die Lippen zusammen und musterte David. Er brauchte nervtötend lange, bis er sich endlich zu einer Antwort bequemte. „Ja, also, eine Sache war da – aber dass das klar ist, ich bin mir sicher, dass das Mädchen nicht die Wahrheit gesagt hat –, ähm … Na ja, sie hat's dauernd von Mr Kane gehabt, dass er sie ‚erwarten' würde und so.“

David runzelte die Stirn. „Mr Kane? Sie meinen *Jack* Kane?“

Wall nickte, die Mundwinkel geringschätzig nach unten gezogen. „Ich hab' da natürlich nix drauf gegeben. Is' ja wohl klar, dass Mr Kane sich nicht mit zwei armen Einwanderermädchen wie denen einlassen würde, oder was meinen Sie?“

David starrte ihn an. „Haben Sie Mr Kane davon erzählt, Madog?“

Wall schüttelte den Kopf. „Damals war er grad nicht da, und … na ja, ich mein', wieso sollt' ich ihn damit belämmern? Und am nächsten Tag oder so hab' ich's einfach vergessen.“ Er setzte seine besorgte Miene auf. „Wo Sie natürlich kommen und fragen, denk' ich mir, ob ich vielleicht was verkehrt gemacht hab'.“

Wall suchte Bestätigung, das war klar, aber Davids Gedanken waren schon viel weiter. „Bitte, Madog, berichten Sie mir ganz genau, was das Mädchen gesagt hat! Versuchen Sie sich an alles zu erinnern.“

Wall nahm die Hände aus den Taschen und fuhr sich mit einer davon über den kahlen Schädel. „Ja, lassen Sie mich nachdenken. Sie wollte unbedingt Mr Kanes Privatadresse haben. Sagte, er erwartete sie, sie und das kleine Mädchen. Ach übrigens, Doc, geht's der gut – dem kleinen Mädchen?“

David nickte abwesend. „Ja, ja, sie ist okay. Weiter, Madog, bitte! Was wissen Sie noch?“

Wall zuckte mit den Schultern. „Nix weiter, als dass sie unbedingt Mr Kane sehen wollte. ‚Jetzt gleich‘, hat sie dauernd gesagt. Konnte einem schon auf die Nerven gehen, das Mädchen.“

„Sonst noch was? Denken Sie sorgfältig nach, Madog.“

Wall schüttelte den Kopf. „Nein, Sir. Mehr war da nich'.“ Er warf David einen weiteren unsicheren Blick zu. „Meinen Sie, ich hätte das Mr Kane erzählen sollen? Wirklich, Doc?“

„Hm … ja, eigentlich schon, Madog. Ich denke, das hätten Sie tun sollen. Es könnte wichtig sein.“

„Aber ich bin mir sicher, dass Mr Kane nie im Leben was mit dem Mädchen … nun ja, mit ihrem, äh, *Zustand* zu tun hat! Sie ist nicht von dem Schlag, mit dem er umgeht. Mr Kane ist 'n wichtiger Mann!“

Walls Lobhudelei hinsichtlich seines Arbeitgebers, eines Mannes, dessen Ruf an Fragwürdigkeit kaum zu überbieten war, fing an, David mächtig auf die Nerven zu gehen, aber er sagte sich, dass Wall von eher schlichtem Gemüt und seinem Boss sklavisch ergeben war. Er hatte kein Recht, ungeduldig mit dem Mann zu sein.

„Na gut, geschehen ist geschehen“, lenkte er ein. „Jetzt kommt es darauf an, dass Mr Kane es wenigstens nachträglich erfährt. Sehen Sie zu, dass Sie ihm so schnell wie möglich genau das erzählen, was Sie mir gerade erzählt haben."

Auf der Stelle wurden Walls Züge noch düsterer. Für Davids Geschmack sagte es alles über den infamen Jack Kane, dass allein der Gedanke an dessen mögliche Verstimmung einen Mann wie Madog Wall einzuschüchtern vermochte.

Doch schon im selben Augenblick schien sich dessen besorgte Miene zu entspannen. „Oh, ähm, das geht gar nich', Doc. Mr Kane ist gar nicht da."

„Nicht da? Wie lange bleibt er aus?"

Wall zuckte die Schultern. „'n Tag oder zwei, denke ich. Er und dieser junge Mr Sheridan sind nach Albany rauf zu irgend 'ner großen Tagung, was Politisches, wissen Sie, und 'nem *Bankett*, was immer das auch is'."

David ging durch den Kopf, dass ein oder zwei Tage schon zu lang sein konnten. „Gibt's sonst noch irgend jemanden, der von dieser Sache was wissen könnte, Madog? Irgendwen, der mit Mr Kane zusammenarbeitet, vielleicht?"

Wall runzelte die Stirn und rieb sich mit einer Hand das Kinn. „Na ja, da gibt's natürlich noch Mrs Harte."

„Mrs Harte?"

„Klar, Mrs Harte – die Dame, die manchmal für Mr Kane arbeitet. Nette Dame, kann ich Ihnen sagen, und oho! Scheint Mr Kane ziemlich ins Auge gestochen zu haben." Wall griente wissend – nicht anzüglich, sondern eher wohlgefällig ob des guten Geschmacks seines Herrn und Meisters. „Wo ich jetzt drüber nachdenke, ist mir so, als hätte sie Mr Kane und dem jungen Mr Sheridan bei irgend so 'ner Zeitungsgeschichte geholfen, über die Leute, die hier rüberkommen."

Ein Gedanke durchzuckte David. „Sie meinen doch wohl nicht etwa Mrs *Samantha* Harte, oder?"

„Doch, das ist sie. Ja, kennen Sie denn Mrs Harte, Doc? Ist doch 'ne feine Lady, oder?“

David nickte abwesend. Tatsächlich war er Samantha Harte mehrere Male über den Weg gelaufen, meistens auf Bitten ihrerseits, sich ärztlich um irgendeine Einwandererfamilie in der Gegend zu kümmern. Sie war auch schon, zusammen mit einigen anderen aus der Einwandererhilfe, in der Mission gewesen. Er hatte die junge Witwe als hingebende, mitleidsvolle Frau kennengelernt, die in ihren Bemühungen, den New Yorker Einwanderern zu helfen, unermüdlich schien.

Soweit er sie kannte, bedurfte es keines Zögerns, um ihre Hilfe zu bitten, ob nun Jack Kane irgendwas mit der Angelegenheit zu tun hatte oder nicht.

„Madog, haben Sie zufällig irgendeine Ahnung, wo ich Mrs Harte finden kann?“

„Tut mir leid, Doc.“ Der Hüne schien eine Weile über die Frage nachzudenken. Plötzlich hellten sich seine Züge auf. „Oh, warten Sie. Ich hab' 'ne Idee: Wir können Tommy Ryder fragen. Der bringt Mrs Harte fast jeden Tag die Druckfahnen hin. Tommy wird wissen, wo sie zu finden is'.“ Wall hielt inne und sah schräg an David vorbei. „Werden Sie Mr Kane sagen, was ich gemacht hab', Doc? Ich mein' das mit den beiden Mädchens, dass ich ihm das nich' erzählt hab'?“

David musterte den großen Iren. Er spürte, dass es gar nicht so sehr Furcht war, was sich hinter Madogs Ängstlichkeit verbarg, sondern er einfach den Mann nicht enttäuschen wollte, vor dem er anscheinend zu Kreuze kroch. Es war offenkundig, dass Madog Wall ungeheuer viel daran lag, dass sein Chef ihm vertraute und eine gute Meinung von ihm hatte.

„Wär' es nicht besser, wenn Sie ihm das selbst brächten?“, fragte David freundlich zurück. „Ich bin sicher, Mr Kane wird Sie verstehen.“

Wall strich sich mit der Hand über die Glatze. „Na ja, ehrlich gesagt, Doc, ich hatte eigentlich gehofft, Sie könnten vielleicht Mrs Harte dazu kriegen, dass sie ihm das erzählt, wie? Ich glaub', von ihr nimmt der Boss eher was an. Sie hat so das gewisse Etwas, wissen Sie? Meinen Sie, Sie könnten sie für mich fragen?"

Lächelnd nickte David. „Wird mir 'n Vergnügen sein, Madog."

Flüchtig sah er Samantha Hartes Bild vor Augen, und er fand es interessant, dass so eine zierliche, zurückhaltende Frau es geschafft haben sollte, den Schwarzen Bären zu zähmen, wie man Kane allenthalben nannte.

„Ähm, Madog – was ist jetzt mit Tommy Ryder?" drängte er, unwillig, auch nur eine weitere Minute seiner Suche zu vergeuden.

22. Kinder der Einsamkeit

Wo hebt die Suche nach Liebe an,
endet der Seele langer Weg der Einsamkeit?
Cavan Sheridan (aus *Notizen am Wegesrand*)

Samantha war eher überrascht, David Leslie vor ihrer Wohnungstür stehen zu sehen. Schließlich kannte sie den Mann kaum, war ihm nur wenige Male und dann auch immer nur flüchtig begegnet.

„Mrs Harte?“, begann er. „Erinnern Sie sich an mich? Ich heiße David Leslie.“

Sein Lächeln war eine halbe Entschuldigung, wirkte aber ein wenig gezwungen. „Es tut mir furchtbar leid, dass ich Sie so überfalle. Ich weiß, dass es sich nicht gehört, aber es ist ziemlich wichtig für mich, Sie zu sprechen. Hätten Sie einen Augenblick Zeit für mich?“

Samantha bat ihn herein, er aber lehnte die Tasse Tee ab, die sie ihm anbot, blieb in der Tür stehen und sah sich verstohlen um. „Ich weiß, das ist viel verlangt, aber ich habe Grund zu der Annahme, dass Sie mir vielleicht einige Auskünfte über eine meiner Patientinnen in der *Grace Mission* geben könnten, die mir sehr helfen würden.“

Er hielt inne, streifte die Handschuhe ab und begann damit gegen die Handfläche seiner freien Hand zu klatschen. „Ich habe da eine ernstlich kranke Patientin, wissen Sie – Lungenentzündung. Es handelt sich um eine junge Irin, die vor ein paar Tagen zusammen mit einem kleinen Mädchen auf die Mission gebracht wurde. Einwanderinnen alle beide. Ich fürchte, die Ältere der beiden befindet sich in einem schlimmen Zustand.“

Samantha fragte sich, wieso er sie aufgesucht hatte. „Haben Sie denn schon mit der Einwandererhilfe gesprochen, Doktor? Normalerweise habe ich mit den Leuten, die von der Mission aufgenommen wurden, nichts zu tun. Ich arbeite vorwiegend als Lehrerin."

„Ja, das ist mir bekannt. Aber hier handelt es sich um einen ungewöhnlichen Fall. Diese junge Frau und das Kind wurden von Madog Wall auf die Mission gebracht, nachdem die Frau vor dem *Vanguard*-Gebäude zusammengebrochen war. Bevor das geschah, muss sie irgendwas über Mr Kane gesagt haben, etwa so, dass man ihn von ihrer Ankunft in New York unterrichten solle, ja dass er sie und das kleine Mädchen erwarte."

Samantha begriff nicht, worauf er hinauswollte. „Mr Kane? Was hat der denn damit zu tun?", fragte sie stirnrunzelnd.

„Oh, tut mir leid, ich fürchte, ich drücke mich nicht recht deutlich aus. Mr Kane scheint außerhalb der Stadt zu sein –"

Seine Bemerkung wurde von Samantha mit einem Nicken quittiert, und er sprach weiter: „Ja, nun, Madog, ich meine, Mr Wall, deutete an, dass Sie mir vielleicht weiterhelfen könnten, solange Mr Kane unterwegs ist, also dass Sie irgendwas von der Sache wissen könnten."

Samantha blickte immer weniger durch. „Ich kann mir nicht vorstellen, wie –"

Sie hielt inne, als eine plötzlich aufflammende Erregung sich in ihr Bahn brach. „Diese junge Frau – Sie sagten, sie habe ein kleines Mädchen bei sich gehabt?"

Er nickte.

„Keinen Jungen? Gab es nicht auch einen kleinen Jungen, den Bruder des Mädchens?"

Der Arzt schüttelte stirnrunzelnd den Kopf. „Nein, da waren bloß die beiden, das kleine Mädchen und die junge Frau, die so schlimm darniederliegt. Eigentlich ist sie auch noch ein Mädchen.“ Er machte eine Pause und sagte dann: „Obwohl sie ein Kind erwartet.“

Samantha pochte das Herz gegen die Rippen. Das konnte ja wohl kaum Zufall sein! „Wie heißt sie?“, fragte sie mit angehaltenem Atem. „Die junge Frau, meine ich.“

„Terese“, antwortete der Arzt. „Tut mir leid, aber ihren Familiennamen kenne ich nicht. Das Kind nennt sich Shona, Shona Madden.“

Samantha stieg das Blut zu Kopf. „Und sie sind in der Mission, der *Grace Mission*?“

Wieder nickte der Arzt.

„Ob Sie wohl – können Sie mich zu ihnen bringen?“

Das hatte David Leslie offenkundig nicht erwartet. „Ja, aber … Doch, ja, natürlich. Sie meinen – jetzt gleich?“

Samantha hatte bereits ihren Mantel vom Haken genommen. „Bitte, ja, wenn es Ihnen recht wäre. Ich erklär' Ihnen alles unterwegs.“

* * *

Auch wenn David Leslie sich alle Mühe gegeben hatte, sie darauf vorzubereiten, war Samantha von Terese Sheridans Zustand schwer schockiert. Das Mädchen war so gut wie hinüber. Ihr Gesicht war vollkommen abgezehrt, die Haut ausgetrocknet und vom Fieber erhitzt. Trotz ihres runden Schwangerschaftsbauchs schien sie kein Gramm Fett am Körper zu haben.

Offensichtlich lag sie im Delirium, murmelte unverständliches Zeug und warf sich auf dem Bett hin und her, als David Leslie sie zu beruhigen versuchte. Samantha sah nur allzu deutlich, was der Arzt gemeint hatte, als er sie als „ernstlich krank“ beschrieb.

Doch da war noch etwas, das sie sah. Wie sie David Leslie beobachtete, hatte sie kaum Zweifel daran, dass er eine emotionale Bindung an seine Patientin aufgebaut hatte. Selbst während er Samanthas Fragen beantwortete, konnte er seine Augen nicht von der gepeinigten jungen Frau losreißen.

Keine Frage, dass das Mädchen hübsch war. Selbst in ihrem lebensbedrohenden Zustand ließ sich das nicht übersehen. Ihre ausgeprägten, anziehenden Gesichtszüge waren durch die Krankheit und wohl auch durch die extremen Entbehrungen zerfurcht, die für die irischen Einwanderer so typisch waren, doch in besseren Zeiten musste sie hinreißend ausgesehen haben.

Fast war Samantha erleichtert, dass Cavan fort war und seine Schwester nicht in diesem Zustand sah. Sie hatte keine Mühe, sich vorzustellen, was das in ihm anrichten würde.

Nach einer Weile wandte sie ihre Aufmerksamkeit dem Kind zu, das an der anderen Seite von Tereses Bett saß. Seit sie in der Mission eingetroffen war, war sie sich pausenlos jenes hellen, starren Blicks bewusst gewesen und hatte der Kleinen auch ein paar Mal aufmunternd zugelächelt. Doch jedes Mal war da nur jener ernste Blick aus den blauen Augen gewesen, ein Blick, hinter dem sich die Sorgen eines ganzen Menschenlebens zu verbergen schienen.

Samantha spürte, dass dieses Kind sehr, sehr lange keinen Grund zum Lächeln gehabt hatte, sollte es denn jemals einen gegeben haben, und das machte sie unermesslich traurig.

Um das Bett herum trat sie zu dem kleinen Mädchen, das sie mit dem unbewegten, aber wachsamen Blick eines streunenden Kätzchens beäugte. Freundlich sagte sie: „Du musst Shona sein.“ Das Kind zeigte keinerlei Reaktion.

Sie versuchte es noch einmal. „Ich bin Samantha, Shona. Ich möchte dir sagen, wie leid es mir tut, dass niemand am Hafen war, als ihr ankamt. Es ging alles ein bisschen durcheinander, und wir wussten nicht, dass ihr schon da wart. Sonst wären wir auf jeden Fall gekommen." Sie machte eine Pause. „Und dein Bruder, Shona? Ist er denn nicht mitgekommen?"

Die Unterlippe des kleinen Mädchens begann zu zittern. „Er ist gestorben. Im Krankenhaus, da ist Tully gestorben." Der verzweifelte, gequälte Blick in den Augen des Kindes schnitt Samantha tief ins Herz.

David Leslie hatte die beiden beobachtet. „Was für ein Krankenhaus denn, Shona?", fragte er freundlich.

Das Mädchen zögerte. Ihre Augen wanderten zu Terese. „Sie hat gesagt, es heißt Tompkinsville."

Samantha schnappte nach Luft. Also waren sie doch an jenem widerwärtigen Ort festgehalten worden! „O Shona, das tut mir ja so leid! Ich weiß, dass das alles ganz schrecklich für dich war. Aber jetzt werden wir dir helfen, das versprech' ich dir."

Langsam drehte das Kind den Kopf von Terese weg und sah Samantha an, der es erneut im Innersten weh tat, dieses kleine, schmale Gesicht mit den gehetzten Augen zu sehen. Das kleine Mädchen konnte kaum älter als neun, zehn Jahre sein, aber aus seiner Miene sprachen Verzweiflung und Kummer von solcher Tiefe, dass Samantha es am liebsten in den Arm genommen und getröstet hätte. Indes spürte sie, dass die Kleine eine solche Geste zurückweisen würde. Das hier war ein Kind, von dem man so gut wie sicher sein konnte, dass es sich einer solchen Gefühlsaufwallung verschließen würde.

Und so stand sie einfach nur da, voll Mitleid für Shona Madden und Terese Sheridan und zugleich schmerzlich ihrer eigenen Hilflosigkeit und Unzulänglichkeit bewusst. Nach einer Weile schlüpfte sie aus dem Mantel und wandte sich an David Leslie. „Was kann ich tun, um zu helfen?“

Sein Blick verriet etwas wie Erleichterung. „Würde es Ihnen was ausmachen, noch ein wenig hierzubleiben? Ich muss mich um ein paar andere Patienten kümmern.“

Samantha knöpfte die Manschetten ihrer Hemdbluse auf und krempelte sich entschlossen die Ärmel hoch. „Selbstverständlich bleibe ich. Ich würde aber gern so bald wie möglich Mr Kane eine Nachricht zukommen lassen.“ Mit einem Nicken in Tereses Richtung fügte sie hinzu: „Er ist gemeinsam mit ihrem Bruder in Albany.“

David Leslie sah sie an. „Also hat sie doch Angehörige hier! Darauf hatte ich gehofft.“

Samantha feuchtete in der Schale, die neben dem Bett stand, einen Lappen an. „Sie hat nicht nur ihren Bruder, der völlig aus dem Häuschen sein wird, sie endlich zu finden, sondern sie steht auch unter der Obhut des *Vanguard*. An dieser Stelle komme ich ins Spiel.“ Sie warf dem kleinen Mädchen, das sie nicht aus den Augen ließ, einen Seitenblick zu. „Und dann hat sie natürlich ihre Freundin Shona. Ich weiß, wie viel ihr das bedeuten muss.“

David Leslie zeigte die Andeutung eines Lächelns, und Samantha fiel erneut auf, wie müde der Mann aussah. Es war nicht zu übersehen, dass Terese Sheridan in der Obhut eines Arztes war, der alles daransetzte, sie zu versorgen. Die Liebe und Fürsorge ihres Bruders sowie die materiellen Möglichkeiten von Jacks Zeitung waren Faktoren, die auf jeden Fall zu ihren Gunsten ausschlugen.

Doch als sie sich dem leidenden Mädchen auf dem Bett wieder zuwandte, fragte sie sich, ob sie von alledem noch irgend etwas haben würde.

* * *

Den ganzen Abend über war Samantha, während sie sich um Terese Sheridan kümmerte, unablässig bewusst, dass Shonas Blicke jede ihrer Bewegungen verfolgten. Das Kind saß so gut wie reglos da. Selbst als es zwischendurch zum Essen nach unten gehen sollte, musste eine der Helferinnen es erst mit sanftem Druck dazu überreden.

Flugs war es zurück und ließ sich auf demselben Stuhl nieder wie zuvor, um weiterhin Wache zu halten. Außer dass sein Blick je und dann zwischen Samantha und Terese hin- und herwanderte, blieb es stumm und still. Samanthas Versuche, sich mit ihm zu unterhalten, quittierte es jeweils mit knappen, kaum hörbar gewisperten Antworten, um sofort wieder in sein Schweigen zurückzufallen.

Das Elend des Kindes griff Samantha an die Seele. Nachdem Shona wohl ihre ganze Familie verloren hatte, schien sie außer Terese Sheridan niemanden mehr zu haben. Sie war so ein verlorenes kleines Ding mit ihren ängstlichen Augen und ihrer großen Traurigkeit. Samantha wünschte, ihr fiele irgend etwas ein, womit sie dieses bedrückte Gesichtchen aufheitern könnte, aber sie brachte nichts weiter zustande, als der Kleinen dann und wann tröstend zuzulächeln. Shona war ein durch und durch unglückliches kleines Mädchen, das nichts so sehr brauchte wie Zuneigung und Aufmerksamkeit. Doch der einzig übriggebliebene Mensch, dem sie sich wohl öffnen würde, lag da und schwebte zwischen Leben und Tod.

Samantha spürte Shonas Blick. Eine Sekunde lang trafen sich ihre Blicke, und sie erkannte, dass Shonas Augen nicht bloß randvoll von Traurigkeit waren, sondern auch ein deutliches Glitzern der Furcht in ihnen funkelte.

Einen Augenblick lang übermannte sie Ratlosigkeit, ja Zorn darüber, dass ein Kind sich auf Erden so verlassen und einsam fühlen musste. Das brachte ihre Gedanken ohne Vorwarnung auf Jack. Soweit sie wusste, konnte er bei seiner Ankunft in New York nicht viel älter gewesen sein als Shona Madden, ein Junge noch, der ganz allein die Verantwortung für eine jüngere Schwester und einen noch ganz kleinen Bruder zu tragen gehabt hatte.

So schwer es auch war, sich Jack in irgendwelchen Ängsten vorzustellen, so wurde ihr doch klar, dass er vollkommen verängstigt gewesen sein musste. Wie sollte es denn anders gewesen sein: in der Fremde an Land geworfen, mitten in einer feindseligen Großstadt, in der niemand auf ihn wartete, niemand ihm Hilfe anbot?

Sie versuchte jenes ausgeprägte, harte Kinn, die strenge Linie seines Mundes, die ruhelosen dunklen Augen und die starken, immer tätigen Hände auf einen verschreckten vierzehnjährigen Jungen zu projizieren, einen Jungen ohne Eltern, ohne Zuhause oder Freunde, ohne irgend jemanden, der auf ihn wartete, mitten in einer wimmelnden, lärmenden Stadt voller verborgener Gefahren und lauernder Schrecken; und sie fragte sich, wie viel von diesem Jungen wohl im Inneren des erwachsenen Mannes fortbestehen mochte, eines Mannes, der von einem Augenblick auf den anderen eiskalt und knüppelhart werden konnte, dessen ungezügelte Wut den böswilligsten Klatschmäulern der Stadt feindseligen Gesprächsstoff bot und dessen Name zum Synonym für Macht und Verruchtheit geworden war.

Wie viel von dem, was aus Jack geworden war, hatte seine Wurzeln im Herzen jenes verängstigten, einsamen Jungen, der mit nichts als den Kleidern an seinem

Leib und dem Willen eines Titanen in diese Stadt gekommen war?

Um alle beide hätte sie Tränen vergießen können: sowohl um das kleine Mädchen, das ihr gegenübersaß, als auch um den Mann, von dem sie immer wieder meinte, sie kenne ihn überhaupt nicht. Wer wollte entscheiden, welcher von diesen beiden Menschen mehr gelitten hatte?

Als sie ihren Blick wieder auf Shona Madden richtete, hatte die Kleine Tereses Hand in ihre eigenen Hände genommen und streichelte sie immer und immer wieder in zärtlichem und zugleich hartnäckigem Rhythmus, so als wollte sie dadurch erzwingen, dass die Ältere ins Bewusstsein zurückkehre.

Wieder packte Samantha das unwiderstehliche Verlangen, das Mädchen zu trösten, ihm zu sagen, dass es nicht länger allein sei und dass bald alles wieder gut sein würde.

Zu ihrem Leidwesen konnte sie sich nicht vorstellen, dass das Kind ihr glauben würde. Glaubte sie selbst das denn überhaupt? Also fuhr sie stumm in ihren Bemühungen fort, das wütende Fieber des Mädchens in seinem Delirium zu lindern, das die Schlacht um sein Leben schon verloren zu haben schien, während das Kind mit den Augen voller Schmerz es zu bezwingen versuchte, damit es überlebte.

23. Die Wacht einer langen Nacht

Erbarm dich, Himmel!
Aus dem Staube rufen wir,
kehrn uns in tiefer Not zu dir.
Richard D'Alton Williams

Erst nach neun Uhr am nächsten Abend trafen Jack und Cavan in der *Grace Mission* ein, wo Samantha sie immer noch erwartete. Sie war nicht von Terese Sheridans Lager gewichen, außer um in der Missionsküche einen raschen Imbiss zu sich zu nehmen und während der Nacht ein paar kurze Stunden zu ruhen. Das Kind, Shona, hatte nur hin und wieder ein wenig geschlummert; die meiste Zeit saß es ebenfalls am Bett und wachte mit einer unermüdlichen, ernsten Ausdauer über die Ältere.

Samantha wusste, dass sie mittlerweile völlig zerzaust und ungepflegt aussehen musste, aber dieses eine Mal scherte es sie nicht, in welcher äußeren Verfassung sie Jack begegnete. Das Einzige, was sie empfand, als er und Cavan das Haus betraten, war überwältigende Erleichterung.

Auch kam es ihr nicht in den Sinn, auch nur im geringsten erstaunt darüber zu sein, dass Jack seinen jungen Reporter in einer solch persönlichen Angelegenheit begleitete. Es war für sie nie eine Frage gewesen, dass er sofort erscheinen würde, sobald er von Terese Sheridans Zustand hörte, hatte doch Cavan nicht bloß einen dicken Stein bei ihm im Brett, sondern Samantha meinte auch beobachtet zu haben, dass er eine Art beschützender Zuneigung zu ihm hatte und sich verhielt wie Cavans großer Bruder. Manchmal überlegte sie, ob Cavans Gesellschaft ihm nicht irgendwie über die Abwesenheit seines wirklichen jüngeren Bruders Brady hinweghalf.

Als die beiden Männer eintraten, stand sie auf und beobachtete mit angehaltenem Atem, welcher Schrecken sich beim Anblick seiner Schwester in Cavans Gesicht widerspiegelte. Jack musste ebenfalls bemerkt haben, was in dem Jungen vorging, legte er ihm doch den Arm um die Schulter, während sie auf die Bettstelle zugingen.

Für Samantha war nicht auszudenken, was Cavan durch den Kopf gehen musste, als er nach Jahren zum erstenmal seine Schwester sah, die einzige Familienangehörige, die ihm verblieben war. Genau wie Jack hatte er noch als Junge vor vielen Jahren Irland verlassen, so dass Terese bei seiner Abreise ein noch viel kleineres Kind gewesen sein musste. Immerhin war sie noch jetzt kaum mehr als ein Kind, ungeachtet der Tatsache, dass sie selbst bereits ein Baby erwartete.

Als Jack mit Cavan an der anderen Seite von Tereses Bett stand, Samantha und Shona gegenüber, ließ er Cavans Schulter los und sah die Kranke lange an. Dann wanderte sein skeptischer Blick zu Samantha und noch einmal zurück zu der Kranken. Schließlich fragte er zögernd: „Wie geht's ihr?“

Samantha, die Cavan nicht beunruhigen wollte, wählte ihre Worte mit Sorgfalt. „Bis jetzt … hat sich nichts verändert. Sie ist immer noch sehr krank.“

Jack sah ihr in die Augen und wandte den Blick von ihr erst ab, als Cavan neben dem Bett auf die Knie ging.

Samantha kamen beinah die Tränen, als sie den betrübten Blick Cavans sah, während er neben seiner Schwester kniete, die immer noch dalag wie tot, abgesehen von ihrem röchelnden, mühsamen Atmen.

Cavans Blick verriet nicht zu überbietende Qual, als er Tereses Hand in seine beiden Hände nahm. Seine Augen wanderten von oben nach unten an ihrem Körper entlang, wobei sie nur einen kleinen Augenblick auf der Wölbung ihres Bauches unter dem leinenen Laken verweilten. Samantha sah, wie er erschauerte. Dann hob er Tereses Hand an seine Lippen.

Seine Stimme klang heiser, wie erstickt, als er murmelte: „O *Alannah*, *Alannah*! Ich hätte dich niemals allein lassen dürfen! Was hab' ich dir bloß angetan!"

Erneut legte Jack seine Hand auf Cavans Schulter. Überrascht beobachtete Samantha, wie sich plötzlich tiefe Düsternis über seine Miene breitete. Er sah aus wie ein Mann, der einen heftigen Schlag in die Magengrube kassiert hatte. Sein normalerweise dunkler Teint war eigenartig bleich geworden, und wie er dastand und auf Terese Sheridan hinunterblickte, hatte er plötzlich, als wäre das Zimmer nicht geradezu unangenehm kühl, Schweißperlen auf der Stirn. Mit einem Mal wanderte sein Blick in dem Krankenzimmer umher wie der eines Gefangenen, der nach einer Fluchtmöglichkeit sucht. Und doch blieb er unverwandt neben Cavan stehen und ließ seine breite Hand auf der Schulter des Jüngeren ruhen.

Cavan für seinen Teil schien nicht mehr zu gewärtigen, dass noch andere im Zimmer waren, während er sich tränenüberströmt immer tiefer über seine Schwester beugte. Fortwährend redete er leise auf sie ein, mittlerweile in dem seltsamen Idiom, in dem Samantha inzwischen das Gälische erkannte. Quer über das Bett hinweg kreuzte sich ihr Blick mit dem Jacks, der mit einem leichten Kopfnicken andeutete, sie beide sollten die Geschwister lieber allein lassen.

* * *

Der Korridor vor dem Zimmer war nur trübe erleuchtet, und über das Haus hatte sich die Stille der Nacht gebreitet, nur hin und wieder zerrissen von dem Aufschrei einer der Frauen in den Schlafsälen.

Für eine Weile starrte Jack stumm auf die Zimmertür, durch die sie soeben getreten waren, und Samantha kam es vor, als wäre er maßlos erleichtert, aus diesem Zimmer heraus zu sein. Endlich wandte er sich ihr zu. „David Leslie, sagst du, kümmert sich um das Mädchen?"

Samantha nickte. „Du kennst ihn?"

„Nur vom Hörensagen. Er gilt als guter Arzt."

„Das ist er auf jeden Fall, da bin ich ganz sicher. Ich frag' mich bloß, was ... wie viel er noch tun kann. Es steht sehr schlecht um sie, Jack."

„Ja, den Eindruck hab' ich auch. Wir dürften wohl kaum zu früh gekommen sein." Er machte eine Pause. „Ich frag' mich, ob man sie nicht lieber in ein Krankenhaus verlegen sollte."

Samantha holte tief Luft. Erst jetzt begann sie die Anzeichen zermürbender Müdigkeit zu spüren, einer Art Dumpfheit, die sie am klaren Denken hinderte. „Ich weiß nicht, ob das irgendeinen Unterschied machen würde, aber ich schlage vor, wir fragen einfach. Doktor Leslie sagte, er würde gegen zehn Uhr zurück sein."

Sie sah auf und bemerkte, dass er sie beobachtete. Seine dunklen Augen sahen besorgt aus. Geradeheraus sagte er: „Du siehst müde aus. Wie lange bist du denn schon hier?"

Samantha antwortete ausweichend. „Oh, mir geht's gut. Ich hielt es für richtig, zumindest so lange hierzubleiben, bis Cavan eintraf."

„Schön, jetzt ist er ja da. Ich werd' dich nach Hause bringen."

„Nein, noch nicht", beschied Samantha entschlossen. „Hast du sein Gesicht gesehen? Er sollte nicht allein sein – ich meine, für den Fall, dass ... etwas passiert. Ich denke, ich bleibe noch ein Weilchen hier."

In Jacks Augen blitzte Ungeduld auf, war aber gleich wieder verschwunden. „Wenn du meinst", sagte er nur. „Dann mach' ich das auch so. Würde schon gern hören, was der Doktor zu sagen hat."

Samantha war viel zu müde – und, um ehrlich zu sein, auch viel zu glücklich über seine Anwesenheit –, um zu streiten. In Wahrheit wollte sie, dass er blieb. So nötig hatte sie die Stärke, die Festigkeit, die er ihr allein schon dadurch einflößte, dass er im selben Raum war wie sie. Und im Augenblick fürchtete sie, sie würden im weiteren Verlauf noch alles brauchen, was er an Stärke aufzubieten hatte.

Doch zugleich zerbrach sie sich den Kopf über die seltsame Stimmung, die über ihn gekommen war, seit er Terese gesehen hatte. Er kam ihr ruhelos, ja aufgebracht vor, so als nagte noch etwas ganz anderes an ihm als bloß das Mitleid mit Cavan und Terese Sheridan. Plötzlich ging ihr auf, dass er ihr schon gleich beim Betreten des Krankenzimmers sonderbar vorgekommen war.

„Jack – stimmt irgendwas nicht?"

Er schüttelte nur den Kopf, ohne sie anzusehen. „Nein, nein, alles in Ordnung. Ich bin bloß 'n bisschen müde, sonst nichts."

Samantha konnte förmlich sehen, wie vor jenen dunklen Augen krachend die Fensterläden zugingen.

Vielleicht gaukelten ihr ja bloß ihre eigenen aufgewühlten Gefühle und die bleierne Müdigkeit etwas vor, dachte sie und wusste es doch schon im selben Moment besser. Sie merkte, dass er sich nicht erklären würde. Zu deutlich hatte sie den harten Zug um seinen Mund gesehen und den scharfen Unterton in seiner Stimme wahrgenommen, der unverhohlen klarmachte, dass hier Bollwerke aufgerichtet waren, die sie nicht durchbrechen konnte.

Zumindest so lange nicht, wie sie nicht willens war, ihr eigenes Herz, sich selbst, ein Stück weiter aufzuschließen, als sie es bislang gewagt hatte.

* * *

Als sie wieder ins Krankenzimmer getreten waren, spürte Jack, wie Samantha ihn beobachtete. Er stand neben der Tür an die Wand gelehnt, während sie neben Sheridan am Bett seiner Schwester stand. Auf keinen Fall hatte er ihr kurz angebunden begegnen wollen, aber er hatte keine Worte für das, was beim Anblick der kleinen Sheridan über ihn gekommen war.

Er verstand es ja selbst nicht, und ganz bestimmt hatte er nicht damit gerechnet. Doch ein einziger Blick auf das Mädchen, wie es dalag – so ungeheuer jung, bedrohlich krank und widerwärtig misshandelt –, hatte eine ganze Mauer von bittersten Erinnerungen wie eine Lawine über ihn hereinbrechen lassen.

Nicht dass dieses Mädchen seiner Mutter auch nur ein bisschen ähnlich sah. Sie war weder ein dunkler Typ noch zart gebaut, sah vielmehr hochgewachsen, beinah hager, aus. Ihr Haar war von flammendem Kupferrot, während das seiner Mutter tiefschwarz gewesen war. Und dann war sie jünger, dieses unglückliche Ding, ein ganzes Stück jünger, als seine Mutter gewesen war – als es zu Ende ging.

Es musste wohl an ihrem bedauernswerten Zustand liegen: der Krankheit, dem Delirium, der Schwangerschaft, der fürchterlichen Tragödie, die ihr zugestoßen war – der fiesen Vergewaltigung und ihren Folgen.

Nein, das konnte Samantha auf keinen Fall verstehen, konnte nicht einmal ahnen, wie der Anblick des armen Mädchens auf dem Bett sein Innerstes zerrissen hatte gleich der Axt eines Holzfällers, die durch Jahresringe des Kummers fuhr und jenen unterdrückten Zorn tief in ihm freilegte, von dem er selbst wusste, dass er ganz irrational war. Er fand keinen Ansatz, hatte keine Worte, um Samantha klarzumachen, wie es kam, dass der Anblick eines vergewaltigten Mädchens, das er vor diesem Abend noch nie im Leben gesehen hatte, ihn ohne Vorwarnung völlig aus der Bahn zu werfen drohte.

Aber Samantha hatte sehr wohl gesehen, dass etwas mit ihm vorgegangen war, und sie war beunruhigt.

In ihren Augen war eine Menge von Fragen zu lesen, Fragen, auf die er keine Antwort hatte. Dies hier konnte er nicht erklären, nicht einmal Samantha. Das Geheimnis, das ihn von innen her auffraß, kannte kein Mensch. Niemand. Nicht einmal Rose oder Brady.

Besonders Brady nicht. Schließlich war es seinetwegen gewesen, dass er den ganzen Schmerz in sich hineingefressen und all die Jahre kein Sterbenswörtchen von sich gegeben hatte, selbst in den Zeiten, in denen sein Inneres schreiend danach verlangt hatte, jemandem die Wahrheit anzuvertrauen.

Verstohlen sah er sich im Zimmer um, und sein Blick blieb an dem Kind hängen, das die ganze Zeit über am Bett des Sheridan-Mädchens gesessen hatte. Die kleine Madden, hatte Samantha ihm erklärt. Das kleine Ding mit den tiefliegenden, leeren Augen hatte alles verloren: die Eltern, das Zuhause und den Bruder, und jetzt lief sie denn wohl Gefahr, auch noch den letzten Menschen einzubüßen, der ihr vertraut war, die einzige Person, die sie wenigstens kannte und vielleicht an sie herankam.

Seine Gedanken wanderten zu Rose, seiner eigenen jüngeren Schwester. Als er sie und Brady rüber nach Amerika gebracht hatte, musste sie ungefähr im selben Alter gewesen sein wie die kleine Madden jetzt, und zweifellos war sie ebenso verängstigt gewesen, auch wenn sie wenigstens einen großen Bruder gehabt hatte, an den sie sich klammern konnte.

Sein Mund verzog sich, als er daran dachte. *Ein schöner großer Bruder!* Er war satte vierzehn gewesen und genauso hilflos wie seine kleine Schwester und sein Bruder Brady, der noch in den Windeln gelegen hatte. Sicher, er hatte sich bezwungen, um sich vor den Kleinen seine Angst nicht anmerken zu lassen. Mit nichts als den Klamotten, die sie am Leibe trugen, und ein paar roten Hellern in der Tasche hatte er sie vom Hafen weg in einen wahren Alptraum hineingeführt.

New York: eine Stadt, in der es von Fremden wimmelte, die in allerlei Sprachen redeten, eine unverständlicher als die andere. Köter und Schweine, die frei in den Straßen herumstreunten und Haufen verrottenden Abfalls und Drecks durchschnüffelten. Grell geschminkte Weiber, die sich trotz seiner Jugend und der beiden Kleinen, die er mit sich herumschleppte, an ihn heranzumachen suchten. Verkommene Straßenbengel, die unter den hastenden Menschen verschwanden und wieder auftauchten, schubsend, grölend und bettelnd.

Der Gestank dieses Ameisenhaufens von einer Stadt war ihm in die Nase gestiegen wie Ausdünstungen der Hölle, und die aggressiven Stimmen samt den drängelnden und schiebenden Leibern, die sie einquetschten, kamen ihm wie eine Legion von Dämonen vor, so beängstigend hatte er sie an jenem Tag empfunden. Alles in Jack hatte danach verlangt, sich umzudrehen und davonzurennen, samt seinen Geschwistern zurück aufs Schiff zu springen und wieder nach Hause zu fahren.

Aber – da war ja kein Zuhause mehr gewesen.

Irgendwie hatten sie es geschafft zu überleben, zuerst in den verwahrlosten Straßen, später dann in den dreckigen Slumlöchern von Five Points, und das war nun wirklich ein Ort gewesen, den man ohne weiteres für die Höhle eines Dämons halten mochte.

Er wusste sehr wohl, was man über ihn redete, jetzt, da diese schlimmen Jahre weit hinter ihm lagen: dass er mit nichts als irischer Unverfrorenheit und teuflischem Glück ein Imperium aufgebaut hatte. In Wahrheit war das alles aus der Kraft seines brodelnden Zorns und seiner unbeugsamen Entschlossenheit erwachsen, nie wieder auf die Gnade anderer Menschen angewiesen zu sein.

Doch irgendwo in ihm, so tief begraben, dass er gemeint hatte, nie wieder daran rühren zu müssen, hatte die ganze Zeit die Erinnerung an das geschlummert, was ihn in erster Linie hierhergetrieben hatte … und ein Gefühl des Schreckens, das er noch nie einer Menschenseele eingestanden hatte.

Und heute Abend hatte es bloß eines flüchtigen Blicks auf das Elend eines anderen Menschen bedurft, um sein eigenes wieder über ihn hereinbrechen zu lassen.

Er sah Samantha an und entdeckte, dass sie ihn unverwandt musterte. Rasch blickte er zur Seite, aber nicht rasch genug, um nicht die vielen Fragen zu sehen – die Fragen und das Verletzt-sein in ihren Augen. Und plötzlich, zum erstenmal seit langer, langer Zeit, *verlangte* es ihn danach, spürte er, wie bitter nötig er es hatte, sein Herz auszuschütten – ebenso sehr, um jede noch verbliebene Barriere zwischen ihm und Samantha niederzureißen, wie um sich selbst zu reinigen, wenigstens ein einziges Mal das dunkle Geheimnis abzuladen, das ihn aus Irland fortgetrieben hatte, bloß um all die Jahre seither seine Seele mit der unablässigen Wildheit eines blutrünstigen Geiers zu hetzen.

Doch jetzt war nicht die Zeit, und gewiss war dies nicht der Ort für Offenbarungen. Die Menschen in diesem Zimmer hatten ihren eigenen Schmerz zu tragen, ihren eigenen Kampf auf Leben und Tod zu bestehen, und er war gekommen, um ihnen, soweit es in seiner Macht stand, zu helfen, nicht um ihnen nur noch mehr Last aufzubürden. Davon hatten sie wahrlich schon mehr als genug.

Nur noch ein, zwei Sekunden zögerte er, dann stieß er sich von der Wand ab und ging auf das verlassen aussehende kleine Mädchen zu, das neben dem Bett saß.

24. Ein Treffen im Missionshaus

Den, der in jungen, zarten Jahren,
muss man vor Schmerz und Leid bewahren.
Anonymus

Mit wachsender Neugier auf das, was geschehen würde, sah Samantha zu, wie Jack auf Shona zuging und sich neben sie stellte. Allem Anschein nach brachte er es irgendwie fertig, eine Unterhaltung mit dem kleinen Mädchen zu führen, obwohl der Ton seiner Stimme so leise war, dass man von der anderen Seite des Bettes aus nur hin und wieder ein paar Worte von dem verstehen konnte, was die beiden sprachen.

Das Kind hatte sein Gesicht Jack zugewandt, und seine Haltung war so ernst und in sich gekehrt wie eh und je, allenfalls wirkte es ein bisschen lebendiger als sonst. Jack hingegen lächelte, und es war ein ganz anderes Lächeln als gewöhnlich: ohne einen Funken von Zynismus, ohne spöttisch herabgezogene Mundwinkel, ohne schelmisches Glitzern im Auge. Mit einem Mal hatte er eine unübertreffliche Liebenswürdigkeit an sich, eine Weichheit von allerhöchstem Seltenheitswert.

Mit einem Anflug von Schuldgefühl dachte Samantha, dass sie eigentlich hier war, um Cavan zu trösten, statt Jack und die kleine Madden zu belauschen. Allerdings schien Cavan sich in eine Privatsphäre zurückgezogen zu haben, in der nur für ihn und seine Schwester Platz war, so dass es Samantha fast so vorkam, als würde es ein Eindringen in verbotenes Terrain bedeuten, ihn jetzt auch nur anzusprechen. Schließlich waren er und Terese jahrelang voneinander getrennt gewesen, und allen widrigen Umständen zum Trotz musste dies für sie ein einmaliger Augenblick sein, in dem man nicht unbedingt andere um sich haben wollte.

Und außerdem konnte sie sich nicht helfen: Die Szene an der anderen Seite des Bettes zog sie unwiderstehlich in ihren Bann. Also trat sie ein paar Schritte zur Seite, und Jack, der es sah, lächelte ihr zu und gab ihr durch eine Geste zu verstehen, sie solle herüberkommen und sich zu ihm und seiner neuen Freundin gesellen.

* * *

Shona war ein sehr ernstes kleines Ding, aber wenn man in Rechnung stellte, was sie in ihren wenigen kurzen Jahren schon alles hatte durchmachen müssen, war das kaum ein Wunder. Sie war so unglaublich dünn, dass Jack fürchtete, sie würde unter dem geringsten Druck zerbrechen wie ein Schmetterlingsflügel.

Er erinnerte sich, dass Brady geschrieben hatte, das Mädchen sei zehn Jahre alt, aber man hätte sie, klein und zerbrechlich wie sie war, ohne weiteres für zwei, drei Jahre jünger halten können. Sie hatte einen flachsfarbenen Schopf von so feinen Haaren wie Seidenfäden und die größten und sorgenvollsten blauen Augen, die Jack je gesehen hatte, Augen, die in ihrem schmalen kleinen Gesicht außergewöhnlich groß wirkten. Aus irgendeinem unerklärlichen Grund fragte er sich plötzlich, ob diese Augen wohl jemals in kindlicher Freude gestrahlt hatten oder schon immer von der Angst und dem Unglück erfüllt gewesen waren.

Was müsste wohl geschehen, dachte er, um einem

Kind wie diesem hier ein Lächeln zu entlocken, einem Kind, das aussah, als habe es noch nie im Leben auch nur gewusst, was es hieß zu lächeln?

* * *

„Shona hast du wohl schon kennengelernt, oder?", sagte Jack zu Samantha, als sie sich neben ihn stellte. „Ich glaube, sie ist zehn Jahre alt und kommt aus Limerick."

Samantha lächelte das Mädchen an, das den Kopf senkte, als fände es all diese Erwachsenen-Zuwendung höchst verwirrend. Hätte Shona nicht vor Magerkeit und Blässe geradezu krank ausgesehen, so wäre sie durchaus ein hübsches kleines Ding. Sogar in ihrem jetzigen unterernährten Zustand, wo ihr das helle Haar in zotteligen Strähnen herunterhing und ihr Gesicht eckig und scharfkantig wirkte, hatte sie etwas Gewinnendes an sich.

Sie sah von Shona zu Jack, der sich hinuntergebeugt hatte, um dem kleinen Mädchen näher zu sein, das ihn seinerseits mit einer Miene musterte, die so etwas wie Ehrerbietung verriet, womöglich gemischt mit einem kleinen Schuss Furcht. Samantha ging auf, dass Jack für jemanden, der so klein war, wie ein leibhaftiger Riese wirken musste, obendrein wie ein ziemlich düsterer, einschüchternder.

„Verstehst du denn, wer wir sind, Kleine?", fragte er das Kind in einem Ton, der ebenso ruhig und ernst war wie Shonas Betragen.

Shona starrte zu ihm hinauf und musterte ihn, als wäre ihr sein Interesse unheimlich. „Mr Kane", antwortete sie schließlich.

Jack nickte. „Stimmt genau. Und das hier ist Mrs Harte … ähm, eine gute Freundin von mir. Sie arbeitet auch bei der Zeitung." Er unterbrach sich nachdenklich und fragte dann: „Weißt du eigentlich, was das ist, eine Zeitung?"

Das Kind schüttelte den Kopf, ohne die Augen von Jack zu lassen.

„Also gut, dann werden wir dir mal 'ne Ausgabe mitbringen, wenn wir wieder herkommen", sagte Jack heiter. „Eine Zeitung ist so was ähnliches wie ein Buch, weißt du, bloß nicht mit so vielen Seiten. Die Leute lesen darin, um zu erfahren, was in der Stadt so geschieht, und finden vielleicht das eine oder andere, was sie besonders interessiert. Meine Zeitung heißt übrigens *Vanguard*."

Er wies mit dem Kopf auf Cavan. „Der Junge da drüben bei deiner Freundin ist ihr Bruder, Cavan. Sie haben sich viele Jahre nicht gesehen, wusstest du das?"

Shona sah verstohlen zur anderen Bettseite und beobachtete Cavan und Terese eine Weile, sagte aber nichts.

Einige Minuten ging die Unterhaltung in ähnlicher Manier weiter, wobei sich fast ausschließlich Jack und das Kind daran beteiligten, während Samantha sich aufs Zuschauen und darauf beschränkte, von Zeit zu Zeit, sobald Jack sie durch eine Geste dazu aufforderte, nickend ihre Zustimmung zu signalisieren.

Eigentlich, dachte sie, müsste sie es bemerkenswert finden, wie es Jack gelungen war, binnen so kurzer Zeit Zugang zu dem Mädchen zu gewinnen. Mochte er auch nicht unbedingt ihr Vertrauen erlangt haben, so doch jedenfalls ihr Interesse. Doch wie sie die zwei beobachtete, kam ihr sein Umgang mit dem Kind so mühelos und natürlich vor, dass jeder, der es nicht besser wusste, hätte annehmen müssen, dass er von jeher mit Kindern zu tun hatte und ganz sicher selbst Familienvater war.

Samantha war bekannt, dass er seinen jüngeren

Bruder und seine Schwester fast ganz allein aufgezogen hatte; daher rührte vielleicht die Leichtigkeit, in der er sich mit der kleinen Madden unterhielt. Um so mehr stach es ihr ins Herz, wie rasch er damit bei der Hand gewesen war, dass er auch in einer kinderlosen Ehe leben könne, nachdem er gehört hatte, dass sie unfruchtbar war.

Wie sie dastand und ihn zusammen mit dem verlassenen kleinen Mädchen beobachtete, überrollte sie plötzlich eine Welle von Traurigkeit, was ihm vorenthalten bleiben würde, sollte sie jemals seinem Heiratsantrag zustimmen.

Gleichzeitig jedoch sagte sie sich, sie zerbreche sich den Kopf über unklare Dinge – schließlich würde sie diesem Antrag nicht zustimmen, konnte es noch nicht einmal in Erwägung ziehen.

„Samantha?"

Sie sah auf und entdeckte, dass er sie fragend ansah. Sie bewegte ein wenig ihren Kopf, um ihn klarzubekommen, und entschuldigte sich für ihre Abgelenktheit.

„Ich sagte gerade zu Shona, dass sie vielleicht eines baldigen Tages vorbeikommen und mit uns zu Abend essen könnte. Wärst du damit einverstanden?"

Samantha sah von Jack zu Shona. Das Lächeln fiel ihr schwer. „Aber ja, natürlich. Ich … das wäre mir sehr recht."

Absichtlich vermied sie es, Jack anzusehen. „Vielleicht könnte ich euch beide zu mir zum Essen einladen", sagte sie mit gezwungener Unbeschwertheit. „Wir sollten mal darüber nachdenken."

Die Antwort des Kindes schien Jack ebenso sehr zu überraschen wie Samantha. „Oh, vielen Dank, aber ich würde lieber warten, bis es Terese wieder gut geht, so dass sie auch kommen kann. Bitte."

Samantha wusste nicht, was sie sagen sollte. Hilfesuchend sah sie Jack an. Der streckte sich und nahm sich Zeit, um eine Antwort zu finden. Schließlich sagte er behutsam: „Ich bin ganz sicher, dass deine Freundin Terese nichts dagegen hätte, wenn du einmal ohne sie kämst. Später werden wir dann alle zusammen eure Ankunft feiern, wie es sich gehört."

Samantha drehte sich um und sah zu Cavan hinüber, der sich wieder hingestellt hatte und jetzt von oben auf seine Schwester herabstarrte. Sie hasste sich selbst dafür, sich dem Pessimismus ergeben zu haben, der schon den ganzen Abend an den Rändern ihres Bewusstseins gelauert hatte, bloß war es in diesem Augenblick so unheimlich schwer zu glauben, dass Terese Sheridan oder auch Cavan so bald Grund zum Feiern haben würden.

Unwillig gegen ihre eigenen finsteren Gedanken, ging sie raschen Schrittes ums Bett herum und nahm Cavan bei der Hand. „Wäre es dir recht, wenn ich mit dir bete?"

Seine Augen füllten sich mit Tränen, während er ihr zunickte. Samantha drückte ihm fest die Hand. Sie wünschte sich, mehr als das tun zu können, aber jetzt hier, so glaubte sie, hatte sie Cavan und Terese Sheridan nichts Besseres zu geben als ihr Gebet, und beten wollte sie anhaltend.

Gemeinsam mit Cavan kniete sie neben dem Bett nieder und sah, wie Shona ihrem Beispiel folgte, sich ebenfalls hinkniete, die Hände faltete und zu Jack aufschaute, als erwartete sie selbstverständlich, dass er dasselbe tun würde.

Er sah erst das Kind, dann Samantha an, tat aber nichts anderes, als, den Blick wohlweislich von Terese Sheridan abgewandt, ein paar Schritte zur Seite zu treten.

* * *

Als David zurückkehrte, um nach Terese zu sehen, war es nach zehn. Einen Fuß noch auf der Türschwelle, blieb er stehen und staunte über die Versammlung im Krankenzimmer. Samantha Harte und ein junger Mann lagen, offenbar betend, auf den Knien, während ein auffallend großer, dunkelhaariger Mann in einem elegant geschnittenen Mantel abseits stand und sie beobachtete.

Kurz trafen sich die Blicke des Mannes mit denen Davids, bevor er wieder zu Samantha Harte hinübersah, die nach wie vor tief ins Gebet versunken war. Zwar konnte sich David denken, dass der junge Mann, der vor Tereses Bett kniete, ihr Bruder war, wusste aber nicht, mit wem er es bei dem gutgekleideten Fremden zu tun hatte. Nach einer Weile beugte er seinerseits den Kopf und fügte dem Flehen der anderen mit allem Nachdruck sein eigenes hinzu.

Als sie endeten, stellte Samantha Harte ihn Terese Sheridans Bruder vor, einen sympathischen jungen Mann, der angesichts dessen, was seiner Schwester zugestoßen war, am Boden zerstört zu sein schien. David hätte viel dafür gegeben, irgend etwas sagen zu können, um Cavan Sheridan seine Ängste zu nehmen, doch so, wie die Dinge lagen, wäre es schlimmer, falsche Zuversicht zu vermitteln, als gar nichts zu tun.

Der eindrucksvolle Dunkelhaarige, der ihm bei seinem Eintreten aufgefallen war, stellte sich als Jack Kane heraus – *der* Jack Kane. Als sie einander vorgestellt wurden, musste David mächtig an sich halten, um sich seine Überraschung nicht anmerken zu lassen. Nach allem, was er über den Zeitungsmogul gehört hatte, hätte er es für äußerst unwahrscheinlich gehalten, dass Kane hier auftauchte, um nach einer armen irischen Einwanderin zu sehen. Sicher, Kane war selbst Ire durch und durch, und seine Zeitung ließ es sich angelegen sein, einer Anzahl von Einwanderern bei deren Sesshaftwerdung in Amerika unter die Arme zu greifen. Dennoch kam es ihm mehr als nur ein wenig sonderbar vor, dass Kane höchstselbst in einem Missionshaus aufkreuzte.

Und im übrigen war Jack Kane ein ganz anderer Mensch, als David ihn sich vorgestellt hatte. O ja, ohne weiteres spürte man dem Mann eine gewisse Härte ab, ein ausgesprägtes Selbstbewusstsein mit Hang ins Arrogante, ganz zu schweigen von der unverkennbaren Aura von Macht, die die Luft um Kane zum Schwingen zu bringen schien. Unmissverständlich strahlte dieser Mann aus, dass er es gewohnt war, andere nach seiner Pfeife tanzen zu lassen, Autorität umhüllte ihn wie ein Mantel. Und doch ging von Kane, als er David die Hand schüttelte und ihm gerade in die Augen sah, eine Offenheit aus, die Akzeptanz unter Gleichen auszudrücken schien.

Darüber hinaus bemerkte David, dass Kanes Sorge um Terese, so unerwartet sie auch kam, echt war.

„Ich habe mich gefragt", sagte Kane mit einer Kopfbewegung in Tereses Richtung, „was Sie wohl davon halten würden, sie in ein Krankenhaus zu überführen."

„Darüber habe ich auch schon nachgedacht, aber lassen Sie mich offen sagen, im Augenblick würde ich es für gefährlich halten, sie zu transportieren", entgegnete David. „Außerdem meine ich, dass man im Krankenhaus nichts anderes für sie tun könnte, als auch hier für sie getan wird."

David sah sich genötigt, zu Kane aufzublicken, was eine ungewöhnliche Erfahrung für ihn war, zumal er selbst beinahe einen Meter achtzig groß war. Kanes Gesichtsausdruck schien ihm nichts Herablassendes an sich zu haben, auch deutete nichts darauf hin, dass der Zeitungsmann David etwa unrecht gab. Im Gegenteil, er spürte, dass es Kane um nichts weiter ging, als alle Möglichkeiten, Terese zu helfen, abzuklopfen, und genau daran war ja auch David gelegen.

Kane sah ihn eine Weile an und nickte dann. „Sie haben den Ruf eines ausgezeichneten Arztes. Sind Sie selbst auch dieser Meinung?"

Eine von Davids Augenbrauen zog sich ein wenig nach oben, obwohl er über Kanes Direktheit lächeln musste. „Selbstverständlich", sagte er trocken. „Wie sonst hätte ich es wohl zu einer solch lukrativen Praxis gebracht?"

Jetzt war es an Jack Kane, eine Braue hochzuziehen.

„Ja, Mr Kane", sprach David weiter, „zufällig halte ich mich wirklich für einen guten Arzt."

Erneut antwortete Kane mit seinem typischen kurzen, sachlichen Nicken. „Aber Sie arbeiten fast nur unter den Armen."

David warf Samantha Harte einen Seitenblick zu. Die Frau stand schweigend da und hörte ihrem Gespräch zu. „Das ist Gottes Platz für mich", sagte er bestimmt. „Ich glaube, Mrs Harte versteht, wie ich das meine."

David hatte das Gefühl, dass Jack Kanes durchdringender Blick ihn abschätzte, und musste sich anstrengen, unter diesem Blick aufrecht zu bleiben. Der Mann hatte etwas geradezu verstörend Eindringliches an sich.

„Also, folgendes, Dr. Leslie", sagte Kane barsch. „Wenn Sie sagen, man sollte sie nicht verlegen, akzeptiere ich das. Aber ich erwarte, dass Sie für das Mädchen alles tun, was irgend in Ihrer Macht steht. Sollte es in irgendeiner Weise am Geld liegen, so brauchen Sie mich nur zu fragen. Ich … ich meine, meine Zeitung wird für alle Kosten aufkommen, solange es auch nötig sein mag. Ich wünsche, dass sie die bestmögliche Versorgung bekommt, koste es, was es wolle."

Bei diesem Ton stellten sich Davids Nackenhaare auf. Kurz angebunden sagte er: „Ich pflege all meinen Patienten die bestmögliche Versorgung zukommen zu lassen, derer ich natürlich fähig bin."

„Das bezweifle ich nicht im geringsten", sagte Kane im selben brüsken Ton. „Alles, worum ich Sie bitte, ist, dass Sie sich um Miss Sheridan ganz besonders kümmern."

David musterte den Mann, aber Kanes Miene war jetzt undurchdringlich. Was immer er noch vor kurzem an Wärme wahrgenommen zu haben glaubte, war einem starren, verschlossenen, harten Blick gewichen. Doch David ärgerte sich nicht weiter, sondern zog den Schluss, dass er es hier lediglich mit Jack Kane zu tun hatte, wie er leibte und lebte.

Was Kane selbstverständlich nicht wissen konnte, war, dass Terese Sheridan für David schon längst zu einem Sonderfall geworden war. Einem äußerst speziellen Fall, um genau zu sein.

* * *

Samantha konnte in David Leslies Miene nichts lesen, das sie ermutigte, kein Anzeichen dafür, dass sich Tereses Zustand zum besseren gewandelt hätte. Unendlich leid tat ihr Cavan, der beinahe verängstigt in der Nähe herumstand und den Arzt nicht aus den Augen ließ.

Endlich äußerte Dr. Leslie die Bitte, sie möchten den Raum verlassen, damit er Terese untersuchen könne. Shona war die Einzige, die keine Bewegung machte, so als wäre es selbstverständlich, dass sie bei Terese bliebe.

Auch Cavan folgte Samantha und Jack nur mit offenkundigem Widerstreben auf den Korridor hinaus.

Vor der Tür wandte er sich an Samantha. „Mrs Harte? Was glauben Sie, hat sie eine Chance?“

Samantha zögerte mit ihrer Antwort. Die Wahrheit war, dass sie nur wenig Zuversicht hegte, was Terese Sheridans Genesung anging. Doch Cavan flehte regelrecht um ein klein wenig Hoffnung, wie vage diese auch sein mochte, und sie brachte es nicht übers Herz, ihn zu enttäuschen.

Sie fühlte, wie Jack ihr wie zur Ermutigung die Hand auf die Schulter legte. „Cavan …“, versuchte sie zu sprechen, „ich weiß nicht recht, was ich denken soll. Du weißt selbst, dass Tereses Zustand … kritisch ist, und mir scheint, alles, was wir jetzt für sie tun können, ist, anhaltend zu beten.“

„Hm“, machte Cavan nur. Seine Miene war durch und durch trübselig. „Schon klar, ich weiß, dass es ihr echt dreckig geht.“ Er unterbrach sich, und in seinen Augen flammte ein zorniges Funkeln auf. „Hart zu kapieren, wieso Gott zulässt, dass sie so viel Elend abkriegt, und sie ist doch noch so jung. Mann, sie hat schon so viel durchmachen müssen, und jetzt das –“

Er brach abrupt ab und wandte sich zum Gehen, als könnte er nicht rasch genug von hier fortkommen.

Instinktiv wollte Samantha ihn zurückhalten, aber Jack ergriff ihre Hand und verhinderte es. „Lass ihn gehen, Samantha. Vielleicht muss er jetzt ’ne Weile allein sein. Außerdem kannst du ihm eh nicht helfen. Niemand kann helfen, wenn es einen so bitter trifft.“

Samantha drehte sich um und sah ihn an. Seine Stimme hatte einen Tonfall an sich – eine Art leidvolles Wissen, eine traurige, aber unzweifelhafte Kenntnis –, der sie veranlasste, ihn eingehend zu mustern.

In seinem Gesicht sah sie einen Ausdruck bitterer Qual, und sie durchzuckte das unerklärliche Empfinden, dass in Jack schon seit sehr langer Zeit irgendein peinigender Schmerz brannte, der durch das tragische Erlebnis mit Terese Sheridan wieder aufgebrochen war.

„Jack? Was ist los?"

Er sagte nichts, sondern sah zur Seite, als wanderte sein Blick in ferne Weiten. In die Vergangenheit, wie Samantha vermutete. Dachte er an das, was ihn in solche Verzweiflung gestürzt hatte – was auch immer es war?

„Jack?", drängte sie liebevoll. „Kannst du's mir nicht sagen?"

Er drehte sich zu ihr zurück und suchte ihren Blick, die Augen immer noch voller Schmerz. „Willst du's wirklich wissen, Samantha?"

„Ja, natürlich will ich das."

„Wieso?"

„Weil du mir so traurig vorkommst", sagte sie unumwunden. Sie konnte nicht an sich halten und legte ihre Hand auf seine Wange.

Er ergriff die Hand und drückte sie an sein Gesicht. „In diesen Tagen bin ich nur dann traurig", sagte er leise, „wenn ich nicht bei dir bin."

Einen unangenehmen Augenblick lang dachte Samantha, jetzt würde er wieder in die Rolle fallen, die er öfter zur Schau trug, als er sich zerknirscht und grüblerisch gab: die des unwiderstehlichen Verführers. Es fiel ihr zunehmend schwerer, diese Rolle mit der tiefen Freundlichkeit in Ausgleich zu bringen, derer er, wie sie inzwischen wusste, fähig war, mit der Liebenswürdigkeit und dem aufrichtigen Mitleid, mit dem er einem begegnete, wenn man es am wenigsten erwartete.

Meistenteils gelang es Samantha inzwischen, hinter seine verschiedenen Masken zu blicken. Schließlich war es der Mann hinter diesen Masken, den sie kennengelernt hatte. Und den sie liebte.

Da war es wieder, das unerbetene Eingeständnis

ihrer wahren Gefühle für Jack, jener Gefühle, die sie gleichzeitig erregten und zutiefst erschreckten. Klopfenden Herzens setzte sie alles daran, den Gedanken abzuschütteln, statt dessen aber hätte sie es ebenso gut laut aussprechen, hätte es in den Korridor hineinrufen können, so deutlich und beharrlich hallten die Worte in ihrem Herzen wider.

Wie auch immer, zumindest für den Augenblick schien sie sich in Jacks Absichten getäuscht zu haben. Obwohl sein dunkler Blick durchdringend, ja geradezu intim war, schien nichts anderes darin zu liegen als eine überraschende Zärtlichkeit und dasselbe fragende Forschen, das sie vorher schon gesehen hatte.

Langsam ließ er ihre Hand los. „Vielleicht erzähl' ich's dir wirklich, *Mavourneen.*" In dem stillen Korridor war seine Stimme nichts weiter als ein tiefes Grollen. „Aber nicht hier, nicht heute Abend. An diesem Ort ist wahrhaftig schon genug Düsternis beieinander, da brauch' ich nicht noch was hinzuzutun. Warum gehst du nicht fürs erste wieder da rein, während ich mich mal nach dem Jungen umschaue?"

Samantha nahm sich noch einen Moment, um ihn anzusehen, fühlte jedoch, dass er recht hatte. Heute nacht war es ihrer beider Verantwortung, sich um Cavan und seine Schwester und nicht umeinander zu kümmern.

So Gott wollte, würde es eine andere Gelegenheit und einen anderen Ort geben, um zu erfahren, was sich hinter dem tiefen Leid verbarg, das sie in seinen Augen gelesen hatte.

25. Mit den Augen des Beobachters

Denn es geht nicht, wie ein Mensch sieht:
Ein Mensch sieht, was vor Augen ist,
der Herr aber sieht das Herz an.
1. Samuel 16,7

Claddagh, Irland, gegen Ende November

Der Nachmittag war kalt und trübe, es fiel ein leiser Regen, der nicht so aussah, als ob er bald aufhören wollte. Brady hatte seine Päckchen in drei Lagen Leintücher eingeschlagen, und trotzdem fühlten sie sich unter seinem Arm feucht an, als er endlich in der Claddagh-Siedlung ankam.

Laufend legte er den Pfad zurück, der zu Gabriels Haus hinaufführte. Vor der Tür angekommen, holte er ein paar Mal tief Luft, wie wenn er sich Mut verschaffen wollte. Dann klopfte er. Wie erwartet, öffnete Gabriel selbst. Beim Anblick Bradys zeigte sich in der Miene des großen Fischers nicht die geringste Freude. Das hatte Brady auch nicht anders erwartet.

Nach Gabriels Gesichtsausdruck zu schließen, musste Brady rasch sagen, was zu sagen war, und so kam er ohne Umschweife zur Sache. „Gabriel, ich muss mich entschuldigen, dass ich so unverhofft hereinschneie, aber sehen Sie, ich reise bald ab, und vorher wollte ich Ihnen gern das hier bringen."

Er nahm die Zeichnungen in beide Hände und streckte sie Gabriel entgegen. Die Blicke des Hünen wanderten zwischen Brady und den Bildern hin und her und blieben schließlich an Brady haften. Die hellen blauen Augen blieben kalt, die Miene abweisend.

„Es sind Porträts", erklärte Brady und hielt Gabriel die Bilder so zudringlich hin, dass es für diesen peinlich sein musste, sie nicht an sich zu nehmen. Dennoch machte der andere nicht die leisesten Anstalten dazu.

„Porträts", wiederholte Brady. „Je eines von jedem von euch: Roweena, Evie und Ihnen selbst. Ich hab' sie vor einiger Zeit gemacht, wollte sie Ihnen zu Weihnachten schenken. Jetzt, wo ich mich entschlossen habe, schon vorher abzureisen, dacht' ich mir, ich bring' sie halt vorbei. Möchten Sie denn nicht einen Blick darauf werfen?"

Gabriel Vaughans Gesicht, überlegte Brady, übertraf ein Porträt Michelangelos. Der Mann sah aus, als wären seine Züge aus Granit gemeißelt, so entschlossen und unnachgiebig wirkte seine bärtige Erscheinung. Mit seiner vorstechenden Adlernase und den tiefblauen Augen, erinnerte der riesenhafte Fischer Brady immer wieder an einen der alten Stammesführer – und zwar einen kriegerischen Anführer, kein Zweifel.

Im Augenblick kostete es ihn all seine Selbstbeherrschung, sich nicht zu krümmen unter Gabriels scharfer Musterung. Er sah die verschiedensten Empfindungen über die Miene des Hünen hinweghuschen: Überraschung, Skepsis, Argwohn, schließlich etwas, das ihm wie die widerwillige Bereitschaft vorkam, die aufgenötigten Gaben anzunehmen.

„Also gut, komm rein", sagte Gabriel nach merklichem Zögern. Der brummige Unterton in seiner Aufforderung war nicht zu überhören.

Nichts hätte Brady lieber getan, als der Einladung Folge zu leisten, aber das zu tun hätte der Ausstrahlung unbekümmerter Beiläufigkeit Abbruch getan, die er rüberzubringen hoffte. Also sagte er: „Oh, äh, das würde ich wirklich gern tun, Gabriel, aber leider habe ich eine Verabredung. Ich wollt' nichts weiter, als die Bilder hier schnell vorbeibringen, solange ich Gelegenheit dazu habe."

Als das gesagt war, schaffte er es endlich, dem anderen die Zeichnungen in die Hand zu drücken. „Hoffe, sie gefallen Ihnen."

Gabriel sah ihn eindringlich an. „Du sagst, du reist bald ab?"

Mit einem knappen, irgendwie bedauernden Lächeln nickte Brady. „Ich fürchte, ja. Ich hab' noch einiges zu bereisen."

„Wann wirst du aufbrechen?"

„Oh, erst in ein paar Wochen. Aber bis dahin hab' ich 'ne Menge zu tun. Es gibt noch einiges, was ich hier in der Stadt erledigen muss, bevor ich mich auf die Socken mache. Ich werde nach Norden gehen, Richtung Westport, dann weiter nach Sligo."

Gabriel nickte und sah ihn einen Augenblick gedankenverloren an. „Dann kannst du genauso gut reinkommen und dich verabschieden. Wenn du schon bald abreist." Er machte eine Pause. „Das heißt natürlich, falls du möchtest."

Brady tat, als zögerte er. „Also schön. Vielleicht für 'ne Minute. Aber ich muss wirklich gleich weiter."

Sofort, als er die Hütte betrat, sah er Roweena. Sie war dabei, in dem großen schwarzen Topf herumzurühren, der überm Herdfeuer hing. Sie lächelte nicht, sondern schenkte ihm bloß einen raschen, flüchtigen Blick und ein Nicken, bevor sie sich wieder ihrer Arbeit zuwandte.

Ganz anders Evie: Sie kam blitzschnell quer durch den Raum auf ihn zugeschossen. „Was ist das, Brady

Kane? Was hast du uns da mitgebracht? Und wo bist du überhaupt die ganze Zeit *gewesen*?"

Wie immer zwitscherte sie seinen Namen in ihrem kindlichen Singsang, als wäre er ein einziges Wort: *Bradykane*. Brady lächelte ihr zu und zeigte auf die Bilder, die Gabriel auf dem Tisch ausbreitete.

„Warten Sie, Gabriel, lassen Sie mich Ihnen zur Hand gehen", sagte er und schlug die Leintücher zurück, mit denen das oberste Porträt bedeckt war. Es war das Bild Evies.

Er hielt das Bild vor dem Kind hoch, und Evie patschte sich mit beiden Händen an die Wangen, während ihre Augen riesengroß wurden und ihr Mund vor Überraschung und Entzücken kreisrund. „Das bin ja *ich*!", kreischte sie auf und nieder hüpfend. „Du hast ein Bild von *mir* gemacht, Bradykane!"

„Tatsächlich, das bist ja du!" Brady musste über ihre Mätzchen lachen. „Du kleiner Racker du!"

Das nächste Porträt war das von Roweena. Brady hielt es hoch, damit sie es bewunderten – seiner eigenen Einschätzung nach war es das Beste, was er bislang gemacht hatte –, doch Roweena hielt sich im Hintergrund, offenbar peinlich berührt und über und über errötet. Als sie endlich näher kam, hatte sie rote Flecken auf den Wangen, und ihr Blick wanderte zwischen dem Bild und Gabriel hin und her, ohne Brady auch nur einmal zu streifen.

„Oooh, Roweena!", kreischte Evie. „Guck doch mal, wie schön du bist! Ich hab's dir doch gesagt, oder etwa nicht?"

Gabriel machte, den Zeigefinger an den Lippen, „pscht!", was Roweena nur noch tiefer erröten ließ. Brady versagte es sich diskret, irgendwelche Anmerkungen zu den Bildern zu machen, schon gar nicht zu dem von Roweena. Tatsächlich aber dachte er, dass es ihm sehr wohl geglückt war, ihre vorzügliche Schönheit, ihre zerbrechliche Anmut einzufangen und auch jene erstaunliche Geistesgegenwart zu verewigen, die immer wieder gerade dann in jenen herrlichen Augen aufblitzte, wenn man sie am wenigsten erwartete.

Jetzt enthüllte er Gabriels Bild. Der Hüne konnte nicht verbergen, wie verblüfft er war, als er die beeindruckende Ähnlichkeit – um nicht zu sagen: Übereinstimmung – des Porträts mit seinem Spiegelbild erkannte, die Brady nicht ohne beträchtlichen Stolz konstatierte. Irgendwie hatte er es geschafft, die bezwingende Ausstrahlung des Mannes, die Kraft und Stärke, die man jeder seiner Bewegungen abspürte, in das Bild einzuarbeiten. Andererseits ging Brady selbst auf, dass irgend etwas entweder nicht richtig stimmte oder ganz fehlte: Seine Wiedergabe des widerspenstigen schwarzen Haars, der stolz gereckten Nase, der blitzenden Augen, des vorspringenden Kinns war technisch hervorragend ausgeführt und traf doch nicht das Eigentliche, was der Hüne an sich hatte, so schwer fassbar es auch sein mochte.

Dieser Gabriel Vaughan hatte irgend etwas an sich, das man nicht in ein Stück Stoff einschlagen konnte. Vielleicht rührte daher die Verwunderung in Roweenas und in gewissem Maß auch in Evies Augen, die sich zeigte, während sie Gabriels Porträt betrachteten. Beide warfen immer wieder verstohlene Seitenblicke auf Gabriel, so als wollten sie herausfinden, was den wirklichen Mann von dem gezeichneten unterschied.

Durchweg verlief Bradys Besuch angenehm. Obwohl Roweena ihn kein einziges Mal direkt ansah oder auch nur ein Wort an ihn richtete, spürte Brady, dass ihr das Porträt gefiel, auch wenn all die auf sie gerichtete Aufmerksamkeit, die es mit sich brachte, sie irritierte. Zudem ging er davon aus, dass allein die Tatsache, dass

Gabriel ihn hereingebeten hatte, ihr ein Stück Genugtuung verschaffte.

Was Evie anbetraf, so hörte die Kleine die ganze Zeit nicht auf, die Brady im Haus war, sich lauthals zirpend über ihr „Patree“ zu freuen. Gabriel schließlich schien sich zwar ebenfalls nicht sicher zu sein, was sein eigenes Bild anging, war aber offensichtlich beeindruckt von den Zeichnungen der Mädchen. Jedenfalls konnte er die Augen nicht davon losreißen.

Den ganzen Rückweg zur Stadt konnte Brady seine Freude knapp im Zaum halten. Kein Zweifel, sein Plan funktionierte genauso, wie er es sich erhofft hatte.

Jetzt konnte er bald – sehr bald – seine Trumpfkarte ausspielen.

* * *

Als es Abend wurde, schien allein Evie das Interesse an den Porträts verloren zu haben. Sie hatte ihr Abbild an der Küchenwand abgestellt und war hinausgegangen, um die Waschschüssel auszuleeren. Roweena wusste, dass es einige Minuten dauern würde, bis sie zurückkam – erst musste sie „den ersten Sternen folgen“, wie sie zu sagen pflegte, und ein bisschen im Hof herumspielen.

In der Zwischenzeit saß Roweena am Tisch, wo der *Faideog* im Luftzug flackerte. Der Docht war schon beinah zu kurz, er reichte kaum noch in den Ölbehälter hinab und würde bald erneuert werden müssen. Von Zeit zu Zeit sah sie verstohlen zu Gabriels Porträt hinüber, das im Schein der Öllampe wie gescheckt aussah. Seinen Einspruch ignorierend, hatte sie sein Abbild auf die Kommode gestellt, wo man es aus jedem Winkel des Raumes gut sehen konnte.

Was ihr eigenes Bild anbetraf, so hätte sie es hinter dem Vorhang verstaut, hätte nicht Gabriel darauf bestanden, dass es dort blieb, wo er es platziert hatte, nämlich an der Außenwand des Rauchabzuges. Sie beobachtete ihn einen Augenblick, wie er neben dem Feuer in seinem Stuhl saß, anscheinend völlig in Gedanken versunken und ihre Anwesenheit im Zimmer gar nicht wahrnehmend.

Es war ihr ganz recht so, denn sie wollte nicht, dass er bemerkte, wie sein Porträt ihre Blicke auf sich zog. Das lag nicht nur an der Faszination, die seine kräftigen, wettergegerbten Gesichtszüge auf sie ausübten – obwohl sie seit jeher gefunden hatte, dass Gabriel einen gefälligen Anblick bot, dessen sie sich natürlich nur erfreute, solange sie niemand dabei beobachtete. Nein, zum meisten rührte ihr Interesse an der Zeichnung aus der offenkundigen Diskrepanz zwischen ihrer eigenen Wahrnehmung Gabriels und der, die Brady Kane anscheinend von ihm hatte.

Sie hatte nicht die leiseste Erklärung dafür, wie Brady Gabriels tatsächlicher Erscheinung gegenüber so blind sein konnte. Wie eingehend auch immer sie die Zeichnung betrachtete, es gelang ihr nicht, irgendeine Spur von Gabriels Freundlichkeit, seiner Weisheit oder seinem trockenen Humor, mit einem Wort: von der Liebenswürdigkeit zu entdecken, die sein Wesen so sehr bestimmte. Da strahlte kein Licht in den Augen, der Mund wirkte hart und verbissen – alle Weichheit, von der sie aus tiefstem Herzen wusste, dass sie immer wieder hinter der schroffen Fassade zum Vorschein kam, ging Bradys Darstellung völlig ab.

Das Gesicht auf dem Porträt war mehr das eines gestrengen, abweisenden, vielleicht sogar übellaunigen Mannes, eines Mannes, der sich nie im Leben an einem Sonnenuntergang oder einem Lied erfreut, nie ein aus dem Nest gefallenes Vogelbaby unter den Büschen aufgeklaubt, nie einem Kind zärtlich das aufgeschrappte Knie ausgewaschen oder dasselbe Kind lachend auf seinen breiten Schultern herumgetragen hatte.

O nein, der Mann mit dem kalten, unnachgiebigen Antlitz, den die Darstellung zeigte, war nicht Gabriel, nicht *ihr* Gabriel.

Ihr Gabriel ...

Ihre eigenen Gedanken ließen Roweena den Atem stocken. Wie hatten solche unvernünftigen Träumereien sich bloß in ihrem Kopf festsetzen können?

Sie hatte kein Recht, auf diese Weise an Gabriel zu denken, kein Recht, ihn überhaupt anders zu sehen denn in der Rolle, die er von jeher in ihrem Leben zu spielen sich entschlossen hatte, der Rolle ihres Beschützers. Keine Frage, so sah er sich in bezug auf sie, und so hatte auch sie ihn zu sehen.

Dennoch vermochte sie nicht zu begreifen, wieso Brady Kane offenkundig außerstande war, Gabriel so zu sehen, wie er wirklich war.

Denn soviel wusste sie: ihr realer Gabriel war nicht der Gabriel, wie sie ihn sich erträumte, nicht der, der sie so liebte wie ein Mann seine Frau. Aber sie kannte diesen Menschen, kannte sein Herz und seine Seele, wusste um die guten, edlen Dinge, die ihn zu dem Mann machten, der er war.

Brady Kane hatte nur eine äußere Schale des Mannes zuwege gebracht, den sie kannte, und irgendwie empfand sie deswegen einen Widerwillen gegen ihn, beinahe so, als hätte er Gabriel etwas gestohlen.

* * *

Gabriel schien es nicht fertigzubringen, seinen Blick von Roweenas Porträt loszureißen, das im flackernden Schein des Herdfeuers noch hinreißender aussah. Es war ihm unbegreiflich, wie Brady Kane es geschafft hatte, ihr Ebenbild mit solcher Klarheit und Perfektion aufs Papier zu bringen. Nicht das kleinste Detail schien er ausgelassen, nicht den leisesten Zug ihrer stillen Schönheit übergangen zu haben. Selbst ihre winzigen Unvollkommenheiten: den kleinen Buckel auf ihrem Nasenrücken, den fast nicht wahrnehmbaren Grad, um den sie den einen Mundwinkel höher zog als den anderen, wenn sie lächelte, das kleine Muttermal gleich unterhalb ihres linken Ohrs, das im Laufe der Zeit so verblasst war, dass man es fast nicht mehr sehen konnte – das alles hatte der Amerikaner mit seinem beträchtlichen Können eingefangen und mit nachtwandlerischer Sicherheit wiedergegeben. Nichts, so schien es, war Kane entgangen. So lebensecht, so faszinierend war sein Porträt von Roweena, dass man bei näherem Hinsehen fast meinte, es atme.

Doch nicht der Realismus des Kunstwerkes war Gabriel unheimlich. Was seine Gedanken sich überschlagen ließ, hatte wenig mit der außergewöhnlichen Begabung des Künstlers oder auch der verblüffenden, lebensechten Ähnlichkeit des Bildes mit der wirklichen Roweena zu tun. Es war etwas viel tiefer Liegendes, das manch anderem sicher entgangen wäre.

Gabriel hatte Roweena praktisch von Anfang an großgezogen, hatte sie jahrelang versorgt, Tag für Tag. Wenn man so lange auf Tuchfühlung mit jemandem lebte, war es unmöglich, ihn nicht genau zu kennen, und zwar gut – mit dem Herzen, um es auf den Punkt zu bringen. Und was er in dem Porträt sah, die Beobachtung, die er nicht zum erstenmal machte und die sein Herz rasen und sein Blut in den Schläfen pochen ließ, war das untrügliche *Verlangen*, die Leidenschaft, die die künstlerische Darstellung durchzog.

Gabriel verstand nichts von Kunst, hatte nicht die

leiseste Ahnung davon, was es jemandem abverlangte, ein solches Werk herzustellen. Er nahm an, dass es eine sowohl emotional wie auch physisch ungemein herausfordernde Angelegenheit, ja vielleicht sogar eine spirituelle Erfahrung sein musste, so etwas zu schaffen, aber er für seinen Teil hatte keinen Bezug dazu. Woher also wusste er – und er wusste es ohne den Hauch eines Zweifels –, dass dieses Porträt des Menschen, an dem ihm mehr lag als an irgend jemandem sonst auf der Welt, von einem Mann gezeichnet worden war, in dem ein unheiliges Verlangen nach der Frau brannte, die er abbildete, ein Begehren, das hemmungslos und vielleicht sogar gefährlich war?

Unter den Alten in der Siedlung gab es welche, die seit langem behaupteten, er habe die Gabe der Unterscheidung. Seit vielen Jahren war er immer wieder darauf hingewiesen worden. Obwohl er es nie jemandem eingestanden hatte, so nahm er doch für sich selbst als gegeben an, dass es in der Tat schien, als besitze er eine starke, manchmal regelrecht als Bürde empfundene Wahrnehmung für das, was aus der Finsternis und dem vom Licht Herkommenden entgegengesetzt war, ein Unterscheidungsvermögen von Gut und Böse. Manchmal ging es so weit, dass ihm die Nöte und Leidenschaften von Menschen, mit denen er in Kontakt kam, ohne weiteres erkennbar waren.

Er hatte die Gabe nicht erstrebt, viel öfter sogar sie beklagt. Doch schon längst bemühte er sich gar nicht mehr, sie abzuleugnen. Er versuchte lediglich, sich nicht mit ihr hervorzutun, nicht darin zu schwelgen, sondern in enger Verbindung mit seinem Herrn zu bleiben, im Licht seiner Gegenwart zu wandeln, seinem Wort zu gehorchen und immer mehr auf die leise Stimme des Geistes zu achten. Hatte Gott ihm tatsächlich diese Gabe der Unterscheidung verliehen, so dass er die Wahrheit erspüren konnte, so erschien es ihm um so notwendiger, jederzeit der Verantwortung gegenüber sensibel zu sein, die diese Gabe zweifellos mit sich brachte.

Heute Abend stand es für ihn außer Frage, dass der Gefühlssturm, den Roweenas Porträt in ihm ausgelöst hatte, mehr war als die natürliche Reaktion eines Mannes auf ein lebloses Werkstück aus Farbe und Leinwand. Roweenas Ebenbild schien wie von einem Gewebe der Sinnlichkeit überzogen, von einer Wolke der Lüsternheit und des dunklen Begehrens überlagert.

Jetzt wusste er, dass Brady Kane vor Verlangen brannte – und zwar nach Roweena.

Irgendwie, das fühlte er, hing alles zusammen: die dunklen Motive hinter den Bildern, Kanes plötzliche ostentative Reue und sein jüngst zur Schau getragenes Freundschaftsgebaren.

Bei dieser Einsicht wurde es Gabriel fast körperlich schlecht, und eine sonderbare Furcht begann in ihm hochzusteigen, deren Quelle er freilich noch nicht bis ins Letzte identifizieren konnte.

Wieder packte ihn der geradezu verzweifelte Drang, endlich etwas von Ulick zu hören – obwohl er nicht einmal wusste, was er eigentlich zu erfahren hoffte. Wie auch immer: zunehmend verspürte er das ungestüme Bedürfnis, irgend etwas herauszubekommen.

Bald schon wurde aus seinen wirbelnden Gedanken ein stilles, anhaltendes Gebet. Sofern es denn etwas gab, so betete er, was er von Kane wissen sollte, möchte es ihm bald offenbar werden – rechtzeitig genug, um jede Gefährdung von Roweena abzuwenden.

26. Unruhige Träume, unheilige Pläne

Monströs die Zeichen und erschreckend,
voll Furcht mein schulderfüllt' Gemüt …
James Clarence Mangan

Brady Kane war in einem Nebel gefangen, einem Nebel, in dem Angst und Moder waberten. Düstere Schatten, furchterregend in ihrer Verzerrung, tanzten um ihn herum, ragten vor ihm auf, krümmten sich um ihn herum und leckten nach ihm wie eine Rotte Derwische. Der faulige Gestank des Nebels stieg ihm in Nase und Mund, ja in die Poren seiner Haut.

Irgendwo in der Nähe, unsichtbar zwar für ihn, hörte er Roweena schreien. Sie schrie, als hielten die Schrecken der Hölle sie in den Klauen. Panisch schlug er mit beiden Händen um sich, um die todbringenden Schatten zu vertreiben, die ihn umringten, verzweifelt sich Bahn zu machen, damit er eilen konnte, um Roweena zu befreien. Allein, je mehr er rang, um so mehr saugten der Nebel und die Schatten ihn in sich hinein.

Um ihn herum, über und unter ihm war nichts als Dunkelheit, eine Finsternis, tiefer als die düsterste Nacht, eine undurchdringliche, feuchte Schwärze, die ihm anklebte und in der er herumgeschleudert wurde wie ein Stück Treibholz auf stürmischem Meer. Die Dunkelheit machte ihn blind, er war hilflos gefangen, spürte nur, dass der Nebel ihn weiter und weiter von Roweena entfernte.

Schwächer wurden jetzt ihre vor Todesangst fast erstickten Schreie. Brady fuchtelte mit den Armen, wild um sich dreschend auf der Suche nach einem Loch, einem Ausweg aus der Nebelwand, die ihn von ihr schied.

Er versuchte nach ihr zu rufen, aber der Nebel erstickte seine Schreie, so dass nichts als ein jammervolles, kaum vernehmliches Blöken davon übrigblieb.

Schon konnte er von Roweena nichts mehr vernehmen als ein ersticktes, gebrochenes Schluchzen, wie man es bei einem Kinde hören mag, das vor Schrecken ganz aufgelöst ist. Jedes Quäntchen an Kraft zusammenraffend, das er noch irgendwoher freizusetzen vermochte, holte er zu einem letzten, gewaltigen Schlag in den Nebel aus, doch das führte zu nichts anderem, als dass er die Balance vollends verlor und in einen tiefen, spiralartigen Fall stürzte.

Kopfüber trudelte er durch die Dunkelheit, und Roweenas Schrei verhallte hinter ihm, bis nichts mehr zu hören war.

* * *

Aufschreiend, nach Luft japsend und mit den Armen fuchtelnd, wurde Brady wach. Sein Herz pochte in wildem Galopp gegen die Rippen; ihm war, als würde es jeden Augenblick in seinem Brustkorb eine Explosion geben. Er war klitschnass von Schweiß, seine Bettlaken nur noch ein wirrer, verdrehter Haufen.

Er lag in hellem Sonnenlicht. Blinzelnd, kopfschüttelnd und orientierungslos sah er sich um.

Schließlich begann ihm das Bewusstsein wieder heraufzudämmern, und erleichtert ließ er sich in die Kissen zurücksinken.

Es war nichts als ein Traum … bloß ein blöder Alptraum.

Es war heller Morgen. Es gab keinen Nebel, keine bösen Schatten, keine Roweena, die in der Ferne schrie.

Gemessen an dem Sonnenlicht, das ins Zimmer flutete, musste es kurz vor der Mittagsstunde sein. Sein Kopf begann aufzuklaren, erst langsam – aber dann fiel ihm ein, welcher Tag heute war, und diese jähe Erkenntnis hatte die belebende Wirkung eines in einem Zug hinuntergekippten Becher schwarzen Kaffees.

Donnerstag. Heute Abend würde es geschehen.

Unbeweglich lag er da. Sein Herz raste noch immer, sein Atem ging in rasselnden Stößen, und sein Kopf fühlte sich an wie der Amboss eines Hufschmiedes. Im Mund hatte er einen fauligen Geschmack, der ihn an den Geruch eines Schweinestalls erinnerte. Letzte Nacht hatte er sich bis zur Besinnungslosigkeit betrunken, war irgendwann gegen Morgen wie tot ins Bett gefallen.

Allen guten Absichten zum Trotz hatte er seit zwei Tagen fast ohne Unterlass gesoffen. Warum, wusste er selbst nicht recht. Sicher, zum Teil lag es an dem, was er für heute plante. Er war angespannt, die ganze Woche schon.

Schon seit Tagen hatte er nicht mehr arbeiten können, was seine innere Spannung noch vermehrte. Mittlerweile lag er hinter dem, was er mit Jack vereinbart hatte, so hoffnungslos zurück, dass er von Glück sagen konnte, wenn sein Bruder ihn nicht wutentbrannt nach Hause beorderte.

Und obendrein ging ihm allmählich der Zaster aus. Die erste Zahlung an Biller und Robuck hatte ihn eine beträchtliche Stange Geld gekostet, und wenn er nicht bald eine weitere Geschichte samt einem Vorschlag, welche Auswanderer als nächste in Jacks Förderprogramm aufgenommen werden könnten, nach Hause schickte, würde er in absehbarer Zeit ganz schön arm sein.

Kein Wunder, dass er dann und wann 'nen Drink brauchte, um sein Nervenkostüm zu beruhigen.

Dann und wann?

Er achtete nicht auf das Unbehagen, das ihn irgendwo aus dem Hinterkopf belauerte. Jetzt war nicht die Zeit für Selbstanalysen, und außerdem würde er sich schon wieder konzentrieren können, sobald dieser Tag erst mal hinter ihm lag. Dann würde er wieder in die Hände spucken. Würde sich mit Jack aussöhnen, die Flaschen rausschmeißen und einige dringende Arbeiten erledigen. Er war bloß wegen dem, was heute Abend anstand, ein bisschen verwirrt, sonst nichts.

Wie er, die Arme hinterm Kopf verschränkt, dalag und die Blicke durch das Pensionszimmer schweifen ließ, spürte er, dass er einen Drink brauchte, um in den Tag reinzukommen, auch wenn ihm von der Nacht immer noch leicht der Kopf schwirrte. Nur die Kühle im Zimmer und das zermürbende Pochen in seinem Schädel hielten ihn davon ab, aus dem Bett zu klettern und sich die Flasche vom Tisch zu holen.

Er schluckte ein paar Mal, um den widerlichen Geschmack im Rachen loszuwerden, und streckte sich ein wenig. Es war an der Zeit, aufzustehen, zu frühstücken und sich ein bisschen landfein zu machen. Doch er hatte den Alptraum noch nicht ganz abgeschüttelt, sein inneres Gleichgewicht noch nicht wiedergefunden.

Er weigerte sich, irgendwas auf den dämlichen Traum zu geben. Das war nur vom Likör gekommen und vielleicht von einem gewissen Lampenfieber wegen heute Abend. Nicht weiter schlimm.

Am besten, man dachte nicht weiter drüber nach. Besser, an Roweena zu denken – nur für ein, zwei Minuten.

Wenn die Sache heute Abend erst mal geschafft war,

würde er es kaum noch dabei bewenden lassen müssen, bloß von ihr zu träumen. Falls alles so lief, wie geplant – und warum sollte es das nicht? –, würde er sie jederzeit in aller Öffentlichkeit treffen können, wie es ihm gefiel.

Und zwar mit Gabriels Segen.

Er verzog den Mund zu einem Grinsen, aber seine Lippen waren so trocken, dass er vor Schmerz zusammenzuckte. Er musste sich ein bisschen frischmachen. Brauchte 'nen Haarschnitt und 'ne Rasur. Musste zusehen, dass seine Wirtin ihm 'n paar Klamotten plättete – schließlich musste er heute Abend 'ne präsentable Erscheinung abgeben, selbst wenn er in dem Handgemenge vielleicht etwas zerzaust werden würde.

Nicht sehr, klar. Er hatte den beiden Finsterlingen hinreichend deutlich gemacht, dass sie gefälligst Acht geben sollten, sobald er die Szene betrat. Nicht dass er am Ende noch 'n paar gebrochene Knochen davontrug. Er wollte auf keinen Fall mehr Schmerzen einstecken als unbedingt notwendig. Die beiden Schläger sollten ihn gerade soviel herumschubsen, dass das Ganze glaubhaft wirkte, mehr nicht.

Er wünschte, bei dem Gedanken an die beiden Ganoven wäre ihm nicht ganz so unbehaglich zumute gewesen. Besonders Robuck gefiel ihm überhaupt nicht. Sie waren alle beide üble Figuren, aber Robuck hatte irgendwas an sich, was ihm kalte Schauer über den Rücken jagte.

Aber es handelte sich ja nicht gerade um einen Job für Missionare. Außerdem war ihm nicht entgangen, was sie für Kulleraugen gemacht hatten, als er seinen Preis nannte. Für solche Typen zählte nichts als Geld. Sie würden das Ding drehen, er würde sie bezahlen und danach Gott sei Dank nie wieder was von ihnen sehen.

Und das war ja wohl das eine oder andere kleine Risiko wert.

Ach was, Roweena lohnte eine Menge Risiken.

Er ließ seine Gedanken schweifen, malte sich aus, wie es wohl mit ihr sein würde, sobald Gabriel ihr die Handschellen abnahm und sie endlich zusammensein konnten.

Roweena war durch und durch unschuldig. Sie war noch nie mit einem Mann zusammengewesen, dessen war er sich sicher. Kein Mann dürfte jemals die Chance gehabt haben, an Gabriel vorbeizukommen.

Plötzlich und ungebeten stand ihm das Bild des hünenhaften Fischers, die muskulösen Arme vor der mächtigen Brust gekreuzt und finsteren Blicks die Wacht haltend, vor Augen. Er verzog die Mundwinkel.

Doch dann erinnerte er sich, dass es nicht mehr lange so sein würde. Nach diesem Abend musste alles anders werden.

Er würde gut zu ihr sein. Auf jeden Fall. Er würde ihr mächtig den Hof machen, so dass ihr geradezu der Kopf schwirrte und sie ganz wild nach ihm werden würde. Er würde ihr Vertrauen gewinnen und sie schließlich mit Haut und Haaren erobern. Und dann – es würde gar nicht lange dauern – würde sie in seinen Armen liegen, warm und willig.

Aber auch das würde diesmal anders sein. *Roweena* war anders, ein anderer Schlag Mädchen. Sie war die Erfüllung all seiner Träume. Noch nie hatte er so für eine Frau empfunden. Niemals.

Diesmal wollte er mehr als nur ein weiteres kurzes Abenteuer. Jawohl, er würde sich ändern – für Roweena. Mit ihr würde er es ganz anders anstellen. Sie war so gut, so unschuldig, so … zutraulich. Er würde der Mann sein, zu dem sie aufschauen konnte. Sie würde verrückt sein vor Liebe zu ihm, und er würde sie verwöhnen. Das müsste sogar Gabriel gefallen.

Und am Ende … wer weiß? Womöglich würde er sie sogar heiraten.

Er war sich ganz und gar nicht sicher, ob er jemals in die Staaten zurückkehren würde, jedenfalls auf Dauer. Er war jetzt Ire geworden, vom Scheitel bis zur Sohle. Irland – da gehörte er hin.

Natürlich, da gab es noch Jack, mit dem er irgendwie zu Rande kommen musste. Es galt eine Lösung zu finden, damit *Big Brother* ihm nicht etwa den Geldhahn zudrehte, bevor er auf eigenen Füßen stehen konnte. Auch wenn er in Irland leben wollte, so hatte er ganz bestimmt nicht vor, sein Dasein als armer Mann zu fristen.

Aber mit Jack würde er schon fertigwerden. Schließlich hatte er es bisher immer geschafft.

Zunächst aber musste er mit dem klarkommen, was heute anlag. Schließlich war heute der Tag, der alles verändern sollte.

Ruckartig setzte er sich auf, schwang die Füße über die Bettkante und nahm rasch den Kopf in beide Hände, als der Schmerz über ihn hereinbrach wie Hammerschläge. Seine Augen wanderten zu der Flasche auf dem Tisch, und er entschloss sich, einen Schluck zu nehmen. Bloß einen kleinen – um den Magen zu beruhigen und die Kopfschmerzen zu lindern.

Immerhin musste er für den Tag, der vor ihm lag, in Topform sein.

Er brauchte nur eine Minute, um auf die Füße zu kommen und zum Tisch zu schlurfen.

27. Ein übler Wind über Claddagh

Welch Trauer, wenn Augen ganz ohne Licht,
die spiegeln sollten sein Angesicht!
Anonymus

Raschen Schrittes durcheilte Gabriel die Straßen. Sein Mantel war bis obenhin zugeknöpft, und den Schal, den Roweena ihm gestrickt hatte, hatte er fest um den Hals gebunden.

Am frühen Abend war ein rauher Wind aufgekommen, der winterliche Kühle nach Galway und Claddagh getragen hatte. Die See toste und rollte wie ein übellauniges Ungeheuer, das vor der Zeit aus dem Schlaf geweckt worden war. Das schlechte Wetter brachte es mit sich, dass die Gassen der Siedlung nahezu menschenleer waren. An diesem Abend saßen die Fischer von Claddagh um das Herdfeuer gedrängt, ihre Kinder durften nicht im Freien spielen. Auch Gabriel hatte Eveleen ermahnt, sich „nicht die Federn vom Balg blasen zu lassen", indem sie im Hof herumtrödelte, wie sie es üblicherweise um diese Tageszeit tat.

Niemand hatte den schlimmen Orkan vergessen, der vergangenen Januar ohne jede Vorwarnung über Irland hereingebrochen war, und man würde jenes Ereignis noch auf lange Zeit kaum vergessen können. Müttern und Vätern, Töchtern und Söhnen stand nur allzu lebendig vor Augen, wie der grausame Sturm Tiere und ganze Häuser ins Meer gerissen hatte. Man hatte geliebte Menschen verloren, Häuser waren zerstört und

Existenzen vernichtet worden. Seitdem blickte ganz Galway ahnungsvoll in den Himmel, sobald heftige Windstöße das Stroh auf den Dächern aufwirbelten.

Gabriel allerdings hatte es nicht etwa eilig, weil er sich fürchtete. Er hatte genug Stürme miterlebt, um den heutigen als ganz gewöhnliche Wetterlage einordnen zu können, die keinerlei schwerere Schäden anrichten würde. Nein, was ihn dazu brachte, zu dieser Stunde durch die Straßen zu hasten, war die Nachricht von Ulick, die ihn am späten Nachmittag erreicht hatte. Unmittelbar nachdem er die flüchtig hingekritzelten Zeilen seines Freundes gelesen hatte, hatte er den anderen Männern die Mitteilung zukommen lassen, dass er heute Abend nicht, wie es seine Gewohnheit war, mit ihnen beten könne, weil er sich um etwas anderes kümmern müsse.

Er hatte sich mit Ulick im Hause seines Vetters nahe der Priorei verabredet. Gabriel fragte sich gar nicht erst, warum ihn sein Freund nicht einfach zu Hause aufsuchte. Diejenigen, die Gabriel Vaughan gut kannten, wussten, dass er Wert darauf legte, Männerangelegenheiten aus seiner Privatsphäre herauszuhalten. Roweenas und des Kindes wegen ließ er grundsätzlich Vorsicht walten und hatte es nie zugelassen, dass in seinem Hause Kommen und Gehen herrschte. Das galt auch für die, mit denen ihn langjährige Freundschaften verbanden.

Der Gedanke daran, dass Roweena und Eveleen allein im Hause waren, ließ ihn noch einen Zahn zulegen. Sie waren daran gewöhnt, dass er donnerstags abends zur Gebetsstunde ging, und heute war er noch früher aus dem Haus gegangen als sonst. Doch er war sehr darauf bedacht, das Treffen mit Ulick so rasch wie möglich hinter sich zu bringen, nicht bloß, weil er darauf brannte zu hören, was immer der Mann ihm zu sagen hatte, sondern auch, weil ihm nicht wohl dabei war, Roweena und das Kind allein zu lassen.

Vielleicht lag es ja doch am Wind: Hatte ihn das Wetter mehr aus der Ruhe gebracht, als ihm selbst bewusst war? Er sah zum Himmel auf, an dem sich heute weder Mond noch Sterne zeigten. Anscheinend hatte sich der Wind schon gelegt. Die dunklen Straßen waren still geworden, ganz Claddagh hüllte sich in ein unnatürliches Schweigen. Ein unerklärlicher Schauer überlief Gabriel, als er in die Gasse einbog, die zu seinem Ziel führte. Ihm war durch und durch kalt, aber das lag nicht an der Nachtluft, sondern an der jähen Stille, die ihm unheimlich vorkam.

Wie die meisten Fischer hatte er die sonderbare, unvergleichliche Stille, die vielen Stürmen vorausgeht, oft genug miterlebt. Während er auf die Tür des lehmverputzten Häuschens zuging, in dem Ulick auf ihn wartete, ertappte er sich dabei, wie er den Atem anhielt, als müsse er sich Mut machen, bevor der Dezemberwind wieder mit voller Wucht auf ihn einstürmen würde.

Nur ein, zwei Sekunden nach Gabriels Klopfzeichen stieß Ulick auch schon die Tür auf. Sein Mund unter dem wuchernden Schnauzbart bildete eine dünne, scharfe Linie, und die ungewöhnlich hellen Augen sahen Gabriel mit einem Ausdruck an, in dem mehr Schrecken als Wiedersehensfreude geschrieben stand.

In diesem Augenblick packte Gabriel die Furcht, dass er heute Abend noch mehr als bloß einen Sturm würde durchmachen müssen.

* * *

Clive Robuck warf sein Bündel über die andere Schulter und schob sich rückwärts noch ein wenig tiefer in den Schatten, wobei er aus Versehen Biller auf den Fuß trat. Der Kleinere der beiden stieß einen Fluch aus, den Robuck mit einem gleichgültigen Schulterzucken quittierte. „Sieh zu, dass du an bessere Stiefel kommst – hättest du doch schon längst können!“

„Wenn das hier vorbei ist, brauch’ ich nix anderes als ’ne gute Flasche und ’n kräftiges Feuer, das kann ich dir sagen!“, motzte Biller.

„Ja, und mir ’ne heißblütige Lady dazu. Mir friert bald was ab in diesem Scheißwetter! Hoffentlich kommt das Gör bald raus, so dass wir weiterkommen.“

„Is’ noch ziemlich früh“, erinnerte ihn Biller. „Warum is’ Vaughan bloß früher aus’m Haus als sonst, frag’ ich mich. Du meinst nich’, dass da irgendwas schief geht, oder?“

Robuck sah ihn an. „Du grübelst zuviel rum. Irgendwann wirst du noch blöde von der vielen Grübelei.“

„Na ja, bei so ’ner Nummer, wie wir sie hier abziehn, kann ja wohl auch ’ne Menge schiefgehn“, grummelte Biller.

„Bist du jetzt bescheuert, Alter? ’n lockereren Job hätten wir doch gar nich’ finden können! Nix weiter, als ’n kleines Mädchen erschrecken und warten, bis der Kerl mit der Knete kommt und sie rettet. Einfacher geht’s ja wohl nich’ mehr, wenn du mich fragst.“

Billers Miene blieb finster, seine Stiefelspitze hörte nicht auf, kleine Krater in den Straßenkot zu bohren. „Solange nix danebengeht.“

„Was soll denn, bitte schön, danebengehen?“, zischte Robuck, der allmählich die Geduld mit seinem Kumpan verlor. „Jeder Trottel würde das Ding gewuppt kriegen. Sogar du.“ Ohne sich wegzudrehen, spie er auf den Boden und sagte dann: „Schluss jetzt mit dem blöden Gequassel. Du hast doch selbst gesehen, dass der große Typ auf und davon ist, genau wie Kane gesagt hat. Ob er nun ’n bisschen früher los ist, ist ja wohl schnuppe, oder? Das Mädchen wird jetzt gleich rauskommen, und wenn sie's tut, gehn wir ran und –"

Biller legte ihm die Hand auf den Unterarm und wies mit einer energischen Kopfbewegung auf Vaughans Haus. Robuck wandte den Kopf und sah ein dunkelhaariges kleines Ding aus der Tür getrottet kommen, eine Schüssel in den Händen. Sie blieb gerade lang genug stehen, um mit dem Ellbogen die Tür ins Schloss zu werfen, und ging dann um die Ecke an die Seitenmauer des Hauses, wo sie den Inhalt ihrer Schüssel auf den Boden goss.

Genau wie Kane gesagt hatte, war die Kleine offenkundig darauf aus, eine Weile im Hof herumzutrödeln. Einen Augenblick stand sie auf einem Fleck da und sah sich neugierig um. Dann klemmte sie sich die leere Schüssel unter den Arm und hopste ein wenig um einen einzeln stehenden, niedrigen, blattlosen Strauch herum, der dicht am Haus wuchs. Nachdem sie sich den etwas voluminös geratenen Pullover enger um den kleinen Körper gezogen hatte, steuerte sie schließlich, beim Gehen zum Himmel hinaufschauend, die Rückseite des Hauses an.

Robuck hob die Hand, um Biller zu signalisieren, dass sie jeden Moment handeln würden. Instinktiv zog er seine Pistole aus der Gesäßtasche.

„Was machst du denn da?", zischte ihm Biller von hinten zu. „Keine Waffen, hat der Amerikaner gesagt! Und wir haben zugestimmt!"

Robuck fuhr herum und flüsterte brüsk: „Halt's Maul! Willst du uns verraten?" Er hob die Pistole und zielte direkt auf Billers Gesicht. „Das is' keine Waffe, das is' 'ne Lebensversicherung. Sonst nix. Warst du nicht derjenige, der sich grad eben noch in die Hosen geschissen hat vor Angst, dass was schief geht? Das hier is' dafür, dass nix schief geht, klar? Und jetzt los, bevor sie –"

Plötzlich flog die Haustür auf, und beide hielten dämlich glotzend mitten in ihrer Bewegung inne, als ein zweites Mädchen – nein, eine junge Frau, besser gesagt – den Kopf heraussteckte und rief: „Evie! Eveleen, komm jetzt gefälligst ins Haus!"

Irgendwie klang ihre Stimme seltsam, dachte Robuck, so als ob sie's im Hals hätte. Vielleicht hatte sie sich bei dem Wetter 'ne Erkältung geholt.

Von der Tür aus konnte sie die Kleine natürlich nicht sehen. Und das alberne kleine Ding bewegte sich keinen Zentimeter, sondern stand mit hochgezogenen Schultern, eine Hand vor dem Mund, da, als freute sie sich diebisch.

Robucks Blicke wanderten von der Kleinen zu der Frau, die jetzt aus der Tür trat und erneut nach dem Kind rief. Sie wartete einen Moment, bevor sie wieder reinging und mit einer Laterne in der Hand zurückkam.

Im fahlen Licht der Lampe konnte Robuck sehen, dass sie langes schwarzes Haar hatte und zwar schlank, aber eine gutaussehende, wohlproportionierte Frau war. In ihm erwachte etwas, als er zusah, wie sie ihren Blick über den vorderen Hof schweifen ließ, bevor sie auf die Hausecke zuzugehen begann.

„Was is' das denn?", krächzte Biller hinter ihm mit Reibeisenstimme. „Kane hat keinen Ton davon gesagt, dass da außer dem Kind noch jemand is'!"

„Das", flüsterte Robuck, während er einen Schritt nach vorne machte und Biller bedeutete, ihm zu folgen, „is' ganz bestimmt mehr, als wo wir für bezahlt werden. Dieser Job hier wird immer besser, ich sag's dir!"

„Warte! Wir sollten uns nich' rühren, bevor Kane auftaucht. So war der Plan!"

Doch Robuck war schon unterwegs. Die Pistole immer noch in der Hand, schlich er sich halb gebückt vorwärts und bewegte sich dabei so flink und geräuschlos wie eine Wildkatze.

„Zum Teufel mit Kane! Ich hab' meine eigenen Pläne", sagte er schwer atmend und rannte zum Haus hinüber.

* * *

Brady rannte im Laufschritt. Das Herz hämmerte ihm gegen die Rippen. Einmal stolperte er über einen losen Pflasterstein, rappelte sich aber wieder auf und eilte weiter. Eigentlich hatte er schon viel eher beim Haus sein wollen, um sicherzugehen, dass Gabriel Leine zog und die beiden Gauner tatsächlich aufkreuzten. Doch im letzten Moment hatte er noch gezögert, gerade lang genug, um schnell einen Drink zu kippen, damit er sich besser fühlte.

Er hätte noch viel eher los müssen, hätte sich nicht noch aufhalten dürfen …

Als er um die Ecke bog, versuchte er sich gut zuzureden: Ihm blieb noch genug Zeit. In Wirklichkeit war er pünktlich auf die Minute.

Nach einer kurzen Beruhigung hatte der Wind wieder aufgefrischt und peitschte ihm beim Rennen ins Gesicht. Trotzdem legte er, als endlich die alte Eiche in sein Blickfeld kam, die direkt gegenüber von Gabriels Kate stand, noch einen Zahn zu. Den Eichbaum hatte er sich zum Standort erkoren: Von dort konnte er sowohl die Vorderfront als auch die Seitenwand des Hauses beobachten, und auch Robuck und Biller würden in seinem Blickfeld sein, wenn sie zum Haus hinübergingen.

Als er bei der Eiche ankam, hatte er Seitenstiche, und das Dröhnen in seinem Kopf mischte sich mit dem heftigen Pochen seines Herzens. Er hielt an, schnappte nach Luft und peilte die Lage.

Als erstes sah er Roweena mit einer Laterne in der Hand, dann Evie, die sich an der hinteren Hausecke zusammenkauerte. Schnell wandte er den Kopf nach rechts und erblickte sowohl Robuck als auch Biller.

Alles schien auf einmal abzulaufen. Ohne Vorwarnung liefen seine sorgfältig ausgedachten Pläne aus dem Ruder, so dass ihm ganz schwindlig wurde.

An die Möglichkeit, dass auch Roweena rauskommen könnte, hatte er nie gedacht. Das war in der ganzen Zeit, in der er das Haus ausgespäht hatte, um die Gewohnheiten der Bewohner kennenzulernen, nicht ein einziges Mal vorgekommen.

Bis heute Abend.

Plötzlich setzten sich Robuck und Biller in Bewegung, in gebückter Haltung, aber mit raschen Schritten. Brady wusste, dass es jetzt auf ihn ankam, dass er etwas unternehmen musste.

Statt dessen erstarrte er. Sein Kopf fühlte sich genauso bleiern an wie seine Füße. Er sah, wie die beiden Gauner quer über die Straße schlichen, sah Roweena sich zur Seite wenden, hörte sie Evies Namen rufen – und wusste, dass Evie von alledem nichts mitbekam, jedenfalls noch nicht. Er beobachtete, wie die Männer sich trennten – der stiernackige Robuck machte sich an Roweena heran, während der kleine Biller Evie auflauerte –, wusste, was als nächstes geschehen würde, und war doch außerstande, sich zu bewegen oder des Durcheinanders in seinem Kopf Herr zu werden.

Er wagte es noch nicht, dazwischenzugehen – das würde alles verderben. Er würde Roweena erklären müssen, so dass sie wüsste, dass er es war, der hinter alledem steckte. Alles wäre hinüber.

Was aber, wenn die Dinge außer Kontrolle gerieten

und Roweena verletzt würde? Konnte man Robuck vertrauen, dass er nicht grob werden würde?

Robuck *vertrauen*? Natürlich konnte man das nicht! Von Anfang an hatte er dem Mann nicht über den Weg getraut. Sein fieses Grinsen, sein abschätziger Blick, seine durch und durch verächtliche Haltung – all das hatte Brady bei ihrem Treffen alarmiert.

Aber das war schließlich zu erwarten gewesen. Robuck war ja bloß ein gewöhnlicher Straßengauner. Das hatte nichts damit zu tun, dass die beiden den Job nicht verabredungsgemäß erledigen würden. Roweenas Erscheinen machte die Dinge ein wenig komplizierter, das schon, aber Robuck würde keine Mühe damit haben, sie auf Armeslänge Abstand zu halten, so dass Brady seinen Auftritt hinlegen konnte.

Und er würde schon nicht seinen Einsatz verpassen. Im Gegenteil, er würde sogar ein bisschen eher eingreifen. Nur noch ein paar Minuten, damit seine „Rettungsaktion" ihre Wirkung auch nicht verfehlte.

Einen Augenblick lang beschlich Brady der dämliche Wunsch, irgendeine Waffe bei sich zu haben. Vielleicht wäre es besser gewesen, irgendwas dabeizuhaben, für alle Fälle 'ne Kanone?

Doch er hatte noch nie im Leben eine Schusswaffe benutzt. Und außerdem brauchte er auch gar keine. Robuck und Biller würden auch keine haben. Er hatte nicht den Hauch eines Zweifels daran gelassen, dass er das nicht wünschte.

Er rief sich in Erinnerung, dass die beiden Typen, die er angeheuert hatte, nichts anderes als miese kleine Gauner waren. Und nicht etwa Killer oder so was.

Bradys Hände zitterten, er schlotterte am ganzen Leib so heftig, dass es weh tat, als würde er von einem Hagel Kartätschengeschosse getroffen. Er versuchte sich zusammenzureißen, ruhig zu bleiben. Doch von dem Hämmern unter seiner Schädeldecke wurde ihm todsterbenselend, und sosehr er sich auch zu bezwingen versuchte, er konnte nichts gegen die Panik tun, die ihn durchschoss, während er die beiden Männer, die er gedungen hatte, geradewegs auf Roweena und Evie zusteuern sah.

28. Dunkelheit im Himmel

Welches Los nun unsrer harret,
bleibt entrückt, wir wissen's nicht.
Aus *A Southern* (Samuel-B.-Oldham-Sammlung)

An der Hausecke blieb Roweena einen Moment stehen und sah sich um. Die Nacht war stockdunkel, am Himmel stand kein Lichtlein. Der Wind, der schon erstorben schien, hatte in den letzten paar Minuten wieder kräftig aufgefrischt. Sie zog sich ihr dünnes Tuch fester um die Schultern.

Als sie schließlich um die Ecke bog, hob sie die Laterne ein wenig höher, und wie sie Evie gewahrte, die an der Mauer hockte und sich halb totlachte, blieb sie stehen.

Manchmal stellte das Kind ihre Geduld wirklich auf die Probe. „Was fällt … dir ein? Weißt du nicht, dass … ich mir Sorgen gemacht hab'?“, schalt sie.

Evie stand auf. Sie lachte immer noch, wenn auch ein wenig verunsichert. Anscheinend war Roweena nicht nach Albernheiten zumute.

„Ich wollt' doch nur 'n bisschen Spaß machen“, sagte sie betont langsam, damit Roweena ihr im trüben Licht der Laterne die Worte von den Lippen ablesen konnte. „Hab' doch bloß Verstecken gespielt!“

„Das … ist nicht lustig!“, schnaubte Roweena. Ihr war bewusst, dass sie sich zickig aufführte, vielleicht aus einer Mücke einen Elefanten machte, aber sie hatte wirklich Angst um Evie gehabt. Heute Abend standen gar keine Sterne am Himmel, denen die Kleine „folgen“ konnte, und wenn Gabriel nicht da war, passte es ihr nicht, wenn sie im Dunkeln herumstreunte, und mochte es auch nur für ein paar Minuten sein.

Evies schelmische Miene verzog sich zum beleidigten Flunsch. Ohne Roweena anzusehen stand sie da und scharrte mit ihrer Schuhspitze im Sand.

Der Kleinen gelang es immer, ihre Versuche, streng zu sein, in sich zusammenfallen zu lassen. Dennoch gab Roweena sich Mühe, ihrem Ton den gebührenden Nachdruck zu verleihen. „Jetzt aber … rein mit dir, hörst du? Gabriel … wird sich gar nicht freuen, wenn er … von deinem kleinen Spaß hört!"

Endlich sah Evie auf und starrte sie an. Roweena hob die Laterne, damit sie sahen, wo sie hintraten. Plötzlich blieb das Kind mitten im Schritt stehen. Roweena wiederholte ihre Ermahnung: „Eveleen, wenn du nicht … jetzt sofort mit mir reinkommst, laß ich dich 'ne ganze Woche nicht draußen spielen!"

Evie sah Roweena nur ganz kurz an, dann wanderte ihr Blick zu irgend etwas, das hinter Roweenas Rücken war, und sie erschrak zutiefst.

„Evie?"

Plötzlich sah das Mädchen total verängstigt aus, und Roweena lief es eiskalt den Rücken hinunter.

Ihr wich das Blut aus dem Kopf. Ein Windstoß fuhr ihr übers Gesicht und wischte eine Haarsträhne über ihre Augen, so dass sie kaum noch etwas sehen konnte. Mit rasendem Puls wollte sie sich umdrehen, um zu sehen, was Evie so fürchterlich erschreckt hatte. Doch im selben Moment sprang ein Mann aus dem düsteren Schatten und schnappte sich Evie.

Roweena schrie auf und machte einen Satz nach vorn, doch noch ehe sie Evie zu fassen bekam, legte sich ein schwerer Arm von hinten um ihre Schultern, und ein anderer umfasste sie an den Hüften. Sie war gefangen.

Vor Panik und wegen des faulen Gestanks von Schweiß und abgestandenem Tabak wurde ihr speiübel. Sie schnappte nach Luft und versuchte zu schreien, aber der stämmige Arm, der sich gegen ihre Luftröhre presste, nahm ihr den Atem und dämpfte ihre Stimme.

Hilflos spürte Roweena, wie sie an einen großen, kräftigen Männerkörper gedrückt wurde. Sie taumelte, versuchte sich loszureißen, fand sich aber nur in einem um so festeren, brutaleren Würgegriff gefangen.

Schreckerfüllt sah sie, wie Evie von einem kleinen, drahtigen Mann loszukommen versuchte, der sich ein Halstuch über die untere Hälfte seines Gesichts gezogen hatte. Sogar mit ihren tauben Ohren meinte Roweena die schrillen Schreie zu hören, die das Kind in Todesängsten ausstieß.

Evie in solcher Lage zu sehen, ließ Roweenas eigene Angst in ungeheure Wut umschlagen. Wie eine Wilde schleuderte sie die Arme um sich, fuchtelte und boxte, traf aber nichts als Luft. Vergeblich versuchte sie zu schreien, sich der Umklammerung zu entwinden, aber der Arm um ihren Hals drückte ihr alle Luft ab, und der Griff um ihre Hüfte wurde so fest, dass sie sich wie in einen Schraubstock gespannt fühlte.

Dann explodierte irgend etwas, und alles um sie begann zu schwanken.

* * *

Brady stand vor Panik wie angewurzelt da. Alles ging viel zu schnell. Die Sache lief verkehrt. Evie kreischte auf, und Biller drückte ihr seine Hand auf den Mund. Roweena rangelte, schlug um sich und stampfte mit den Füßen wie eine Wilde in irgendeinem Hexentanz.

Und dann Robuck, wie er sie umklammerte, anbrüllte und beschwor, ihr widerwärtige Obszönitäten ins Ohr spie, die alles um sie herum zu verseuchen schienen, auch wenn Roweena kein Wort von dem hörte, was er von sich gab.

Es rauschte Brady in den Ohren, während sein Puls sich zu überschlagen schien. Seine Gedanken rasten wie irrsinnig, suchten nach Halt, kämpften verzweifelt, um eine Lösung zu finden. Was sollte er bloß tun?

Die Szene entrollte sich vor ihm wie ein Alptraum, der jählings in die Realität überspringt. Wie eine Brandungswoge brachen Schuldgefühle und Selbstekel über ihn herein, als er die Horrorszenerie betrachtete, die er selbst heraufbeschworen hatte.

Er saß fest zwischen Verzweiflung und Unentschlossenheit, so gut wie gelähmt angesichts der Katastrophe, die niemand anders als er, Brady Kane, ins Werk gesetzt hatte.

* * *

So gut wie nichts von dem wahrnehmend, was um ihn herum war, hetzte Gabriel durch die engen Claddagh-Gassen.

Der Wind, der ihm noch vor ein paar Minuten so flau vorgekommen war, hatte jetzt etwas Schneidendes an sich, das ihm ins Gesicht schlug, und heulte ohrenbetäubend.

Die vagen Vorahnungen, die ihn den ganzen Abend nicht losgelassen hatten, waren in Schrecken umgeschlagen, der auf ihn einhämmerte und ihn trotz des Gefühls, eine Eisenkugel hinter sich herzuschleppen, die an sein Fußgelenk gekettet war, wie im Fieber nach Hause hasten ließ.

Bei jedem Schritt hallten Ulicks Worte gellend unter seiner Schädeldecke wider, er konnte die düsteren Straßen gar nicht rasch genug hinter sich bringen. In den wenigen Momenten, seit er sich von Ulick getrennt hatte, war aus seinem Unbehagen, Roweena und Evie allein zu Hause zu wissen, ein harter Knoten der Angst geworden, der ihm die Kehle zuschnürte.

Vielleicht war er ja bloß überkandidelt, oder die unruhige Nacht spielte ihm einen Streich; jedenfalls aber hatte ihn Ulicks beunruhigende Eröffnung schwer erschüttert. Er musste nach Hause, und zwar so schnell wie irgend möglich.

Er konnte an nichts anderes mehr denken, als was er vorhin von Ulick gehört hatte. *Das* hätte er im Leben nicht erwartet!

Doch dem gnädigen Herrn sei Dank dafür, dass es ihm rechtzeitig zu Ohren gekommen war, so dass er das Unheil wohl noch abzuwenden vermochte.

Unvorstellbar, unglaublich, dass etwas, das vor so langer Zeit, in grauer Vergangenheit, geschehen war, immer noch über die Jahre hin nachwirken und das Heute berühren konnte, dass eine Nacht der Rohheit Leben und Schicksale von zwei oder mehr Generationen in Mitleidenschaft zu ziehen vermochte.

Man musste es ihnen sagen, aber wie stand ihm das bevor! Und doch wäre es gefährliche Torheit, ein solches Geheimnis völlig von den beiden fernzuhalten.

Aber war es denn ein Geheimnis? Sicher, Roweena wusste, dass sie das Ergebnis eines brutalen Überfalls auf ihre Mutter war. Gleich als sie alt genug gewesen war, es zu verstehen, hatte Gabriel ihr alles gesagt, was er wusste. Und sie hatte auch selbst bruchstückhafte Erinnerungen an die Vergangenheit: an das Kloster, in dem sie mit ihrer damals völlig am Boden zerstörten Mutter gelebt hatte, als sie noch ein ganz kleines Mädchen gewesen war. An die Feuersbrunst, die das Kloster verheert und ihr die Mutter genommen hatte. An die

Jahre, die sie bei Gabriels Eltern und dann bei seinem Onkel verbracht hatte, bis er selbst sie in seine Obhut genommen hatte.

Aber was war mit Brady Kane? War es möglich, dass es ihm nie jemand gesagt hatte? Oder falls er es wusste, dass er einfach nicht begriff, was es für ihn bedeutete – und für Roweena?

Gabriel musste an die Porträts denken, die Kane gemalt hatte, und für einen Augenblick blieb er stehen, wo er gerade war. Er erinnerte sich, wie die Ähnlichkeit des Bildes mit Roweena ihn aufgewühlt hatte, das Gespür von etwas … Bösem, ja Obsessivem, das hinter der Malerei steckte. Hatte er tatsächlich gesehen, was er zu sehen meinte, oder hatte die *Verkehrtheit* des Bildes ihm lediglich zur Warnung gereichen sollen?

Schweren Herzens und voller Kummer, aber mehr denn je darauf bedacht, nach Hause zu kommen, rannte er weiter. Hart schlugen die Sohlen seiner schweren Seestiefel auf das unebene Pflaster der gerade noch so stillen Straßen.

29. Begegnung mit dem Bösen

Männer gleichen Bluts, in feindlichen Reihn,
bereit, den andern dem Tode zu weihn …
Robert Young

Roweena wehrte sich gegen die Anstrengungen des Mannes, sie zu sich herumzudrehen. Ihn von Angesicht zu Angesicht zu sehen würde ihn nur um so schrecklicher machen. Doch sie vermochte nichts gegen ihn auszurichten.

Schließlich drehte er sie mit Leichtigkeit grob herum. Er war ein kräftiger Mann: nicht groß, aber untersetzt, mit breiten Schultern und athletischem Brustkorb. Sein langes, struppiges Haar war von einem dumpfen Rot. Wie der andere hatte er sich ein Tuch vor den Mund gebunden, doch während sie ihn anstarrte, hob er die Hand und riss es sich herunter, so als wollte er förmlich, dass sie sein Gesicht sah.

Am schlimmsten waren seine Augen: Eng beieinanderliegend und verschattet, funkelte aus ihnen die Gemeinheit eines verdorbenen Gemüts, während sie gleichzeitig etwas Kaltes, Brutales an sich hatten, das darauf schließen ließ, dass es ihm nicht das geringste ausmachte, anderen Schmerzen zuzufügen.

Nur unter Aufbietung aller Willenskraft schaffte sie es, ihm nicht ins Gesicht zu schreien, als er ihr mit seiner freien Hand so dicht vorm Gesicht herumfuchtelte, dass er sie fast berührte: Er hatte eine Pistole.

Roweena versuchte den Blick abzuwenden, damit er nicht sah, wie sehr sie sich fürchtete. Doch er drückte ihr den kalten Lauf der Waffe von unten ans Kinn und zwang sie, ihm direkt in die Augen zu sehen.

Er sagte irgendwas zu ihr. Roweena nahm sich zusammen, wie sie irgend konnte, um sich auf seinen widerwärtigen Mund zu konzentrieren und abzulesen, was er wollte. Aus irgendeinem Grund wollte sie vermeiden, dass er ihre Taubheit bemerkte, wohl aus Angst, dass er sie zu seinem Vorteil ausnutzen konnte. Doch seine Worte sprudelten zu schnell, so dass sie nur Bruchteile von dem, was er sagte, mitbekam.

„… vorsichtig … das rate ich dir. Du und ich … reingehen … unsern Spaß haben … Tu's einfach … passiert nix … dir nicht und dem Balg auch nicht."

Nein! O Herr, nein, bitte nicht … Bitte … nicht das… Nicht dieses Böse, was Mutter durchgemacht hat … Bitte, lieber Herr – bitte nicht das …

Er sah an ihr vorbei auf den anderen Mann, der Evie umklammert hielt. Wieder versuchte Roweena von seinen Lippen abzulesen: „… stopf endlich dem Gör das Maul! Und bleib gefälligst … draußen, bis … Werd' nicht lang brauchen …"

Roweena schaffte es, halb den Kopf zu drehen, und bekam mit, wie Evie ihrem Peiniger gegen's Schienbein trat. Zur Strafe hob der Mann sie vom Boden hoch und quetschte sie an sich wie eine Strohpuppe. Sie wurde immer wilder, schlug mit den Armen um sich, wand sich und trampelte, aber sie hatte nicht den Hauch einer Chance, der Umklammerung zu entrinnen.

Roweena sah, dass sie panisch nach Gabriel rief, bis der Mann sie heftig auf den Mund schlug. Die Augen weit aufgerissen, streckte sie flehentlich die Arme nach Roweena aus.

Roweena konnte nicht mehr. Verzweifelt schloss sie die Augen, aber ein harter Stoß zwang sie, erneut den rothaarigen Kerl anzusehen. Jetzt drückte er ihr die

Pistole an die Schläfe. Seine Augen brannten vor Gier, und die Mundwinkel hatte er verächtlich herabgezogen, während er sie mit Obszönitäten überschüttete. Dann las sie: „… blas' ich dir das Hirn raus … und dem kleinen Miststück da auch … schön tun, was ich sage …"

Nein, doch nicht Evie! Sie konnte nicht zulassen, dass sie Eveleen was antaten …

„Bitte, machen Sie doch, dass er sie loslässt!", bettelte sie. „Sie … ist doch noch so klein … Bitte …"

Sie bekam nicht mit, ob er sie irgendeiner Antwort würdigte oder nicht, denn er schubste sie einfach herum und begann sie Richtung Haustür zu drängen. Roweenas Beine drohten ihr den Dienst zu versagen, aber sie zwang sich vorwärts in der Hoffnung, dadurch vielleicht Evie schützen zu können, obwohl sie wusste, dass ihre Unversehrtheit – womöglich sogar ihr Leben und das Leben Evies obendrein – davon abhing, dass sie sich *nicht* ins Haus zwingen ließ. Hier draußen gab es wenigstens eine kleine Chance, dass vielleicht jemand sie hörte oder sah …

Obschon sie das dachte, wusste sie doch, dass sie vergebens hoffte. In einer Nacht wie dieser hielt sich keine Menschenseele im Freien auf, und außerdem würde der grässliche Wind all ihre Hilferufe ohne Federlesens verschlucken.

Sie versuchte ihre Panik zu bezwingen und horchte tief in sich hinein, um irgendwo Trost zu finden. Sie spürte, dass ihr Kidnapper ein aggressiver, ungeduldiger Mann war. Wer weiß, was er mit ihr anstellen würde, wenn sie vollkommen die Beherrschung verlor?

Gabriel … Wo war denn bloß Gabriel? Müsste er nicht schon längst zurück sein?

Verzweifelt sang sie eine unhörbare Litanei, während sie, die Pistole im Rücken, vor ihrem Peiniger herstolperte: *O Gott, sei uns gnädig … Herr Jesus, erbarme dich unser… Erbarm dich, o Herr, erbarme dich doch …*

* * *

Brady drohte den Verstand zu verlieren, als er sah, wie Robuck Roweena eine Pistole an den Kopf hielt und sie ins Haus zu treiben begann.

Wo kam denn diese Pistole her? Sie sollten doch keine Waffen bei sich haben! Und er konnte nicht zulassen, dass er sie ins Haus schleppte! Da drin würde sie mit Robuck in der Falle sitzen!

Der Magen drehte sich ihm um.

O Gott, was hab' ich bloß getan! Was hab' ich getan?

In diesem Augenblick stieß Evie Schreie aus, die ihm das Blut in den Adern gefrieren ließen. Er sah, dass Biller sie mit einem Arm hochgehievt hatte wie einen Sack Korn, während er ihr die andere Hand auf den Mund presste.

Irgend etwas in Brady explodierte, und ehe er sich's versah, schoss er aus seinem Versteck, sprintete über die Straße und brüllte sich dabei die Lunge aus dem Hals. Sein Fuß blieb an einem vorstehenden Stein hängen, er strauchelte, Schmerz schoss ihm durch den Knöchel, aber er rannte weiter, schoss in den Vaughanschen Vorhof und raste auf Robuck und Roweena zu.

Robuck fuhr herum. Einen seiner feisten Arme hatte er um Roweenas Hals geschlungen, so dass sie kaum Luft zu kriegen schien, mit der anderen Hand presste er ihr die Pistole an die Schläfe, während er ihren Körper wie einen Schild vor sich hielt.

„Stop! Keinen Schritt weiter, oder ich knall' sie ab!"

Brady blieb stehen. Heilloser Zorn brannte in ihm, durchflutete ihn, blendete ihn und dröhnte in seinen

Ohren. „Lass sie los, Robuck! Was zum Teufel glaubst du hier zu tun?“

Robuck entblößte sein Gebiss zu einem barbarischen Grinsen. „Alles, was ich will, Yank. Alles, was ich will. *Du* willst mich aufhalten, du mit deinem ‚ja keine Waffen‘?“

Bradys Gedanken überschlugen sich. Roweena sah ihn an, die Augen flackernd vor Angst. Aus dem Augenwinkel sah er, wie Biller Evie absetzte, freilich ohne sie loszulassen: Er hielt sie an ihrem Pullover fest.

Brady vermochte keinen klaren Gedanken zu fassen. Roweena konnte ihm von den Lippen lesen, aber selbst wenn sie so außer sich war, dass sie nicht mitkriegte, was er sagte, so konnte Evie ihn doch hören und würde wissen, dass er hier mit drinsteckte, und zwar bis zum Hals.

Irgendwie musste er seinen Plan retten, ohne dass Roweena oder Evie etwas zustieß. Bloß wie?

„Lass sie los“, sagte er. Seine Stimme klang tief und grollend. „Du kommst mir nicht davon.“

Robuck grinste nur noch breiter. „Dass ich nicht lache! Vergiss es, Yank! Kannst ja in ’n paar Minuten wiederkommen, wenn ich mit ihr fertig bin. Dann kannst du die beiden immer noch ‚retten‘.“

Er ließ ein widerwärtiges Lachen hören, riss Roweena herum und schob sie weiter auf das Haus zu, Brady den Rücken zuwendend, als stellte dieser nicht die geringste Gefahr für ihn dar.

Mit einem Mal schien Bradys Plan keinerlei Bedeutung mehr zu haben. Es kam nicht mehr drauf an, ob Roweena erfuhr, was er getan hatte. Alles, was zählte, war, sie zu retten. Und Evie.

Sein Kopf klarte auf, und wie schwerelos, pfeilschnell, stürzte er auf Robucks Rücken zu.

Doch Biller stieß noch rechtzeitig einen Warnruf

aus, so dass der vierschrötige Mann genau im richtigen Moment, Roweena fest im Griff, herumwirbelte. Einen Arm immer noch gegen ihre Kehle pressend und die Pistole an ihre Schläfe drückend, stand er breitbeinig da – die personifizierte Herausforderung.

„Wenn du nicht abhaust, Kane, ist sie tot! Du weißt, dass ich's so meine, wie ich's sage!"

Brady sah die Wildheit in seinen Augen und die Tränen der Angst in Roweenas. Er ging erst einen, dann noch einen Schritt zurück. Robuck grinste voll Genugtuung.

„So isses schon besser, Yank", sagte er und fuchtelte mit der Pistole vor Brady herum. „Und jetzt gehst du schön da rüber, wo Biller dich im Auge hat, bis ich da drin mit der Kleinen hier zu Rande bin!"

Brady war sich nicht sicher, was als nächstes passierte. Anscheinend hatte Roweena gedacht, Robuck sei abgelenkt, so dass sie sich losreißen könnte – jedenfalls wand und bog sie sich, neigte sich, laut schreiend vor Anstrengung, mit aller Kraft nach vorne. Robuck jedoch schien über Bärenkräfte zu verfügen und riss sie am Hals wieder zurück. Sie prallte mit solcher Wucht gegen ihn, dass sie vor Schmerz aufschrie.

Im selben Moment sah Brady aus dem Augenwinkel, wie Evie sich aus ihrem Pullover schälte, so dass Biller nur noch das Kleidungsstück in der Hand hielt. Mit großen Sätzen rannte sie kreischend davon, doch nur um plötzlich scharf anzuhalten, genau zwischen Brady und Robuck.

Sie wirbelte herum und sah Brady an, dann wieder Robuck und Roweena, als wüsste sie nicht, was sie tun sollte.

Brady sah die Gefahr, versuchte sie mit wedelnden Handbewegungen zu verscheuchen und schrie: „Nein, Evie! Zurück, zurück!"

Sie starrte erst ihn an und sah dann wieder zu Roweena hinüber. Jedenfalls stand sie da wie angewurzelt, den Blick jetzt auf Robuck gerichtet, der die Pistole hob und mit einem Fluch direkt auf sie anlegte.

„Robuck!“, schrie Brady, mit beiden Armen fuchtelnd wie ein Ertrinkender. „Nicht! Wenn du ihr was tust – wenn du sie auch bloß anrührst, ist der Deal gestorben, kapiert? Dann siehst du keine müde Kröte!“

Robuck sah ihn aus schmalen Augen an, als überschlüge er seine Möglichkeiten.

„Keinen roten Heller!“, wiederholte Brady mit tiefer, drohender Stimme. „Und ich schwöre dir, ich mach' dich fertig!“

Scheinbar unbewegt hörte der Gangster nicht auf, ihn zu beäugen, und machte keinerlei Anstalten, die Pistole von Evie wegzunehmen. Roweena starrte Brady an, restlos schockiert, aber da war noch etwas in ihrem Blick – etwas Schreckliches, was so weh tat, dass es ihn förmlich durchbohrte, ihm ins Innerste seiner Seele schnitt.

Endlich richtete sich Robucks Blick wieder auf Evie, und die Waffe schwang in Bradys Richtung. „Da rüber, mit deinem Kumpel, blödes Gör! Und halt ja die Schnauze, oder ich mach Hackfleisch aus der Schönheit hier, aber gehörig!“

Evie zauderte immer noch, drehte den Kopf erst zu Brady, dann zu Roweena, die ihr zurief, sie solle weglaufen. Das schien Robuck fuchsteufelswild zu machen. Er versetzte Roweena einen heftigen Schlag.

Da rastete Brady völlig aus.

* * *

Gabriel hatte sich gerade hinter die Ulme geschlichen, die auf dem ansteigenden Hang hinterm Haus wuchs, als er Roweena sah, die sich von ihrem Kidnapper zu befreien versuchte, nur um in einen noch festeren Würgegriff genommen zu werden.

Die Fäuste geballt, hörte er sie vor Schmerz aufschreien. Im selben Augenblick gelang es der kleinen Evie tatsächlich, sich loszureißen.

Gabriel hielt den Atem an, als das Kind auf dem Hof zwischen Roweena und Brady Kane stehenblieb und vom einen zum anderen schaute, als wäre es unschlüssig, was es tun sollte.

Er nahm die ganze Szenerie in sich auf: Kanes Unsicherheit und Unentschlossenheit. Den Todesschrecken der Mädchen. Das kleine Gespenst von einem Mann, der an der einen Seite des Hofes stand und aussah, als würde er alles geben, um nicht hier sein zu müssen.

Während er dem Wortwechsel zwischen Brady Kane und dem Mann mit der Pistole zuhörte, erkannte er, dass alles, was hier lief, offenbar auf Kanes Mist gewachsen war.

Aber warum?

Er verknotete seine Hände so fest ineinander, dass seine Handflächen von den Fingernägeln blutig wurden. Wie er da in der Dunkelheit stand und auf den richtigen Augenblick zum Eingreifen lauerte, gellten ihm die Ohren, und vor Angst und Verzweiflung drehte sich ihm schier der Magen um.

Plötzlich schrie Roweena Evie etwas zu, und das Kind flitzte zu Kane hinüber. Gleichzeitig schlug der Mann mit der Pistole Roweena ins Gesicht.

Gabriels letztes bisschen Selbstkontrolle ging in die Binsen, und die Wut in ihm erhob ihr Haupt wie ein aufgebrachtes Ungeheuer, das sich losgerissen hatte.

Er stieß sich von dem Baum ab und rannte brüllend in den Hof hinab, direkt auf Roweena und den Pistolenmann zu.

* * *

Gabriels Anblick, wie er quer über den Hofplatz auf sie zugerast kam, entlockte Roweena einen beinah wahnsinnigen Erleichterungsschrei. Im selben Augenblick sah sie, wie auch Brady Kane sich in Trab setzte und hinter Gabriel herlief, während der kleinere Mann, der Evie festgehalten hatte, in die Nacht hinein das Weite suchte.

Doch ihre Erleichterung war nur von kurzer Dauer. Mit einem Mal stieß der Pistolenmann sie zur Seite. Taumelnd und tapernd sah sie, wie der Mann seine Waffe nunmehr auf Gabriel richtete.

Blitzartig ging Roweena auf, was als nächstes geschehen würde.

Ohne das geringste Zögern sprang sie vor und schoss auf Gabriel zu. Kaum berührten ihre Füße den Boden, so rückhaltlos setzte sie alles daran, Gabriel eher zu erreichen, als die Pistolenkugel es tat.

* * *

„*Roweena – nein!*" Gabriel sah sie förmlich auf sich zufliegen und war seinerseits schon losgerannt, als er sie anrief, um sich zwischen sie und den Schützen zu werfen. Gleichzeitig stieß Brady Kane, der ebenfalls auf sie zurannte, einen Warnruf aus.

Aber Roweena ließ sich nicht beirren. Wie mit einem einzigen langen Satz sprang sie auf Gabriel zu und warf sich in derselben Sekunde vor ihn, in der der Schuss detonierte und die Nacht in Fetzen riss.

* * *

Zuerst begriff Brady nicht einmal, dass die Verzweiflungsschreie, die sich einer Menschenkehle entrangen, von ihm selbst kamen. Er sah, wie Roweena sich in wilder Hatz auf Gabriel stürzte und wie sich ihr vor Liebe glühender Gesichtsausdruck rasch in schmerzverzerrte Qual verwandelte, als Gabriel sie auffing und langsam zu Boden sinken ließ. Dann sah er, wie sich auf ihrer Schulter ein schnell größer werdender roter Fleck abzeichnete und sich über eine Seite ihrer Brust ausbreitete.

Das mit Wut versetzte Leid, das die Miene des Hünen verriet, traf ihn wie ein Schlag. Eine Weile stand er dumpf da und sah zu, wie Gabriel Roweena fest an sich drückte. Dann sah Gabriel ihn an, und Brady erkannte den Ausdruck qualvollen Wissens in seinen Augen.

Als ihm endlich in der ganzen furchtbaren Klarheit aufging, was geschehen war, fuhr er herum und stürzte sich, ohne auf die Waffe zu achten, mit der der Mann jetzt auf ihn selbst zielte, wie ein außer sich geratener Bär auf Robuck.

Ein Schuss löste sich, und er spürte den Schmerz in seiner Schulter wie eine Schockwelle. Trotzdem warf er sich auf Robuck, prügelte mit seinen Fäusten auf ihn ein und verfluchte ihn – wie sich selbst – mit all dem heillosen Zorn, den der Anblick Roweenas, wie sie schlaff in Gabriels Armen lag, in ihm ausgelöst hatte.

Während er mit Robuck um die Pistole rangelte, durchschoss ihn eine weitere Welle brennenden Schmerzes, diesmal an seiner Seite. Augenblicklich wurde ihm übel, und noch während Robuck ihn von sich stieß und er mit dem Rücken zuerst auf den Boden prallte, hüllte ihn pechschwarze Nacht ein.

Aus dem Augenwinkel sah er noch, wie Gabriel sich

auf Robuck stürzte, mit mächtiger Faust auf den Schädel des Mannes eindrosch und die Pistole im hohen Bogen wegflog, als der Bandit erst auf die Knie und dann mit dem Gesicht voran in den Schlamm fiel.

* * *

Brady dachte, dass er eine Zeitlang zwischen Bewusstsein und Ohnmacht hin- und hergeschwankt sein musste, hatte aber keine Ahnung, wie viel Zeit vergangen war. Verstohlen sah er zu Robuck hinüber. Der Mann lag nach wie vor im Modder, anscheinend besinnungslos, aber nicht tot, denn Gabriel war gerade dabei, ihn an Händen und Füßen zu binden.

Von Biller war nichts zu sehen.

Mittlerweile standen einige andere Leute herum, ein paar Männer, zumeist aber Frauen. Wahrscheinlich waren es Nachbarn, die den Tumult am Ende doch noch mitbekommen und sich ins Freie gewagt hatten. Sie standen gaffend im Hintergrund und sprachen im Flüsterton miteinander.

Brady hob eine Hand, um Gabriel auf sich aufmerksam zu machen. Die Anstrengung erfüllte seine Seite mit heißem Schmerz, und er stöhnte auf.

„Roweena …"

Einen Augenblick lang sah Gabriel schweigend auf Brady herab. Schließlich gab er ihm eine barsche Antwort: „Sie lebt. Evie ist bei ihr. Ich schau' gleich mal nach deinen Verwundungen, aber erst, nachdem ich mich um Roweena gekümmert habe."

„Aber – sie wird wieder gesund?"

Gabriel antwortete nicht, sondern blickte lediglich in versteinertem Schweigen auf Brady herab.

„Bitte, Gabriel, holen Sie ihr einen Arzt", presste Brady hervor, wobei er Gabriel am Ärmel zu fassen versuchte, was ihm nicht gelang, weil der Schmerz ihn durchtoste wie Feuer. „Ich werd's bezahlen, wie viel es auch sei. Aber sie braucht einen Arzt."

„Ich bin Arzt", sagte der große Fischer tonlos. Zögernd schlüpfte er aus seinem Mantel, ließ sich auf ein Knie herab und breitete das Kleidungsstück über Brady. Der zuckte innerlich zusammen, als er das namenlose Leid in den Augen des Fischers sah.

„Was hast du bloß heute Abend hier angerichtet, Brady Kane? Und warum, in aller Welt?"

Brady brachte es nicht fertig, ihn anzusehen. „Ich … hab' doch nicht gedacht … Es sollte doch keinem was passieren … Ich wollte doch nur, dass Sie eine andere Meinung von mir bekommen. Ich hab' das alles eingefädelt."

Er spürte, wie Gabriels Blicke ihn durchbohrten. „Wieso, Mann? Warum solltest du so was tun?"

„Wegen Roweena", sagte Brady, und die Scham packte ihn wie ein Fieberschub, als er es wagte, Gabriel anzusehen. „Aber es ist alles schiefgegangen … so fürchterlich schief. Roweena hätte doch noch nicht mal rauskommen sollen … nur Evie. Ich dachte, wenn ich so tu', als hätt' ich Evie gerettet … na ja, dass Sie mir dann vielleicht gewogen wären und Roweena erlauben würden, mich zu sehen … Ich hätt' doch nicht gedacht … Ich wollt' doch nicht, dass jemandem was geschieht …"

Brady hörte auf zu atmen. Der Himmel über ihm begann sich zu drehen, und ihm war schlecht, so unendlich schlecht …

„Dabei sind Sie es, den sie liebt, Gabriel … Wussten Sie das? Roweena … sie liebt Sie… Ich hab's in ihrem Gesicht gesehen, als sie auf Sie zulief … Da wusste ich, dass ich das alles … umsonst gemacht hab', ganz umsonst. Sie wär' fast zu Tode gekommen, durch meine

Schuld – und für nichts und wieder nichts … Sie wollte ihr Leben für Sie geben …"

Brady sah, wie Gabriels Zorn und Fassungslosigkeit dahinschwanden und etwas anderem Platz machten, einem Ausdruck offener Verachtung.

„Du armer, mieser Idiot", sagte Gabriel endlich mit einer unbeschreiblich bitteren Traurigkeit, unter der Brady sich wand. „Also hast du's nicht gewusst."

„Was gewusst?", stotterte Brady, unter dem sich jetzt, zugleich mit dem Himmel, auch der Boden zu drehen begann.

„Das wird man dir schon sagen müssen, nehme ich an, obwohl eigentlich nicht ich es sein sollte, der es dir sagt."

Gabriels Stimme klang immer ferner und ferner, so als zöge er sich in eine dunkle, gewundene Höhle zurück. „Roweena und du –", sagte er, „es sieht ganz danach aus, als hättet ihr denselben Vater."

Brady rang darum, die Augen offenzuhalten. „Sie spinnen", sagte er mit dem kläglich misslingenden Versuch eines Lachens.

„Ich spinne nicht. Roweenas Mutter wurde von einem betrunkenen britischen Soldaten vergewaltigt, aus Rache für einen Überfall, den einer von diesen verfluchten Geheimtrupps verübt hatte, die Irland ewig hervorbringt. In ein und derselben Nacht wurden drei Frauen überfallen und gemartert, alle drei aus Galway." Gabriel machte eine Pause. „Eine von den dreien war deine Mutter."

„Das ist nicht wahr", murmelte Brady. „Mein Vater war Sean Kane."

Gabriel schüttelte den Kopf. „Nein. Sean Kane war der Erzeuger deines Bruders und deiner Schwester. Aber nicht der deine. Dein Vater gehörte zu einem Soldatenhaufen – ein Engländer."

Brady schaffte es, ihm mit dem Fuß einen Schubs zu geben, so als könnte er sich Gabriels Worte vom Hals schaffen. „Ich glaub' Ihnen nicht…"

„Es ist die Wahrheit", sagte Gabriel und erhob sich. „Aber ich will jetzt keine Zeit mehr mit dir verschwenden. Ich muss nach Roweena sehen." Er hielt inne und starrte Brady ein letztes Mal an. „Sobald du stark genug bist, wirst du an deinen Bruder in Amerika schreiben, Jack Kane. Besser gesagt *John* Kane oder, auf irisch, *Sean*, wohl nach *seinem* Vater. Egal, du schreibst ihm und bittest ihn, dir den Rest der Geschichte mitzuteilen. Fürs erste reicht es, wenn du weißt, dass es sehr gut sein kann, dass Roweena deine Halbschwester ist. Jedenfalls ist das absolut nicht auszuschließen."

Mit diesen Worten ging Gabriel davon.

Bradys Kehle entrang sich ein langer, schriller Klageton. Dann drehte er das Gesicht nach unten in den Schlamm und erbrach sich.

Teil 3

Auf einem Altar aus Asche

… wir sind in Feuer und Wasser geraten. Aber du hast uns herausgeführt und uns erquickt.
Psalm 66,12

30. Eine heimtückische Drohung

Wozu begibst du dich
vor den Reichen hin?
Meinst du, dein Wehklagen
möcht' Mitleid wecken ihm,
gar eine Saite schlagen
des ehrlichen Erbarmens
in einem Herzen, hart wie Stein?
Elizabeth Willoughby Varian

New York, im Dezember

Es war in der vergangenen Nacht gewesen, dass der Plan in Jacks Gedanken Gestalt anzunehmen begonnen hatte. Das war so plötzlich geschehen. Zugleich aber hatte ihm deutlich vor Augen gestanden, dass es zum Erfolg führen mochte, dass er, als er am Montagnachmittag aus dem Büro ging, entschied, direkt zur *Grace Mission* zu fahren, um mit Terese Sheridan zu sprechen.

Bei früheren Zusammenkünften hatte er gespürt, dass das Mädchen sich in diverse Widersprüche verwickelte, und er wusste, dass jegliche Zweifel und Unsicherheiten, die sie hegen mochte, letztlich nur zu seinem Vorteil ausschlagen konnten. Soweit ihn auf dem Weg zur Mission ein leichtes Unbehagen beschlich, sagte er sich, das rühre nicht daher, dass er auf seinen eigenen Vorteil aus war – im Gegenteil, er würde ihr vielmehr einen großen Gefallen tun. Nicht nur, dass er es ihr wesentlich leichter machen würde, zugleich würde er Samantha etwas geben können, wovon er glaubte, dass sie es sich beinah mehr wünschte als alles andere.

Falls er damit richtig lag, würde sie auch endlich – davon war er überzeugt – einer Heirat mit ihm zustimmen.

Er hatte ja nicht gewusst, dass Samantha so unerträglich stur sein konnte. Jedes Mal, wenn er im Lauf des vergangenen Monats auf das Thema Heiraten zu sprechen gekommen war, hatte sie unweigerlich dagegengehalten, in wie vielen Dingen sie verschieden seien. Hauptthema war dann immer gewesen, dass Jack ihren Glauben nicht teilte. Aber an zweiter Stelle hatte sie fast regelmäßig darauf hingewiesen, dass sie ihm schließlich kein Kind schenken könne.

Mochte er ihr auch mit Engelszungen geloben, er werde sich alle Mühe geben, was ihre religiösen Differenzen angehe, und eine kinderlose Ehe sei ihm allemal lieber als gar keine, so ließ sie sich doch nicht erweichen.

Allerdings stellte Jack ihre Gefühle für ihn nicht länger in Frage. Bei den wenigen Gelegenheiten, zu denen sie ihm gestattet hatte, sie in den Arm zu nehmen, hatte er bei ihr jedes Mal eine tiefe, ja leidenschaftliche Gefühlsaufwallung bemerkt, auch wenn sie sich noch so viel Mühe gab, diese zu unterdrücken.

Aber zum Donnerwetter noch mal, sie machte ihm nichts vor, und es brachte ihn in Rage, zu wissen, dass sie tatsächlich etwas für ihn empfand, aber nicht das Geringste unternahm, um daraus eine Beziehung zwischen ihnen beiden werden zu lassen.

Er war bereit, alles daranzusetzen, dass sie anfing, die Dinge mit seinen Augen zu sehen, und hätte viel, sehr viel dafür gegeben, die Schlacht zu seinen Gunsten wenden zu können.

Und jetzt, da er meinte, genau dazu eine Möglichkeit entdeckt zu haben, fieberte er, den Stein ins Rollen zu bringen.

* * *

Terese kam es so vor, als ob sie Tag für Tag immer ein paar Minuten zum Erwachen brauchte, bis sie endlich die unerträgliche Übelkeit hinter sich gelassen hatte.

An den Tagen, die auf ihren ersten Heilungsfortschritt folgten, schaffte sie es beim besten Willen nicht, auch nur die Augen offenzuhalten, sondern schlief Tag und Nacht, und wenn sie doch einmal aufwachte, dann war es, als glitte sie von einem Traum direkt in den nächsten. Alles um sie herum lag hinter Schleiern, und ihr Kopf war nichts als ein Irrgarten im Nebel. Einen klaren Gedanken festzuhalten schaffte sie nicht länger als ein paar Sekunden, und was soeben geschehen war, hatte sie schon nach einer Stunde wieder vergessen.

Doch heute, über drei Wochen später, konnte sie sich immer noch an den ersten Blick erinnern, den sie von Cavan aufgeschnappt hatte, damals in der Nacht, die den Wendepunkt ihres Leidens gebracht hatte.

Zuerst hatte sie ihn nicht gekannt – sie hatte sich ja noch nicht einmal erinnert, wo sie sich befand oder wie sie dorthin gekommen war. Es hatte sie ungeheure Anstrengung gekostet, einfach nur die Augen offenzuhalten, und als sie es endlich geschafft hatte, war sie beim Anblick einer im Schatten sitzenden Gestalt dicht an ihrem Bett zusammengezuckt. Doch wie sie rasch nach Luft schnappte, hatte er auch schon ihre Hände in seine geschlossen, sie beim Namen angesprochen und wieder und wieder geflüstert: „Ehre sei Gott … Er hat dich bewahrt, kleine Schwester!“

Als Terese ihn zum erstenmal beim Namen genannt

hatte, hatte er zu weinen begonnen, und auch ihr waren die Tränen geflossen – wegen ihrer Schwäche, aber auch, weil sie es nicht fassen konnte, wieder mit ihrem Bruder vereint zu sein, dem letzten Angehörigen ihrer Familie, der ihr geblieben war.

An den Tagen danach hatte er oft an ihrem Bett gesessen, wenn sie aufgewacht war, und hatte sie fest bei der Hand gehalten, als fürchtete er, sie wieder zu verlieren. Zug um Zug überbrückten sie die Jahre, die zwischen ihnen lagen, und ihre Erinnerung an den Bruder, den sie so lange nicht gesehen hatte, begann mit der Realität des Mannes zu verschmelzen, der aus ihm geworden war: ein guter Mann, das spürte sie, freundlich und integer.

Sie redeten viel, aber nicht ein einziges Mal fragte er sie nach dem Baby oder zeigte sich wegen ihres Zustands unangenehm berührt. Terese für ihren Teil versuchte jedwedem Gespräch über seine Arbeit aus dem Weg zu gehen, lag doch darin seine Verbindung zu Jack Kane, Bradys Bruder, die sie nach wie vor ständig beunruhigte.

Zumeist füllten sie die leeren Seiten der Jahre ihrer Trennung, sprachen über ihre Trauer um den Vater, der bald nach seiner Ankunft in Amerika gestorben war, sowie die Mutter und die Schwestern, die die grausame Armut und den Hunger eines strengen Winters auf der heimatlichen Insel nicht überlebt hatten. Als Terese allmählich wieder zu Kräften kam, redeten sie manchmal stundenlang, fast immer auf irisch, es sei denn, es waren noch andere Leute zugegen – was oft der Fall war.

Zum einen war da natürlich Shona, die kleine Shona mit dem ernsten Gesicht, deren Anwesenheit so sicher war wie der Sonnenaufgang. Anscheinend wich das Kind nur zum Essen und während der Zeit der abendlichen Andacht von Tereses Seite.

Ja, und dann Mrs Harte, das heißt Samantha – sie bestand darauf, dass Terese sie so ansprach –, die schönste und nach Cavans und Tereses übereinstimmender Meinung zweifelsohne liebenswürdigste Dame, der man im Leben begegnen konnte: Samantha mit ihrem Lächeln, das der ganzen Krankenstube einen Hauch von Wärme verlieh, und ihren großen dunklen Augen, in denen manchmal Lichtsprengel tanzten, die häufiger aber noch von unausgestandenen alten Sorgen überzufließen schienen.

Oh, sie war wahrhaftig eine Dame, diese Samantha Harte: zierlich und schlank mit kräftigem, schimmerndem Haar, das sie streng im Nacken geknotet trug, einer Haut von der Farbe frischer Sahne und weichen Händen mit sorgsamst manikürten Fingernägeln. Sie bewegte sich so leise, dass man kaum ihre Röcke rascheln hörte, und schien immer nach frischen Blumen zu duften.

Und doch hatte jene elegante Dame mit den feinen Manieren und der erlesenen Wortwahl gleich an dem Tag, nachdem Terese das Bewusstsein wiedererlangt hatte, die Ärmel ihrer kostbaren Hemdbluse aufgekrempelt und Terese gebadet, und zwar so zart, als wäre sie ein Kleinkind in den Windeln. Sogar das Haar hatte sie ihr gewaschen und ein schönes Band hineingeflochten. Und die ganze Zeit über hatte sie mit ihrer weichen, freundlichen Stimme zu Terese gesprochen, ihr gesagt, sie sei „wunderhübsch“, ihr Haar sei „herrlich“ und jedermann sei „dankbar und erleichtert“, dass Gott sie so wunderbar mit seiner heilenden Hand angerührt habe.

Während die Tage dahingingen, war Samantha Harte immer wieder zu ihr gekommen und hatte sich um Tereses ganz persönliche Bedürfnisse gekümmert, aber ihr auch eine Art von weiblicher Kameradschaft geboten, die Terese noch nie im Leben kennengelernt hatte. Sie hatte ihr sogar laut vorgelesen, zumeist aus der Heiligen Schrift. Besonders eine Schriftstelle hatte Tereses Aufmerksamkeit geweckt und es ihr angetan, so sehr, dass sie Samantha immer und immer wieder bat, sie ihr vorzulesen. Sie genoss, den Text in der gepflegten Sprache ihrer neuen Freundin anzuhören: *Denn ich weiß wohl, was ich für Gedanken über euch habe, spricht der Herr, Gedanken des Friedens und nicht des Leides, dass ich euch gebe Zukunft und Hoffnung.*

Nach dem Vorlesen umspielte ein Lächeln Samanthas Lippen, und sie pflegte Terese zu versichern, dass Gott in der Tat einen Plan für sie habe, einen guten Plan, und sie deshalb an der Hoffnung festhalten solle. Terese wollte ihr nur allzugern glauben und quälte sich doch immer wieder mit der Frage herum, ob eine solche Verheißung wirklich ihr gelten konnte. Sie grübelte darüber nach, ob nicht Gott ihrer Sünden wegen alle Pläne aufgesteckt hatte, und ihr ein- für allemal die kalte Schulter zeigte.

Es gefiel ihr, wie Samantha von dem Baby sprach: so als wäre es etwas Gutes und nicht eine Last, die man tragen, oder ein Problem, das man lösen musste. Das Baby sei ein Geschenk, sagte Samantha und Terese fand immer mehr Gefallen an diesem Bild. Sie für ihren Teil sah das Kind, das sie unterm Herzen trug, als das einzig Gute an, das aus ihrer Beziehung zu Brady hervorgegangen war, abgesehen von der Überfahrt nach Amerika.

Am liebsten sah sie Samantha allein kommen, doch gelegentlich war sie in Begleitung Jack Kanes. In Gegenwart von Bradys älterem Bruder befiel Terese jedes Mal eine lästige Beklommenheit. Er war ein furchteinflößender, um nicht zu sagen beängstigender Mann. Mit seinem unergründlichen Blick, der auf den tiefsten Grund ihrer Seele zu dringen schien, und dem strengen Mund, der zweifellos grausam reden konnte, wenn man dem Mann in die Quere kam. Er erinnerte Terese an eine dunkle, gefährliche Wildkatze.

Zum guten Teil hatte ihr kaum zu ertragendes Unbehagen im Umgang mit ihm natürlich mit der Lüge zu tun, die Brady in die Welt gesetzt hatte, was ihre Schwangerschaft betraf: dass das Kind nämlich Ergebnis des Überfalls eines unbekannten Vergewaltigers sei. Freilich, nachdem sie ihm jetzt leibhaftig begegnet war, konnte Terese Bradys Abneigung, den Unwillen seines Bruders auf sich zu ziehen, schon besser verstehen.

Außer dass sie einander sehr ähnlich sahen, hatten die beiden Brüder offenkundig herzlich wenig gemein. Jack Kane war alles andere als ein Träumer oder leichtlebiger Vagabund, kein achtloser Schurke, der sich ein flottes Leben machte, sondern ohne Frage ein harter Mann. Selbst wenn er lächelte, wurden seine granitenen Züge kein bisschen weicher.

Terese wäre es lieber gewesen, ihn überhaupt nicht mehr zu sehen; da er aber ihr *Gönner* war – das Wort hatte für sie einen bitteren Beiklang –, konnte man ihm wohl kaum verwehren, sie zu besuchen, wann immer es ihm gefiel.

Der eine Besucher, auf den sie sich wirklich jeden Tag freute – sogar mehr als auf Samantha Harte –, war Dr. Leslie. Wenn der Abend dämmerte, ohne dass sie ein Lebenszeichen von ihm bekommen hatte, wurde Terese jedes Mal unruhig und fühlte sich enttäuscht. Doch wenn er dann endlich in ihr Zimmer trat und sie zurückhaltend, aber voller Wärme begrüßte, fiel beim Anblick seines leicht schrägen Lächelns alle düstere Stimmung augenblicklich von ihr ab.

Noch nie hatte sie einen Mann kennengelernt, der so voller Freundlichkeit und Güte zu sein schien wie der

Arzt mit dem schmalen Gesicht, der sich Samantha zufolge „unermüdlich" um Terese gekümmert hatte. Sein zuvorkommender Umgang mit ihr, die anhaltende, geduldige Höflichkeit – und dieses irgendwie schüchterne, zu Herzen gehende Lächeln, das er immer extra für sie aufzuheben schien –, hatte etwas an sich, das in Terese eine sonderbare Sehnsucht auslöste: den Wunsch, anders – *besser* – zu sein, als sie tatsächlich war.

Doch mochte es sie auch danach verlangen, eine Dame zu sein – jemand wie zum Beispiel Samantha Harte, des Respekts und der Bewunderung eines Mannes würdig –, so verspürte sie doch auf der anderen Seite eine furchtbare, schmerzliche Scham, in der sie sich am liebsten vor David Leslies Blicken verkrochen hätte. Denn wenn er die Wahrheit wüsste, würde er sie ohne Zweifel verabscheuen.

Und Jack Kane würde sie aller Wahrscheinlichkeit nach auf die Straße hinausstoßen, sollte er jemals herausfinden, dass das Kind, das sie in sich trug, das Ergebnis einer heimlichen Affäre mit seinem jüngeren Bruder war.

Angesichts der Aufgewühltheit ihrer Gefühlswelt war es kaum ein Wunder, dass ihr vor Aufregung der Kopf zu schwirren begann, als die beiden Männer, die an ihrem inneren Aufruhr unmittelbar schuld waren, Seite an Seite ihr Zimmer betraten.

* * *

„Ah, Terese. Wie geht's Ihnen heute Abend?" Dr. Leslie war der Erste, der bei ihr stand. Lächelnd nahm er ihre Hand und überprüfte zunächst, wie jedes Mal, wenn er hereinkam, ihren Puls.

Jack Kane war ein paar Schritte hinter ihm stehengeblieben, weder lächelnd noch misslaunig, sondern einfach beobachtend. Seine Augen waren vom Bett aus kaum zu sehen, und aus seiner Miene ließ sich nichts Sonderliches herauslesen.

„Es geht schon ein bisschen besser“, antwortete Terese ehrlich. „Ich habe heute Nachmittag eine ganz schöne Zeit in dem Stuhl am Fenster gesessen. Und ich hatte doch tatsächlich Appetit aufs Abendessen!“

„Ausgezeichnet! Dann sollten wir morgen, falls Sie sich entsprechend fühlen, damit beginnen, Sie Spaziergänge im Korridor machen zu lassen, statt dass Sie nur hier im Zimmer herumschleichen.“

Seit fast zwei Wochen hatte Terese jetzt ein Zimmer für sich allein. Samantha zufolge war der Zimmerwechsel auf ausdrücklichen Wunsch Jack Kanes vorgenommen worden, der darauf beharrte, dass Terese besser zur Ruhe kommen würde, wenn sie niemanden weiter um sich hätte. Nun hatte Dr. Leslie dem zwar zugestimmt, dennoch fragte sich Terese, ob der wahre Grund für ihren Umzug nicht darin bestand, dass Kane sich in dem großen Krankensaal, wo häufig andere Patientinnen vor sich hin stöhnten oder schluchzten, einfach nicht wohl fühlte. Jedenfalls hatte er des öfteren diesen Eindruck erweckt.

Der Arzt ließ Tereses Hand los und richtete sich auf. „Wo haben Sie denn heute Abend Ihren kleinen Schatten gelassen?“

„Shona? Sie ist nach unten gegangen, zur Andacht.“

„Ah ja, da wollte ich auch gerade hin. Terese, Mr Kane hier würde gern ein paar Worte mit Ihnen wechseln, falls es Ihnen recht wäre.“

Tereses Blick wanderte von dem Arzt zu Jack Kane, der sie zwar spontan anlächelte, aber ohne dass dieses Lächeln von seinen Augen widergespiegelt wurde. „Ich bleibe auch nicht lange“, beschwichtigte er sie mit jener tiefen, sonderbar ruhigen Stimme, deren Akzent immer noch deutlich verriet, dass er Ire war. „Höchstens ein paar Minuten."

„Ja – äh … natürlich." Mehr fiel Terese dazu nicht ein, wobei sie sich schon bei dieser nicht sonderlich zufriedenstellenden Antwort Mühe geben musste, sich nicht anmerken zu lassen, wie unwohl ihr zumute war.

„Na, dann ist ja alles in Butter", sagte David Leslie. „Dann werd' ich euch beide mal mit eurem Besuch allein lassen."

Er wandte sich zum Gehen, nicht ohne zu versprechen, dass er später noch einmal nach ihr sehen werde. Terese musste an sich halten, ihn nicht zurückzurufen. Schon wenn andere zugegen waren, brachte Jack Kanes düstere Präsenz sie aus der Ruhe, und um so mehr missfiel ihr die Aussicht, mit ihm alleine zu bleiben, und sei es für noch so kurze Zeit.

Kane trat näher an ihr Bett. „Ich darf doch?", sagte er, während er sich einen Stuhl heranzog. Noch ehe Terese antworten konnte, hatte er schon Platz genommen.

„Ich will Ihnen nicht mit belangloser Unterhaltung auf die Nerven fallen, Terese", begann Kane. „Ich wollte Ihnen nur sagen, dass es mir leid tut, Sie in solchen Schwierigkeiten zu sehen. Ich weiß, dass dies alles sehr schwer für Sie gewesen ist, aber Dr. Leslie versichert mir, dass Sie in den letzten Tagen gute Fortschritte machen."

„Ja, ähm – ich … ich fühl' mich schon viel besser."

Bei dieser Wildkatze von einem Mann blieben ihr nicht bloß die Worte weg, sondern anscheinend gleich ihr ganzer Verstand. Verlegen unter seinem forschenden Blick, schlug Terese die Augen nieder.

„Das höre ich gern", sagte Kane mit derselben tonlosen Stimme, die Terese irgendwie den Eindruck vermittelte, dass er ganz und gar nicht glücklich war, sondern sich vielmehr kaum darum scherte, wie es ihr oder irgend jemandem sonst ging.

„Mrs Harte besucht Sie oft, nicht wahr?"

Terese sah ihn wieder an. „So gut wie jeden Tag. Sie ist die Freundlichkeit in Person."

„O ja, sie ist eine bemerkenswerte Dame, nicht wahr? Und Sie werden ja ganz sicher auf alles hören, was sie Ihnen rät. Sie wird diejenige sein, die Ihnen helfen wird, hier Fuß zu fassen." Er unterbrach sich eine Weile. „Übrigens, Ihr Bruder ist ein ganz anderer geworden, seit Sie eingetroffen sind. In letzter Zeit sehen wir ihn selten ohne ein Lächeln auf den Lippen."

Kane brachte seinerseits ein Lächeln zuwege, das aber recht kurzlebig war.

Terese begann sich zu fragen, was er eigentlich von ihr wollte. Denn dass er nicht zum Spaß hier war, konnte er nicht verbergen; er sah aus, als könnte er es kaum abwarten, wieder seiner Wege zu gehen.

„Ich würde Sie sehr gern nach *meinem* Bruder fragen", sagte Kane.

Terese schlug das Herz bis zum Hals. „Ihrem Bruder?"

Er nickte. „Brady. Ich wollte Sie damit nicht belästigen, aber wo Sie sagen, Sie fühlen sich besser, dachte ich, es würde Ihnen nichts ausmachen, mir ein bisschen was zu erzählen."

„Nein – ich meine, ganz und gar nicht, Sir."

„Brady hat für Ihre Überfahrt gesorgt, oder irre ich mich?"

Terese nickte bloß. Ihre Gedanken überschlugen sich vor Aufregung. War er irgendwie dahintergekommen, wie es sich mit ihr und Brady wirklich verhielt – und mit dem Baby?

„Es ist nämlich so, dass ich eine ganze Weile nichts von ihm gehört habe, wissen Sie, und so dachte ich, Sie könnten mir vielleicht wenigstens sagen, wie es ihm ging, als Sie ihn zuletzt sahen, bevor Sie die Reise antraten."

Ein wenig erleichtert holte Terese tief Luft, um sich Mut zu machen. „Oh ... ähm ...doch, es schien ihm gutzugehen – soweit ich sehen konnte, Sir."

Ohne die Augen von ihr zu wenden, formulierte Kane seine nächste Frage. „Haben Sie Brady gut gekannt?"

Tereses Puls hämmerte noch schneller. *Achtung!* warnte sie sich selbst. *Pass bloß auf ...*

„Oh ... nein, nur wenig. Obwohl er ... mir natürlich sehr geholfen hat – mir und den Kindern, meine ich."

Im Zimmer war es recht stickig, und Kane knöpfte sich den Mantel auf und zog die Handschuhe aus. „Ja, das mit dem kleinen Madden-Jungen hat mir übrigens sehr leid getan. Jammerschade, das." Er zögerte einen Augenblick, bevor er weitersprach. „Ja, dann – Sie können mir also nicht sagen, warum mein Bruder sich in letzter Zeit so wenig hören lässt? Ich muss gestehen, ich mache mir Sorgen um ihn. Obwohl, sonderlich redselig oder schreibwütig war er eigentlich nie."

Plötzlich fing Terese an zu frieren, und zwar so sehr, dass sie sich zusammenreißen musste, um nicht mit den Zähnen zu klappern. „Ich kann mir nicht vorstellen, warum das so ist, Sir. Bestimmt werden Sie bald von ihm hören. Ich vermute, er ... hat einfach 'ne Menge zu tun."

Kanes Augen waren so dunkel – beinahe schwarz –, dass kein Fünkchen Licht in ihnen zu sein schien. Es war unmöglich, aus ihnen auch nur den geringsten Rückschluss auf seine Gedanken zu ziehen. Überdies schien er so gut wie nie zu blinzeln, was seinen Blick noch durchdringender machte.

„Schön, hoffen wir, dass Sie recht haben." Er machte

eine Pause, dann: „Ich nehme an, er hat sich gut um Sie gekümmert und um die Kinder?“

Tereses Mund war ganz trocken. „Wie bitte?“ Sie zuckte zusammen, als sie hörte, wie brüchig ihre Stimme klang.

„Brady – ich hoffe, er hat sich um alles gekümmert, was die Überfahrt anging?“

„Oh … aber ja, das hat er.“ Terese konnte sich nicht verkneifen, hinzuzufügen: „Obwohl ich glaube, dass er für mehr bezahlt hat, als wir bekommen haben.“

Kane runzelte die Stirn. „Wie darf ich das denn bitte verstehen?“

„Wenn ich das richtig mitgekriegt hab’, hat Ihr Bruder – also, er hat das, was Ihre Zeitung ihm geschickt hat, genommen und für uns eine Passage zweiter Klasse bezahlt. Aber man hat uns ins Zwischendeck gesperrt.“

Kanes Gesicht wurde dunkelrot. „Sie sind im Zwischendeck gereist?“

„Ja, Sir. Aber ich möchte nicht undankbar sein.“

Er verzog die Mundwinkel. „Sie müssen sich nicht entschuldigen. Zufällig weiß ich alles übers Zwischendeck. Bin selbst so rübergekommen. Ist schon ’ne üble Sache, das.“

Terese schaffte es nicht, sich diesen großen, einschüchternden Mann mit seinem erlesenen Aufzug und seinem so ausgeprägten Selbstbewusstsein wie einen einfachen Bauernlümmel ins Zwischendeck gepfercht vorzustellen.

Kane strich sich mit der Hand über die Wange, und seine Miene hellte sich ein klein wenig auf. „Tut mir leid, dass Sie da durch mussten. Keine Ahnung, wie das passieren konnte. Hat mein Bruder Sie denn aufs Schiff gebracht?“

Terese zögerte. Natürlich sollte sie ihm auf keinen Fall erzählen, dass sein feiner Herr Bruder sie gar nicht schnell genug loswerden konnte, sobald wegen ihrer Überfahrt alles unter Dach und Fach gewesen war.

Sie musste sich unheimlich vorsehen mit dem, was sie sagte. Auf keinen Fall wollte sie, dass Kane ihr zu viele Fragen stellte.

Trotzdem blieb ihr die Antwort fast im Hals stecken. „Er … äh, Ihr Bruder sagte, er habe andere Termine. Eine Dame aus dem Waisenhaus, in dem Shona und ihr Bruder gewesen waren, hat uns ans Schiff gebracht. Aber man hat sie nicht mit an Bord gelassen."

„Verstehe." Kanes Mund war schmal geworden. „Gut, das können wir jetzt nicht mehr ändern. Trotzdem tut's mir leid."

Danach sah er nicht aus, dachte Terese, vielmehr so, als hätte er so gut wie gar keine Empfindungen. Ihr fiel auch auf, dass er ihr nicht mehr in die Augen sah, sondern darüber nachzudenken schien, wie er seine nächste Frage in Worte fassen sollte, während er mit seinen Handschuhen leicht gegen die Handfläche der anderen Hand klatschte.

„Was anderes: Was haben Sie für Pläne mit dem Kind?"

„Wie – Pläne?" Die Direktheit seiner Frage verwirrte Terese. Es gehörte sich nicht, dass ein Mann eine Frau unverblümt auf ihre Umstände ansprach, es sei denn, er war mit ihr verwandt – und auch dann tat man das nur, wenn es unumgänglich war. Alles andere war unerhört.

Doch vielleicht dachte Jack Kane, er stehe über den Dingen. Womöglich meinte er, er könne sagen und tun, was immer ihm gefiel.

„Sie werden es ja sicher nicht behalten wollen." Das war keine Frage, sondern klang wie eine unumstößliche Feststellung.

Mit einem Mal machte die Vermessenheit des Mannes Terese wütend, mochte er hundertmal ihr *Gönner* sein. Sie setzte sich aufrecht und sagte entrüstet: „Aber selbstverständlich behalte ich mein Kind!“

Er blinzelte nicht mal, sondern verschränkte einfach nur die Arme vor der Brust und vermied es immer noch, ihr in die Augen zu sehen. „Und wie haben Sie sich das vorgestellt?“

„Wieso, ich hab’ vor zu arbeiten! Ich werde keine Almosen mehr brauchen, wenn ich erst mal wieder auf’m Damm bin.“

Er zog eine Augenbraue hoch. „Das ist sehr ehrbar von Ihnen, keine Frage, aber vielleicht doch nicht die beste Idee. Was meinen Sie denn, wer Ihnen mit ’nem Baby auf dem Arm Arbeit gibt?“

Wie er da so saß, groß und einschüchternd und selbstgewiss mit seinem Geld und … der Macht, die er über sie hatte, bekam Terese es plötzlich mit der Angst zu tun. Immerhin lagen die Dinge ja so, dass Jack Kane sie tatsächlich in der Hand hatte. Es lag an niemand anderem, sie – und das Kind – vor Hunger und Elend zu bewahren. Und das wusste er, genoss es vielleicht sogar.

Dann erinnerte sie sich an Cavan, und eine Woge der Erleichterung überspülte sie. „Ich weiß tatsächlich noch nicht so richtig, was ich für ’ne Arbeitsstelle kriegen kann, Sir. Doch ich werd’ mich drum kümmern, sobald ich irgend kann. Und bis dahin, denke ich, wird Cavan für mich und das Baby sorgen. Das hat er mir schon zugesichert.“

Kane fuhr sich mit einem Finger über seinen dunklen Schnauzbart und nickte. „Cavan ist ein feiner junger Mann. Er wird schon aufpassen, dass Sie nicht am Hungertuch nagen, sondern sich der vollen Verantwortung für Sie und das Kind stellen.“ Er unterbrach sich. „Soweit Sie es zulassen, natürlich.“

Jetzt sah er Terese direkt ins Gesicht, wobei seine Augen noch einen Hauch schmaler wurden. „Vielleicht verstehen Sie, dass Sie es mit einer solchen Lösung sich selbst und Ihrem Bruder ungemein schwer machen würden. Cavan ist ja selbst fast noch ein Junge. Es erscheint mir nicht gerade fair, einem so jungen Mann solch eine große Verantwortung aufzubürden."

Kane hielt einen Augenblick inne, weiterhin mit den Handschuhen gegen seine Handfläche klatschend. Als er weitersprach, klang er nachdenklich, ja milde. „Vielleicht denken Sie mal darüber nach, dass Cavan selbst noch ganz am Anfang seiner Laufbahn steht. Und auch wenn er 'n begabter Bursche ist, wird er noch ein ganzes Stück Weges zurückzulegen haben, bis er soviel Geld nach Hause bringt, dass er davon eine Familie unterhalten kann. Ich hab' unbedingt vor, ihm auf seinem Weg voranzuhelfen, für seine Weiterbildung zu sorgen und ihn soviel Erfahrung wie irgend möglich sammeln zu lassen, aber seine Sporen muss er sich schon selbst verdienen. Und ich fürchte, in den nächsten Jahren wird Ihr Bruder für nicht viel anderes als seine Arbeit Zeit haben, wenn er so erfolgreich werden möchte, wie er es sich erhofft – und wie ich es ihm zutraue."

Voll Unbehagen starrte Terese ihn an. Was er sagte, verwirrte und verunsicherte sie sehr, als dass sie ihm hätte antworten können. So hatte sie das noch nicht gesehen, dass sie Cavan eine Last sein könnte. Überhaupt hatte sie noch nicht viel über die Zukunft nachgedacht. Dafür war sie viel zu krank, viel zu hilflos gewesen. Zu mehr als zum Überleben von einem Tag auf den anderen hatte es einfach noch nicht gereicht.

Und jetzt kam dieser Jack Kane daher und gab ihr zu verstehen, dass sie weiter nichts sei als ein unnützes, faules Ding, für alle Zeit darauf angewiesen, irgend jemandem auf der Tasche zu liegen.

Sie zermarterte sich den Kopf, um etwas zu finden, das ihn eines Besseren belehren könnte, ihm zeigte, dass sie sehr wohl imstande war, Verantwortung zu tragen, und es auch tun würde. Dass sie auf eigenen Füßen stehen konnte.

Doch er ließ ihr keine Zeit, sich zu erklären, sondern erhob sich und sagte: „Wir können ein andermal weiter darüber reden.“ Sprach's, knöpfte sich seinen maßgeschneiderten, edlen Mantel zu und schlüpfte in seine Handschuhe, bevor er in beinah freundlichem Tonfall hinzufügte: „Schließlich hab' ich Dr. Leslie versprochen, dass ich nicht lange bleiben würde. Eigentlich wollte ich ja auch nur mal reinschauen und mich davon überzeugen, dass Sie alles haben, was Sie brauchen. Wir unterhalten uns bald weiter. Denken Sie erst noch mal über alles nach.“

Damit nickte er ihr kurz zu und wandte sich zum Gehen. Terese aber blieb verunsichert und sorgenvoll zurück.

Nach Bradys endlosem Genörgel über seinen Bruder hatte sie schon damit gerechnet, dass sie Jack Kane nicht mögen würde. Womit sie freilich nicht gerechnet hatte, war, dass der Mann ihr angst machen würde. Eigentlich war sie überhaupt nicht darauf eingestellt, über ihre widerwillige Bereitschaft hinaus, sich helfen zu lassen, um aus Irland rauszukommen und hier in den Staaten ein neues Leben zu beginnen, irgendwelche Empfindungen für Kane zu haben.

Aber jetzt *hatte* sie Angst. Zwar war Kanes Stimme ruhig gewesen, sein Umgang mit ihr höflich und zeitweilig sogar bemüht. Dennoch hatte der Mann ihr gegenüber eine Drohung ausgesprochen, dessen war sie sich sicher.

Doch womit sollte er sie bedrohen? Was in aller Welt konnte ein Mann wie Jack Kane so dringend von ihr haben wollen, dass er sich zu Drohungen verstieg, um es zu bekommen?

Terese war so aufgewühlt, dass sie zu zittern begann. Solch einem Mann war sie nicht gewachsen und wusste das sehr gut. Ihre Gedanken wanderten zu Cavan. Irgend etwas hatte in Kanes Tonfall gelegen, als er von Cavan sprach, etwas Verschleiertes, Subtiles, das sich nicht klar benennen ließ – dennoch war sie überzeugt, dass sie es sich nicht eingebildet hatte.

Plötzlich fiel ihr ein, dass Kane ja Cavans Arbeitgeber war. In ihrem Magen begann es zu stechen: Cavan behauptete zwar, für die schwächeren Seiten von Kanes Charakter keineswegs blind zu sein, und doch bewunderte er den Mann rückhaltlos. Noch mehr allerdings liebte er seine Arbeit, die Arbeit, die erst Jack Kane ihm ermöglicht hatte.

Auf keinen Fall würde sie es wagen, von dem, was hier soeben vorgegangen war, Cavan auch nur ein Wort zu sagen. Womöglich wurde er böse, tat etwas Unbedachtes und verdarb es sich mit Kane oder verlor gar seine Stellung. Nein, wie sehr es sie auch danach verlangte, es ihm zu erzählen, sie würde den Mund halten müssen.

Samantha. Samantha würde wissen, was zu tun war.

Doch fast im selben Augenblick, in dem ihr das einfiel, verwarf Terese den Gedanken auch schon wieder. Samantha hatte das gewisse Etwas im Blick, wenn sie Jack Kane ansah, und jedes Mal, wenn sie von ihm sprach, bekam ihre Stimme einen ganz besonderen Schmelz, so dass ziemlich offenkundig war, was sie für den Mann empfand. Terese hatte das mehr als einmal beobachtet und sich darüber gewundert, wie eine so gute, feine Frau wie Samantha Harte dazu kam, für jemanden wie Jack Kane zu schwärmen.

Und sie schwärmte für ihn, daran hatte Terese keinen Zweifel.

Wenn sie jetzt darüber nachdachte, fiel ihr auf, dass auch Kanes schroffe Miene immer dann sichtlich weicher wurde, wenn er in Gesellschaft von Samantha war. Er wirkte dann nicht so unnahbar. Vielleicht mochte er sie auch. Womöglich hatten sie sogar was miteinander.

Nein, auch Samantha konnte sie sich nicht anvertrauen. Doch wem dann? Sie hatte niemanden.

Den ganzen Abend lang ging Terese ihren Verdacht immer wieder durch, versuchte sich einzureden, sie übertreibe maßlos und alles hänge nur damit zusammen, dass Jack Kane eben etwas untergründig Bedrohliches an sich habe, was er sicher gar nicht wolle.

Doch all das ließ ihre Beunruhigung nur noch zunehmen, bis sie schließlich so aufgelöst war, dass sie nicht einmal David Leslies Gemeinschaft genießen konnte, als er nach der Abendandacht nochmals hereinschaute.

* * *

Wenn Jack nach seinem Besuch bei Terese Sheridan ein inneres Unbehagen, ja sogar ein gewisses Maß an Selbstverachtung empfand, so schüttelte er das flott ab, während er nach Hause fuhr. Er war viel zu sehr gepackt von seinem Plan, zu erregt angesichts der Möglichkeiten, die er eröffnete, vor allem im Hinblick auf seine Beziehung zu Samantha, als dass er irgendeinem völlig unangebrachten Schuldgefühl gestattet hätte, ihm die Laune zu verderben.

Dass das Mädchen aufgewühlt war, hatte er erwarten können. Auf jeden Fall hatte er sie zum Nachdenken gebracht, und das war durchaus schon etwas. Und instinktiv wusste er, dass Terese Sheridan hell genug war und vor allem einen so ausgeprägten Selbsterhaltungstrieb besaß, dass ihr klar werden musste, was ihrer eigenen Person diente.

Auch konnte sie nicht verhehlen, dass ihr sehr viel an ihrem Bruder gelegen war, so dass man kaum befürchten musste, dass sie etwas tun würde, was gegen Cavan ausschlagen könnte.

Er würde ihr ein paar Tage Bedenkzeit lassen – höchstens drei oder vier – und ihr dann einen weiteren Besuch abstatten, bei dem er dann seine Karten auf den Tisch legen wollte.

Und soweit er sich in dem Mädchen nicht krass täuschte, würde sie bis dahin begriffen haben, dass seine Idee logisch war, und würde bereitwillig, wenn nicht begierig zustimmen.

Nur ein einziges Mal kam ihm auf seinem Heimweg voll und ganz zu Bewusstsein, was für eine enorme Sache er da ins Werk zu setzen im Begriff stand. Verbissen schluckte er die plötzlich in ihm hochsteigenden Schuldgefühle und Selbstvorwürfe hinunter, die ihn in Versuchung brachten, die ganze Idee sang- und klanglos zu begraben. Doch genügte der Gedanke an Samantha und das, was ihr zu geben in seiner Macht stand, um jedweden Zweifel, der an ihm nagen wollte, zu unterdrücken.

Samantha war jeden Preis wert, den er zu zahlen bereit war, und ihr Wohl wog unter allen Umständen weit schwerer als Terese Sheridans dumme Einbildung, auf eigene Faust ein Kind großziehen zu können.

31. Vor dem Sturm

Ich bin es, ich muss gehn,
und mag's mein Herz auch nicht verstehn.
George Sigerson

Als Samantha und Jack Maura Shanahans Wohnung verließen, hatte sich der Abend über die Stadt gesenkt und sie in das düstere, schwere Grau tiefhängender Wolken gehüllt. Zugleich wehte ein bitterkalter Wind. Man musste wohl mit Schneefall rechnen.

Ihr Atem ließ die Scheiben der Kutsche beschlagen, und Samantha hüllte sich fester in den Sitzpelz ein. Während die Kutsche sich der Straße näherte, in der sie wohnte, dachte sie befriedigt, dass es ein guter Tag gewesen war. Vor einigen Stunden, am frühen Nachmittag, hatte Jack ihr die Botschaft zukommen lassen, dass das Verfahren gegen Maura Shanahan eingestellt worden sei. Zugleich ließ er anfragen, ob es Samantha recht wäre, Maura am Gefängnistor in Empfang zu nehmen, damit sie beide miteinander die Frau sicher nach Hause bringen könnten.

Nachdem sie Maura verlassen hatten – die vor Glück über die Wendung zum Guten, die sie erlebt hatte, immer noch ganz benommen, vor allem aber unendlich erleichtert war, wieder mit ihren Kindern vereint zu sein ..., hatte Samantha den größten Teil der Rückfahrt mit dem Versuch zugebracht, Jack für seine Hilfe zu danken. Mochte er ihre überschwängliche Dankbarkeit auch als übertrieben und unnötig abtun, so war Samantha dennoch überzeugt, dass Maura Shanahan ihre Freiheit niemals zurückgewonnen hätte, wenn sich Jack nicht persönlich in den Fall eingeschaltet hätte. Vielmehr hätte es ihr ohne weiteres passieren können, dass sie von einer Justiz, deren Rechtsprechung man bestenfalls als unvorhersehbar bezeichnen konnte und die man nur allzu oft korrupt nennen musste, regelrecht verschlungen worden wäre.

Er war aus sich herausgegangen, um einer Frau zu helfen, die er kaum kannte, und falls Samantha sich nicht irrte, hatte er das weniger Maura Shanahans wegen getan als vielmehr um ihretwillen, nämlich weil sie selbst darauf brannte, der unglücklichen Frau zu helfen. Dass Jack ehrliche Zuneigung zu Mauras Sohn Willie hegte, den er als einen seiner „fixesten" Zeitungsjungen bezeichnete, tat dem keinen Abbruch. Auf jeden Fall hatte er sich ausschließlich Samanthas wegen in den Shanahan-Fall hineinziehen lassen. Wie sollte sie da nicht dankbar sein?

„Vielleicht sollte ich dich ab sofort ‚Sir Jack' nennen", neckte sie ihn.

Er zog eine Braue hoch. „Hm, man hat mir schon mancherlei Namen gegeben, aber das wär' mal was Neues, Samantha. Welchem Umstand dürfte ich denn eine solch gänzlich unpassende Titulierung zuschreiben?"

„Nun, mir scheint, du hast letzthin einen guten Teil deiner Zeit damit zugebracht, diversen Weiblichkeiten aus der Patsche zu helfen, die in Misshelligkeiten geraten waren."

„Ah, ich verstehe. Ich bin also der Ritter in der rostigen Rüstung."

„Das würde ich nun wieder nicht so sagen."

„O doch, mächtig rostig, glaub mir, Samantha."

Samantha musterte ihn von oben bis unten und dachte, dass er die meiste Zeit tatsächlich eine Art Rüstung trage – seine Art, wie sie inzwischen gelernt hatte, andere auf sicherem Abstand zu halten.

„Ich muss mich doch fragen“, sagte sie, „wieso du eigentlich unbedingt drauf aus bist, dich als Schuft darzustellen.“

Auch wenn einer seiner Mundwinkel zuckte, sah er alles andere als belustigt aus. „Oh, ich tue nur meinem Ruf Genüge, Samantha. Du weißt schon, ich muss ein bestimmtes Bild aufrechterhalten.“

„Aber doch nicht vor mir! Und außerdem glaube ich kaum, dass ich viel auf deinen sogenannten Ruf gebe. Allmählich denke ich, du legst es bloß darauf an, den Mythos am Leben zu erhalten, damit die Leute nicht merken, dass du in Wirklichkeit ein hochanständiger Mann bist.“

„Hallo! Das ist mal ein origineller Gedanke. Ich erkläre hiermit feierlich, Samantha, dass du dich mal als Journalistin versuchen solltest. Mit deiner Phantasie stellst du all meine Reporter glatt in den Schatten.“

„Mann, Jack, hör auf damit!“, schalt sie. „Du führst mich eh nicht hinters Licht. Nehmen wir doch nur mal, was du für Maura Shanahan getan hast: machst dir die Mühe, deinen eigenen Anwalt für sie einzuspannen, begleitest mich in den Knast und zu den Besprechungen mit Avery Foxworth, ja bringst sie sogar nach Hause, nachdem man sie freigelassen hat. Und dann Terese Sheridan“, fuhr sie fort. „So, wie du deine Hand über das arme Ding hältst, qualifizierst du dich kaum als ausgekochter Schurke. Ganz zu schweigen von der kleinen Shona Madden. Das Mädchen ist völlig hingerissen von dir!“

In ihrer Erwartung, er werde lächeln, sah sie sich getäuscht. Statt dessen trommelte er mit den Fingern auf der Klinke des Wagenschlages herum. „Das arme kleine Ding würde sich für jeden begeistern, der ihr auch nur ein paar Krümel an Aufmerksamkeit hinwirft. Samantha –“

Er hielt inne und sah sie an, wobei sein Gesicht noch einen Tick ernster zu werden schien. „Samantha, ich wünschte, du hättest recht. Ich wünschte, ich wäre wirklich ein besserer Mann, als man mir nachsagt und es von mir erwartet. Nichts wäre ich lieber als der Mann, den du gern in mir sehen würdest. Aber die Wahrheit ist, ich bin es nicht, da darfst du dich nicht täuschen lassen."

Ihren erwarteten Widerspruch erstickte er mit einer energischen Handbewegung schon im Keim. „Bitte mal kein Bild von mir, das der Wirklichkeit nicht standhält, Samantha. Du weißt doch so gut wie ich, dass ich bei dir mein Allerbestes gebe, weil ich drauf aus bin, dass du meine Frau wirst – wobei das, was ich dir damals sagte, an dem Abend, als ich dich zum erstenmal bat, mich zu heiraten, mein tiefster Ernst war: Ich würde alles daransetzen, dein Vertrauen zu gewinnen und dir ein guter Gemahl zu sein. Aber ich werde niemals versuchen, dir was vorzutäuschen, oder zulassen, dass du dir selbst was vormachst."

Samantha spürte, dass er vollkommen ehrlich mit ihr sprach. Ohne Zweifel sollte sie jedes einzelne Wort von ihm ernst nehmen. Aber ganz so einfach war es nun nicht mehr, nachdem sie sich in Jack Kane verliebt hatte, und zwar trotz seiner fragwürdigen Vergangenheit und der weniger bewundernswerten Seiten an ihm und ungeachtet des harten Urteils, das er über sich selbst fällte. Es war zu spät, umzukehren, jetzt, nachdem sie hinter die Fassade geblickt, die er der Welt zukehrte, und mehr kennengelernt hatte als den Mann, über den sich die Stadt das Maul zerriss, nämlich in dem Herzen, das er ihr bereitwillig geöffnet hatte, den Mann erkannte, der er wirklich war – und diesen Mann liebte.

„Samantha?"

Sie versuchte ihn nicht anzuschauen, würde er doch mit Gewissheit mehr in ihren Augen sehen, als er sollte. Doch er ließ sich nicht abwimmeln, sondern fasste mit einer Hand ihr Kinn und drehte ihr Gesicht zart, aber unerbittlich zu sich hin. „Verstehst du, was ich sage?"

In seinen Augen funkelte es, und wieder bemerkte Samantha, dass er durch und durch ernst war und nicht lockerlassen würde, bis sie sein schonungsloses Selbstbild akzeptierte.

„Du lässt mir nicht einmal das Vorrecht des Zweifelns?" Sie versuchte ihre Stimme ungezwungen klingen zu lassen.

Seine Augen suchten die ihren, und für Sekundenbruchteile dachte Samantha, dass er noch etwas anderes auf dem Herzen habe. Doch mit einem Mal blinzelte er, und seine Züge hellten sich auf.

„Nicht im Geringsten", antwortete er im selben leichten Tonfall. „Wiewohl ich glücklich wäre, wenn du mir ab und zu ein Quäntchen Gnade erweist."

Er nahm seine Hand von ihrem Kinn, und minutenlang lastete bedrückendes Schweigen zwischen ihnen. Die einzigen Geräusche waren das Klirren des Geschirrs und das Klappern der Hufe auf dem Straßenpflaster.

„Da wären wir!" Seine Worte ließen Samantha aus ihren Gedanken aufschrecken. Tatsächlich, die Kutsche hatte vor dem Mietshaus haltgemacht, in dem sie wohnte. „Ich nehme kaum an, dass du mich noch mit hinauf bitten wirst", waren seine nächsten Worte.

„Du weißt sehr gut, dass ich das nicht tun werde, wieso fängst du also immer wieder davon an?"

„Mein Image, erinnerst du dich?" Er griente sie an – ein Wiederaufflammen seines alten zynischen Humors, dachte sie. „Wo ich doch so ein berüchtigter

Schürzenjäger bin, hab' ich schließlich einen Ruf zu verteidigen."

„Aber nicht vor mir!"

„Sehr wohl." Er gab einen tiefen, dramatischen Seufzer von sich – den klassischen „irischen Seufzer", wie Jack zu sagen beliebte; denn: „Schließlich haben wir diese Kunst doch wohl vervollkommnet."

In seinem Blick, der über ihr Gesicht hinwanderte, lagen solch tiefe Zärtlichkeit und ein so untrügliches Verlangen, dass Samantha fest damit rechnete, er würde sie küssen. Doch er hob lediglich ihre Hand und hauchte mit seinen Lippen über ihre behandschuhten Finger.

Samantha war sich nicht sicher, ob sie Erleichterung oder Enttäuschung verspürte. Wahrscheinlich von beidem etwas.

Vor der Haustür verabschiedete er sich von ihr, indem er erneut ihre Hand an die Lippen hob, seinen gewohnten knappen Diener machte und wieder in seine Kutsche stieg.

Samantha stand da und sah dem Fuhrwerk nach, bis es in der Dunkelheit verschwunden war. Hatte er recht? War er wirklich so ein schlimmer Mensch, wie er selbst es darstellte, der treulose Luftikus, als der er gemeinhin galt? Machte ihre Liebe zu ihm sie einfach blind und töricht, so dass sie die Gelegenheit verpasste, von ihm loszukommen, solange das noch ging?

Still betete sie: *O Herr, du hast mir gesagt, ich solle für ihn beten und dir vertrauen … Das hab' ich getan, aber es ist nichts anders geworden … Ich kann soviel beten, wie ich will, es scheint nichts zu geschehen; auch meine Gefühle für ihn sind immer dieselben … Was soll ich tun, Herr? Was soll ich bloß tun?*

Lange stand sie so da, versunken ins Gebet für Jack, bewegt von der Frage, was sie tun solle, doch die Nacht und auch ihr Geist blieben still. Dann trat sie frierend und schweren Herzens ins Haus.

* * *

Zum erstenmal seit ihrer Ankunft war es Terese gelungen, Shona dazu zu bewegen, dass sie mit einigen der anderen Kinder im Missionshaus spielte. Nun stand sie da und sah ihnen zu, lauter kleinen Mädchen, die allesamt genauso dünn und schäbig gekleidet waren wie Shona. Sie hockten auf dem Fußboden der Eingangshalle im Erdgeschoss im Kreis und versuchten sich an einem hölzernen Puzzle.

Terese fiel auf, dass Shonas Gesicht sogar beim Spielen tiefernst und angespannt war, so als dächte sie über irgendein schwieriges Problem nach. Dabei war sie ein großherziges, gutmütiges Kind, wenn auch unnatürlich still, und schien gut mit anderen auszukommen.

Die Kinder sahen kaum auf, als die Haustür geöffnet wurde. Terese hingegen spürte, wie ihr Herz einen kleinen Sprung machte, als David Leslie ins Haus trat.

Den Doktorkoffer in der Hand, das sandfarbene Haar vom Wind zerzaust, lächelte er Terese an und kam direkt auf sie zu. „Ich kann Ihnen gar nicht sagen, wie glücklich es mich macht, Sie und Shona hier unten zu sehen."

Die Art, wie er sie ansah, ließ Terese die Röte ins Gesicht steigen – es schien ihn nämlich *wirklich* glücklich zu machen, sie zu sehen. Rasch ermahnte sie sich, dass sie ihren Arzt vor sich hatte. Es war also nur natürlich, dass er sich über jeden sichtbaren Fortschritt freute.

Und doch spürte sie manchmal, dass da noch mehr war: dass sein Interesse an ihr über das eines Mediziners an seiner Patientin hinausging. Sie konnte sich freilich nicht vorstellen, wieso es so sein sollte, war sie doch inzwischen dick und rund und wohl kaum noch attraktiv, weder für ihn noch für irgendeinen anderen Mann. Dennoch fiel ihr immer wieder auf, wie seine Augen zu leuchten begannen, sobald er sie nur ansah, und wie er den Blick kaum von ihr wenden konnte.

In letzter Zeit hatte sie sich mehr als einmal bei dem Wunsch ertappt, ihm zu einer anderen Zeit begegnet zu sein … vor Brady, vor jener dummen, sündhaften Tändelei, der sie ihren jetzigen Zustand zu verdanken hatte.

Instinktiv legte sie sich die Hand auf den Bauch, doch David Leslie schien es nicht zu bemerken. Immer noch lächelnd, wischte er sich eine Haarsträhne aus der Stirn und sagte: „Es ist gut, Shona zusammen mit den anderen Kindern zu sehen. Wie oft hab' ich vergebens versucht, sie zum Spielen zu verlocken. Sie können wirklich sehr gut mit ihr umgehen."

„Ich musste ihr versprechen, hierzubleiben, sonst hätte sie es nicht getan", erzählte Terese. „Sie ist fürchterlich scheu und unsicher."

„Und trennt sich nur äußerst widerstrebend von Ihnen, das ist mir aufgefallen. Dennoch sieht sie doch schon sehr zufrieden aus. Warum kommen Sie nicht mit mir in die Küche? Vielleicht ist noch etwas Kaffee vom Abendessen übrig. Ich bin total durchgefroren."

Ohne ihre Antwort abzuwarten, ging er zu Shona, beugte sich hinab und sagte etwas zu ihr, wobei er auf den Korridor deutete. Dann kam er zu Terese zurück und sagte: „Wir haben die Erlaubnis, uns zu entschuldigen." Er nahm ihren Arm und führte sie den Korridor entlang.

In der Küche nahmen sie einander gegenüber am Tisch Platz, einem ausladenden, zerkratzten, wackligen Ungetüm, an dem die Hausmädchen und freiwilligen Helferinnen ihre Mahlzeiten einzunehmen pflegten. David Leslie bestand darauf, dass Terese ein Glas Milch zu sich nahm, während er seinen Kaffee trank. „Bis das Baby auf der Welt ist, gibt es für Sie nur Milch, junge Dame", sagte er mit gespielter Strenge.

Terese antwortete nicht. Es war selten, dass er ihren Zustand erwähnte, und von dem Baby selbst sprach er so gut wie nie, und wenn, fühlte sie sich zutiefst beschämt und verlegen.

„Terese?"

Sie sah auf und entdeckte, dass er sie musterte.

„Ich weiß, dass Ihnen das schwer fallen muss, aber wir sollten über das Baby reden. Haben Sie schon mal darüber nachgedacht, was Sie machen wollen, wenn das Kind auf der Welt ist?"

Terese versuchte an der Milch zu nippen, die er ihr vorgesetzt hatte, aber ihre Kehle war wie zugeschnürt. Seinen Blick meidend, setzte sie das Glas ab. „Ich … nein, ich weiß noch nicht, was ich tun soll."

„Ich verstehe", sagte er freundlich. „Sie waren ja viel zu krank, um irgendeinen Entschluss zu fassen. Aber denken Sie immer daran, dass Sie nicht auf sich allein gestellt sind. Schließlich stehen Sie und Shona unter der Obhut des *Vanguard*, und das heißt, dass Sie alles andere als mittellos sind. Samantha Harte wird alles tun, was in ihrer Macht steht, um Ihnen unter die Arme zu greifen."

Als er den *Vanguard* erwähnte, lief es Terese kalt den Rücken hinunter. Allzu deutlich stand ihr immer noch vor Augen, wie Jack Kanes Gesicht ausgesehen hatte, als dieser sie nach ihren Plänen fragte.

„Mr Kane ist der Meinung, ich sollte das Baby nicht behalten", sagte sie geradeheraus, wobei sie ihn forschend ansah.

Mit zusammengezogenen Augenbrauen starrte er sie an. „Was?"

„Mr Kane“, wiederholte Terese, unfähig, ihren Ärger zu verhehlen. „Er hat mir unmissverständlich klargemacht, dass er mich nicht für fähig hält, für ein Kind zu sorgen.“

David Leslies Gesicht schien noch einen Tick schmaler zu werden. „Das hat er gesagt?“

Terese zuckte die Schultern. „Na ja, nicht wortwörtlich. Aber dass er das denkt, daran hat er keinen Zweifel gelassen.“ Sie brach ab. Immer noch machten ihr die Wut und die bösen Vorahnungen, die Kane in ihr ausgelöst hatte, zu schaffen. „Sind Sie auch seiner Meinung? Denken Sie auch, dass ich mein Baby weggeben sollte?“

Schweigend sah David Leslie sie an. Als er schließlich antwortete, war seine Stimme leise, aber fest. „Es ist ganz allein Ihre Entscheidung, Terese, was Sie mit dem Baby machen. Da hat Ihnen niemand reinzureden. Gewiss würde es Ihnen unter den gegebenen Umständen niemand verdenken, wenn Sie das Kind nicht behielten. Freilich muss ich sagen, dass ich schon die ganze Zeit über den Eindruck gewonnen habe, dass Sie es behalten wollen.“

„Und ob!“, rief sie. „Um nichts in der Welt werd' ich's hergeben!“ Sie beugte sich vor und fing an, nervös mit dem Glas herumzuspielen. „Aber Mr Kane –“

David Leslie nahm ihr das Glas weg und bedeckte dann ihre Hand mit der Seinen. „Niemand darf irgend etwas von Ihnen verlangen, was Sie nicht selbst wollen, Terese. Ich bin überzeugt, dass Jack Kane Ihnen nicht nahe legen wollte, Ihr Kind aufzugeben. Schließlich setzt er das Geld seiner Zeitung ein, um Ihnen hier auf die Sprünge zu helfen. Nein, Sie müssen ihn missverstanden haben.“

Verstohlen sah Terese auf seine Hand, die auf ihrer lag. Da ließ er sie rasch los.

Sie hatte Jack Kane *nicht* missverstanden. Je mehr sie über das Zusammentreffen mit ihm nachdachte, desto mehr war sie überzeugt, dass der Mann ihr hatte beibringen wollen, sie solle das Baby nicht behalten, aus welchen Gründen auch immer.

„... hätte Kane ja schließlich überhaupt keinen Grund, sich da einzumischen", sagte David Leslie gerade.

Er sprach noch weiter, aber Terese hörte nicht mehr, was er sagte. Plötzlich wurde sie von Angst durchzuckt wie von einem rasenden Blitz. Mit einem Mal stand ihr klar und unmissverständlich vor Augen, was hinter Jack Kane's rätselhaftem Verhalten stand: Wieso sollte dem Mann daran gelegen sein, was ein unverheiratetes junges Mädchen, das gerade aus Irland in die Vereinigten Staaten gekommen war, mit einem Kind anstellte, das ihr nach seiner Meinung doch wohl völlig unwillkommen sein musste?

Genauer noch, falls Kane sie schon für unfähig hielt, das Kind eines anonymen Vergewaltigers aufzuziehen – was würde er erst tun, wenn er wüsste, dass es sein eigener Bruder war, der das Baby gezeugt hatte? Wenn er schon ohne den Vater zu kennen so unerbittlich darauf aus war, dass sie das Kind aufgab, dann – um Gottes willen! – würde er es ihr mit Sicherheit wegnehmen, wenn er erführe, dass es von seinem eigenen Fleisch und Blut war!

Bei diesem Gedanken blieb Terese fast die Luft weg. Ihr war, als hätte ihr jemand eine Schlinge um den Hals gelegt und plötzlich strammgezogen.

Sie merkte, dass David Leslie sie fragend ansah. „Bitte entschuldigen Sie", stotterte sie und schob ihren Stuhl zurück. „Ich darf Shona nicht länger allein lassen."

So eilig hatte sie es, dem forschenden Blick des Arztes zu entfliehen, dass sie fast den Stuhl umgeworfen hätte, als sie sich schwerfällig erhob und fluchtartig die Küche verließ.

* * *

David stand da und sah ihr nach, entsetzt darüber, dass er sie mit irgend etwas nur noch mehr aufgeregt haben musste, wo er sie doch bloß hatte bestärken wollen. Einen Augenblick hatte er sogar befürchtet, sie würde ohnmächtig werden, so abrupt war sie erbleicht und hatte zu zittern begonnen.

Er rief ihr nach, aber falls sie ihn überhaupt gehört hatte, tat sie so, als wäre dies nicht der Fall. Sie ging zur Tür, schwankte ein wenig, als sie sie erreicht hatte, und stützte sich kurz mit der Hand am Türrahmen ab, bevor sie im Korridor verschwand.

Es lag auf der Hand, dass diese Geschichte mit Kane sie mehr aus der Fassung gebracht hatte, als ihm aufgegangen war; er konnte sich bloß nicht denken, warum. Ganz sicher hatte es nicht in Kanes Absicht gelegen, ihr Angst einzujagen.

Aber verängstigt war sie, das war klar. Was in aller Welt konnte der Mann gesagt haben, das sie so aus dem Gleichgewicht geworfen hatte?

Eines stand fest: Sie konnte ihm nicht im mindesten Paroli bieten. Schließlich war Kane wirklich eine ungemein respekteinflößende Persönlichkeit, für die es keine Tat war, jemanden in einer so heiklen Lage wie Terese zu überrumpeln.

Andererseits konnte er sich nicht vorstellen, dass Terese Sheridan sich so leicht ins Bockshorn jagen ließ. Im Gegenteil: Was ihn zuallererst für sie eingenommen hatte, war die Stärke gewesen, die er ihr abspüren konnte, der scheinbar unbezwingbare Wille, der selbst in den Tiefen ihres Deliriums immer wieder mal für kurze Augenblicke untrüglich zutage getreten war.

Nein, entschied er, selbst wenn etwas über Terese unversehens hereinbrach, würde sie es irgendwie schaffen, Anker zu werfen und fest zu bleiben, wenn sie es für nötig hielt.

In jedem Falle verübelte David Kane dessen Mangel an Einfühlungsvermögen, selbst wenn seine Absichten ganz und gar untadelig gewesen sein sollten – wovon er, je länger er die Dinge abwog, übrigens gar nicht mehr so hundertprozentig überzeugt war. Schließlich war Jack Kane für seine Skrupellosigkeit berüchtigt: Wenn man dem Glauben schenkte, was so erzählt wurde, hatte er mehr als einen Geschäftsmann in den Ruin getrieben, der es gewagt hatte, das Haupt gegen ihn zu erheben. Man brauchte ja nur an jene Artikelserie zu denken, die Kane vor einiger Zeit über eine Reihe prominenter Bürger der Stadt veröffentlicht hatte, welche nebenher mit Bordellen und Spielhöllen Kasse machten. Kane hatte die Glacéhandschuhe ausgezogen, die Betreffenden offen beim Namen genannt und ihre abscheulichen Praktiken bis ins Detail ruchbar gemacht.

Und auch wenn David im stillen über die Artikel erfreut gewesen war, konnte man ihre Veröffentlichung doch auch als einen Beweis Kanescher Kaltblütigkeit betrachten.

Worin auch immer die Absichten des Mannes bestehen mochten, David nahm sich vor, bei ihrem nächsten Zusammentreffen die Rede auf sein Interesse an Tereses ungeborenem Kind zu bringen. Immerhin war sie seine Patientin und befand sich nach wie vor in Rekonvaleszenz. Das gab ihm das Recht, danach zu fragen, weshalb sie so außer sich geriet.

Doch sosehr er sich auch das Gegenteil einzureden versuchte, David wusste genau, dass seine Besorgnis mehr war als der natürliche Wunsch, eine Patientin zu schützen, war er doch für einen Augenblick schon allein bei dem Gedanken, der Mann könne irgendwie, und sei es unabsichtlich, Terese zu nahe getreten sein, stocksauer auf Jack Kane gewesen.

Mit einem ihm sonst unbekannten Empfinden fragte er sich – nicht zum erstenmal –, was er mit den zunehmend verwirrenden Gefühlen anfangen sollte, die er für seine hübsche junge Patientin hegte. Er war dabei, sich in eine unhaltbare Situation hineinzumanövrieren. Zum einen war er beträchtlich älter als sie: Auch wenn sie im fortgeschrittenen Stadium schwanger war, war sie doch nur wenig mehr als ein junges Mädchen. Sodann hatte er mitbekommen, dass sie aus einer radikal anderen Kultur stammte; ihre Heimat auf den Aran-Inseln war entlegen und primitiv, eine Gegend, von der wohl kaum eine Handvoll Menschen in den Staaten jemals auch nur gehört hatte. Überdies war sie soeben gerade mal dabei, sich von einer bedrohlichen Krankheit zu erholen, und würde noch lange brauchen, bis sie wieder voll auf der Höhe war.

Ja, und dann hatte sie wahrscheinlich keinerlei Interesse an ihm, abgesehen davon, dass er ihr Arzt war.

Frustriert fuhr sich David mit der Hand durchs Haar: Er war im unreinen mit sich selbst wie mit der ganzen Situation. Wenn er sich zu rückhaltloser Ehrlichkeit durchrang, musste er zugeben, dass er ein Trottel war und gut daran täte, sich von Terese Sheridan fernzuhalten.

Also schön, dann war er eben ein Trottel. Aber sich von Terese fernhalten? Er wusste schon jetzt, dass ihm das nicht möglich sein würde.

Statt dessen würde er darüber nachdenken, wie er ihr so bald wie möglich zu einem gewissen Maß an Unabhängigkeit verhelfen könnte.

Er bewunderte sie dafür, dass sie ihr Baby behalten wollte, alles andere hätte ihn tief enttäuscht. Und sollte Jack Kane aus irgendeinem Grund tatsächlich darauf bedacht sein, dass sie es angesichts ihrer heiklen Umstände weggab, so wäre das beste, was er, David, für sie tun könnte, eine Möglichkeit zu finden, wie sie sich und ihr Kind ernähren konnte.

Und siehe da, als er die Tür zu seinem Büro unter der Treppe öffnete, begann sich bereits eine entsprechende Idee in seinen Gedanken abzuzeichnen.

32. Feinde im Schatten

Irgend etwas hier verstehe ich nicht;
da ist eine Bedrohung, die sich mir entzieht.
Valentin Iremonger

Am späten Donnerstagvormittag fegte ein Wintersturm über die New Yorker hin, der sich nicht legte, bevor er die Stadt mit einer etliche Zentimeter dicken Schneeschicht bedeckt hatte. Den größten Teil des Tages blies ein bitterkalter Wind, der den Pferden den Schnee in die Augen wehte, während sie sich in den tiefverschneiten Straßen abmühten, ihre Fahrzeuge voranzubringen, und Menschen, die zu Fuß unterwegs waren, die Schultern einziehen und die Köpfe beugen ließ.

Auch am späten Nachmittag schneite es noch. Die Straßen der Innenstadt waren rutschig, und Kaufleute wie Bürovorsteher ordneten vorzeitigen Feierabend an, damit ihre Angestellten noch sicher nach Hause kamen.

Im Haus der *Grace Mission* saß Terese Sheridan in einem Lehnstuhl am Fenster und sah zu, wie der Wind den Schnee um den Eisenzaun herumwirbelte, der die Liegenschaft der Mission begrenzte. Der Himmel sah dunkelgrau aus, der Boden aber war vollkommen weiß, so dass die Stadt viel heller wirkte als sonst um diese Zeit der einsetzenden Dämmerung.

Shona kauerte auf dem Bett und schnitt aus einer Zeitungsseite „Schneeflocken" aus, wie es ihr eines der anderen Kinder beigebracht hatte. Von Zeit zu Zeit sah sie verstohlen auf, so als beunruhigte sie Tereses bedrückte Stimmung.

Terese tat, als bemerkte sie es nicht. Sie war viel zu sehr mit ihren eigenen Problemen beschäftigt, viel zu schwer mit Sorgen belastet, als dass sie dem Kind hätte gut zusprechen können.

Unter anderen Umständen hätte sie das dichte Schneetreiben vor dem Fenster womöglich genießen können. Als der Sturm vor ein paar Stunden angehoben hatte, waren die Kinder im Korridor von einem Fenster zum nächsten geflitzt und hatten sich die Nasen an den Scheiben plattgedrückt, um zu bewundern, was sich draußen abspielte. Selbst Shona war anfangs begeistert, hatte sich aber bald in stille Versunkenheit zurückgezogen und sich eine Beschäftigung für sich allein gesucht.

Es war natürlich, dass man sich wohlig geborgen fühlte, wenn man diese in Eis und Schnee erstarrte Welt von einem sicheren, warmen Plätzchen aus beobachtete. Doch auf Tereses Laune wirkten sich das Heulen des Windes und der Anblick des schweren, grauen Himmels, der sich über der Stadt entlud, düster aus.

Wäre doch Samantha gekommen, dachte Terese, so hätte sie diese tiefe Traurigkeit vielleicht schon hinter sich lassen können. Tatsächlich hatte sie ja versprochen, dass sie heute kommen und sowohl Terese als auch Shona neue Bücher mitbringen werde. Doch würde sich bei solchem Wetter niemand auf die Straße wagen, wenn es nicht absolut notwendig wäre, und so versprach der weitere Nachmittag nichts, was die Monotonie unterbrechen könnte.

In den letzten zwei Tagen war Terese in immer kürzeren Abständen von den Angstattacken heimgesucht worden, die der Besuch Jack Kanes neulich bei ihr ausgelöst hatte. Sosehr sie sich auch bemühte, diese Angst zu unterdrücken, sie kam doch nicht völlig darüber hinweg. Wegen ihrer langen, auszehrenden Krankheit und der grauenhaften Atlantik-Überfahrt machte sie sich Sorgen um die Gesundheit ihres Kindes. Sie fragte sich, wie lange sie in ihrem angegriffenen Zustand wohl brauchen würde, um sich von der Geburt zu erholen. Sie hatte keine Ahnung, woher sie das Geld nehmen sollte, das sie brauchen würde, um sich und dem Kind wenigstens ein bescheidenes Heim zu schaffen.

Und sie machte sich Sorgen um Shona, denn sie hatte sich entschieden, das Kind nicht in fremde Hände zu geben, solange sie ihm irgend helfen konnte. Nicht auszudenken, was es für das Mädchen bedeuten würde, wenn man ihm den einzigen Menschen entrisse, den es in seinem Leben noch besaß, und das, nachdem es binnen kürzester Zeit erst die Eltern und dann den Bruder verloren hatte.

Terese hatte so lange mit Angst gelebt, dass sie sich gar nicht mehr recht an eine Zeit erinnern konnte, in der ihre Brust nicht davon zugeschnürt gewesen wäre. Aber jetzt war es schlimmer denn je, denn bislang hatte sie immer nur für sich selbst sorgen müssen und war stark genug gewesen, es irgendwie zu schaffen, selbst unter den widrigsten Umständen.

Nun lastete zusätzlich die Verantwortung für ein Baby auf ihr. Während eine weitere Windbö den Schnee gegen die Hausmauer stieben ließ, seufzte sie entmutigt auf. Wie mochte es sich wohl anfühlen, fragte sie sich, eine Samantha Harte oder ein Jack Kane zu sein, in der gesicherten Ruhe zu leben, jederzeit ein Dach überm Kopf, eine gefüllte Speisekammer und genügend Geld zu haben, um sich und die Seinen versorgen zu können? Ob die und ihresgleichen auch nur die leiseste Ahnung davon hatten, was es hieß, in ständiger Angst vor Hunger und Kälte zu leben und stets und ständig darauf angewiesen zu sein, dass irgend jemand gerade in Gönnerlaune war oder seine barmherzige Seite entdeckte? Ob sie sich ein Dasein ausmalen konnten, in dem alles und jedes auf ein einziges Wort zusammenschnurrte, nämlich *Überleben*?

Wohl eine der Ursachen dafür, dass sie David Leslie so bewunderte, lag in der Art und Weise, wie er sein Leben dafür einsetzte, für weniger Glückliche ein Überleben möglich zu machen, wobei er offensichtlich auf seine eigene Bequemlichkeit keinerlei Rücksicht nahm.

Terese starrte in den Sturm hinaus und erschauerte, nicht so sehr der Kälte wegen, sondern weil sie sich vorstellte, dass sie ebenso gut auf der anderen Seite der Mauer sein könnte, durch den Schnee stapfend auf der Suche nach einem Plätzchen zum Schlafen, an dem sie und ihr ungeborenes Kind nicht erfrieren müssten. Wenigstens hatte sie hier dank David Leslie ein sauberes Bett und genug zu essen.

Und das war mehr, als sie die längste Zeit ihrer siebzehn Jahre besessen hatte.

In diesem Augenblick trat das Kind in ihrem Bauch heftig aus, und Terese drückte eine Hand gegen ihren Leib und murmelte: „Du wirst es besser haben. Ganz bestimmt. Irgendwie werd' ich's schaffen, dass du dich nicht abkämpfen musst, um zu überleben, das verspreche ich dir."

Als irgendwo in ihrem Hinterkopf ein hässliches Wispern anhob, wie sie es denn bitte schön anstellen wolle, ein solch mutiges Versprechen in die Tat umzusetzen, wischte Terese die böse Stimme grantig beiseite.

Sie würde ihr Versprechen halten, koste es, was es wolle. In ihrem tiefsten Innersten war sie fest entschlossen, einen Weg zu finden.

* * *

„Turner Julian hat endlich seine Drohung wahrgemacht, Jack. Zusammen mit drei anderen Geschäftsleuten hat er Sie wegen übler Nachrede angezeigt. Seine Anwälte basteln an der Anklageschrift."

Avery Foxworth trommelte mit den Fingern auf die Armlehne seines Sessels und ließ Jack nicht aus den Augen.

Sie hatten sich zur Abwechslung im *Vanguard*-Büro statt in der Kanzlei des Anwalts getroffen, was Jack in Anbetracht des Wetters nur recht war.

Er zuckte die Schultern und machte eine wegwerfende Handbewegung. „Aber Julian ist der Anstifter, versteh' ich das richtig?"

Foxworth nickte.

„Was will er, abgesehen von meinem Skalp?"

„Eine halbe Million."

Jack pfiff leise durch die Zähne. „Ganz schön sauer, der Typ, was?"

„Ich hab' Sie gewarnt, Jack. Seit Sie damals die Geschichte über die Puffs gebracht haben – dieses *Huren-und-Heuchler*-Stück, meine ich –, hat er Sie mit Worten zerrissen." Foxworth rümpfte die Nase, als habe er etwas ausgesucht Widerwärtiges gerochen. „Schon damals, wie Sie das brachten, habe ich Ihnen gesagt, Sie würden sich Scherereien einhandeln."

Die „Geschichte", auf die Avery Foxworth anspielte, war in Wirklichkeit eine ganze Serie gewesen, die Jack zum Thema Kriminalität im allgemeinen und Prostitution im besonderen veröffentlicht und in der er diejenigen aufs Korn genommen hatte, die dazu beitrugen, dass sich das Übel ungehemmt in der Stadt ausbreitete. Unter den Zeitungsleuten der Stadt war es ebenso wenig ein Geheimnis wie in der Polizeibehörde, dass eine erkleckliche Zahl unzüchtiger Etablissements und Spielhöllen sich in den Händen einiger wohlhabender „herausragender“ Bürger befand.

Einer dieser Bürger war der Gesellschaftsarzt Turner Julian, ein Mann, den Jack als vollendeten Heuchler kennengelernt hatte, eine bigotte Figur von Rang, aber als Mediziner letztlich ein Scharlatan. Als damals die Serie erschien, hatte Jack Julian in seinen *Editorials* mit einer Reihe ätzender Titulierungen wie zum Beispiel „Medizinmann von der Fifth Avenue“ bedacht sowie einen ganzen Schwung von Beschuldigungen gegen ihn erhoben, die er samt und sonders bis ins Einzelne belegt hatte. Überdies hatte die Zeitung diverse „geschäftliche Etablissements“ und sonstige Besitztümer aufgeführt – darunter förmliche Todesfallen –, die über Strohmänner im Eigentum Julians und seiner Spießgesellen standen.

Es war Jack nicht bloß darum gegangen, aus edler Gesinnung die betrügerischen Trickserien eines Turner Julian und seinesgleichen offenzulegen. Was weder Avery Foxworth noch irgend jemand sonst, ausgenommen Rufus Carver, wusste, war, dass Jack bis zu diesem Tag fest davon überzeugt war, dass niemand anders als Turner Julian unmittelbare Verantwortung für Marthas schlimmste Leidenszeit und tiefste Erniedrigung trug, die sie in den letzten Tagen ihres Lebens hatte durchmachen müssen, bevor der Krebs sie endlich besiegte.

Julian hatte nie einen Hehl daraus gemacht, dass er die Iren verachtete, und hatte für Martha nicht einen Hauch von Barmherzigkeit übrig gehabt, als die heimtückische Krankheit ihren Körper von Tag zu Tag mehr zerstörte und ihr alle Würde raubte. Als Jack nicht abließ, darauf zu drängen, dass der blasierte Doktor etwas unternahm, um Marthas Schmerzen zu lindern, hatte Julian ihn mit unvorstellbarer Roheit auflaufen lassen, indem er ihn lakonisch beschieden hatte: „Wenn Sie Wunder erwarten, rufen Sie doch einen Priester."

Tags darauf indes hatte der unerträgliche Mediziner einen hastigen Noteingriff vorgenommen, der ihm völlig missriet und Marthas Leiden nur steigerte. Als Jack begriff, was geschehen war, hatte er sich wie ein Irrer auf Julian gestürzt. Hätte nicht Rufus ihn von dem zu Tode erschrockenen Doktor losgerissen, so wäre er Gefahr gelaufen, den Mann mitten auf dem Krankenhausflur zu erschlagen.

In den Jahren, die folgten, hatte er, entschlossen, Julian nicht nur als den Quacksalber, der er war, zu entlarven, sondern auch seine dunklen Geschäfte aufzuhellen, seine Stunde abgewartet und schließlich, nachdem er alle notwendigen Beweise zusammengetragen hatte, das gesamte Material im *Vanguard* veröffentlicht.

Seither hatte er aus verschiedenen Quellen erfahren, dass Julians Geschäfte infolge der Veröffentlichung gehörigen Schaden genommen hatten. Nun stammte Julian selbst wie auch seine Frau aus altem Geldadel, so dass der Mann niemals finanziell ruiniert werden konnte. Nicht der pekuniäre Nachteil war es, was den Arzt am meisten wurmte, sondern zweifellos die Besudelung des klingenden Namens seiner Familie und die Infragestellung seiner beruflichen Kompetenz.

„Lassen Sie doch noch mal präzise hören, was das für Beweise sind, über die Sie verfügen", forderte Avery Foxworth und brachte Jack damit wieder an die Oberfläche zurück.

„Oh, es sind mehr als genug", versicherte Jack. „Eidesstattliche Erklärungen von einigen der Zeitungsjungen, die zugleich als Schutzgeldeintreiber für Julians Organisation tätig sind, außerdem von einer Reihe seiner früheren Wirtschafter. Sodann Kopien von Julians Verträgen – der Kerl war nicht clever genug, sie umzuschreiben. Schließlich, wie ich Ihnen schon gesagt habe, die beschworene Aussage einer früheren Prostituierten, die in einem seiner Bordelle anschaffte und mehrmals von Julian selbst missbraucht wurde, bevor er sie schließlich fast totprügelte." Jack unterbrach sich. „Sie war damals vierzehn."

Avery Foxworth verzog angeekelt das Gesicht. „Die … nun ja, junge Dame – hat sie seinerzeit bei der Polizei ausgesagt?"

Jack verzog den Mund. „Avery, sie war damals noch fast ein Kind – und eine Prostituierte. Selbstverständlich ist sie nicht zur Polizei gegangen."

„Aber mit Ihnen hat sie geredet?"

Jack zuckte die Schultern. „Mit Geld kann man alles kaufen, wie Sie sicherlich wissen. Sogar die Wahrheit." Er sah seinen Anwalt an. „Sie kommen mir unwirsch vor, Avery. Was haben Sie auf dem Herzen?"

Foxworth schürzte die Lippen. „Sie scheinen mir das Ganze nicht so ernst zu nehmen, wie ich Ihnen raten möchte."

„Da liegen Sie nun falsch, Avery. Ich nehme es sehr ernst, wenn man mich vor Gericht zerren will. Ausgesprochen ernst, seien Sie versichert. Ich sehe bloß nicht, was Julian mir anhaben könnte. Ich bin ja nicht so blöd, dass ich eine Geschichte herausbrächte, von der ich weiß, dass sie mir Feuer unterm Hintern machen wird, wenn ich nicht die Mittel zum Löschen habe. Mag auch mein eigener Charakter durchaus fragwürdig sein, so würde ich doch niemals den Ruf des Blattes aufs Spiel setzen."

Avery schien dieses Argument zu bedenken. „Nein, das würden Sie sicher nicht. Schön, ich darf wohl davon ausgehen, dass Sie all Ihre Beweise sicher hinter Schloss und Riegel haben. Wir werden sie noch brauchen, bevor wir diese Geschichte zu den Akten legen können."

Jack nickte und deutete mit einer Kopfbewegung auf den Tresor, der hinter seinem Schreibtisch stand. „Alles da drin. Machen Sie sich keine Sorgen."

Foxworth stand auf, streifte seine feinen Lederhandschuhe über und zog Finger für Finger glatt. „Dann steht ja alles zum Besten. Ich glaube, ich mach' mich lieber auf den Weg, solange die Straßen noch passierbar sind. Da draußen wird's langsam ungemütlich."

Jack erhob sich ebenfalls und trat hinter seinem Schreibtisch hervor. „Danke, dass Sie reingeschaut haben, Avery." Er schüttelte dem Anwalt die Hand. „Ich höre wieder von Ihnen?"

Foxworth nickte. „Ich werde erst mal eine informelle Antwort auf die Beschuldigung vorbereiten. Nichts weiter als einen Brief, Sie verstehen, in dem wir uns gebührend entrüstet zeigen und vielleicht ein, zwei verschleierte Drohungen durchschimmern lassen. Sicher, das wird weiter nichts bringen, aber bevor wir weitere Schritte unternehmen, will ich mir erst mal diese Papiere ansehen." Er machte eine Pause. „Sie werden sie mir wohl kaum mitgeben wollen."

Jack dachte darüber nach, aber der Vorschlag gefiel ihm nicht. „Nichts gegen Sie, Avery, aber mir wäre wohler, wenn fürs erste alles hier unter Dach und Fach bliebe."

„Ja keinem Engländer trauen, wie, Jack?"

Jack lächelte bloß, als er die Korridortür öffnete. „Ich pflege *keinem* zu trauen, Avery."

Kopfschüttelnd ging Foxworth seiner Wege.

Jack trat ans Fenster, das zur Straße hinausging, und dachte einen Augenblick nach. Er war in Versuchung, seine Pläne zu ändern und heute Nachmittag nicht mehr ins Missionshaus zu gehen. So wie es aussah, würde es nicht so bald zu schneien aufhören.

Aber sein Plan brannte ihm jetzt schon drei Tage

auf den Nägeln, und ihm fehlte einfach die Geduld, die Sache noch länger aufzuschieben. Außerdem hatte er Cavan Sheridan bereits – nur zur Vorsicht – nach Albany raufgeschickt, wo der Sturm den Jungen mindestens bis Anfang der Woche festhalten würde. Sollte sein Vorschlag das Mädchen gar zu sehr aufwühlen, so könnte sie in Versuchung geraten, ihren Bruder ins Vertrauen zu ziehen, und Jack hatte keine Lust, die Geschwister alle beide auf einmal am Hals zu haben. Er war sich sicher, Cavan ohne allzu große Mühe rumkriegen zu können, aber eins nach dem anderen.

Die Uhr zeigte fast halb drei. Er würde noch heute Nachmittag in die *Grace Mission* gehen, um dann hierher zurückzukehren und noch zwei, drei Stunden zu arbeiten.

Samantha heute Abend zu sehen durfte er sich sowieso keine Hoffnungen machen; bei diesem Sturm würde sie zu Hause bleiben. Also konnte er ebenso gut das Stück über die Harrison-Tylersche Wahlliste fertig machen und mit dem *Editorial* für morgen anfangen.

Vor dem Haus traf er auf Madog Wall, der den Schnee aus dem Windfang fegte. Der Mann lüftete die Mütze, als er Jack sah, und machte ihm Platz.

„Sie wollen doch wohl nicht selbst nach Hause fahren, Mr Kane, oder?"

Jack zog sich den Mantelkragen etwas fester um den Hals. „Noch nicht, Madog. Ich hab' mir gedacht, ich fahr' schnell mit 'nem Zeitungswagen rüber in die Pearl Street. Damit komm' ich wohl besser hin und zurück als mit der Kutsche."

Madog sah konsterniert aus. „Aber, Mr Kane, so wie das die ganze Zeit runterkommt, werden Sie quatschnass sein, bis Sie da ankommen, und halb erfroren obendrein."

„Blödsinn!" Jack tat die Besorgnis des Mannes mit

einer Handbewegung ab und marschierte auf den nächststehenden, noch bespannten Zeitungswagen los. Wenn er Madog auch bloß den kleinen Finger gab, würde der ihn unter seine Obhut nehmen wie 'ne alte Großmutter. „Als ob mir 'n bisschen Schnee was ausmachte! Im Gegenteil, ich mag das Wetter! Aber wenn's Sie nicht stört, können Sie mir ja Ihre Mütze leihen."

Der stämmige Ire sah aus, als könnte er nicht bis zehn zählen. „Wie bitte, Sir?"

„Ihre Mütze, Mann Gottes! Wenn Sie sich solche Sorgen darum machen, dass ich mich nicht erkälte, dann leihen Sie mir Ihre Mütze!"

Madog starrte ihn an, als hätte er den Verstand verloren, riss sich aber, gehorsam wie eh und je, die Mütze vom Kopf und warf sie Jack zu. „Schön und sauber, Sir. Is' so gut wie neu."

Jack lachte ihn an, als er sich die Wollmütze über die Ohren zog und sich auf den Kutschbock des Lastfuhrwerks schwang. „Sie sind 'n guter Mann, Madog!"

Er schnalzte ein paar Mal mit der Zunge, und der stämmige Graue zog seine Bahn durch den Schnee.

33. Eine Prozession von Besuchern

Wie der Schein der strahlenden Kerze
ist die Hoffnung, die unsern Weg licht und schön macht.
Oliver Goldsmith

Erst als Samantha auf der Mission ankam, ging ihr auf, dass es vielleicht ein Fehler gewesen war, sich bei dem Sturm ins Freie zu wagen. Aber sie hatte gesagt, sie werde heute kommen, und sie hasste es, ihr Wort nicht zu halten. Und außerdem hatte sie neue Bücher für Terese und eine hübsche Puppe für Shona, die eine der Frauen aus der Gemeinde gebastelt hatte.

Die Droschke, die sie sich gerufen hatte, war klein und dem heftigen Schneefall bei weitem nicht gewachsen gewesen. Zweimal waren sie unterwegs steckengeblieben, und einmal hatten sie sich, als sie um eine Straßenecke bogen, um ein Haar überschlagen. Der Gedanke, in derselben Kutsche heimzufahren, behagte Samantha ganz und gar nicht, aber es würde schwierig werden, einen anderen Fuhrmann zu finden. Bei dem dichten Schneegestöber würde sie auf keinen Fall länger als ein paar Minuten bleiben, also bat sie den Kutscher, vor der Mission auf sie zu warten.

Die Straße war bei dem Sturm menschenleer und öde, der Nachmittag fast so duster, als wäre es später Abend. Der Schnee peitschte ihr ins Gesicht, und der Wind trieb ihr die Tränen in die Augen, als sie von der Straße zur Haustür hinaufeilte.

Drinnen im Haus war es wesentlich angenehmer.

Mit Hilfe der freiwilligen Mitarbeiterinnen hatten einige der Kinder Schneeflocken und andere winterliche Dekorationen aus Papier ausgeschnitten und an den Pfosten des Treppengeländers aufgehängt. Auf dem Kaminrost in der Eingangshalle brannte ein schönes Feuer, und von der Küche her hörte man Stimmen und das Klappern von Geschirr.

Schon als Samantha sich anschickte, die Treppe hinaufzusteigen, hörte sie die vertrauten Geräusche aus der Krankenstube, wo Frauen und Kinder lagen, denen es ziemlich schlechtging. Immer wieder gingen ihr das leise Stöhnen und die schrillen Schreie zu Herzen, und normalerweise hätte sie einen Blick in das Zimmer geworfen, noch ehe sie Terese und Shona aufsuchte. Viel konnte sie dort nicht ausrichten, außer dass sie zwischen den Bettstellen herumwanderte, jede Patientin fragte, wie es ihr ging, und hier und da einfach eine Hand drückte. Manchmal nahm sie eines der Babys oder Krabbelkinder eine Weile auf den Arm, damit seine Mutter ihre dringend benötigte Ruhe fand. Und dann wieder konnte sie gar nichts tun, außer für die Kranken zu beten.

Doch heute steuerte sie direkt auf Tereses Stube zu. Dort fand sie Shona, die auf dem Bett kniete und etwas aus der Zeitung ausschnitt, und Terese, die am Fenster saß und ins Schneegestöber hinausschaute. Die Freude, die alle beide zeigten, als sie das Zimmer betrat, wärmte Samantha das Herz, so dass sie nunmehr glücklich war, die Strapazen des Weges auf sich genommen zu haben.

Sie erklärte ihnen, dass sie nur ein paar Minuten bleiben könne. „Ich hab' draußen eine Droschke stehen, die auf mich wartet, wegen des Sturmes, wisst ihr. Aber ich wollte wenigstens reinschauen und euch die Sachen hier geben."

Sie gab Shona die Puppe und fühlte sich reich belohnt, als sie sah, wie das ganze Gesicht des Mädchens zu strahlen begann. Nur ein, zwei Sekunden zögerte die Kleine, bevor sie sich in Samanthas Arme warf. Dann saß sie mit der Puppe im Arm da, als wäre diese das Kostbarste und Herrlichste, was sie je gesehen hatte.

„Wie wirst du sie denn nennen?", fragte Samantha lächelnd.

Shona sah auf. Sie schien die Frage sehr bedacht zu erwägen. Schließlich sagte sie feierlich: „Sie heißt Samantha."

Samantha musste blinzeln, sonst wären ihr die Tränen gekommen. „Wie schön", brachte sie schließlich hervor. „Noch nie hat jemand eine Puppe nach mir benannt. Vielen Dank, Shona."

Auch Tereses Augen begannen zu strahlen, als Samantha ihr das Bücherpaket gab. Es enthielt ein Exemplar von Dickens' *Pickwicklern* und eine Sammlung der Erzählungen von Mr Irving. In Wirklichkeit stammten diese Bücher aus Samanthas eigener kleiner Bibliothek, aber das musste ja niemand wissen.

Mit Überraschung hatte Samantha festgestellt, wie gut Terese lesen konnte. Allzu viele der Einwanderer, mit denen sie zu tun hatte – und die Iren besonders –, waren bei ihrer Ankunft entweder Analphabeten oder verfügten nur über bescheidene Grundkenntnisse des Englischen; viele, die aus den entlegeneren Landstrichen Irlands stammten, sprachen überhaupt nur Gälisch. Doch sowohl Cavan als auch Terese hatten insofern großes Glück gehabt, als ihr Vater, der bei einem Priester in die Schule gegangen war, ihnen die Liebe zum Lesen eingepflanzt hatte.

Bei Shona lagen die Dinge anders. Das Kind hatte an Bildung offenbar äußerst wenig genossen, was Samantha irgendwann zu ändern hoffte.

Terese machte auf Samantha den Eindruck, dass sie trotz ihrer Freude über die neuen Bücher irgendwie zerstreut, vielleicht sogar betrübt war. Sie strahlte eine Angespanntheit aus, die auf einige Sorgen schließen ließ.

„Terese? Geht's Ihnen nicht gut?"

Das Mädchen sah Samantha an und wandte dann rasch den Blick ab. „Nein, nein, alles bestens", sagte sie, aber die Antwort kam ein bisschen zu sehr wie aus der Pistole geschossen.

Samantha wollte nicht in sie dringen, hatte aber das Gefühl, dass irgend etwas ganz und gar nicht stimmte. „Wirklich?", drängte sie freundlich.

Tereses Lächeln wirkte ein wenig gezwungen. „Vielleicht liegt's am Schnee. Macht mich irgendwie 'n bisschen nervös."

Samantha sah sie forschend an. „Sie wissen doch, Terese, wann immer Sie ein Problem haben, was es auch sei, stehe ich Ihnen zur Verfügung, oder? Ich hoffe, Sie würden nicht zögern, es mir zu sagen, wenn Sie etwas bedrückt."

Wieder lächelte das Mädchen, diesmal etwas natürlicher. „Sie sind so nett zu uns, Samantha. Aber bitte machen Sie sich keine Gedanken über mich. Mir geht's gut, wirklich."

Samantha war es nicht recht, so bald wieder zu gehen, aber sie wusste, dass ihr keine Wahl blieb. „Na gut, dann werd' ich mich mal wieder aufmachen. Der Sturm wird von Minute zu Minute schlimmer. Oh, das hätte ich fast vergessen: Cavan bat mich, Ihnen zu sagen, dass er verreisen musste, aber in ein, zwei Tagen zurück sein wird. Mr Kane hat ihn nach Albany – das ist die Staatshauptstadt, wissen Sie – geschickt, um einiges für die Zeitung zu recherchieren."

Terese runzelte die Stirn. „Bei so einem Sturm ist Cavan verreist? Wird er das auch schaffen?"

„Aber ja doch! Über ihn brauchen Sie sich keine Sorgen zu machen. Um diese Zeit ist er schon vor Ort, und falls der Sturm allzu übel wird, wird er einfach in Albany bleiben, bis besseres Wetter kommt, da bin ich mir sicher."

Terese sah nicht allzu überzeugt aus, sagte aber nichts mehr.

Immer noch unwillig zu gehen, streifte Samantha ihre Handschuhe absichtlich zögernd über. Doch schließlich, nachdem Shona sie nochmals umarmt hatte und sie ausgiebig voneinander Abschied genommen hatten, machte sie sich auf den Weg.

Der wirbelnde Schnee und der eisige Wind, die ihr ins Gesicht schlugen, kaum dass sie aus dem Haus war, weckten in ihr plötzlich das unwiderstehliche Verlangen, in ihre Wohnung zu kommen und dort auch zu bleiben.

* * *

Es passierte David Leslie selten, dass er im Umgang mit einem Patienten nach Worten suchen musste.

Aber schließlich war Terese Sheridan alles andere als eine gewöhnliche Patientin.

Beklommen wie ein grüner Schulbengel zögerte er, an ihre Tür zu klopfen – gar nicht mal so sehr wegen des Vorschlags, den er ihr unterbreiten wollte, sondern eher, weil er wusste, wie sehr es ihn enttäuschen würde, sollte Terese ihm einen Korb geben.

Aber, überlegte er, wieso sollte sie das tun? Schließlich bot ihr sein Vorschlag auf jeden Fall mindestens eine Teillösung im Blick auf die Sorge, wie sie sich und ihr Baby durchbringen sollte.

Seit ihrem gestrigen Gespräch hatte David darüber nachgedacht und eine Reihe von Möglichkeiten erwogen, wie er ihr helfen könnte. Jetzt meinte er eine Idee zu haben, von der er glaubte, dass sie ihre Zukunftssorgen beträchtlich mindern würden.

Und für deine Zukunft wär' es ja auch ganz nett, flüsterte eine leise Stimme in seinem Hinterkopf. Es stimmte: Er konnte kaum behaupten, dass er all dies allein für Terese ins Werk setzte …

Inzwischen war David seiner Wankelmütigkeit wegen restlos verärgert über sich selbst. Im schlimmsten Falle würde sie nicht interessiert sein. Vorschlagen konnte er's ihr trotzdem, oder nicht?

Er holte tief Luft, räusperte sich und machte die Zimmertür auf.

* * *

Wie dichter Nebel umfing Jack das Schneetreiben. Madog hatte recht gehabt: In der Tat würde er pitschnass sein, bevor er die Mission erreichte. Sein Mantel war jetzt schon durchweicht.

Dies war nicht einer der Schneestürme, wie sie im Winter alltäglich waren, soviel stand fest. Es ähnelte mehr einem *Blizzard*. Er hatte gedacht, die Witterung könne ihm nichts anhaben, musste sich aber doch fragen, ob es nicht ein bisschen leichtsinnig gewesen war, sich bei solchem Sturm auf einen offenen Kutschbock zu schwingen. Der Wind wirbelte durch die Straßen, türmte den Schnee auf und heulte wie ein Gespenst. Jack wäre gar nicht allzu überrascht gewesen, hätte ihn eine Bö aus dem Sitz gehoben und auf die Straße geschleudert.

Er hielt den Kopf gebeugt und hatte die Schultern hochgezogen, und dennoch waren seine prickelnde Haut und seine brennenden Augen den Naturgewalten letztlich schutzlos preisgegeben. Er holte tief Luft, saugte dabei eine Menge Schnee in seine Lungen und musste würgen. Alles um ihn war weiß, selbst die Luft schien eine Masse wirbelnden, eisigen Schnees zu sein, die der Wind vor sich hertrieb.

Er erwog umzukehren, aber das wäre unsinnig gewesen, hatte er doch schon den halben Weg hinter sich gebracht. Außerdem musste man damit rechnen, dass morgen überhaupt kein Durchkommen mehr sein würde.

Damit war die Sache klar, und er zog sich seinen Wollschal halb übers Gesicht und kämpfte sich weiter voran.

* * *

Als David ins Zimmer trat, sah Terese auf, und er war entzückt zu sehen, wie ihre Augen zu leuchten begannen, als sie ihn erblickte.

Eigentlich hatte er erwartet, um nicht zu sagen gehofft, Shona bei ihr zu finden: Das Kind konnte er zum Vorwand nehmen, sich ein wenig länger in ihrem Zimmer aufzuhalten.

„Oh, Dr. Leslie“, begrüßte Terese ihn mit leiser Stimme.

Hingerissen von ihrem Anblick, blieb David wie angewurzelt mitten im Raum stehen. Selbst in dem schummrigen Zimmer, vor dem Hintergrund des grauen Fensters, sah ihr Haar wie eine feurige Wolke aus. Kurzgeschnitten, wie es war, umrahmte es ihr Gesicht immer noch mit weichen Locken. Sie trug nur ein fadenscheiniges Etwas aus einer kirchlichen Altkleidersammlung, doch selbst darin und trotz ihrer Unförmigkeit wirkte sie ungewöhnlich hübsch.

Nein, sie *war* hübsch. Diese schwangere Siebzehnjährige mit dem gehetzten Blick und dem leicht zynischen Lächeln raubte ihm buchstäblich den Atem. Keine Frage: Er hatte sich in sie verliebt, hoffnungs- und hilflos verliebt, und zwar zum erstenmal in seinem Leben.

Bald fünfunddreißig Jahre alt, hatte er sich von einem Tag auf den anderen in einen verrückten, liebestollen Trottel verwandelt. David seufzte auf bei dem Gedanken, ob es wohl etwas Lächerlicheres gäbe als einen fürchterlich schüchternen eingefleischten Junggesellen, der sich zum allerersten Mal verliebt hatte.

Er ging ein paar Schritte weiter ins Zimmer und fragte: „Würde es Ihnen denn so fürchterlich schwer fallen, mich einfach David zu nennen?“

Terese sah verblüfft aus, lächelte ihn aber an. „Ganz so schwer auch wieder nicht, glaube ich … *David.*“

Er labte sich am Klang seines Namens, wenn sie ihn aussprach. „Schon besser. Also – wie fühlen Sie sich?“

„Fett“, sagte sie trocken. „Ein bisschen wie ein aufgeblähter Walfisch.“ Im nächsten Augenblick errötete sie, als wäre ihr eben erst aufgegangen, dass ihre Antwort ein bisschen frivol gewesen sein könnte.

David lachte, hoffte damit ihre Verlegenheit zu überspielen. „Ich versichere Ihnen, einem Wal sehen Sie nicht im geringsten ähnlich. Wo ist übrigens Ihr kleiner Schatten?“

„Shona? Oh, ich glaube, sie ist runtergegangen, um den anderen ihre schöne neue Puppe vorzuführen. Samantha hat sie ihr geschenkt.“

„Ich hätte nicht gedacht, dass Samantha sich an einem solchen Tag auf die Straße hinauswagt. Aber sicher sind Sie froh, dass sie's getan hat.“

Sie nickte, und er zog sich einen Stuhl heran, so dass er direkt vor ihr zu sitzen kam. „Ich hab' da 'ne Idee“, sagte er zögernd, „die ich gern mal mit Ihnen besprechen würde. Haben Sie Lust auf ein kleines Schwätzchen?“

Wieder nickte sie und sah ihn erwartungsvoll an.

„Terese, ich weiß, dass Sie sich wirklich große Sorgen machen, wie alles weitergehen soll", begann er etwas hilflos. „Ich meine, wie Sie's schaffen sollen, mit dem Baby zurechtzukommen und so."

Sie runzelte die Stirn, und in ihren Augen stand plötzlich wachsamer Argwohn.

„Die ganze Zeit, seit wir uns gestern unterhalten haben, hab' ich über Sie – äh, ich meine, über Ihre Situation – nachgedacht. Und jetzt glaube ich eine Lösung zu sehen, eine Lösung, von der wir alle beide etwas haben könnten." David brach ab und dachte nach, entschied sich schließlich, ohne Umschweife auf den Kern der Sache zu kommen. „Ähm, ich hab' mich gefragt, ob Sie sich wohl vorstellen könnten, hierzubleiben – wenn das Baby auf der Welt ist, meine ich … als Mitarbeiterin?"

Verdattert starrte sie ihn an. „Wie meinen Sie das?"

David bemühte sich zu erklären, worum es ihm ging. „Wie die meisten anderen Missionen in der Stadt auch sind wir fast völlig auf freiwillige Helferinnen angewiesen und haben in dieser Hinsicht eine Menge Glück gehabt. Von verschiedenen Kirchengemeinden und Einwanderer-Organisationen haben wir wirklich viel Unterstützung erfahren. Doch so wie die Dinge liegen, ist unsere Arbeit zu sehr angewachsen, als dass wir nicht zumindest ein paar hauptamtliche Mitarbeiter bräuchten." Er legte eine Pause ein. „Ja, und da hab' ich mich gefragt, ob Sie an einer Stellung hier bei uns interessiert sein könnten."

Ihr fiel der Kinnladen herunter. „Eine Stellung? Was für eine Stellung meinen Sie?"

„Was ich am dringendsten brauche, ist jemand, der sich um die Kinder kümmert, verstehen Sie? Sie bekommen bei weitem nicht genug Aufmerksamkeit, vielleicht haben Sie das schon bemerkt. Und Sie haben wirklich ein Händchen mit ihnen, Terese – ich hab' Sie von Zeit zu Zeit mal beobachtet. Die Kinder fliegen auf Sie."

„Ja ... ich mag die Kleinen, aber ich weiß nicht ... wie sollte ich mich denn nützlich machen, jetzt wo –"

„Oh, ich rede ja nicht von heute oder morgen", beeilte er sich zu versichern. „Selbstverständlich können Sie keine Stelle der Welt annehmen, solange das Baby noch nicht da ist. Ich hoffte bloß, dass Sie sich vielleicht vorstellen könnten, danach hier zu arbeiten."

Ihre Stirn war immer noch gerunzelt, aber David glaubte zu bemerken, dass sein Vorschlag sie interessierte.

„Aber das wär' ja doch keine richtige Stelle", bemerkte sie, „einfach nur die Kinder versorgen."

Er lachte auf. „Täuschen Sie sich nicht, es würde Sie weitaus mehr Zeit und Mühe kosten, als Sie sich vorstellen können. Doch selbst wenn es nicht so wäre, könnte ich Sie natürlich auch in anderen Bereichen gebrauchen. Haben Sie mir nicht gesagt, dass Sie drüben in Irland einer Frau den Haushalt geführt und sogar ein bisschen Krankenpflege betrieben haben?"

Sie nickte zögernd. „Stimmt. Jane Connolly. Ihr ging's wirklich schlecht, das kann man wohl sagen. Ich hab' ihr den Haushalt gemacht und mich auch um sie persönlich gekümmert, soweit ich konnte."

David faltete die Hände auf seinem Knie. „Solcherlei Erfahrung wäre mir sehr, sehr hilfreich. Wären Sie denn bereit, hier in der Mission dasselbe zu tun? Es wäre natürlich eine nicht sonderlich attraktive, aber auf jeden Fall sehr wichtige Arbeit."

Ihr Kinn hob sich ein wenig. „Ich bin mir nicht zu gut, anderen zu dienen, falls Sie das meinen."

David lächelte sie an. „Das meine ich nicht im geringsten. Aber lassen Sie mich rückhaltlos ehrlich sein, Terese: Der Lohn wäre auch nicht übermäßig. Ich versuche hier und in drei anderen Missionshäusern in der Stadt einen Mitarbeiterstab aufzubauen, da ist das Geld nicht gerade üppig. Doch Sie würden auf jeden Fall ein kleines Entgelt bekommen, dazu ein Zimmer für sich und das Baby und natürlich Ihre Mahlzeiten."

Jetzt blitzte in ihren Augen unzweifelhaft etwas auf. „Sie meinen das wirklich ernst?" Sie beugte sich ein wenig vor. „Das würden Sie für mich tun?"

„Nein, Terese, für mich würde ich das tun", betonte David. „Ich brauche wirklich dringend Hilfe."

Sie musterte ihn mit einer Eindringlichkeit, unter der David sich ein wenig wand.

„Aber wieso ich?", fragte sie. „Sie könnten doch vom Fleck weg 'ne andere kriegen, eine Frau, die nicht erst mal … indisponiert wäre. Wieso wollen Sie auf mich warten?"

Er hätte wissen müssen, dass sie viel zu gewitzt war, um seinen Vorschlag einfach aufzugreifen, ohne rückzufragen. Obwohl er spürte, wie er ein kleines bisschen rot wurde, wandte er den Blick nicht von ihr ab, holte tief Luft und sagte: „Was soll's, ich kann's Ihnen ja ruhig sagen. Ich brauche Hilfe im Haus, das ist absolut wahr. Aber da ist noch was … ähm – wie soll ich … Ich möchte einfach nicht, dass Sie gehen."

Sie hob leicht die Augenbrauen.

Plötzlich fühlten sich Davids Handflächen feucht an. Er verknotete die Hände noch ein wenig fester ineinander. „Solche Sachen kann ich nicht besonders gut, Terese. Hab' noch nicht viel Übung gehabt, wissen Sie. Was ich sagen will, ist, äh … ich … ich finde Sie anziehend und bin gern mit Ihnen zusammen." Hilflos zuckte er die Schultern. „Irgendwie krieg' ich das nicht so gut hin, oder?"

Terese versuchte nicht zu verbergen, dass sie es nicht fassen konnte, was sie da hörte. „Sie finden mich … *wirklich anziehend*?"

Hätte er sich nicht so beklommen gefühlt und wäre er nicht so versessen darauf gewesen, sie für seinen Plan zu gewinnen, so hätte David über ihre Ungläubigkeit lachen müssen. „Nur ein blinder Mann würde Sie nicht attraktiv finden, Terese. Aber es ist nicht nur das. Ich … *mag* Sie. Sehr, um genau zu sein. Und ich will nicht, dass Sie weggehen."

Sie setzte sich gerade und legte die Hände auf die Armlehnen ihres Stuhls. Eine Weile schwieg sie und schien über Davids Idee nachzudenken. Schließlich fragte sie: „Was ist mit Shona? Könnte sie auch hier bleiben?"

„Aber sicher, so lange wie nötig. Ich nehme an, später wird Samantha Harte eine Familie suchen, die sie aufnimmt, vielleicht sogar adoptiert, wenn Shona es möchte. Aber bis dahin kann sie natürlich hier bei Ihnen bleiben."

Fast konnte er mit Händen greifen, wie ihre Unsicherheit auf zunehmendes Interesse an seinem Vorschlag prallte.

„Sie müssen sich ja nicht jetzt entscheiden", versuchte er ihr aus der Patsche zu helfen. „Ich hab' bloß gemeint, Sie wären vielleicht … ein wenig erleichtert, wenn Sie wüssten, dass ein Job auf Sie wartet – falls Sie es wollen."

Über ihr Gesicht huschte ein Schatten, und David sank der Mut. Vielleicht hatte er sie in eine unhaltbare Lage gebracht, indem er ihr seine Zuneigung eingestand, und sie wusste einfach nicht, wie sie sich ihn vom Leib halten konnte, ohne sich die Chance auf den Job zu nehmen.

Plötzlich darauf erpicht, aus dem Zimmer zu kommen, bevor sie ihm alle Illusionen raubte, stand er auf und sagte hastig: „Ich muss weiter. Ich hab' meine Visite noch nicht beendet. Wie gesagt, ich brauche Ihre Antwort nicht gleich heute. Nehmen Sie sich einfach Zeit. Und, Terese –"

Sie sah auf. Ihre Miene verriet nichts.

„Ich möchte, dass Sie das verstehen", sagte er verlegen. „Das Stellenangebot ist völlig unabhängig von meinem … äh, Interesse an Ihnen. Ich meine, Sie brauchen keine Angst zu haben, dass ich … dass ich Ihnen auf den Pelz rücke, wenn Sie den Job annehmen. Sollten Sie meine Gefühle nicht erwidern können, so würde das Ihre Stellung nicht im geringsten tangieren, das versichere ich Ihnen."

Damit wandte er sich ab und strauchelte fast, als er aus dem Zimmer floh, bevor sie noch antworten konnte.

* * *

Zutiefst aufgewühlt sah Terese ihm nach. Was soeben geschehen war, hatte sie vollkommen sprachlos gemacht. Das Angebot einer Arbeitsstelle wäre schon Wunder genug gewesen – wie ein Geschenk des Himmels –, dass ein Mann aber vom Format David Leslies etwas an ihr finden könnte, und dann noch bei dem Zustand, in dem sie war, das war doch wohl einfach unglaublich!

Bitter dachte sie, dass er so gut wie nichts über sie wusste, sondern in dem Glauben war, sie sei ein unschuldiges Mädchen, vergewaltigt von einem Unbekannten. Kein Zweifel: Wüsste er die Wahrheit über sie und das Baby, so würde sein Interesse an ihr augenblicklich erlöschen.

Aber er kannte sie nicht, die Wahrheit, und fürs erste

hatte er ihr einen Rettungsring zugeworfen, einen Ausweg aus der Lage eröffnet, die ihr noch vor Stunden hoffnungslos verfahren erschienen war.

Jetzt sollte er ruhig kommen, der große Jack Kane, sollte sie ruhig ausspionieren und mit zudringlichen Fragen in die Enge zu treiben versuchen – sie würde sich nicht mehr vor ihm wegducken. Sie hatte Aussichten – nicht nur auf eine Stellung, sondern auch auf ein Dach überm Kopf und einen sicheren Ort für ihr Baby.

Und was das andere betraf – Davids persönliches Interesse an ihr: das konnte warten. Es war genug, dass er ihr eine Stellung angeboten hatte, ohne Wenn und Aber.

Er war ein guter, liebenswürdiger Mann, von dem sie sich angezogen fühlte, da gab's kein Vertun. Dennoch durfte sie sich auch nicht eine Minute lang dem Trugbild hingeben, es könnte jemals etwas daraus werden. Erführe er die Wahrheit, so würde er nichts mehr von ihr wollen, und eines würde sie niemals tun: ihn täuschen.

Von Lug und Trug hatte sie wahrlich die Nase voll. Sollte sie es jemals schaffen, sich aus dem Netz von Lügen und Vortäuschungen zu befreien, das sie und Brady durch ihre eigenen Taten gesponnen hatten, so würde sie sich fortan mit nichts Geringerem als der Wahrheit zufrieden geben. Lüge würde sie weder bei sich selbst noch bei anderen je wieder dulden.

Fürs erste jedoch tröstete sie sich mit dem Wissen, dass Gott sie wohl doch noch nicht völlig abgeschrieben hatte. Schon hatte sie befürchtet, sich seine Vergebung nur eingebildet zu haben. Seit jenem Tag, an dem sie sich mitten in einer dreckigen, verrufenen Galwayer Gasse auf die Knie geworfen und verzweifelt um Gottes Gnade gefleht hatte, hatte sie an dem Glauben festzuhalten versucht, dass es für sie und ihr Kind doch noch Hoffnung gab, all ihrer Sünde zum Trotz. Während der alptraumhaften Ozeanüberquerung allerdings und in all dem, was hernach geschah, war es ihr immer schwerer gefallen, diesen Glauben nicht loszulassen.

Jetzt kam es ihr so vor, als habe ihre Hoffnung neuen Auftrieb bekommen. Zum erstenmal seit Monaten fiel alle Angst von ihr ab, und die Erleichterung überflutete sie wie ein Strom warmen, süßen Wassers.

Sie legte sich die Hand auf den Bauch, dahin, wo das Baby in ihrem Körper schlief, und flüsterte: „Vielleicht hat Gott uns doch nicht vergessen. Vielleicht hat er wirklich Zukunft und Hoffnung für uns."

* * *

Jack versuchte sein Fuhrwerk so nah wie möglich an den Bordstein zu lenken, was bei dem Schneetreiben alles andere als einfach war. Er zog sich Madogs Wollmütze noch ein wenig tiefer über die Ohren, zog seinen Schal zurecht, sprang vom Kutschbock und machte den Grauen an dem dafür vorgesehenen Pfosten fest.

Im Haus ließ er seinen Blick durch die Eingangshalle schweifen und sah mit Genugtuung, dass die kleine Madden ins Spiel mit den anderen Mädchen vertieft war. Sosehr er das Kind auch mochte, heute wollte er Terese Sheridan für sich allein haben.

Er nahm zwei Stufen auf einmal, als er die Treppe hinaufeilte. An ihrer Zimmertür blieb er stehen und schaute durch die Glasscheibe in die Stube. Sie saß in einem Lehnstuhl am Fenster und sah aus, als schliefe sie. Jack zögerte, aber nur ein paar Sekunden lang. Dann zog er sich die Mütze vom Kopf und betrat das Zimmer, ohne sich lange mit Anklopfen aufzuhalten.

* * *

Nachdem David gegangen war, war Terese ein wenig eingedöst, aber im selben Moment, in dem Jack Kane hereinkam, wachte sie wieder auf.

Er hatte sie überrascht, und sie brauchte einen Augenblick, um sich zu besinnen. Das Licht, das durchs Fenster hereinfiel, war fahl und grau, der Großteil des Zimmers lag im Schatten. Kane freilich erkannte sie deutlich genug, und sein Anblick löste in ihr eine Woge von Furcht und Schrecken aus.

In seinem offensichtlich sündhaft teuren Straßenmantel, eine weiße Blüte im Aufschlag, gab er von Kopf bis Fuß den perfekten großstädtischen Gentleman. Aber das konnte Terese nicht täuschen: Jack Kane war kein Gentleman. Brady hatte selbst gesagt, dass sein Bruder ein Haifisch war.

Seine dunklen Züge wirkten hart und unerbittlich. Ohne den Blick von ihr zu wenden, fuhr er sich mit der Hand durchs Haar, während er die letzten Schritte in ihr Zimmer ging.

Jeder Muskel in Tereses Körper spannte sich. Doch dann fiel ihr ein, dass sie dank David Leslie keine Angst mehr vor diesem Mann haben musste. Sie richtete sich auf, hob das Kinn und wappnete sich für alles, was da kommen mochte.

34. Im Auge des Sturms

Kalt ist der Winter,
es tobt der Sturm.
Aus *Colloquy of the Ancients*

„Hallo, Terese“, sagte Jack mit der Andeutung eines Nickens. „Wie geht's Ihnen denn heute?“

„Oh, gut, danke.“ Ihre Stimme spiegelte den untrüglichen Argwohn in ihrem Blick wider.

Ohne darum gebeten worden zu sein, ging Jack quer durchs Zimmer und nahm sich den anderen Stuhl am Fenster, Angesicht in Angesicht mit Terese. „Ganz schöner Sturm, den wir da haben“, sagte er mit einer Geste zum Fenster hin.

Sie gab sich gar nicht erst Mühe, eine belanglose Unterhaltung aufzunehmen, und machte auch keinen Versuch, ihr Misstrauen zu verbergen, sondern saß stumm da und sah ihn an.

„Es wird Sie interessieren, dass Cavan für ein, zwei Tage außerhalb ist“, versuchte Jack aufs neue, der Unterhaltung eine beiläufige Note zu geben. „Er ist dienstlich in Albany. Ich erwarte ihn in ein paar Tagen zurück, falls der Schnee ihn nicht festhält.“

„Ja, das hat Samantha mir schon erzählt.“

Jack runzelte die Stirn. „Samantha war hier?“

Sie nickte. „Sie ist vor kurzem gegangen, 'ner halben Stunde vielleicht. Sie hatte es eilig, nach Hause zu kommen, wegen des Sturms.“

„Ich nehme an, sie hatte sich eine Droschke genommen?“

„So war es, ja.“

Die Vorstellung, dass Samantha bei solch widrigem Wetter auf den Straßen zugange war, überraschte Jack im selben Maße, wie sie ihn beunruhigte. Sie konnte halsstarrig sein!

Er wandte seine Aufmerksamkeit wieder der kleinen Sheridan zu. Ihm war nicht entgangen, dass sie Samantha beim Vornamen genannt und nicht etwa von „Mrs Harte" gesprochen hatte, aber das war an sich keine Überraschung, denn Samantha hatte es nicht so mit Formalitäten, und mit Terese Sheridan – und Shona – hatte sie in den letzten Wochen eine Menge Zeit verbracht. Ihm war schon vorher aufgefallen, dass sich zwischen den beiden Frauen eine Art ungleicher Freundschaft entwickelt hatte.

Samantha hat ein verflixt weiches Herz, wenn es um die weniger vom Glück bedachten Zeitgenossen geht, und Terese Sheridan schien einen ganz besonderen Stein bei ihr im Brett zu haben. Deswegen war er wohl gut beraten, das Mädchen nicht allzu sehr gegen sich aufzubringen, wenn er vermeiden wollte, dass sie Samantha gegen ihn einnahm.

Wozu sie ohne weiteres versucht sein mochte – erst recht, wenn dieses Gespräch vorüber sein würde.

Während er das Mädchen beobachtete, fiel ihm erneut etwas auf, das er schon zuvor bemerkt hatte: eine Willensstärke, wie man sie bei einem so jungen Menschen üblicherweise nicht fand. Zeitweilig wirkte sie regelrecht herausfordernd auf ihn, kehrte einen Trotz heraus, der einen an den notorischen irischen Stolz denken ließ, jene oft ganz unvernünftige Widerborstigkeit und starrköpfige Hartnäckigkeit, von der er manchmal dachte, sie sei das Hauptkennzeichen eines großen Teils des Stammes der Iren und allzu oft dessen Verderben, wenn man nichts dagegen tat. Brady hatte eine besonders hohe Dosis davon mitbekommen –

und er selbst nicht minder, um der Wahrheit die Ehre zu geben.

Und jetzt hatte er mit einem Mädchen – oder besser gesagt einer stolzen jungen Frau – zu tun, die sich nicht so schnell zu etwas bewegen lassen würde, was sie nicht wollte, wäre sie nicht, wie es freilich der Fall war, vollkommen von seiner Unterstützung abhängig. Etwas in Jack kam nicht umhin, ihre Stärke zu bewundern, ja sogar die Art und Weise, auf die sie ihn im Moment anfunkelte – ihrer aschfahlen Erscheinung und der unerhörten Anstrengung, die es sie ohne Zweifel kosten musste, sich in seiner Gegenwart nicht den geringsten Anschein von Unbehagen zu geben, zum Trotz.

Er war indessen nicht hergekommen, um seine Intelligenz oder Willenskraft mit der ihren zu messen. Auf lange Sicht würde das Mädchen einlenken, jedenfalls dann, wenn sie auch nur halb so gewitzt war, wie er vermutete. Was hatte sie denn schließlich für eine Wahl?

Sich selbst konnte er im Augenblick gar nicht sonderlich leiden, fühlte im Gegenteil einen Anflug von Scham ob der Art und Weise, auf die er seinen eigenen Vorteil verfolgte. Aber, so gemahnte er sich, er tat all dies schließlich um Samanthas willen.

Und unterm Strich doch auch für Terese Sheridan selbst. Er kam nicht dahinter, wie sie sich das eigentlich vorstellte, sich selbst und ein Kind durchzubringen, wenn man sich ihre gegenwärtigen Umstände vor Augen hielt. Auf sich selbst gestellt, wäre sie vollkommen aufgeschmissen: immer noch entkräftet durch die lange Krankheit und abgesehen von dem, was der *Vanguard* ihr zur Verfügung stellen mochte und der kleinen Unterstützung, die ihr Bruder vielleicht erübrigen konnte, absolut mittellos. Sie war ohne Einkommen, ohne Stellung, hatte womöglich eine schwierige Geburt und ein langes Wochenbett-Lager vor sich – wie konnte sie da hoffen, einem Kind mehr bieten zu können als dieselbe Armut, der sie gerade zu entfliehen trachtete?

Ursprünglich hatte er vorgehabt, dem jungen Cavan und seiner Schwester zu erlauben, im oberen Stockwerk des Stallgebäudes hinter seinem Haus zu wohnen. Er hatte sogar daran gedacht, dort eine Wand einziehen zu lassen, damit Terese ein Zimmer für sich allein hatte. Aber das war gewesen, bevor er seinen jetzigen Plan verfolgt hatte, die Vormundschaft über das Kind zu erlangen. Sicher, die Einwilligung der jungen Sheridan vorausgesetzt, würden die Zimmer überm Stall nach wie vor für sie und ihren Bruder zur Verfügung stehen, falls sie sie denn haben wollten.

Immer noch glaubte er, dass er Terese nichts anderes bot als die Chance, ohne ein Kind neu anfangen zu können, auch wenn sie das vielleicht auf lange Zeit nicht einsehen mochte. Irgendwann würde sie doch begreifen müssen, was er für sie getan hatte, und ihm Dankbarkeit erweisen. Bis dahin freilich würde er eben zu ertragen haben, dass sie ihm grollte und wohl auch ein gut Teil Wut gegen ihn im Bauch haben würde.

Er merkte, dass seine Gedanken abgeschweift waren, blickte auf und sah, wie sie ihn wachsam und forschend anschaute.

„Neulich haben wir über Ihre Zukunftspläne gesprochen“, sagte Jack, „und ich dachte, wir könnten das heute fortsetzen, soweit Sie dazu in der Lage sind.“

Er merkte, wie ihre Anspannung noch zunahm. Sie krampfte die Hände so fest um die hölzernen Armlehnen ihres Sessels, dass die Fingerknöchel weiß hervortraten, und ihre Gesichtszüge, die ja immer scharf ausgeprägt waren, wirkten starr und beinah abschreckend.

Sie mochte ihn nicht, soviel stand fest, dachte Jack

zynisch. Warum sollte sie auch? Ohne Frage hatte er ihr keinen Anlass gegeben, ihn anders als misstrauisch und ablehnend zu betrachten.

Doch er musste dem Mädchen Anerkennung zollen: Sie erbleichte nicht, zeigte keinerlei Furcht, hielt seinem durchdringenden Blick reglos stand. Soweit er sie überhaupt aus der Ruhe brachte, würde sie es ihn nicht im geringsten merken lassen.

Aber so waren sie nun mal, die Iren: gaben immer einen würdigen Gegner ab. „Haben Sie noch mal über die Möglichkeit nachgedacht, das Kind zur Adoption freizugeben?“, kam er nunmehr ohne weitere Umschweife zur Sache.

Nun wurde sie doch blass. „Nein! Wie ich Ihnen schon sagte: Ich werde mein Baby behalten!“

„Und dann frage ich Sie nochmals: Wie wollen Sie das anstellen?“, sagte Jack ruhig.

Ihre Augen funkelten, und sie schleuderte ihm ihre Antwort mit schlecht verhohlenem Triumph entgegen. „Ich habe bereits eine Stellung – mit Kost und Logis.“

Verblüfft forschte Jack nach irgendeinem Anzeichen, dass sie ihm was vorflunkerte. Als er ihr antwortete, stand sein bewusst beherrschter Tonfall in scharfem Kontrast zu ihrer offenkundigen Erregung. „Ich verstehe. Da scheinen Sie aber innerhalb von drei Tagen gehörig vorangekommen zu sein. Darf ich fragen, worum es sich bei dieser … Stellung handelt?“

Sie lächelte ihn an – es war das Lächeln einer Katze, scheu und trotzig zugleich. „Dr. Leslie hat mir einen Job hier auf der Mission angeboten. Ich bekomme ein eigenes Zimmer für mich und das Baby, und bezahlen wird er mich auch.“

Damit hatte Jack nun nicht im entferntesten gerechnet, war aber klug genug, sich seine Überraschung nicht anmerken zu lassen. „Liebenswürdig von ihm, das muss ich schon sagen. Aber was ist mit Ihrer Vorstellung, dass Ihr Bruder für Sie und das Kind sorgen sollte?“

Zorn blitzte in ihren Augen auf. „Ich werde für mich selbst sorgen – für mich und das Kind!“ Sie brach ab und warf Jack einen Blick offener Verachtung zu. „Sie waren es doch, der sich beeilt hat mir zu sagen, dass es nicht gut wäre, Cavan im jetzigen Stadium seiner Karriere so etwas aufzuhalsen. Und jetzt werde ich nicht mehr auf ihn angewiesen sein. Und auch nicht auf irgend jemanden sonst.“

Jack hatte Mühe, seinen eigenen Zorn im Zaum zu halten. Er war sich nicht sicher, auf wen er eher sauer war: auf die kleine Sheridan oder David Leslie. Er hasste es, überrumpelt zu werden, ins Hintertreffen zu geraten – schon gar, wenn er es mit einer siebzehnjährigen Einwanderergöre zu tun hatte!

Er war in der Absicht hergekommen, fair, um nicht zu sagen großzügig mit ihr umzugehen, hatte gemeint, er wisse ganz genau, welche Fäden er ziehen müsse, um Terese Sheridan zu entwaffnen und in die Defensive zu drängen. Allein, diese Strategie würde er wohl nochmals überdenken müssen.

Also denn! Er war überzeugt, dass es trotz ihrer momentanen Selbstzufriedenheit nicht allzu schwierig sein würde, sie auf seinen Kurs zu bringen.

Wie hatte er doch gerade vorhin zu Avery Foxworth gesagt: Mit Geld kann man so gut wie alles kaufen.

* * *

Entsetzt sah Samantha, wie der Straßenzustand sich verschlechtert hatte, seit sie vor gut einer Stunde von zu Hause aufgebrochen war.

Jetzt saß sie mit ihrer Taxe zwischen einem Lastfuhrwerk und einer Privatkutsche fest. Bereits seit mehreren Minuten ging es weder vor noch zurück. Das Zugpferd scharrte mit den Hufen und schnaubte vor Kälte, während Samanthas Atem wie Nebel in der Kabine hing. Als sie zum Stillstand kamen, waren sie erst zwei Blocks von der Mission entfernt, aber selbst dieses kurze Stück zu schaffen hatte eine halbe Ewigkeit gedauert.

Ihr war kalt, und sie wurde immer unruhiger, konnte aber nicht das geringste tun, außer schlotternd dazusitzen und zu warten. Rundherum waren Kutscher und Fahrgäste entweder ausgestiegen, um nachzusehen, wieso es nicht weiterging, oder sie schrien sich von den Böcken herab und durch heruntergelassene Fenster gegenseitig an.

Als es endlich weiterging, atmete Samantha auf. Sie hatte es wirklich eilig, nach Hause zu kommen. Doch ihre Erleichterung sollte nur von kurzer Dauer sein. Als sie nämlich in die Beckman Street einbogen, kam das Fuhrwerk gefährlich ins Schwanken. Offenbar war es mit einem Rad in ein tiefes Schlagloch geraten, das unter dem Schnee verborgen war – jedenfalls schaukelte es sich in eine bedenkliche Schräglage hinein, wankte, schleuderte und prallte dann schließlich krachend gegen den hohen Bordstein.

Mit einem Aufschrei wurde Samantha gegen die Seitenverschalung der Kabine geworfen und stieß sich heftig die Schulter. Erst nach einem Augenblick merkte sie, dass sie unverletzt war – es war mehr der Schreck gewesen.

Ein paar Sekunden lang war alles still, dann hörte sie das laute Jaulen des Pferdes und Stimmen, die sich der Droschke näherten. Der nervöse Kutscher riss beflissen den Schlag auf, um ihr herauszuhelfen.

Draußen entdeckte Samantha, dass das Pferd nach

wie vor aufrecht stand, die Kutsche jedoch mit einem Rad in einem tiefen Loch festhing und ein zweites böse angeschlagen zu sein schien. Mit diesem Fahrzeug würde sie kaum noch einen Meter weiterkommen.

Einige in der Menge fragten sie, ob sie wohlauf sei, gingen aber bald ihrer Wege, nachdem Samantha ihnen versichert hatte, mit ihr sei alles in Ordnung.

Da stand sie nun mitten auf der löchrigen, spiegelglatten Beckman Street und wusste nicht recht, was sie tun sollte. Mit einer anderen Kutsche weiterzukommen, erschien ihr töricht, und die Chance, einen der wenigen Last- oder Fahrgastschlitten zu erwischen, stand in diesem Teil der Stadt nahezu bei null. Zum Glück hatte sie warme Stiefel, ihren dicksten Mantel und wollene Handschuhe angezogen. Und sie war noch nicht allzu weit von der Mission entfernt, also wäre es wohl das Praktischste, dorthin zurückzukehren.

Falls David Leslie dort wäre, würde er vielleicht eine Möglichkeit sehen, wie sie doch noch nach Hause kommen könnte. Falls aber nicht – dann würde sie eben die Nacht im Missionshaus verbringen.

So weit, so gut. Sie klopfte sich den Schnee ab, überprüfte den festen Sitz ihres Hutes und machte sich in die Richtung auf, aus der sie gekommen war.

* * *

Sie würde ihn auch nicht das kleinste bisschen Angst merken lassen – ganz sicher nicht!

Terese saß da und wartete auf Jack Kanes nächste Bemerkung; es lag auf der Hand, dass er noch nicht mit ihr fertig war. Sie nahm sich fürs erste davor in acht, zuviel Genugtuung zu empfinden, auch wenn ihm die Überraschung ins Gesicht geschrieben stand, als er von der Stellung erfahren hatte, die ihr angeboten worden war. Viel zu wenig wusste sie über Bradys mächtigen älteren Bruder, hatte aber genug von ihm gesehen, um zu wissen, dass Jack Kane ein Mann war, der sich nicht gern überrumpeln ließ. Sie musste aufpassen. Es wäre absolut töricht, sich diesen Mann mutwillig zum Feind zu machen, selbst wenn seine unerträglichen Einschüchterungen ihr Blut noch so sehr zum Kochen brachten.

Also tat sie nichts weiter, als ihn argwöhnisch anzusehen, entschlossen, unter allen Umständen ruhig zu bleiben und kühlen Kopf zu bewahren, auch wenn er gleich mit der nächsten Batterie unangenehmer Fragen auf sie losgehen würde.

Womit sie recht behalten sollte.

„Nun, der Vorschlag des braven Herrn Doktor scheint natürlich eine ausgezeichnete Lösung für Sie zu sein“, sagte Kane in einem fast freundschaftlich klingenden Tonfall. „Eine Stellung, ein Dach überm Kopf – und ein bisschen Taschengeld. Ich gehe doch recht in der Annahme, dass er ihnen nur ein geringes Entgelt zahlen kann, nicht wahr?“

Terese sagte nichts, sondern umklammerte lediglich die Armlehnen ihres Stuhls noch ein wenig fester.

„Wenn ich Ihnen etwas raten darf, Mädchen: Denken Sie ein bisschen länger über meinen Vorschlag nach. Was soll denn später werden? Werden Sie sich damit zufrieden geben, auf Dauer hierzubleiben, für sehr wenig Lohn zu arbeiten, nie zu was Eigenem zu kommen und immer bloß 'ne Dienstmagd zu sein – und dann Ihr Kind inmitten von Krankheit und Elend großzuziehen? Ist das alles, was Sie für sich wollen – und für das Kind?“

Terese biss die Zähne zusammen, fest entschlossen, sich nicht in die Enge treiben zu lassen. „Es wird ja nicht für immer sein", sagte sie gepresst. „Bloß für eine Zeit, bis ich weiß, wie es weitergehen wird." Sie unterbrach sich, wählte ihre Worte mit Sorgfalt. „Eigentlich sollten Sie damit doch sehr einverstanden sein, schließlich muss es ein teures Unterfangen sein, so viele hier nach Amerika rüberzubringen und dann noch endlos für unseren Unterhalt aufzukommen. Ist es Ihnen denn nicht lieber, wenn wir auf eigenen Füßen stehen, statt Ihnen und Ihrer Zeitung auf der Tasche zu liegen?"

Sein Blick ließ Terese innerlich frösteln. Diese schwarzen Augen verrieten nicht den kleinsten Hinweis auf das, was er dachte, aber sein strenger Mund war so dünn geworden wie nie zuvor.

„Im Gegensatz zu dem, was Sie vielleicht von meinem Bruder gehört haben", sagte er langsam, immer noch verbindlich und gelassen im Ton, „habe ich keineswegs die Absicht, Sie oder irgend jemanden sonst ‚endlos' zu unterhalten. Damit das ganz klar ist: Sollten Sie sich weigern, zusammenzuarbeiten und Ihren Teil der Abmachung zu erfüllen, so kann ich Sie auch jederzeit zurück nach Irland spedieren."

Terese schlug das Herz bis zum Hals. Zugleich strampelte das Baby in ihr, als wäre die Erschütterung, die Kanes Drohung in ihr ausgelöst hatte, bis zu dem Kind in ihrem Leib gedrungen.

„Warum tun Sie das?", presste sie hervor. „Wieso sind Sie so … so gegen mich?"

Er stand auf, und seine große, dunkle Gestalt füllte bedrohlich das schummrige Zimmer aus. „Ich bin nicht gegen Sie, Terese. Im Gegenteil, ich versuche Ihnen zu helfen. Da Sie aber so fest entschlossen scheinen, meine Hilfe nicht anzunehmen, scheint mir, ich sollte mit dieser Angelegenheit umgehen wie mit jedem anderen geschäftlichen Vorgang, und bei Geschäften kommt's immer auf den beiderseitigen Vorteil an."

Er fing an, mit seinen Handschuhen gegen seine Handfläche zu klatschen. „Die Dinge liegen schlicht so", sagte er ruhig, „dass Sie etwas haben, was ich will." In seinen Augen loderte ein düsteres Feuer. „Und ich verfüge über die Mittel, Ihnen das Leben entweder beträchtlich zu erleichtern – oder es wesentlich schwerer zu machen." Sprach's, wandte sich ab und ließ Terese nichts anderes übrig, als entsetzt seinen Rücken anzustarren.

Ihre Kehle brannte, als hätte sie Säure verschluckt. „Was … sollte das wohl sein, was ich habe und ein Mann wie Sie wollen?", fragte sie ihn voller Argwohn.

Er hatte aus dem Fenster gesehen, doch jetzt drehte er sich wieder um und lächelte sie kalt und unfreundlich an. „Ich glaube, die Antwort auf diese Frage kennen Sie bereits, Terese", sagte er mit einer Stimme, die in der Stille des Zimmers tief und grollend klang. „Ihr Kind natürlich, das ist es, was ich will. Und ich werde Ihnen ein schönes Sümmchen dafür bezahlen."

* * *

Sie sah ihm ins Gesicht, nunmehr kreideweiß. *„Warum?"*

Jack war mit sich im unreinen, was er ihr anvertrauen sollte und was besser nicht, kam aber schließlich zu der Einsicht, es könne seine Sache fördern, wenn er ihr schlicht und einfach die Wahrheit sagte. „Wegen Samantha", sagte er leise. „Sie kann keine eigenen Kinder bekommen, wissen Sie. Ich möchte sie heiraten, aber sie ist der Meinung, sie würde mich praktisch … betrügen, weil sie mir kein Kind schenken kann. Mir macht das nichts aus, aber ihr um so mehr. Und um ganz ehrlich zu sein, Terese, ich glaube, dass Sie in der gegenwärtigen Phase Ihres Lebens eine nicht annähernd so gute Mutter abgeben würden wie Samantha."

Zornesröte stieg ihr ins Gesicht, aber Jack sprach weiter, ohne dass sie Gelegenheit fand, ihm zu widersprechen. „Sie sind noch ein junges Mädchen, manche würden sagen, zu jung, um die Verantwortung zu schultern, die ein Kind mit sich bringt. Doch wie dem auch sei, Sie haben jedenfalls das ganze Leben noch vor sich – Sie werden genug Zeit haben, so viele Kinder zu bekommen, wie Sie wollen. Im Augenblick aber wird das Kind, das Sie in sich tragen, Ihnen mehr Last als Segen bringen. Für Samantha aber kann es alles auf der Welt bedeuten."

„Und für Sie", sagte sie mit verächtlich herabgezogenen Mundwinkeln.

Jack nickte. „Genau." Er holte tief Luft. „Terese, gegen mich kommen Sie nicht an. Wenn Sie mich fragen, bleibt Ihnen überhaupt keine Wahl. Es wird Ihnen noch leid tun, wenn Sie sich gegen mich entscheiden. Wenn Sie aber mit mir kooperieren, werde ich dafür sorgen, dass Sie – und Cavan – auf Jahre hinaus wohlversorgt sind. Seien Sie vernünftig, Mädchen. Sie mögen Samantha doch auch. Sie wissen genau, dass sie eine gute Mutter sein wird. Tun Sie's für sie, und Sie dürfen meiner Dankbarkeit sicher sein."

„Und falls nicht?"

Jack hob die Augenbrauen. „Wollen Sie darauf wirklich eine Antwort haben?"

Jack sah, wie kalte Wut in ihren Augen aufblitzte, die aber sofort von Angst verdrängt wurde, und in diesem Augenblick verachtete er sich mehr, als er es seit sehr langer Zeit getan hatte.

Mit voller Absicht piesackte er ein wehrloses junges Mädchen und trieb es in die Enge, ein Mädchen, das bereits eine brutale Vergewaltigung hatte durchmachen müssen, als deren Ergebnis sie ein Kind unterm Herzen trug, ein Mädchen, das seine Heimat hatte verlassen müssen, um in einer fremden Stadt, einem fremden Land ganz von vorn zu beginnen, und zwar mit Hilfe der Zeitung, die ihm gehörte. Er war die Person, die es sich zur Aufgabe gemacht hatte, ihr zu helfen, und statt dessen setzte er sie unter Druck.

Plötzlich war da etwas, das ihm Einhalt gebot, ihn festnagelte, wo er gerade stand und sie anstarrte. Er erinnerte sich an den Abend, an dem er Terese Sheridan zum erstenmal gesehen hatte, an die Gefühle, die ihr Anblick seinerzeit in ihm wachgerufen. Fast zusammengebrochen war er unter den peinigenden Erinnerungen, die sie in ihrer lebensbedrohenden Krankheit, ihrer Schwäche, ihrer ausweglos erscheinenden Situation in ihm erweckt hatte.

An jenem Abend hatte nichts auf ihren unbeugsamen Willen, ihre innere Stärke und den glühenden Geist hingedeutet, die er dem Mädchen mittlerweile abgespürt hatte. Damals war er noch nicht auf jene Haltung gestoßen, in der sie es wagte, ihm die Stirn zu bieten; die Hartnäckigkeit, die bei einer reiferen, lebenserfahreneren Persönlichkeit durchaus dazu fähig war, sich mit seiner eigenen sturköpfigen Entschlossenheit zu messen, war ihm noch unbekannt gewesen. Keine Ahnung hatte er gehabt von der Zähigkeit, die den Grundzug ihres Wesens ausmachte. Jetzt dagegen sah er sie, und noch etwas meinte er zu sehen, was nicht ganz ins Bild zu passen schien: Dieses Mädchen war nicht einfach bloß Opfer. Opfer hatte er zur Genüge kennengelernt, Menschen, die bittere, zuweilen verheerende Traumata erlitten hatten. Manche von ihnen hatten es irgendwann geschafft, über das Schlimmste hinwegzukommen, aber Jacks Erfahrung lehrte, dass das fast immer Jahre dauerte – so wie es ohne Zweifel bei Samantha war, die immer noch sichtlich unter den Misshandlungen litt, die sie hatte erdulden müssen. Und es gab auch Fälle, wo ein Leben nie mehr heil wurde, wie bei seiner eigenen Mutter.

Die Vergewaltigung seiner Mutter hatte ihre Gesundheit zerstört – und um ein Haar ihre Seele obendrein. Jack war seinerzeit alt genug gewesen, ihr Leiden deutlich wahrzunehmen; nach jener schrecklichen Erfahrung war sie nie wieder dieselbe gewesen wie zuvor, sondern hatte in einer Art unsichtbaren Käfigs gelebt: furchtsam und schreckhaft, oft unentschlossen und immer wachsam ... wachsam gegenüber allem und jedem. Jack war sich ziemlich sicher, dass sie niemals wieder auch nur eine einzige Nacht erlebt hatte, in der sie nicht schweißgebadet aufgewacht war. Immer und immer wieder machte sie in ihren Alpträumen die Vergewaltigung durch, bis zu jenem Tag, an dem sie Brady zur Welt brachte.

Zweifellos war das Mädchen, das da hasserfüllt zu ihm heraufstarrte, verängstigt, aber ihre Angst schien ihre Entschlossenheit nur noch anzustacheln und sie nicht etwa wehrlos zu machen. Nicht eigentlich vor ihm hatte sie Angst, sondern vor der Drohung, die von ihm ausging. Und sie war entschlossen zu kämpfen. Dieses Mädchen war nicht schwach, kein Hasenfuß, weder gedanklich noch seelisch. Kurz gesagt, kaum etwas an ihr – mal abgesehen von der Schwangerschaft als solcher – deutete überhaupt darauf hin, dass man sie misshandelt, ihr Gewalt angetan hatte. Terese Sheridan, das spürte er, war weniger Opfer als Überlebenskünstlerin.

Mit einem Mal waren all seine Instinkte hellwach und alarmiert. *Was, wenn sie überhaupt nicht vergewaltigt worden war?* Was, wenn sie irgendeine heimliche Affäre zu verbergen suchte und das Flüchtlingsprogramm des *Vanguard* missbrauchte, um ihrer Vergangenheit zu entkommen und sich Vorteile zu verschaffen? Oder leichtfertig gelebt hatte und jetzt die Folgen einer Unachtsamkeit tragen musste? Zwar schien sie dazu nicht der Typ zu sein, aber was besagte das schon?

Im Hinterkopf dämmerte Jack, dass die gedankliche Spur, der er momentan folgte, vielleicht nur ein Versuch war, sein eigenes unbarmherziges Vorgehen zu beschönigen. Erneut sah er sich einem unangenehmen Anprall von Selbstekel ausgesetzt. Dennoch wollte er prüfen, wie weit es mit seinem Verdacht her war.

„Verzeihen Sie meine Direktheit, Terese", begann er, „aber ich muss zugeben, dass ich dachte, es würde Ihnen nicht allzu viel ausmachen, das Kind aufzugeben wegen der schlimmen Erfahrung, durch die Sie in diesen Zustand geraten sind. Womöglich dachte ich sogar, Sie würden erleichtert sein." Er hielt inne, ignorierte aber ihren Versuch zu widersprechen. „Es ist ja nicht gerade selten, dass man ein unerwünschtes Kind zur Adoption freigibt."

„Aber mein Baby ist nicht unerwünscht!", schleuderte sie ihm entgegen, indem sie sich halb aus ihrem Stuhl erhob. „Und Sie reden überhaupt nicht von Adoption! Sie wollen mein Baby *kaufen*!"

Jack ließ sich Zeit mit seiner Antwort, sah sie erst eine Weile an. Absichtlich blieb er stehen, das verschaffte ihm einen Vorteil ihr gegenüber. Schließlich sagte er: „Das mögen Sie so sehen. Ich betrachte es mehr so, dass ich Ihnen Ihre Freiheit gebe."

„Ich möchte aber nicht von meinem eigenen Kind frei sein!"

Jack tastete sich weiter voran. „Ja, das fange ich an zu begreifen. Und ich muss sagen – ähm ... so bewundernswert ich einerseits Ihr Ja zu dem Kind Ihres Vergewaltigers finde, so sehr befremdet es mich zugleich. Ich hätte eher erwartet, dass Sie es schwierig, wenn nicht ganz und gar unmöglich finden, irgendeine Art von Zuneigung zu einem Kind zu empfinden, das Ihnen auf so abscheuliche Weise aufgezwungen wurde, ohne dass Sie etwas dagegen tun konnten."

Er wartete ab, beobachtete sie genauestens. Zum erstenmal meinte er, ihr Verwirrung und vielleicht eine gewisse Unsicherheit abzuspüren.

Er sah, dass sie mühsam schluckte. „Was mir angetan wurde, ist nicht die Schuld des Kindes", sagte sie mit abgewandtem Blick.

„Selbstverständlich nicht", stimmte Jack in freundlichem Tonfall zu. „Aber es war auch nicht Ihre Schuld. Und doch scheinen Sie sich in die Pflicht genommen zu sehen."

Er ließ seine Worte unvollendet im Raum stehen. Es war weder eine Frage noch eine Feststellung.

„Ich fühl' mich nicht verpflichtet", sagte sie nach spürbarem Zaudern. „Immerhin ist das Kind ein Teil von mir."

„Wie ist es geschehen, Terese?", fragte er leise.

Einen Anflug von Panik in den Augen, sah sie zu ihm auf. „Bitte … zwingen Sie mich nicht, darüber zu sprechen", stammelte sie und senkte rasch den Blick. „Das kann ich nicht."

„Verstehe. Weil es zu sehr weh tut?"

„Natürlich tut es weh!", rief sie. Ihre Worte klangen wie Pistolenschüsse. „Und außerdem", fuhr sie mit leiserer, leicht unsicherer Stimme fort, „geziemt es sich nicht, mit Ihnen über solche Dinge zu reden, einem Mann, den ich kaum kenne. Ich … ich will überhaupt nicht mehr davon reden, nie wieder!"

Jack sagte nichts, wartete aber beharrlich. Als sie den Blick abgewandt hielt, trat er ein wenig näher an sie heran. „Diese … diese unaussprechliche Tat, die Ihnen widerfahren ist – wo hat sie sich zugetragen?"

Sie sah auf. „Wie bitte?"

„Wo wurden Sie überfallen? Wo waren Sie gerade?"

„In ... in G-galway", stotterte sie. „In Galway, in der Stadt."

Sie hatte den Boden unter den Füßen verloren, das konnte sie nicht verhehlen. Er spürte, es war an der Zeit nachzusetzen. Mit aller Entschlossenheit.

„War es nachts?"

„Nachts – jaja, es war in der Nacht." Finster sah sie ihn an. „Sagte ich nicht, ich möchte nicht darüber sprechen?"

„Was hatten Sie denn nachts allein in der Stadt zu suchen?"

Die Art, wie er ihr zusetzte, brachte sie deutlich aus der Fassung. „Ich ... ich, äh ... ich hatte was zu erledigen. Sollte was ausrichten für Jane Connolly. Bei der ich in Stellung war."

„Und das konnten Sie nicht tagsüber erledigen?"

„Hätte ich's können, dann hätte ich's ja wohl getan!"

„Kannten Sie den Mann?"

Sie starrte ihn wortlos an.

„Den Mann, der Sie überfallen hat", sagte Jack barsch. „Kannten Sie ihn?"

„N-nein, ich ... ich kannte ihn nicht, überhaupt nicht! Und ich will jetzt nicht mehr darüber reden! Ich schäme mich!"

Darauf stürzte sich Jack. „Wieso sollte es Sie schämen, wo Sie doch völlig unschuldig waren? Sie *waren* doch unschuldig." Jack machte eine Pause. „Oder etwa nicht?"

Sie sah ihn mit der ganzen lodernden Feindseligkeit an, derer Jack sie für fähig gehalten hatte, aber da war noch etwas anderes, etwas, das Jack auch in den Augen anderer Gegner gesehen hatte, die von ihm an die Wand gespielt worden waren: der aufblitzende Zorn des Ertappten, gefolgt von aufwallender Panik und dem verzweifelten Versuch, die Lüge aufrechtzuerhalten.

„Was sagen Sie da?“ Ihre Worte waren nicht viel mehr als ein heiseres Flüstern, und Jack mutmaßte, dass die Unverschämtheit ihres Tonfalls nicht mehr war als ein letzter Versuch, sich zu schützen.

Jack war kein Zocker mehr, jedenfalls nicht am Spieltisch, aber die alten Instinkte, die ihn einst zu einem gefährlichen Gegner gemacht hatten, waren intakt geblieben. Diese Instinkte lenkten ihn jetzt, zeigten ihm, dass Terese Sheridans Zorn und Entrüstung eindeutig vorgeschoben waren.

* * *

Als Samantha nicht mehr weit von der *Grace Mission* entfernt war, sah sie einen Zeitungswagen vor David Leslies Chaise parken und seufzte erleichtert auf.

Sie versuchte schneller zu gehen, aber der Schnee lag so hoch, dass es buchstäblich unmöglich war, rascher voranzukommen. Sie hätte nicht gedacht, dass Jack an einem Tag wie diesem vorbeikommen würde, um Terese zu besuchen, registrierte es aber voll Dankbarkeit. Scheinbar hatte er gemeint, mit dem Zeitungswagen besser durchzukommen als mit einer leichten Kutsche. Eine weise Entscheidung, dachte sie eingedenk ihrer eigenen Erfahrung mit der Droschke.

Dass er hier war, bedeutete, dass sie mit an Sicherheit grenzender Wahrscheinlichkeit hoffen durfte, zurück in ihre Wohnung zu gelangen. Und dem Gedanken, auf einem offenen Wagen durch den Schneesturm zu fahren, konnte sie immer noch mehr abgewinnen als der Vorstellung, irgendwo gestrandet zu sein und gar nicht zur Nacht heimzukommen.

Ihre Füße saugten sich in dem feuchten Schnee fest, und auf dem Rest des Weges zum Missionshaus erwiesen sich selbst ihre festen Stiefel als beinahe nutzlos. In ihrer Hast strauchelte sie und wäre fast hingeschlagen, als sie in den Fußweg einbog, der vom Bürgersteig zur Mission hinaufführte. Als sie sich aufrappelte, gestand sie sich ein, dass sie sich noch vor kurzem eingeredet haben würde, ihre Eile habe nicht das geringste mit Jack Kane zu tun, sondern allein damit, ins Trockene zu gelangen. In Wahrheit jedoch war sie begierig, ihn zu sehen, und in den letzten Tagen ging es ihr immer mehr so.

Überdies gefiel es ihr außerordentlich, dass er inmitten eines wüsten Schneesturms sich auf den Weg gemacht hatte, bloß um Terese Sheridan einen Besuch abzustatten. Ohne Zweifel würde er dies herunterspielen, wenn sie darauf zu sprechen kam, für Samantha jedoch war es ein neuerlicher Beweis der Liebenswürdigkeit, die sie als – wenn auch wohlverborgenen – Teil seines Wesens kennengelernt hatte.

Fast schon an der Haustür, bemerkte sie, dass sie sich freute wie ein verknalltes Schulmädchen.

* * *

Mittlerweile war auch Jack zornig; der Gedanke, dass er ums Haar auf sie hereingefallen wäre, fachte seinen Ärger noch an. Jetzt aber, da er wusste, dass sie kein bisschen anders war als all jene, die ihm im Laufe der Zeit schon einen Bären aufzubinden versucht hatten – wenngleich diese zumeist beträchtlich älter und verschlagener gewesen waren als Terese –, löste sich das letzte bisschen Sympathie, das er für das Mädchen noch empfand, in Luft auf, und er ließ alle vorgebliche Rücksicht auf ihre Gefühle fallen.

„Sie wissen ganz genau, was ich sagen will.“ Er schleuderte ihr die Worte mit ätzender Abscheu entgegen. „Sie haben sich da 'ne nette kleine Affäre erlaubt, und dann wussten Sie nicht so recht, wie Sie mit den Folgen umgehen sollten, war es nicht so? Und die ganze Zeit haben Sie gelogen, dass sich die Balken bogen, nicht wahr? Sie haben gemeint, mich nach Strich und Faden zum Narren halten zu können: sich 'ne kostenlose Überfahrt in die Staaten erschleichen, sich die Vorteile eines Programmes verschaffen, das ausschließlich für solche gedacht ist, die es verdienen – das wär's gewesen, hä? Sich 'n schönes Leben auf Kosten des *Vanguard* machen, solange es irgend geht, für sich und Ihren Balg, das –“

Mit einem Satz war sie auf den Füßen, polternd kippte der Stuhl hinter ihr um. Giftsprühender Zorn blitzte in ihren Augen, und sie hob doch tatsächlich die Hand, als wollte sie ihn ohrfeigen.

Doch Jack sah sie eiskalt an und spielte mit mutwilliger Geringschätzung seinen letzten Trumpf aus. „Kein Zweifel, dass es leicht genug war für Sie, meinem Bruder Honig ums Maul zu schmieren, so dass er Ihnen Ihre Geschichte abgekauft hat. Für Ihresgleichen war's noch nie schwierig, Brady um den kleinen Finger zu wickeln. Er ist seit eh und je jedem Rockschoß hinterher, der billig zu haben ist, um so mehr, wenn ihm das auch noch irgendwelche Vorteile einträgt.“

Aus ihrer Kehle kam ein Laut wie von einem gequälten Tier. Die Adern an ihrem Hals traten hervor, als müsse sie ersticken, und ihre Züge, so hinreißend sie auch sogar jetzt während ihrer Schwangerschaft waren, verzerrten sich vor Hass, während ihr Gesicht eine unnatürlich dunkelrote Färbung annahm.

Sie hob beide Arme, als wollte sie auf ihn einprügeln,

und eine Sekunde lang fürchtete Jack, sie würde genau das tun.

„Ihr nichtsnutziger, verlogener Bruder war es, der mir das alles angetan hat, dass Sie's nur wissen!"

35. Wahrheit und Verrat

Und aus Furcht vor Verderben
macht' ich hart mein Herz,
und in des Herzens Härtigkeit
fand sich die Liebe erdrückt.
Padraic Pearse

Jack zuckte zurück, als hätte sie ihm einen Schlag versetzt. Und tatsächlich langte sie aus, um genau das zu tun, aber er brachte sie leicht unter seine Kontrolle, indem er mit beiden Händen ihre Handgelenke packte.

Während er starr zu ihr hinuntersah und sie eisern festhielt, machte sich unter seiner Schädeldecke ein hämmerndes Pochen breit. „Wovon reden Sie?", fuhr er sie an.

Sie zerrte aus Leibeskräften und bog sich nach hinten, soweit sie konnte, um sich von ihm loszureißen, aber Jack hielt sie gnadenlos fest, sie hatte keine Chance gegen ihn. In ihren Augen mischten sich Schock und Furcht, und er sah, dass sie über ihren Ausbruch genauso entsetzt war wie er selbst. So krass stand ihr der nackte Schrecken ins Gesicht geschrieben, dass ihm ein eiskalter Schauer den Rücken hinunterlief; er ahnte, dass ihm das, was jetzt kommen musste, überhaupt nicht gefallen würde.

Dabei waren es doch wohl neue Lügengeschichten!

„Raus damit!", herrschte Jack sie an. „Und diesmal bitte die Wahrheit, du kleine Hure!"

Plötzlich verschwand die Furcht aus ihren Augen, und sie waren nur noch ein einziger feuriger Pfuhl des Hasses. Wie eine Wildkatze zeigte sie die Zähne und schrie ihn an. „Ich bin keine Hure, und wenn doch, dann ist es Ihr Herr Bruder, dem ich das verdanke! Er ist der Erzeuger meines Kindes!“

„Ich glaube dir kein Wort!“

„Glauben Sie’s, oder lassen Sie’s bleiben – es ist die Wahrheit, was ich Ihnen sage! Das wollten Sie doch, oder nicht? Die Wahrheit!“

„Du wurdest überfallen – vergewaltigt! Brady hat mir die ganze widerliche Geschichte in seinem Brief geschrieben.“

„Brady hat die ganze widerliche Geschichte *erfunden*, kapieren Sie das nicht, Mann? Er hat mich geschwängert, nachdem er mir weisgemacht hatte, dass ich ihm etwas bedeute, hat mich an der Nase rumgeführt, wie man’s mit so ’nem blöden unreifen Gör macht, wie ich eines war; und nachdem er mich benutzt hatte, hat er mich abgeschoben! Und zwar hierher, zu *Ihnen*! Aber erst nachdem er sich die Lügengeschichte ausgedacht hatte, von der er wusste, dass es mit ihr klappen würde, mich rüberzubringen.“

Sie spie die Worte aus, als sprühte sie ihm Gift entgegen. „Ihr feiner Herr Bruder hat mir diese Lüge eingeredet und niemand sonst! Ich hab’ bloß gemacht, was er mir gesagt hat, damit ich mein Kind behalten kann! Ihr Liebling Brady wollte, dass ich mir das Baby aus dem Bauch rausschneiden lasse, aber das konnte ich nicht übers Herz bringen. Ich konnte nicht mein eigenes Kind wegschmeißen, selbst wenn sein Vater ein unwürdiger Lump ist!“

Rasende Wut stieg in Jack hoch. Der Zorn beherrschte ihn wie ein riesenhaftes Ungeheuer, das aus einem Abgrund tief in ihm ausgebrochen war.

Er wollte auf sie einprügeln, ihr ins Gesicht schlagen, bis ihr Hals knackste, ihr dieselben Schmerzen zufügen, die sie ihm bereitet hatte. Dieselbe bezwingende

Macht des Bösen, die ihn früher so außer sich gebracht hatte, dass er fast gewalttätig geworden wäre, brach aufs neue hervor, und er wusste, dass er nur noch um Haaresbreite davon entfernt war, jede Selbstkontrolle einzubüßen.

Er sah sie an, packte sie bei den Schultern und versetzte ihr einen brutalen Schubs, stieß sie mit solcher Kraft von sich weg, dass sie rückwärts gegen den Stuhl taumelte, auf dem er noch vor wenigen Minuten gesessen hatte. Sie kreischte ihn an und wollte sich wieder hochrappeln, aber Jack hob warnend die Hand, und sie ließ sich in den Stuhl sinken. Rasant verschwand der Zorn aus ihren Augen, und an seine Stelle trat wachsende Furcht.

„Kein … einziges … Wort mehr!“, keuchte er.

„Es ist die Wahrheit, und das wissen Sie ganz genau; ich sehe es!“, erwiderte sie in einer trotzigen Unbeugsamkeit, die sie selbst staunen machte.

„Halt die Klappe, du kleines Luder! Sei endlich still!“

Das Zimmer schien von ihrem Geschrei widerzuhallen – davon und von dem Laut seines rauhen Atems. Jack ballte beide Fäuste so fest, dass ihm der Schmerz die Arme emporschoss, aber dieser Schmerz war nicht zu vergleichen mit der Qual des Verratenseins, die ihn schier zu übermannen drohte. *Verraten von Brady.*

Erstarrt, als wäre sie tot, sah sie zu ihm auf, ohne irgendeine Regung, abgesehen von den Tränen, die sich in ihren Augen zu sammeln begannen. Und Jack wusste, wusste über jeden Zweifel erhaben, dass das Mädchen die Wahrheit gesagt hatte. Dennoch glaubte er, diese Wahrheit niemals fassen zu können.

Er sah, dass sie zitterte, sei es wegen der Kälte im Zimmer oder aus Angst vor ihm – er wusste es nicht, und es scherte ihn auch nicht. Fürs erste konnte er kein Mitleid für sie empfinden, ebenso wenig wie Scham für das, was er ihr angetan hatte. Immer noch hatte ihn eine Finsternis im Würgegriff, die ihm Verstand und Vernunft zu rauben drohte.

„Warum?“, fauchte er. „Wenn du die Wahrheit sagst – und das werd’ ich rausfinden, verlass dich drauf –, wieso dann erst diese Räuberpistole?“

Sie schlang ihre Arme um sich, rieb sich die Schultern, als schmerzten sie. „Er hat gesagt – also Brady, mein’ ich –, er hat gesagt, es sei die einzige Möglichkeit. Dass Sie ihn … enterben würden und mich auf die Straße setzen, wenn Sie die Wahrheit wüssten.“ Sie funkelte ihn an, als hätte sie nicht den geringsten Zweifel daran, dass Brady in dem Punkt die Wahrheit gesagt hatte.

Immer noch um ein Mindestmaß an Selbstbeherrschung ringend, sah Jack sie forschend an. „Er hat sich geweigert, dich zu heiraten? Er wollte statt dessen, dass du das Kind abtreiben lässt?“

„Benutzt hat er mich!“ Sie zischte ihm die Worte entgegen. „Tat so, als läge ihm was an mir, hat mir aber die ganze Zeit bloß Theater vorgespielt! Und ich, ich war blöd genug zu glauben, ich bedeutete ihm was!“

Jack kam eine Idee, und er schleuderte ihr die Beschuldigung entgegen. „Du hast gemeint, mit dem Kind kannst du ihn in die Falle locken, hä? Du hast es bewusst geschehen lassen, weil du geglaubt hast, so kannst du ihn an dich binden!“

Zu seiner Überraschung schien sie unter diesem Vorwurf zusammenzubrechen. Er konnte förmlich sehen, wie ein gutes Stück Trotz aus ihrem Blick schwand. „Am Anfang war’s vielleicht genau das, was ich mir gedacht hab’“, sagte sie mit zitternder, aber wesentlich leiserer Stimme. „Verstehen Sie nicht? Ich war so verzweifelt darauf aus, fortzukommen, dass ich fast alles gemacht hätte, das geb’ ich zu! Aber dann –“ Sie brach ab und presste einen Moment die Augen zu. „Nach einer Weile hab' ich mir was aus ihm gemacht, und ich dachte wirklich, er –“

Sie konnte nicht weitersprechen, schüttelte den Kopf wie wahnsinnig, und begann haltlos zu schluchzen. Ihre Schultern bebten, doch das nahm Jack kaum wahr.

„Das Kind kommt zu mir!“, sagte er mit schroffer, unverhohlener Kälte. „Hast du verstanden? Mag sein, dass der Lump von meinem Bruder es nicht wollte – du jedenfalls kannst es dir nicht leisten, Mädchen. Falls du aber wirklich die Wahrheit gesprochen hast, ist das Kind, das du da trägst, von meinem Fleisch und Blut!“

Er hielt inne, hob grob den umgekippten Stuhl auf und knallte ihn mit roher Gewalt auf den Boden. „Ende der Debatte – das Kind kommt zu mir!“

Ohne ein weiteres Wort wandte er sich ab und stürzte zum Zimmer hinaus, ohne sich auch nur im geringsten um ihr qualvolles Schluchzen zu kümmern.

* * *

Kaum war Samantha im Haus, als sie auch schon die Stimmen hörte. Verdattert stand sie zunächst in der Halle und sah sich um.

Als ihr aufging, woher der Lärm kam, ging sie rasch auf die Treppe zu, zögerte jedoch, hinaufzusteigen. Das Herz schien ihr stehenzubleiben, als sie Jacks Stimme erkannte, laut und schroff vor Zorn.

Dann hörte sie Terese schreien. Es war Jack, den sie anschrie. In diesem Augenblick wusste Samantha, dass etwas Fürchterliches geschehen sein musste.

Mit pochendem Herzen griff sie nach dem Geländer und nahm die ersten Stufen, blieb aber wie angewurzelt stehen, als ein heftiger Stoß die Bodendielen des ersten Stocks erbeben ließ. Sie hörte Jack laut schreien, dann Terese schluchzen.

Sie raffte ihre Röcke zusammen und rannte die übrigen Stufen empor. Oben angelangt, sah sie Jack aus Tereses Zimmer geschossen kommen, die herben Züge verzerrt und beinah abstoßend vor Zorn.

Im Korridor blieb er stehen und sah sie an, nahe genug, als dass Samantha die Wut in seinen Augen lodern sehen konnte. Eine schwarze Haarsträhne hing ihm in die Stirn, und sein Gesicht war hochrot. Breitbeinig stand er da, den dunklen Mantel offen, mit flackerndem Blick und einem Gesicht gleich einer schwarzen Gewitterwolke.

Zum allerersten Mal hatte Samantha Angst vor ihm.

Mit langen Schritten überwand er die Distanz zwischen ihnen beiden und trat unmittelbar vor sie hin. „Hast du von dieser Sache gewusst?", herrschte er Samantha in einem Ton an, den sie noch nie bei ihm gehört hatte. *„Wusstest du's?"*

„Wovon gewusst? Jack, was ist nur los?" Instinktiv legte Samantha ihm eine Hand auf den Arm, bittend, beschwichtigend. Er aber schüttelte sie mit einer Brutalität von sich, die sie erschütterte und erzittern ließ.

In diesem Augenblick kam, zwei Stufen auf einmal nehmend, David Leslie die Treppe herauf.

Als er so weit oben war, dass er Jack und Samantha sehen konnte, verlangsamte er sein Tempo. „Samantha?" Er sah vom einen zum anderen. „Was ist passiert?"

Jack achtete gar nicht auf ihn. Seine Blicke durchbohrten allein Samantha. „Ich hab' dich gefragt, ob du davon wusstest", wiederholte er mit derselben barschen Verbitterung in der Stimme.

„*Wovon* denn? Jack –"

Plötzlich gab er einen knurrenden Laut von sich und

schob sich an ihr vorbei. Als David Leslie ihn oben an der Treppe aufzuhalten versuchte, schob er ihn mit solcher Gewalt beiseite, dass Samantha den jungen Arzt schon kopfüber die Treppe hinunterstürzen sah.

Sie schrie Jacks Namen, aber er war schon die Stufen hinabgepoltert.

David Leslie sah sie mit einem Blick an, in dem sich ihre eigene Verblüffung und Schockiertheit widerspiegelte. In derselben Sekunde ging ihnen ein langes, markerschütterndes Heulen durch und durch, und so schnell sie konnten, rannten sie auf Tereses Zimmer zu.

36. Finsternis und Enttäuschung

Wie kommt es, dass Folgen ihre Ursachen in den Schatten stellen – und dass die am ärgsten getäuscht wird, die am wenigsten argwöhnte?
Oliver St. John Gogarty

Samantha und David Leslie brauchten mehr als eine Stunde, um das, was sich zwischen Jack und Terese abgespielt hatte, zur Gänze aus ihr herauszuholen. Ein großer Teil dieser Zeit verging mit dem Bemühen, Terese so weit zu beruhigen, dass sie überhaupt irgend etwas sagen konnte.

Als sie ins Zimmer kamen, schien sie einer Hysterie nahe. Samantha ahnte gleich, dass das Mädchen eine Art emotionalen Zusammenbruch erlitten haben musste. David versuchte sich nach Kräften zusammenzunehmen, professionelle Sachlichkeit an den Tag zu legen, konnte aber doch nicht verhehlen, dass auch er zutiefst besorgt war.

Des Kindes wegen verabreichte er kein Beruhigungsmittel, sondern ließ es bei Riechsalz und kalten Umschlägen bewenden – abgesehen vom Gebet.

Samantha wurde rasch gewahr, dass David Leslie ein Arzt war, wie man ihn allzu selten fand: ein Arzt, der sich ebenso sehr – und vielleicht sogar mehr – auf göttliche Kraft verließ wie auf seine fachlichen Fähigkeiten, so herausragend diese auch zu sein schienen. Während er sich um Terese bemühte, bat er Samantha zu beten, und offenkundig betete er selbst auch. Ja, Samantha spürte, dass er unablässig gebetet hatte, seitdem sie Tereses Zimmer betreten hatten.

Anfangs war das meiste von dem, was das Mädchen erzählte, beinahe unverständlich, ja wirr gewesen. Doch nachdem es David endlich geglückt war, sie zu betten, ihr Riechsalz zu geben und sie mit unaufhörlichem tröstenden Zuspruch zu beruhigen, schaffte sie es allmählich, sich verständlich zu machen. Trotzdem kam den beiden Zuhörern die unzusammenhängende Geschichte, die sie bruchstückhaft hervorpresste, geradezu unglaublich vor.

Was Samantha aufzuschnappen vermochte, stürzte sie in ungläubige, schwindelerregende Verwirrung. Zuerst ergab das meiste gar keinen Sinn, aber je länger sie am Fußende des Bettes stand und David beobachtete, wie er Terese beschwichtigte, um so mehr Bruchstücke begannen sich Zug um Zug zu einem Bild zusammenzufügen.

Was auch immer zwischen Terese und Jack vorgefallen war, es war hässlich, ja brutal gewesen und hatte Terese jedenfalls glauben gemacht, dass er ihr das Baby wegnehmen wolle, sobald es auf der Welt war. Sofern man ihre Worte ernst nehmen konnte, musste Jack ihr im Verlauf der Auseinandersetzung eine Reihe ausgesprochen gemeiner Anschuldigungen an den Kopf geworfen haben, von denen sie sich regelrecht bedroht gefühlt hatte.

Soviel Samantha dafür gegeben hätte, nicht glauben zu müssen, was sie da hörte – sie hatte Jacks Gesicht mit eigenen Augen gesehen. Der Mann, der aus Tereses Schlafzimmer gestürzt kam, war so wütend gewesen, dass man ihm alles hätte zutrauen können.

Kaum zu glauben, dass Terese überhaupt nicht überfallen worden war: Es hatte nie eine Vergewaltigung gegeben. Offenbar hatte Jacks Bruder im Laufe einer Affäre mit Terese das Kind gezeugt, und beide miteinander, Brady und Terese, hatten sie ein Lügennetz gesponnen, das jeden, einschließlich Jack, hinters Licht geführt hatte.

Doch jetzt, nachdem er die Wahrheit in Erfahrung gebracht hatte, drohte er damit, ihr das Kind wegzunehmen.

Wiederum fiel es Samantha äußerst schwer, Jack solch unausdenkliche Grausamkeit auch nur zuzutrauen. Aber … waren da nicht die alten Geschichten, all die Gerüchte über sein rücksichtsloses Geschäftsgebaren, seine gnadenlose Unnachgiebigkeit, alles zu bekommen, was er wollte? Die Männer, die er ruiniert hatte – es gab sie wirklich, ebenso wie die Korruption, die sein Leben überschattete, ganz zu schweigen von seinem stets im Hintergrund lauernden furchterregenden Jähzorn.

Den Ausdruck seiner Augen konnte Samantha nicht vergessen: die Wildheit, jene explosive Wut, die sie gesehen hatte. Inzwischen war sie, dank Tereses Bericht, mehr als nur verblüfft und schockiert: Schwersten Herzens ahnte sie, dass alles, was das Mädchen ihnen gesagt hatte, wahr war.

Ohne Vorwarnung riss Terese Samantha mit einem Mal in die Gegenwart zurück, indem sie sich ruckartig aufsetzte und, die Augen immer noch verhangen, aber schon einen Tick heller, ihren Namen rief. Eilends trat Samantha an die Bettkante und nahm sie bei der Hand. Einen Augenblick fürchtete sie, das Mädchen würde erneut von Weinkrämpfen durchgeschüttelt werden. Statt dessen umklammerte sie Samanthas Hand und fiel in eine unablässig wiederholte Litanei: *„Er wird mir mein Baby nehmen, Samantha! Er will mir mein Baby wegnehmen!“*

Als Samantha versuchte, ihr gut zuzureden, setzte Terese sich noch ein Stück aufrechter hin, umschlang Samanthas Unterarm und flehte: „Helfen Sie mir, Samantha, bitte! Sie müssen ihn aufhalten!“

Überwältigt von Mitleid für das junge Mädchen, aber auch von ihrer eigenen Hilflosigkeit, machte Samantha einen weiteren Versuch, Terese zu trösten. „Terese, ich glaube, Jack hat das alles nicht so gemeint! Er würde doch nie –“

Terese klammerte sich an Samanthas Arm. „Nein, Samantha, Sie verstehen das nicht! Sie haben ihn ja nicht gehört. Für *Sie* will er das Baby! Das hat er mir *gesagt*. Er erzählte, dass Sie … wie Sie – hm, eben dass Sie keine Kinder kriegen können, und darum will er mein Baby für Sie! Er sagt, dann werden Sie ihn heiraten. O bitte, Samantha, lassen Sie es nicht zu! Lassen Sie ihn nicht mein Baby wegnehmen!“

Wortlos starrte Samantha Terese Sheridan an. Der Schock war so tief in sie gefahren, so brutal wütete der Schmerz, der wie eine Messerklinge in sie hineinschnitt, dass sie glaubte, ihr müsse das Herz zerspringen.

Doch zugleich ballte sich eine schreckliche Wut in ihr zusammen. „Das … das hat Jack tatsächlich gesagt? Dass er das Baby für *mich* haben will?“

Terese nickte. Sie hatte erneut angefangen zu weinen. „Und wie er das mit … mit Brady und mir rausgekriegt hatte, wurde es nur noch um so schlimmer. Er ist völlig ausgerastet – wie ein Irrer!“

Noch fester presste Terese ihre Hand um Samanthas Arm. „Sie können doch mit ihm reden, Samantha“, sagte sie. Ihre Stimme war jetzt ruhiger, aber in ihren Augen brannte immer noch das Höllenfeuer der Verzweiflung. „Ich bin doch ein Nichts für Jack Kane! Was mit mir passiert, ist ihm egal. Aber an Ihnen liegt ihm doch, Samantha! Bitte – lassen Sie nicht zu, dass er das tut!“

Der Kloß, der Samantha die Luft abzudrücken drohte, wurde immer dicker. Abwesend tätschelte sie Tereses Hand, voller Angst, sie würde jeden Augenblick zusammenklappen oder müsste sich übergeben. Verstohlen sah sie David Leslie an, der sie mit einem Ausdruck beobachtete, der an Mitleid erinnerte.

„Es wird alles gut, Terese", stammelte sie unbeholfen. Ihre Stimme klang in ihren eigenen Ohren fern und wie erstickt. „Ruhen Sie sich … jetzt einfach aus. Ich … ich kümmer' mich um alles. Niemand wird Ihnen Ihr Baby wegnehmen."

Dann wandte sie sich an David Leslie. „David, Ihr Buggy – könnte ich den wohl benutzen?"

Er sah sie fragend an. „Meinen Buggy?"

Samantha nickte.

„Ja … sicher, natürlich können Sie ihn nehmen, Samantha, aber es ist doch ganz unmöglich, dass Sie jetzt, in diesem Sturm, mutterseelenallein losfahren!" Er brach ab, warf Terese einen Seitenblick zu und fügte unsicher an: „Aber ich denke nicht, dass ich jetzt –"

„Nein, nein, auf gar keinen Fall dürfen Sie das Haus verlassen. Ich kann selber fahren. Wirklich" – das galt seinem zweifelnden Blick. „Als ich noch zu Hause war, bin ich mit dem Buggy meines Bruders überallhin gefahren. Ich schaff' das schon."

„Aber es ist schon dunkel, Samantha! Es ist zu gefährlich, wirklich. Warten Sie doch wenigstens bis morgen –"

„David – bitte! Sonst lauf' ich zu Fuß, aber ich kann das jetzt nicht aufschieben. Ich muss Jack noch heute Abend sehen."

Er musterte sie eingehend, bevor er nickend seine Zustimmung gab, wenn auch mit offenkundigem Widerstreben. „Ich wollte, ich könnte Sie abhalten, aber wenn's denn sein muss … Doch bitte, Samantha, seien Sie vorsichtig!"

Da hatte Samantha schon Hut und Mantel vom Stuhl gegriffen und war halb aus dem Zimmer.

* * *

Jack saß zusammengesunken an seinem Schreibtisch. Das fahle Licht der Petroleumlampe warf flackernde Schatten über das leere Blatt Papier, das er vor sich liegen hatte. Er gab nicht etwa vor zu arbeiten. Er konnte an nichts anderes denken, ja hatte seit dem Verlassen der *Grace Mission* an nichts anderes gedacht als an Bradys Verrat.

Er zweifelte nicht im geringsten daran, dass er endlich doch die Wahrheit aus Terese Sheridan herausgeholt hatte. Das hatte er im selben Augenblick gewusst, in dem die Worte über ihre Lippen gekommen waren, auch wenn er anfangs versucht hatte, es zu leugnen. Er hasste es, eingestehen zu müssen, und sei es vor sich selbst, dass Brady verantwortungslos und selbstsüchtig genug war, als dass man den Anschuldigungen des Mädchens mühelos Glauben schenken mochte. Es erzürnte ihn und machte ihn zugleich krank, dass sein Bruder nicht Manns genug gewesen war, zu seinem eigenen Kind zu stehen, vielmehr dem Mädchen, an dem er sich vergriffen hatte, zumutete, nicht bloß die ganze Last allein zu tragen, sondern sich seinetwegen auch noch in Lügen zu verstricken.

Nicht dass er die kleine Sheridan für unschuldig hielt. Offenbar war sie ja willig genug gewesen, sich auf die Affäre einzulassen. Was aber den Rest der Geschichte anbetraf, neigte er dazu, ihr abzunehmen, dass es Brady gewesen war, der das Lügengespinst gewoben, und sie sich lediglich darauf eingelassen hatte, weil sie keinen anderen Weg mehr sah.

Jack schüttelte den Kopf. „Blut ist dicker als Wasser", pflegte man zu sagen, und vielleicht war da mehr dran, als man meistens dachte. Vielleicht lebte sein Bruder dieselbe feige Zügellosigkeit aus wie jener britische Soldat, der ihn gezeugt hatte. Denn was auch immer jener Mann gewesen sein mochte, der sich an ihrer Mutter – und nur Gott allein wusste, an wie vielen Frauen noch in jener höllischen Nacht – vergangen hatte, mehr als alles andere war er ein gemeines Scheusal ohne jedes Rückgrat. Konnte es denn sein, dass sich solche Wesenszüge von einer Generation auf die nächste vererbten?

Er seufzte auf, tief und verzweifelt. Vielleicht war es nicht richtig gewesen, Brady all diese Jahre die Wahrheit vorzuenthalten. Jetzt musste er sich fragen, ob es wohl irgendeinen Unterschied gemacht hätte, wenn er ihm von Anfang an alles gesagt hätte.

Ihm war daran gelegen gewesen, den Jungen unbeschwert aufwachsen zu lassen, ihn vor der quälenden Wahrheit über den gemeinen Überfall auf ihre Mutter zu verschonen – jenen Überfall, dessen Frucht Brady war. War es also verkehrt gewesen, die Tatsache zu verschleiern, dass sein Bruder nicht der Sohn Sean Kanes war, eines, wie man sagte, furchtlosen – vielleicht sollte man lieber sagen: verantwortungslosen? – Rebellenführers, sondern aus dem Samen eines betrunkenen Soldaten der Krone stammte. Rache für einen nächtlichen Hinterhalt Sean Kanes und einiger seiner Spießgesellen? Für diesen Hinterhalt hatte ihre Mutter, Gott sei ihrer Seele gnädig, und hatten andere einen schrecklichen Preis bezahlen müssen.

War es denkbar, dass die Wahrheit Brady irgendwie stärker gemacht hätte, umsichtiger, was seine Handlungen und deren Folgen anging? Oder wäre er in Kenntnis seiner wirklichen Herkunft, wie Jack immer befürchtet hatte, nur noch um so unbändiger und ruchloser geworden, als er ohnehin schon war?

Wenn Jack rückhaltlos ehrlich war, war die Identität seines Erzeugers nicht das einzig Unliebsame, wovor er den Jungen jahrelang beschirmt hatte. Jetzt dachte er je länger, je mehr, dass er womöglich viel zuviel für zu lange Zeit von seinem Bruder ferngehalten hatte.

Als Brady mit den Nonnen in der Schule Ärger hatte, hatte Jack grundsätzlich zu seinen Gunsten interveniert, indem er auf das Mitleid der Schwestern für den „armen, mutterlosen Jungen" abhob, der zu Hause niemand anderen hatte als einen chronisch überarbeiteten älteren Bruder und eine Haushälterin. Und seinerzeit, als Bradys Spielschulden weit über das hinausgingen, was er mit seinem monatlichen Taschengeld aufbringen konnte, hatte Jack niemals zugelassen, dass die Berufszocker aus den Spielhöllen ihre üblichen Methoden anwandten, um an ihr Geld zu kommen, sondern hatte ihn ein ums andere Mal freigekauft und es dabei bewenden lassen, ihm eine scharfe Gardinenpredigt zu halten, die ins eine Ohr hinein- und aus dem anderen wieder herausging, sowie ihm einige demütigende Verrichtungen im Haus aufzuerlegen, die Brady gleichermaßen entweder vergaß oder schlicht ignorierte.

Auch das eine oder andere Mädchen war mal auf der Bildfläche erschienen – von Jack jedes Mal verdächtigt, bloß auf eine gute Partie aus zu sein, und hochkantig vor die Tür gesetzt.

Ja, er hatte schon immer recht grob und unerbittlich mit anderen umgehen können – so wie auch jetzt mit Terese Sheridan, dachte er schuldbewusst.

Zwischen seinen Fingern hatte er eine Zigarre hängen gehabt, unangezündet und vergessen. Jetzt zerdrückte er sie wütend und pfefferte sie auf den Boden. Nach einer Weile stützte er die Ellbogen auf die Schreibtischplatte, legte den Kopf zwischen die Hände und massierte sich energisch die Schläfen, so als könnte das den üblen Kopfschmerz vertreiben, von dem ihm schier der Schädel platzte, seit er wie ein Irrer mit dem Zeitungswagen zum *Vanguard*-Haus zurückgerast war.

Doch das Hämmern in seinem Kopf war nichts im Vergleich zu dem verheerenden Schmerz in seiner Seele. Er fühlte sich, als hätte ihm jemand ein Bajonett mitten ins Herz gerammt und sein Innerstes brutal zerrissen.

Da hatte er nun gedacht, bereits genug Düsternis und Verzweiflung im Leben durchgemacht zu haben, doch das klaffende, schwarze Loch, das heute Abend in seiner Seele aufgerissen war, war beinah schlimmer, unerträglicher als all das Schwere, dem er sich je ausgesetzt gesehen hatte. Er fürchtete, es würde ihn zerfetzen, noch ehe der Morgen graute.

Und Bradys Verrat war nur ein Teil der bitteren Wahrheit. Auch der nackte Horror, der der jungen Sheridan ins Gesicht geschrieben gewesen war, stand ihm nur allzu eindringlich vor Augen, und das Schrecklichste daran war, dass er sich für einen Augenblick tatsächlich in der Angst gesuhlt hatte, die sie vor ihm empfand.

Am schlimmsten aber war das Zusammentreffen mit Samantha gewesen: wie sie ihn angesehen hatte, mit jenem untrüglichen Ausdruck blanken Schreckens in den Augen, der ihn, zumindest in jener Sekunde, vollkommen kaltgelassen hatte.

Inzwischen würde die kleine Sheridan Samantha längst alles haarklein erzählt haben, und diese würde keinerlei Zweifel mehr hegen an all den unappetitlichen Geschichten, den vielen Gerüchten, die ihm anklebten: Seit heute Abend würde sie all das und noch Schlimmeres glauben.

Und zwar mit vollem Recht! O ja, es war ihm im Laufe der Jahre geglückt, sich anständige Manieren zuzulegen, sein Geschäftsgebaren bis zu einem gewissen Grad zu modifizieren, sogar eine gesellschaftlich halbwegs respektable Figur abzugeben. Nachdem er Samantha kennengelernt hatte, hatte er sich bei alldem noch ungleich mehr Mühe gegeben. Aber hatte er denn jemals wirklich geglaubt, er könne sich verändern?

Eine Zeitlang vielleicht, ja. Aber nur kurz. Immerhin hatte es gelangt für sein voreiliges Versprechen an Samantha, er werde sich alle Mühe geben, genau die Art Mann zu sein, die sie verdiente, der Mann, den sie in ihm sehen wollte. Ein Mann, der ihres Vertrauens würdig war.

Nun mochte es ihm durchaus gelungen sein, Samantha hinters Licht zu führen, aber nicht für eine Minute hatte er sich selbst täuschen können. In ihm, notdürftig nur verschleiert, hatte gleich hinter der Fassade, die er aufgerichtet, stets und ständig der Mann gelauert, der er von jeher gewesen war: der Mann, der zu sein man ihm nachsagte.

Und jetzt wusste Samantha, dass seine Versprechungen wertlos waren, unzuverlässig und verlogen.

Sein Herz war schwarz und hohl wie der Schlund der Hölle. Plötzlich fiel ihm jener Abend in Philadelphia wieder ein, an dem er mit Edgar Poe zusammengetroffen war, und er dachte an die Dekadenz, die er dem Mann abgespürt hatte, jene abstoßende Finsternis, die ihn umgab, und daran, wie tief es ihn erschüttert hatte zu erkennen, dass die widerstreitenden Gefühle, die Poe in ihm erweckte – Gefühle, die über die ganze Bandbreite zwischen widerstrebender Faszination und erschauerndem Schrecken hin- und herschwankten –, womöglich daher rührten, dass in ihm selbst dieselbe Finsternis brütete. Daraufhin war er so sehr darauf bedacht gewesen, von dem Manne wegzukommen und zu Samantha, ihrem lichten und gütigen Wesen, zurückzukehren.

Samantha war sein Licht gewesen – jetzt hatte er sie verloren. Jetzt gab es für ihn kein Licht mehr, nur noch undurchdringliche Finsternis.

Wie ein Grabtuch hüllte ihn die altvertraute, schwarze Melancholie ein. Irgendwo im Hinterkopf war ihm durchaus bewusst, dass er sich zusehends einer weinerlichen Stimmung überließ, wie er sie an sich zutiefst verabscheute. Allein die Tatsache, dass ihm im Grunde jede Form von Selbstmitleid verhasst war, hinderte ihn daran, mit Haut und Haaren in dem trügerischen Sumpf irischer Verzagtheit zu versinken.

Das mindeste, was er tun konnte, war, sich Terese Sheridan gegenüber human zu erweisen. Gleich morgen würde er wieder auf die Mission gehen und das Mädchen beruhigen. Es gab keinen Grund, ihr noch länger auf den Pelz zu rücken, denn was sollte er ohne Samantha mit dem Kind irgendeines anderen, und mochte es auch das seines Bruders sein?

Nein, Terese konnte auf jeden Fall ihr Baby behalten, und der *Vanguard* würde ohne Abstriche zu den Zusagen stehen, die ihr gegeben worden waren. Immerhin war das Mädchen einem Meister der Täuschung auf den Leim gegangen, dachte er voll Bitterkeit. Brady verstand es wie kein anderer, einen jungen Mann abzugeben, wie ihn sich jede Mutter als Schwiegersohn wünschte.

Er würde sicherstellen, dass Terese und das Kind versorgt würden, soviel immerhin lag in seiner Hand. Was Cavan anbetraf, würde er sich natürlich was einfallen lassen müssen. Der Bursche war ja noch völlig ahnungslos, aber sobald er die Geschichte seiner Schwester kannte, würde er zweifellos seinen Job beim *Vanguard* kündigen. Doch mittlerweile hatte er sich als Reporter und Artikelschreiber genug Sporen verdient, um bei jeder beliebigen Zeitung in der Stadt anfangen zu können, sei es mit Jacks Referenz oder ohne, obschon er ihm eine strahlende ausstellen würde, sollte es denn nötig sein.

Jack dachte, dass er Cavan Sheridan vermissen würde; auf ihn verzichten zu müssen machte ihn traurig. Schon komisch, was einem alles auffiel, wenn es zu spät war.

Und Brady? Jack sah auf den leeren Bogen, der vor ihm lag, und griff nach einer frischen Zigarre. Nachdem sie gut brannte, zückte er einen Federhalter und begann einen Brief an seinen Bruder zu entwerfen. Es durchschoss ihn, dass er noch nicht einmal dessen aktuelle Adresse besaß. Es würde wohl am besten sein, den Brief an die bisherige Galwayer Anschrift zu senden – vielleicht hatte der junge Dummkopf ja wenigstens soweit gedacht, dass er sich seine Post nachschicken ließ, wohin auch immer er gereist sein mochte.

Bisher hatte Jack immer gemeint, falls es einmal soweit kommen sollte, dass er dem Jungen die Wahrheit über seinen widerwärtigen Ursprung würde sagen müssen, wollte er es von Angesicht zu Angesicht tun, um ihm über den ersten Schock hinweghelfen zu können. Doch mittlerweile war er überzeugt, viel zu lange gewartet zu haben. Es war falsch gewesen, Brady schützen zu wollen; womöglich hatte er damit sogar unbeabsichtigterweise seine charakterlichen Mängel noch gefördert. Noch heute Abend würde er ihm die ganze ungeschminkte Wahrheit schreiben – sollte er zusehen, wie er damit fertig wurde.

Natürlich würde er ihn wissen lassen, dass er über seine Affäre mit Terese, das Baby und Bradys Lügengespinst im Bilde war. Und er wollte klarstellen, dass Brady vom heutigen Tage an für seinen Lebensunterhalt selbst sorgen müsse, ohne Wenn und Aber, sei es als Angestellter des *Vanguard* oder sonst wie. Entweder er machte seine Arbeit, oder er würde keinen roten Heller sehen.

Schließlich würde er Brady eindringlich nahe legen, dass er, solange er auf der Lohnliste des *Vanguard* stand, einen Teil seines Salärs für den Unterhalt seines Kindes aufwandte.

Doch schon während er schrieb, wusste Jack, dass er das eine, wovor Brady sich offenbar am meisten fürchtete, nicht übers Herz bringen konnte: seinen Bruder völlig zu verstoßen. Immer noch war er Brady, der Junge, den er praktisch wie einen Sohn großgezogen hatte. Und die bittere Wahrheit war, dass Bradys Verrat, so schmerzhaft er auch war, irgendwie nicht schlimmer zu sein schien als sein eigener.

37. Die ganze Welt gäbe ich dir …

Dies liebende Herz ist müd' und verletzt.
Aus *Walshs Irischen Volksliedern*, 1847

Eine halbe Stunde später hatte Jack den Brief fertig, versiegelte ihn in einem Kuvert und steckte ihn in die Westentasche, um ihn morgen aufzugeben.

Er stand auf, lockerte seine Schultermuskulatur und wünschte, er hätte ein Pulver gegen den Kopfschmerz zur Hand. Er trat ans Fenster, um hinauszuschauen, aber da gab es nicht viel zu sehen. Es schneite immer noch, aber zumindest schien sich der Wind ein wenig gelegt zu haben. Die Straße lag leer und verlassen, mit Ausnahme Whiteys und Snipes. Normalerweise schliefen die beiden Zeitungsjungen unter der Freitreppe der Buchbinderei auf der anderen Straßenseite, aber jetzt standen sie an einer brennenden Abfalltonne und wärmten sich.

Jack vergrub die Hände in den Taschen und beobachtete die zwei. Manchmal, wenn das Wetter solche Kapriolen schlug wie heute Abend, erlaubte er es einigen der jungen Burschen, entweder in der Eingangshalle des Verlagsgebäudes oder im Pferdestall zu nächtigen, wobei ihnen letzteres lieber zu sein schien.

In der Stadt wimmelte es von Kindern ohne Hoffnung, und etliche von ihnen schlugen sich als Zeitungsjungen durch. Sie legten sich zum Schlafen, wo es gerade ging, aßen, was sie mit Betteln oder noch eher mit Stehlen ergattern konnten, und manche schafften es sogar bis ins Erwachsenenalter und wurden respektable Bürger. Viele aber starben an Verwahrlosung oder Hunger, eine Schande für die Stadt New York, bevor sie irgendeine Chance hatten, aus dem Gröbsten herauszukommen.

Er wandte sich vom Fenster ab, ließ den Blick durch sein kleines, vollgestopftes, dunkles Büro gleiten und entschloss sich, die Nacht hier zu verbringen, auf dem durchgelegenen Sofa an der gegenüberliegenden Wand. Er wusste schon jetzt, dass heute nacht an Schlaf kaum zu denken war, wieso also erst dem Schneesturm trotzen, um nach Hause zu gelangen?

Er ging zum Arbeitstisch zurück und drückte seine Zigarre aus. Schon war er im Begriff, die Lampe zu löschen, da entschloss er sich, zunächst zu den Zeitungsjungs runterzugehen und ihnen anzubieten, ins Haus zu kommen, falls sie das wollten. Da hörte er Schritte auf der Treppe. Stirnrunzelnd blieb er stehen, wo er gerade war. Um diese nachtschlafende Stunde pflegte hier niemand zu sein außer Madog Wall, und der hünenhafte Ire würde kaum so leichtfüßig die Treppe heraufkommen. Die Druckerpressen waren längst abgestellt, alle Arbeiter aus dem Haus.

Ob es einer der Zeitungsjungen war? Wohl kaum. Sie wussten genau, dass sie im Haus nichts zu suchen hatten, es sei denn, Jack bot es ihnen an.

Vorsichtshalber legte er die Hand auf den Griff seiner oberen rechten Schreibtischschublade, in der er seine Pistole aufbewahrte.

Doch die Schublade war abgesperrt. Er sah zur Zimmertür hinüber. Sie war geschlossen, aber durch die Milchglasscheibe konnte er die Umrisse einer Person erkennen, die im Korridor stand. Rasch, ohne den Blick von der Scheibe zu wenden, grabbelte er in seinen Taschen nach dem Schreibtischschlüssel, und als der endlich gefunden war, entriegelte er geräuschlos den Schubkasten und nahm die Pistole heraus.

Wartend, die Waffe auf die Tür gerichtet, sah er, wie diese geöffnet wurde.

* * *

Samantha war überzeugt, dass Jack, wutentbrannt wie er war, hierher gehen würde und nicht nach Hause – nicht bloß, weil er mit dem Zeitungswagen unterwegs gewesen war, sondern auch weil das *Vanguard*-Haus, soweit sie sich nicht sehr täuschte, Jack mehr Zuhause war als der Riesenkasten von Villa an der vierunddreißigsten Straße. Hier im Büro verbrachte er die meisten seiner Tage und, wie er selbst zugegeben hatte, auch so manche Nacht.

Bisher war sie nur ein einziges Mal in Jacks Büro gewesen, und das am helllichten Tag. Zu dieser nachtschlafenden Stunde kam ihr das Gebäude fremdartig still und dunkel vor, aber durch das Milchglasfenster in seiner Bürotür drang fahles Licht in den Korridor hinaus.

Die Hand schon auf dem Türknauf, zögerte sie, als ihr aufging, dass es wohl die größte Eselei gewesen war, die sie sich hatte einfallen lassen, hier herzukommen. Dank des Schnees hatte sie für den Weg doppelt so lange gebraucht wie üblich, und die meiste Zeit war sie mit angehaltenem Atem gefahren und hatte unablässig gebetet, dass der Buggy nicht steckenblieb oder umkippte.

Ihr ging durch den Kopf, dass sie noch nicht einmal darüber nachgedacht hatte, was sie ihm sagen sollte. Doch nun war sie einmal hier, und also holte sie zitternd Luft, drehte den Türknauf und machte sich darauf gefasst, ihm unter die Augen zu treten.

Leicht quietschend öffnete sich die Tür, sie trat ein und sah ihn hinter seinem Schreibtisch stehen, in der Hand eine Pistole, mit der er geradewegs auf sie zielte.

Das Büro lag in schummrigem Halbdunkel und stank nach abgestandenem Zigarrenqualm. Der Durchzug ließ das Licht flackern, Schattengebilde zuckten über Jack hinweg und machten eher einen düsteren, bedrohlichen Fremden aus ihm als den Mann, den sie kannte.

Oder den sie zu kennen gemeint hatte …

Samantha war viel zu verdattert, um etwas sagen, geschweige denn laut aufzuschreien. Sie konnte nur dastehen, auf Jack starren und auf die Pistole in seiner Hand.

„Samantha!“

Augenblicklich senkte er die Waffe und kam um den Tisch herum auf sie zu. „Was machst du denn hier?“, rief er. Es klang mehr wie ein Vorwurf als wie eine Frage.

Samantha machte den Mund auf, um zu sprechen, aber die Waffe lag immer noch in seiner Hand, wenn auch nicht mehr auf sie gerichtet, und ihr Gehirn schien von diesem Anblick wie blockiert.

Als hätte er ihre Gedanken gelesen, wanderte Jacks Blick von ihr zu der Waffe hinab. Flugs drehte er sich um, ging zum Tisch zurück und ließ die Pistole in einer Schublade verschwinden.

„Bitte entschuldige wegen der Waffe“, sagte er. „Ich hatte keine Ahnung, wer hier mitten in der Nacht im Haus herumspaziert.“

Samantha gab keine Antwort. Ohne die Augen von ihr zu wenden, trat er wieder hinter seinem Schreibtisch hervor. Als er jetzt sprach, lag aufs neue die vorherige Schärfe in seiner Stimme. „Ich hoffe doch sehr, dass du nicht ganz allein hierhergekommen bist.“

Noch ehe Samantha antworten konnte, sagte er: „Bist du doch, oder? Was hast du dir bloß dabei gedacht?“ Er schaute drein, als ginge sie ihm fürchterlich auf die Nerven, was Samantha aus irgendeinem Grund ärgerte.

Sie fand es unglaublich, dass er nach allem, was er sich geleistet hatte, noch die Stirn besaß, sich ungehalten über sie zu zeigen. „Mach dir keine Gedanken darüber, wie ich hergekommen bin“, versetzte sie. Sie hörte die Eiseskälte in ihrer Stimme und merkte, dass diese nur ein schwacher Abklatsch der kalten Wut war, die sie im Augenblick auf ihn hatte.

„Samantha –“

Er war knapp vor ihr stehengeblieben und sah sie an, die Hände in den Hüften zu Fäusten geballt. Samantha fiel sofort auf, wie erschöpft und verzweifelt er aussah. Das hatte sie nicht erwartet.

Irgend etwas stach ihr ins Herz, aber sie zwang sich, es zu ignorieren. „Ich bin nur einer einzigen Sache wegen hergekommen“, sagte sie, ärgerlich über das Zittern ihrer Stimme.

Er trat noch einen Schritt auf sie zu und wiederholte ihren Namen, doch Samantha hob rasch die Hand, um ihm Einhalt zu gebieten. „Nur eines will ich wissen: Stimmt es, dass du Terese gedroht hast, ihr das Baby wegzunehmen?“ Sie hielt inne. „Und hast du ihr wirklich gesagt, du wollest das Baby für mich? Ja oder nein?“

Seine Augen suchten die ihren, und einen Augenblick lang sah Samantha ihn zaudern, so als müsse er seine Gedanken sorgfältig arrangieren.

„Die Wahrheit, Jack“, sagte sie mit gehobener Stimme. „Der Lügen sind mehr als genug.“

Sie sah ihn tief Luft holen, aber er versuchte nicht, den Blick abzuwenden. „Das will ich gar nicht bestreiten. Also schön, Samantha: Ja, es ist wahr. Ich hab' dem Mädchen gesagt, ich wolle das Kind haben, und zwar ... für dich."

Samantha versuchte zu schlucken; der dicke Knoten in ihrer Kehle drückte ihr fast die Luft ab. „Wie konntest du? Du solltest das Mädchen unter deine Fittiche nehmen! Du hast versprochen, ihm zu helfen, und statt dessen jagst du ihr fürchterliche Angst ein! Und dann versuchst du dein unverzeihliches Verhalten damit zu entschuldigen, dass du behauptest, du tätest das alles für mich!"

„Aber es war doch für dich, Samantha, das ist die Wahrheit!"

Samantha hörte, wie sein irischer Akzent deutlicher hervortrat, während seine Erregung wuchs.

„Das kannst du mir doch wohl wenigstens glauben! Warum sonst hätte ich denn das Kind haben wollen?"

„Wag es ja nicht, mich als Ausrede für deine Gemeinheit zu missbrauchen!" Samantha schleuderte ihm die Worte so böse entgegen, dass er buchstäblich erbleichte, so als wäre sie mit den Fäusten auf ihn losgegangen.

Überrascht von der Intensität ihres eigenen Zorns, klappte sie beinah zusammen. Doch nun konnte sie nicht mehr zurück. „Hast du dich jemals gefragt, was ich wohl von einer solch unglaublichen Idee halten könnte?", setzte sie ihm weiter zu. „Aber nein, natürlich nicht. *Du* hast entschieden, was das beste für mich wäre, und basta, stimmt's? Selbstverständlich gingst du davon aus, dass ich ja und amen zu allem sage, was du ausheckst. Schließlich bist du ja der große Jack Kane! Wie grausam und unanständig dein Verhalten ist, ist dir vollkommen schnuppe; wenn du etwas willst, weißt du's dir zu verschaffen, Schluss, aus! Jack Kane nimmt sich, was er will; und wenn's über Leichen geht

– sei's drum! Genau so bist du, nicht wahr, Jack?" Sie musste Luft holen. „Oder siehst du das etwa anders?"

Er stand da und sagte kein einziges Wort. Seine Hände waren jetzt nicht mehr zu Fäusten geballt, sondern hingen schlaff herunter. Sein Gesicht war gerötet – nicht vor Ärger, das konnte Samantha spüren, sondern vor Schmerz.

Aber diesen Schmerz ließ sie nicht an ihr Herz. Nicht jetzt – das würde sie nicht zulassen.

„Warum?", sagte sie gepresst. „Warum hast du dem armen Mädchen so was Schreckliches angetan? Und mir?"

Als er antwortete, umspielte ein Anflug jenes alten zynischen Lächelns seine Lippen. „Du hast es gesagt, Samantha: Es gab da etwas, was ich haben wollte, und ich hab' einfach nur getan, was notwendig war, um es zu kriegen. Ja, du hast recht: So bin ich. Immer gewesen. Und was ich diesmal wollte, warst du. Dich wollte ich zur Frau. Also hab' ich mich drangemacht, dich zu kriegen."

Sprachlos vor Verblüffung starrte Samantha ihn an. Dann stammelte sie: „Wie konntest du nur annehmen, ich würde dich heiraten, nachdem du dich Terese gegenüber so mies verhalten hattest?"

Zur Antwort zog er nur die eine Augenbraue hoch.

Samantha wurde schlecht. „Genau das hast du gedacht", sagte sie schleppend, mit zitternder Stimme. „Du hast doch tatsächlich gemeint, du … du könntest … mich kaufen! Mit einem Kind."

Um Samanthas Herz schloss sich ein eiserner Schraubstock. Zu Tode erschrocken, starrte sie ihn fassungslos an. „Ich kann es einfach nicht glauben!", flüsterte sie gebrochen. „Dass du das wirklich getan hast! Und ich … hab' gedacht … Ich dachte, ich würde dich kennen …"

„Hab' ich nicht mehr als einmal versucht, dich davon zu überzeugen, dass du mich eben nicht kennst, Samantha?" In dem stillen Zimmer hörte sich seine Stimme wie eine knallende Peitsche an. „Hab' ich denn nicht versucht, dir klarzumachen, dass ich nicht der Mann bin, den du unbedingt in mir sehen wolltest? Was meinst du?"

O doch, das hatte er. Und sie hatte blindlings alles darangesetzt, die Warnsignale zu übersehen, ihn so zu sehen, wie sie ihn haben wollte, nicht so, wie er tatsächlich war.

Sie hätte ihm zuhören sollen … Ihm glauben …

Langsam kam er auf sie zu und blieb direkt vor ihr stehen, bloß noch Zentimeter entfernt. Seine Augen brannten Samantha Löcher in die Haut, aber er machte keinen Versuch, sie zu berühren. Sie sah, dass er aufgewühlt und niedergeschlagen wirkte. Aber sie verschloss ihr Herz vor ihm. Ihr blieb nichts anderes übrig.

Als er weitersprach, klang seine Stimme freundlicher. „Ob du's mir glaubst oder nicht, Samantha, mir tut leid, was ich getan habe. Es war geschmacklos, das ist wohl wahr. Es mag dir nichts mehr bedeuten, aber ich kann dir sagen, dass ich fest entschlossen bin, mich bei der kleinen Sheridan zu entschuldigen, so gut ich irgend kann."

Er unterbrach sich, und seine Schultern sackten leicht nach unten. „Aber irgendwas sagt mir, dass ich nichts tun kann, um von *dir* Vergebung zu erlangen, und du ahnst nicht, wie leid mir das tut."

Samantha sah beiseite, bevor ihr seine Worte zu sehr zu Herzen gingen. „Ich kann einfach nicht verstehen, wie du … so was machen konntest. Das hätte ich dir niemals zugetraut, Jack. Nie im Leben."

„Samantha? Samantha – sieh mich an."

Sie tat es und bereute es auf der Stelle. Ihr Verstand beharrte darauf, dass er alles Vertrauen, das sie ihm entgegenzubringen begonnen hatte, in den Schmutz getreten, dass er etwas Fürchterliches getan habe und sie jedwedes Gefühl für ihn begraben müsse. Doch ihr Herz mahnte sie daran, dass es immer noch Jack war, der da vor ihr stand, derselbe Mann, der ihr soviel Freundlichkeit, Liebenswürdigkeit und … Zuneigung erwiesen hatte. Immer noch Jack – der Mann, den sie liebte. Und irgend etwas in ihrem Inneren ließ sie zögern, sich vollends von ihm abzuwenden.

Also sah sie ihn abwartend an.

Als er zu sprechen begann, kneteten seine Finger den Aufschlag seines Rocks. Samantha entging nicht, dass seine Hände zitterten.

„Ich werde es wohl kaum schaffen, dass du mich verstehst, Samantha. Ich bin mir ja nicht mal sicher, ob ich mich selbst verstehe. Aber so verkehrt ich auch davor gewesen sein mag, eines weiß ich: Ich wollte dir was schenken, Samantha, etwas, das dir Ersatz werden könnte für das, was man dir genommen hat, damit du nicht mehr so leiden musst … unter deiner Kinderlosigkeit, meine ich."

Samantha setzte zu einem Widerspruch an, aber er gebot ihr mit erhobener Hand Einhalt. „Du schienst so unbeugsam darin zu sein, mich um keinen Preis zu heiraten, und zwar aus zwei Gründen: erstens, weil du mir kein Kind schenken kannst, und zweitens – deine eigenen Worte –, weil ich deinen Glauben nicht teile. Schön, was den Glauben anbetraf, rechne ich mir kaum Chancen aus. Aber in punkto Kind, da konnte ich was tun. Also", er zuckte leicht die Schultern, „machte ich mich daran, es umzusetzen."

In Samantha schien sich etwas zu öffnen, gerade so viel, dass sie einen Blick auf die Wahrheit erhaschen konnte, die hinter Jacks Worten stand. *O Gott, er hat es wirklich für mich getan, nicht wahr? Und trotzdem war es falsch, Herr … so absolut falsch!*

Was Jack weiter sagte, presste Samantha das Herz zusammen. „Du bist vollkommen im Recht, wenn du stocksauer auf mich bist. Niemals, nie und nimmer, hätte ich mir vornehmen dürfen, so etwas zu tun und dann noch zu meinen, du würdest es begrüßen. Ich muss ziemlich dumm gewesen sein, daran auch nur zu denken."

Seine Stimme klang jetzt heiser und tiefer im Ton, der Akzent stach noch mehr hervor. „Samantha, kannst du bitte versuchen … mir wenigstens das zu glauben, selbst wenn du mir sonst nichts mehr glauben kannst: Ich … ich liebe dich, wie ich noch nie eine Frau geliebt habe."

Als hätte er ihren Einspruch vorausgeahnt, hob er aufs neue die Hand und ließ sie nicht zu Wort kommen. „Auch Martha nicht, obgleich ich sie liebhatte. Frank und frei, *Mavourneen*, ich hätte so gut wie alles getan, um dich … für mich zu gewinnen."

Samantha sah ihn an, bemerkte die Mühe, mit der er schluckte, als versuchte er die Bitternis seiner eigenen Worte hinunterzuwürgen. „Statt dessen … hab' ich dich zurückgestoßen. Und das werde ich mir niemals verzeihen können."

Vergebens versuchte er ein Lachen zuwege zu bringen. „Wie dumm bin ich nur gewesen! Ich hab' alles darangesetzt, ein Mann zu sein, den du lieben könntest – und hab' damit nur unter Beweis gestellt, dass ich genau das nicht bin!"

O Herr, was fang' ich nur mit diesem Mann an? Was, in aller Welt?

Samantha blinzelte die Tränen weg, die sich in ihren Augen zu sammeln begonnen hatten, während er sprach. Sanft sagte sie: „Du hast recht.“ Ihre Stimme klang belegt, rauh. „Du warst wirklich dumm. Du hattest es doch überhaupt nicht nötig, irgendwas zu tun, damit ich dich liebe, Jack! Ich liebte dich doch schon längst!“

Er machte kurz die Augen zu, und als sie sich wieder öffneten, kam er noch ein wenig näher zu ihr heran. „Du *hast* mich geliebt, Samantha? Und – jetzt?“

Samantha sah den Schmerz in seinen Augen, sah seine Not, sein unausgesprochenes Flehen. *O Gott – was mach' ich bloß?*

Sie wusste: Ihr blieb nichts anderes übrig, als ihm die Wahrheit zu sagen.

Also sagte sie schlicht: „Ich liebe dich immer noch, Jack. Ich wünschte, es wäre anders. Aber ich tu's – Gott helfe mir.“

Er wollte sie anfassen, aber Samantha hob die Arme wie einen Schild. „Nein – bitte nicht.“

Er streckte ihr seine Hände entgegen, mit den Handflächen nach außen – eine flehentliche Geste. „Sag mir wenigstens, dass du mir vergeben kannst, Samantha.“

Konnte sie? Warum sollte sie nicht? Christus hatte vergeben, oder etwa nicht – hatte ihr vergeben und so vielen anderen und würde auch Jack vergeben, wenn er ihn nur darum bat. Wie konnte sie es wagen, dem Mann, den sie mehr liebte als irgend jemanden oder irgend etwas sonst in der Welt, ihre Vergebung vorzuenthalten?

Konnte sie das, was er getan hatte, denn nicht doch als Ausdruck seiner Liebe zu ihr betrachten? Dennoch war und blieb es falsch. Fürchterlich falsch. Und so unerträglich unfair Terese gegenüber.

„Ich … weiß nicht. Du wirst mir Zeit geben müssen, Jack.“

„Weib“, sagte er mit rauher Stimme, den Blick unverwandt auf sie gerichtet, „alles würde ich dir geben, wenn du mich darum bätest. Die ganze Welt gäbe ich dir, wenn ich bloß könnte. Weißt du das denn immer noch nicht?“

Seine Worte trafen Samantha wie ein Schlag. Während er sprach, wurde ihr klar, dass sie es sehr wohl gewusst hatte, eine ganze Zeitlang schon. Und zugleich wusste sie, dass eines felsenfest stand, ob sie sich bei Jack auf irgend etwas sonst verlassen konnte oder nicht: nämlich darauf, dass er sie liebte.

Aber irgendwie reichte das nicht.

Sie sah ihn an, sah seine todmüden Augen, seine bekümmerte, entmutigte Miene, und wollte ihn so gern berühren, sich an ihn schmiegen, ihn trösten …

Sie wollte ihn *ändern*, und damit, das war ihr klar, begab sie sich auf gefährlichen Boden. Denn ändern würde Jack niemand. Vergeblich, auf dergleichen zu hoffen! Auch er selbst vermochte sich nicht zu ändern. Nur in Gottes Macht stand es, ein Herz zu ändern, eine Seele zu heilen.

O Gott, bitte … Ich weiß, du liebst ihn genug, um ihm zu helfen … Ach bitte, mach doch irgendwie … den Mann aus ihm, den du in ihm haben möchtest … den Mann, der er niemals werden zu können glaubt. Nicht um meinetwillen, Herr, sondern zu seinem Besten … und um deines Namens willen … Bitte verändere ihn.

Er sah sie mit solcher Zärtlichkeit an, mit solcher … Traurigkeit, dass Samantha meinte, ihr müsse das Herz brechen.

„Samantha! Bitte, ich kann nicht –“

Abrupt brach er ab, als ein langgezogenes, ohrenbetäubendes Heulen ertönte.

Beide erstarrten sie vor Schreck. Samantha sah, wie Jack sich verspannte, entsetzt die Stirn in Falten zog.

„Jack, was –“

Blitzschnell packte er sie am Arm und riss sie mit sich. Erneut durchschnitt jener Heulton die Nacht, der einem das Blut in den Adern gefrieren ließ.

Mit großen Schritten, ohne sie loszulassen, eilte er auf die Tür zu.

„Jack, was ist das? Sag es mir!"

„Die *Vanguard*-Feuersirene", sagte er, und seine Augen spiegelten Samanthas Verwirrung und jäh aufsteigende Furcht wider.

38. Im Feuerofen

… wenn du ins Feuer gehst, sollst du nicht brennen,
und die Flamme soll dich nicht versengen.
Jesaja 43,2 b

Noch ehe sie an der Tür waren, hörte Jack Madog Wall aus vollem Hals brüllend die Treppe heraufkommen. „Mr Kane!", schrie er. „Feuer! Es brennt in der Druckerei!"

Als sie im Korridor standen, konnte Jack es riechen: Durchs ganze Haus waberte beißender, ätzender Rauch. Vermutlich hatte Jack ihn wegen seines Zigarrenqualms zuvor nicht bemerkt.

Im Treppenhaus wurden er und Samantha fast von Madog Wall über den Haufen gerannt.

„Wie schlimm ist es?" Jack sah die Angst in Samanthas Blick und das Funkeln von Panik in den Augen Madog Walls und bemühte sich absichtlich, seine Stimme ruhig, ganz und gar geschäftsmäßig klingen zu lassen.

„Übel, Mr Kane, ganz übel! Die Flammen wer'n schnell höher. Sie und Mrs Harte müssen hier raus, jetzt sofort!"

Jacks Gedanken überschlugen sich. Seine Blicke gingen zwischen Madog und Samantha hin und her. Schließlich traf er eine Entscheidung und sagte: „Bringen Sie Mrs Harte raus. Sie sind verantwortlich, dass sie sicher ins Freie kommt, und Sie selber kommen mir auch nicht wieder ins Haus zurück! Ich werd' sehen, was ich tun kann."

„Nein, Jack, nein! Du musst mit uns rauskommen!" schrie Samantha.

Binnen Sekunden war der Rauchgeruch schärfer geworden. Jack umfasste ihren Arm noch fester. „Ich bleib' nicht lange drin. Aber ich muss nachsehen, ob ich irgendwie die Pressen retten kann, Samantha! Und jetzt geh – geh mit Madog! Ich muss wissen, dass du draußen in Sicherheit bist!"

Zu seiner Verblüffung weigerte sie sich, seinen Arm umklammernd. „Nein! Ich lass dich nicht allein hier drinnen!"

Jack sah sie an und warf dann über ihren Kopf hinweg Madog einen Blick zu, dessen Sinn der große Ire rasch begriff. Jack machte sich von Samantha frei und schob sie vorsichtig, aber kräftig von sich, direkt in Madogs muskulöse Arme.

„Ist sonst noch irgend jemand im Haus?", rief Jack Madog nach, als dieser Samantha bereits die Treppen hinunterführte.

„Niemand außer Ihnen selbst, Sir, also passen Sie auf sich auf! Meinen Sie, die Feuerwache hört die Sirene?"

„Wollen wir's hoffen. Aber eher wird einer der Brandwächter Alarm schlagen. Sobald Sie draußen sind, fangen Sie mit Löschen an! Nehmen Sie die Eimer aus dem Pferdestall!" Jack unterbrach sich und fügte dann hinzu: „Und rufen Sie Hilfe herbei!"

Jack sah ihnen nach, bis sie unterm Treppenabsatz verschwunden waren. Madog stützte Samantha und gab sich alle Mühe, ihr gut zuzureden, „'s wird alles gut wer'n, Mrs Harte. Mr Kane, er wird sofort nachkommen. Aber jetzt muss ich erst mal zusehn, dass ich Sie hier rauskriege."

Zurück in seinem Büro, fummelte Jack an der Tresorkombination herum, bis die Tür endlich aufsprang. Als er nach den Kuverts mit den Beweisen für die Tatsachenbehauptungen der Artikelserie sowie einigen anderen Unterlagen griff, die er nicht entbehren konnte, zitterte ihm ein wenig die Hand.

Mittlerweile war der Rauchgeruch wesentlich strenger geworden, und er wusste, dass er ohne jeden Verzug in die Druckerei eilen musste. Mit einem letzten Rundblick über sein Büro sprang er zur Tür, hielt sich nur noch damit auf, im Laufen seinen Mantel vom Sofa zu schnappen, wohin er ihn achtlos geworfen hatte, als er den Raum betrat.

Im Laufschritt hechtete er die Treppen hinab, warf dabei seinen Mantel über und stopfte die Dokumente aus dem Tresor in eine der Innentaschen. Im Erdgeschoss schwenkte er nach rechts und rannte den langen, schmalen Gang entlang, der zur Druckerei führte. Unter der Tür hindurch quollen Rauchschwaden in den Korridor.

Er war fast an der Tür, als von innen ein ohrenbetäubender Knall ertönte. Die Tür flog auf und setzte eine Woge von Flammen und beißendem Qualm frei. Jack wurde von einer Hitzewand getroffen. Verblüfft über die Gewalt der Durchzündung blieb er wie angewurzelt stehen. Schon tränten ihm die Augen, und die dicken Rauchschwaden machten ihm das Atmen schwer.

Eine Sekunde lang konnte er an nichts anderes denken als die neue Dampfpresse, die sein ganzer Stolz war, mehr als alle anderen Maschinen der Druckerei. Doch dann fielen ihm all die brennbaren Materialien ein, die in dem Werkraum gelagert waren, und ihm wurde klar, dass aller Wahrscheinlichkeit nach das ganze Gebäude dem Untergang geweiht war.

Undurchdringlich waren Flammen und Rauch, die jetzt durch die offene Tür in den Vorraum schlugen. Er hatte keine Chance, ins Innere der Druckerei zu gelangen; ja, wenn er sich nicht beeilte, würde er bald auch im Gang von den Flammen eingeschlossen sein.

Er weigerte sich, daran zu denken, was die Flammen ihm rauben würden. Eines, dazu war er fest entschlossen, würde er ihnen nicht überlassen: sein Leben.

Er machte kehrt und rannte, während die Feuerzungen bereits an der Flurdecke entlang zu lecken begannen, durch den Verbindungsgang auf die Außentür zu. Seine Lungen brannten, als hätte sich das Feuer in *ihm* entzündet, seine Kehle war gefüllt mit bitter schmeckendem schwarzen Rauch. Sowie er durch die Tür ins Freie stürzte, suchten und fanden seine Augen Samantha. Sie sah Madog zu, der wie ein Wilder an einer Wasserpumpe hantierte. Jack machte einen Satz über eine gefrorene Pfütze und gesellte sich zu den beiden.

Samanthas Augen suchten ihn ab, wie um sicherzustellen, dass er unversehrt war. Noch etwas anderes lag in ihrem Blick, aber Jack nahm nicht wahr, was es war.

Im Augenblick hatte in seinem Kopf nichts anderes Platz als das in schwarzem Rauch gehüllte *Vanguard*-Haus. Aber immerhin hatte er noch nicht alle Hoffnungen fahren lassen, ertappte er sich doch dabei, dass er die Ohren nach der Glocke der Feuerwehr spitzte.

Madog unterbrach seine Bemühungen zu löschen für einen raschen Seitenblick auf Jack. „Gott sei Dank sind Sie in Ordnung, Sir!“, stieß er hervor und pumpte sofort weiter.

Jack wischte sich mit der Hand über die Stirn und sah, dass sein Handrücken schwarz von Ruß war.

„Steht's schlimm, Sir?“, wollte Madog wissen.

Jack stand da und starrte das Gebäude an. „Sieht übel aus“, sagte er leise.

Kaum waren die Worte über seine Lippen, als Samantha energisch an seinem Ärmel riss. „Jack! Da oben! Sieh hin!“

Jack sah sie an und folgte ihrem ausgestreckten Arm. Das Blut gefror ihm in den Adern, als er im Fenster seines Büroraums ein kleines Gesicht gewahrte. Bei näherem Hinschauen wurde klar, dass es sich um einen Jungen handelte, der wild mit den Armen fuchtelte. Auch wenn sie die Schreie des Kindes hier unten auf der Straße nicht hören konnten, bestand kein Zweifel daran, dass es um Hilfe rief.

Madog hatte den Pumpenschwengel fallen lassen und starrte zu dem Fenster hinauf. „Großer Gott, nein, das is' Whitey!", rief er – der kleine Zeitungsjunge, der kein anderes Zuhause besaß als das Fleckchen unter der Treppe der Buchbinderei.

„Was um Himmels willen macht der da oben?", grollte Jack.

Madog stand kopfschüttelnd da. „Dann is' bestimmt auch Snipe irgendwo da drin. Die beiden hängen wie Kletten aneinander. Ich wette, die beiden Bengels ham sich wegen dem Schnee reingeschlichen."

Jack hatte noch nie erlebt, dass die Jungs ohne Erlaubnis ins Haus eingedrungen waren, aber vielleicht hatte der Sturm ihnen keine Wahl gelassen.

Er versuchte nachzudenken, aber der Anblick des Kindes in seinem Bürofenster lähmte ihn völlig. Er konnte das Bild der Feuerwalze, die sich aus der Tür der Druckerei ergossen hatte und durch den Korridor gefegt war, nicht abschütteln. Mittlerweile hatten die Flammen mit Sicherheit längst das Treppenhaus erreicht.

Keine Frage, der Junge saß in der Falle.

* * *

Samanthas Blicke schnellten zwischen dem zu Tode verängstigten Kind auf der Fensterbank und Jack hin und her. Dessen Gesicht war eine erstarrte Maske, und die Augen hatte er zu schmalen Schlitzen zusammengekniffen, während seine Blicke die Fassade des *Vanguard*-Hauses absuchten. Fast konnte sie sehen, wie sein Verstand arbeitete, Möglichkeiten erwog und wieder verwarf – er schien keine Chance zu sehen.

„Ob er springen könnte, was meinen Sie?“, fragte Madog Wall.

Jack zögerte und schüttelte dann den Kopf. „Selbst wenn er das Fenster aufbrechen kann, wir könnten ihn niemals auffangen. Womit sollen wir seinen Aufprall dämpfen?“

Plötzlich knallte es mehrmals nacheinander. Samantha schrie auf, als Fensterscheiben explodierten und dicke Rauchwolken ins Freie quollen.

Sie spürte, wie Jack den Arm um sie legte und sie vom Haus wegzog. „Madog, schaffen Sie sie von hier fort!“, schrie er und schubste sie auf Madog Wall zu. „Gehen Sie mit ihr rüber zur Buchbinderei!“

Der große Ire wirkte unentschlossen. „Bitte, Sir, lassen Sie mich versuchen, den Jungen rauszuholen! Bleiben Sie bei Mrs Harte!“

„Nein!“, brüllte Jack ihn an. „Nichts für ungut, Mann, aber ich bin schneller als Sie! Sie bleiben bei Mrs Harte – ich geh' noch mal rein!“

Samantha streckte den Arm aus und griff nach ihm. „Nein, Jack! Das geht nicht!“

Sein Blick richtete sich auf sie und wurde für Sekundenbruchteile sichtlich weicher, bevor er sich wieder Madog zuwandte. „Schnell, Mann, gießen Sie mir den Eimer Wasser da über!“

Madog zögerte keine Sekunde, sondern nahm den Eimer, den er soeben vollgepumpt hatte, und übergoss Jack von oben bis unten.

Als Samantha sah, wie sein Haar und sein Mantel in

der klirrenden Kälte durchtränkt wurden, begann sie zu zittern.

Plötzlich hörten sie aus der Ferne wildes Gebimmel.

„Da kommen sie, Sir!“, schrie Madog. „Die Feuerspritzen sind unterwegs! Jetzt kommt Hilfe für den Jungen!“

Inzwischen waren auch Leute aus der Nachbarschaft herzugekommen: Zeitungsjungen und Arbeiter aus nahe liegenden Betrieben, die den Aufruhr gehört hatten. Zum erstenmal, seit sie das Kind im Fenster erblickt hatte, fühlte Samantha Hoffnung in sich aufkeimen.

Jack blieb stehen, lauschte nach den Feuerglocken und schüttelte dann den Kopf. „Nie im Leben schaffen die's rechtzeitig bis hierher! Ich geh' selbst rein! Und jetzt fort mit euch beiden!“

Streng sah er Madog Wall an. „Sie sind 'n guter Mann, Madog, ich würde Ihnen mein Leben anvertrauen. Aber jetzt und hier vertraue ich Ihnen das Leben von Mrs Harte an, und ihr Leben bedeutet mir 'ne Menge mehr als mein eigenes. Ich will, dass Sie ihr nicht von der Seite weichen, was auch geschieht! Verstanden? Falls das Feuer sich ausbreitet, schnappen Sie sie und bringen sie in Sicherheit. Da will ich Ihr Wort drauf!“

Madog zauderte, aber nur ein, zwei Sekunden, dann nickte er zustimmend. „Okay, Sir. Sie haben mein Wort.“

Nochmals versuchte Samantha Jack festzuhalten, aber er riss sich los und schoss den Aufgang zum *Vanguard*-Haus hinauf.

Sie beobachtete, wie er an der Eingangstür stehenblieb, einen Blick ins Innere warf, einen Schritt zurücktrat und zum zweiten Stock hinaufsah. Sie folgte seinem Blick und entdeckte, dass der Junge nicht mehr hinterm Fenster war.

Im selben Moment flog das Fenster, an dem der Junge noch vor Sekunden gestanden hatte, klirrend heraus. In hohem Bogen wurden Glassplitter und Trümmerbrocken in den Nachthimmel geschleudert, Funken sprenkelten die Dunkelheit wie ein Feuerwerk.

Zum erstenmal fiel Samantha auf, dass es nicht mehr schneite.

Aber der Sturm tobte nach wie vor.

Schreckensstarr blickten sie und Madog Wall an dem brennenden Gebäude hinauf. Dann zog der große Ire sie an seine Seite und zerrte sie quer über die Straße.

Von der Durchfahrt zwischen der Buchbinderei und deren Nachbargebäude aus sah Samantha Jack im Inneren des *Vanguard*-Hauses verschwinden.

Leise, nur für sich selbst, rief sie seinen Namen. Dann begann sie zu beten.

* * *

Als Jack am Bürofenster keine Spur von dem Zeitungsjungen mehr entdecken konnte, machte er vorsichtig erst einen, dann einen zweiten Schritt ins Haus hinein. Genauso gut hätte er in den Schlund der Hölle treten können.

Gluthitze schlug ihm ins Gesicht. Das Treppenhaus brannte lichterloh, und in den Verbindungsgang zur Druckerei konnte man nicht einmal mehr hineinschauen; er war durch eine Wand von Feuer und Qualm abgeschnitten. Zu seiner Rechten war die Eingangshalle noch unversehrt, aber er machte sich keine Illusionen darüber, dass es bestenfalls noch eine Frage weniger Minuten war, bis die Feuersbrunst das Gebäude in ganzer Länge ergriffen hätte.

Schon jetzt versengte ihm der dichte schwarze Qualm die Lungen, brannte in seinen Augen. Er versuchte zu einer Entscheidung zu gelangen, in welche Richtung er gehen sollte, als er von oben einen Schrei hörte. Er blickte auf und sah den Zeitungsjungen am oberen Treppenabsatz stehen. Die Augen des Jungen waren irr vor Schreck, seine Schreie vom Rauch fast erstickt und beim Prasseln des Feuers sowieso kaum zu hören.

„Mr Kane! Mr Kane, bitte helfen Sie mir!"

Jack sah, dass es eine Frage von Sekunden war, bis der Sog der Flammen den Jungen erfasst haben und seinen Körper ins Feuer reißen würde. „Weg von der Treppe, Junge! Geh weiter nach hinten!"

Zuerst machte der Bursche keine Anstalten, sich zu bewegen, sondern blieb lauthals schreiend stehen, wo er war.

Wieder schrie Jack zu ihm hinauf: „Whitey! Weg von der Treppe! Da rüber!" Er zeigte mit ausgestrecktem Arm zu seiner Rechten. „Lauf zur Rückseite des Hauses, Junge! Dort hol' ich dich!" Da durchschoss ihn ein Gedanke. „Whitey! Ist Snipe auch noch irgendwo hier drin? Wo steckt er?"

Der Junge starrte ihn an und schüttelte dann den Kopf. „Er … Snipe war in der Druckerei."

Jack sank das Herz in die Hose. Wenn der andere Junge tatsächlich in der Druckerei war, gab es nicht die geringste Chance, ihn zu retten.

„Okay, mein Junge – jetzt tu, was ich dir gesagt hab'! So schnell du kannst, hörst du?"

Erleichterung überflutete ihn, als er endlich sah, wie der Junge davonrannte. Hastig zog er sein Taschentuch hervor, presste es gegen seinen Mantel, um es noch mehr mit Feuchtigkeit zu durchtränken, hielt es sich vor Mund und Nase und rannte an der Feuerwand vorbei durch die Halle nach hinten.

Die Rückseite des Gebäudes fand er ebenfalls schon

dicht verqualmt vor; der Rauch waberte in dicken Schwaden unter der Decke und rund um die Fenster. Aber die alte eiserne Wendeltreppe, die bis in den zweiten Stock hinaufführte, war immer noch frei und begehbar.

Er nahm zwei Stufen auf einmal, laut donnerten seine Stiefelsohlen auf der metallenen Stiege. Oben angekommen, fand er indes keine Spur von dem Jungen.

„Whitey!“ In langen Sätzen rannte er den Korridor entlang, unablässig den Namen des Jungen rufend. Doch plötzlich blieb er abrupt stehen. Zwischen ihm und dem Haupttreppenhaus, das nur noch ein hell lodernder Schlund war, lag ein Stück Korridor, um dessen Passierbarkeit er gebetet hatte – statt dessen war es von einer undurchdringlichen Feuerwand blockiert.

Jack sah nach oben und fand heraus, dass dieser Brandherd dadurch entstanden sein musste, dass die Flammen sich unter der Decke entlanggefressen hatten, an den hölzernen Türpfosten heruntergeleckt waren und schließlich auf die Kartonagen und Holzkisten übergegriffen hatten, die vor der Tür zum Archiv bis unter die Decke gestapelt waren.

Er senkte den Blick und sah zu seinem maßlosen Erschrecken die hagere kleine Gestalt des Zeitungsjungen mit dem Gesicht zum Boden jenseits der Feuerwand im Gang liegen.

* * *

Auf der anderen Straßenseite standen Samantha und Madog Wall neben dem Haus der Buchbinderei und beobachteten das Inferno, das einmal der Sitz des *Vanguard* gewesen war. Samantha weigerte sich, daran zu denken, welch enormen materiellen Verlust diese Katastrophe für Jack bedeuten musste. Jetzt blieb ihr nichts zu tun, außer darum zu beten, dass Gottes schützende Hand sich über ihn und den kleinen Zeitungsjungen legte.

Sie dachte an ihre letzten paar Minuten mit Jack in seinem Büro, an die barschen Worte und die schmerzvolle Szene, die sich zwischen ihnen abgespielt hatte, und fühlte sich, als hätte sie einen Faustschlag in die Magengrube kassiert. So unerträglich war ihr diese Erinnerung, dass sie um ein Haar in Ohnmacht gefallen wäre.

O Herr, allein daran zu denken, dass es erst Minuten her ist, dass ich dich bat, ihn zu verändern! Jetzt kann ich an nichts anderes denken, für nichts anderes beten, als dass du ihn rettest! Ach Herr, lass eine Mauer um ihn sein, um ihn und das Kind, eine Barriere zwischen ihm und den Flammen! Trag die beiden durch das Feuer hindurch, Vater! Nimm … nimm sie einfach in deine Arme und trag sie durch das Feuer! Herr, du weißt, wie sehr ich ihn liebe! Ob's nun richtig ist oder falsch, ich kann einfach nicht anders, selbst nach all dem nicht, was geschehen ist! Bitte, Vater, in deiner Gnade und Liebe – bitte rette Jack! Rette ihn für mich … und rette ihn für dich! Selbst wenn wir niemals zusammenleben können, aber bitte rette ihn aus dem Gebäude dort! Bitte, Herr!

Sie seufzte laut auf vor Erleichterung, als endlich zwei Spritzenwagen mit bimmelnden Glocken um die Ecke bogen und vor dem brennenden Haus anhielten.

„Gott sei Dank!“, murmelte Madog. „Es war aber auch höchste Zeit!“

Ihre Erleichterung sollte nur von kurzer Dauer sein. Eine Gänsehaut überlief Samantha, als sie erneut Glas splittern hörte und sah, wie nunmehr das große Haus von oben bis unten in loderndes Feuer gehüllt war. Die Flammen schlugen aus allen Fenstern und selbst aus dem Dach.

Neben ihr sprach Madog Wall mit halberstickter Stimme aus, was wie ein inbrünstiger Anhang an ihre eigenen Gebete klang: „O Gott, schenk Gnade! Jetzt kannst nur noch du sie retten!“

Brennende Tränen in den Augen, begann Samantha aufs neue um Jack zu flehen, indem sie Gott seine Verheißungen vortrug, die er doch auch über Jacks Leben und das Leben des Kindes, das er hatte retten wollen, ausgesprochen hatte.

* * *

Jack hatte das Gefühl, sein Brustkorb müsse platzen wie die Fensterscheiben um ihn herum, als er sich flach auf den Boden warf und näher an den Brandherd heranzurobben begann, der ihn von dem bewusstlosen Kind trennte.

„Halt aus, mein Sohn!“, murmelte er, als er flach auf den Boden gestreckt einen Augenblick innehielt, um den besten Weg um die Flammen herum ausfindig zu machen. Es sah so aus, als ob er an der Außenwand entlang ein klein wenig mehr Spielraum hätte, aber falls er diesen Weg wählte und das Fenster platzte, würde er mit Sicherheit nicht nur einen Hagel von Glassplittern abbekommen, sondern durch den plötzlichen Luftzug würden auch hohe Stichflammen auflodern.

Er entschied sich für die andere Seite des Korridors und begann dort an der Wand entlang auf das Feuer zuzukriechen, wobei er sich so fest wie möglich gegen den Boden drückte. Selbst in den wenigen Sekunden, die er gezögert hatte, hatten die Flammen weiter um sich gegriffen. Unglaublich schnell züngelten sie ihm entgegen. Schon jetzt war der Junge so gut wie außer Reichweite.

Er bekam jetzt fast keine Luft mehr. Sein Atem rasselte, die Lungen brannten von dem vielen Rauch, den er eingesogen und verschluckt hatte.

Unmittelbar vor der Feuerwand stoppte er und sah, dass es kaum noch ein paar Quadratzentimeter gab, die nicht brannten. Er wusste, was er zu tun hatte, und er wusste auch, dass er sich verbrennen würde, sich selbst und auch den Jungen. Aber er hatte nur diese eine Chance, Whitey herauszuholen: sich so tief wie möglich zu bücken, weit genug ins Feuer hineinzuspringen, um sich den Jungen zu schnappen, ihn an sich zu pressen und so flink den Rückzug anzutreten, dass das Feuer keine Zeit fand, ihnen den Fluchtweg abzuschneiden.

Mit gesenktem Kopf sammelte er all seine Kraft, ehe er sich weiter vorwagte. Flammen züngelten nach ihm, und für eine Sekunde sank ihm der Mut. Einen schlimmeren Tod als zu verbrennen konnte er sich nicht ausmalen. Wenn er jetzt kehrtmachte, konnte er sich immer noch retten.

Durch den Rauchschleier sah er den kleinen Körper leicht zucken und den blonden Schopf ein wenig mehr zur Seite kippen – also war der Junge noch am Leben.

Er konnte ihn nicht einfach da liegen lassen. Aber er hatte mehr Angst als jemals in seinem Leben. Immer noch zauderte er, starrte in das Höllenfeuer, das ihn von dem Jungen trennte.

Plötzlich, ohne irgendein Vorzeichen, war ihm, als sei jemand neben ihn gekrochen und habe ihm eine Warnung zugeflüstert. Im selben Moment wusste er, dass er das, was er tun musste, nicht auf den Knien kauernd bewältigen konnte. Dieses eine Mal würde er seine Beine zu etwas anderem brauchen, als in der Stadt herumzustolzieren: Er würde springen müssen – weit und hoch.

Er richtete sich auf. Das Taschentuch, das er sich vor

den Mund gedrückt hatte, nützte jetzt nichts mehr, war trocken und verraucht. Er warf es weg und stierte erneut ins Feuer.

„Er wird dich mit seinen Fittichen decken, und Zuflucht wirst du haben unter seinen Flügeln."

Verdattert sah Jack sich um. Wo kam das jetzt plötzlich her? Es war aus der Bibel, soviel wusste er, nachdem er Martha den Spruch während der letzten Tage ihrer Todespein wieder und wieder zitieren gehört hatte. Was aber war das jetzt – plötzliche Erinnerung?

Schnaubend atmete er aus, dehnte seine Beine und ballte die Fäuste. Auch wenn es so heiß war, dass seine Haut allmählich Blasen zu werfen begann, fror er mit einem Mal, und zwar so sehr, dass er zu zittern anfing.

Aber nur für einen kurzen Moment. Erneut hörte er eine Stimme flüstern, und ihm war, als schlüge ihm eine kräftige Hand ermutigend auf die Schulter. Kam die Stimme von hinten? Oder erklang sie in seinem eigenen Kopf?

„… wenn du durchs Feuer gehst, sollst du nicht brennen, und die Flamme soll dich nicht versengen."

Er drehte sich um, schaute. Hinter ihm war nichts als dicker, öliger Rauch, vor ihm nur eine Wand aus Feuer.

„… die Flamme soll dich nicht versengen" …

Jack sog soviel verrauchte Luft ein, wie er nur konnte, und hechtete durch das Feuer, riss den Jungen in seine Arme und sprang mit einem Satz durch die Flammen zurück. Dann hetzte er den Gang entlang zur Hintertreppe.

Er wusste es: wusste nicht, wie, und nicht, warum, aber er wusste es. Er wusste, dass sein Entkommen nichts mit ihm selbst zu tun hatte. Nichts und wieder nichts!

Er rannte, und bei jedem Schritt, den er machte,

sang er innerlich, immer nur ein- und dasselbe Wort. Es war sowohl Flehen als auch Lobgebet: *Gott – Gott – Gott!*

Gott!

Und tief in seiner Seele wusste er: mochte er auch alles verloren haben, so hatte er doch mehr gewonnen, als er je besessen.

Er schaffte es, den Jungen in den Armen, bis nach draußen. Dann brach er im Schnee zusammen.

39. Zweite Chancen

Das Kreuz ist Zufluchtsort für die Hoffnungslosen und Zerbrochenen, Anlaufpunkt für alle die, die sich nach einer zweiten Chance sehnen.
Cavan Sheridan (aus *Notizen am Wegesrand*)

Claddagh, County Galway, Irland, an Heiligabend

Roweena holte das Würzfleisch wieder hervor, das sie, zwischen zwei Teller gepresst, über Nacht abgelagert hatte. Nachdem sie es mehr als eine Woche lang mariniert und gestern fast den ganzen Tag über gegart hatte, füllte das pikante Aroma von Gabriels Lieblingsspeise zu Heiligabend fast die ganze Kate aus. Heute Abend würden sie das Mahl genießen, und zwar kalt, mit Kartoffelpuffern, die backfertig bereitlagen, und Hefegebäck nach Roweenas eigenem Spezialrezept, das sie schon zum Abkühlen auf den Tisch gestellt hatte. Wie sie es an jedem Heiligabend zu halten pflegten, hatten sie den Tag über gefastet, aber heute Abend würden sie mit dem Nachtessen, das sie fast den ganzen Tag über vorbereitet hatte, das Fasten brechen.

Sie streckte sich und sah zu, wie Evie den Kaminsims mit einigen zusätzlichen Efeu- und Lorbeerblättern schmückte. Das Kind tanzte förmlich vor Aufregung, und Roweena war dankbar, dass wenigstens Eveleen entschlossen schien, eine gewisse Weihnachtsfreude zu zeigen.

Die Vorweihnachtszeit war für sie in diesem Jahr sehr ernst gewesen. Bis heute hatte eigentlich nichts auf fröhliche Festtagsstimmung hingedeutet.

Roweena hoffte sehr, dass nicht Gabriels Sorge um sie an der stillen Zurückgezogenheit schuld war, in der er diese Tage durchlebte. Schließlich hatte sie sich dank seiner fachmännischen Pflege und Heilkunst hervorragend erholt. Mittlerweile brauchte sie für ihre Wunde nichts weiter mehr als einen dünnen Verband, den Gabriel täglich einmal erneuerte. Zwar konnte sie nach wie vor mit ihrem Arm nicht allzu viel anfangen, aber Gabriel sagte, das sei nur eine Frage der Zeit und des fleißigen Übens.

Natürlich war es nichts Ungewöhnliches, dass Gabriel in der Weihnachtszeit ein wenig nach innen gekehrt war. Von jeher war er in diesen Wochen besonders nachdenklich, betete viel, und seit langem pflegte er sich in der Weihnachtswoche jeden Tag einiges an Zeit zu nehmen, um mit dem Herrn allein zu sein und in der Schrift zu lesen. Selbst nachdem er damit fertig war, blieb er oft den restlichen Abend seltsam still und wirkte irgendwie abwesend.

In diesem Jahr freilich hatte er sich öfter als sonst in die Einsamkeit verzogen und war auch länger weggeblieben, und während er sich zu Hause in Gottes Wort vertiefte, hatte er oft tiefe Falten auf der Stirn und hielt die Augen geschlossen, so dass er leicht traurig und ein wenig grüblerisch wirkte.

Wie gewöhnlich hatte er sich den alljährlichen vorweihnachtlichen Verrichtungen unterzogen, hatte Reparaturen an der Kate ausgeführt und das Dach ausgebessert, innen im Haus gründlich aufgeräumt und auch vom Grundstück rundherum weggeschafft, was sich während der vergangenen Monate an Überflüssigem angesammelt hatte. Auch die Schuppen hatte er entrümpelt und, wo notwendig, geweißt, ja er hatte sogar Roweena und Evie beim Abreiben des Mobiliars mit Sand und beim Grundputz der Feuerstelle geholfen.

Gestern dann hatte er *Margadth Mor*, den Großen Markt, aufgesucht, um Weihnachtseinkäufe zu machen. Bei dem, was er nach Hause brachte, hatte sich Roweena gefragt, ob er jetzt überhaupt noch einen roten Heller im Geldbeutel hatte, schleppte er doch eine große, schiere Gans und eine mehr als reichliche Auswahl an getrockneten Früchten, Gewürzen und Tee heran.

Angesichts all der Delikatessen jubelte Evie. Als freilich Roweena bemerkte, Gabriel habe wohl vor, „eine königliche Tafel aufzufahren", hatte dieser nur zerstreut gelächelt und sich ans Feuer zurückgezogen.

Es war also alles abgelaufen wie jedes Jahr, abgesehen von Gabriels ungewöhnlicher, irgendwie bedrückender Schweigsamkeit. Roweena fragte sich, inwieweit diese wohl mit Brady Kane zusammenhing. Sie argwöhnte, dass Bradys finstere Machenschaften Gabriel immer noch sehr mitnahmen, genau wie sie selbst.

Ihr allerdings setzte nicht Bradys Verrat am meisten zu, auch wenn er ohne Frage etwas Schockierendes, Schreckliches getan hatte. Was sie noch viel weniger aus ihrem Kopf herauskriegte, war die verblüffende Offenbarung, dass sie und Brady Halbgeschwister sein konnten.

Sicher, es gab keine Möglichkeit, Gewissheit hierüber zu erlangen. Gabriel zufolge hatten in jener fürchterlichen Nacht viele Soldaten in der Stadt marodiert, trunken vom Whisky und schier irrsinnig vor Blutdurst. Doch selbst die bloße Möglichkeit, und mochte sie noch so unvorstellbar erscheinen, dass es derselbe Mann gewesen sein könnte, der sie und Brady gezeugt hatte, durfte nicht außer Acht gelassen werden.

Wenn sie an die Gefühle dachte, die Brady damals, am Anfang, als er in Claddagh auftauchte, in ihr ausgelöst hatte, wurde ihr jedes Mal fast schlecht vor Scham.

Von jeher hatte sie diese Gefühle als verwirrend und belastend empfunden, und sie waren auch längst abgeflaut und hinfällig gewesen, bevor sie noch von ihrer möglichen Blutsverwandtschaft mit Brady erfuhr. Dennoch bereute Roweena die Faszination immer noch zutiefst, mit der sie Brady einst begegnet war.

Um so mehr fragte sie sich immer wieder, wenn sie Gabriel nur ansah, wie es ihr jemals hatte passieren können, ihre Zuneigung auf jemand anderen zu richten als ihn. Sobald sie sich den Gefühlen, die sie für ihn hegte, nicht mehr entzogen hatte, war alle Schwärmerei für Brady restlos verflogen, und alles, was sie heute noch bewegte, wenn sie an ihn dachte, war eine Art trauriger Besorgtheit, wie man sie um einen Freund hegen mag, der auf Abwege geraten ist.

Oder um einen Bruder.

Gabriel war der Mann, den sie liebte, und so würde es für alle Zeit bleiben, auch wenn er sie nicht anders sehen konnte denn als ein schutzbedürftiges Kind.

Wie auch immer, sein außergewöhnliches Betragen bereitete ihr Sorge, und sie entschloss sich, ihn, sobald er heute Abend heimkehrte, darauf anzusprechen.

* * *

Seit Wochen schon hatte Gabriel die Gerüchte vernommen, die über Brady Kane umliefen, hatte sich jedoch vorgenommen, nicht darauf zu hören und sich nicht damit abzugeben. Was auch immer dem flegelhaften Jungen Amerikaner zustoßen mochte – er hatte alles sich selbst zuzuschreiben, seinem lasterhaften Lebenswandel, seiner Unehrlichkeit und seinen Lügen.

Auf dem Marktplatz und sonst wo erzählte man sich, der Yank saufe sich zu Tode, sei fast ununterbrochen betrunken, Tag und Nacht. Gabriel hatte sein Herz gegen diese Geschichten verhärtet. Wenn der junge Dummkopf denn entschlossen war, sich mit Alkohol umzubringen, dann sollte er es doch tun.

Er hatte den festen Vorsatz gehegt, sich keinerlei Empfindungen für den Jungen zuzugestehen und sich keinen Deut um das zu scheren, was ihm zustoßen mochte. Kane hatte sich seine eigene Grube gegraben – sollte er darin zugrunde gehen.

Eine Zeitlang war er damit klargekommen. Schließlich war es einem Mann sehr wohl möglich, sein Herz hart zu machen, wenn er es darauf anlegte.

Allein, der Geist Gottes schien die Sache anders zu sehen. Zuerst war es nur ein leises Mahnen gewesen, einem Flüstern gleich. Je länger er aber widerspenstig blieb, um so eindringlicher wurde jenes heilige Flüstern, bis es endlich eher wie ein Schrei klang: In der Stille der Nacht, bei Tagesanbruch, wenn er an der Arbeit war oder irgendwo unterwegs, stets und ständig verspürte er in seinem Herzen ein Drängen, so lange, bis er nicht mehr überhören *konnte*, was sein Gott offenkundig von ihm erwartete.

Also hatte er sich nach Galway aufgemacht, zuerst missmutig und unter dem Vorwand, nach der Wunde des Jungen sehen zu wollen, die sich in der Tat übel entzündet hatte und unbedingt der Behandlung bedurfte. Er hatte Brady bereits erheblich kränker vorgefunden, als es der Fall gewesen wäre, hätte er anhaltende medizinische Versorgung erhalten, und allein diese Tatsache hatte Gabriels Gewissen einen heftigen Stich versetzt.

Die Gerüchte über Kanes Trunkenheit waren nicht übertrieben. Jedes Mal, wenn Gabriel vorbeischaute, hatte der Amerikaner einen in der Krone, und bald war klar, dass der Bursche überhaupt niemals mehr nüchtern war. Sein körperlicher Zustand hatte sich besorgniserregend verschlechtert. In sehr kurzer Zeit hatte er erheblich an Gewicht verloren, und seine Haut war aufgedunsen, wie man es häufig bei schlecht ernährten Trinkern findet.

Zuerst hatte Kane sich gegen Gabriel aufgelehnt, hatte versucht, ihn mit einem Schwall ordinärer Redensarten und selbstmitleidigen Gejammers von sich fernzuhalten. Doch als er endlich einsehen musste, dass er Gabriel nicht loswerden konnte, verlegte er sich darauf, ein endloses Klagelied zu singen: Er habe ja solche Schmerzen, er tauge einfach nichts, sein Bruder habe ihn am langen Arm verhungern lassen … und all das in einer Haltung ätzenden und zugleich ichsüchtigen Hasses.

Besonders gern schien er darauf herumzureiten, dass ihm nun keinerlei Hoffnung mehr im Leben bleibe: Er sei von Gott und der Welt verlassen. Verloren, ein für allemal.

Auf solche Tiraden pflegte Gabriel etwas zu erwidern wie: „Niemand ist verloren, außer er entscheidet sich dazu."

Woraufhin Kane plötzliche Feindseligkeit und Aggressivität an den Tag legte.

Einmal, es war am späten Nachmittag, betrat Gabriel Kanes Wohnung, die offenstand wie immer, und erschrak sich fürchterlich, denn der Junge wirkte wie tot. Auf dem Bett ausgestreckt, nichts am Leibe außer seiner Unterwäsche, gab Kane nicht mehr das geringste Lebenszeichen von sich.

Als Gabriel ihn zu wecken versuchte, kam keinerlei Reaktion, obwohl eine oberflächliche Berührung genügt hatte, um festzustellen, dass der Junge sehr wohl noch am Leben war. Gabriel sah sich in der verwahrlosten Schlafkammer um und entdeckte mehrere herumliegende Whiskyflaschen, samt und sonders leer.

Zunächst empfand er nichts als Ekel, aber dann wurde er wütend. Grob schüttelte er Kane durch; es war ihm egal, ob er ihm weh tat. Doch schließlich ging ihm auf, dass er es hier nicht mit dem gewöhnlichen Vollrausch eines Gewohnheitssäufers zu tun hatte: Brady Kane war ohne Bewusstsein.

Hastig ergriff Gabriel die angezeigten Maßnahmen: zerrte den Jungen zum Wasserkran hinüber, pumpte ihm kaltes Wasser über den Kopf. Doch außer einem angedeuteten Stöhnen zeigte auch das keinerlei Reaktion.

Blitzartig verließ Gabriel die kleine Wohnung, sprang, zwei Stufen auf einmal nehmend, die Stiege hinab und erschreckte Meg Hanafin, die Wirtin, fast zu Tode, indem er in ihr Zimmer stürmte und im Kommandoton „heißen Tee oder Kaffee, sofort!", verlangte.

Fast zwei Stunden brachte er damit zu, Brady heißen Tee einzuflößen, ihm wieder und wieder kaltes Wasser überzugießen, seine Arme und Beine abzureiben, damit die Durchblutung in Gang kam, ja ihn kreuz und quer durch die Wohnung zu schleppen, bis er endlich aus seiner Ohnmacht erwachte. Als er dann zu sich gekommen war, war Kane in miesester Laune und klagte über bohrende Kopfschmerzen, aber er lebte, und darauf kam es schließlich an.

Tags darauf heuerte Gabriel Murtagh Molloy an, für einige Zeit bei Kane einzuziehen. Zwei Tage lang konnte man das beleidigte protestierende Gezeter des Jungen in den Gassen Galways widerhallen hören.

Big Murt, wie man ihn nannte, war noch größer als Gabriel. Molloy war wahrhaftig ein Riese, ja ein Koloss, der Gabriel jedes Mal, wenn er ihn sah, an einen furchterregenden Wikinger erinnerte. Doch fiel es dem Mann überraschend leicht, in die Rolle eines Aufsehers und Handlangers zu schlüpfen, wobei das eigentlich keine große Sache war, wenn man in Betracht zog, was Gabriel ihm zahlte: So gesehen hätte der Mann auch noch Waschfrau und Gänseliesel spielen müssen.

Erster Punkt der Tagesordnung war, dass Murt gemeinsam mit Gabriel jede einzelne Whiskyflasche, in der noch etwas war, und sei es nur ein Tropfen, aus der Wohnung schaffte. Binnen einer Stunde war das Quartier so alkoholfrei wie das Gebetskämmerchen einer Nonne. Und es blieb auch trocken, denn die beiden Männer ließen es sich darüber hinaus angelegen sein, sämtliche Kleider des jungen Amerikaners beiseite zu schaffen, mit Ausnahme seines Nachtzeugs, und ihm den Wohnungsschlüssel wegzunehmen.

Gabriel sorgte dafür, dass sich herumsprach, jedermann, der dem Yank Whisky verkaufe, würde es sowohl mit ihm als auch mit Big Murt zu tun bekommen. Und zwar gleichzeitig.

Es dauerte beinah drei Wochen. Kane schrie, fluchte, trommelte mit den Fäusten auf die Zimmerwände ein, bis sie erzitterten; dann wieder schluchzte er und mimte das Baby, das nach der Mama schreit. Doch am Ende war er nüchtern und einigermaßen stabilisiert.

Und so war es, mit ein bisschen Nachdruck seitens Big Murts und Gabriels, auch geblieben.

Doch jetzt war es an der Zeit, dass der Bengel auf eigene Füße zu stehen kam, und Gabriel konnte nicht anders, als sich zu sorgen.

Heute Nachmittag hatte er sich erneut in Kanes Pension begeben, um dem Dickkopf ein wenig Vernunft beizubringen, vielleicht sogar ihn zu überreden, nach Hause zurückzukehren, zu seinem Bruder.

Er traf den Jungen am Tisch sitzend, den Kopf in die Hände gestützt und einen anscheinend ziemlich ausführlichen Brief anstarrend, den er vor sich liegen hatte. Als Gabriel eintrat, sah Kane auf, aber nur für ein, zwei Sekunden, bevor er den Blick wieder auf die pergamentenen Briefbögen richtete.

Gabriel sah Murtagh an und deutete mit dem Kopf auf die Tür. Der Riese nickte und machte sich davon.

Geduldig wartete Gabriel, bis Kane sich endlich, als sein Schweigen schon absonderlich, um nicht zu sagen grob unhöflich, wurde, bequemte, seine Anwesenheit zur Kenntnis zu nehmen. „Ah, machen wir unsere tägliche Runde, um nach dem Gefangenen zu sehen, hä?"

Gabriel ignorierte den Seitenhieb. Es gab Tage, an denen der Bengel seine Zuflucht zum Sarkasmus nahm. Dann wieder war er einigermaßen manierlich. „Seid mir gegrüßt, junger Herr", sagte er und nahm, ohne darum gebeten zu sein, auf dem einzigen freien Stuhl Platz, der sich noch im Zimmer befand, einem zerschlissenen Stück Möbel beim Fenster.

Als er saß, musterte er Kane eindringlich und stellte mit einiger Sorge fest, dass der junge Amerikaner tiefe dunkle Ringe unter den Augen hatte und überhaupt einen durch und durch abgezehrten Eindruck machte. Noch beunruhigender war freilich das merkliche Zittern seiner Hände.

„Du wirst doch wohl keine schlechten Nachrichten haben?", wagte Gabriel einen Vorstoß, indem er mit dem Kopf auf den Brief wies.

Das Lächeln des Jungen war bitter. „Aber nicht doch! Bloß dass mein hochwohllöblicher Herr Bruder aus Gründen, die dem gemeinen Sterblichen verborgen bleiben müssen, geruht hat, mir die bezaubernde Geschichte meiner gar erhabenen Anfänge mitzuteilen."

Aus seinen Worten konnte man förmlich das Gift spritzen sehen, aber Gabriel entging der Schmerz hinter dem Zorn nicht.

„Ich verstehe."

Kanes Blick flackerte leicht, als er in demselben

schneidenden Ton weitersprach. „Ja, Jack scheint kürzlich einen Anfall von Gewissensnot erlitten zu haben – was eine nicht gelinde Überraschung ist, hatte ich doch bislang nicht einmal annehmen können, dass er etwas so Unkommodes überhaupt sein eigen nenne. Jedenfalls hat er sich entschlossen, der edle Herr, sich die ganze hässliche Wahrheit von der Seele zu schaffen. Ich kann's kaum abwarten, zurückzuschreiben und ihn wissen zu lassen, dass Sie ihm längst die Schau gestohlen haben."

Gabriel schwieg. Er ertappte sich dabei, dass der junge Amerikaner ihm leid tat. Wieso, fragte er sich, hatte sein Bruder sich bis jetzt Zeit gelassen? Wie viel besser wäre es doch gewesen, den Jungen von Angesicht zu Angesicht in die Wahrheit einzuweihen, statt per Brief, während ein ganzer Ozean zwischen ihnen lag.

„Selbstredend hat er das Geheimnis um meinetwillen für sich behalten", sagte Kane, und seine Stimme klang noch einen Zacken kälter. „Sie müssen wissen, Gabriel, alles, was mein Bruder tut, ist immer nur zu meinem Besten. Und Jack weiß immer, was das ist. In allem und jedem."

„Na ja, immerhin hat er dir endlich die Wahrheit mitgeteilt", sagte Gabriel. Er hörte selbst, dass seine Feststellung ziemlich dürftig klang. Mit seiner nächsten Frage zögerte er angesichts der Gemütsverfassung des jungen Amerikaners, aber er kam doch nicht umhin, sie zu stellen. „Und … erwähnt er auch das Sheridan-Mädchen? Ist es wenigstens gut angekommen?"

Gabriel sah, dass Brady Kane fast unmerklich erschauerte. Als er antwortete, klang seine Stimme weitaus kläglicher als zuvor. „Klingt, als hätte sie 'ne schwere Zeit hinter sich. Aber jetzt geht's ihr gut." Er strich sich mit der Hand über die Wange und sagte dann:

„Jack weiß alles. Von mir und Terese. Von der Lüge. Er weiß, dass es mein Kind ist."

Gabriel runzelte die Stirn. „Von welcher Lüge redest du?" Was für eine Räuberpistole, fragte er sich, mochte der junge Dummkopf sich da wieder aus den Fingern gesogen haben?

Brady sah ihn an, schien schon antworten zu wollen, besann sich aber. „Oh, nichts. Gar nichts. Ich möchte nicht über Jack reden", sagte er entschlossen. „Und auch nicht über Terese. Und schon gar nicht wünsche ich, dass Sie sich über meinen ehrwürdigen Stammbaum auslassen, wenn's recht ist! Ob Ihnen das nun eingeht oder nicht, es ist nicht gerade einfach, rauszufinden, dass dein Vater nicht bloß nicht der Mann war, den du dafür gehalten hast, sondern, viel, viel schlimmer, ein *Engländer*. Und obendrein ein Vergewaltiger."

Gabriel zuckte mit den Schultern. „Es gibt gute und schlechte Engländer. Dasselbe könnte man auch von den Iren sagen. Aber eigentlich kann ich nicht mitreden, wo ich selber doch ein Findelkind war."

Kane wandte ihm den Kopf zu, die Augen geweitet vor Überraschung. „Sie?"

„Jawohl. Ich hab' nie erfahren, wer meine leiblichen Eltern sind. Ich wurde eines Nachts im Sommer in einem Korb vorm Tor von Lynch's Castle ausgesetzt. Zu meinem Glück hat mich ein älteres Paar aufgenommen, adoptiert und behandelt wie einen eigenen Sohn." Er sah den niedergeschlagenen jungen Mann an und schwieg einen Moment. „Dein Bruder", fragte er dann, „ist er denn ein schlechter Mensch?"

Kane sah beiseite und schüttelte den Kopf. „Nein, das ist er nicht. Bloß ... ein Sturkopf, das ist er."

„Trotzdem glaub' ich, er war überzeugt, das Richtige zu tun. Sei nicht zu hart mit ihm, Junge."

Als keine Antwort kam, gab Gabriel sich einen Ruck

und erinnerte sich, wozu er eigentlich hergekommen war. „Also schön … wie geht's dir, Junge?", fragte er.

Brady funkelte ihn an. „Tun Sie mir bitte einen Gefallen, Gabriel, ja? Hören Sie auf, so zuckersüß mit mir zu sein! Ich weiß genau, dass Sie mich hassen wie die Pest, also spielen Sie mir nichts anderes vor! Was sollte überhaupt das ganze Theater hier? 'ne Tat christlicher Nächstenliebe oder was?"

„Erstens, Brady Kane, hasse ich dich nicht im geringsten", sagte Gabriel milde. „Der Einzige, der dich hasst, bist du selbst – da scheint mir der Hase im Pfeffer zu liegen. Und was meine christliche Nächstenliebe angeht, so ist das hier sicher ein Teil davon, aber das ist nicht alles."

Kane zog die Oberlippe kraus. „Bitte keine Predigt heute, Gabriel. Da hab' ich keine Lust drauf."

Gabriel verschränkte die Arme vor der Brust. „Vielleicht sollten wir lieber darüber reden, was du als nächstes machst. Wirst du in die Staaten zurückkehren?"

Brady lachte auf – es klang blechern. „Ich hab' nicht die leiseste Ahnung, was ich als nächstes mache, aber es ist so sicher wie das Amen in der Kirche, dass ich nicht in die Staaten zurückgehe – nie mehr, das steht fest. Denn eines hat Jack unmissverständlich klargestellt." Er zog eine bitterernste Miene und sprach in gestrengem Ton, der, wie Gabriel annahm, wohl seinen Bruder imitieren sollte. „Ab sofort werde ich mein eigenes Geld verdienen müssen. Von heute an wird es keinen monatlichen Wechsel mehr geben, es sei denn, ich hätte ihn *verdient*."

„Das scheint mir nur recht und billig zu sein", antwortete Gabriel. „Und außerdem geht's den meisten Männern so."

„Wenn's denn so ist, könnten Sie vielleicht freundlicherweise in Erwägung ziehen, mir meine Klamotten und mein Säckel wiederzugeben", versetzte Kane sarkastisch. „Erst dann werde ich wohl dem Geschäft des Geldverdienens nachgehen können."

Gabriel sah ihn forschend an. Das Gesicht, nett anzusehen, wenn es nicht gerade von Ärger oder Bitterkeit verzerrt war, war schmaler als bei ihrem ersten Zusammentreffen. Und wie er jetzt bemerkte, waren einige Falten hinzugekommen, Falten, die diesem Gesicht wenigstens einen Anschein von Reife verliehen. Der Bursche sah nicht länger nach einem grünen Jungen aus – der er auch an Jahren beileibe nicht mehr war –, sondern wie ein Mann. Ein Mann, der über die Stränge geschlagen, sein Leben womöglich vergeudet hatte, aber immerhin ein Mann.

„Was ich getan hab', hab' ich getan, um dein Leben zu retten, ohne irgendwelche niedere Beweggründe", sagte Gabriel.

Zu seiner Überraschung erhob Kane keinen Widerspruch. Statt dessen saß er wortlos da und musterte Gabriel mit fragendem Gesichtsausdruck „Vielleicht haben Sie mir tatsächlich das Leben gerettet", sagte er schließlich. „Selbst ich hab' begriffen, dass ich mich zugrunde gerichtet hätte, wenn ich so weitergemacht hätte. Aber wenn Sie mir die Frage nicht krumm nehmen, Mann: Wieso haben Sie das gemacht? Wieso haben Sie sich überhaupt mit mir abgegeben?"

„Ich dachte, du seist es wert, gerettet zu werden", sagte Gabriel schlicht. „Genau wie der Herr, da bin ich sicher."

„Keine Predigten, sagte ich, Gabriel." Kane wandte den Kopf ab. Als er Gabriel wieder ansah, hatte sich seine Miene etwas aufgehellt. Ärger und Bitterkeit waren nicht mehr vorherrschend, an ihre Stelle war ein Ausdruck getreten, den man für echte Neugier halten konnte. „Sie sind ganz schön über Ihren Schatten gesprungen, um mir zu helfen, und haben derweil ’ne Menge Scherereien in Kauf genommen, die ich Ihnen gemacht hab’. Dabei hatten Sie es nicht nötig, auch nur den kleinen Finger für mich zu krümmen. Also – warum?“

Ja, warum? Auch Gabriel fragte sich das, hatte es sich viele Male gefragt. Und er hatte keine echte Antwort, abgesehen von einer.

„Ich hab’ deine Haut nur gerettet, Junge, damit du Zeit gewinnst, in der der Herr deine Seele retten kann.“

„Erwarten Sie von mir, dass ich das verstehe?“

Gabriel zuckte die Schultern. „Es wär’ nicht zu deinem Schaden, es zu versuchen, würd’ ich mal sagen.“

Brady hob die Hand, als wollte er von dem Thema wegkommen. „Schluss jetzt mit diesem Errettungskram, Gabriel. Wir wissen alle beide, dass es da in meinem Fall nichts zu hoffen gibt.“

„Ich weiß nichts dergleichen. Es ist, wie ich’s dir gesagt habe: Niemand ist ohne Hoffnung, es sei denn, er entscheidet sich dafür.“

„Hören Sie endlich damit auf, Gabriel“, sagte Brady mit durchtriebenem Blick. „Je mehr Sie darauf herumreiten, um so mehr Lust bekomm’ ich auf ’nen Drink.“

„Es sollte lieber deinen Durst auf einen Becher von Gottes Gnade wecken.“

Kane sah ihn an. „Sie haben mir erklärt, Sie seien ’n Arzt, Gabriel, aber für mich hören Sie sich viel mehr wie ’n Priester an.“

Gabriel lächelte andeutungsweise. „Dass ich Arzt bin, ist wahr. Aber ’n Priester bin ich nicht.“

Brady musterte ihn mit leicht verwirrter Miene. „Also sind Sie wirklich ’n Arzt? Aber Sie praktizieren doch nicht!“

Gabriel zuckte die Schultern. „Claddagh ist meine

Praxis. Ich kümmere mich um 'ne Menge Leute hier – alle, die mich brauchen. Ich bezeichne mich bloß nicht als Arzt. Nicht ein Titel gibt einem Mann seinen Wert, nur das Gute, das er tut."

„Haben Sie denn jemals 'ne richtige Praxis gehabt?"

„Ich hab' 'ne Zeitlang als Doktor auf dem Missionsfeld gearbeitet. Aber dann hab' ich mich jedoch entschieden hierzubleiben."

„Wegen Roweena." Das war eine Feststellung, keine Frage.

Gabriels Augen wurden schmal.

„O Mann, stellen Sie sich nicht so an! Sie lieben sie, leugnen Sie das nicht! Aber wieso haben Sie es für notwendig befunden, Ihre Karriere an den Nagel zu hängen?"

Gabriel zögerte; er sah nicht ein, warum er dem Jungen Rede und Antwort stehen sollte. „Ich hab' mich halt so entschieden. Roweena war damals erst ein Kind, und sie brauchte jemanden, der sich um sie kümmert. Sie hatte niemanden mehr auf der Welt, verstehst du? Ein verängstigtes Kind konnte ich nicht mit rausnehmen in die Mission, und ich brachte es nicht übers Herz, sie hier zurückzulassen. Sie hatte niemanden. Also bin ich hier geblieben."

Gabriel stand auf. „Ich muss weiter. Aber erst will ich dich noch was fragen. Deshalb hab' ich unter anderem reingeschaut." Er machte eine Pause. „Ich dachte, du hättest vielleicht Lust, morgen Abend zum Weihnachtsschmaus zu uns zu kommen."

40. Weise und Könige

Der Herr hat sich einen Mann gesucht nach seinem Herzen …
1. Samuel 13,14

Brady Kane sah dermaßen verblüfft aus, dass Gabriel ihn genauso gut aufgefordert haben könnte, blindlings in einen feurigen Pfuhl zu springen.

„Das kann nicht Ihr Ernst sein!"

„Mein völliger", versicherte Gabriel. „Ich muss zugeben, dass mir der Gedanke gerade eben gekommen ist, ohne Roweena zu fragen. Aber ich kenne sie gut genug, um zu wissen, dass sie nichts dagegen haben wird. Im Gegenteil, vermutlich wird es ihr sehr recht sein. Sie macht sich schon eine ganze Weile Sorgen um deine Gesundheit – und um dein Herz. Und falls du dich das gefragt haben solltest: Sie trägt dir nichts nach."

So war es. Sie hatten miteinander gesprochen, Roweena und er, und es hatte ihn nicht überrascht, dass Roweena mit nichts anderem als Besorgnis an den Amerikaner dachte – und mit einer Art Traurigkeit darüber, dass er sich zu einem solch ehrlosen Verhalten erniedrigte.

Dennoch gab es noch etwas, das gesagt werden musste, und Gabriel steuerte darauf hin. „Deine gefährliche, dumme Intrige hätte ohne weiteres in einer fürchterlichen Tragödie enden können, wie dir ja wohl inzwischen klargeworden ist. Roweena hat sehr unter deinem Vertrauensbruch gelitten, weit über die körperliche Verletzung hinaus, die sie abbekam, und auch an Klein-Evie ist dein Verrat nicht spurlos vorübergegangen: Sie war zu Tode erschrocken. Wochenlang hat sie Alpträume gehabt."

Kanes Gesicht drückte namenloses Elend aus, aber als er sich zu sprechen anschickte, ließ Gabriel ihn gar nicht erst zu Wort kommen. „Zu ihrer Ehre muss ich sagen, dass keine von beiden dir in irgendeiner Weise böse ist. Roweena hat ein vergebungsbereites Herz, genau wie die Kleine."

Kane schüttelte den Kopf, wie um Klarheit zu bekommen. „Ich … ich weiß nicht, was ich sagen soll."

„Nun, was immer du auch sagen möchtest, das beste wäre, du sagtest es Roweena und dem Kind, würde ich meinen. Wir werden ein Gedeck mehr herrichten, und wenn du dich entschließt zu kommen, wirst du gern gesehen sein."

Er wandte sich zum Gehen, drehte sich aber nochmals um. „Ach, eines wäre da noch –"

Kane, dem die Verblüffung immer noch ins Gesicht geschrieben stand, nickte geistesabwesend.

Gabriel war sich plötzlich unsicher, ob er auch nur fragen sollte. Aber er musste es wissen. Es ging nicht anders.

„Der Abend … als du niedergeschossen wurdest. Da hast du etwas gesagt …"

Wiederum hielt er inne. Die Worte wollten ihm nicht über die Lippen.

Kane sah ihn an, eine Augenbraue fragend emporgewölbt.

„Du sagtest … Roweena … dass du an ihrem Gesicht gesehen hättest, dass sie mich liebt. Ja, das hast du gesagt: dass sie mich liebt, dass sie für mich sterben wollte –"

Kane nickte, während er Gabriel forschend anschaute. „Haben Sie das ehrlich nicht gewusst? Sie hatten wirklich keine Ahnung?"

„Nein.“ Gabriel sah zur Seite. „Und ich kann’s auch kaum glauben, selbst wenn du mir das nicht abnimmst –“

„Gabriel“, unterbrach Kane leise, „ich weiß, was ich gesehen hab’. Sie brauchen nur Ihre Augen aufzumachen. Roweena ist kein Kind, auf das Sie aufpassen müssten. Sie ist eine Frau, und täuschen Sie sich nicht, Mann: Sie liebt Sie.“

Endlich konnte Gabriel die Luft herauslassen, die er die ganze Zeit über angehalten hatte. Halb in der Erwartung, ein zynisches Grinsen zu erblicken, sah er Brady Kane an. Doch was er wirklich sah, konnte man beinahe für eine Art von Zuneigung halten.

„Ich muss jetzt los“, wiederholte er, irgendwie verlegen und darauf aus, von hier wegzukommen. „Denk über morgen Abend nach. Zuerst wird es sehr peinlich für dich sein – wie für uns alle, keine Frage. Aber du bist willkommen – falls du denn kommen möchtest.“

„Gabriel –“

Gabriel drehte sich wieder nach ihm um.

Kane sagte eine Weile gar nichts, dann: „Ich glaube, ich sollte Ihnen danken. Für alles.“

Gabriel konnte nicht anders, als zu lächeln. „Das wäre wohl nicht verkehrt.“

„Aber ich begreife immer noch nicht, warum Sie das gemacht haben“, fügte Kane hinzu. „Roweena und Evie … sie hätten tot sein können, und Sie selbst auch. Meinetwegen! Sie hätten mich der Polizei übergeben können! Aber das taten Sie nicht. Ich versteh’ nicht, wie Sie … wie *irgendwer* von euch … mir jemals verzeihen kann, was ich getan habe. Und auf keinen Fall begreife ich, wieso Sie sich auch noch überwunden haben, mir zu helfen. Niemand hätte Ihnen einen Vorwurf gemacht, wenn Sie mich einfach hätten verrecken lassen.“

„Ich glaube, Gott der Herr hätte mir das Leben ziemlich schwergemacht, wenn ich das getan hätte. Ich weiß auch nicht, was ich dir sagen soll, Junge. Es lässt sich ja nicht leugnen, dass du 'n dickköpfiger, selbstsüchtiger und rücksichtsloser junger Trottel bist."

Er sah, wie Kane zusammenzuckte, aber diese Wahrheit konnte man nicht beschönigen. „Ich will gar nicht abstreiten, dass ich erst bloß widerstrebend nach dir geschaut habe. Ich war ganz und gar nicht davon überzeugt, dass du meiner Mühen wert warst. Ja, es lag mir näher, dir den Hals abzuschneiden, als dir die Hand zu reichen. Doch aus Gründen, die er alleine kennt, sah Gott die Sache anders, und er drängte mich, bis ich nicht mehr anders konnte, als zu gehorchen. Und eine andere Antwort kann ich dir nicht geben, ob du sie nun verstehst oder nicht. Ich denke, dass Gott mich einfach gebraucht hat, um dich davon abzuhalten, dich selbst zu zerstören, damit er in deinem Leben immer noch zu seinem Ziel kommen kann."

Brady schüttelte den Kopf. „Gabriel, Gabriel – Das soll erst mal einer verstehen! Wieso kommen Sie bloß auf die Idee, der Allmächtige könnte etwas mit einer Figur wie mir zu tun haben wollen? Ich bin mir sicher, dass er sich lieber mit Leuten einlässt, die besser sind als ich – und wer könnte ihm das verdenken?"

Gabriel versuchte nachzudenken und gleichzeitig zu beten. *Herr, es muss doch irgendeinen Weg geben, diesen harten Schädel zu durchdringen, dieses zynische Herz zu erreichen. Zeig ihn mir, denn ich bin mit diesem Jungen am Ende meines Lateins.*

Ihm kam ein Gedanke, und er lehnte sich nachdenklich gegen den Türrahmen. Schließlich sagte er: „Es gab mal einen Mann, der, wenn er ehrlich war, Sünde für Sünde mit dir hätte mithalten können, Brady Kane. Ich würde sagen, im natürlichen Wesen habt ihr beide eine Menge Ähnlichkeit miteinander. Gleich dir war er ein Mann der Künste: Sänger, Liederdichter, ein begnadeter Musiker. Und er war ein sinnlicher, leidenschaftlicher Mann, womit er sich fast zugrunde richtete. Ich glaub', dieser Mann ließ so schnell keine Gelegenheit aus, sein Leben zu besudeln. Er log, ohne mit der Wimper zu zucken, wenn es ihm nur was nützte. Immer wieder manipulierte er andere, wo es in seinem Interesse lag. Er gab sogar vor, verrückt zu sein" – Gabriel schüttelte leicht mit dem Kopf –, „um seinen Schädel aus der Schlinge zu ziehen, in die er sich durch schmutzige Machenschaften hineinmanövriert hatte. Ein Mörder war er auch, schlachtete Menschen zu Tausenden und Abertausenden ab. Und was vielleicht das Schlimmste von allem war: Er schickte einen seiner eigenen Männer, und zwar einen guten Mann, wie es scheint, in den sicheren Tod – nur damit er in Ruhe dessen Frau verführen konnte."

„So schlecht bin noch nicht mal ich", murmelte Brady mit zynischem Lächeln.

Gabriel erwiderte das Lächeln nicht. „All das und noch mehr schlimme Dinge tat er, jener Mann. Und doch nannte ihn Gott der Herr ‚einen Mann nach meinem Herzen', all seiner Sündhaftigkeit zum Trotz. Gott liebte diesen Mann. Er behütete ihn, machte ihn reich, ja setzte ihn zum König ein. Und durch diesen Mann, diesen blutbesudelten Schürzenjäger, Intriganten, Trickser begründete Gott den Stammbaum, aus dem sein eigener geliebter Sohn, Jesus Christus, hervorgehen sollte." Gabriel unterbrach sich. „Vielleicht hast du schon mal von ihm gehört? Es war David, der Sohn des Jesse. Der Schreiber der Psalmen und König von Israel: auf vielerlei Weise ein Mann wie du, Brady Kane. Nur weiser."

Wieder brach er ab, im Bewusstsein, jetzt die ungeteilte Aufmerksamkeit des anderen gewonnen zu haben. „Verstehst du, David war weise genug, um zu wissen, dass er der Liebe Gottes, seines Vaters, nie entfliehen konnte, wie weit er auch laufen, wie abscheulich er auch sündigen mochte. Er war ein Mensch, also konnte er nicht anders, als zu sündigen. Aber ihm galt die Liebe Gottes, also erfuhr er Vergebung. Und er war immer, immer weise genug, diese göttliche Vergebung anzunehmen und wieder neu zu beginnen."

Gabriel sah den jungen Amerikaner lange scharf an. „Meiner Meinung nach macht das einen richtigen Mann aus. Ein Mann von Stärke und Weisheit wird niemals die Liebe und Vergebungsbereitschaft seines Schöpfers geringschätzen, wird nicht leichtsinnig die göttliche Gelegenheit eines neuen Anfangs ausschlagen. Und falls du dir irgendwann die Zeit nehmen solltest, in der Heiligen Schrift zu lesen, die ich dir vor Wochen dort zurückgelassen habe" – Gabriel deutete mit dem Kopf auf den Tisch, an dem Brady saß –, „würdest du viele andere Männer finden, einen nach dem anderen, die erst dann zu solcher Weisheit gefunden haben, als sie an einen Punkt gekommen waren, an dem alles verloren und hoffnungslos erschien."

Damit drehte er sich um und öffnete die Tür, aber Brady Kanes Stimme ließ ihn innehalten, ehe er noch das Zimmer verlassen konnte.

„Gabriel?"

Er wandte sich zurück. Der Amerikaner war aufgestanden, ein schwaches, schiefes Lächeln auf den Lippen, das seine Züge weicher machte. „Wenn wir schon über Weisheit reden, würde ich meinen, dass ein wirklich weiser Mann doch wohl die Liebe einer Frau erkennen sollte, wenn sie ihm tagein, tagaus entgegengebracht wird."

Gabriel starrte ihn an und wusste nicht, ob er – eingedenk der Wackligkeit ihrer Beziehung – dem Jungen seine Yankee-Kaltschnäuzigkeit krumm nehmen oder aber ihm für seine Kühnheit Tribut zollen sollte. Er tat jedoch keines von beidem, sondern erhob bloß die Hand zum Gruß und sagte: „Wir haben Weihnachten, Brady Kane. Ich wünsche dir den Frieden Gottes."

Damit machte er sich heimwärts auf.

* * *

Nachdem Gabriel fort war, stand Brady lange reglos da und starrte die Tür an. Er fühlte sich so unwohl wie eine in die Ecke getriebene Katze, und alles in ihm verlangte nach einem Drink. Doch er wusste, gäbe er nach und fände eine Möglichkeit, an eine Flasche zu kommen, so würde es keine Hilfe mehr für ihn geben. Gabriel hatte mehr für ihn getan, als man von irgendeinem Menschen erwarten konnte. Einen solchen Retter würde er so bald nicht wieder finden.

Außerdem war ihm der Gedanke schwer erträglich, die Sache nicht aus seiner eigenen Kraft unter die Füße zu kriegen. Ihm hatte immer sehr viel an seiner Unabhängigkeit gelegen – nun ja, soweit Jack ihm eben Unabhängigkeit zugestand. Was sollte er von sich halten, wenn er es mit sich geschehen ließ, von etwas so Primitivem wie 'ner Flasche Whisky abhängig zu werden?

Nachdenklich begann er im Zimmer auf und ab zu gehen. Dachte über Gabriel Vaughan nach, der nie im Leben seine wirklichen Eltern kennengelernt hatte, ohne sich von dieser Tatsache auf Abwege bringen zu lassen. Über Jack, der alles darangesetzt hatte, ihn vor der Wahrheit über seine eigenen Eltern zu schützen. Ja, er musste es zugeben, selbst angesichts seines immer noch quälenden Schocks und der rüden Bitterkeit, die dieser in ihm ausgelöst hatte: Etwas anderes als ihn zu schützen hatte Jack nie gewollt.

Schließlich dachte er über einen Mann namens David nach, der sich wohl über sämtliche Regeln hinweggesetzt und doch mehr an zweiten Chancen bekommen hatte, als ihm zustand.

War es das, was Gabriel für ihn zu tun versucht hatte? fragte sich Brady – ihm eine zweite Chance geben?

Er blieb mitten im Zimmer stehen und ballte die Fäuste. Immer noch fühlte er sich, als protestierte jedes einzelne Nervenende seines Körpers gegen seine hart erkämpfte Nüchternheit. Aber darüber wollte er nicht nachdenken, wagte es nicht.

In diesem Augenblick fand sich sein Koloss von einem Gefängniswärter, Big Murt mit Namen, wieder in der Wohnung ein, in der Hand einen von Bradys Koffern, den er, ohne mit der Wimper zu zucken, vor Brady hinstellte.

„Gabriel sagte mir, ich sollte dir jetzt deine Sachen wiedergeben", bemerkte er trocken und streckte Brady die Hand mit dem Wohnungsschlüssel entgegen. Dann fügte er grinsend an: „Na ja, dann kann ich wohl meiner Wege ziehen. Ich wünsch' dir viel Glück, Brady Kane."

Das einzige Geräusch in der Wohnung schien von Bradys hämmerndem Herzschlag herzurühren, wie er dastand und sein plötzliches Alleinsein überdachte. Der Schlüssel in seiner Hand fühlte sich an, als brennte er ihm ein Loch in die Haut. Er sah darauf, dann auf die Tür, machte schließlich kehrt und legte den Schlüssel auf den Tisch.

Nach einer Weile setzte er sich, faltete mit langsamen, präzisen Bewegungen Jacks Brief zusammen, steckte ihn ins Kuvert zurück und ließ ihn fürs Erste in der Schublade unterm Tisch verschwinden. Über seinen Bruder würde er später nachdenken.

Und noch über eine Menge anderer Dinge.

Eine Weile saß er still da und sah auf seine Hände, die leicht zitterten. Schließlich gab er sich einen Ruck, griff nach der kleinen, zerlesenen Bibel, die genau dort lag, wo Gabriel sie deponiert hatte, und begann die Seiten über den Daumen laufen zu lassen.

41. Heiligabend in Claddagh

Ich folg' einem Stern
weit droben im Blau,
einem Zeichen des Herrn,
uns lockend: „Hier, schau!"
Joseph Campbell

Am Abend zündeten sie den dreiarmigen Leuchter an, der ihnen die Heilige Dreieinigkeit symbolisierte. Später würden sie auch noch die große Weihnachtskerze entzünden, die die Nacht hindurch brennen sollte, um dem Christkind zu zeigen, dass es in diesem Hause willkommen war.

Sie nahmen sich Zeit mit dem Essen, und als sie endlich fertig waren, schob Gabriel zufrieden lächelnd seinen Stuhl zurück. „Ich glaube, es ist gut, dass wir uns nicht öfter als einmal im Jahr dermaßen voll stopfen", sagte er und klopfte sich auf den Bauch. „Sonst könnte ich mich nicht mal mehr durch meine eigene Tür quetschen."

Roweena erwiderte sein Lächeln, während sie bei sich dachte, dass sie sich an keine Zeit erinnern konnte, in der Gabriel auch nur ein Gramm mehr oder weniger gewogen hatte als heute.

Er war spät heimgekehrt, zu spät, um vor dem Essen noch irgend etwas besprechen zu können. Doch zu Roweenas großer Erleichterung schien er heute Abend endlich wieder mehr er selbst zu sein, machte Späßchen mit Eveleen und lobte mehrmals in höchsten Tönen das Essen.

Wie schon zu Beginn der Mahlzeit sprach Gabriel

auch jetzt wieder ein Gebet mit ihnen, diesmal einen Abendsegen. Er hielt dabei den Kopf hoch, damit Roweena von seinen Lippen ablesen konnte.

„Mit Dank haben wir uns an diesen Tisch gesetzt, lieber Herr und Erlöser, und mit Dank stehen wir auch wieder auf und bitten um den Schutz deiner Engel über unserm Haus, um deinen Geist in unseren Herzen und deinen Segen für alle, die dir in diesem Hause dienen und dich lieb haben."

Gleich nach dem Amen stand Roweena auf, um abzuräumen, doch zu ihrer Überraschung hob Gabriel die Hand und stoppte sie. „Lass das noch ein bisschen warten, später helf' ich dir dann dabei."

Roweena war gehörig durcheinander. Sie pflegte es niemals zuzulassen, dass Gabriel ihr in der Küche half, weder beim Vorbereiten einer Mahlzeit noch beim Aufräumen und Spülen hinterher. Das gehörte sich einfach nicht.

Während sie noch dastand und ihn verwirrt ansah, wandte er sich an Evie. „Ich möcht' ein bisschen mit Roweena allein reden, Kleines. Sei doch so lieb und mach dich fertig zum Schlafen."

Das Kind reckte das Kinn, aber Gabriel kam jedwedem Protest zuvor. „Nachher darfst du noch eine Tasse Tee mit uns trinken, und wir schauen gemeinsam nach dem Weihnachtsstern. Aber nur, wenn ich inzwischen kein Genöle höre!"

Klein-Evie sah ihn an, schien ihre Möglichkeiten zu überdenken, lächelte schließlich. „Gut, aber erst möcht' ich dich noch was fragen, Gabriel…"

Er nickte, das Gesicht verständnisvoll, als wüsste er schon, was als nächstes kommen würde.

„Glaubst du", sagte das Kind, „dass die Tiere sich um Mitternacht hinknien, um den kleinen Jesus anzubeten?"

Roweena musste lächeln, als sie den zärtlichen Ausdruck in Gabriels wettergegerbtem Gesicht sah. Diese Frage hatte Evie an jedem Weihnachtsabend gestellt, seitdem sie überhaupt Silben zusammenfügen konnte, also seit mindestens drei Jahren. Und Jahr für Jahr konnte man darauf wetten, dass Gabriel ihr ein und dieselbe Antwort gab.

„Hm, das weiß ich nicht, Kleines“, sagte er und nahm Evie auf den Schoß. „Gewiss, manche sagen, dass so was geschieht. Bloß, das ist ’n Geheimnis, meinst du nicht? Aber eines weiß ich, und das ist kein Geheimnis: Eines Tages wird die ganze Welt sich vor Christus auf die Knie werfen und ihn als ihren König anrufen.“

Zufriedengestellt schlang Evie ihre Ärmchen um seinen Hals und küsste ihn geräuschvoll auf die bärtige Wange, bevor sie von seinem Schoß hopste und im rückwärtigen Teil der Kate hinter dem Vorhang verschwand.

Für einen kurzen Augenblick drohte Roweena fast das Herz zu platzen, so lieb hatte sie diese beiden. Dann aber ging ihr auf, dass sie immer noch herumstand und keinen Finger rührte, und aus Gewohnheit schickte sie sich erneut an, den Tisch abzuräumen. Tatsächlich streckte sie die Hand nach einem Teller aus, aber Gabriel hinderte sie daran, indem er seine Hand auf die ihre legte. „Setz dich, Mädchen. Ich möchte mit dir reden.“

Verwirrt ließ sich Roweena ihm gegenüber auf die Bank sinken und wartete, was nun kommen würde. An sich wollte sie ja auch mit ihm reden, und vielleicht war dies ihre Gelegenheit. Aber ihr wäre wesentlich wohler gewesen, hätte sie zuvor ihre Arbeit erledigt.

* * *

Gabriel saß einen Augenblick still da und sah sie an, bevor er sprach. Ihr schwaches Lächeln wirkte ein bisschen verunsichert, und ihre Hände lagen ineinander verknotet auf der Tischplatte, als wüsste sie nicht, was sie mit ihnen anfangen sollte. Amüsiert machte er sich klar, was der Grund für ihre Anspannung war, und sagte lächelnd: „Der Tisch wird nicht unter ein bisschen ungespültem Geschirr zusammenbrechen, Mädchen."

Sie erwiderte sein Lächeln zwar, schien aber ganz und gar nicht überzeugt.

„Als erstes möchte ich wissen, wie es heute um deine Schulter bestellt ist", sagte er. „Hat sie dir viel zu schaffen gemacht?"

„Kein bisschen. Aber ich wär' schon froh, wenn ich den Arm endlich wieder richtig gebrauchen könnt'."

„Sobald du mehr übst, wirst du spürbare Fortschritte sehen", versicherte er ihr.

Er riss seinen Blick von ihren schlanken Händen los und sah auf seine eigenen hinab, vergaß aber nicht, den Kopf wieder zu heben, bevor er weitersprach, so dass sie seine Worte ablesen konnte. „Roweena, ich glaube, ich hab' in letzter Zeit ein bisschen … abwesend gewirkt, und ich wollte dir bloß sagen, dass du dir deshalb keine Sorgen machen musst. Aber wie dem auch sei, ich dachte, ich sollte es dir vielleicht erklären."

Sie beugte sich ein wenig vor, als könnte sie gar nicht erwarten, was er als nächstes sagen würde. Also hatte sie sich sehr wohl Sorgen gemacht. Er hätte es ihr eher sagen sollen, das wusste er jetzt. Bloß war er sich alles andere als sicher gewesen, wie sie reagieren würde, und er wollte sie nicht belasten, war doch die Verletzung an ihrer Schulter noch längst nicht ausgeheilt – ebenso wenig wie die ihres Herzens.

„Als erstes würde ich dich gern was fragen", fuhr er

fort. „Wegen Brady Kane – aber wenn du nicht über ihn sprechen möchtest, ist es mir auch recht."

Mit ratloser Miene neigte sie den Kopf. „Nein, es macht mir nichts aus, über … Brady Kane zu reden. Ich denk' nur selten an die … Schwierigkeiten, die er uns gemacht hat. In meinem Herzen bin ich immer noch traurig, aber ich hab' ihm vergeben. Doch was gibt es, Gabriel? Ist irgendwas passiert?"

Gabriel wählte seine Worte mit großer Umsicht, um sie auf keinen Fall in Verlegenheit zu bringen. „'ne Zeitlang dachte ich, du … würdest was für ihn empfinden. Ich hab' dich sogar mal danach gefragt, erinnerst du dich?"

Plötzliche Röte huschte ihr übers Gesicht, und sie wandte rasch den Kopf ab. Hatte er sie doch verlegen gemacht? Gabriel berührte aufs neue ihre Hand, damit sie ihn wieder ansah. Dann fuhr er fort und gab sich alle Mühe, ihr so gut zuzureden wie irgend möglich. „Es ist ja gut, Mädchen, falls es so war. Du konntest ja nichts wissen – über ihn. Schließlich seid ihr alle beide jung, und Brady Kane ist ein gutaussehender junger Mann. Und du, Roweena, bist eine hübsche … junge Frau. Es wäre die natürlichste Sache der Welt, wenn er dir gefallen hätte. Dass ihr … nun ja, dass ihr eventuell blutsverwandt seid, das weißt du ja erst jetzt, und du brauchst dir nichts von dem vorwerfen, was du vielleicht empfunden hast, bevor du davon wusstest. Verstehst du das, Mädchen?"

Sie sah ihn an und nickte mit dem Kopf. „Ja, mittlerweile schon. Am Anfang … hab' ich mich geschämt, weißt du? Aber meine … Gefühle für Brady waren so rasch verflogen, so oberflächlich, dass ich versuche, wenn ich … heute überhaupt noch daran denke, ihn als meinen – bitte … nimm's mir nicht übel, wenn ich das so sage, Gabriel –, als meinen … Bruder zu sehen."

Sie unterbrach sich und setzte schließlich hinzu: „Was er ja auch sein könnte."

Gabriel sah sie an, nicht zum erstenmal tief berührt von der Liebenswürdigkeit ihrer Seele, ihrer Willigkeit zu vergeben, ihrer – Ehrlichkeit. Er drückte ihre Hand ein wenig fester. „Hm, das ist … das ist schon recht. Hauptsache, du hast in allem deinen Frieden. Übrigens geht's ihm mittlerweile gut. Ich dachte, das würde dich vielleicht interessieren."

Ihr Gesicht hellte sich merklich auf. „Du hast ihn gesehen?"

Er erzählte ihr, was sich während der vergangenen Wochen zugetragen hatte, setzte sie umfassend ins Bild und ließ nur die schmutzigsten Details weg. Sie hing die ganze Zeit mit den Augen förmlich an seinen Lippen.

Erst als er fertig war, fiel Gabriel auf, dass er immer noch ihre Hand hielt. Doch er ließ sie erst los, als er die Tränen sah, die sich in ihren Augen gesammelt hatten. Bestürzt stand er rasch auf, ging um den Tisch herum und setzte sich neben sie auf die Bank.

„Bitte nicht, Mädchen! Du musst jetzt nicht weinen! Er kommt wieder in Ordnung. Ich hab' Brady Kane in Gottes Hände gelegt, und das musst du auch tun. Es ist jetzt an Gott, sich seiner anzunehmen."

Bekümmert tätschelte er ihr die Schulter. Als sie endlich antwortete, überraschten ihn ihre Worte.

„Aber Gabriel, ich wein' doch gar nicht … um Brady Kane! Ich weine, weil du so ein … guter, freundlicher Mann bist! Zu denken, dass ich die ganze Zeit … in Sorge um dich war, weil ich dachte, du wärst … irgendwie durcheinander, weil du Kummer hättest, und dabei … warst du damit beschäftigt, dich um einen Mann … zu kümmern, der dein Vertrauen mit Füßen getreten hat!"

Gabriel fiel darauf keine rechte Antwort ein, als ihr weiterhin auf der Schulter herumzutätscheln. Schließlich stammelte er: „Hm, ja ... ich denke, es wird schon alles gut werden. Da bin ich sicher."

„Und ob es das wird, Gabriel! Ich weiß es, Gott sei Dank – und dir."

Plötzlich ging ihm auf, dass es kaum noch eine bessere Gelegenheit geben würde als diese hier ... Sie waren einander nahe, waren allein – sollte das die Zeit sein, seinem Herzen Luft zu machen? Zart nahm er sie bei beiden Schultern und drehte sie zu sich, gerade so, dass sie nach wie vor von seinen Lippen lesen konnte ... und er ihr in die Augen sehen. „Roweena, da ist noch was, was ich dich gern fragen würde."

Sie sah ihn voll tiefen Vertrauens an, und für Sekundenbruchteile erschrak Gabriel zutiefst. Was, wenn er verkehrt lag? Wenn Brady Kane sich geirrt hatte? Was, wenn er unbedacht das Band zwischen ihnen beiden entzweischnitt, jene gute, reine Zuneigung, die über die Jahre zwischen ihnen gewachsen war? Wollte er das wirklich riskieren?

„Gabriel?"

Auf ihr stilles Drängen hin suchte er ihren Blick, verzweifelt auf den kleinsten Schimmer dessen hoffend, was Brady Kane gesehen haben wollte, was immer es auch war. Ihr Blick allerdings, der auf ihm ruhte, war wie eh und je: warm und vertrauensvoll, auch Zuneigung ausdrückend, das schon. Aber Liebe?

Doch dann ging Gabriel auf, dass er überhaupt nicht genau wusste, wie Liebe in den Augen einer Frau aussah.

„Ich ... ich muss sagen, ich fürchte mich fast, dich ... das zu fragen, was ich auf dem Herzen hab'", stammelte er.

Ihre feingeschwungenen Brauen zogen sich zusammen, als sie die Stirn runzelte. „Aber du kannst mich doch alles fragen, Gabriel. Was möchtest du denn?"

Er holte so tief Luft, dass er sich fast daran verschluckte. Er schien nicht bloß den Verstand, sondern auch noch die Sprache verloren zu haben, und alles auf einmal. Schließlich riss er sich zusammen und flüsterte: „Roweena – was ist mit deinen Gefühlen für *mich*? Ich meine, Mädchen … – hast du jemals daran gedacht … ich mein', ich wollte sagen, äh … was du von mir hältst?" Er spürte, wie sein Gesicht dunkelrot wurde, und hätte sich dafür ohrfeigen können, dass er solch ein Trottel war.

Er zwang sich, wieder zu ihr hinzusehen, und stellte fest, dass auch ihre Wangen gerötet waren. Aber wo er sich wand, hatte sie ein Lächeln auf den Lippen.

„O Gabriel – bist du sicher, dass ich dir darauf antworten soll?"

Seine Hände auf ihren Schultern zitterten wie die eines gebrechlichen Greises! Ihm schwand der Mut, sie anzusehen. Statt dessen fixierten seine Augen die Kerze in der Mitte des Tisches. „Oh, ich würd's voll und ganz verstehen, Roweena, wenn du lieber nicht …"

O Herr, gib mir den Mut, mir die Wahrheit anzuhören – ich kenn' sie ja gut genug, um zu wissen, dass sie nichts anderes sagen wird. Außer dass sie vielleicht aus irgendeinem unangebrachten Gefühl des Verpflichtetseins heraus versuchen könnte zu sagen, was ich ihrer Meinung nach hören will. O nein, das bitte nicht, Herr… Lieber möchte ich, dass sie mich verachtet, als dass sie meint, sie müsse mir … Dankbarkeit erweisen.

„Gabriel?"

Fast ängstlich schaute er wieder zu ihr hin. Ihre großen grauen Augen schienen das Licht der Kerze in sich aufgesogen zu haben. Dann rutschte sie näher an ihn heran und überrumpelte ihn vollkommen, als sie ihren Kopf an seine Brust legte.

Gabriel zögerte, bevor er sie plötzlich unbeholfen und unsicher in die Arme nahm. Er fühlte sich, als müsste er um jeden einzelnen Atemzug ringen, und verlor den Kampf bedingungslos, als sie, den Mund an seine Brust pressend, so dass er Mühe hatte, sie überhaupt zu verstehen, sagte: „Ich denk' voll Liebe an dich, Gabriel. Noch nie hab' ich was anderes für dich empfunden; ich wüsst' gar nicht, was ich sonst für dich empfinden sollte."

Der Kloß in Gabriels Kehle wurde noch mal so dick. Er legte ihr eine Hand auf den Hinterkopf und hob mit den Fingern der anderen ihr Kinn an, so dass sie ihn anschauen musste. „Was soll das heißen, Mädchen?"

„Was möchtest du denn von mir hören, Gabriel?"

In diesem Moment gab er alles dran: seinen Stolz, seinen gesunden Menschenverstand … sein Herz. „Ich glaube, was ich hören will, ist, dass du sagst, du … könntest mich lieb haben, Roweena. So, wie eine Frau einen Mann liebt. Dass du … mich so lieben könntest – wenigstens ein bisschen."

„Und was wäre, wenn … ich dich mehr lieben würde als alles in der Welt, Gabriel Vaughan? Und es schon immer so gewesen ist?"

Er presste einen Augenblick die Lider zu, bevor er sie ansehen konnte. „Ist das die Wahrheit, Mädchen?"

Sie lächelte ihn an, und er konnte das Flackern des Talglichts in ihren Augen widergespiegelt sehen, aber da sah er noch etwas anderes und fragte sich, wie es hatte angehen können, dass er das bis zu diesem Augenblick noch nie entdeckt hatte, wo es doch so hell leuchtete wie ein Stern am Firmament: Er *sah*, dass sie ihn liebte.

Er fuhr mit den Fingerspitzen die liebliche Linie

ihres Kinns entlang und staunte über die makellose Perfektion, mit der Gott dieses Gesicht geformt hatte. „Was mich betrifft“, sagte er gepresst, „so scheint’s, als hätte ich dich von jeher geliebt, seit du ein süßes kleines Ding warst, das meine Hand hielt und mit meinen großen Schritten Tritt zu halten versuchte. Ich hab’ dich als Bruder geliebt und als Freund. Aber, o *mo chridh, mo chridh*, wenn du willst, würde ich dich in Zukunft als Gatte und Liebhaber lieben.“

Sie machte sich von ihm los, aber nur ein bisschen. „Soll das ein Heiratsantrag sein, Gabriel?“

„Genau das ist es, Mädchen“, sagte er, endlich imstande, den weiten Ozean der Unsicherheit zu queren und dorthin zu steuern, wo sein Herz seit langem hingewollt hatte.

Das Flackern des Kerzenlichts in ihren Augen wurde zum Tanz, bevor sie sich weich und zärtlich wieder in seine Arme warf. „Dann sage ich ja“, murmelte sie, den Kopf an sein Herz geschmiegt, und er hörte es mit leichter Verwunderung – und unendlicher Dankbarkeit.

Für alle Ewigkeit hätte er sie so halten können, wäre da nicht Klein-Evie gewesen, die zwischen den Falten des Vorhangs durchlinste und ungeduldig mit den Augendeckeln klapperte. „Gabriel? Können wir jetzt *endlich* nach dem Stern gucken gehen?“

Mit einem Arm Roweena umklammernd, öffnete er den anderen für das Kind, das auf der Stelle herbeigeschossen kam, um ihren Kreis komplett zu machen. „Aber ja, *Alannah*“, sagte er. „Wir drei, wir werden zusammen den Stern suchen.“

42. Aus der Asche

Aus der Asche zerstörten Vertrauns,
dem Schutt des Versagens, den Resten des Traums,
aus Unheilserfahrung, von Menschen gemacht,
dem Schmerz des Verrats und der Niedertracht –
aus all den Trümmern schürft Er noch Gold,
sucht nach dem Guten, wie Er's sehen wollt';
und dreht Er am Rad Seines göttlichen Plans,
so wird ein verpfuschtes Leben heil und ganz.
B. J. Hoff

New York

Es war am Morgen des ersten Weihnachtsfeiertages, und die Wall Street lag fast völlig menschenleer da. Der wenige Schnee, der in der Nacht gefallen war, glitzerte unter einer dünnen Eisschicht. Es war windstill, so dass die Stadt wie unter einer weißen Decke schlafend dalag.

Jack Kane stand vor der Ruine des stattlichen Gebäudes, in dem sich noch Tage zuvor der Sitz des *Vanguard* befunden hatte, einer der vormals größten und einflussreichsten Zeitungen der Vereinigten Staaten: *seiner* Zeitung, die sein Traum und sein größter Erfolg gewesen war – sein Leben.

Zumindest hatte er das gemeint.

Grimmig lächelte er in sich hinein, wohl um sich den Schmerz zu erleichtern, aber noch mehr, weil er nicht umhin kam, wie immer er sich fühlen mochte, die Ironie wahrzunehmen, die in der ganzen Situation steckte. Was er in beinah zwei Jahrzehnten aufgebaut hatte, war binnen einer Nacht durch ein paar obdachlose Zeitungsjungen in einen Haufen Ziegel und Asche verwandelt worden. Traurigerweise war einer jener Jungen in der Feuersbrunst, die er mit entzündet hatte, umgekommen.

Hätte nicht Whitey, der Jüngere der beiden, überlebt und ihm alles gebeichtet, so wäre Jack möglicherweise nie dahintergekommen, wie der Brand entstanden war. Doch Whitey hatte überlebt und sich nur zu eifrig gezeigt, Jack den Mann namhaft zu machen, der ihn und seinen nunmehr verbrannten Kumpan, Snipe Jenkins, dafür bezahlt hatte, dass sie das Feuer legten. Freilich ging Whiteys Eifer auf Jacks Zusage zurück, ihn im Gegenzug für seine Information, soweit es in seiner Macht stand, aus der Arrestzelle herauszuhalten.

Der Mann, der die beiden kleinen Übeltäter zu ihrem schmutzigen Tun angestiftet hatte, war längst von der Bildfläche verschwunden. Auf heißen Sohlen hatte Avery Foxworth die Stadt verlassen, bevor die Polizei oder Jack seiner habhaft werden konnten. Höchstwahrscheinlich befand er sich auf der Reise dorthin zurück, wo er einst hergekommen war.

Immer noch brachte es Jacks Blut zum Kochen, dass sein früherer Anwalt für seinen Verrat nicht zur Rechenschaft gezogen werden würde. Aber so war es nun mal, und wenn er ganz ehrlich war, musste er zugeben, dass es ihm auch nicht viel helfen würde, Foxworths miese Visage hinter Gittern zu sehen. Seinen Schmerz würde das kaum lindern können. Sollten doch die Briten mit ihm glücklich werden!

Was freilich Turner Julian und seine korrupten Genossen anbetraf, in deren Auftrag Foxworth Jack hintergangen hatte – nun, das war eine ganz andere Geschichte. Sicher, das Wort eines einzelnen verängstigten Zeitungsjungen bedeutete nicht viel. Aber es war mal ein Anfang.

Hatten sie tatsächlich gemeint, er würde aufgeben, wenn sie ihm die Bude abbrannten? Das konnte er sich kaum vorstellen. Es war mehr als wahrscheinlich, dass es ihnen gar nicht in erster Linie darum gegangen war, ihn zu ruinieren – zumal sie ja davon ausgehen mussten, dass sein materieller Schaden durch die Versicherung abgedeckt war –, sondern um die Vernichtung jedweder Beweise, die er gegen sie in Händen hielt, um ihn aller Chancen zu berauben, das Gerichtsverfahren zu gewinnen, das sie gegen ihn angestrengt hatten. Außerdem warf ihn die Zerstörung seines Verlagshauses natürlich enorm zurück, so dass seine Zeitung bestenfalls nach langer Unterbrechung wieder erscheinen konnte.

Nun gut, soviel mochten sie erreicht haben, aufhalten aber würden sie ihn nicht. Er würde sich erst zufrieden geben, wenn er Julian und die anderen hinter schwedischen Gardinen sehen würde. Nach wie vor verfügte er über die Beweise für ihre dubiosen Geschäfte im Bereich der Prostitution und anderer halbseidener Unternehmungen. Außerdem konnte er auf Whiteys Zeugenaussage zählen. Und sollte das nicht ausreichen, dann würde er eben sehen müssen, was er darüber hinaus aufbieten konnte.

Die Papiere, um deren Vernichtung es bei der Brandstiftung gegangen war, lagen mittlerweile sicher verwahrt in seinem heimischen Schreibtisch.

Aber darauf würde zurückzukommen sein. Heute war erst mal Weihnachten, und er hatte noch Geschenke zu überbringen. Am späteren Vormittag würde er die *Grace Mission* aufsuchen, so schwer es ihm auch fallen mochte.

Ein angenehmer Weg war es nicht, den er da vor sich hatte, das litt keinen Zweifel.

Immerhin hatte er schon vor Tagen den ersten Schritt zu einer Versöhnung mit Terese Sheridan unternommen. Das Mädchen hatte diesen Schritt höflich genug aufgenommen, höflicher, als Jack es nach Lage der Dinge hätte erwarten dürfen. Sobald ihr bewusst war, dass er es ernst meinte und sie nicht länger belästigen wollte, sondern im Gegenteil alles unternehmen würde, um ihr und dem Kind zu helfen, sei es finanziell oder sonst wie, hatte sie seine Entschuldigung akzeptiert, wenn auch ziemlich kühl.

Den Regeln des Anstands entsprechend war sie sogar so weit gegangen, ihm zu sagen, sie werde auf seine Unterstützung gar nicht mehr angewiesen sein, wo sie doch jetzt eine Stelle habe. Doch Jack wollte sich durch ihre Sturköpfigkeit nicht abspenstig machen lassen, war doch das Baby, das sie in sich trug, letzten Endes von seinem Fleisch und Blut.

Was Cavan anging, so fürchtete Jack, dass es sehr lange dauern würde – falls es denn überhaupt jemals soweit käme –, dass Tereses Bruder auch nur seinen Anblick würde ertragen, geschweige denn ihm die Gunst des Verzeihens erweisen können. Jack konnte das nachvollziehen, aber trotzdem bedrückte ihn die Tatsache, dass der Junge ihm nunmehr Respekt und Bewunderung versagte, mehr, als er gedacht hatte. Doch, wie Rufus anzumerken gewusst hatte, die Sünde eines Mannes zog immer bittere Folgen nach sich.

Am allerbittersten freilich war der Verlust Samanthas. Nicht dass sie ihm jemals gehört hätte. Was immer er unternommen hatte, sie zu gewinnen, war fehlgeschlagen, selbst noch am Abend vor dem Feuer. Was allerdings jedweder Beziehung, die sich dennoch zwischen ihnen hätte entspinnen mögen, und sogar ihrer Freundschaft definitiv den Riegel vorgeschoben hatte, war sein Vorgehen gegen Terese Sheridan gewesen.

Nach wie vor überlegte er, wie er es anstellen könnte, sie zu sehen, wenngleich ohne jede Hoffnung auf eine Aussöhnung mit ihr – er war ein Mann, der durchaus wusste, wann er sich geschlagen zu geben hatte. Hatte er sie nicht dazu bewegen können, ihn zu heiraten, als er ihr noch alles – schlechthin *alles* – hatte bieten können, so brauchte er sich jetzt nicht mehr die geringsten Hoffnungen zu machen. Doch er sehnte sich danach, ihr wenigstens zu sagen, wie leid ihm das alles tat, wie tief er bereute, was er getan hatte.

Allerdings hatte er noch keinerlei Vorstoß in diese Richtung unternommen, jedenfalls bis jetzt nicht. Er brauchte noch Zeit: Zeit, einen Sinn in dem zu finden, was ihm vor zwei Wochen in seinem brennenden Haus widerfahren war. Was war dort eigentlich geschehen, was hatte es auf sich gehabt?

Bislang wusste er mit Gewissheit nichts weiter, als dass er anders geworden war. Aus jenem Feuer war er als ein in einem Maße Veränderter herausgekommen, das er niemals für möglich gehalten hatte.

Rufus hatte sich alle Mühe gegeben, ihm an den folgenden Tagen weiterzuhelfen, und half ihm immer noch, Schritt für Schritt. Gott segne den Mann: Er hatte Jacks Geschichte ohne mit der Wimper zu zucken für bare Münze genommen, nicht ein einziges Mal ihre Wahrhaftigkeit oder Plausibilität in Frage gestellt. Sicher, Rufus wäre nicht er selbst gewesen, wäre er nicht vor Freude über Jack gar außer sich geraten. Überschwänglich hatte er immer wieder betont, dies sei nun endlich die Antwort „auf zehn Jahre Sturm auf den Himmel für den dickköpfigsten Mann der Stadt“.

Jack war sich nicht sicher, ob er noch jemals den Mut finden würde, Samantha gegenüberzutreten, mochte noch soviel Zeit verstreichen. Er hatte keinen Anlass zu hoffen, dass sie auch nur bereit sein würde, sich mit ihm zu treffen, geschweige denn irgend etwas von dem zu glauben, was er ihr sagen wollte. Schlimmer noch, er musste damit rechnen, dass sie all seine Worte nur wieder als neuen Versuch seinerseits sehen würde, sie hinters Licht zu führen, damit sie sich endlich bereitfand, ihn zu ehelichen.

Der Schmerz, den ihm der Gedanke an Samantha immer noch bereitete, war ihm unerträglich. Tief vergrub er die Hände in den Taschen und warf einen letzten Blick auf die Überreste dessen, was ihm einst das Wichtigste auf der Welt gewesen war.

Aus einer Augenblickslaune heraus stapfte er in die Ruine hinein, um nachzusehen, ob er irgend etwas entdecken konnte, das vielleicht noch zu gebrauchen war. Gerade war er in gebückter Haltung im Begriff, ein verkohltes, verbogenes Stück Metall, das wohl zu einer der alten Pressen gehört hatte, aus der Asche zu buddeln, als er von der Straße her Hufgetrappel hörte. Er drehte sich um und schaute, wer da kam.

Was er sah, ließ ihn sich ruckartig aufrichten. Sein Herz klopfte bis zum Hals.

Es war David Leslies Buggy, der da vor dem Haus – das heißt, den kümmerlichen Überresten des Hauses – vorfuhr, und auf dem Kutschbock saß Samantha. Wie vom Donner gerührt stand Jack da und sah sie auf sich zukommen.

Nie hatte sie hübscher ausgesehen als jetzt mit ihrem von der Kälte leicht geröteten Gesicht, umrahmt von der schwarzen Kapuze ihres Umhangs. An ihrem Hals, dort, wo sie sich das Cape festgesteckt hatte, sah man eine schmale Spitzenborte hervorlugen, und während sie sich vorsichtig einen Weg durch die Trümmer suchte, stachen Jack ihre auf Hochglanz polierten schwarzen Stiefeletten ins Auge.

Ihr Anblick traf ihn wie ein Schlag in die Magengrube, der ihm den Atem raubte.

Als sie ihn sah, wie er sie beobachtete, verlangsamte sie ihren Schritt, so als widerstrebte es ihr, zu ihm zu kommen. Und doch blieb sie erst stehen, als sie beide nur noch Zentimeter trennten.

„Hallo, Samantha." Er merkte, dass seine Stimme wie erstickt klang, so als hätte die kalte Luft die Wörter eingesogen, um sie dann in Fetzen über die Trümmer des Gebäudes hinzublasen.

„Guten Tag, Jack."

Überrascht stellte er fest, dass sie seinem Blick nicht im geringsten auswich. Als er davon geträumt hatte, wie es sein würde, sie wiederzusehen, hatte er sich unweigerlich vorstellen müssen, dass sie den Kopf abwandte, wenn nicht gar vor ihm davonlief.

Statt dessen stand sie nun hier und musterte sein Gesicht, als suchte sie etwas.

Jack musste sich seinerseits zwingen, nicht die Augen niederzuschlagen. Während er sie ansah, machte er gar nicht erst den Versuch, seine Gefühle zu verbergen.

* * *

Sie hatte ihn nicht wiedergesehen, seit es gebrannt hatte, und wie sie ihn jetzt betrachtete, stellte Samantha mit Erschütterung fest, wie sichtlich er in so kurzer Zeit gealtert war. Sie war sich so gut wie sicher, dass es zuvor an seinen Schläfen nicht so viele silbrige Strähnen gegeben hatte, und auch seine tiefliegenden Augen hatten nie so überschattet gewirkt. Die Fältchen um seinen Mund waren ebenfalls neu, und sein Gesicht sah noch schmaler aus, als sie es in Erinnerung hatte.

Neu war auch etwas Weiches in seinen Augen. Keinerlei Trotz war mehr darin zu entdecken, und selbst jene alte funkelnde Arroganz schien verschwunden zu sein. Ja, da war noch etwas mehr. Auch wenn er unbedingt mitgenommen aussah, schien er sich eine Art von … Ruhe zugelegt zu haben, die sie nie zuvor an ihm bemerkt hatte.

Er sah zur Straße hinab, wo der Buggy stand, und zog einen leicht schiefen Mund. „Wie jetzt, Samantha, hast du dem guten Doktor endgültig seinen Buggy abgeschwatzt?“

Samantha lächelte. „Nicht doch, aber er ist ungemein großzügig damit. Ich hab’ ihm versprochen, dass es heute das letzte Mal sei, dass ich seine Großherzigkeit ausnutze. Bloß, ich … ich wollte dich sehen, um dir … zu sagen, wie sehr mir das alles leid tut.“ Ihr Arm beschrieb eine ausholende Bewegung über die Ruine hin. Sein großer Verlust tat ihr im Herzen weh.

Erleichtert stellte sie fest, dass er nicht annähernd so niedergeschlagen – oder aber zornig – war, wie sie befürchtet hatte. Nach einer Weile fragte sie: „Wie geht’s dir, Jack?“ Es klang irgendwie jämmerlich.

„Es geht soweit.“

„Hast du schon darüber nachgedacht, was du jetzt tun wirst? Wegen der Zeitung, meine ich.“

Er ließ seinen Blick über die Ruine schweifen, bevor er sie wieder ansah. „Wiederaufbauen natürlich. Genau hier am selben Platz.“

Jene Entschlossenheit, die so sehr Teil seiner Natur war, brachte sie fast zum Lächeln. „Exakt das hab’ ich mir gedacht.“

„Ich freue mich, dass du gekommen bist, Samantha. Ich … ich wollte dich gern sehen, hatte bloß bis jetzt noch nicht den Mut.“

Sein angedeutetes Lächeln wirkt irgendwie unsicher, dachte Samantha.

Mit einem Mal konnte sie sich an nichts von dem

mehr erinnern, was sie sich vorab eigens zurechtgelegt hatte, um es ihm zu sagen. Alles, was sie noch wusste, war, dass sie ihn hatte sehen müssen, um sich mit eigenen Augen zu überzeugen, dass er wohlauf war. Schließlich war Weihnachten, und er hatte so viel verloren.

Aber mehr als alles andere wollte sie sich davon überzeugen, dass es stimmte, was Rufus ihr erzählt hatte.

Und wirklich, es verhielt sich so. Sie sah es selbst in seinen Augen, und zum erstenmal seit langem wurde der Stein, der ihr auf dem Herzen lag, ein wenig leichter.

„Du sagst, du wolltest mich sehen", tastete sie sich vor. „Hatte das einen – hm – besonderen Grund?"

* * *

Jack wünschte, er könnte ihr unverblümt die Wahrheit sagen: *Weil ich umkomme, wenn ich dich nicht habe! Weil ich dich mehr brauche als sonst irgendwas auf der Welt! Weil ich dich mehr liebe, als Worte ausdrücken können!*

Statt dessen stand er bloß da und blickte sie hilflos an. Schließlich stotterte er: „Weil … weil, es tut mir so leid, ich … schäme mich so für … für alles, was ich getan habe."

Sie sah ihn mit einem sonderbaren Ausdruck an. „Das hast du mir doch schon gesagt. An dem Abend vor dem Feuer."

„Ja, ich weiß, aber da ist … noch was anderes, etwas, das später geschehen ist, und ich wollte, dass du das weißt." Er atmete tief ein, sog seine Lungen voll mit schneidend kalter Luft.

„Ja, ich weiß."

Jack stierte sie an. „Was weißt du?"

„Ich habe mit Rufus gesprochen", gestand sie, schräg an ihm vorbeisehend. „Er hat's mir erzählt … ich meine, alles. Ich hoffe, das macht dir nichts aus. Er dachte, du wolltest vielleicht, dass ich das wüsste, war sich aber nicht sicher, ob du's mir erzählen würdest; er fürchtete, du wärst vielleicht zu –"

„Dickköpfig?", half Jack ihr aus.

„Ja, ich glaube, das war das Wort, welches er benutzte", sagte sie und sah ihn wieder an, ein kleines, schelmisches Lächeln auf den Lippen. So wie sie dastand, wirkte sie, als wollte sie noch mehr sagen, traute sich aber nicht recht.

„Hm, da hat sich Rufus mal getäuscht. Ich hätt's dir auf jeden Fall erzählt – das heißt, falls du mir die Gelegenheit dazu geben würdest –, aber ich wollte erst selber noch gründlicher darüber nachdenken. Ich musste rausfinden, ob es … Wirklichkeit war."

„Und?"

„Nun ja, ich will nicht so tun, als würde ich's verstehen – jedenfalls nicht alles. Aber es kommt mir schon so vor, als sei es wirklich gewesen, ja." Jack hielt inne. „Und ich bin mir so gut wie sicher, dass du da deine Finger drin hattest."

Sie sah ihn fragend an, aber irgend etwas sagte Jack, dass sie ganz genau wusste, wovon er sprach.

„Als ich an dem Abend hier drinnen im Gebäude war, da hast du doch die ganze Zeit für mich gebetet, stimmt's?"

Ihr Blick verriet, dass sie auf der Hut war, aber als sie zur Antwort nickte, konnte er deutlich das Glimmen der Neugier in ihren Augen sehen. „Woher wusstest du das?", fragte sie.

Jack überlegte, was er darauf antworten sollte, und kam zu dem Schluss, dass es keine Antwort gab. Nicht wirklich jedenfalls. „Ich wusste es damals nicht, erst später. Was ich allerdings wusste, war, dass ich weder mich selbst noch den Jungen aus eigener Kraft aus dem Haus rausgekriegt habe. Ich wurde … nun ja, Rufus sagt, ich wurde aus dem Feuer *gerettet*."

„Und wie siehst du das?", fragte sie leise.

Er lächelte kaum merklich. „Hast du jemals versucht, dich mit Rufus zu streiten?"

Sie erwiderte sein Lächeln, und Jack ging auf, wie sehr er sich nach diesem Lächeln gesehnt, danach *gehungert* hatte.

„O nein, das habe ich nicht", antwortete sie. „Ich glaube kaum, dass ich Rufus standhalten könnte."

„Siehst du? Außerdem, wie sollte ich es denn bestreiten? Rufus hat ja recht: Es war wirklich so, dass ich aus dem Feuer herausgerettet wurde. Irgendwas – nein: irgend *jemand* – hat mich buchstäblich ergriffen, mich und den Jungen, und uns aus dem Gebäude rausgetragen. Genau das, so glaube ich, ist passiert, und ich wäre ja schön blöd, wenn ich mir einreden wollte, dass irgendwer außer dem Allmächtigen höchstpersönlich so was zuwege bringen könnte."

Sie sah ihn mit solcher Eindringlichkeit an, dass Jack das Empfinden hatte, sein tiefstes Inneres läge nackt und bloß vor ihren Blicken. Doch irgendwie machte ihm das jetzt gar nichts mehr aus, anders als es noch vor kurzem gewesen war. Er wollte in seinem Leben keinerlei Geheimnisse mehr haben, schon gar nicht, wenn er es mit Samantha zu tun hatte.

* * *

Samantha konnte nicht aufhören, in diesen verstörenden dunklen Augen zu forschen. Es war das erstemal, seit sie Jack kannte, dass jene Augen, die sie meist undurchdringlich gefunden hatte – fest verrammelt gegen sie und den Rest der Welt –, sie mit einer unverwandten Geradheit anschauten, die ihr den Atem stocken ließ.

Jener Blick strahlte ein Stück Freiheit aus, wie sie es vor diesem Tag noch nie gespürt hatte. Es war fast, als wäre der Mann hinter jenem Blick bislang eingesperrt gewesen und nun freigelassen worden.

Ach Herr, das ist das, wofür ich gebetet habe, nicht wahr? Das, worum ich dich die ganze Zeit angefleht hab'!

Sie bemerkte, dass er etwas gesagt hatte, und sagte: „Entschuldige, ich hab' dich nicht verstanden."

„Ich hab' nichts abgekriegt. Nicht die geringste Verbrennung, weder bei mir noch bei dem Jungen." Er sprach jetzt schneller und mit einer Leidenschaftlichkeit, die sie auch in seinen Augen widergespiegelt sah. „Ich hab' *gehört*, wie er mir versprach, ich würde mich nicht verbrennen. Und ich hab' mich nicht verbrannt. Es war, als würde das Feuer mich überhaupt nicht berühren – hat es aber! Auf jeden Fall, ich bin ja mitten durch!"

Samantha musste sich zusammenreißen, um seinem Blick standzuhalten und nicht in Tränen auszubrechen.

O danke, Herr! Mein wunderbarer, allmächtiger Herr, ich danke dir!

„Samantha?"

Immer noch gegen die Tränen kämpfend, sah sie ihn an.

„Glaubst du mir?"

„O Jack! Natürlich glaube ich dir!" Jetzt musste sie sich beherrschen, um ihm nicht in die Arme zu fallen, seine Hand zu ergreifen, sein Gesicht zu streicheln … Sie wollte, musste ihn berühren.

Sie hörte ihn tief Luft holen. Er machte kurz die Augen zu, und als er sie wieder öffnete, sagte er: „Samantha … ich hab' mir fest vorgenommen, es nicht zu tun. Ich hab' absolut kein Recht dazu, aber jetzt, wo ich dich sehe, kann ich nicht anders, ich muss dich das fragen: Samantha – meinst du … denkst du, es könnte irgendwie noch eine Chance geben – für uns beide?"

Bei dem Gedanken, ihm jetzt den Rücken zu kehren, war es Samantha, als drehte jemand ein scharfes, schartiges Messer in ihrem Herzen herum. Er *hatte* sich verändert, daran zweifelte sie keine Sekunde. So deutlich konnte sie spüren, wie der Herr an seinem Leben wirkte, dass sie nicht länger fürchtete, gegen Gottes Wort zu verstoßen, wenn sie ihn heiratete.

Jack war ein anderer geworden.

Aber was war mit ihr?

„Du hast Angst", sagte er ruhig, ohne den Blick von ihr zu wenden. „Aber wovor, Samantha? Vor der Vergangenheit? Wegen der Sache mit Harte? Oder hast du Angst vor mir, magst du mir immer noch nicht vertrauen?"

Sein Blick war so zärtlich, dass Samantha beinah die Sinne schwanden. Erst jetzt wurde sie gewahr, wie nahe beieinander sie beide standen.

Wann war er so dicht an sie herangekommen? Oder hatte *sie* sich auf ihn zubewegt?

Sie schüttelte den Kopf. „Ich weiß es nicht. Ich nehme an, es ist beides."

„Weißt du, was ich glaube, Liebling?", sagte er mit leiser, ein wenig rauher Stimme und nahm sie bei den Schultern.

Samantha wich seinem Blick aus.

„Mich dünkt", fuhr er fort, ohne ihre Antwort abzuwarten, „dass ein Gott, der es fertig bringt, einen Mann und ein Kind durch ein brennendes Haus zu tragen und ohne eine Spur von Verletzung rauszuschaffen, doch wohl auch imstande ist, jedwede Narbe verheilen zu lassen, die die Vergangenheit deinem

Herzen beigebracht hat." Er brach ab, um nach einer Weile hinzuzufügen: „Und während er das tut, findet er vielleicht sogar einen Weg, dir dazu zu verhelfen, dass du einem dickköpfigen, aber irgendwie klüger gewordenen Iren trauen kannst. Was meinst du?"

Sein Griff an ihrer Schulter wurde fester, als er sie zärtlich an sich zog. „Samantha?"

Er legte ihr zwei Finger unters Kinn und hob ihren Kopf, damit sie ihm in die Augen sah, und als sie es tat und sein scharfgezeichnetes Antlitz und die Tiefe seines liebenden Blicks in sich aufnahm, wusste sie mit jäher, aufrüttelnder Klarheit, dass er recht hatte. Jawohl, sie sollte dem Gott vertrauen, der Jack durch das Feuer hindurch – und vorm ewigen Tod – gerettet hatte, sollte ihm zutrauen, dass er es ihr ermöglichte, auch Jack zu trauen.

Ihre Kehle war wie zugeschnürt. Als er sie vollends in seine Arme zog, brachte sie nichts weiter als ein schwaches Nicken zustande. Eine Weile hielt er sie fest, das Kinn auf ihren Scheitel gebettet, und keiner von beiden sagte etwas.

Schließlich berappelte sie sich. „Jack?"

Er neigte den Kopf und sah ihr in die Augen.

„Als du mich das letzte Mal fragtest, ob ich dich heiraten wolle, sagtest du, ich solle dir nicht gleich antworten, sondern mir Zeit nehmen."

In seinen Augen glomm etwas auf, als er sie abwartend ansah.

„Jetzt würd' ich dir gern meine Antwort geben, wenn du magst."

Seine Arme schlossen sich fester um sie, und Samantha hob das Gesicht, um ihn zu küssen.

„War das nun deine Antwort?", sagte er hinterher lächelnd.

„Hm, zuerst möchte ich eine Bedingung stellen."

Er sah sie fragend an.

„Ich glaube, ich hab' jetzt verstanden, worum es dir ging – mit Tereses Baby, meine ich", sagte Samantha behutsam.

Sofort war sein Gesicht von Schmerz und Zerknirschung gezeichnet. „Samantha, ich –"

Sie legte ihm einen Finger auf die Lippen. „Nein, warte. Ich weiß jetzt, dass du das, was du tatest, aus Liebe zu mir getan hast. So verkehrt es auch war, ich habe begriffen, was dahinter stand. Und ich verzeihe dir."

Er atmete tief durch. „Vielen Dank, Liebling."

„Allerdings hab' ich mich gefragt –"

Er zog die dunklen Brauen hoch.

„Tereses Baby hab' ich nie gewollt –"

„Schon gut, das weiß ich doch, Samantha. Es war total dämlich von mir, so –"

Wieder war da ihr Finger auf seinen Lippen. „Aber ich will Shona."

Er blinzelte, und Samantha fuhr fort: „Wenn du mir wirklich ein Kind schenken möchtest, Jack, dann hätte ich es sehr gern, wenn Shona dieses Kind wäre."

Seine Augen wurden einen Tick schmaler, und eine Spur jener alten, eindringlichen Schärfe kehrte in sie zurück, wich aber gleich einem zaghaften Lächeln. „Shona, ja?"

„Verstehst du das nicht? Sie hat niemanden außer Terese. Und sobald das Baby erst mal da ist, wird es Terese vielleicht schwer fallen, Shona die Aufmerksamkeit zu schenken, die sie braucht."

Er schien ihren Vorschlag zu erwägen. „Da ist was dran. Doch mir will scheinen, das Mädchen würde *zwei* Eltern brauchen und nicht bloß eine Mutter."

„Ja." Samanthas Stimme klang weich und sanft. „Genau daran habe ich ja gedacht."

Irgendwo in der Stadt begannen die Weihnachtsglocken zu läuten, „große Freude“ zu verkünden wie seit uralter Zeit – und Frieden auf Erden für alle, die glauben.

Epilog

Hüte dich nur und bewahre deine Seele, dass du nicht vergisst, was deine Augen gesehen haben, und dass es nicht aus deinem Herzen kommt dein ganzes Leben lang. Und du sollst deinen Kindern und Kindeskindern kundtun den Tag, da du vor dem Herrn, deinem Gott, standest …

5. Mose 4,9-10

Im Mai 1840 wurden Samantha und Jack vermählt. Kurz nach ihrer Hochzeitsreise adoptierten sie Shona Madden. In den Jahren darauf kamen noch zwei weitere Adoptivkinder hinzu, beides irische Waisen: Donal, vier Jahre alt, und Molly, die mit sechs Monaten in die Familie kam.

Jack baute den *Vanguard* wieder auf, aus dem eine der bedeutendsten, einflussreichsten Zeitungen des ganzen Landes wurde. Gemeinsam mit Samantha gründete er eine ganze Reihe von Organisationen, die sich der Einwandererhilfe verschrieben. Ferner stifteten sie in New York zwei Waisenhäuser.

Bis zu seinem Tode bemühte sich Jack Kane um Reformen zugunsten der Einwanderer, die während des ganzen 19. Jahrhunderts nach Amerika hereinfluteten. Der dubiose Ruf, der ihm einst angehaftet hatte, geriet je länger, desto mehr in Vergessenheit, und statt dessen galt er als ein Mann von großem Glauben und leidenschaftlicher Nächstenliebe, der zugleich eine brennende Vision von der Rolle hatte, die die irischstämmige Bevölkerung in der Zukunft Amerikas spielen sollte.

Zur Feier ihres fünfzehnten Hochzeitstages machten

Jack und Samantha eine Reise nach Irland, wo Jack sich endgültig mit seinem Bruder Brady aussöhnte.

Gabriel und Roweena wurden im Sommer 1840 Mann und Frau. Neben Eveleen, die sie als ihre eigene Tochter aufzogen, bekamen sie noch vier Kinder: drei Söhne, Matthew, Brian und Connor, und eine Tochter, Aisling. Ihr Haus wurde zur Heimstatt für Kinder, die sonst keinen Ort auf Erden hatten.

Terese Sheridan heiratete David Leslie ein Jahr nach der Geburt ihres Sohnes Kieran, den David später an Sohnes Statt annahm. Bald schon öffneten sie ihr Haus für Jack Kane als Kierans Onkel und machten fortan keinen Unterschied zwischen ihm und Tereses Bruder Cavan. Außerdem bekamen sie noch eine Tochter, die sie nach Tereses Mutter Nessa tauften.

Terese arbeitete an Davids Seite in den verschiedenen Missionen New Yorks und führte diese Arbeit fort, nachdem David zu seinem Herrn gerufen worden war.

Brady Kane kehrte nie mehr nach Amerika zurück, sondern verbrachte sein Leben in Irland. Er wurde ein Künstler von einiger Bekanntheit, und insbesondere seine Bilder des ländlichen Irland, besonders der Gegend von Galway, fanden breite Anerkennung. Den größten Teil seines Lebens schwankte er zwischen einem schwer erkämpften Gottglauben und einem Hang zur Trunksucht. Er blieb zeitlebens ledig und sah nicht ein einziges Mal den Sohn, den er mit Terese Sheridan gezeugt hatte. Bis er im Alter von neunundvierzig Jahren starb, blieb er eng mit Gabriel und Roweena Vaughan befreundet.

Cavan Sheridan wurde ein Starreporter und prominenter Zeitungsjournalist, der sich schließlich mit seinem Freund und Arbeitgeber Jack Kane aussöhnte und für diesen eine landesweit tätige Nachrichtenagentur aufbaute. Neben seinen *Notizen am Wegesrand* veröffentlichte er im Kaneschen Verlagshaus mehrere andere Gedicht- und Essaysammlungen. Im Alter von neunundzwanzig Jahren heiratete er Selia Ryan, eine junge irische Einwanderin aus der Grafschaft Clare, die ihm acht Töchter und einen Sohn schenkte.

Die Nachfahren der Kanes, der Vaughans und der Leslies ließen den Glauben ihrer Eltern fortdauern, indem sie auf beiden Seiten des Atlantiks Gottes Wort und seine Liebe an die Generationen weitergaben, die nach ihnen kamen.

Wie alles begann ...

B. J. Hoff
Insel der Erinnerung
ISBN 978-3-86827-187-4
528 Seiten, kartoniert

Jack Kane ist einer der einflussreichsten Männer New Yorks. Als junger irischer Einwanderer kam er einst in das Land der unbegrenzten Möglichkeiten. Inzwischen ist er zum Verleger eines mächtigen Zeitungsimperiums aufgestiegen. Doch wer ist dieser Mann? Ist er wirklich so skrupellos, wie es scheint, oder verbirgt sich hinter seiner harten Schale ein weicher Kern?
Ein Hurrikan in Irland wirbelt auch Jacks Leben gehörig durcheinander. Sein jüngerer Bruder, ein freiheitsliebender Künstler, der gerade die Heimat seiner Vorfahren erkundete, scheint seit der Naturkatastrophe verschollen. Jack kann nicht ahnen, dass es die Liebe zu zwei ganz unterschiedlichen irischen Frauen ist, die seinen Bruder davon abhält, ihn zu kontaktieren. Der Zeitungstitan selbst hat die Liebe völlig abgeschrieben – bis er der faszinierenden Samantha Harte begegnet. Doch kann er sich ihrer als würdig erweisen? Und was kann er bloß für seine gebeutelten Landsleute tun?

Die Faszination der „Grünen Insel" – Die Irland-Saga von B. J. Hoff

Das dramatische Irland-Epos in 5 Bänden – Zeugnis der oft unfassbaren Geschichte, die Gott mit Menschen und Völkern schreibt. Von Kampf, Entbehrung und Glauben zweier Familien in der dunkelsten Zeit Irlands.

Und niemand hört mein Lied – Band 1
ISBN 978-3-86122-663-5
608 Seiten, kartoniert

Auch wenn mein Herz zerbricht – Band 2
ISBN 978-3-86122-727-4
512 Seiten, kartoniert

Im Land der tausend Träume – Band 3
ISBN 978-3-86122-797-7
512 Seiten, kartoniert

Doch vergesst die Heimat nicht – Band 4
ISBN 978-3-86122-879-0
500 Seiten, kartoniert

Im Morgenglanz seiner Verheißung – Band 5
ISBN 978-3-86122-988-9
480 Seiten, kartoniert

Machen Sie sich auf die Reise ...

Stephanie Grace Whitson
Ein Garten in Paris
ISBN 978-3-86827-143-0
352 Seiten, kartoniert

Mary sehnt sich nach dem Tod ihres Mannes nach neuen Perspektiven für ihr Leben. Jahrelang stand sie im Schatten ihres schwerreichen Unternehmergatten und verzichtete auf die Verwirklichung ihrer eigenen Träume. Nun macht sie sich spontan auf eine aufregende Reise in die Stadt ihrer Vergangenheit – Paris. „Es ist nie zu spät, das zu werden, was du hättest sein können!" Dieser Spruch, ein Foto und ein Korb voller wunderbarer Erinnerungen holen Mary im Herzen von Paris ins Leben zurück. Ein Leben, das durch ihren neu gefundenen Glauben plötzlich einen Sinn bekommt. Waghalsig stürzt sie sich in ein Abenteuer, das ihrem Weg eine nie geahnte Richtung gibt ...

Stephanie Grace Whitson
Über den Dächern
von Florenz
ISBN 978-3-86827-144-7
432 Seiten, kartoniert

Mary – eine Amerikanerin in Paris. Eine Heimat hat ihr Herz gefunden, doch welchem Mann soll sie es nun öffnen? Eine Reise nach Florenz, in die herrliche Heimat Luca Santos, soll Klarheit schaffen: Der bezaubernde Kavalier aus Italien bringt nie gehörte Saiten in Marys Seele zum Klingen. Doch da ist auch noch Jean Marc, ihre große Jugendliebe. Und ein verheißungsvolles Leben an Bord seiner Hochseejacht. Kann es zwei Menschen gelingen, an längst vergangenes Glück anzuknüpfen?